미래 이후의 미학

미래 이후의 미학

유혹사회에서의
보이지 않는 정치와 문학

나병철 지음

문예출판사

미래는 우리가 알지 못하는 영역에 다가가는 과정이다. 오늘날은 미지의 영역에 접근하는 속도가 점점 빨라지는 시대이며 그로 인해 일면으로는 미래가 다가오는 환상 속에 젖어 있다. 그러나 미래의 환상에 젖은 시대는 미래상실의 시대이기도 하다. 신기술과 신매체는 넘쳐나지만 미래를 상실했다고 호소하는 사람들 역시 점점 더 많아지고 있다.

비포(Franco Berardi Bifo)는 《미래 이후》에서 미래란 알려지지 않은 시간인 동시에 공간이라고 말한다. 20세기까지의 역사는 미지의 공간을 근대적으로 발전시키는 과정이었으며, 이 자본주의적 근대화는 선진적인 것이 후진적인 것을 대체하는 과정이었다. 발전된 모델이 미개척 영역을 점령하는 이런 전개는 다른 문화를 같아지게 만드는 점에서 식민화의 과정이기도 했다. 그런 공간적인 식민화에도 불구하고 이 단계에서는 아직 미지의 영역과 함께 미래가 존재했다. 그런데 공간적 발견과 개발의 식민화가 끝나자 곧 시간적 식민화가 시작되었다. 시간적 식민화는 정신과 존재를 예속화하는 것인데, 비포는 그런 시간의 식민화가 미래를 상실하게 했다고 말한다.

비포가 말한 시간의 식민화를 우리는 타자성의 상실에 의한 미래의 소멸이라고 부를 수 있다. 타자란 체제의 주변에서 식민화에 저항하는 존재이다. 아직 식민화되지 않은 공간이 남아 있을 때는 미지의 타자에 의해 자본주의적 근대를 넘어서려는 꿈이 존재했다. 그러나 모든 공간이 자본주의화되고 문화와 인격성의 영역에까지 식민화가 진행되자 타자성의 상실과 함께 또 다른 미래가 사라진 것이다. 자본주의 내부에서는 미래담론이 넘쳐나지만 그 외부의 타자와 교섭하며 우리의 존재를 변화시키는 미래는 어디에도 없다. 우리는 미래가 다가올수록 미래를 상실하는 이율배반적 시간의 과정에 예속되어 있다.

이 책에서는 그런 맥락에서 타자성의 상실을 미래 상실의 핵심적 요인으로 보았다. 자본의 타자가 보이지 않는 세상에서도 자본주의는 미지의 영역을 향해 나아간다. 그러나 그처럼 자본주의적 발전에 의해서만 앞으로 나아가는 미래는 다른 대안이 없기에 이미 현재의 시점에서 만들어진 미래이다. 이 현재의 머릿속의 미래는 모든 사람이 동일한 길에 서 있는 미래이기도 하다. 즉 모두가 선진국을 꿈꾸며 부의 생산을 위해 첨단의 신상품을 개발하려 시도할 뿐이다. 지금 우리가 경험하고 있는 이 동일한 길 위의 미래는 비포가 말한 시간의 식민화에 다름이 아니다. 가야할 길이 한쪽으로 너무도 분명한 미래는 실상 정신적으로 식민화된 미래이다. 식민화된 미래의 딜레마는 실행의 과정에서 생긴 필연적인 균열에도 불구하고 존재의 방식을 창조적으로 변화시킬 수 없다는 것이다.

우리는 이제 다른 방식의 미래를 말할 시점이 되었음을 주장한다. 모두가 똑같이 부유함과 일류의 삶을 꿈꾸는 전개는 이미 길이 정해진 미래이며 오히려 이질적인 타자를 배제해야 효율적이다. 반면에 타자와 교섭하며 정신의 식민화에서 벗어나려는 지난한 과정은 길이 없는 곳에서 길을 찾는 또 다른 미래이다. 이 또 다른 미래만이 시간의 식민화를 극복하고 자본주의를 변화시킬 수 있다. 우리는 지금 목표가 분명해 보이는 눈앞의 길에서 수많은 낙오자와 파산자들이 생겨나는 현실을 경험하고 있다. 반면에 아직 가지 않은 미결정적인 길은 창조적인 새로운 삶을 생성시킬 것이다.

이 책에서는 이 새로운 미래의 모험을 루쉰이 〈고향〉에서 말한 **길 없는 길**에서 찾아보았다. 오늘날의 자본주의적 발전에 의한 미래는 물론 그것을 전복시키려는 또 다른 서사 역시 이미 기획된 미래이다. 그런 '만들어진 미래'가 없다면 사람들은 전망이 없다고 생각한다. 그러나 여기에는 지배이든 저항이든 진정한 시간의 해방이란 존재하지 않는다. 우리는 오늘날의 시간의 식민화에서 벗어나기 위해 그것들과는 다른 미래를 말할 것이다. 즉 길 없는 곳에서 생성되는 길, 미래 없는 곳에서의 미래, 매순간 생성되는 미래를 주장한다. 길 없는 길이란 타자의 영역인 실재계와 접촉하며 순간순간마다 생성되는 미래를 말한다.

우리의 '길 없는 길'은 미래담론에서의 코페르니쿠스적 전회라고 할 수 있다. 부의 생산과 성장신화는 물론 노동주체의 해방조차 미리 정해진 미래이다. 이 기획된 미래는 실천의 과정에서 균열에 부딪혔을 때 그 교의적 기획이 실행력을 상실한다. 반면에 우리는 성장신화가 파열되는 지점, 노동해방서사가 갈라지는 위치, 그 균열의 지점에서 길이 생성됨을 말할 것이다. 이 새로운 생성 과정으로서의 길은 이제까지 미래를 지배한 '교의적 관념'에서 실행의 행위력을 지닌 '수행적 차원'으로의 선회이다.

우리의 '길 없는 길'은 오늘날의 세계에 대해서 비판적이지만 일시에 세계를 전복시키려는 기획과도 구분된다. 해방된 세상은 한 번의 혁명에 의해 단숨에 성취되지 않는다. 오늘날의 신자유주의는 화려한 동시에 가장 어두운 세상을 만들어냈다. 그러나 우리가 넘어서야 할 그 세계의 외부에 해방된 삶이 존재하는 것은 아니다. 새로운 세상을 향한 길은 기존의 세계를 경험할 때 생겨난 균열의 위치에서 매 순간마다 생성될 것이다. 따라서 우리는 신자유주의를 단숨에 부정하는 것이 아니라 양가적으로 껴안고 넘어서야 한다.

이제까지의 모든 동일성의 서사들, 즉 자본주의와 민족주의, 제국주의는 경계에 집착하며 자신의 영역을 확장하려는 기획을 갖고 있었다. 자본주의에 저항하는 마르크스 레닌주의 역시 자본주의를 전복시킨 위치에 또 다른 경계를 만들었다. 그 둘을 반대하는 탈구조주의는 경계가 해체된 차연이나 노마디즘 등의 대안적 삶을 주장했다. 그러나 동일성의 서사는 물론 차연과 노마디즘 역시 새로운 세상으로 나아갈 수 없다. 새로운 세상은 경계의 안과 밖, 혹은 그 해체에 존재하는 것이 아니다. 경계의 부근에는 수많은 주름과 굴절로 된 비식별성의 영역이 있으며, 그곳에서 양가적으로 미결정적인 동요가 생겨날 때 비로소 길이 생성된다. 우리는 그 미결정성의 영역에서의 양가적인 동요야말로 길 없는 길의 출발점임을 강조한다. 그런 잘 보이지 않는 비식별성의 영역에서의 동요를 은유로 표현하는 것이 바로 미학일 것이다. 따라서 미래가 보이지 않는 시대에 우리에게 필요한 것은 길 없는 길을 통한 미래 이후의 미학이다.

오늘날은 단순히 미래가 암흑에 잠긴 시대가 아니다. 눈부신 미래담론이 넘쳐나는 속에서 절망적으로 미래가 보이지 않는 것이 우리 시대의 특징이다. 우리는 이 빛과 어둠의 동거상태를 **유혹의 권력**과 **죽음정치**를 통해 살펴보았다.

유혹의 권력이란 푸코가 말한 삶권력의 유혹장치가 극에 달한 방식을 말한다. 푸코는 규율에 길들여지는 대가로 삶을 부양해주는 방식을 삶권력이라고 말했다. 노동력은 상품화되었지만 신체 자체는 아직 상품화되지 않은 시대에는 유순한 몸을 생산하는 규율화가 필요했다. 그러나 오늘날은 신체와 감정을 포함한 모든 것이 상품화되는 시대이다. 이런 사회에서는 '화폐에 대한 상품의 사랑'(마르크스)이 인격성의 영역에서도 작용하면서 사람들은 스스로를 상품화하려는 무의식에 지배된다. 그들은 모든 것이 가능하다는 유혹의 환상 속에서 자발적으로 자본주의에 동화되어 성과의 경쟁에 나선다.

푸코는 삶권력의 시대에 인간을 대상화하는 인문과학이 규율권력에 상응하는 역할을 한다고 말했다. 그러나 유혹사회에서는 자기계발서나 힐링, 다양한 컨설팅이 자본주의의 보충물로 작용한다. 자기계발서는 희망과 성실을 강조하면서 자본주의 사회를 모든 꿈을 이룰 수 있는 인간적인 공간으로 성형해주는 역할을 한다. 과거의 규율중심적 인문과학이 신체를 길들이는 방식이었다면 자기계발서는 자본주의의 어두운 절망 자체를 성형하는 방식이다.

이처럼 삶권력과 유혹의 권력은 사람들을 빛의 공간으로 유혹하는 방식을 사용한다. 그 때문에 푸코는 빛의 방식인 삶권력의 시대에 어둠의 권력인 죽음정치는 사라질 것으로 보았다. 그러나 삶권력이 더 진화된 유혹사회에서도 죽음정치는 소멸되지 않았다. 인격성의 영역까지 상품화되는 시대에는 쓸모없어져 물건처럼 폐기되는 사람들이 오히려 더 많아질 수밖에 없다. 음벰베는 신체와 생명을 권력의 처분 하에 놓으면서 유용성이 사라진 사람들을 죽음의 위협에 유기하는 권력을 죽음정치라고 불렀다. 그렇다면 유혹사회야말로 죽음정치가 증폭된 사회이다. 자본주의의 발전이 모든 것을 가능하게 하는 시대는 폐품처럼 아무것도 할 수 없는 사람들이 점점 많아지는 사회이기도 한 것이다.

그럼에도 죽음정치가 잘 보이지 않는 것은 유혹의 장치가 다양하게 발전한 때문이다. 과잉 스펙터클은 어두운 절망이 눈에 잘 보이지 않게 만든다. 또한 과잉 긍정성으로서 자기계발서의 희망의 서사는 두려운 절망을 망각하게 하는 장치로 작용한다. 이제 세상이 화려해질수록 보이지 않는 곳에서 어둠이 짙어진다. 그처럼 무엇을 잃어버렸는지도 모르는 상태에서 원인을 모르는 고통에 잠기는 것이 바로 우리 시대의 우울증이다.

이런 사회에서는 절망을 직시하는 것이 새로운 삶으로 나아갈 수 있는 출발점일 것이다. 절망을 안다는 것은 빛의 유혹 앞에서 자신이 실직자이고 파산자이며 비정규직임을 아는 것을 말한다. 그처럼 공허한 희망에서 벗어날 때, 그리고 그때 나타난 절망을 행동화할 때, 우리는 어둠 속에서 저항의 출발점에 선다. 이 **절망과 저항의 양가성**이야말로 우리 시대의 '길 없는 길'의 생성과정일 것이다.

물론 지금의 현실은 자본주의의 길밖에 보이지 않는 사회이다. 이 저항이 무력화된 탈정치화된 사회의 배경에는 희망이 아니라 '절망의 망각'이 놓여 있다. 그에서 벗어나 절망과 저항의 양가성으로 나아가기 위해 이 책에서는 유혹사회에서의 감성적 전위에 대해 살펴보았다. 긍정성 과잉의 세상인 유혹사회에서는 희망이 절망이 되고 절망이 희망이 된다. 이 기묘한 전위의 역설을 이해할 때 우리는 비로소 탈정치화의 상황에서 정치를 되찾을 수 있을 것이다.

오늘날 그런 정치의 귀환을 어렵게 하는 것은 공허한 희망만을 보게 하는 상상적 동일성에 고착된 감성의 분할이다. 유혹사회란 빛과 어둠, 환상과 환멸이 동거하는 사회이다. 이런 사회에서는 죽음정치의 은밀한 공포가 짙어진 만큼 환상 속에서 빛의 공간에 머물려는 유혹 역시 증폭된다. 즉 두려운 절망을 망각하고 자기계발서 같은 공허한 희망에 의탁하는 것이다. 부의 생산이나 국가, 민족 같은 상상력 동일성을 향한 환상이 커지면서, 이제 사람들은 고통받는 타자를 외면하고 비슷한 계층들을 공격하는 일까지 행하게 된다. 심리적으로 상상적 동일성 쪽으로 이동함으로써 남아 있는 하위 계층을 빛의 영역을 더럽히는 암흑의 오염원으로 여기는 것이다. 오늘날 성행하는 혐오발화는 바로 그런 맥락에서 이해할 수 있다. 혐오발화는 타자의 절망을 망각하고 희망 쪽으로 몸을 이동시키기 위해 경계 부근의 타자를 더러운 오염원으로 치환한다. 타자를 외면하게 만드는 이 감성적 치환은 상상적 동일성의 권력에 예속된 감성의 분할의 장치라고 할 수 있다.

물론 혐오발화는 우리 시대에 처음 나타난 것이 아니다. 예컨대 냉전시대의 이데올로기적 담론은 비식별성의 영역의 불온한 타자를 배제하기 위해 무의식에 작용하는 혐오발화의 장치를 사용했다. 그런 이데올로기적 혐오발화는 지구적 예외상태인 우리에게 아직도 '종북'이라는 형태로 남아 있다. 그런데 오늘날에는 이데올로기를 만드는 국가권력을 대리해 사회 구성원 스스로 또 다른 혐오발화를 생산하고 있다.

빨갱이와 종북에 관한 이데올로기적 혐오발화는 같은 민족을 세균 같은 오염원으로 여기는 점에서 일종의 자가면역질환인 셈이다. 오늘날의 '홍어말리기'나 '어묵', '김치녀' 같은 혐오발화 역시 비슷한 계층을 공격하는 또 다른 절망적 자가면역질환이라고 할 수 있다. 이 새로운 자기파괴질환이 보다 더 우울한 것은 '절망을 망각한' 사람들이 스스로 같은 계층을 공격한다는 점에서이다. 유혹사회의 구성원들은 체계를 대신해 자발적으로 성과에 매진하는 동시에 국가권력을 대리해 자진해서 타자들을 오염원으로 배제한다. 이 새로운 혐오발화는 종북과 더불어 자기파괴의 방식으로 자기 자신의 사회체를 안전하게 유지시킨다. 그 때문에 이른바 '헬조선'에서는 탈출하려는 사람은 있지만 저항하는 사람은 없다. 오늘날 신자유주의를 지키는 것은 비식별성의 영역에 지뢰처럼 깔려 있는 더럽고 혐오스러운 감성들이라고 할 수 있다.

혐오발화는 단순히 사회적인 분위기를 흐리는 데 그치는 것이 아니다. 혐오발화가 성행하면 아무리 사회모순이 심화되어도 건강한 저항적 행동이 생성되지 않는다. 이제 고통받는 타자는 보이지 않거나 회피하고 싶은 존재로 보이게 된다. 혐오발화는 그런 방식으로 경계 부근의 타자에게 관심이 멀어지게 하면서 자조감 속에서 절망을 외면하게 만든다. 더러운 혐오발화는 아름다운 유혹의 장치와 더불어 신자유주의의 경계를 지키는 감성적 대리 정치이다. 우리가 사건이 일어나도 크게 동요하지 않는 것은 상상적 동일성만을 보이게 만들고(유혹의 장치) 절망과 타자를 보이지 않게 만드는(혐오발화) 그런 감성의 분할의 장치들 때문이다.

이 책에서는 그 같은 맥락에서 생긴 타자에 대한 공감의 상실이 탈정치화의 중요한 요인임을 살폈다. 그리고 그 배경에 혐오발화 같은 감성의 정치가 숨겨져 있음을 논의했다. 탈정치화의 시대에도 감성의 정치는 은밀하게 계속된다. 배수아의 소설공간에 드리워진 '이상한 고요함', 《두 개의 문》의 '망각의 문', 《의자놀이》의 '의자놀이' 장치, 《성실한 나라의 엘리스》의 '성실한 나라' 등은, 모두 유혹의 권력의 시대의 감성적 권력의 장치들이다. 이 장치들은 한결같이 혐오발화처럼 타자를 보이지 않게 하거니 외면하게 만든다. 우리는 그런 지배 권력의 감성의 장치에 보다 능동적으로 대응하는 **미학 쪽의** 감성적 정치가 필요함을 논의했다. 미학적인 정치나 정치화된 미학은 혐오발화와는 반대로 타자에 대한 공감력을 회복시켜준다. 그렇기에 감성의 영역은 탈정치화된 시대에 정치가 가능한 마지막 영역이라고 할 수 있다.

미학적인 감성적 정치는 목적론적 정치와는 달리 양가적 방식을 사용한다. 예컨대 혐오발화의 생명적 존재에 대한 비천한 은유에 대항하는 것은 같은 대상에 대한 또 다른 은유이다. 미학적 은유는 비천한 신체를 고상한 존재로 만드는 것이 아니라 비천한 신체 그 자체로서 생명적 유동성을 드러낸다. 혐오발화는 비식별성의 영역의 생명적 유동체를 고름, 오줌, 체액 같은 부산물들로 치환시킨다. 그렇지 않으면 홍어, 어묵, 벌레 같은 저열한 유동성과 동물성의 이미지를 덧씌운다. 반면에 미학적 은유는 그런 비천한 존재(앱젝트)를 부산물과 유동성의 본체인 생명적 존재로 되돌리며 미결정적인 동요를 생성시킨다. 비천한 신체가 그 자체로서 생명적 존재이기 때문에 그 모순의 힘으로 상상적 동일성의 영역에 동요가 일어나는 것이다. 그런 방식으로 미학적 은유는 상상적 동일화의 고착에서 벗어나 타자의 유동적 미결정성을 되찾고 감성의 분할을 뒤흔든다.

이 책에서는 그 같은 내포적인 정치적 은유들을 문학작품을 통해 살펴보았다. 문학은 직선적인 저항이 아니라 양가성과 은유를 통해 비천한 신체에게 생명적 유동성과 타자성을 회복시켜준다. 예컨대 손창섭의 〈포말의 의지〉에서의 금지된 종소리, 황석영의 〈몰개월의 새〉에서의 오뚝이 선물, 김이설의 《환영》에서의 상품화될 수 없는 비천한 신체, 권여선의 《레가토》에서의 상실된 순수기억을 되찾는 이야기들, 이것들은 타자성의 회복을 통해 비천한 신체에게 살아야 할 존재의 이유를 증명해주는 은유들이다.

오늘날의 미학적 은유는 정치의 귀환을 위해 텍스트를 넘어서 현실로 흘러넘쳐야 한다. 즉 타자에 대한 공감을 회복시키고 흩어진 사람들을 물밑에서 연대시키기 위해서는 정치적 저항에서도 미학적 은유의 형식이 필요하다. 그 같은 은유로서의 정치의 대표적인 예는 희망버스일 것이다. 희망버스는 조직적 집합이 아니라 사랑의 은유의 형식을 사용했다. 사랑은 미결정성에서 시작되기 때문에 희망버스는 절망과 저항의 양가성에서 출발했다. 희망버스에는 희망을 가진 사람이 아니라 불안한 절망이 무엇인지 아는 사람들이 타고 있었다. 희망버스 안에는 희망이 있다고도 볼 수 없고 없다고도 볼 수 없었다. 그러나 분명히 희망버스는 신자유주의의 길과는 다른 길을 가고 있었다. 이 특이한 미학적인 정치적 수행은 미래가 보이지 않는 상황에서 길 없는 길을 가는 미래 이후의 미학이었다.

오늘날은 탈정치화의 상황에서 보이지 않는 감성적 정치가 계속되는 시대이다. 그렇기에 우리가 잠시라도 미학적 발명을 소홀히 하며 머뭇거리면 감성의 영역에 위험인자들이 생겨난다. 예컨대 혐오발화는 우리의 미학적 직무유기에 대해 역사가 내리는 감성적 경고이다. 냉전시대에는 국가권력이 이데올로기를 통해 무기에 버금가는 강한 감성적 장치로써 사람들을 체제 안에 머물게 했다. 그러나 지금은 사회구성원 각자가 대리적으로 그와 비슷한 일을 한다. 대리적 감성 권력은 유혹의 권력과 함께 죽음정치를 은폐하면서 국가와 자본의 질서를 영구화한다. 유혹의 권력과 감성적 권력은 보이지 않기 때문에 우리는 잘 대응하지 못하며 정치가 실종되었다고 한탄한다. 정치의 실종은 타자의 소멸이자 미래의 상실이기도 하다. 따라서 우리에게 필요한 것은 보이지 않는 타자와 은폐된 절망을 보는 것이며 그 일을 하는 활동이 미학적인 은유적 정치이다.

이 책에서는 탈정치화의 시대에 미학적인 정치의 부활이 정치의 귀환을 위한 핵심적 사안의 하나임을 살펴보았다. 미학적인 은유적 정치는 타자에 대한 공감을 회복시키면서 우리의 빈약해진 존재를 복구시켜준다. 아무리 신상품에 둘러싸여도 타자와의 교섭이 없으면 우리의 빈곤한 존재는 미래로 나아가지 못한다. 그렇기에 이제 미래의 회복은 존재의 회복을 위한 감성적인 은유적 정치의 영역이 되었다. 타자성의 귀환과 존재의 자기증명은 감성적 권력에 대응하며 미래를 여는 은유로서의 정치의 최대의 무기일 것이다.

이 책의 주제인 '미래 이후의 미래'를 탐색하는 데에는 연세대학교 김철 교수님의 《식민지를 안고서》의 '길 없는 길'에 대한 논의들이 많은 도움을 주었다. 또한 삶권력과 죽음정치에 대한 주제는 샌디에이고 캘리포니아 대학 이진경 교수님의 《서비스 이코노미》의 연장선상에 놓여 있다. 두 분 교수님의 연구가 아니었으면 이 책은 쓰여질 수 없었을 것이다. 그밖에 두 개의 주제에 연관된 다른 세부적 논의들은 국제한국문학문화학회(INAKOS) 학술세미나의 주제들에서 큰 자극을 받았다. 이 책을 발간하는 데 많은 도움을 준 문예출판사 전병석 사장님께 진심으로 감사드린다. 아울러 이 책을 정성껏 꾸며주신 문예출판사 편집부 여러분께도 깊은 사의를 표한다.

2016년 1월

나 병 철

차 례

제1장

보이지 않는
정치의 귀환

1. 길 없는 길[1]—미래 이후의 미래

오늘날 우리는 탈혁명의 시대를 넘어 정치 자체가 무력화된 탈정치의 시대로 들어서고 있다. 탈정치의 흐름은 정치적인 상상력이 미래의 감각을 상실한 우리 시대의 우울한 풍경이다. 아직도 심연에서는 해방된 삶을 소망하지만 어디에도 그리로 가는 길이 보이지 않는 것이다. 이제까지 우리는 희망을 말하는 데 익숙해왔으나 지금부터는 절망에 대해 얘기해야 할 때가 온 것일지도 모른다.

오늘날은 어느 때보다도 화려한 스펙터클이 넘쳐나는 시대이다. 그러나 그 이면에는 절망과 오욕만이 보이는 세상이 숨겨져 있다. 문제는 그런 빛과 어둠의 동거상태 속에서 눈부신 미래가 말해지면서 어두운 미래 상실이 경험되고 있다는 점이다. 미래로 다가가는 속도가 점점 더 빨라질수록 미래를 포기하는 사람도 갈수록 늘어난다. 이런 사회에서는 희망을 가졌다가 절망하는 것이 아니라 처음부터 절망한 사람들이 희망의 흐름 속에 묻혀버린다. 희망은 일종의 망각의 장치가 되었다. 오늘날의 정치의 해체와 무관심은 과도한 희망의 장치들이 낳은 절망의 망각과 연관이 있다.

이 이율배반적 상황을 '비굴의 시대'[2]라고 부를 수 있다면 그것은 눈앞의 절망마저 외면하는 거세된 상태를 말하는 것이다. 비굴함이란 절망에 포위되어 있지만 아무도 그것을 말하지 않는 태도를 일컫는다. 비굴의 시대가 절망의 시대와 다른 점은 절망을 절망으로 보지 못한다는 데에 있다.

가장 두려운 것은 더러움이나 비굴함, 절망에 무감각해진 상황일 것이다.

---

1 '길 없는 길'에 대해서는 김철, 〈'결여'로서의 국(문)학〉, 《식민지를 안고서》, 역락, 2009, 42~43 쪽 참조.

2 박노자, 《비굴의 시대》, 한겨레출판사, 2014.

그것은 화려함 쪽으로 눈을 돌리며 어둠 속에 놓인 타자를 외면하는 세상이기도 하다. 따라서 지금 우리에게 필요한 것은 어둠을 직시하는 용기, 절망과 소통하는 방법, 섣부른 희망을 버리는 것일지도 모른다. 그 이유는 이제 희망은 공허한 과잉 긍정성[3]이 되었으며 절망이란 암흑 속으로 사라진 타자성을 뜻하기 때문이다

절망과의 소통은 절망에 지는 것이 아니다. 그것은 백석의 시[4]에서처럼 세상이 더럽다는 것을 외면하지 않고 말하는 것이며, 또한 어둠 속의 타자에 대한 아픔의 감각을 되찾는 일일 것이다. 백석은 '세상 같은 건 더러워 버린다'고 말했지만 우리는 세상을 버릴 수는 없다. 그 대신 이 책에서는 희망을 대신하는 출발점이란 또 다른 우상 같은 희망이 아니라 절망을 외면하지 않는 것임을 말하려고 한다.

절망을 시간의 차원에서 말하면 미래의 말소이다. 비판적 담론이 소멸된 1930년대 중반, 작가 이상은 "희망이 말소된 페이지가 딕셔너리 넘어가듯 번뜩인다"[5]고 되뇌었다. 오늘날의 절망적인 정치의 해체는 결국 희망의 말소이자 미래의 상실이다. 보다 더 정확히 말하면 미래의 한쪽이 붕괴된 상황이라고 얘기할 수 있을 것이다. 오늘날 TV나 신문에서 미래는 주로 자본주의와 테크놀로지의 발전 쪽에서만 말해진다. 미래학자들이란 연성화된 경제전문가들이거나 과학자들이다. 그들은 누구도 자본주의의 모순에 대한 비판과 변화의 가능성을 고려하지 않는다. 자본주의와 테크놀로지의 개발은 딕셔너리 넘어가듯 계속되지만 그 페이지들에는 또 다른 미래라는 그림

---

3 한병철, 김태환 역,《피로사회》, 문학과지성사, 2012, 12, 17, 28쪽. 한병철은 긍정성 과잉이 우울증의 원인이라고 말하고 있는데 '아무것도 불가능하지 않다'는 공허한 희망 역시 그중 하나일 것이다.

4 백석,〈나와 나타샤와 흰 당나귀〉,《나와 나타샤와 흰 당나귀》, 다산초당, 2005, 14~15쪽. 백석의 시를 재해석하자면, 우리는 화려한 스펙터클의 세계로부터 마음의 산골로 가서 타자에 대한 사랑을 회복하는 것이 세상에 대응하는 것이라고 말할 수 있다.

5 이상,〈날개〉,《이상문학전집》2, 문학사상사, 1991, 344쪽.

이 말소되어 있다.

이상은 말소의 이미지를 통해 미래가 없는 절망을 고백했지만 우리 시대에는 오히려 미래에 대한 담론이 넘쳐난다. '자본주의와 테크놀로지의 미래'의 환상이 "희망의 말소"를 감추고 있는 사회, 이것이 바로 절망을 망각한 우리 시대의 풍경이다. 우리 시대에는 절망이 감춰져 있기 때문에 이상처럼 "다시 한 번 날자"라고 말하지도 못하는 것이다.

물론 테크놀로지의 미래가 없다면 근대성의 진행도 없을 것이다. 그러나 테크노피아가 미래의 전부는 아니다. 그동안 기술의 발전과 그것을 가능하게 한 자본주의의 성장 과정에는 매 페이지마다 또 다른 미래를 말하는 비판적인 서사가 그려지고 있었다. 이것이 서로 길항하고 교섭하는 양가적 근대의 양면적 미래이다. 근대의 세계는 두 개의 날개로 난다. 한쪽의 미래에는 자본주의의 신화가 있거니와 그것의 변주와 반복은 이제까지 한 번도 중단된 적이 없다. 반면에 다른 한쪽의 미래에는 윤리적 공동체를 말하는 다양한 서사들이 있다. 라이프니츠의 도덕 공동체와 칸트의 세계 공화국, 마르크스의 공산주의와 가라타니 고진의 어소시에이션 등이 그것이다. 오늘날의 미래의 상실이란 이 다른 한쪽의 미래의 붕괴를 말한다. 이제 근대의 세계는 한쪽의 날개로 난다. 20세기 말 이후의 신자유주의란 한쪽의 미래를 다른 한쪽으로 계속 옮기는 운동과정이다. 바로 그 과정에서 미래는 불구화된 것이다.

비포(Franco Berardi Bifo)는 《미래 이후》에서 참담하고 우울한 어조로 미래가 붕괴되었다고 말한다. 미래의 말소는 1970~80년대에 펑크와 더불어 서서히 진행되었다. 1970년대 말 섹스피스톨즈라는 영국 그룹이 "미래는 없다"라고 처음 외쳤는데 이제 그 괴상한 예언이 실현된 것이다. 붕괴된 것은 진보적 근대의 문화적 상황에서 출현한 심리적 인식, 끊임없이 진보하는 발전이라는 개념적 틀이다. 예컨대 사회모순의 지양과 공산주의라는 마르크스의 신화, 복지와 민주주의의 발전에 관한 자본주의의 신화, 과학지식의 힘에 근거한 테크노크라트적 신화 등이 무너진 것이다.[6] 비포는 우울과 소진 속에서 가타리의 "영점으로 돌아가고 싶은 열망"에 동의한다.[7]

비포의 포스트미래주의는 우리의 논의와 매우 비슷하다. 그러나 작지만 큰 차이가 있다. 우리는 모든 미래가 붕괴된 것이 아니라 양가적 미래 사이의 병리적 관계를 주목했다. 즉 우리가 지금 겪는 우울과 소진감은 불구화된 기형적인 미래에서 기인된 것이다. 테크놀로지의 발전과 자본주의의 신화는 어려움을 겪더라도 지속되고 있고 또 앞으로도 계속될 것이다. 자본주의의 신화가 모종의 기만에 근거한 것이라면 기만의 장치는 테크놀로지의 쇄신과 함께 끝없이 갱신되고 재창안될 것이다. 또한 서구에서 성장의 불가능성이 감지되는 반면 중국이나 다른 신흥국의 자본주의화는 가속될 것이다.

그에 반해 무력화된 것은 비판담론과 진보적 세력이다. 흔히 말하는 인문학의 위기는 신자유주의 이후의 전세계적인 현상으로 볼 수 있다. 오늘날의 위기는 모든 미래의 붕괴 때문이 아니라 자본과 국가를 넘어서려는 비판적 서사가 자기 쇄신에 실패한 때문일 것이다. 그 사이에 신자유주의가 인문학(비판서사)의 장치들을 자기 영토로 옮겨 자본의 내면을 성형하는 기술로 삼은 반면,[8] 정작 그 자체의 모순을 넘어서려는 담론들은 무력화된 것이다. 세상은 화려해졌지만 그것은 인간의 비밀[9](인문학)과 진정한 아름다움의 소망(미학)을 상실한 대가에 불과하다. 우울이란 세상이 화려해질 때 가장 음습하게 침윤되는 심리이다. 그것은 결국 보형물에 의해 간신히 지탱하고 있는

---

6 프랑코 베라르디 비포, 강서진 역,《미래 이후》, 난장, 2013, 11쪽, 35~36쪽, 271~273쪽.

7 비포, 위의 책, 271쪽.

8 박권일, 〈성형대국의 의미〉,《한겨레신문》, 2015. 4. 28. 여기서는 자본주의 사회에서 추해진 자아의 내면을 성형한다고 말하고 있는데, 이는 자본주의 사회가 희망을 가지고 살아갈 수 있는 곳으로 보이도록 성형하는 것이기도 할 것이다.

9 나가자와 신이치,《예술인류학》, 동아시아, 2009, 242쪽.

병리적 미래가 낳은 감정이다.

비포는 일시적이지 않은 자율지대들의 생성에 기대를 걸고 있다.[10] 그러나 그런 자율지대의 생성이란 아직 나타나지 않은 새로운 사회를 만드는 것만큼이나 지난한 일일 것이다. 우리는 그 대신 두 가지 미래의 양가성의 관계가 회복되어야 함을 말할 것이다. 자본주의 발전의 덕셔너리가 번뜩이는 매 순간마다 미래가 말소된 페이지들에는 미래 이후의 그림이 그려져야 한다. 미래는 양가적이다. 우리는 자본주의를 단숨에 내버리는 대신 그것을 껴안고 넘어서야 한다.[11] 자본주의에 포위되어 그 균열에 놓인 상태가 절망이라면, 그런 어둠을 껴안고 움직이는 행동이 저항인 것이다.[12] 그 같은 끊임없는 양가적 과정은 자본과 국가(그리고 제국)가 해체될 때까지 계속된다.

자본주의가 진행되는 각 순간마다 그려지는 이 미래 이후의 그림을 우리는 **수행적 서사**라고 부를 수 있다. 지금까지 무력화된 비판적 담론들은 주로 교의적 차원의 기획들이다. 그 미리 나타난 그림 대신 우리는 양가적인 매 순간마다의 그려지지 않은 그림, 미래 없는 미래를 주목할 것이다.

우리는 이 양가적 전략을 미래에 대한 코페르니쿠스적인 전회라고 부를 수 있을 것이다. 미래는 교의적 차원에서 수행적 차원으로 전이되었다. 모든 교의적 차원의 틈새에서 양가적으로 수행적 차원이 생성되는 순간, 그때 비로소 미래가 열려진다. 미래의 그림을 미리 다 그리는 것은 마음속에 우상을 만드는 것에 비유할 수 있을 것이다. 그와 달리 우리의 그림은 매 순간 그려진다. 미래는 우리 삶의 순간순간마다 생성된다.

이 '미래 이후의 미래'는 오히려 예전의 동양사상에서 암시를 얻는 '오래된 미래'이기도 하다. 미래 이후로 가는 길은 결코 잘 닦아진 길을 따라가는

---

10 비포, 《미래 이후》, 앞의 책, 230쪽.

11 김철, 〈'결여'로서의 국(문)학〉, 《식민지를 안고서》, 앞의 책, 40~42쪽. 여기서는 식민지와 탈식민지의 관계에 대해 말하고 있는데 자본주의와 탈자본주의의 관계 역시 마찬가지일 것이다.

12 竹内好, 〈近代とは何か〉, 《竹内好全集》第4卷, 筑摩書房, 1980, pp. 156~157. 김철, 위의 책, 42쪽.

왕도가 아니다. 반대로 그 길은 왕에게 자신의 삶의 실천을 말해준 미천한 포정의 도(道)에 비유될 수 있다.

포정(庖丁)은 문혜군(文惠君)을 위해 소를 잡았는데 문혜군은 그의 솜씨에 감탄해 기술의 경지를 칭찬했다. 그러나 포정은 자신이 반기는 것은 기술이 아니라 도라고 대답했다. 포정은 뼈마디 사이의 틈새에 두께가 없는 칼을 통과시키며 소의 몸을 그대로 따라간다. 또한 근육과 뼈가 엉긴 곳에 이를 때마다 매번 그 일의 어려움을 느끼고 두려움과 경계심 속에서 칼을 미묘하게 움직인다.[13]

포정의 도에서 주목되는 것은 틈새의 위치, 처리할 대상을 따라가는 양가성, 매번마다의 일의 어려움과 두려움이다. 포정은 도의 길이 우상과 왕도가 아님을 말하고 있다. 틈새와 소의 몸을 따라가지 않고 힘으로만 움직일 때 칼은 곧 무뎌진다. 도는 그처럼 목표만을 보고 억지로 정해진 길을 따라가는 것이 아니라 **매 순간의 두려운 실천** 속에서 생성되는 것이다.[14] 이 같은 도의 길은 우리가 가야 할 미래 이후의 미래와 매우 비슷하다.

그렇기 때문에 그것은 루쉰이 〈고향〉에서 말한 **길 없는 길**[15]이기도 하다. 〈고향〉에서 '나'는 고향에 돌아와 어렸을 적의 친구(룬투)와 격절되었음을 느끼며, 마비된 삶을 사는 그와 떠도는 삶을 사는 자신에 대한 생각에서 참담함에 젖는다. '나'는 후손들은 자신들이 아직 살아보지 못한 삶을 살아야 한다는 희망을 품는다. 그러나 곧 그 희망이 옛 친구를 마비시킨 우상처럼 또 다른 우상이 될 거라는 무서운 예감을 떨치지 못한다. '나'는 우상 같은 희망 대신 어디에도 없는 희망을 생각한다. 희망이란 본시 있다고도 할 수 없고 없다고도 할 수 없는 것이다. 그것은 땅 위의 길과도 같다. 길은 원래

---

13 장자, 안동림 역, 《장자》, 현암사, 1993, 92~96쪽.

14 장자는 내편 제물론(齊物論) 제2, 11에서, 길이란 그곳을 다니니까 생기는 것이다(道行之而成) 라고 말하고 있다. 장자, 위의 책, 61쪽.

15 루쉰, 정석원 역, 〈고향〉, 《아Q정전·광인일기》, 문예출판사, 2014, 188쪽.

없는 것인데 다니는 사람이 많아지면서 길이 된 것이다.[16]

루쉰은 이미 그의 시대에 모든 희망이 우상(이데올로기)으로 귀결됨을 깨달은 것이다. 그리고 지금 우리가 미래 이후의 미래에 대해 생각하듯이 절망 속에서 길 없는 길을 떠올린 것이다. 미래는 그런 길과 같아서 다 만들어져서 눈에 보이는 것이 아니라 보이지 않는 발자국들이 많아지면 생겨난다.

식민지 시대에 한용운이 노래한 '수의 비밀' 역시 그와 다르지 않다. 한용운은 님을 위한 주머니의 수를 놓으며, "주머니는 짓기 싫어서 짓지 못하는 것이 아니라 짓고 싶어서 다 짓지 않는 것"이라고 노래했다. 해방의 미래도 그와 같다. 미래의 그림을 다 그리지 않는 것은 해방된 미래를 외면해서가 아니라 누구보다도 더 간절히 소망하기 때문이다.

한용운은 신간회가 결성되기 2년 전(1925)에 민족운동과 사회운동의 대립을 보며 이론을 버리고 실지에 착안할 것을 주장했다. 그는 우선 폭풍우를 피해야할 급선무를 직시하고 혼돈에서 벗어날 것을 말했다.[17] 다른 사람들이 이미 만들어진 **사상의 우상**을 보는 동안 한용운은 **눈앞의** 폭풍우와 대면하며 '수의 비밀'을 말하고 있었던 것이다.

한용운은 해방된 미래란 사상의 우상 대신 폭풍우를 직시하는 데서 생성됨을 말한 셈이다. 아무것도 없이 폭풍우와 대면하는 것은 절망과도 같을 수 있다. 그러나 미래의 희망은 매 순간 그런 절망과 대면하는 사람들에게서 생겨난다. 한용운의 경우 사상이란 그 다음의 문제이다. 즉 그것은 미래처럼 끝없이 연기되는 것이며 현실과 만나는 수행적인 순간 틈새를 통해 생성되는 것이다.

---

16 루쉰, 〈고향〉, 위의 책, 188쪽. 히야마 히사오, 정선태 역, 《동양적 근대의 창출》, 소명출판, 2000, 45쪽. 여기서는 루쉰의 말을, "길이 없는 암흑 속에서 주어지지 않은 역사의 창조로 향하는 길"을 가려 했던 것으로 해석하고 있다.

17 한용운, 〈혼돈한 사상계의 선후책〉, 《만해 한용운 평전》, 시대의 창, 2006, 314~315쪽.

'길 없는 길'과 '수의 비밀'[18]은 우상 대신 눈앞의 어둠을 볼 것을 호소하고 있다. 루쉰이 느낀 참담함과 무서움, 한용운이 뼈아프게 자각한 님의 부재가 출발점이다. 이 새로운 수행적인 미래의 출발에서는 부재가 존재를, 이별이 만남을, 죽음이 삶을 말한다.

〈슬픔도 힘이 된다〉(양귀자, 1989)라는 소설은 '어쩌면 슬픔이야말로 진정한 힘이 될 거'라고 말하고 있다. 전교조 지회장이면서도 투쟁적이지 못한 한 선생은 학생들의 검은 눈에서 슬픔을 느끼지만, 답답함 속에서도 그 슬픔의 힘으로 거리의 지친 발걸음의 사람들을 누구라도 감싸 안고 싶은 충동을 느낀다. 슬픔뿐 아니라 고통과 절망도 힘이 될 것이다. 마찬가지로 오늘날의 우울한 소진의 시대에, 우리는 우울도 아름답다고 말할 수 있을 것이다.

우리가 말하려는 것은 바로 그 엄청난 역설이다. 어떻게 부재가 존재의 소망이 되는가. 왜 우리 시대에는 절망만이 희망이 되는가. 한없이 가라앉는 우울이 어떻게 다시 소통의 소망으로 떠오르는가.

앞에서 루쉰과 한용운을 통해 살펴봤지만 그 비밀을 가장 잘 알려주는 것은 문학과 미학일 것이다. 모든 문학은 양가적이다. 문학에 표현된 고통과 절망의 상태는 이미 존재론적 소통이며 절망에 대한 응수(應酬)이다. 슬픔을 말하는 것은 슬픔에 지는 것이 아니다. 슬픔의 미학은 님의 상실인 동시에 님을 보내지 않았다는 자각이다. 전교조의 한 선생이 보여주는 '슬픔의 힘'도 그와 같을 것이다. 마찬가지로 배수아의 우울의 문학은 의사소통이 잘 되지 않는다는 우울의 의사소통이다. 문학이 우리에게 깊이 호소하는 것은, 부재야말로 존재에 대한 열망이 생기는 지점이며, 우리 시대에는 우울의 위치가 소통에 대한 소망이 생성되는 곳이라는 점이다. 한마디로 그 순간에

---

18 〈수의 비밀〉은 지금은 아직 주머니에 넣을 보물이 없다고 말한다. 한용운, 〈수의 비밀〉, 《한용운》, 문학세계사, 1996, 59~60쪽.

'길 없는 길'과 '수의 비밀'이 생성되는 것이다. 이것이 코페르니쿠스적 전회를 통해 간신히 미래를 보여주는 미학의 역설이다.

오늘날은 문학뿐만 아니라 일상에서 그런 미학적인 것이 발견되는 시대이다. 이제 정치는 미학을 닮아 가는데 우리는 그것을 존재 자체의 생성과 연관된 존재론적 정치로 부를 수 있을 것이다. 탈정치의 시대에도 또 다른 정치와 미학은 계속된다. 물론 그것은 우상의 정치와 교의적 담론을 넘어서는 공간을 발견하는 한에서 가능하다. 그런 미결정성의 영역은 이데올로기들이 파편화되는 지점, 마음의 우상이 전복되는 위치, 여기 저기 산포된 문학과 일상의 문화의 공간에서 찾을 수 있다. 우리는 그 잘 보이지도 표상되지도 않는 문화의 공간에서 새로운 존재론적 정치학이 미학의 미시정치와 일상의 은유적 정치[19]로 귀환함을 살펴볼 것이다.

2. '길 없는 길'의 행위자로서 특이성과 보이지 않는 타자

'길 없는 길'을 가며 '수의 비밀'을 실행할 때 우리는 특이성이 된다. 특이성이란 이제까지 계속 말해온 우상과 코드에 대한 저항이다. 따라서 특이성은 절망과도 연관이 있다. 절망과 다른 점은 스스로 움직이면서 이제까지 없던 새로운 길을 생성시킨다는 것이다. 절망은 지배체계에 의한 고통의 상태인 동시에 그 균열에 놓인 위치이다. 수렁에 빠지듯 지배체계의 구멍에 빠진 상태가 절망이라면 그곳에서 운동하며 코드화된 체계에 저항하는 것이 특이성이다. 특이성이 만든 길은 매력적이지만 그 길은 절망을 껴안고 움직

---

19 은유적 정치(은유로서의 정치)에 대해서는 나병철, 《은유로서의 네이션과 트랜스내셔널 연대》, 문예출판사, 2014 참조.

일 때만 나타난다.

물론 특이성 자체는 아직 본격적인 의미의 저항은 아니다. 그것은 아직 길이라고도 볼 수 없는 아무것도 없는 곳에 생겨난 한 사람의 발자국이다. 그러나 그 특이한 발자국의 흔적은 보는 사람들의 내면을 동요시킨다. 우리는 시간적으로 다르고 공간에서마저 상이한 저마다의 길을 걷지만 심연에서는 서로 교감한다. 저항은 그 심연에서의 교감에서 생겨난다.

저항은 모든 사람이 일시에 한 길을 가는 것이 아니다. 이제까지 우리는 그런 대항적인 코드화를 저항으로 잘못 생각해 왔다. 저항이란 오히려 흩어진 채 모여 있는 뭇별들에 비유할 수 있을 것이다. 길 없는 길을 가는 사람들이 많아지면 심연에서 교감하며 길이 생겨나는 것이다. 특이성의 별들의 연대에 대한 코드화는 흩어진 별들에 성좌의 이름을 붙이는 것처럼 사후적인 일일 뿐이다.

오늘날의 정치의 해체는 조직적 운동과 중심을 말하는 정치의 붕괴일 것이다. 그러나 이제는 저항의 중심세력을 말하려는 담론에 의해 정치학이 복원되지 않는다. 즉 저항의 정치학은 결코 중심적 계급이나 위치, 담론에 의해 생기지 않는다. 그보다는 절망을 껴안는 사람들, 그 여기저기 흩어진 사람들에 의해 저항이 시작된다.

절망이란 깊은 어둠에 빠진 것과도 같다. 그러나 그것은 균열과 구멍에서 경험하는 고통이면서 미지의 실재계[20]와의 대면이기도 하다. 우리는 그런 방식으로 절망을 껴안은 채 실재계와 대면하며 길 없는 길을 가는 사람을 **특이성**이라고 부른다. 그런 특이성을 따라만 가는 사람은 당연히 더 이상 특이성이 아니다. 따라서 특이성의 연대는 흩어진 사람들의 연대이며 기존의 길에서 벗어나 각자의 길을 가는 사람들의 연대이다. 그들의 네트워크는 눈

---

20 실재계는 라캉의 용어로서 사회체계인 상징계에 저항하는 표상불가능한 실재(the Real)를 말한다.

에 잘 보이지 않는 심연의 물밑에서 시작된다. 그 같은 수면 밑의 연대야말로 우리 시대가 요구하는 '길 없는 길', 즉 특이성의 네트워크의 출발점이다.

그 때문에 정치학의 복원의 시작은 물밑에 있다.[21] 그곳에서의 탈중심화된 특이성의 네트워크가 생성될 때 탈정치의 정치가 시작될 것이다. 그것은 미래 이후의 미래의 시작이기도 하다.

곰곰이 생각하면 오늘날 거시정치의 위기 역시 실상 미시정치의 위기이다. 노동운동은 과거 1970년대에 비해 훨씬 잘 조직화되었지만 일상의 사람들은 그 운동에 크게 동조하지 않는다. 반면에 1970년대에는 개발주의에 의해 동원된 사람들이 정착 없는 이주를 경험하는 중에, 그들 사이에서나 중간층과의 관계에서 은밀한 공감의 연대가 형성되고 있었다. 과거 1970~80년대의 사회운동의 성취는, **국민**의 규율화에서 벗어난 디세미**네이션**(dissemi**nation**)의 연대, 그 보이지 않는 물밑의 네트워크가 고양된 상태에서, 사람들이 집합적 운동에 교감하며 공감적으로 참여할 수 있었기에 가능했다. 그 시기의 독재자에 대한 국민의 승리란 실상 디세미**네이션**의 승리였다.

그러나 오늘날은 아무도 타자의 고통에 공감하지 않는다. 광장에서의 구호가 강렬한 힘을 잃은 것은 타자에 공감하는 디세미**네이션**의 연대의 무력화를 말해준다. 강력한 조직과 사상, 담론보다 미시정치에 의한 물밑의 네트워크의 복원이 중요한 것은 그 때문이다.

물밑의 정치는 심연에서 공감하는 특이성의 네트워크이다. 그 물밑의 네트워크는 절망을 외면하지 않는 사람에 의해 간신히 감지되는데, 그런 잘 보이지 않는 것을 보여주는 담론이 바로 문학이다. 문학이 아니라도 일상에 구멍이 생길 때 모든 사람이 물밑을 감지하는 순간이 다가오며, 이때 우리

---

21 세월호의 물밑의 침몰은 은유적으로 암시적이다. 그곳은 절망과 트라우마의 위치인 동시에 물밑의 네트워크가 생성되어야 할 곳이다.

는 그 구멍을 사건이라고 부른다. 예컨대 세월호의 사건은 상징계에 구멍이 뚫린 트라우마의 경험인 동시에, 그곳을 통해 물밑의 연대가 생성되는 미시 정치의 순간이었다.

사건은 우리로 하여금 새로운 존재방식을 결정하도록 강요한다.[22] 그러 나 오늘날은 사건이 발생해도 사람들이 크게 동요하지 않는 것이 시대적 특 징이다. 그것은 근본적으로 타자의 고통에 대한 공감력이 약화되었기 때문 일 것이다. 타자란 지배체제의 경계 부근에서 주변화된 삶을 사는 사람들을 말한다. **타자**는 체제의 외부와 내부, 상징계와 실재계 사이에 끼어서 살아간 다. 상징계에 구멍이 뚫린 사건이 일어나면 평소에 잘 보이지 않던 타자가 한 순간 눈에 들어온다.

그 동안 한국의 지배자들은 타자에게 무관심할 뿐 아니라 그들을 불온한 세력으로 몰아 체제 내의 질서를 유지하는 데 이용해왔다. 그러나 오늘날은 그런 '더러운 행태'를 피지배자들까지 내면화하는 시대가 되어가고 있다.[23] 세월호 유가족들에 대한 혐오발화가 그 대표적인 예일 것이다.

우리는 이 같은 타자의 상실이 미래 붕괴의 증상이라고 생각할 수 있다. 타자에 대한 혐오는 병리화된 미래의 징후이다. 자본주의와 테크놀로지의 발전만을 미래로 바라보는 사람들은 타자와 사건을 대면할 때의 존재방식 및 사회의 변화의 필연성에 둔감해질 수밖에 없다. 그들은 미래로 질주하는 자본주의와 테크놀로지가 쏟아낼 신세계의 잉여향락을 타자들이 훔쳐가고 있다고 생각한다. 경제성장의 둔화와 수출의 감소는 모두 그들 탓이다. 과 거에 파시즘은 유대인들이 대중들의 향락을 훔쳐가고 있다고 그들을 혐오 하게 만들었다.[24] 오늘날의 신자유주의는 경제성장과 자본주의적 세계화에

22　바디우, 이종영 역,《윤리학》, 동문선, 2001, 54쪽.

23　박노자,《비굴의 시대》, 앞의 책, 6쪽.

24　숀 호머, 김서영 역,《라캉읽기》, 은행나무, 2006, 171쪽.

걸림돌이 되는 타자들을 혐오하게 만들고 있다.

신자유주의는 테크놀로지의 발전을 이용해 놀라운 신세계의 환상을 만드는 데 그치지 않는다. 오늘날에는 인간적인 삶을 말하는 인문학의 담론들을 순화시켜 자본주의 쪽으로 옮겨오는 일이 급증하고 있다. 자기계발, 힐링, 명상, 픽업 아티스트에서 멘토 상담 콘서트에 이르기까지 인문학에 관련된 거대한 시장이 형성되고 있는 것이다. 이 인문학의 상품화는 자본의 추한 내면과 그 사회를 사는 사람들의 약한 자아에 관념적 보형물을 집어넣는 비즈니스에 다름이 아니다.[25] 이는 각종 스펙터클 장치를 통한 자본주의의 외적 성형에 보충된 내면적 성형이라고 할 수 있다.

랑시에르(Jacques Rancière)는 지배권력이 보이는 것과 보이지 않는 것, 발화와 잡음의 경계를 설정한다고 논의했다. 오늘날의 신자유주의는 분할된 양쪽을 긍정적/부정적 이미지로 구분해 경계를 치안하는데 머물지 않는다. 21세기의 신자유주의는 연예산업과 연성적 매체, 뉴미디어 테크놀로지를 동원해 그 눈부신 스펙터클의 화려함 속에서 반대편 타자의 영역을 보이지 않게 만들고 있다. 더 나아가 이 과잉 스펙터클 장치는 인문학을 거세시켜 자본의 쪽으로 전이시키는 방식으로 이데올로기적 완성도를 높이고 있다. 이제 인문학은 배제되는 동시에 포섭된다. 미학 역시 거세된 채 포섭되고 있다. 이 인문학과 미학의 위기는 이미 앞서서 '배제-포섭된' 타자가 이제는 더욱더 보이지 않게 된 사실과 중요한 연관이 있다.

레비나스는 타자와의 교섭에 의해 비로소 미래로의 시간이 열림을 강조했다.[26] 자본주의 사회에서 자기성의 삶을 사는 사람들에게 미래는 손에 거머쥘 수 없는 것이며, 우리는 타자의 출현에 의해 비로소 엄습하는 미래에 사로잡히게 된다. 레비나스의 경우 타자와의 교섭이란 실재계에 접촉할 수

---

25 박권일, 〈성형대국의 의미〉, 《한겨레신문》, 앞의 글.
26 레비나스, 《시간과 타자》, 문예출판사, 1996, 92~93쪽.

있게 되는 중요한 사건과도 같다.[27] 그런 타자를 통한 실재계와의 교섭은 윤리적 공동체와 에로스적 삶으로 향한 미래를 열어주는데, 타자가 사라진 사회는 그 같은 삶으로 가는 미래로의 시간이 닫힌 사회이다. 이런 사회에서는 과잉 스펙터클과 내면의 보형물에 의지해서만 간신히 병리적인 미래의 시간이 나타난다. 우울과 소진증은 그런 화려함과 자유가 극단에 달한 사회가 보여주는 하나의 증상이다. 이것이 바로 타자가 사라진 사회의 비극이다.

타자가 사리진 사회는 우울과 절망의 사회이다. 그러나 그런 우울사회에서의 탈출구는 우울과 절망을 껴안은 사람에 의해서만 나타날 수 있다. 미래로의 시간을 열어주는 고통스러운 타자와의 만남이란 실상 제임슨(Fredric Jameson)이 '역사 그 자체'[28]라고 부른 실재계와의 교섭이다. 오늘날 우리는 그런 타자 대신에 절망을 껴안는다. 절망과의 대면은 또 다른 방식의 고통스런 실재계와의 교섭이거니와, 실재계에 임계한 깊은 어둠 속의 타자는 절망을 껴안는 순간에만 겨우 소생할 수 있다.

그런 절망과의 포옹은 루쉰이 〈고향〉에서 보여준 절망 속의 길과 크게 다르지 않다. 루쉰은 격절감의 절망을 통해서 옛 친구이자 '마비된 타자'인 룬투와 교섭한다. 룬투와의 심연 속에서의 교섭은 '나'의 길을 가는 특이성의 행위자가 절망 속에서 미래에 다가가는 과정이기도 하다. 오늘날은 루쉰의 시대 보다 훨씬 더 밝아진 동시에 한층 더 어두워진 시대이기도 하다. 그러나 우리 역시 루쉰처럼 절망을 통해서만 '밝음 때문에 어두워진' 타자를 만날 수 있다.[29] 어두운 절망을 껴안은 사람들에 의해서만 빛에 가려진 타자가

---

27 우리는 레비나스의 신비의 경험을 실재계적 경험으로 재해석할 필요가 있다.

28 Fredric Jameson, *The Ideologies of Theory*, University of Minnesota Press, 1988, p. 106.

29 양자의 차이는 타자가 보이는 시대와 보이지 않는 시대의 차이이다. 그러나 루쉰의 시대에도 타자가 눈에 잘 띄는 것은 아니며, 반대로 우리 시대 역시 절망과 포옹할 때 타자를 볼 수 있다.

소생하며, 길 없는 길을 가는 특이성의 행위자에 의해서만 미래 이후의 미래가 열릴 것이다.

3. 삶권력과 죽음정치―유혹의 권력의 두 얼굴

오늘날의 정치의 붕괴는 유혹의 권력이 만연된 데에서 그 원인을 찾을 수 있다. 유혹의 권력이란 삶과 빛, 그리고 욕망의 방식으로 작용하는 권력을 말한다. 빛의 향연을 통해 어두운 절망을 보이지 않게 만드는 부드러운 유혹의 권력은 강제적인 억압적 권력보다 훨씬 더 저항하기가 힘들다.

그처럼 억압 대신 유혹을 통해 사람들을 예속화시키는 권력의 방식은 푸코의 삶권력(bio-power)에서 처음 논의되었다. 푸코는 권력의 행사방식이 죽음을 강제하는 방식에서 삶을 관리하는 방식으로 바뀌었다고 주장한다. 억압의 권력의 정점에 죽음과 처형에 있다면 유혹의 권력의 첨점에는 삶과 욕망(그리고 성)이 있다. 과거(고전주의 시대 이전)의 권력은 왕에게 도전하는 사람을 죽이면서 예속된 사람들을 살게 내버려두는 방식으로 작용했다. 반면에 새로운 권력은 규율에 예속된 사람들의 삶을 부양시키면서 동화되지 않은 사람들은 죽음으로 내쫓거나 죽게 내버려 둔다.[30]

예전의 권력에서는 죽음의 대응점에 왕이 있었다. 반면에 지금은 삶과 욕망, 성의 대응점에 규율화가 있다. 권력은 집중(왕)과 배제(죽음)의 방식에서 편재성(규율화)과 포섭-유혹(삶, 욕망, 성)의 방식으로 바뀌었다. 감옥장치의 은유를 사용하면 이는 어둠(지하감옥)의 방식에서 빛(파놉티콘)의 방식으로의 변화이다. 또한 감옥의 간수를 권력의 대행자로 생각하면 새로운 변화는 보이는 권력에서 보이지 않는 권력으로의 이동이기도 하다.

---

30 푸코, 이규현 역,《성의 역사》제1권, 나남, 1990, 148쪽.

과거에는 피지배자가 한곳에 집중된 보이는 권력을 의식하며 추종했지만, 삶권력에 포획된 사람들은 보이지 않는 권력자 대신 편재하는 규율장치에 **스스로** 예속화된다. 삶권력이란 무의식을 규율에 예속화하는 장치이며 자기관리와 자기통제가 이미 예속의 과정이다. 감옥, 군대, 공장, 병원, 학교 등의 규율기관은 눈에 보이지만 삶의 부양과 성적 욕망(sexuality)에 연관된 담론과 이미지들은 더 이상 규율장치로도 생각되지 않는다.

　푸코의 삶권력에는 삶과 성을 규율화하고 관리하는 금지의 권력의 흔적이 아직 남아 있다. 그러나 이미 자기 스스로 더 좋은 삶을 위해 동화되는 자기통치의 측면이 부각되기 시작한다. 권력은 규율의 내면화와 자기통치라는 삶의 관리방식에 의존한다. 죽음이란 권력이 폭력으로 강제하는 것이 아니라 규율에 순응하지 않는 자를 죽도록 방치하고 유기하는 것일 뿐이다. 푸코는 죽음의 영역에 관여하는 권력은 극히 제한적이며 사형수들이 점점 줄어드는 것이 그 증거라고 생각했다.[31]

　그러나 규율화되지 못한 사람이 죽음에 유기된다면 푸코의 삶권력에도 분명히 죽음의 문제가 남아 있는 셈이다. 더욱이 체제에 동화되지 못한 사람들이 필연적으로 생기는 자본주의 사회를 생각하면 죽음에 유기된 사람들의 문제 역시 단순한 일이 아닐 것이다. 어떤 경우에는 신체와 생명을 죽도록 가만히 놔두는 것 역시 또 다른 중요한 정치적 문제일 수 있다. 그것은 단순히 권력의 무능의 문제가 아니라 권력장치 자체의 중요한 모순을 암시한다.

　그런 맥락에서 죽음정치를 삶권력의 중요한 구성적 요소로 생각한 사람이 바로 아감벤(Giorgio Agamben)과 음벰베(Achille Mbembe)이다. 아감벤과 음벰베는 배제된 사람이 그대로 죽음에 이르는 것이 아니라, 배제된 존재에

31　이에 따라 사형의 의미도 달라지고 그 숫자도 점점 감소된다. 사형은 범죄의 엄청남에 대한 응징보다는 교정불가능성과 사회의 안녕을 내세워 유지된다. 푸코, 이규현 역, 《성의 역사》, 위의 책, 148쪽.

의해 드러내는 권력장치의 모순과 불안을 해소하기 위해, 권력이 그들의 생명과 신체를 죽음에 이르도록 처분할 권한을 갖는 것으로 생각했다. 그런 방식으로 아감벤과 음벰베는 삶권력의 시대에 되돌아온 죽음정치의 필연성을 말하고 있다.

아감벤에 의하면, 법이 정지되는 미결정적 영역에 놓인 생명을 처분할 권한을 가진 권력에 의해 체제의 법적 질서가 유지된다. 미결정적 영역이란 체제의 경계 지점으로서 그곳에 놓인 동화되지 않은 사람의 존재는 사회 전체의 위험요인이다. 푸코는 삶권력의 그물망에 포획되지 않은 자는 죽음 쪽을 향해 있으므로 별 문제 없이 그대로 유기되는 것으로 생각했다. 푸코의 경우 죽음은 권력의 중요한 관리대상이 아니다. 그러나 아감벤은 배제된 자가 단순히 죽음으로 내쫓기는 것이 아니라 위험요소로 잔존하며, 그 때문에 그런 존재의 생명을 법을 넘어선 차원에서 처분할 수 있는 권한이 지배권력의 필수 요소라고 생각했다. 그런 존재는 권력자에게 뿐만 아니라 일반 사람들에게도 죽여도 좋은 자(호모 사케르)로 인식되며 오히려 그의 죽음으로의 배제에 의해 체제의 질서가 유지된다.

특히 체제의 질서가 이데올로기에 의해 유지되고 있고 그 사회가 반대되는 이데올로기 체제와 경계를 맞대고 있다면 죽음정치는 보다 적극적이 된다. 가령 냉전시대의 좌우 대립의 경우가 좋은 예이다. 자유주의 체제는 경계의 외부나 주변의 비식별성의 영역에 있는 공산주의자를 죽여도 좋은 호모 사케르로 생각한다. 공산주의자는 죽음으로 배제될 뿐 아니라 더 나아가 그런 배제는 체제의 질서를 유지하는 중요한 요소가 된다. 비식별성의 영역에서 공산주의자가 죽음으로 배제되는 순간 체제 내의 잠재적 불안이 해소되며 질서가 더 공고해지는 것이다. 지배권력은 죽음으로 배제해야 할 자를 내부적 불안의 원흉인 악마적 타자로 연출함으로써 그의 배제에 의해 체제의 질서를 존속시킨다. 이 경우 체제 내의 불안 요소인 동화되지 못한 자는 악마적 타자와 동렬에 놓인다. 권력자는 악마적 타자와 불온한 타자를 죽음으로 배제함으로써 비로소 안정된 지위를 누릴 수 있다. 푸코는 죽음으로의 배제를 부차적인 것으로 여겼지만 아감벤의 경우 그런 배제야말로 삶권력을 유지시키는 핵심적인 구성적 요소이다.

이런 차이는 아감벤이 체제의 **경계선에 있는 비식별성의 영역**을 중시한 데서 생긴 것이다. 모든 체제의 경계선에 있는 불안 요인은 저절로 사라지지 않는다. 그래서 불온한 자는 반드시 배제되어야 하는데 이번에는 그 배제되는 불온한 자가 오히려 체제의 나머지 불안까지 해소해준다. 아감벤은 푸코와는 달리, 비식별성의 영역의 타자가 반드시 배제되어야 할 자일 뿐 아니라, 그 배제된 자가 체제의 유지에 꼭 필요한 자이기도 함을 주목했다. 비식별성의 영역에서의 악마적 타자나 불온한 타자는 배제되는 동시에 체제의 질서를 위해 포섭된다.

음벰베는 아감벤보다 더 적극적으로 죽음정치의 기제를 강조했다. 그것은 음벰베가 자본주의적 발전 과정에서 필연적인 타자의 발생과 그들의 죽음으로의 배제를 주목했기 때문이다. 고전주의 시대 이전에 죽음으로 배제된 자는 왕의 권력에 도전하는 것으로 여겨진 중죄인이었다. 또한 아감벤의 호모 사케르란 체제의 불안 요소를 해소하기 위해 배제되면서 포섭되는 (혐오스럽게 연출된) 불온한 타자이다. 반면에 음벰베의 죽음정치의 대상은 자본주의 체제의 삶권력이 작동되는 과정 자체에서 필수적으로 요구되는 구성적 요소이다. 아감벤의 경우 죽여도 좋은 자(호모 사케르)란 체제의 **비식별성**의 영역에 놓여진 것 때문에 위험에 처해진 존재들이다.[32] 그러나 음벰베는 자본주의 체제가 작동되는 과정 자체에서 필연적으로 요구되는 죽음에 대해 말하고 있으며, 죽음 앞의 존재의 '법을 넘어선 **예외상태**'와 **비식별성**은 자본주의 체제 자체의 과도한 합리성[33]에 의한 것이다. 그와 함께 죽음의 그

---

32 아감벤, 박진우 역, 《호모 사케르》, 새물결, 2008, 79쪽.
33 오늘날의 후기자본주의에서 보듯이 이 과도한 합리성은 표면적으로는 감성적이고 부드러운 형태로 실행된다. 그런 방식으로 실제로는 감성적인 영역마저 착취하는 것이다.

늘이 드리운 영역의 비식별성과 미결정성은 그런 죽음의 운명에 대한 불가피한 **은폐**가 원인이기도 하다.

자본주의는 극도의 합리성으로 작동되는 순간 그 합리화 과정에 도전하는 어떤 것도 용납하지 않는다.[34] 이 같은 극단화된 합리적 효율성의 기제는 실제로는 사물들의 관계에 적당한 것인데 그것이 인간에게 적용되어야 할 때 문제가 발생한다. 자본주의적 규율이란 상품화의 원리이거니와 상품화의 규율이 극단화될 경우 죽음정치의 문제가 생겨난다. 삶권력에 포획된 부유층이나 관료, 고기능직의 경우 상품의 원리란 자기관리의 문제에 다름이 아니다. 그러나 위험한 공장 노동자나 대리적 서비스 노동자들은 자신의 신체와 생명이 소모품처럼 훼손되고 죽음에 이를 위험 속에서 살아가야 한다. **죽음정치**란 그들의 생명을 처분 가능한 상태에 두고 죽음에 이르도록 착취하면서 쓸모가 없어진 생명은 유기하는 것을 말한다. 이는 자본주의가 작동되는 원리(상품화) 자체의 한 부분이지만 인간이 사물처럼 상품화되고 폐기되어야 하기 때문에 죽음에 관한 정치의 문제로 부각된다.

그런 죽음이라는 생체학적이고 존재론적인 문제로 인해 자본주의는 결코 순수하게 그 자체의 원리만으로 작동될 수 없다. 자본주의가 가장 급진적으로 순수하게 작동되는 순간은 죽음에 이르는 노동과 상품을 만드는 순간이며 그처럼 신체와 생명을 훼손시키는 순간 생체학적·존재론적 대응에 부딪힐 수밖에 없다. 그 때문에 자본주의 자체는 항상 존재론적 저항을 잠재울 폭력적인 정치적 권력과 공모해야 하는 것이다. 정치적 폭력은 그 자체가 자본주의의 경제적 원리이며 경제적 원리는 이미 정치적 폭력이다.[35]

또 하나 중요한 것은 인간의 생명을 처분 가능한 상태에 두고 물건처럼

---

34 Marina Gržinić·Šefik Tatkić, *Necropolitics, Racialization, and Global Capitalism*, Lexington Books, 2014, p. 24.

35 마이클 라이언, 나병철·이경훈 역, 《해체론과 변증법》, 평민사, 1994, 179~180쪽, 200~201쪽. 마르크스, 김수행 역, 《자본론》 I (하), 비봉출판사, 2010, 1033쪽.

다루는 그런 자본주의는 흔히 불평등성이 피부에 각인된 인종주의적 차별과 함께 나타난다는 점이다. 이미 그 자체가 존재론적 폭력인 인종주의는 자본주의적 폭력과 결합해 보다 쉽게 죽음정치로 나타나게 된다. 물론 여기서의 폭력은 근대 이전과는 달리 그 자체가 삶권력의 구성적인 매개 요소로서 신체와 생명을 훼손하고 유기하는 생체학적·존재론적 폭력(죽게 내버려두는 것)으로 작용한다. 즉 권력에의 도전에 대한 응징으로서의 폭력이 아니라 극단의 생산성을 위한 과도한 착취에서 기인된 신체의 훼손과 죽음이다.

자본주의의 죽음정치적 본성은 이미 발생과정에서부터 발견된다. 마르크스는 본원적 축적 과정에서 무자비한 정치적 폭력이 행사되었음을 지적하고 있다. 그런 정치적 폭력은 본국의 자본주의를 위한 식민지의 착취에서 가장 흔하게 발견된다.[36] 이런 마르크스의 지적은 죽음정치가 자본주의와 정치권력의 공모에서, 그리고 인종주의와 식민주의 하에서 만연됨을 암시한다.

자본주의는 항상 삶권력을 동반하며 구체적으로 신문명, 경제부흥, 문화산업, 섹슈얼리티 장치를 수반한다. 그러나 그런 삶권력이 하층민(프롤레타리아)에게 작용되는 순간은 동시적으로 죽음정치의 순간이기도 하다. 유혹의 권력인 삶권력의 빛에는 죽음정치의 그림자가 운명처럼 붙어 다닌다. 그럭저럭 삶권력을 견디고 누리는 계층을 떠받치고 있는 것은 죽음정치의 대상인 하층민들이며, 그들 자신의 삶의 부양은 노동력을 계속 생산할 수 있는 생존의 한계 내에서 허용된다.[37] 그처럼 자본주의의 최하층을 이루는 죽음정치적 노동자들[38]은 흔히 인종이나 성의 대체 불가능한 불평등성의 영

---

36 마르크스, 위의 책, 1033쪽.

37 식민지인이나 이주노동자의 경우 그 같은 최소한의 삶의 부양도 이루어지지 않았으며, 과도한 노동으로 죽음에 이르는 일이 빈번했다. 대표적인 예가 니가타현 수력발전소 건설의 경우이다.

38 죽음정치적 노동자란 노동이 수행된 때나 그 후에 내던져지고 대체되고 죽음에 이를 수 있

역에 있는 사람들로 나타난다. 불평등성이 피부나 젠더에 대체 불가능하게 각인되어 있는 사람들은 보다 더 쉽게 죽음에 이르도록 착취당하면서 신체와 생명이 버려질 수 있는 것이다.

우리는 3장과 4장에서 그런 삶권력과 죽음정치의 구성적 결합이 식민지 시대부터 오늘날까지 계속 나타나고 있음을 살펴볼 것이다. 그동안 우리는 구식민지, 신식민지, 세계화를 경험했다. 세 시기 모두 트랜스내셔널한 차원에서 자본주의 권력이 작용했던 시기이며 우리는 그동안 유혹의 권력인 삶권력과 함께 죽음정치를 뼈저리게 경험했다. 우리에게 죽음정치의 문제가 참혹한 상처였던 것은 그처럼 트랜스내셔널한 차원에서 구식민지와 신식민지, 세계화의 초국적 권력을 경험했기 때문이다. 그러나 바로 그런 트라우마 때문에 우리의 죽음정치적 경험은 근대화 및 개발주의의 수사학과 민족중흥의 대의에 의해, 그리고 기적의 성장신화에 의해 **은폐**되어 왔다. 우리가 숨겨진 죽음정치를 탐구하려는 것은 그것에 의한 트라우마를 껴안는 정치만이 탈정치화 시대에 새로운 저항이 될 수 있기 때문이다.

삶권력과 죽음정치의 구성적 결합은 1920년대에서부터 찾아볼 수 있다. 이 시기의 문화정치는 어둠 속의 '묘지'였던 1910년대 식민지 자본주의를 빛의 영역으로 이동시킨 **삶권력**의 전략이었다. 이광수는 《재생》에서 "연애와 돈이 정신을 지배하는 종교가 되었다고" 말했는데[39] 이는 식민지 자본주의가 지식인과 소시민에게 삶권력적 유혹으로 침투했음을 암시한다. 그러나 같은 시기에 트랜스내셔널한 권력으로서 식민지 자본주의는 최대의 이윤을 짜내기 위해 농민과 노동자들을 과도한 착취로 죽음에 유기하고 있었다. 노동자들은 '노동지옥'을 경험하고 있었고 농민들은 소작권을 빼앗긴 채

는 노동 상품과 노동자를 말한다. 군사 노동, 성 노동, 이주 노동, 저기능적 '값싼 노동'이 여기에 속한다. 이진경, 나병철 역, 《서비스 이코노미》, 소명출판, 2015, 40쪽.

39 이광수, 《재생》, 《이광수 전집》 2, 삼중당, 260쪽, 이경훈, 《오빠의 탄생》, 문학과지성사, 2003, 63쪽.

유이민으로 떠돌아야 했다. 문화정치라는 삶권력은 자본주의적 개발을 전제로 한 것으로 지식인과 소시민에게는 **유혹**이었지만 노동자와 농민에게는 **죽음정치**였던 것이다.

우리는 비슷한 흐름을 1970년대의 개발주의에서 발견한다. 1970년대의 개발주의는 민족중흥과 경제성장을 내세워 유례없는 규모로 국민을 동원했다. 이 시기에 소시민과 중간층들은 자본주의 발전에 의한 소득증대와 문화생활이라는 삶권력의 유혹 앞에 놓여 있었다. 그러나 노동자들은 신식민지적 자본주의의 세계적 노동 분할 구도에서 '값싼 노동'에 시달려야 했다. 전태일의 죽음을 낳은 '노동지옥'의 고통과 함께 떠돌이와 철거민들은 안정된 정착 없는 내부의 유민을 경험하고 있었다. 그들이 겪은 죽음정치는 트랜스내셔널한 구도하의 자본주의적 개발 과정에서 삶권력의 전개를 위한 필수적인 구성적 요소였던 셈이다. 이 시기에 유혹과 배제의 양가성을 경험했던 소시민과 중간층들은, 규율화된 **국민**보다는 하층민의 죽음정치적 트라우마를 껴안음으로써 은밀한 디세미**네이션**의 연대를 생성하고 있다.

1990년대 이후 신자유주의적 세계화 시대에는 표면적으로 위의 두 시기와 많은 것이 달라진 듯 보였다. 오늘날의 탈정치화를 염두에 둔 한병철은 신자유주의 시대를 성과사회인 동시에 우울사회라고 진단한다. 성과사회란 푸코의 삶권력의 요소들 중에서 규율화보다는 자기관리가 더 중요해진 시대이다. 한병철은 이제 감옥, 군대, 공장, 병원, 학교 대신에 피트니스 클럽, 오피스 빌딩, 은행, 쇼핑몰이 중요해졌다고 말한다.[40]

성과주체는 자기 자신을 경영하는 기업가이며 이제 착취자는 동시에 피착취자이기도 하다.[41] 삶권력의 후기적 증상인 성과사회에서는 유혹의 권력이 만개한 대신 죽음정치는 사라진 듯 보인다. 그러나 바로 그것이 이 사회

---

40 한병철,《피로사회》, 앞의 책, 23쪽.
41 한병철, 위의 책, 23쪽, 29쪽.

의 문제점이기도 하다. 죽음정치는 물론 규율, 금지, 억압이 사라진 사회는 대항할 부정적 권력이 보이지 않는 사회이다. 따라서 성과사회는 탈정치화된 사회이며 자기착취와 소진증에 시달리는 우울사회이기도 하다.

이미 1990년대 작가들은 그런 성과적 주체를 나르시시스트적 인물로 표현했다. 규율화 대신 자기관리의 단계로 들어선 성과주체에겐 규율 기구인 학교 대신 신체와 정신의 피트니스 클럽이 필요하다. 장정일은 그런 성과를 내세운 새로운 주체의 모델로 "자신의 **능력**을 비춰 보일 수 있는 거울을 찾아 전전하는 나르시시스트"를 말하고 있다.[42]

그러나 여기서 주목할 것은 당위(규율)보다 능력이 중요한 성과주체 역시 자신을 요구하는 상류층 거울이 필요하다는 점이다. 그는 스스로를 경영하고 관리하는 기업가이지만[43] 자신을 필요로 하는 상류층의 거울이 필요한 점에서 완전히 독립한 나르시시스트는 아닌 것이다. 요컨대 규율화에서는 졸업했지만 계급 관계에서는 졸업하지는 못한 것이다.

실상 2000년대 이후의 양극화된 사회의 핵심적 문제는 계급적 이동이 매우 힘들어졌다는 점이다. 계급적 문제는 해결된 것이 아니라 **포기된 것**이다. 성과사회란 자포자기에 의해 계급 문제가 유보된 상태에서 중간층이 상류층의 거울을 찾아 헤매는 시대이다. 그는 인문학이나 미학 대신 자기계발과 스펙 쌓기에 열중해야 한다.

이런 사회에서 가장 문제적인 것은 성과사회가 마치 '없는 사람'처럼 여기는 타자들이다. 신자유주의는 오히려 계급적 양극화를 심화시키기 때문에 성과주체의 삶권력 체제의 그늘에는 최하층의 은유적인 난민들이 분명히 존재한다. 시리아의 난민들이 외부로 유출된 사람들이라면 내부로 흘려진 난민도 있다. 즉 청년 실업자. 반취업자, 실직자, 이주 노동자들은 지구적

---

42 장정일,《아담이 눈 뜰 때》, 미학사, 1990, 25쪽.

43 한병철,《피로사회》, 앞의 책, 23쪽.

자본주의라는 초국적 권력에 의해 좌초된 '보트피플들'[44]이다. 그들은 만연된 유혹의 권력과 과잉 스펙타클 장치에 의해 어둠 속의 보이지 않는 타자로 방치된다. 쓸모없어진 사람들을 유기하는 죽음정치는 사라진 것이 아니라 침묵과 비굴함 속에 은폐되었을 뿐이다. 성과사회란 그들을 투명인간처럼 없는 사람으로 취급하는 사회이다.

이런 죽음정치에 의한 은유적인 난민의 유기는 서구사회에서도 마찬가지이다. 유럽연합에서 격렬하게 착취하는 죽음정치가 보이지 않는 것은 갈수록 비참해지는 다른 국가로 수출되었기 때문이다.[45] 유럽연합의 경우 그리스와 스페인이 그 역할을 떠맡고 있다. 또한 각 국민국가들 내에서 이민족들이 그런 보이지 않는 권력의 대상자들이다. 세계화 시대의 죽음정치는 유혹의 권력의 환상적 연출과 함께 극단적으로 교묘한 방식으로 숨겨지고 있다.

구식민지와 신식민지, 세계화 시대에 삶권력과 결합한 죽음정치는 한순간도 사라진 적이 없다. 그러면서도 오늘날은 그 문제가 더 복잡해진 시대이다. 2000년대 이후 죽음정치는 교묘하게 은폐되었을 뿐 아니라 우리 자신의 비굴함에 의해 보여지지 않게 되었다. 더욱이 심각한 것은 우리 시대의 그 비굴함이 구조적으로 조장되는 감정이라는 점이다. 타자에 대한 공감의 상실을 넘어 혐오 담론이 성행하는 것은 분명히 병리화된 미래 체제의 징후이다. 그렇기에 우울과 절망은 비굴한 감정의 참담한 이면이자 그런 사회의 증상[46]이다. 절망이란 희망이 말소된 미래의 증상이다.

병리화된 미래의 증상이 절망인 것은 타자화된 여성이 자기중심적 남성의 증상인 것과도 같다. 레비나스가 여성적 사랑에서 미래의 시간을 보듯이 우리는 절망과 포옹할 때 미래 이후의 미래를 만날 수 있다. 미래 이후의 미

---

44 박민규, 〈아, 하세요 펠리컨〉, 《카스테라》, 문학동네, 2005, 132쪽.

45 Marina Gržinić·Šefik Tatkić, *Necropolitics, Racialization, and Global Capitalism*, 앞의 책, p. 27.

46 증상이란 그 사회의 병리적 균열이자 그것을 통해 사회체제의 한계를 넘어설 수 이질성이 나타나는 위치이다.

래를 위해 절망/증상을 직시하는 것, 그 같은 길 없는 길의 모험은, 유혹하는 동시에 '비굴함'에 침몰시키는 병리적 미래 체제에 대한 가장 도발적인 대응의 출발이다.

4. 절망을 껴안고 권력과 동거하기
─절망과 저항의 양가성

화려한 유혹의 권력의 시대에는 어디에도 저항이 끼어들 틈새가 없어 보인다. 그러나 우리가 가장 좌절감을 느끼는 절망의 지점이야말로 어둠을 은폐하는 권력의 균열 지점이기도 하다. 빛을 무기로 하는 유혹의 권력의 아킬레스건은 어두운 절망이며 우리가 절망을 느끼는 지점은 다름 아닌 자본주의의 균열이 봉합된 지점이다. 절망이란 봉합되어 보이지 않는 균열지점에 끼어드는 것과도 같다.

절망과 포옹하는 것은 단숨에 뒤집을 수 없는 자본주의를 껴안고 넘어서는 것이다. 마찬가지로 '식민지 없는 식민지' 시대[47]에 우리의 탈식민적 저항은 보이지 않는 식민주의와의 조우를 통해서만 생성될 수 있다. 우리는 그런 양가성을 통해 절망과 대면하며 고통과 상처를 넘어서서 또 다른 미래로 나아가야 한다. 그렇기 때문에 유혹의 권력의 시대에 저항이란 늘상 권력과의 동거상태인 것이다.

물론 이는 비단 우리 시대의 문제만은 아니다. 푸코는 '권력이 있는 곳에 저항이 있다'고 말하고 있다. 우리는 좀 더 구체적으로 저항이란 권력과 동거상태에서 양가적으로 그와 씨름할 때 생성된다고 말할 수 있다. 역설적으로 우리 시대는 그런 저항의 비밀을 가장 잘 알려주는 시대이다.

---

[47]　니시가와 나가오, 박미정 역,《신식민주의론》, 일조각, 2009, 17~18쪽.

푸코에 의하면, 저항은 권력에 대해 외재하는 것이 아니며 권력관계 자체가 다양한 저항점들과의 관련하에서만 존재한다. 권력이 일상에 편재하듯이 저항은 권력의 그물망의 도처에 편재한다. 권력에 대한 단 하나의 위대한 저항의 위치, 즉 반항 정신, 반란의 근원, 혁명의 순수한 규범은 어디에도 없다.[48]

저항이 권력관계에 편재한다는 것은 저항이란 권력의 품안에 있는 것이라고 말하는 것은 아니다. 그와 반대로 저항은 권력을 품어 안을 때만 저항이 될 수 있다. 권력이 다양한 기구와 제도를 가로지르며 조직망을 이루듯이 저항 역시 여러 계층들과 개인들을 가로지르며 네트워크를 이룬다.[49] 권력의 조직망과 저항의 네트워크는 일상에서 항상 경합상태에 있지만 그런 경합관계는 단조로운 힘겨루기가 아니다. 미시적 차원에서 보면 권력과 미시저항은 줄다리기가 아닌 포켓볼이나 컬링 같은 양가적인 반전의 연속이다. 즉 어느 쪽이 자신의 편으로 **껴안고** 넘어서느냐의 문제인 것이다. 혁명이란 힘겨루기의 승리가 아니라 양가적인 저항점들을 반전시켜 네트워크를 고양시키는 전략의 승리이다.

권력과 저항을 경계선으로 나누고 저항을 권력 외부의 규범, 코드, 이념으로 여기는 일은 인식론 중심적 편향에서 생겨난다. 인식론에 근거한 저항은 사회모순을 잘 인식하고 그것을 넘어선 것(이념)을 목표로 삼는다. 그러나 그런 인식은 사회현실로부터 거리를 둘 때 가능하며 그 위치에서의 실천은 수행적 과정에서 괴리된 목적론이나 이데올로기로 회귀한다. 이것이 영원히 풀리지 않는 과학적 인식과 이데올로기 사이의 모순이다.

그런 딜레마는 존재론적 저항에 유념할 때만 비로소 해결될 수 있다. 존재론적 저항이란 권력관계 속에서 권력을 품어 안으며 양가적으로 넘어서

---

48 푸코, 《성의 역사》 제1권, 앞의 책, 109쪽.
49 푸코, 위의 책, 110쪽.

는 것을 말한다. 그런 저항은 권력에서 달아날 때 가능한 것이 아니라 권력과 부딪히며 끌어안고 넘어설 때 생성된다. 이 존재론적 저항은 수행적 차원의 미시저항이거니와, 보이지 않는 공감의 네트워크를 형성해 그것이 고양될 때 전략적 결집에 의해 변혁운동으로 이어질 수 있다. 그처럼 수행적 차원에 근거한 저항운동은 결코 이데올로기로 회귀하지 않는다. 미시저항에서도 사회모순에 대한 인식이 생겨나지만 여기서는 이데올로기에서와는 달리 인식과 실천 사이의 모순은 존재하지 않는다. 미시저항은 한순간에 증폭되어 표면화될 수 있는데 그것은 일상에서는 권력의 눈에 잘 보이지 않기 때문이다. 그처럼 조직적 운동과는 달리 눈에 잘 보이지 않는 저항을 보여주는 것이 바로 문학이다.

이제 두 개의 저항의 모델들을 비교해보자. 즉 경계 외부에서 시작하는 인식론 중심적 저항과 권력관계 속에서 작동되는 존재론적 저항을 말한다. 전자를 시각중심적 원근법에 비유할 수 있다면 후자는 라캉의 '시선과 응시의 교차'에 대응시킬 수 있다. 시각중심적 원근법은 하나의 소실점으로 수렴된다. 반면에 '시선과 응시의 교차'에서는 권력의 시선과 저항의 응시가 만나는 지점에서 그림이 생겨난다.

그림 1

원근법에서는 인식론의 중심이 소실점이며 그것은 인식하는 사람의 눈과 일치한다. 즉 소실점은 하나의 이념(이상적인 시점)이며 그것에 의해 가시적인 현실이 배치된다. 소실점을 무한한 수렴의 중심으로 한 공간은 연속적이고 동질적인 공간이다.[50] 그런 하나의 중심과 동질성은 이념의 순수성과 총체성을 의미한다. 총체성의 중심인 소실점에 눈을 일치시키는 사람은 이 그림의 주체가 될 수 있다.

이런 총체적 원근법은 권력과 저항 양쪽에서 나타날 수 있다. 예컨대 1940년대의 일제의 총동원체제 역시 그런 원근법의 구도를 내세웠다. 그러나 이상적인 중심으로서의 소실점은 다가오는 동시에 물러서는 이념일 뿐이었다.[51] 내선일체와 대동아공영의 이념 앞에서 결코 제국인이 될 수 없었던 피식민자에게는 더욱 더 그랬다.

권력에 의해 주변화되었지만 그 위치에서 저항 서사에서 중심이 되는 원근법도 그와 크게 다르지 않다. 모든 중심을 말하는 정치학은 총체성의 원근법을 사용한다. 여기서는 누가 저항의 중심인가가 일차적으로 핵심적인 관심사이다. 우리는 그 인식론적으로 결정된 중심에 눈을 일치시켜야만 주체가 될 수 있다. 그래야만 어디를 바라봐야 하는지 알게 되고 그림의 배치를 인식할 수 있기 때문이다.

이 같은 인식론 중심적 정치학의 문제점은 저항을 위해 권력관계에 끼어드는 틈새의 지점이 그려지지 않는다는 점이다.[52] 물론 그림의 중심적 시각이 주변화된 사람들의 것이고 그 지점이 권력의 균열지점일 것이다. 하지만 주변화된 균열지점을 중심으로 치환해 또 다른 그림을 그린다고 저항의 추동력이 저절로 얻어지는 것은 아니다. 저항은 권력과 조우하는 수행적 과정

50 주은우, 《시각과 현대성》, 한나래, 2003, 195~197쪽.
51 테드 휴즈, 나병철 역, 《냉전시대 한국의 문학과 영화》, 소명출판, 2013, 101쪽, 115쪽.
52 그 틈새의 지점은 실재계와 접촉하는 지점이기도 하다.

자체에서 수시로 생성된다. 그 가변적인 저항점들이 서로 연결되고 공감의 네트워크를 이루며 고양될 때 비로소 저항이 표면화될 수 있다. 사회운동이란 이미 보이지 않는 수면 밑에서 생성된 네트워크가 고조되었을 때 전략적으로 저항점들을 연결해 가시화시킨 것일 뿐이다. 그런 선행하는 수행적 차원이 없다면 미리 마련된 중심을 말하는 거시적 저항의 구호나 전략은 이데올로기일 뿐이다.

따라서 우리는 또 다른 그림의 모델이 필요하다. 또 다른 그림은 권력의 중심도 저항의 중심도 말할 수 없는 양가적인 과정의 표현이다. 여기서의 저항은 권력의 인식론적 체계를 내버리고 저항의 중심에서 또 다른 인식론적 체계를 만드는 것이 아니다. 저항은 이쪽에서 저쪽으로 이동하며 이것 대신 저것을 선택하는 문제가 될 수 없다. 저기와 여기, 적과 나의 선명한 구분 대신 양가성의 운동만이 저항을 생성시킬 수 있다. 즉 저항은 권력 체계를 (내버리는 대신) 껴안은 채 그것의 균열지점에서 양가적인 존재론적 대응(절망과 절망의 넘어섬)을 통해 그 바깥과 교섭하는 과정이다. 우리는 이때의 권력체계의 바깥을 **실재계**[53]라고 부른다. 저항이란 권력 체계의 내부에서 그 외부인 실재계와 만나는 운동에 다름이 아니다.

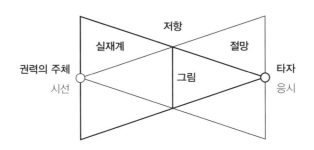

시선(◁)과 응시(▷)의 양가성(**그림 2**)

---

53 실재계는 상징계와 겹쳐져 있지만 상징화에 저항하는 영역이다.

그림 – 실재계 – 미시저항(**그림 3**)

그림 2에는 권력의 체계(◁)에 동화되지 않는 타자가 존재한다. 만일 이 타자가 저항의 주체로서 반대의 원근법의 구도(▷)를 만든다면 그림 1에서처럼 저항은 이데올로기적인 실행으로 회귀한다. 이 경우 권력체계의 바깥은 또 다른 체계의 내부가 되므로 실재계와의 만남은 나타나지 않는다.

또한 권력체계의 타자가 그 체계(◁)의 바깥으로 탈주하여 실재계와 만난다면 그것은 혼란스러운 분열의 경험일 뿐 실질적인 저항이 되기는 어렵다. 흔히 말하는 분열증적인 탈주[54] 역시 마찬가지이다. 단번에 새로운 체계를 만들거나 체계 자체를 해체하는 행위는 결코 저항으로 연결되기 어렵다.[55]

반면에 그림 2는 제3의 방식을 보여준다. 여기서는 지배체계(◁)의 균열 지점에서 절망을 껴안음으로써 권력체계와 그 타자와의 **양가적인** 교섭을 통해 그림을 만들고 있다. 만일 고통스럽다고 절망을 내버린다면 단순히 대립적 구도(▷)의 주체(그림1)가 되거나 체계 외부의 분열자로 남을 것이다. 그 둘과 달리 이 그림의 행위자는 **절망**과 포용함으로써 여전히 체계(◁)의 내부에 존재하고 있다. 그와 동시에 그는 균열로 인한 절망을 껴안은 타자

---

54 들뢰즈, 최명관 역, 《앙띠 오이디푸스》, 민음사, 1994, 500~501쪽.

55 이것이 전통적인 저항의 기획과 탈구조주의적인 해체나 탈주의 저항의 딜레마이다. 따라서 그 둘을 넘어선 제3의 방식이 필요하다.

의 위치에서 존재론적 대응을 통해 바깥으로 나아가려는 욕망을 표현한다. 이처럼 체계 내부에서 균열에 끼인 고통을 부여안은 채 바깥으로 나아가려는 대응을 우리는 **응시**라고 부른다. 시선이 동일화의 욕망이라면 응시는 그에 동화될 수 없는 타자의 위치에서의 이질성의 대응이다. 타자의 대응이 반대의 구도(▷)로 회귀하지 않고 이질적 응시(◁)가 될 수 있는 것은 안인 동시에 밖에 있는 타자의 양가적 위치 때문이다. 따라서 응시란 **양가성**의 산물이다.[56]

응시의 행위자는 균열에 위치한 상태이므로 체계 내부에 있는 동시에 그 외부의 실재계와 만나고 있는 중이다. 그처럼 일시에 바깥으로 탈출하지 않고 여전히 체계의 내부와 관계할 때만 절망을 껴안고 그 참담함을 넘어서서 실재계와 교섭할 수 있게 된다.[57] 바깥으로 탈주한 자는 사실은 실재계에 방치된 것이다. 그렇지 않으면 또 다른 우상의 품에 안기게 된다. 그와 달리 역설적으로 절망과 포옹하는 자만이 그 고통을 극복할 수 있으며, 내부에 잔존하는 자만이 외부와 교섭할 수 있는 것이다.

응시의 행위자에 의한 실재계와의 교섭(◁+▷)은 실상 권력 체계를 변화시키려는 운동(▷+◁)에 다름이 아니다. 이 일련의 양가적 과정은 주체중심적 인식론의 원근법(▷)과는 달리 수행적 과정에서의 운동을 보여준다. 그런 실재계와 교섭하는 수행적 과정에서의 대응을 우리는 미시저항이라고 부를 수 있다. **저항**이란 절망이 실재계와의 대면으로 전이되고 또 그것이 체계를 변화시키려는 운동으로 진전되는 과정이다. 미시저항은 여러 저항점들 간의 연결과 공감의 과정을 통해 물밑의 네트워크를 생성하고 그것이 점점 고양될 때 사회운동으로 표면화된다.

---

56 그림에서 절망은 응시의 바깥에 있는 것 같지만 실상 응시란 절망을 껴안을 때만 대립의 구도로 회귀하지 않고 실재계와 만날 수 있다.

57 절망을 실재계와의 대면에 연관시킨 논의로는 김철, 〈저항과 절망 – 주체 없는 주체를 향하여〉,《立命館大學 강연》, 2015. 10. 10 참조.

그림 3의 **그림**은 그 같은 미시저항의 수행적 과정을 표현하는 이미지이다. 여기서처럼 그림의 이미지에는 실재계가 그려지지 않지만 그 이미지는 이미 주변의 실재계를 암시하고 있다. 그림의 이미지를 통한 그런 암시적 표현을 우리는 미학적 **은유**라고 부를 수 있다. 은유는 표상체계의 이미지를 빌려 표상할 수 없는 실재계와의 교섭을 표현한다.

이 지점에서 우리는 미학과 미시정치와의 만남을 볼 수 있다. 은유와 양가성을 통한 미시저항은 시각예술뿐만 아니라 문학작품에서도 나타난다. 문학작품에서 미시저항을 표현하는 방식으로는 양가성, 혼종성, 틈새의 위치, 소격화 등을 들 수 있다.

앞서 살폈듯이 루쉰은 〈고향〉에서 룬투와 격절된 절망감을 끌어안음으로써 '길 없는 길'을 내딛고 있다. 마찬가지로 한용운은 님과 이별한 부재감을 부여안음으로써 '없는 동시에 있는 님'을 노래하고 있다. 두 사람의 작품에서 '길 없는 길'과 '부재하며 존재하는 님'은 실재계와의 교섭을 암시하는 은유이다. 그들은 절망과 슬픔의 힘을 통해 실재계와 대면함으로써 체계 내에는 없지만 바깥과 교섭할 때 생겨나는 '길'과 '님'을 표현하고 있다. 시선으로는 보이지 않지만 응시를 통해 발견되는 길과 님은 일종의 체계에 대한 실재계적 미시저항이다.

만일 처음부터 길과 님이 있었다면 저항이란 무의미하거나 일종의 우상의 추종일 것이다. 또한 그것이 아예 없다면 절망에서 헤어나오기 어려울 것이다. 반면에 내부와 외부, 시선과 응시를 교차시키는 양가적인 행위자만이 (길과 님의) 부재에서 존재를 보는 실재계적 교섭을 통해 **절망**을 **저항**으로 전환시킬 수 있게 된다. 따라서 모든 저항은 양가적이다. 부재와 존재, 절망과 소망, 그 양가성 속에서의 안과 밖의 조우와 교섭이 저항의 출발점이다. '길 없는 길'과 '없지만 있는 님'의 양가적 은유는 이미 그런 실재계적 교섭을 암시하거니와, 그 같은 은유가 공감과 동요를 통해 일상의 현실에서 사람들을 움직이는 것이 바로 은유로서의 정치이다.

5. 벌거벗은 생명과 벌거벗은 타자

　양가성의 저항은 모든 권력이론의 설명들을 예속과 저항의 이중적 상태로 만들어버린다. 권력이론이 주로 예속에 대해 말하고 있다면 미학은 이중화된 양가성의 저항을 표현한다. 미학이란 양가성을 통해 실재계적 교섭을 암시하는 방식, 즉 그림-실재계-미시저항(그림 3)을 보여주는 은유이다.

　권력이론이 미학에 의해 양가적 관계로 변주되는 예를 들어보자. 가령 근대 이후에는 푸코가 말한 **감시장치**에서 벗어난 위치를 발견하기가 점점 어려워지고 있다. 사회의 곳곳에 감시의 그물망이 드리워졌음은 물론 그 사회가 생산하는 담론 역시 감시권력에 포획된다. 이런 사회에서는 현실을 지시하지 않는 은유와 가상공간을 사용해 담론을 생산하는 소설가가 감시권력의 타자라고 할 수 있다. 소설은 은유를 통해 현실을 우회하므로 그 담론을 완전히 감시하기가 매우 어렵다. 가상공간과 은유를 이용하는 소설에는 현실이 없다고도 볼 수 있고 있다고도 볼 수 있다. 소설가는 감시사회의 트라우마를 끌어안은 채 현실이 아닌 현실의 길을 가는 사람이다.

　그러나 그런 소설마저 검열의 대상이 되는데, 이는 규율화가 불가능한 담론에 대한 또 다른 규율화, 즉 메타감시라고 할 수 있다. 메타감시의 시대는 소설쓰기조차 불가능해진 시대이다. 하지만 그런 시대에도 이청준의 〈소문의 벽〉처럼 소설 없는 소설이 쓰여질 수 있다. 메타감시의 시선에 대한 응시는 쓰여지지 않은 채 쓰여지는 메타픽션이다. 메타픽션에는 소설이 있다고도 없다고도 말할 수 없다. 루쉰이 절망을 끌어안고 길 없는 길을 가듯이, 이청준은 소설의 불가능성의 트라우마를 껴안고 소설 없는 소설의 길을 가고 있다. 이것이 감시장치에 대한 메타픽션의 양가성의 저항이다.

　푸코는 **성적 욕망의 장치**를 통해 자본주의 사회가 섹슈얼리티라는 유혹을 매개로 통치되고 있음을 논의한다. 섹슈얼리티는 부르주아의 정체성이지만 자본주의 사회에서는 그들만이 아니라 하층민에게도 분배된다. 그러나 성적 욕망의 장치가 실행되려면 필연적으로 하층계급의 성 노동자가 요구된다.[58] 따라서 섹슈얼리티 장치의 권력의 타자는 성 노동자이다.

성 노동은 자신의 몸을 상품화하는 서비스 노동인 동시에 신체와 생명의 훼손을 감수해야 하는 죽음정치적 노동[59]이다. 섹슈얼리티 장치라는 유혹의 권력의 균열지점은 성 노동자라는 죽음정치 노동자의 존재이다. 문학은 성 노동자의 그런 이중적 위치를 포착해서 섹슈얼리티 권력에 대한 양가성의 대응을 암시한다.

예컨대 〈몰개월의 새〉(황석영)는 성 노동자가 죽음정치의 트라우마를 끌어안은 채 존재의 자기표현을 연출하는 장면을 그리고 있다. 그들은 베트남으로 떠나는 또 다른 죽음정치적 노동자들(군인)에게 서로 간에 연결된 존재의 끈을 암시하는 선물을 건넨다. 성 노동자는 **교환가치화된** 섹슈얼리티 권력에 포획된 동시에 바로 그 위치에서 다시 인간적인 **존재의 울림**[60]을 회복하려는 응시를 표현하고 있다. 그들은 자신의 삶을 빼앗겼다고도 볼 수 있지만 또한 누구보다도 생생한 삶을 살고 있다고 할 수 있다. 그들의 행위는 삶이 없는 자의 삶의 소중함에 대한 자기증명이다. 성 노동자의 선물은 양가적인 존재론적 응수(應酬)로서 성과 삶을 교환가치에 동화시키려는 권력에 대항한다.

비릴리오(Paul Virilio)는 국가와 자본에 의한 프롤레타리아의 동원을 **운동의 독재**라고 부르고 있다.[61] 1970년대 한국의 개발독재는 국가 주도 운동의 독재를 통한 국민의 동원이었다. 그러나 동원된 사람들은 노동지옥 속에서 낯선 두려움(unhomely)[62]에 시달리거나 내부의 유민과 은유적인 난민, 정처

---

58 이진경, 《서비스 이코노미》, 앞의 책, 161~164쪽.

59 이진경, 위의 책, 49쪽.

60 울림은 라이프니츠의 용어로 존재론적 자기표현인 동시에 타자와의 교감이기도 하다.

61 비릴리오, 이재원 역, 《속도와 정치》, 그린비, 2004, 92쪽.

62 낯선 두려움은 어머니의 품 속 같은 고향(home)을 잃은 상태에서 합리적 세계인 제2의 고향

없는 뜨내기로 떠돌아야 했다. 그들은 **국민**으로 규율화되기보다는 디세미**네이션**으로 여기 저기 산포되고 있었다. 〈난장이가 쏘아올린 작은 공〉, 〈아홉 켤레의 구두로 남은 사내〉, 〈삼포 가는 길〉 등의 당시의 소설들은 정착 없이 떠도는 사람들의 낯선 두려움의 절망감을 보여주고 있다. 이 소설들에서 소시민이나 민중적 인물들은 흩어진 사람들의 낯선 두려움을 끌어안음으로써 은밀한 디세미**네이션**의 연대를 암시한다. 산포된 사람들은 개발주의의 위대한 민족중흥의 약속을 잃어버렸다고도 할 수 있지만, 그들의 고통과 두려움은 또 다른 삶으로 가는 '아직 없는 길'을 암시하기도 한다. 그런 두려움을 껴안은 수면 밑의 디세미**네이션**의 연대는 사람들을 규율화된 국민으로 동원했던 운동의 독재에 대한 양가적인 대항이다.

이 같은 예속과 저항의 양가성은 아감벤이 말한 **벌거벗은 생명**(호모 사케르)의 경우에도 마찬가지이다. 아감벤에 의하면, 통치자(주권권력)란 체제의 경계 부근(내부인 동시에 외부)의 비식별성의 영역에 있는 불온한 타자를 처분할 권한을 지닌 자이다. 그것은 법의 효력을 정지시키며 불온한 타자를 살해할 수 있는 권한이기도 하며, 그처럼 권력이 체제의 질서를 위해 죽여도 좋은 자가 바로 벌거벗은 생명이다. 지배권력은 심지어 안정된 질서를 위해 벌거벗은 생명을 생산하기도 한다.[63]

벌거벗은 생명은 국민국가가 전제로 하는 국민의 정치적 가치를 상실한 존재이다. 마치 창세기 이후 인간이 보이지 않는 은총의 옷을 잃은 채 타락한 벌거벗은 육체가 되었듯이, 벌거벗은 생명(호모 사케르)은 보이지 않는 국민의 옷이 벗겨진 불순한 신체의 상태이다.[64] 우리는 출생시에 벌거벗은 생명이었지만 국민국가에 의해 잠재적인 가치를 지닌 국민으로 즉각 등록된

(상징계)에서 비합리적 모순이 나타날 때 느껴지는 불길한 심리이다. 프로이트, 정장진 역, 〈두려운 낯설음〉, 《창조적인 작가와 몽상》, 열린책들, 1996, 137~138쪽.

63 아감벤, 《호모 사케르》, 앞의 책, 42쪽.

64 아감벤, 김영훈 역, 《벌거벗음》, 인간사랑, 2014, 107쪽.

다. 국민국가는 출생과 국민 사이에 어떤 간격도 없는 듯이 가정한다.[65] 그러나 '출생-국민-위대한 국가의 구성원'이라는 시나리오는 **난민**이 발생하는 순간 그 허구성이 드러난다. 난민은 출생한 국가의 국적을 잃은 존재로서 국민국가가 은폐하는 출생과 국민 사이의 간격을 드러낸다.[66] 국민국가는 위대한 국가의 구성원으로서 정치적 가치를 지닌 동시에 삶권력/유혹의 권력의 대상인 국민을 말하지만, 그런 국민은 출생 이후 생명이 관리되면서 가치가 없어진 경우 생명과 신체가 유기되거나 폐기되는 존재이기도 하다. 즉 정치적 가치가 있는 경우 허구적인 국민의 위치를 유지하지만, 쓸모가 없는 경우 국민이란 출생 이후 언제나 잠재적인 벌거벗은 생명인 것이다. 따라서 출생과 국민국가 사이에는 국민이라는 허구로 메울 수 없는 간격이 있는데 그것이 실제적·은유적 수용소이다. 수용소에는 생명이 유기되었거나 처분 가능한 상태에 놓인 난민이나 벌거벗은 생명이 위치한다.

벌거벗은 생명은 (허구적인) 국민의 각본을 위협하는 불온한 존재이다. 그래서 벌거벗은 생명은 체제의 질서를 위해 처분되어야 한다. 마치 은총의 옷이 벗겨진 타락한 육체가 파문을 당하듯이 국민의 옷이 벗겨진 불순한 생명은 배제된 상태로 수용소에 포섭(포함)된다.

수용소와 벌거벗은 생명은 실제의 수용소에만 있는 것은 아니다. 황폐하고 불안정한 사회에서는 잠재적·실제적 벌거벗은 생명이 곳곳에 산재하게 된다. 예컨대 1950년대의 사회는 가난과 전후의 혼란한 상황 속에서 신식민지적 자본주의와 반공주의에 의해 지배되는 무력화된 사회였다. 이런 시기에도 공산주의에 맞서는 국가가 강조되어야 했기 때문에 출생-국민-위대한 국가의 시나리오는 오히려 어느 때보다 강화되었다. 이 국가주의적 사회는 비판세력을 용납하지 않는 정치적으로 무력화된 시대였으며 쓸모없어진

---

65   아감벤,《호모 사케르》, 앞의 책, 251쪽.
66   아감벤, 위의 책, 256쪽.

잉여인간이나 잠재적·실제적 벌거벗은 생명이 도처에 널려 있었다.

이 시기에 손창섭의 소설에서 심리적·육체적으로 훼손된 인물들이 자주 등장하는 것은 우연이 아니다. 1950년대의 사람들은 출생-국민이라는 허구적 각본에 구멍이 뚫린 트라우마를 경험하고 있었는데, 손창섭 소설의 훼손된 인물들은 그런 상처를 눈에 보이게 드러내는 은유로 작용하고 있었다. 예컨대 〈비오는 날〉의 장애인 동옥, 〈생활적〉에서 중병을 앓는 순이, 〈혈서〉의 간질환자 창애 등이 그들이다.

〈생활적〉에는 죽음의 위협하에 놓여 있는 순이 이외에 생활 부적응자 동주가 나온다. 반공포로였던 동주는 아직도 수용소 시절에 겪었던 일에 대한 환상에 시달린다. 정신적인 상처로 인해 아내 춘자와는 달리 무기력하게 지내는 그에게 현실의 삶이란 또 다른 은유적인 수용소에 다름이 아니었다. 일본인 아내 춘자가 무기력한 남편을 방치한 채 순이의 의부 봉수와 어울려 지내는 모습은 마치 〈날개〉의 상황과도 비슷하다. 〈날개〉와 다른 점은 동주가 죽음에 근접해 있는 옆방의 순이에게 관심을 보인다는 점이다.

생활의 활력을 잃은 동주는 자신이 걸레조각이나 구더기, 해골물, 송장과도 같다고 느낀다. 이는 그가 생활에서 밀려나고 배제되기 때문인데 그 점에서 그는 크리스테바가 말한 **앱젝트**(abject)[67] 같은 존재였다고 할 수 있다. 앱젝트란 삶과 생명을 위해 존재의 경계 밖으로 끊임없이 쏟아내버리는 오물들을 말한다. 생명을 위해 혐오스러운 앱젝트를 토해내야 하듯이 국가도 건강을 유지하기 위해 끝없이 사회의 오물들을 배출해야 한다. 동주는 그처럼 국가로부터 배출되어야 할 앱젝트 같은 존재였으며 구린내가 풍기는 동네의 주민들 중에서도 더 그런 위치에 있었다. 그리고 그런 앱젝트의 극한에 죽음에 인접한 순이가 놓여 있는 것이다.

---

67 크리스테바, 서민원 역, 《공포의 권력》, 동문선, 2001, 21~43쪽. 김철, 〈비천한 육체들은 어떻게 응수하는가〉, 《사이》 제14호, 2013. 5, 388~389쪽.

앱젝트로서의 동주의 특이함은 그가 춘자를 통한 재활이 아니라 순이 쪽을 바라보고 있다는 점이다. 춘자 쪽에는 활기찬 생활이 있지만 순이 쪽에는 절망과 죽음이 있을 뿐이다. 그러나 동주가 죽음 쪽을 바라보는 것은 절망에 패배했기 때문은 아니다. 동주는 죽음 같은 순이의 신음소리를 자신이 살아 있다는 유일한 신호로 느끼고 있었으며 그런 삶의 확인은 그에게 "견딜 수 없는 뻐근함"을 안겨주었다. 반대로 춘자 쪽의 생활 속에서는 자신이 오물 같은 앱젝트임을 느낄 뿐이었다.

이 같은 죽음과 삶의 역전된 관계는 당대의 황폐한 삶과 무관하지 않다. 순이에게 냉혹한 봉수와 절망에 무감각한 춘자의 생활의 길이란 결국 그 시대의 상처를 외면하고 신식민지적인 자본주의적 삶에 예속되는 일일 뿐이다. 반면에 동주의 순이에 대한 관심은 수많은 잉여인간과 앱젝트들을 만들어내는 당대의 삶 속에서 그 극한인 순이를 통해 절망과 포옹하려는 몸짓이라고 할 수 있다. 동주는 그처럼 절망을 껴안음으로써만 살아 있다는 감각을 느낄 수 있었던 것이다.[68]

동주의 절망과의 포옹은 어둠 속의 타자와의 교섭이기도 하다. 1950년대에는 절망에 놓인 타자들이 곳곳에 널려 있었지만 그들의 존재는 민족(출생)-국민-위대한 국가라는 시나리오에 의해 은폐되고 있었다. 동주의 절망과의 포옹은 그런 국가주의의 균열지점에서 타자와 교섭하려는 소망의 표현으로 볼 수 있다. 동주의 '살아 있다'는 감각은 국가주의와 의존적 자본주의의 이데올로기가 아니라 그것의 허구성에서 생긴 균열인 절망에 접촉하는 데 있었던 것이다.

이런 절망과의 포옹은 순이 자신에게서도 나타난다. 순이의 신음소리는 죽음으로 다가가는 소리인 동시에 그녀가 살아 있다는 신호였다. 동주와 순이는 비슷하게 절망을 껴안음으로써 생명을 느끼려 하고 있는 것이다. 그

---

68 손창섭, 〈생활적〉, 《비오는 날》, 문학과지성사, 2005, 77쪽.

런 순이의 몸짓은 그녀가 죽음에 임박해 옷을 벗는 순간 가장 극적으로 표현된다.

수건 하나 가리지 아니한 **알몸으로** 순이는 누운 채 허리를 굽혀 자기의 사타구니를 열심히 들여다보고 있는 것이었다. 자연 동주의 시선도 순이의 사타구니로 끌렸다. 그 어느 한 부분에 쌀알보다 작은 생명체가 여러 마리 꼬무락거리고 있는 것이 눈에 띄었다. 동주는 그게 이가 아닌가 생각했다. 순이도 그때에 깜짝 놀라 동주를 흘겨보며 담요로 몸을 가렸다. 곧 자기 방으로 돌아온 동주는 그제야 그 조그만 생물들이 이가 아니라 구더기인 것을 깨달았던 것이다.[69]

이 장면에서의 충격은 순이의 몸에 이나 오물이 아닌 또 다른 앱젝트 구더기가 들끓고 있다는 데 있다. 또한 순이가 **벌거벗은 몸**으로 그 벌레들을 들여다보는 도발적인 태도에 있다. 순이의 몸에 붙은 이나 오물은 (순이의 일부로서) 순이 자신이 그와 동일한 앱젝트임을 나타내는 표시이다. 그러나 앱젝트인 순이의 몸에 달라붙은 또 다른 앱젝트 구더기들은 떼어내야 할 앱젝트의 역류를 암시한다. 그것은 순이가 옷을 벗고 아직은 살아 있는 생명임을 표현하는 순간 더 분명해진다.

이는 물론 순이가 죽을 것이라는 암시이다. 그러나 아직은 살아 있기 때문에 그런 죽음으로의 역류가 느껴지는 것이며, 그 때문에 우리에게 참을 수 없는 혐오감을 갖게 하는 것이다. 일반적으로 혐오감이란 상상적 동일성을 지키려는 이질적 대상에 대한 환상적 대응이다.[70] 그러나 여기서의 혐오감은 순이의 몸이나 앱젝트 구더기에 의해 느껴지는 것이 아니다. 악몽 같은 혐오감은 밀어내야 할 벌레가 생명에 역류하는 표상체계의 파탄과 그 폭

---

69   손창섭, 〈생활적〉, 위의 책, 86쪽. 강조-인용자.
70   제8장 11~13절 참조.

력에서 기인되고 있다. 폭력은 절망과는 달리 껴안을 수 없는 물리쳐야할 대상일 뿐이다.

아마도 순이 자신은 혐오감보다는 다가오는 죽음에 대비된 생명을 초연하게 느끼고 있었을 것이다. 순이가 외면하지 않고 옷을 벗고 응시하는 것은 절망을 껴안는 도발적 심리를 암시한다. 순이가 옷을 입고 있었다면 그녀는 다만 죽어가는 앱젝트로 보였으리라. 그럴 경우 혐오감만 있을 뿐 균열의 느낌은 없다. 그녀가 **벌거벗은 몸**으로 생명을 입증하며 앱젝트의 역류를 **응시**하는 순간 (혐오감과 함께) 표상체계의 균열이 감각적으로 우리에게 강렬하게 다가온다.

따라서 순이의 벌거벗은 신체의 응시는 그녀를 '살아 있는 죽음'(앱젝트나 호모 사케르)으로 보는 표상적 시선에 대한 존재론적인 대응이다. 일상에서 신음소리로 세상에 대응했듯이 순이는 죽음으로 배제되면서도 죽음의 체제에 포섭되지 않고 생명으로서 응수하고 있는 것이다. 순이의 알몸의 응시는 그녀의 신음소리의 시각적인 증폭이다. 이 순간 순이의 침묵의 말은 '앱젝트라도 밀려나는 동안은 어쨌든 생명'이라는 것이다. 순이의 벌거벗은 신체는 그녀를 앱젝트로 보는 표상체계에 대해 생명을 시위하면서, 반대로 표상체계와 세계 자체가 어딘가 고장 나 있음을 호소하고 있다. 여기서의 반전은 앱젝트인 순이 자신이 아니라 표상체계의 환부, 즉 생명에 대한 폭력이 혐오감의 요인이라는 점이다. 사라져야 할 것은 비천한 순이가 아니라 순이의 신체에서 연출되는 표상체계의 악몽같은 균열이다. 순이의 응시는 그런 반전을 알리는 존재론적인 대응이다.

순이는 임박한 죽음을 외면하지 않고 생명으로서 응시함으로써 자신을 앱젝트로 배제하는 시선에 응수하며 그 균열을 암시한다. 순이가 절망에 순응하거나 그것을 회피하려 했다면 그녀는 죽음의 운명에 붙잡힌 앱젝트로 남겨질 뿐이다. 순이의 응시는 죽음으로 배제되면서도 죽음의 존재론(죽음정치)에 포섭되지 않고 생명을 시위하며 무언가의 균열을 알리고 있다.

그 점에서 **벌거벗은 타자**로서의 순이는 아감벤의 **벌거벗은 생명**과 구분된다. 아감벤의 **벌거벗은** 생명은 보이지 않는 국민의 옷이 벗겨진 가치 없는 생명이다. 그렇기 때문에 죽여도 좋은 존재이며 절망에 패배할 수밖에 없는 위치인 것이다. 그는 생명권력/죽음정치의 관점에서만 보여진다.

그와 달리 벌거벗은 타자는 더 이상 입을 수 없는 허구적인 국민의 옷을 벗고 생명을 시위하는 존재이다. 여기서의 '벌거벗음'은 가치 없는 생명이 아니라 오히려 체계 쪽의 균열을 암시하며 그에 대응하는 존재의 함성의 위치이다. 그 점에서 벌거벗은 타자의 신체는 들뢰즈의 존재의 본래적 위치인 **기관 없는 신체**와 비슷하다.

그러나 벌거벗은 타자는 여전히 앱젝트(혹은 벌거벗은 생명)의 위치에서 양가적으로 작용하는 점에서 기관 없는 신체와 구분된다. 즉 '벌거벗음'이란 단순히 탈주한 '기관 없음'이 아니라 절망과 상처를 끌어안음으로써 간신히 존재의 신음소리를 내는 위치이다.[71] 이는 국민의 가치가 부재한 동시에 그로 인해 버려지는 절망 속에서 존재의 시위를 통해 국민의 허구성을 드러내는 위치이다.

벌거벗은 타자는 벌거벗은 생명과 똑같이 절망 앞에 놓여 있다. 그러면서도 절망에 패배할 수밖에 없는 벌거벗은 생명과는 달리, 절망을 끌어안음으로써 **희망(국민)의 허구성**을 알리는 **실재계와의 대면**을 표현한다. 절망은 균열의 위치이며 그것을 껴안는 순간은 균열을 통해 실재계와 대면하는 순간이다. 체제에 대한 대응은 그런 절망의 포옹으로서 실재계와의 대면에서 생성된다. 위에서 순이의 알몸의 응시는 그처럼 표상체계에 침투한 실재계적 침범을 목격하는 고통의 순간이다. 이 순간 순이는 절망적인 균열을 외면하지 않음으로서 표상체계에 대한 존재론적 응수를 표현하고 있다.

벌거벗은 타자는 벌거벗은 생명의 위치에서 절망에 지지 않고 그것을 오

---

71 또한 순이의 벌거벗은 타자의 응시는 그런 존재론적 신음의 시각적인 증폭을 뜻한다.

히려 끌어안음으로써 '아무 데도 없는 길'을 응시한다. 이때 주변에는 온통 절망만 있기 때문에 저항은 없다고도 볼 수 있고 있다고도 볼 수 있다. 저항이 없는 데도 있다고도 볼 수 있는 이유는 벌거벗은 타자는 분명히 벌거벗은 생명과는 달리 배제되는 동시에 포섭되지 않고 **응수**하기 때문이다. 이것이 바로 죽음정치와 죽음정치적 미학의 차이이다. 그것은 또한 수동적 절망과 능동적 절망의 미학의 차이이기도 하다.

벌거벗은 생명이 죽음정치적 권력의 장치라면 그에 대한 대응은 권력의 외부가 아니라 그것과의 양가적 관계에서 생성된다. 그 점에서 벌거벗은 생명과 타자와의 관계는 위에서 살펴본 '권력장치'와 '저항의 생성'의 관계와 다르지 않다. 물론 〈생활적〉의 순이의 경우 '길 없는 길'의 대응은 여전히 죽음을 향해 있다. 그 때문에 손창섭 소설은 절망을 넘어서는 절망의 미학인 것이다. 그렇다면 이제 절망과의 포옹으로서 미시저항의 의미를 보다 적극적으로 드러내는 예를 살펴보자.

6. 저항을 위한 교섭의 위치로서의 벌거벗은 타자

〈생활적〉에서 순이의 신음은 절망을 껴안으며 내는 타자성의 갈망이라고 할 수 있다.[72] 그에 응답한 유일한 존재는 수용소의 악몽에 시달리는 동주였다. 동주의 절망과의 포옹은 타자인 순이와의 교섭이기도 하다. 그러나 순이가 죽음에 임계한 존재이므로 타자와의 교섭은 미래의 시간을 생성시키지는 못한다. 그것은 순이가 죽은 후에 동주가 보여준 그녀의 주검과의 키스 역시 마찬가지이다.

하지만 절망과의 포옹은 분명히 타자와의 교섭과 긴밀한 연관이 있다. 오

---

72 그것은 자신의 존재와 생명을 느끼려는 시도이기도 하다.

늘날의 절망과 우울이 타자의 상실에 그 요인이 있다면 절망을 껴안는 과정에서의 타자성의 생성은 매우 중요하다. 타자성의 갈망과 생성은 존재론적 대응을 가능하게 한다. 이제 그 예로서 벌거벗은 타자와의 교섭을 통해 존재론적 대응과 미시저항을 드러내는 작품을 살펴보자.

1970년대는 황폐한 50년대와는 달리 개발주의가 한창 진행된 시기였다. 1950년대가 잉여인간이 넘쳐나는 죽음정치적 사회였다면 70년대는 개발에 의해 민족중흥과 부유함을 내세운 삶권력의 유혹이 강렬해진 시기였다. 그러나 다른 한편 개발의 과정에서 생겨난 하층민들은 가치 없는 존재로서 죽음정치의 위협 아래 놓여 있었다. 이런 상황에서 이 시기의 소시민과 중간층들은 그 둘 사이의 양가적인 위치에 놓여 있었다.

1970년대는 양극화된 오늘날에 비해 중간층의 경우 비교적 계층이동이 가능한 사회였다. 그렇기 때문에 소시민들은 부유함과 문화생활이라는 삶권력의 유혹을 뿌리칠 수 없는 상황에 놓여 있었다. 그러나 다른 한편 계층적 위계가 유동적인 사회란 가난한 하층민에 대한 공감이 가능한 사회이기도 했다. 상하층의 경계가 고착된 사회에서는 상층의 상상적 동일성이 견고해져서 하층의 타자에 대한 공감이 약화된다. 반면에 이 시기의 계급적 경계는 교체불가능한 인종주의적 경계와는 달리 고착화되지 않았기 때문에, 중간층들은 개발독재의 모순을 경험하는 중에 하층민에 대한 공감적 유대를 잃지 않았던 것이다.

〈아홉 켤레의 구두로 남은 사내〉(윤흥길)의 '나'와 권씨의 양가성은 그런 맥락에서 이해할 수 있다. 특히 권씨는 하층민의 생활을 하면서도 소시민적 의식을 버리지 못하는 점에서 주목되는 인물이다. 대학까지 나왔지만 주변부로 밀려난 그는 자기 자신이 하층민이면서도 비슷한 처지의 사람들과 자신 사이에 경계를 긋고 있었다. 그의 가난한 타자를 외면하는 태도는 오늘날 흔히 볼 수 있는 '비굴한 사회'의 풍경과도 비슷하다. 권씨의 주변에 있는 비참한 타자에 대한 외면은 실상 자신 앞에 놓인 절망의 외면이기도 했다.

그러나 권씨는 하층민을 배제한다기보다는 자신의 재활에 대한 미련을 버리지 못했던 것이라고 할 수 있다. 그 점에서 계층이동이 불가능한 상황에서 자기파괴적으로 비슷한 처지의 사람을 외면하는 오늘날의 상황과는 구분된다. 권씨의 하층민에 대한 외면은 자신이 그들보다 부유한 삶에 다가갈 가능성이 많다는 확신에 있었다.

권씨가 소시민 의식에 집착하는 또 다른 요인은, 1970년대란 소시민에게는 상대적으로 유동적인 사회였지만, 하층민 자신은 죽음정치에서 벗어나기 어려운 상황이었기 때문이다. 이 소설에서 보듯이 이 시기의 하층민들은 법과 무법의 사이에서 권력에 의해 무력하게 유린되는 처지에 놓여 있었다. 개발은 필연적으로 철거민들을 만들어냈지만 가치 없는 삶으로 분류된 그들은 '잘 살아보세'라는 국민의 서사에서 배제되고 있었다. 이처럼 쓸모없어진 사람들의 신체와 생명을 유기하고 배제하는 권력이 바로 죽음정치이다. 1970년대는 삶권력의 시대였지만 그 이면에서는 하층민들에 대한 죽음정치가 그것을 떠받치고 있었다.

권씨는 국회의원 선거 직전의 선심성 행정으로 내 집 마련의 꿈에 부풀어 있었다. 소시민적인 욕망을 지닌 그는 철거민의 광주단지 입주권을 전매하며 그들의 불행은 물론 협잡으로 입주권을 산 부도덕성에도 무감각했다. 그러나 선거가 끝난 후 보름 동안 집을 지으라고 하고 다시 일시불로 계약금을 내라는 통지서가 날아오면서 그는 입주민들과 같은 처지가 되고 말았다.

통지서는 법에 의한 조치를 말하고 있었지만 그 법은 선심성 행정을 백지화하는 무법이기도 했다. 그처럼 법과 무법의 비식별성의 영역에서 유린되는 입주민들은 벌거벗은 생명과도 다름없었으며 그 점은 권씨 역시 마찬가지였다. 권씨와 입주민들은 똑같이 가치 없는 존재로서 냉혹한 죽음정치에 의해 배제되고 있었던 것이다.

그러나 권씨는 정부에 대항하는 입주민들의 시위가 시작되자 서울로 달아나기 위해 택시를 타고 있었다. 그는 자신이 시위에 동참하는 것이 그들처럼 참담한 벌거벗은 생명의 나락으로 떨어지는 일로 생각한 것이다. 그는 이미 절망적으로 배제된 삶이었지만 소시민적 희망을 빼앗기지 않기 위해 고통스러운 절망을 외면하고 있었다.

투쟁적인 청년의 설교도 소란스러운 시위대열도 권씨의 마음을 움직일 수 없었다. 그러던 중 입주민들이 적나라한 모습을 드러내는 충격적인 장면이 벌어졌다. 그것은 침묵 속에서 아우성을 들려주는 듯한 장면이었다.

> "(…전략) 경찰을 상대하던 군중들이 돌멩이질을 딱 멈추더니 참외 쪽으로 벌떼처럼 달라붙습디다. 한 차 분이나 되는 참외가 눈 깜짝 할 새 동이나 버립디다. 진흙탕에 떨어진 것까지 주워서는 어적어적 깨물어 먹는 거예요. 먹는 그 자체는 결코 아름다운 장면이 못되었어요. 다만 그런 속에서도 그걸 다투어 주워 먹도록 밑에서 떠받치는 그 무엇이 그저 무시무시하게 절실할 뿐이었죠. 이건 정말 **나체화**구나 하는 느낌이 처음으로 가슴에 팍 부딪쳐옵디다. 나체를 확인한 이상 그 사람들하곤 종류가 다르다고 주장해온 근거가 별안간 흐려지는 느낌이 듭디다. (후략…)"[73]

여기서의 충격은 권씨가 주장한 그들과의 '다름'이 나체화의 모습으로 폭로된 데에 있다. 나체화는 실상 헐벗은 입주민들의 일상의 모습이었지만 그동안 개발주의에 의해 은폐되어 왔던 셈이다. 따라서 위의 장면은 개발주의에 생긴 균열이자 구멍이라고 할 수 있다. 그것은 트라우마에 가까운 절망으로서 권씨에게 존재의 신음소리로 다가오고 있었다.

개발주의에 의해 상처를 입고 절망감 속에서 살아온 것은 권씨도 마찬가지였다. 그러나 '대학까지 나온' 권씨의 절망은 소시민 의식 속에서 삶권력

73　윤흥길, 〈아홉 켤레의 구두로 남은 사내〉, 《아홉 켤레의 구두로 남은 사내》, 문학과지성사, 1997, 181~182쪽. 강조-인용자.

이 부추기는 희망에 의해 스스로 감춰지고 있었다. 권씨가 그들과 자신은 "종류가 다르다고 주장"해온 것은 그 때문이다. 그런데 그 다름이 나체화로 드러나는 순간 권씨는 개발주의의 균열지점에서 적나라한 존재의 신음과 대면하게 된다. 그들과의 다름이란 자신이 겪어온 모호한 절망감을 선명하게 보여주는 그림(나체화)에 다름이 아니었으며, 그것이 소시민 의식에 젖은 그에게 한 순간 트라우마로 다가온 것이다. 나체화는 입주민들의 적나라한 절망의 모습인 동시에 자기 자신의 소시민 의식을 파열시키는 상처이기도 했다.

소시민 의식에 젖어 있다는 것은 자신의 절망을 외면하고 삶권력의 유혹에 예속되는 것과도 같다. 반면에 나체화란 외면할 수 없는 절망의 모습인 동시에 피할 수 없는 실재계와의 대면이기도 하다. 나체화를 보는 것은 '절망의 외면'의 비겁함과 삶권력의 유혹의 허구성을 보는 것과도 동일하다. 권씨는 나체화를 보면서 더 이상 다르다고 할 수 없는 입주민과 자신의 절망을 끌어안고 있다고 할 수 있다. 이 순간의 절망과의 포옹은 헐벗은 타자와의 교섭이기도 하며, 그 타자와의 교섭은 이제 자기성에 사로잡힌 소시민 의식을 해체하고 있다.

소시민 의식에 젖는 것은 절망에 지면서 끝없이 자신을 기만하는 것이다. 반면에 절망과의 포옹은 그런 기만을 버리고 균열을 통해 실재계와 대면하며 개발주의의 삶권력에 항의하는 것이다. 권씨의 충격적인 나체화의 목격이 기만적인 소시민 의식을 내버린 시위의 행위로 이어진 것은 매우 자연스러운 일이었다.

이 소설에서는 입주민들은 물론 권씨마저도 벌거벗은 생명으로 살아가고 있다고 할 수 있다. 위의 나체화의 장면 역시 여전히 헐벗은 벌거벗은 생명의 모습으로 보일 수 있다. 그러나 외면할 수 없는 존재의 신음을 듣는 권씨의 **응시**에 의해 똑같은 위치에서 입주민들은 **벌거벗은 타자**로 전이된다. 양자의 차이는, 개발주의의 **시선**하에서의 가치 없는 존재이냐, 오히려 개발주의의 균열을 드러내는 트라우마의 존재이냐의 차이이다. 타자란 이상화된 모습("아름다운 장면")이 아니라 실재계와 접촉하며 트라우마를 경험하게 하는 존재이다. 입주민들은 권씨의 **응시**에 의해 '가치를 잃은 벌거벗음'에서 '존재의 신음을 내는 (트라우마적인) 벌거벗음'으로 전환되고 있다.

여기서 권씨가 시끄러운 설교와 시위행렬 대신 침묵 속의 존재의 아우성에 의해 변화되는 과정은 매우 의미심장하다. 이처럼 위 장면의 나체화는 교의적 설교가 아닌 시선과 응시의 양가적 교차과정을 통해 나타나고 있다. 권씨는 응시를 통해 트라우마를 껴안음으로써 실재계와 교섭하며 개발주의의 균열에 대응하고 있는 것이다. 이 같은 벌거벗은 생명과 벌거벗은 타자, 시선과 응시의 양가적 관계는 다음과 같이 표시될 수 있다.

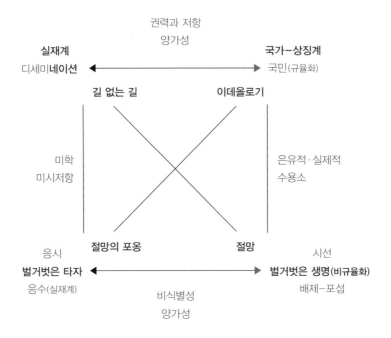

벌거벗은 생명은 〈생활적〉의 순이처럼 타자의 위치에서의 응시에 의해 벌거벗은 타자로 전환된다. 이 같은 권력에 의한 **배제−포섭**의 위치에서 그에 대해 **응수**하는 위치로의 전환은 일종의 존재론적 사건이다. 여기서 더 나아가 비슷한 고통스런 처지의 사람과 상처받은 타자와의 교섭은 그런 존재론적 사건을 보다 더 저항적인 것으로 만들어준다.

존재의 신음을 내는 타자는 외면당하는 순간 벌거벗은 생명으로 남겨져 유기된다. 문학작품은 그 외면된 존재론적 사건을 보이게 만들어 모두가 공감하게 한다. 또한 소설이나 현실 자체에서 타자와의 교섭이 발생하는 순간 벌거벗은 생명은 존재의 신음을 호소하는 벌거벗은 타자로 전이된다. 그런 타자와의 교섭은 물밑의 네트워크를 만들고 그것이 증폭되면서 디세미**네이션**의 연대가 생성될 수 있다.

이런 존재론적 사건의 생성과정은 타자가 외면당하는 오늘날의 상황에 많은 암시를 던져준다. 비슷한 처지에 놓인 사람을 외면했던 권씨가 한순간 돌아서는 과정은 매우 시사적이다. 오늘날의 타자에 대한 공감의 부족 역시 권씨처럼 뿌리칠 수 없는 삶권력의 유혹 때문일 것이다.

물론 오늘날은 1970년대보다 더 많은 어려움이 있다. 인문학과 미학이 약화된 '불구화된 미래'의 구도 속에서, 과잉 스펙터클에 의해 조장된 희망의 환상은 개발주의의 이데올로기보다 훨씬 더 유혹적이다. 물론 그 희망의 환상은 매혹적인 만큼 한층 더 병리적인 현실을 숨기고 있다. 권씨처럼 자기만을 생각하는 소시민적 이기심을 넘어서서 타자에 대한 혐오발화가 나타나고 있는 점은 그것을 암시한다.

혐오발화는 대체 불가능한 불평등성을 지닌 인종과 성의 영역에서 특징적으로 나타난다. 예컨대 식민주의 담론은 피식민자에 대한 인종적 혐오발화로 넘쳐난다. 상대적으로 경계의 유동성을 지녔던 계급의 영역에까지 혐오발화가 침투한 것은 신자유주의 사회의 양극화가 계급적 경계를 인종과 성의 영역처럼 극단적으로 고착화했음을 암시한다.

혐오발화는 하층민과 소수자들 같은 벌거벗은 생명을 일상의 보이지 않는 수용소에 감금시킨다. 더욱이 유사한 처지의 타자들에 대한 혐오발화는 그런 절망 속에서의 자기파괴적인 병리현상으로 볼 수 있다. 그것은 김사량의 〈빛 속으로〉에서 혼혈인 한베에가 자신의 핏줄의 한쪽을 지우기 위해 조선인 아내를 증오하고 폭행하는 것과 조금도 다름없다.

오늘날은 미학과 인문학이 사라진 대신 화려한 상업적 스펙터클이 그것을 대신하는 시대이다. 불행한 것은 타자의 존재의 신음을 들려주지 못하는 상업적 스펙터클의 무능력에 의해, 일상 속에서 무력한 비식별성의 영역이 점점 확장되고 있다는 점이다. 혐오발화는 그런 일상의 보이지 않는 수용소를 만드는 담론적 장치이다. 은유적인 수용소와 자기파괴적인 혐오발화와 함께 우리 시대는 잠재적인 호모 사케르가 많아져 가는 시대이다. 가장 화려한 시대는 은폐된 어둠이 점점 더 확장되는 시대이기도 한 것이다.

〈아홉 켤레의 구두로 남은 사내〉에서 권씨를 강타했던 나체화는 이제 보이지 않는 장면이나 혐오스러운 풍경이 되었다. 그런 비굴한 상황에서 벗어나려면 덧없는 희망의 환상을 연출하는 스펙터클 대신 절망과 포옹하는 미학과 미시저항이 부활해야 한다. 역설적으로 우리에게 필요한 것은 넘쳐나는 희망이 아니라 숨겨진 어두운 절망과의 조우이다. 미래 이후의 미래는 타자의 상처와 절망을 껴안을 때만 열릴 것이며, 그 점에서는 앞서 살핀 1950년대나 70년대와 다르지 않다. 오늘날 다른 점은 일상의 곳곳에서 비식별성의 영역이 점점 확대되고 있다는 점이다. 그렇기에 그 비식별성의 영역을 다시 한 번 동요시킬 수 있는 미학의 부활이 필수적이다. 이 시대에 변혁운동이 한번 더 소생할 수 있다면, 그것은 일상에까지 미학이 흘러넘치고 존재론적 사건이 무수히 생성되게 하는 미시정치의 기획과 수행으로 마련될 것이다.

7. 죽음정치의 시대와 타자를 향한 '포말의 의지'

〈생활적〉처럼 절망을 말하는 소설도 그 이면에서는 아직 그것이 끝이 아님을 암시하고 있는 셈이다. 모든 미학은 **아직 끝이 아님**을 말하고 있는 담론이다. 손창섭은 일상에서는 아무도 말하지 않는 그 말을 소설을 통해 은밀히 얘기하고 있었던 것이다. 역설적으로 절망을 말하는 사람만이 '아직 끝난 게 아니다'고 말할 수 있을 것이다. 가장 비굴한 시대는 절망이 확산된 사회가 아니라 아무도 그것을 말하지 않는 시대이다. 그런 사회에서는 비판적 담론이 소멸되면서 정치 자체가 무력화된다. 또한 누구도 소망하지 않는 죽음정치가 점점 확대된다.

죽음정치가 확장된 시기로는 식민지 말의 총동원기와 1950년대의 국가주의 시대, 그리고 오늘날의 신자유주의 시대를 들 수 있다. 앞의 두 시기는 죽음정치가 국가주의로 포장되어 확산된 시기인 반면, 오늘날은 유혹의 권력이 만연되면서 죽음정치는 그 뒤에 은폐되는 시기이다.

죽음정치의 시대에는 우울의 미학이 성행하는데, 대표적인 예로 최명익(1940년대)과 손창섭(1950년대)의 소설, 그리고 배수아, 하성란(1990년대 후반 이후)의 소설을 들 수 있다. 이 중에서 손창섭의 소설은 국가주의 시대에서 4.19로 이어지는 과정에서 우울의 미학이 슬픔의 미학으로 전이되는 전개를 보여준다. 우울의 미학이 죽음정치에 의한 절망과의 포옹이라면 슬픔의 미학은 비극적인 슬픔의 힘으로 새로운 미래에 다가서려는 시도이다. 전자가 타자성의 상실에 대한 절규인 반면 후자는 타자와의 교섭을 생성하려는 안간힘이다.

손창섭의 〈포말의 의지〉(1959)는 우울에서 슬픔으로의 전이를 보여주며 타자성의 소망을 통해 미래에 대한 암시를 주는 소설이다. 이 소설의 주인공은 옥화라는 가명을 지닌 창녀 영실이다. 이 소설은 영실의 손님 종배가 그녀를 벌거벗은 타자로 만나게 되는 존재론적 사건을 그리고 있다.

"이래두 전 몸만은 깨끗해요!"

비밀을 자백하듯 간신히 그랬다. 종배는 처음엔 무슨 소린가 했다. 여인은 어느 모로나 비직업적이었기 때문이다. 좀 더 까놓고 말하면 상품가치가 거의 없었기 때문이다. 더구나 어린애까지 업고 있지 않느냐. 그러나 종배는 이내 그 말의 뜻을 알아차릴 수 있었다.

"그래요?"

종배는 공연히 감탄하고 놀란 눈으로 여인을 쳐다보았다. 여인은 수줍게 웃었다. 그것은 **벌거벗은 '죄인의 미소'**였다. 그 웃음 속에는 적어도 인간적인 약점의 매력이 있었다. 종배는 그만 여인의 '손님'이 될 것을 거부할 용기를 잃고 말았던 것이다.[74]

영실(옥화)의 직업인 매춘부란 사회적으로 도덕적 가치를 상실한 존재이다. 그러나 역설적으로 윤락녀가 되는 바로 그 순간 매춘부에게는 상품적 가치가 생겨난다. 푸코의 말대로 부르주아의 정체성이 섹슈얼리티에 있고 자본주의가 성적 욕망을 매개로 통치되는 사회라면 그런 사회에서는 성적 상품의 존재가 필수적이다. 따라서 매춘부는 자본주의 사회에서 윤락녀로 배제되는 동시에 필수적인 상품으로 포섭되는 위치에 있다. 이처럼 배제되면서 포섭되는 호모 사케르의 위치에 놓인 상품과 그 노동을 우리는 죽음정치적 노동이라고 부를 수 있다.[75]

죽음정치적 노동으로서의 매춘부는 필요한 노동인 동시에 법이 인정하지 않는 비식별성의 존재이며, 그녀는 생명과 신체가 훼손되고 유기될 죽음정치의 영역에 놓여 있다. 그처럼 감춰야 할 죽음정치를 노동과정에서 노골적으로 드러내기 때문에 매춘은 노동의 이름을 박탈당한 채 은폐된 영역에

---

74 손창섭, 〈포말의 의지〉,《손창섭 단편전집》 2, 가람기획, 2005, 170쪽. 강조-인용자.

75 죽음정치적 노동에 대해서는 이진경,《서비스 이코노미》, 앞의 책, 40쪽 참조.

위치한다. 매춘부는 눈에 잘 띄는 존재인 동시에 노동자로서는 보이지 않는 영역에서 살아간다.

더욱이 영실은 별로 상품가치가 없는 한구석에서 뒹구는 시든 사과알과도 같다.[76] 그녀는 은총의 옷을 벗은 타락한 몸인 동시에 상품의 가치도 없는 이중의 죄인이다. 그녀가 종배에게 수줍게 웃어 보인 것은 그 때문이다. 그러나 종배는 그 수줍은 웃음을 쉽게 거부하지 못한다. 옥화와 종배 사이의 이 침묵의 교섭은 인간적인 약점을 매개로 이루어지고 있다. 옥화의 약점이란 실상 성 노동을 배제하면서 필요로 하는 자본주의 사회의 약점이며, 그녀는 생활을 위해 희생양처럼 그것을 떠맡아야 하는 어쩔 수 없는 타자의 위치에 있다. 영실의 죄는 실제로는 자본주의의 죄이다. 다만 그것을 떠맡은 영실은 자본주의의 절망을 대신 안고 살아가야 하는 존재인 것이다. 종배가 그런 옥화의 약점을 이해하고 그 절망을 같이 껴안은 순간 그녀는 이중의 죄인(벌거벗은 생명)에서 허위를 벗어던진 **벌거벗은 타자**로 전이된다.

죽음정치적 자본주의의 **시선** 아래서 벌거벗은 죄인으로 살아온 영실은, 그녀의 절망을 껴안은 종배의 **응시**에 의해 이제 수줍게 구조요청을 보내는 타자로 나타난다. 종배가 옥화의 구조요청에 응할 수 있었던 것은 그 역시 사회에 의한 상처를 그 자신의 상처로 안고 살아온 존재였기 때문이다. 사람들의 물결 속에서 '포말'처럼 떠밀리며 살아온 그는 사회의 규율에 얽매인 사람들을 아무도 믿지 않는 대신 규율의 그늘에서 살아가는 옥화의 진심을 받아들인 것이다.

종배가 영실에게 더 다가설 수 있었던 것은 그녀의 소망이 담긴 종소리와 슬픔의 감정을 접하면서부터였다. 종배는 아무런 '최후의 소망'도 없이 우울하게 살아왔다. 그러나 옥화는 종소리를 듣고 슬픔을 느끼며 교회에 가고 싶은 소망을 갖는다.

---

76 손창섭, 〈포말의 의지〉, 앞의 책, 176쪽.

그녀의 소망은 종교적인 것이기보다는 사형수가 물 한 모금을 요구하는 것과도 같은 '최후의 소망'이다. 종배는 교인들(이모부 등)의 예배에서 **희망의 우상**을 보고 실소한다. 그러나 영실에게는 그런 실소를 자아내는 우상이 없으며 죽음과 절망 앞의 '최후의 소망'이 있을 뿐이다. 최후의 소망이란 **절망**을 껴안은 채 존재를 확인하고 싶은 희망 아닌 희망이다. 영실은 인간의 자격을 상실했다는 생각에 교회에 가지 못하면서도, 죽을 때만은 교회에 가서 인간으로 죽고 싶다고 생각한다. 이 절망을 껴안은 소망은 이미 규율화된 큰길로 교회에 다니는 사람들은 이해할 수 없는 것으로서, 갈 수 없는 길을 가려고 하는 '길 없는 길'의 표현이다.

영실은 죄인이라는 생각으로 교회에 가지 못하지만 종배는 갈 수 없는 교회에 가려는 영실이야말로 하나님에게 다가가 있다고 생각한다. 그리고 '죄인의 미소'의 의미를 모르고 그녀를 질시하는 교인들에게 분노를 느낀다. 종배는 비천한 영실의 최후의 소망에서 자신 같은 고독한 고아가 갖고 있지 못한 '그 무엇'을 본다.

'그 무엇'과 연관해 영실이 종소리에서 기쁨이 아니라 슬픔을 느낀 점은 의미심장하다. **슬픔**이란 간절히 이루고 싶은 소망이 있지만 그것을 이룰 수 없을 때 느껴지는 감정이다. 그 점에서 슬픔은 자신이 무엇을 소망하는지 알지 못하는 우울과 구분된다.[77] 영실은 최후의 소망을 이룰 수 없기에 슬픔

---

77 프로이트는 슬픔이 세계의 황폐화라면 우울은 자아의 빈곤화라고 논의한다. 자신이 소망하는 사람을 잃어버렸을 때 우리는 세상이 쓸쓸해지며 슬픔을 느낀다. 이는 어떤 **소망하는 것이 있지만** 그 소망을 채워주는 대상이 지금 없는 경우이다. 반면에 무엇을 상실했는지도 모를 때 우리는 자아의 빈곤화와 함께 우울함을 느낀다. 자아의 빈곤화는 자기중심적 자아에서도 나타나는데 이 경우 우울한 감정은 느껴지지 않는다. 반면에 타자를 갈망하는 사람이 타자성을 상실한 세계에서 살아갈 때 아무도 진정한 소통이 불가능한 상황에서 자아의 빈곤화와 우울함을 느낀다. 여기서의 자아의 빈곤화는 구체적인 대상의 상실이기보다는 타자성을 상실한 세계에 의한 것이며 자아는 **무엇을 잃어버렸는지 누구를 소망하는지 알지 못하게** 된다. 프로이트, 윤희기 역, 〈슬픔과 우울증〉, 《무의식에 관하여》, 열린책들, 1997, 243~270쪽.

을 느끼는 것이다. 그러나 그 슬픔은 이루기 힘든 소망의 확인이기도 하며 그 슬픔의 힘으로 지금의 절망을 껴안는 것이다.

반면에 고독한 고아로 '최후의 희망'도 없이 살아온 종배는 종소리에서 느끼는 슬픔의 의미를 알지 못한다. 고독하고 우울한 종배는 영실의 최후의 소망을 돕기 위해 그녀를 찾아가는 일에서 보람을 느낄 뿐이다. 그러나 영실을 찾으며 처음으로 타인에게 관심을 갖게 되면서 종배의 감정의 구조에 변화가 일어나게 된다. 즉 종배가 그처럼 영실과 함께 최후의 소망에 참여하는 과정은 그가 우울에서 벗어나 슬픔의 의미를 알아가는 과정을 암시한다. 이 종배의 감정적 변화는 손창섭 소설에서의 감성적 전환에 상응한다. 즉 〈생활적〉, 〈미해결의 장〉 등 초기의 우울의 미학에서 〈설중행〉, 〈층계의 위치〉를 거쳐 〈잡초의 의지〉와 〈포말의 의지〉에서 슬픔의 미학으로 전이되는 진행에 조응한다.

손창섭의 우울의 미학은 훼손된 타자가 절망에 방치된 모습을 보여주는데, 이는 타자성을 상실하고 비판담론이 무력화된 당시의 반공주의적 국가주의와 연관이 있다. 우울의 미학은 회복이 불가능한 상처 입은 타자에 대한 폭력의 고발이다. 우울의 미학에도 타자성의 갈망이 있지만 그것이 삶 속에서의 소망으로 표현되지는 못한다. 반면에 슬픔의 미학은 삶 속에서의 타자에 대한 갈망과 교섭의 표현이다. 가령 〈잡초의 의지〉와 〈포말의 의지〉에서는 비천한 타자와의 교섭의 소망이 나타나는데, 이는 손창섭 소설이 우울의 미학에서 슬픔의 미학으로 이행했음을 보여주는 지표일 것이다. 그 이행 과정은 〈포말의 의지〉에서 고독한 종배가 영실을 통해 타자에 대한 갈망을 갖게 되는 전개와도 비슷하다. 우울이 절망적인 타자성의 상실이라면 슬픔은 상실한 타자성을 회복하려는 갈망이다.

영실이 듣는 종소리 역시 타자성의 소망의 표현일 것이다. 종소리는 혼자 들어도 누구와 같이 듣는 듯한 느낌을 갖게 한다. 영실은 타자성을 소망하지만 아직 곁에 아무도 없기 때문에 종소리에서 슬픔을 느끼는 것이다. 하지만 그런 슬픔의 감정은 종배와의 거리를 가까워지게 한다. 영실과 종배의 관계의 진행은, 종배가 우울에서 벗어나 슬픔의 의미를 알아가게 되는 동시에, 영실이 '최후의 소망'에 다가가게 되는 과정이라고 할 수 있다.

영실(옥화)은 종배와의 잠자리에서 중대한 비밀을 발설하듯이 자신의 본명(영실)을 들려준다. 이는 자신이 상품이 아니라 인간임을 알려주는 비밀이기도 했다. 옥화라는 상품에는 어떤 타자성도 없다. 반면에 '영실'을 말하는 순간 자신도 타자와 관계하는 존재라는 인간의 비밀[78]이 발설된 것이다.

인간의 비밀이 사회적으로 비윤리적인 듯한 영실에게서 발설된 점은 흥미롭다. 이 순간은 죽음정치적 노동자인 영실이 윤락녀의 이름으로 죽음정치의 절망을 대신 짊어지고 살아온 존재임이 드러난 순간이기도 하다. 윤락녀란 자본주의의 모순을 은밀히 숨겨두는 방패의 막과도 같다. 매음은 성적 자본주의의 필연적 요소이지만 사회는 허울 좋은 도덕으로 매음을 배제해 자기 자신의 죽음정치적 모순을 감추는 안전판을 만든다. 죽음정치와 자본주의에 잠재된 모순이 집중된 위치에 놓여 있으면서도, 영실은 그런 사회의 희생자인 동시에 윤락녀로서 그 사실이 은폐되고 있기 때문에, 가장 비참한 자본주의의 절망에 위치한 존재라고 볼 수 있다. 즉 영실은 죽음정치적 노동의 고통과 함께 그 고통이 외면되는 이중의 소외를 떠맡고 있는 것이다.

그렇기에 그녀의 소망은 인간으로서 가장 밑바닥에서 사회 전체의 이중적 모순을 관통하며 떠오르는 감성의 표현이다. 그녀의 개인적인 최후의 소망은 은밀하면서도 강한 사회적 의미를 지니고 있다. 자본주의가 상품논리로 타자성을 박탈한다면, 영실은 자신의 직업에 찍힌 낙인으로 인해 간신히 최후의 위치에서 타자성을 소망한다. 그러나 그 소망은 죽음정치적 사회의 고통과 그 은폐라는 최저층의 **절망을** 꿰뚫는 대응이며,[79] 그런 만큼 그것은

---

78 나카자와 신이치, 《예술인류학》, 앞의 책, 242쪽.

79 희망의 우상에 사로잡힌 사람들이나 지배체제에 규율화된 사람들은 그런 절망을 보지 못한다.

전체 사회의 변화를 갈망하는 잠재적 울림을 지니는 것이다. 이는 영실의 죽음정치적 노동 자체가 이율배반적인 자본주의의 '죽음 같은 절망'인 동시에, 그 절망을 껴안고 사형수 같은 소망을 생성시킬 때 (자본주의로부터 미끄러지는) 역설적인 **틈새**가 생성되는 위치임을 암시한다.

그런 숨겨진 의미화의 과정 속에서 영실이 최후의 소망에 접근하는 과정은 그녀와 종배가 타자성을 찾아가는 과정에 상응한다. 절망의 삶을 살아온 영실은 결국 죽음을 맞게 되는데 그녀는 죽음의 순간 교회 앞까지 기어가다 숨을 거둔다. 이 죽을 힘을 다해서도 갈 수 없었던 길은 종배에 의해 계속 이어진다. 종배는 어떤 무서운 힘에 빨려 들어가듯이 교회 안으로 들어서서 정신없이 종을 울린다.

종소리는 영실에게 들려주기 위한 것이었지만 그것은 타자성을 상실한 세상을 향해 울리는 것이기도 했다. 종배는 영실을 잃은 슬픔의 힘으로 막혔던 가슴이 터질 듯한 종소리를 울린다. 그 순간은 영실의 최후의 소망이 자신의 것이 되는 순간이기도 했다.

종배가 종을 울리는 순간 규칙에 물신화된 교인들이 고함을 지르며 달려왔다. 종소리는 규칙위반이었던 것이다. 그러나 종배는 아랑곳하지 않는다. 그 소리는 희망의 우상과 규율에 사로잡힌 사람들은 **알 수 없는** 세상의 모든 절망을 껴안은 '최후의 소망'이었기 때문이다.

종소리에 집중된 종배의 슬픔의 힘은 죽음정치적 사회의 벌거벗은 타자인 영실과의 교섭에서 생성된 것이다. 규율화된 사람들의 감성의 치안을 강타한 그의 종소리는 타자성을 소망하는 감성의 동요가 경계를 넘어 세상 밖으로 흘러넘치기 시작했음을 암시한다. 물론 그것은 탁류의 물결에 떠오른 작은 포말로서 비천한 종배의 의지일 뿐이다. 그러나 종배라는 '은유로서의 포말'은 이미 수면 밑에서 보이지 않는 흐름이 동요하기 시작했음을 알리는 신호이다. 비천한 종배의 감성의 위반, 영실이 죽을 힘을 다해 가려한 길 없는 길, 그 처절한 절망을 끌어안은 최후의 소망은, 죽음정치의 폭력에 굴하지 않고 **타자성의 갈망**을 시위하는 미시저항의 표현이다. 이 없는 듯하면서도 그 존재감을 드러내는 약한 동시에 과감한 감성적 표현은 다음 해에 발생한 4.19와 무관하지 않다. 4.19는 예기치 않은 종소리에서 슬픔을 느끼는 사람들의 동요에서 이미 시작되었다. 그렇기에 규율의 위반이자 타자성의 소망으로서 종배의 종소리는 4.19 직전 비슷한 시기에《사상계》의 지면을 장식한 비판적 담론들[80]에 상응한다.

8. 죽음정치와 죽음정치적 노동

1950년대와 식민지 말, 오늘날은 죽음정치가 확대된 시기이지만 일반적으로 죽음정치는 근대 자본주의가 시작된 이후 계속되었다고 할 수 있다. 특히 식민지를 경험한 서구 이외의 지역에서는 한 번도 죽음정치에서 벗어난 적이 없었다고 말할 수 있다. 즉 서구 이외의 지역에서는 자본주의의 시작은 곧 죽음정치의 시작이었다.

우리 역시 근대가 시작되자마자 줄곧 죽음정치적 자본주의를 경험해온 셈이었다. 그처럼 자본주의가 죽음정치와 결합되는 것은 근대란 트랜스내셔널한 맥락에서 식민지를 만들며 진행된 역사이기 때문이다. 근대성의 공간에서 트랜스내셔널한 권력과 식민지, 죽음정치적 자본주의는 서로 긴밀한 관계에 놓여 있다.

일국을 넘어선 트랜스내셔널한 맥락에 놓인 식민지에서는 인종적인 존재 자체가 대체 불가능한 불평등성을 낳는다. 그런 극단의 불평등성과 비대칭성을 전제로 한 식민지 상황에서 자본주의는 피식민자 하층민을 소모품

---

80 1959년《사상계》에 실린 글들을 보면 이승만 정권에 대한 비판이 점점 고조되고 있음을 알수 있다. 테드 휴즈, 나병철 역,《냉전시대 한국의 문학과 영화》, 소명출판, 2013, 283쪽. 종배의 종소리는 그런 비판적 글들에 상응하는 감성적인 등가물로 볼 수 있다.

처럼 착취함으로써 그 즉시로 죽음정치화된다. 뿐만 아니라 그처럼 식민지에서 죽음정치를 실행하는 서구 역시 그와 연동된 자본주의일 수밖에 없을 것이다. 근대의 자본주의가 식민지를 만들거나 식민화를 당한 사람들의 역사라면,[81] 그것은 죽음정치를 행사하거나 죽음정치적 상황에 놓여온 사람들의 역사이기도 할 것이다.

마르크스 역시 서구 자본주의의 본원적 축적 과정에서 식민지에 대한 무자비한 폭력이 있었음을 말하고 있다.[82] 역사적으로 서구의 자본주의는 식민지의 죽음정치를 대가로 시작될 수 있었던 것이다. 그런데 이 경제에 정치적 폭력이 개입한 예외상태는 실상은 예외가 아닌 일반적인 현상이었다. 서구에서 자본주의가 발전하고 있다는 것은 서구 이외의 지역이나 백인 이외의 인종에게 죽음정치가 실행되고 있다는 말과도 같다. 또한 식민지 자체에서의 자본주의의 발전은 죽음정치의 확산 과정과 일치한다.

일반적으로 죽음정치는 성과 인종의 영역 같은 대체 불가능한 불평등성의 영역에서 성행한다. 피부와 젠더에 이미 차별의 낙인이 찍혀 있는 성과 인종의 영역에서는 피지배자의 신체와 생명이 항상 폭력과 죽음에 노출되어 있다. 그런 성과 인종의 영역을 자본주의의 원리가 횡단하는 경우 경제적 착취는 쉽게 죽음정치적 폭력과 결합된다. 피식민자나 여성은 마치 소모품처럼 다루어져서 신체의 훼손과 생명의 위해에 상관없이 착취당하게 되는 것이다. 피식민자나 여성의 경우 자본주의의 착취는 경제적 수탈일 뿐 아니라 존재론적 폭력이기도 하다.

마르크스가 주목하지 않은 것은 인종과 성의 영역에서는 그런 존재론적 폭력이 일상적이라는 사실이다. 또한 자본주의는 필연적으로 인종과 성의 영역을 횡단할 수밖에 없다는 점이다. 식민지인이나 여성은 자본주의가 진

---

81 윤해동, 《근대를 다시 읽는다》 1, 역사비평사, 2006, 30~31쪽.

82 마르크스, 《자본론》 I (하), 앞의 책, 1033쪽.

행되는 매 순간마다 죽음정치를 경험한다.

　물론 이 죽음의 권력은 비단 그 희생자 쪽에서만 문제가 되는 것은 아니다. 여성이 남성의 상대항이고 모든 근대는 식민지 근대[83]라고 할 때, 자본주의적 근대는 늘상 불가피하게 죽음정치와 공모하고 있는 셈이다. 다만 자본주의가 유포하는 삶권력의 유혹 속에서 죽음정치는 보이지 않는 이면에 숨겨질 뿐이다. 그 때문에 삶권력이 고도로 발달한 제국 본토의 경우 상대적으로 죽음정치는 잘 눈에 띄지 않는다. 제국 안의 내부의 식민지, 즉 이민족들의 고통에 의해 암시되는 정도이다.

　반면에 숨겨지는 동시에 숨겨질 수 없는 것이 우리 같은 죽음정치의 희생자 쪽의 역사이다. 식민지와 신식민지, 그리고 오늘날의 세계화 시대에 이르기까지, 우리의 노동자들과 비정규직, 실직자들은 모두 죽음정치적 노동자이거나 그 희생자들이었다. 1980년대 이전까지 우리의 산업노동자들은 실상 노동지옥에 시달리는 죽음정치적 노동자들이었다.[84] 즉 우리의 경우 단순한 자본가와 노동자의 대립을 넘어 트랜스내셔널한 맥락의 권력과 죽음정치적 노동자들의 대립을 경험했던 셈이다.

　죽음정치는 인종 및 성의 영역과 교차되는 산업노동에만 해당되는 것은 아니다. 그밖에 노동자로도 보이지 않는 군사 노동자와 성 노동자, 군대 성 노동자들 역시 죽음정치적 노동자들이었다고 할 수 있다. 왜냐하면 **트랜스내셔널한 맥락**에서의 **자본주의의 발전**을 위해서는 군사주의와 경제개발, 그리고 섹슈얼리티의 영역은 서로 연관될 수밖에 없으며, 군사 노동자와 성 노동자들은 그에 필요한 대리노동[85]을 제공하고 있었기 때문이다.

　그 때문에 자본주의는 단순히 자본가와 노동자의 관계로 이분화되지 않

83　윤해동,《근대를 다시 읽는다》1, 앞의 책, 31쪽.

84　특히 식민지 시대부터 1980년대까지의 노동자들을 그렇게 말할 수 있다.

85　대리노동은 성과 인종의 영역 같은 대체 불가능한 불평등성의 영역에서 흔히 나타난다. 대리노동에 대해서는 이진경,《서비스 이코노미》, 앞의 책, 54쪽 참조.

는다. 자본주의가 성과 인종의 영역을 횡단할 때 일반적인 노동자 밑의 최하층에는 **죽음정치적 노동자**[86]가 위치하는 것이다. 예컨대 노동지옥을 경험한 식민지의 저임금 노동자, 이중의 족쇄에 얽매인 군대 성 노동자, 초국가적 군사 노동자, 이주 노동자들이 그들이다. 이들의 공통점은 생명을 처분 가능한 상태에 두고 죽음에 이르도록 착취당하면서 쓸모없어진 신체와 생명은 유기된다는 것이다.

우리의 근대의 역사는 그런 죽음정치적 노동의 실상을 증언하는 역사였다고 할 수 있다. 예컨대 1922년에 일본의 니카타현 수력발전소 공사장에서는 17시간의 노동을 견디다 못해 도주하는 조선인 노동자들이 100명 이상 총살당해 강물에 던져졌다.[87] 잘 알려진 식민지 말의 군대 위안부들은 쓸모가 없어지면 그대로 생명이 유기되었다. 1960~70년대의 베트남전 참전 한국군 역시 마찬가지이다. 그들 중에서 약 5천 명의 병사가 죽었으며, 만 6천 명 이상이 부상을 당했고, 6만 명의 제대병과 그들의 자녀들이 고엽제 후유증을 겪었지만, 아무도 그들을 기억하지 않는다. 또한 동남아 이주 노동자들은 잘려져 나간 그들의 손가락이 쌀자루로 몇 백 부대는 될 거라고 말하고 있다.[88]

이들의 참혹함은 결코 예외상태가 아니며 자본주의가 성과 인종의 영역을 횡단할 때 나타나는 일반적인 현상이다.[89] 그 참혹함 때문에 은폐되어 왔지만 이런 현상은 서구 이외의 지역은 물론 서구 내의 성과 인종의 영역에서도 나타난다. 백인 남성 식민자들이나 피식민 위탁자들, 그리고 제국 본토의 백인 남성 부르주아들은 은밀하게 죽음권력을 행사해 왔다.

---

86 이진경, 위의 책, 6~12쪽, 39~45쪽.

87 이종호, 〈혈력 발전의 제국, 이주 노동의 식민지〉, 《사이》, 제16호, 2014. 5, 14쪽.

88 이진경, 앞의 책, 348쪽.

89 마르크스주의적 관점에서는 예외상태로 보일 수 있지만 죽음정치적 관점에서는 일반적인 현상이다.

이제까지 죽음정치적 노동은 그 중요성이 주목되지 않았다. 저임금노동이나 이주 노동에서의 폭력성은 자본의 지나친 횡포로 말해질 뿐이었다. 그러나 그런 노동에서 나타나는 잔혹함은 특정한 자본가의 폭압성 때문이 결코 아니다. 자본주의는 흔히 신체와 생명을 처분 가능한 상태에 두는 죽음권력과 공모하거니와, 그런 특징은 성과 인종의 영역을 횡단할 때 필연적으로 나타나는 것이다.

죽음정치적 노동의 또 하나의 특징은 산업노동보다는 오히려 군사 노동과 성 노동에서 본모습이 나타난다는 점이다. 이제까지 군사 노동과 성 노동은 노동으로도 여겨지지 않았다. 하지만 서구에서든 식민지에서든 군사 노동과 산업노동은 늘상 긴밀한 관계를 유지해 왔다. 비릴리오가 논의했듯이 '파괴의 생산'과 '부의 생산'은 구조적으로 연속되어 있으며[90], 그 점은 미국의 아시아에서의 군사주의와 경제계획의 연관된 전략에서도 알 수 있다. 미국은 '파괴 노동자'(군인)가 점령한 지역에 친미적 정권을 세워 경제개발을 실행하는 전략을 반복해 왔다. **제국주의적 군사 노동**은 트랜스내셔널한 죽음정치적 권력의 대리인인 동시에 그 자신이 소모품처럼 훼손되며 생명을 잃는 죽음정치의 희생자이기도 하다. 더욱이 제국을 대신하는 **하위제국적 군사 노동**은 대리노동의 특성으로 인해 죽음정치의 희생자의 측면이 보다 더 부각된다.

또한 성 노동은 자본주의의 욕망의 경제를 유지하기 위한 필수적인 요소이다. 푸코는 섹슈얼리티가 부르주아의 계급적 육체를 구성했으며 부르주아는 다른 계급에게도 그것을 확산시켜 특수한 계급효과를 일으켰다고 말한다.[91] 부르주아의 섹슈얼리티란 상품화된 욕망으로서 교환가치의 경제처럼 욕망의 경제를 통해 자본주의를 유지시킨다. 자본주의 사회에서는 돈이

90 비릴리오, 《속도와 정치》, 앞의 책, 93쪽.
91 푸코, 《성의 역사》 제1권, 앞의 책, 137쪽, 140쪽.

전부라고 할 수 있는데 그와 똑같이 성은 영혼이나 생명보다도 중요하다.[92]

이처럼 섹슈얼리티(성적 욕망)의 장치가 자본주의를 유지시키는 권력의 기제라면 그런 욕망을 제공하는 성 노동은 자본주의의 필수물일 것이다. 상품이 없는 자본주의를 생각할 수 없듯이 성-섹슈얼리티 노동이 없는 자본주의는 상상하기 어렵다. 자본주의가 발전할수록 상품이 넘쳐나듯이 곳곳에서 다양한 성-섹슈얼리티 노동이 출현한다. 다만 성 노동은 노동자의 신체 자체가 상품이 되는 대리노동이므로 상품처럼 전시되기가 매우 힘들다. 더욱이 성 노동은 심리적·육체적 트라우마를 무릅써야 하는 죽음정치적 노동으로서 흔히 비윤리적 영역으로 은밀하게 감춰진다. 그러나 성 노동은 보이지 않게 은폐되는 동시에 어디에나 널려 있는 잘 알려진 것이기도 하다. **성 노동**은 해서는 안 되는 부도덕한 일이지만 또한 누군가는 꼭 해야 하는 노동이기도 하다.

대리적 군사 노동이나 성 노동의 공통점은 제국과 자본의 이율배반을 떠안는 노동이라는 점이다. 제국의 대리적 군사 노동은 피식민자들을 살해해야 하는 비윤리적 노동이지만 제국의 명예를 위해 그런 비인간성이 감춰진다. 또한 자본주의에서 성 노동은 부도덕한 행위이지만 자본주의가 계속되는 한 그 성적 윤락은 결코 없어질 수 없다. 대리적 군사 노동과 성 노동이 사라지려면 제국과 자본주의 자체가 변화되어야 한다. 대리 군사 노동자와 성 노동자는 제국과 자본의 이율배반을 대신 떠안은 채 배제와 포섭의 동시적 기제 속에서 희생되어야 한다. 그들은 **해서는 안 되지만 꼭 해야 하는 일**에 고용되어 이중의 고통 속에서 자신을 훼손시켜야 하는 것이다.

군사 노동이나 성 노동의 또 다른 공통점은 가장 비참한 죽음정치의 희생자라는 점이다. 군사 노동은 처음부터 자신의 신체와 생명이 훼손되거나 죽음에 이를 운명에 처해 있다. 성 노동 역시 심리적·육체적 트라우마를 감

---

92 푸코, 위의 책, 166쪽.

수해야 하는 것이 노동의 전제조건이다. 물론 그런 트라우마나 생명이 훼손될 위험은 산업 노동에도 잠재하는 요소이다. 그러나 군사 노동이나 성 노동에서는 그 잠재성이 노동의 매 순간마다 현실적으로 대면해야 하는 일로 나타난다. 즉 산업노동에서는 불행으로 여겨지는 일들이 여기서는 노동 자체를 구성하는 본질적 특성인 것이다.

군사 노동이나 성 노동이 흔히 노동의 이름을 박탈당한 채 노동으로도 여겨지지 않는 것은 바로 그 참혹함 때문이다. 군사 노동은 숭고한 명예로 포장되어 노동의 특성이 감춰지며, 성 노동은 윤락이라는 이름의 대가로 노동의 비참한 본질이 무시된다. 그러나 그와 정반대로, 죽음정치적 노동은 모든 노동에 잠재하는 위험을 증폭되게 보여주는 것이며, 그처럼 잔혹성을 누설하기 때문에 자신의 노동의 속성이 은밀하게 감춰져야 하는 것이다.

이제까지 죽음정치적 노동이 자본주의의 최하층임에도 불구하고 주목받지 않은 것은, 그 소외된 위치에서 벗어나 순수한 노동으로 전환될 가능성이 전혀 없기 때문이다. 군사 노동과 성 노동은 노동의 속성 자체가 이미 제국과 자본에 오염되어 있다. 그러나 자본주의에 오염된 노동과 그렇지 않은 순수 노동의 경계는 실제로는 인위적인 것이다. 산업노동이 순수한 노동으로 전위될 수 있다는 것은 환상이며, 모든 노동에는 이미 죽음정치적 노동의 속성이 잠재한 것으로 볼 수 있다. 오히려 죽음정치적 노동은 모든 노동에 스며 있는 죽음정치적 권력의 잔혹성을 증폭해 보여주는 시금석과도 같다.

마르크스가 산업노동을 강조한 것은 소외에서 벗어나 노동의 본질을 앞세우는 조직적 운동이 가능하기 때문이었다. 하지만 해방된 삶이란 결코 순수한 노동의 본질에 근거한 것이 아니다. 산업노동의 조직적 운동이 중요한 의미를 지닌다면, 그것은 자본주의에서 벗어난 위치의 삶을 보여주기 때문이며, 그것이 모든 사람들을 공감시키기 때문일 것이다. 노동운동은 그 운동이 자본에 의해 주어진 위치의 전위를 보여주며 사람들을 공감시키는 한에서 의미를 지닌다.

산업노동과 달리 죽음정치적 노동은 결코 조직적 노동운동의 선봉에 설 수 없다. 여기에는 순수한 노동의 가능성이 전무하며 노동의 본질은 원래부터 훼손되어 있다. 그러나 바로 그 때문에 죽음정치적 노동자는 매순간 필사적으로 자신의 위치에서 벗어나려고 하는 존재일 수밖에 없다. 그는 존재 자체가 이미 자본주의의 모순인 동시에 그로부터 미끄러지는 틈새에 놓여 있다. 프롤레타리아의 특성이 자본에 의해 주어진 자리에서 벗어나려는 열망에 있다면,[93] 죽음정치적 노동자는 산업노동자 이상으로 프롤레타리아의 본성을 드러내고 있다고 할 수 있다.

죽음정치적 노동자는 조직적 운동의 희망 대신 그것이 불가능하다는 절망을 껴안는다. 그러나 바로 그 때문에 미리 만들어진 희망 대신 어떤 우상도 없는 **길 없는 길**을 모색하려는 존재론적 상황에 놓인다. 죽음정치적 노동자의 절망과의 포옹은 절망에 지는 것이 아니며 그들은 자기 자신의 미끄러짐 속에서 **양가적인** 존재론적 응수를 보여줄 수 있다.

물론 양가적인 응수 자체는 아직 본격적인 의미의 저항은 아니다. 그것은 길이라고도 볼 수 없는 아무것도 없는 곳에 생겨난 한 사람의 발자국과도 같다. 하지만 그 필사적인 발자국의 흔적은 조직적 운동 이상으로 보는 사람들의 내면을 동요시킨다. 길 없는 길은 순수한 본질적 운동이 아니라 저마다 다른 위치에 있는 사람들의 공감의 연대에 의해 생성된다. 저항이란 그런 물밑의 공감의 연대, 어떤 코드도 우상도 없는 '길 없는 길'의 생성에 의해 시작된다.

자본주의적 산업화는 사람들을 동원해서 도시와 공장으로 이주시켰다. 마르크스는 공장에 집결된 산업 노동자들의 조직적 단결에서 자본주의에 저항하는 희망을 보았다. 그러나 자본주의가 인종과 성의 영역을 횡단하는

---

93 이진경,《마르크스는 이렇게 말하였다》, 꾸리에, 2015, 155쪽.

식민지에서는 사정이 다르다. 식민지에서의 조직적인 노동운동은 제한적이며 그들의 운동이 모든 식민지인들의 동요의 중심이라고 볼 수도 없다. 오히려 동요의 출발점은 도처에서 절망에 신음하는 죽음정치적 노동자들과 희생자들일 것이다.

노동지옥에 시달리는 여공들, 강제로 동원된 군사 노동자와 성 노동자들, 국경을 넘는 유민과 난민, 기민들, 이들은 모두 자본주의적 죽음정치에 의해 흩어질 수밖에 없는 사람들이었다. 그들은 조직적 저항 대신 절망을 껴안고 신음할 뿐이었다. 하지만 절망을 껴안는다는 것은 결코 좌절하는 것이 아니며 식민지의 균열의 틈새에서 신음을 내면서 존재론적인 대응을 보여주고 있는 것이다. 그들 각자의 미열 같은 옹수와 그들에 대한 공감의 연루에 의해 수면 밑의 연대가 생성되기 시작한다. 그 흩어진 사람들의 보이지 않는 공감의 네트워크야말로 길 없는 길의 출발점이다.

미래는 조직적 운동을 하는 사람들로부터 나오는 것이 아니다. 저항은 모든 사람이 일시에 같은 길을 내달리는 것으로 시작되지 않는다. 저항이란 대항적인 코드화이기보다는 오히려 흩어진 채 한마음으로 모여 있는 하늘의 별들에 비유할 수 있을 것이다. 밤이 오면서 흩어진 별들이 빛을 내기 시작해야만 비로소 어둠에 대한 저항이 시작된다. 곳곳에 널려 있는 뭇별들이 빛을 내는 동안 더욱 분명히 인식되도록 성좌의 이름을 붙이는 것이 바로 조직적인 사회운동이다. 그와 달리 미리부터 시작되는 조직적 운동이란 텅 빈 공허한 하늘에 별자리의 이름을 먼저 새겨 놓는 것과도 같다.

그 점은 미래 이후의 미래 역시 마찬가지일 것이다. 오늘날은 자본주의가 일상 속에 깊이 침투해 미래가 보이지 않는 시대이다. 진정한 미래가 보이지 않는 것은 자본주의가 모조한 화려한 미래가 그 자리를 대신하기 때문이다. 자본주의는 텅 빈 하늘에 끝없이 공허한 미래를 그려놓지만 그 그림은 영혼이 상실된 것들로 채워질 뿐이다. 이 시대는 자본주의의 유혹의 권력이 확산된 동시에 보이지 않는 곳곳에 죽음정치가 증폭된 시대이기도 하다. 자본주의의 매혹적인 미래는 타자를 배제하면서 미래로 가지 못하게 하는 죽음의 기제를 동반하고 있다. 자본주의적 미래란 미래가 상실된 어두운 밤하늘에 인공적인 미래의 별자리를 끝없이 새겨놓는 것과도 같다.

우리는 그런 인공적인 별자리에 눈이 멀어 어둠 속의 타자를 보지 못한다. 그러나 화려한 스펙터클에 매혹되어 고통받는 타자에게 공감하지 못하는 현상 자체가 과거 어느 때보다도 만연된 우리 시대의 죽음정치를 반증한다. 죽음정치란 상처 입은 타자, 훼손된 신체, 죽어가는 생명을 유기하는 것이다. 우리 시대의 자화상으로서 타자를 외면하며 고통 속에 '가만히 내버려두는 것'은 폭력의 극치를 보여주는 것이다.

죽음정치의 만연은 조직적인 정치운동을 어렵게 만든다. 오늘날의 죽음정치는 대리 군사노동자와 성 노동자 이외에 이주 노동자에게 행사되며, 또 산업노동자보다는 비정규직, 실직자, 실업자들에게 실행된다. 이들은 트랜스내셔널한 권력으로서의 세계화의 타자인 동시에 전사회적 자본주의의 희생자이기도 하다. 죽음 같은 존재론적 고통을 겪는 그들은 사람들의 관심에서 멀어진 채 최하층에서 외롭게 살아갈 뿐이다. 결과적으로 자본의 전지구화와 전사회화는 조직적 저항을 어렵게 만들면서 정치가 무력화되는 탈정치화의 시대를 가져왔다.

그러나 이미 논의했듯이 저항의 출발은 결코 조직적인 운동에 있는 것이 아니다. 집합적 사회운동이 활발했던 과거에도 실상은 물밑에서 존재론적 저항이 생성되며 그것이 고조되어 집단운동에 불을 붙였던 셈이었다. 조직적 운동이 없어도 존재론적 정치는 일상에서 항시적으로 생성된다. 반면에 존재론적 미시정치가 없다면 사회운동은 어디에서도 일어나지 않는다.

그 점은 오늘날의 탈정치화의 시대에도 마찬가지이다. 탈정치화의 시대에 정치의 회생은 예전처럼 집합적 사회운동을 부활시키는 것이 아니다. 탈정치화의 시대는 사회운동이 힘들어진 상황에서 희망과 미래가 사라진 시대이다. 그러나 희망은 없다고도 볼 수 있지만 아직 있다고도 볼 수 있다. 그것은 또 다른 죽음정치의 시대(1950년대)에 〈포말의 의지〉의 영실이 '갈 수 없는 길'을 가려했던 상황과도 비슷하다. 영실은 규율화된 일반 교인들처럼 교회에 갈 수 없지만 그 슬픔을 껴안은 채 '갈 수 없는 길'에 대한 '최후의 소망'을 버리지 않는다. 그런 영실의 절박한 '최후의 소망'을 은유하는 종소리가 바로 오늘날의 정치의 출발점이다.

최후의 소망이란 죽음 앞에서 자신의 존재를 확인하려는 간절한 호소를 말한다. 그런 존재론적 갈망은 타자와의 교섭을 의미하는 사랑의 종소리로 표현된다. 오늘날의 죽음정치 앞에서 필요한 것 역시 존재를 증명하려는 최후의 소망으로서의 타자성의 종소리이다.

지금의 우울한 상황의 근원에는 타자에 대한 공감의 상실이 놓여 있다. 그러나 타자성은 소멸된 것이 아니라 유혹의 권력과 죽음정치에 의해 각자의 내면의 서랍 속에 갇혀 있는 것이다. 우리에게 필요한 것은 그 닫힌 서랍을 열게 하는 종소리일 것이다. 문제는 아무도 게임의 규칙을 위반하며 종루로 가려하지 않는 **비굴함**에 있다. 〈포말의 의지〉에서는 종소리가 죽음정치적 노동자의 소망으로 표현되며 포말 같은 존재인 영배에 의해 울려 퍼지고 있다. 희망이 아니라 절망을 가장 잘 아는 사람만이 종루에 다가가는 용기를 내고 있는 것이다. 우리 시대 역시 비굴함을 버리고 절망을 외면하지 않는 데서 출발해야 한다.

영실과 종배의 종소리는 타자와의 교감을 회복하려는 존재론적 정치의 갈망으로 증폭될 수 있다. 영실처럼 절망과 슬픔을 껴안고 종소리를 울리며 갈 수 없는 길을 가려는 내면의 동요가 시작될 때 비로소 정치가 회생한다. 그런 존재론적 정치의 회생이야말로 오늘날 필요한 정치의 귀환의 출발점이다.

존재론적 정치의 수행적 실행력은 우리 시대에 와서 비로소 필요해진 것은 아니다. 지금까지 주목하지 않았지만 이미 근대 초기부터 조직적 사회운동에 앞서 존재론적 정치가 일상 속에서 은밀히 생성되고 있었다. 예컨대 우리는 최초의 사회운동인 3.1운동에서 그런 흐름을 발견한다.[94] 3.1운동의 진행 과정은 물밑에서의 은유로서의 네이션의 생성 과정과 구분되지 않는다. 은유로서의 네이션은 식민지의 어디에도 없으면서 모든 곳에 있는 물밑의 네이션이다. 3.1운동의 집합적 운동은 그런 물밑의 네이션의 생성과정으로 시작되었으며 집합적 운동이 불가능해진 다음에도 수면 밑의 네트워크는 해체되지 않았다. 그처럼 일상의 존재론적 정치에서 촉발된 3.1운동은 지상에서의 운동이 끝난 후에도 물밑에서의 보이지 않는 네트워크로 계속되었다.

3.1운동이라는 최초의 정치에서부터 4.19 직전의 '최후의 소망'까지 우리의 사회운동에서는 조직적 운동에 앞서 수면 밑의 존재론적 정치가 핵심 요소로 작용하고 있었다. 그런 감성적 미시정치의 중요성은 비단 3.1운동과 4.19뿐 아니라 수많은 다른 민중운동들에서도 확인된다. 카치아피카스 (George Katsiaficas)는 한국의 민중봉기를 일괄하면서 에로스 효과라는 직관적 운동을 강조한다. 카치아피카스의 에로스 효과는 우리의 물밑의 정치와 중첩되는 영역을 지니거니와, 미시저항의 선차성은 조직적 저항을 중시한 민중운동에 대한 이제까지의 논의에 수정을 요구하고 있다.

9. 존재론적 정치와 에로스 효과로서의 민중봉기

우리는 3.1운동 같은 대규모의 민족운동 역시 일상의 작은 존재론적 저항에서 시작되었음을 말할 수 있다. 존재론적 저항은 미시적인 것이지만 감성과 문화, 신체와 생명에 연관된 근원적인 것이기도 하다. 그렇기 때문에

---

94 나병철, 《은유로서의 네이션과 트랜스내셔널 연대》, 앞의 책, 195~197쪽.

거시적 차원의 사회운동의 숨겨진 진원지로 여겨지는 것이다.

흥미로운 것은 그런 비가시적인 미시저항의 변혁적 가치가 민중운동을 말하는 사람에 의해서도 주장되고 있는 점이다. 예컨대 카치아피카스는 한국과 아시아의 민중봉기를 다루면서 눈에 보이지 않는 **에로스 효과**를 대규모 저항의 근거로 말하고 있다. 그는 4.19나 광주항쟁 같은 거시적인 사회운동의 진행과정을 추적하는 점에서 우리와 정반대의 위치에 있다. 그러나 지도자 없는 자발적 운동, 통제 불가능한 은밀한 감성적 확산, 미시저항의 동시적 상호증폭과 확대를 말하는 점에서 우리의 논의와 비슷하다.

카치아피카스는 광주항쟁에서 공적 공간을 점거하는 민중들의 갑작스러운 등장을 주목했다. 사람들은 직관적으로 상호 교감하며 자발적으로 행동했다. 이때 일상의 세속적 가치가 한순간에 정지되며 그 대신 사랑과 유대가 물결쳤다. 또한 한 도시에서 다른 도시로 이어지는 운동의 동시적 확산이 이루어졌다.[95]

그 같은 자발성과 상호교감은 3.1운동과 4.19, 그리고 근래의 촛불집회에서도 발견된다. 3.1운동은 강력한 비공식적 네트워크에 의해 진행되었으며 일제는 그 안으로 침투할 수 없었다.[96] 3.1운동과 비슷한 방식의 저항은 중국의 5.4운동, 인도의 사티아그라하 운동, 그리고 필리핀, 베트남, 이집트 등지로 공감적으로 확산되었다. 4.19 역시 조직화된 지도부가 없는 자발적인 학생들과 대중들의 저항이었다. 그 같은 4.19의 자발적 운동은 1960년대의 전 지구적 학생운동에 중요한 영감을 주었다.[97] 또한 2000년대의 촛불집회는 전혀 새로운 형태의 지도자 없는 시위의 독특한 방식을 보여주었다. 촛불집회야말로 주도계급이 없이 모든 계층이 참여한 다중적 운동이었으며

---

95 카치아피카스, 원영수 역, 《아시아의 민중봉기》, 오월의봄, 2015, 563쪽.

96 카치아피카스, 원영수 역, 《한국의 민중봉기》, 오월의봄, 2015, 99쪽.

97 카치아피카스, 위의 책, 230~231쪽.

이는 새로운 집회의 약점이 아니라 강점이었다.[98]

카치아피카스는 **자발성**과 **무의식적 운동**을 혁명적 가치로 재평가해야 한다고 주장한다.[99] 그에 의하면, 운동의 자발성과 동시적 확산의 특성이란 사람들이 사랑에 빠진 것과 같은 감성적 상태가 되었음을 뜻하는 것으로 이해된다. 카치아피카스는 이를 에로스 효과라고 부르고 있다. 우리는 비슷한 자발적·무의식적인 존재의 자기표현을 앞에서 **타자와 교감하는** 존재론적 정치라고 부른 바 있다.

카치아피카스가 주목한 민중들의 갑작스러운 등장은 이미 그들이 물밑에서 은밀히 교감하고 있었음을 암시한다. 직관적인 상호교감과 자신감의 표현은 존재의 자기표현으로서 타자와의 교감을 뜻한다. 세속적 가치가 한순간에 사랑으로 반전된 것은 사람들이 늘상 양가적인 상태에 있었음을 의미한다. 또한 운동의 연쇄적 확대 대신 동시적인 상호증폭적 확산은 물밑에 잠재했던 연대의 에너지가 순식간에 증식되며 확산되는 양상으로 볼 수 있다.

카치아피카스는 마르크스주의에서처럼 투쟁이 영향을 주며 선적으로 확대되는 것이 아니라 일종의 **미적분학**에 의한 확산이 일어난다고 말한다.[100] 미적분학이란 **미시저항들**의 탈중심화된 동시적이고 자발적인 연대와 확산에 다름이 아니다. 혁명운동은 최초의 불꽃 이후 여기저기로 퍼져나가는 선형적 과정인 전염병이나 산불과 같지 않다. 그것은 차라리 음악과 비슷하며 시간과 공간으로 퍼져나가며 변주의 리듬을 부여하고 높은 밀도를 취한다.[101] 그처럼 저항의 확산과정은 공감의 울림이며 수면 밑에 잠재했던 것이 여기저기서 고조되며 표면화되는 과정이다.

---

98 카치아피카스, 위의 책, 619~620쪽.

99 카치아피카스, 《아시아의 민중봉기》, 앞의 책, 561쪽.

100 카치아피카스, 위의 책, 564쪽.

101 카치아피카스, 위의 책, 565쪽. 프랑스 활동가의 말을 인용하고 있음.

카치아피카스의 에로스 효과는 인식론 중심주의와 목적론을 대신하는 존재론적 정치학의 또 다른 표현이다. 그의 에로스 효과와 우리의 존재론적 정치의 차이점은 우리가 '길 없는 길'을 말한 반면 그는 에로스와 사랑에 강조점을 둔다는 점이다. 그러나 서로 다른 듯한 '에로스 효과'와 '절망과 포옹하기'는 실상 동전의 앞뒤 면과도 같다.

우리가 '절망을 껴안은 길 없는 길'을 강조한 것은 우상 같은 희망과 이데올로기를 거부하기 위해서였다. 카치아피카스 역시 조직적 집단이나 지도자가 없는 자발성이 에로스 효과를 낳는다고 말한다. 우상 같은 희망이나 이데올로기, 조직적 저항은 필경 또 다른 규범화로 귀결된다. 절망을 껴안고 길 없는 길을 가는 것은 모든 규범으로부터 해방된 실재계와 대면하는 것이다. 그런 대면은 아직 또 다른 삶이 없기에 어둠 속의 고통과 상처로 경험되기도 한다. 그러나 진정한 사랑은 그처럼 절망을 껴안고 실재계와 대면하는 순간에만 생성된다. 라캉은 그런 고통 속에서 교감하는 사랑의 대상-원인을 대상 a라고 불렀다.

실제로 저항의 순간들은 절망과의 포옹인 동시에 또 다른 삶의 꿈으로 표현된다. 카치아피카스는 광주항쟁을 악몽의 시간이면서 사랑의 꿈을 꾸는 순간이었고 말한다.[102] 그와 비슷하게 우리는 3.1운동이 묘지와의 포옹인 동시에 만세의 꿈이었다고 논의할 수 있다. 4.19 역시 공포와 무질서의 순간이면서 열정과 기쁨의 시간이었다고 말할 수 있다. 그것은 최근에 일어난 중동 혁명의 연쇄에서도 마찬가지이다. 튀니지의 한 작은 마을의 채소 노점상의 자살은 많은 사람들의 공감을 불러일으켜 절망과의 포옹 속에서 아랍의 봄을 가져왔다.[103]

에로스 효과란 무의식 속의 본능의 저수지에서 나오는 집단적 무의식의

102　카치아피카스, 《한국의 민중봉기》, 앞의 책, 272쪽.

103　카치아피카스, 《아시아의 민중봉기》, 앞의 책, 571쪽.

표현이다.[104] 마르쿠제는 프로이트의 에로스적 본능을 재해석하여 그 충동을 억압 없는 문명으로 나아가는 원동력으로 주장했다.[105] 유년기의 행복의 기억에 자극된 에로스적 본능에 의해 현실원칙의 과잉억압을 넘어선 미래가 열리는 것이다.[106] 카치아피카스는 마르쿠제의 에로스를 다시 재해석해 자발성과 무의식적 본능의 혁명적 가치를 논의한다.[107] 이런 맥락에서의 에로스란 사랑의 대상-원인, 즉 라캉의 대상 a의 열망의 집합적 차원이다.[108]

그러나 '에로스의 종말'로 표현될 수 있는 우리 시대에도 그것이 가능할까. 카치아피카스는 "물화된 섹스가 넘쳐나는 이 시대에 어떻게 에로스를 되찾을 수 있을까"라고 질문한다.[109] 우리는 상처받은 사람만이 진정한 사랑을 할 수 있으며 우리 시대에는 더욱 더 그렇다고 말할 수 있다. 즉 상처받은 사람이 절망과 포옹할 때 실재계와의 대면 속에서 대상 a를 열망할 수 있다. 상처와 트라우마의 경험은 사건의 경험이기도 하다. 반대로 사건이란 세월호 참사처럼 많은 사람들에게 트라우마를 일으킨 순간을 말한다. 사회적 트라우마로서의 사건은 양극화로 인해 감성이 경직된 사람들을 동요시킨다. 세월호 사건은 잃어버린 에로스 효과를 되찾는 기회를 제공할 고통스러운 사건으로 우리에게 다가와 있다.

우리는 우리를 사랑에 빠지게 할 수 있을까. 이것이 우리 시대에 던지는 카치아피카스의 최후의 질문이다. 우리는 절망을 외면하지 않고 타자의 고통에 공감할 때 그것이 가능하다고 대답할 수 있다. 우리 시대는 인류 역사

---

104 카치아피카스, 위의 책, 567쪽.

105 손성철,《허버트 마르쿠제》, 살림, 2007, 58~63쪽.

106 마르쿠제의 한계는 과잉억압을 넘어설 것을 말할 뿐 현실원칙 자체를 극복하는 차원을 말하지 않는 점이다.

107 카치아피카스,《아시아의 민중봉기》, 앞의 책, 560쪽.

108 라캉의 대상 a는 어린 시절 충족의 대상(젖가슴)이 실재계에 다시 나타난 것으로서 마르쿠제의 에로스적 본능과 유사한 점을 지니고 있다.

109 카치아피카스,《아시아의 민중봉기》, 앞의 책, 571쪽.

상 에로스 효과를 기대하기 가장 어려워진 시대이다. 에로스는 최대의 혁명적 무기였지만 지금은 물화된 섹슈얼리티 장치에 의해 빛이 바랬다. 타자에 대한 공감의 상실과 에로스의 기쁨의 퇴색, 이것이 유혹의 권력에 포위된 죽음정치 시대의 풍경이다. 그런 화려함 속의 황폐함마저 껴안으면서, 빛 속에서 어둠을 느끼며 길 없는 길을 가는 사람들이 많아질 때, 에로스 상실의 시대에 다시 에로스 효과가 귀환할 수 있을 것이다.

10. 아직 끝난 게 아니다
─공감의 유전자와 원효의 존재의 비밀

존재론적 정치는 과거의 조직적 운동과는 다른 방식의 사회적 동요를 암시한다. 예전에는 가장 고통받는 사람이 변혁의 중심이 되어 운동의 선봉에 서야 한다고 생각했다. 그러나 고통받는 사람은 결코 변혁적 행동의 중심이 아니며 그럴 능력도 없다. 식민지 시대의 유민이나 기민, 난민들, 자본주의의 모순을 끌어안고 살아가는 죽음정치적 노동자들, 오늘날의 비정규직, 실직자, 파산자들이 그들이다.[110]

그러나 그 상처받은 이들은 존재의 신음을 통해 레비나스의 벌거벗은 얼굴[111]처럼 우리가 그 소리에 공감하게 만든다. 이것이 바로 **절망과의 포옹**이며 그 고통스런 공감의 순간 절망은 음악이 된다. 즉 상처와 고통의 소리가 가슴 저린 음악처럼 사람들의 마음을 움직여 서로 연대하게 만드는 것이다. 이념적 구호와 달리 음악은 한 순간에 시간과 공간을 넘어 밀도 있게 퍼져나간다. 카치아피카스는 이를 **에로스 효과**라고 부르고 있다.

---

110 이들은 일반적인 산업노동자들보다 더 뼈아픈 고통을 겪는 사람들이다.
111 이는 벌거벗은 타자의 얼굴이라고도 할 수 있다.

조직적인 집합 이전에 흩어진 사람들을 물밑에서 연대하게 만드는 이 진행은 **길 없는 길**의 생성과정이기도 할 것이다. 집합적 운동이란 그런 공감의 연대가 고조되어 표면화되는 순간 구체적인 행동을 떠맡는 환유적 실천이다. 실천적 운동은 공감의 연대를 이룬 사람들로부터 흘러넘칠 수도 있고 보다 조직화된 투쟁적인 사람들에 의해 실행될 수도 있다. 그러나 어느 경우이든 **더 많은 사람들**의 연대가 이미 물밑에서 동요하고 있음을 전제로 한다. 그런 물밑의 움직임에 대한 환유가 아니라면 집합적 행동은 큰 의미를 지니지 못한다. 또한 운동이 예기치 않은 곳에서 메아리처럼 동시적으로 확산될 수 있는 것 역시 수면 밑의 네트워크의 존재를 암시한다.

이 같은 존재론적 정치에서 핵심적인 것은 **존재의 자기표현**이 이미 **타자와의 교감**이기도 하다는 것이다. 그것은 고통받는 타자들끼리의 교류에서나 그들 타자에게 우리가 교감하는 경우나 마찬가지이다. 예컨대 〈몰개월의 새〉에서는 인생의 막장에 이른 창녀와 베트남 파병 군인들 간의 교류가 그려진다. 군사화된 황폐한 환경에서 그들은 은연중에 서로가 서로를 동정하는 처지가 된다. 마침내 군인들이 베트남으로 출정하는 날 몰개월의 여자들은 트럭을 따라오며 꽃과 손수건을 흔들고 선물을 던졌다. 여자들의 이 이별의 연출은 살아가는 일의 소중함을 아는 사람들의 존재의 자기표현이었다. 그와 동시에 그것은 사지로 떠나는 타자들에 대한 깊은 교감의 표시이기도 했다.

매춘녀나 베트남 파병 군인은 변혁운동과는 별 상관이 없는 사람들이다. 그러나 그 죽음정치적 노동자들의 존재론적 교감은 슬픈 음악처럼 우리를 동요시킨다. 그런 일상의 물밑에서의 동요는 개발독재의 죽음정치에 대항하는 보이지 않는 연대의 단초가 되었다고 할 수 있다.

또한 〈아홉 켤레의 구두로 남은 사내〉에서 오선생은 광주대단지 사건에 연루되어 감시의 대상이 된 권씨의 나체화 같은 모습을 보고 깊은 충격을 느낀다. 권씨가 이사 오던 날 오선생을 찾아온 이순경은 그가 권씨를 사랑하게 될 거라고 말한 바 있다. 오선생은 권씨의 나체화 같은 모습을 보는 순간 불현듯 소시민 의식에서 벗어나는데, 그것은 마치 누구를 사랑할 때와도 같이 권씨가 자신의 내면에 들어온 순간이기도 했다. 이 소설에 그려진 소시민의 하층민에 대한 공감의 표현은, 그들이 자신의 존재의 자기증명으로서 계층의 경계를 넘어 타자와의 연대를 형성하게 되는 순간을 표상한다.

카치아피카스는 그 같은 존재의 자기표현으로서 타자와의 교감을 에로스라고 부르고 있다. 에로스는 인간이 자유를 본능적으로 필요로 하는 순간 직관적인 이해를 통해 발현되며 집단적으로 번져간다.[112] 자유를 본능적으로 필요로 하는 순간이란 어떤 사람이 일상적인 삶에서 절망에 부딪힌 상황이며, 그가 그 순간을 외면치 않고 끌어안을 때 직관적인 존재의 자기표현으로 타자와의 교감을 생성하게 된다. 카치아피카스 이전에 이미 레비나스는 그런 타자와의 교감을 에로스적 사랑에 비유한 바 있다.[113] 이 에로스적 교감이야말로 사람들이 우상 같은 지도자나 조직에 얽매이지 않고 무의식적으로 타자성[114]의 삶으로 이끌리는 순간이다. 우리는 사랑을 할 때 자신도 모르게 스스로의 존재를 증명하게 되는데 그것은 동시적으로 타자와의 교감이기도 하다. 그 같은 타자성의 순간이란 자기성의 삶에서 벗어나 타자와 교감하며 미래로의 시간을 여는 순간이다.

카치아피카스는 에로스 효과를 무의식적 본능이 저항적 행동을 불러오는 방식이라고 말한다.[115] 여기서 중요한 것은 그런 에로스적 본능이 흔히 세속적인 삶(자기성의 삶)[116]에서 **절망에 부딪힌 순간**에 발현된다는 것이다. 절

---

112 카치아피카스,《아시아의 민중봉기》, 앞의 책, 35쪽.

113 레비나스, 강영안 역,《시간과 타자》, 문예출판사, 1996, 103~111쪽.

114 타자성이란 자아의 내부에 각인된 타자와의 관계를 말한다. 자기성의 주체는 타자를 완전히 포함할 수 없기 때문에 그것을 넘어선 타자성의 주체는 타자와의 관계가 끝없이 계속되는 열려진 상태에 있게 된다.

115 카치아피카스,《아시아의 민중봉기》, 앞의 책, 361쪽.

116 이 자기성의 삶은 자본주의적 삶이기도 하다.

망은 모든 것이 끝난 듯한 느낌인데 그 삶의 끝에서 비로소 에로스가 발현되기 시작하는 것이다. 그렇기에 우리의 일상에서 모든 것이 종말에 이른 듯한 순간에도 아직 삶이 끝난 게 아닌 것이다. 그처럼 절망에 부딪힌 순간과 아직 끝난 게 아닌 순간을 동시적으로 표현하는 것이 미학의 역할이다.

예컨대 《지구를 지켜라》(장준환 감독)라는 영화는 지구가 외계인에 의해 폭파되는 장면으로 끝나고 있다. 이 지구의 종말은 인간에게 내재한 구제 불가능한 이기적인 유전자에 대한 징벌이다. 영화에서 자본주의 사회의 이기심에 사로잡힌 사람들의 행태는 더없이 현실적으로 그려진다. 우리가 지구를 폭파한 외계인을 탓하기보다는 절망 속에서 지구의 종말을 반성적으로 받아들이는 것은 그 때문이다.

그런데 이 영화에서 가장 문제적인 것은 파괴된 지구로부터 튕겨져 나온 흑백 TV 모니터 화면이다. 이 화면은 절망적 상황의 결과이지만 그에 이르기 전 주인공 병구의 어렸을 적과 노동자 시절의 소중한 기억들을 담고 있다. 그런 아련한 순간들은 그것을 저장할 수 있는 지구가 파멸된 점에서 우리의 상처이기도 하다. 이 영화의 기적적인 감동은 우리가 그 상처를 우리 것으로 끌어안음으로써 공감의 네트워크를 형성하게 된다는 점에 있다.

이 영화에서 지구의 종말을 반성적으로 수긍하면서도 막연히 아직은 끝난 게 아니라는 느낌을 갖는 것은 그 공감의 귀환 때문이다. 우리가 끌어안은 상처로서의 병구의 기억이란 지구-상징계가 억압했던 것이며 지구의 파멸 후 비로소 우리의 눈앞에 회귀한 것이다. 만일 지구가 파멸되지 않았다면 우리는 병구의 사랑의 기억을 잊은 채 고통스럽게 살아갈 것이다. 지구의 폭파로 억압되었던 병구의 기억이 귀환했기에 우리는 이기적인 유전자를 넘어설 수 있게 된 것이다.

그러나 그 공감의 귀환은 우리의 트라우마이기도 하다. 이제 지구가 파멸된 상태에서 우리는 무슨 희망을 가질 수 있을까. 이런 복합적인 상황은 세월호 사건 이후 지금 우리가 처해 있는 이중적인 딜레마와 아주 비슷하다.

지구의 미래란 마치 길 없는 길과도 같다. 지구가 폭파되었기에 미래는 없다고도 볼 수 있지만 공감의 연대가 회생했기 때문에 있다고도 볼 수 있다. 바로 그렇기 때문에 우리의 미래는 양가적이다. 미래의 지구는 아무것도 없는 절망이거나 폭파된 지구와는 다른 또 다른 지구일 것이다.

미래처럼 우리의 유전자 역시 양가적일 것이다. 우리는 이기적인 유전자를 쉽게 버릴 수 없기 때문에 지구가 파멸된 듯한 상처를 입고도 여전히 우울한 세상을 살고 있다. 그러나 그런 상처를 끌어안고 파멸을 자각할 수 있다면 그 절망의 대가로 또 다른 본능인 공감의 유전자가 귀환할 수 있을 것이다. 그 같은 절망이자 희망인 타자에 대한 공감의 유전자를 레비나스와 카치아피카스는 에로스라고 부르고 있다.

자본주의가 끝없이 만들어내는 섣부른 희망들은 우리를 이기적인 유전자의 상태에 머물게 한다. 그러나 어느 순간 일상에 구멍이 생기면서 우리는 이기적인 유전자로 인한 파멸과 종말을 직감한다. 세월호 사건은 자본과 국가가 만든 체제에 생긴 그런 구멍과도 같은 것이었다. 우리가 경험한 것은 그 상처와 절망의 순간 사라졌던 공감의 네트워크가 다시 은밀히 동요하기 시작했다는 것이다. 그렇기에 미래의 상실에도 불구하고 아직은 끝난 게 아닌 것이다. 지금은 이기적인 유전자와 죽음정치를 화려하게 포장한 유혹의 권력이 승리하는 시대이다. 하지만 세월호 사건 같은 트라우마를 껴안으면서 타자의 고통을 외면하지 않는 한, 권력의 네트워크와 저항의 네트워크, 지배체제의 정치와 존재론적 정치의 길항과 동거는 계속된다. 그 과정에서 끝없이 지속되는 길 없는 길로서의 미시정치가 우리의 또 다른 미래이다.

퇴색된 본능으로서의 공감의 유전자는 신자유주의 체제에서 보이지 않는 비밀이 되었다. 그러나 과학은 그 존재의 비밀이 가장 하층에 있는 자연의 대상에서조차 원형처럼 발현되고 있음을 밝혀주고 있다. 얼마 전까지만 해도 박테리아는 독립적이고 자급적인 개체들이라고 여겨져 왔다. 그러나 박테리아는 일종의 페르몬을 분비해 군집 밀도가 증가하면 분비물의 농도가 짙어져 특정 유전자가 자극된다고 한다. 그런 방식으로 특정 유전자가 활성화되면 군집된 박테리아들은 주변 환경과 숙주에 대해 집단행동에 나서게 된다. 즉 개별 박테리아들이 화학물질의 신호를 통해 서로 간에 의사소통을 하면서, 생체보호막을 만들거나 숙주를 공격하는 등 새로운 행동을 집단적으로 하게 된다는 것이다. 이처럼 박테리아의 경우에도 페르몬을 분비하는 개별 행동은 타자와 교감해 집단행동에 이르게 되는 과정과 연관되어 있다.

더 신비스러운 것은 생명의 존재 자체가 타자와의 관계와 연결되어 있다는 사실이다. 박테리아는 홀로 있으면 생존하지 못한다. 그와 달리 다른 개체와 서로 소통하는 신호를 감지할 때 비로소 생존이 가능하게 된다. 많은 개체들이 집단을 이루고 있더라도 소통의 언어인 특정 화학물질의 신호가 수신되지 않으면 박테리아는 증식하지 못하고 죽어버린다. 반면에 혼자 있더라도 그런 화학물질을 넣어주면 생존하게 된다.

이처럼 박테리아의 경우에도 생존의 자기증명은 타자와의 교감의 과정인 것이다. 그리고 서로가 분비한 물질의 밀도가 높아지면 생존을 위해 함께 집단행동에 나서게 된다. 이 일련의 존재론적 대응의 과정은 인간의 경우와 다르지 않다.

인간의 경우 대항해야 할 숙주는 자본과 국가 같은 사회체계이다. 인간이 박테리아와 다른 점은 특히 사회체계에 균열과 구멍이 생겼을 때 감성적 페르몬의 분비가 고양된다는 점이다. 우리는 그런 구멍이 생긴 상황을 **사건**의 순간이라고 부른다. 권력은 사건이 발생하지 않도록 치안을 강화할 뿐 아니라 일상 자체에서 타자와 교감할 기회를 차단한다. 그런 **타자성의 박탈**은 존재의 거세에 다름이 아니다. 박테리아처럼 인간은 소통의 신호를 감지하지 못하면 존재 자체가 거세된다. 반면에 사람들은 타자와 교감할 수 있을 때 본능에 따라 모순된 세계에 대해 존재론적으로 시위하게 된다. 존재의 비밀인 박테리아의 특정 화학물질의 신호란 인간의 경우 타자성에 다름이 아니다.

인간은 페르몬을 분비하지는 않지만 서로 간에 뇌에 공명을 일으켜 신경세포들의 동요와 감성적 공감을 통해 연대한다. 그렇기 때문에 다른 생명체와는 달리 떨어져 있는 사람들끼리도 공감과 연대가 가능하다. 앞서 살폈듯이 집합적 연대는 흩어진 사람들 간의 더 큰 연대의 환유적 표현일 뿐이다. 그렇기에 인간의 경우에는 생물학적 차원은 물론 그것을 넘어선 감성적·심리적 차원이 매우 중요하다.

그런 차이가 있지만 우리 자신은 인간의 비밀[117]을 발현시켜 자연의 존재들과 생명의 비밀을 공유하는 것이다. 우리는 이것을 존재론적 정치라고 부르고 있다. 존재론적 정치의 두 가지 요소인 '절망과의 포옹'과 '타자와의 교감' 중에서 카치아피카스는 후자를 에로스 효과라고 명명하고 있다.

동양사상은 오늘날 과학이 발견하고 있는 그런 존재의 비밀을 일찍이 직관을 통해 간파한 바 있다. 불교와 노장사상이 밝혀주고 있는 것은 존재의 발현에서의 타자성의 비밀이다. 그런 동양사상 중에서도 원효의 일심의 도와 화쟁사상은 우리의 논의와 가장 유사한 것으로 볼 수 있다.

원효의 일심 사상 역시 타자성의 존재의 비밀에 대해 논의하고 있다. 일심이란 개체들이 서로 의존하며 화해를 이룬 존재의 고향이자 바다이다.[118] 그러나 원효사상의 독특함은 세속적 환경에서 고뇌를 겪는 끝없는 과정 속에서 일심으로 회귀할 것을 강조한 점에 있다. 이제까지 논의했듯이 박테리아의 연대는 숙주의 품 안에서 이루어지고 있으며, 그와 비슷하게 우리는 세상의 절망을 끌어안고 새로운 세계로 나아간다. 원효는 그에 조응하면서 인생의 고뇌를 품어 안는 과정과 일심의 바다로 나아가는 과정을 분리시키지 않고 있다.

---

117 나카자와 신이치, 김옥희 역,《예술인류학》, 동아시아, 2009, 242쪽.
118 박태원,《원효》, 한길사, 2012, 47~54쪽.

원효는 유(有)와 무(無), 속(俗)과 진(眞), 사(事)와 리(理)로 나뉜 세계에서 벗어나 일심(一心)의 바다로 돌아갈 것을 주장했다.[119] 하지만 일심으로 돌아가는 것은 즉각 부처가 되거나 불법(佛法)의 큰 바다를 헤엄치는 것이 아니다. 일심이란 모든 것을 초탈한 궁극적 근원이기보다는 실천적 과정에서 끝없이 수행적으로 경험하는 진리이다. 그것은 세속적인 고난을 벗어던지는 것이 아니라 고통과 갈등을 끌어안고 진리로 회귀하는 과정이다. 즉 고난의 속세에서 벗어나 혼자서 도에 이르기보다는 고통스러운 세상과 함께 일심으로 돌아가는 것이다. 또한 분열과 갈등을 하나의 진리로 통합하는 것이 아니라 차이와 논쟁을 끌어안고 조화에 이르는 것이다. 일심의 사유를 화쟁(和諍)사상이라고도 부르는 것은 그 때문이다.

원효사상의 독특함은 그처럼 고통과 갈등을 포용할 때 진정한 진리에 이른다고 본 점에 있다. 원효의 경우 진리가 의미를 얻는 것은 초연한 불법 대신 그 안에 이미 세속과 진리의 양가성을 포함하고 있을 때이다. 그것은 우리가 반복해서 논의한 절망을 끌어안고 해방으로 나가는 과정과도 유사하다. 세속을 넘어서서 일시에 진리에 이르는 것이 아니라 절망과 포용하며 해방으로 나아가는 과정이 끝없이 계속되는 것이다. 여기서 포용이란 하나가 되어 절망을 넘어서려는 것이지만 포용을 한다는 것은 하나가 아니기 때문에 고통스럽게 끌어안는 것이다. 마찬가지로 일심사상에서도 진리가 세속을 끌어안고 극복한다는 것은 그 둘이 단지 둘로 나뉜 것이 아님을 뜻한다. 그러나 또한 세속에서 진리로 단숨에 와 버리는 것이 아니라 실존적 상황에서 그 둘이 동거하며 극복하는 과정이 계속된다는 것은 양자가 진리라는 하나로 완전히 통합된 것이 아님을 의미한다. 즉 일심이란 둘이 아니지만 하나도 아닌 것이다. 일심은 유와 무, 현존과 부재가 끊임없이 교차하는 실천적인 수행적 영역이다.

---

119 이도흠, 《화쟁기호학, 이론과 실제》, 한양대학교출판부, 2001, 108~114쪽.

이 같은 원효의 역동적 진리의 특성은 매우 의미심장하다. 고통의 현장에서 진리에 이르려는 원효의 실천적 과정은 절망을 끌어안고 가는 '길 없는 길'과도 비슷하다.[120] 또한 세속과 진리를 둘이 아니지만 하나도 아닌 것으로 파악하는 점은 체계 내외의 삶을 반복적으로 횡단하는 양가성과 유사하다. 원효사상의 핵심인 화쟁의 '차이의 조화'는 특이성의 연대로 변주시킬 수 있다.

원효의 사상 역시 다른 불교나 노장사상처럼 이질적인 타자의 포용을 강조하는 타자성의 사유로 볼 수 있다. 그러나 타자의 포용이 고통스러운 현실의 삶을 매개로 이루어지는 것이 독특한 특징이다. 세속과 진리가 둘이아니라는 것은, 체제의 안과 밖, 현실과 미래, 절망과 희망이 둘이 아니라는 말이며, 후자가 전자를 안고 간다는 뜻이다. 뿐만 아니라 그 둘을 포용하는 일심이 하나가 아님을 논하는 것은 미래의 희망이 결코 우상 같은 진리일수 없음을 주장하고 있는 것이다.

이제까지 정교한 논리로 진리를 설득하는 사상들은 많이 있어 왔다. 그러나 원효처럼 세속과 진리의 관계에서 진리가 통합된 하나가 아니라고 말하는 사유는 많지 않다. 그것은 체제 내부의 관념이든 외부의 사유이든 마찬가지이다. 마르크스주의는 체제 외부의 진리를 말하지만 그 실천의 과정에서 목적론이나 이데올로기가 되기 쉽다. 반대로 지배체제를 지속시키려는 자본주의의 신화 역시 일방적인 목적론으로 귀결되고 있다. 양자의 공통점은 미래를 향한 진리나 목적의 단일성에 얽매여 있는 점이다.

그런 목적론과 이데올로기를 넘어설 수 있는 것은 체제의 내부와 외부를 왔다 갔다 하는 **양가성**의 진리이다. 양가성의 운동은 에로스 효과나 대상 a

---

120 근대 이후의 세계는 단순히 세속에서 진리로 나아가는 과정이 아니라 규율화를 강요하는 체계에 대한 대응이 필요한 시대이다. 따라서 원효의 사상은 오늘날 창조적인 변주가 필요하다. 그러나 '세속'을 규율적 체계로 변주시킬 때, 원효의 불일불이 사상은 우리가 말한 절망과 포용하며 길 없는 길을 가는 과정과 유사하다.

에 대한 열망 같은 에너지에 의해 진행된다. 그러나 에로스 효과나 대상 a는 모순된 체제를 넘어서려는 열망을 제공하지만 새로운 삶은 결코 한꺼번에 성취되지 않는다. 우리는 사랑의 공동체를 향해 가지만 그 과정은 체제 내에서 절망에 직면하는 일과 그것을 부여안고 또 다른 삶으로 나아가는 **길 없는 길**의 끝없는 반복이다. 그런 지난한 과정이 없다면 길은 결코 그 자체로 현존하지 않는다.

원효의 일심 역시 그와 비슷한 것으로 볼 수 있다. 일심은 속세와 진리, 현존과 부재, 유와 무가 끊임없이 교차되며 진리를 향해 가는 것이다. 그런 양가성의 운동의 진리로서 일심이란 실재계적 대상 a처럼 그 자체는 현존하지 않은 채 끝없이 다가오는 진리이다. 그것은 다만 우리의 마음속에서 양가성의 운동을 매개로 경험될 수 있을 뿐이다. 그런 양가성이 없다면 세속을 버리고 진리 그 자체에 이르는 일은 무의미할 뿐이다.

우리는 원효가 암시한 양가성의 진리를 오늘날의 맥락에서 새로운 변혁의 모델로 변주시킬 수 있다. 양가성은 우리가 속세에서 진리로, 내부에서 외부로 단숨에 가버릴 수 없음을 암시한다. 그와 달리 내부 자체에서 보이지 않는 외부로의 움직임이 태동되고 있는 것이다. 그 물밑의 움직임이 고조될 때 외부로의 운동이 가시화되지만 변혁은 단번에 성취되지 않고 우리는 다시 내부로 돌아온다. 그렇게 해서 다시 권력의 네트워크와 물밑의 저항의 네트워크의 길항과 동거가 계속되는 것이다.

따라서 양가성의 진리는 **보이지 않는 저항**의 존재를 암시한다. 또한 일상에서의 보이지 않는 저항의 존재는 어느 날 갑자기 진행되는 존재론적 정치의 기적을 시사한다. 카치아피카스가 논의하는 사회운동들은 대부분 지도자나 조직에 의해서가 아니라 예기치 못한 산발적인 움직임에 의해 운동이 시작된다. 또한 설령 지도 세력이 있는 경우에도 조직적인 전파보다는 순식간에 동시 다발적으로 모든 곳으로 확산된다. 이 **동시성의 기적**은 지상과 물밑, 보임과 보이지 않음의 양가성의 진리에 의해 설명될 수밖에 없다.

양가성의 과정에서는 지상의 절망을 포용할 때만 물밑의 움직임이 생겨나며, 그래서 그 둘은 분리된 둘이 아닌 것이다. 또한 물밑의 해방의 소망이 절망을 일시에 없애는 것이 아니기에 양자는 하나도 아닌 것이다. 그런 지상과 물밑, 절망과 소망의 동거상태에서 물밑의 움직임이 고조될 때 저항운동이 일어나며, 그것은 어느 한곳이 아닌 동시성의 기적으로 표현된다. 흥미롭게도 이제까지의 사회운동들은 비슷하게 그런 양가성과 동시성의 사건, 즉 불일불이(不一不二)의 기적을 표현하고 있다.

예컨대 3.1운동은 독립선언서가 발표된 지 일주일 안에 조선인들이 숨 쉬는 모든 곳에서 운동이 발생했다.[121] 4.19는 조직된 지도부가 없는 상태에서 수많은 학생들의 자발적 집회에 의해 걷잡을 수 없이 확산되었다.[122] 5.18은 전국적 운동 지도자들이 피검된 동안 학생들이 자발적으로 모이며 시작되었고, 공수부대의 과잉진압에 대한 대응으로 모든 계층의 사람들이 가두 행동에 나서게 되었다.[123]

6월 항쟁은 1년 전 필리핀의 '피플파워' 혁명의 영향을 받은 셈이었다. 피플파워는 100만이 넘는 사람들의 비폭력 시위였지만 미국의 지원을 받은 군부 지도자들이 반란의 결정적 요소였던 점에서 6월 항쟁과 성격이 달랐다.[124] 그러나 1년도 지나지 않아서 피플파워 여파가 한국에 도달했다. 1987년 6월 매일 평균 110건의 시위가 있었고 3주 동안 400~500만 명이 시위에 참여했다. 그해 5월까지 조직적이거나 자발적인 시위들이 이어졌으며 그 숫자는 6월에 이르러 엄청나게 증폭되었다. 사람들은 어디선가 갑자기 나타나 거리에서 산발적 시위를 반복했다. 6월 항쟁에서는 국민운동본부와 학생운동이 중요한 역할을 했지만 거리의 보통사람들의 자율적인 의사결정이 핵

---

121 카치아피카스,《한국의 민중봉기》, 앞의 책, 101쪽.

122 카치아피카스, 위의 책, 228~231쪽.

123 카치아피카스, 위의 책, 274~276쪽.

124 카치아피카스,《아시아의 민중봉기》, 앞의 책, 79쪽.

심적인 입장을 구성했다. 결국 일상의 사람들의 자발적인 참여가 항쟁의 기폭제가 된 셈이었다. 활동가들조차 6월 항쟁이 그렇게 순식간에 확산될지 몰랐으며 예상보다 갑자기 극적으로 전개되었다고 말할 정도였다.[125]

그러나 **그것은 갑자기가 아니다.** 모든 사람들은 즉각적으로 피플파워를 하나의 전조로 생각했다. 그만큼 그들은 이미 **보이는 않는 영역**에서 오랫동안 동요해 왔던 것이다. 광주항쟁의 트라우마는 암암리에 그 잠재적 동요의 밀도를 강렬하게 만들었다. 눈앞의 **절망**을 끌어안는 그런 오랫동안의 수면 밑의 움직임이 없었다면 6월 항쟁은 결코 **폭발력**을 얻지 못했을 것이다(不二).[126] 그러나 다른 한편 6월 항쟁이 성공한 후에도 일시에 해방을 얻은 것이 아니라 현실의 고통에 대응하는 수면 밑의 움직임은 양가적으로 계속되었다(不一). 이것이 우리의 존재론적 정치와 카치아피카스의 에로스 효과를 관통하는 불일불이의 기적이다.

6월 항쟁 이후 사회는 변화되었지만 절망과 저항의 양가성이 필요한 상황은 변화되지 않았다. 1990년대 이전에는 지상에서의 저항이 힘들었으므로 물밑의 운동이 필요했다. 반면에 그 이후에는 권력이 잘 보이지 않기 때문에 그에 대응하는 보이지 않는 정치가 필요하게 되었다. 그때나 지금이나 우리에게 긴요한 것은 물밑에서의 존재론적 정치이다.

흔히 우리는 일상에서 아무것도 보이지 않기 때문에 절망과 고통에 사로잡히게 된다. 절망은 이제까지의 규범과 존재방식으로는 아무것도 가능하지 않다는 직감이다. 그것은 우리를 좌절시키기도 하지만 또한 섣부른 희망으로 도피하지 않고 우리가 놓여 있는 균열의 위치에서 삶에 대해 생각하게

---

125 카치아피카스,《한국의 민중봉기》, 앞의 책, 471쪽.

126 6월 항쟁은 광주항쟁처럼 유혈사태로 진압될 것으로 예상되기도 했다. 그러나 광주항쟁의 트라우마가 그것을 불가능하게 했다. 광주항쟁의 트라우마를 끌어안은 사람들은 광주 이전의 시위의 한계를 넘어서 행동할 수 있었으며 독재자에게도 다시 유혈진압을 생각하지 못하게 했다. 따라서 트라우마의 **절망**과 또 다른 항쟁의 **해방**을 향한 폭발력은 분리된 둘이 아닌 것이다.

만든다. 그래서 균열의 틈새에서 절망을 끌어안고 어떻게든 움직이려 할 때 우리는 존재와 존재방식에 대한 동요를 느끼게 된다. 그런 동요의 순간 우리는 이미 탁자 밑으로 손을 내밀어 물밑에서 타자와 교섭하기 시작한다.

존재론적 정치의 기적은 우리의 희망이 절망과 함께하는 것임을 말해준다. 희망이 없다고 생각하는 순간 보이지 않는 희망이 시작되기 때문에 그런 존재론적 경험은 기적처럼 느껴지게 된다. 우리는 절망적인 상황을 느끼며 그 고통의 힘으로 물밑에서 동요하는 것이며 희망은 거의 마지막 순간에야 언뜻 보이게 된다. 그 점은 가장 화려한 동시에 어두운 시기인 우리 시대에도 마찬가지일 것이다. 절망과 비굴의 시대는 그 치욕을 견디는 힘으로 인해 보이지 않는 용기의 시대일 수도 있을 것이다. 마찬가지로 더러운 시대는 아무도 모르게 아름다움에 대한 소망이 싹트는 시대일 수 있다. 이 모든 것은 지상과 물밑, 절망과 소망, 끝남과 시작의 양가성의 진리를 말해주고 있다. 불일불이의 진리로서 그 둘의 양가적 운동이 끝없이 계속되기에 모든 것이 끝난 듯한 순간에도 아직 끝난 게 아닌 것이다.

세월호 사건은 화려한 스펙터클에 가려져 있던 우리 시대의 절망을 그대로 드러냈다. 그러나 그런 상처와 트라우마를 외면하지 않는 한 우리의 내면에서는 그 고통에 대응하는 에너지로 인해 이미 존재론적 움직임이 시작되고 있는 셈이다. 아무것도 달라진 것이 없으며 여전히 비슷한 절망이 계속된다. 가시적인 차원에서 보면 어디에도 희망은 보이지 않는 것이다. 그럼에도 불구하고 세월호에 대한 담론이 많아졌다는 것은 존재론적 에너지가 폭증하며[127] 보이지 않는 물밑에서 공감의 연대가 부활하기 시작했음을 암시한다. 그 물밑의 동요가 기적처럼 세상을 바꾸려면 훨씬 더 많은 시간이 필요할 지도 모른다. 수면 밑의 움직임은 잘 보이지 않기 때문에 많은 사람

---

127 이 존재론적 에너지의 폭증이 '자아의 빈곤화'와 우울사회에서 벗어나는 방법의 하나일 것이다.

들은 세월호가 침몰하는 대한민국호의 은유라는 말을 반복한다. 하지만 그 절망의 보임이 바로 보이지 않는 희망의 시작이다. 아무것도 달라지지 않았다는 절망을 외면하지 않고 품에 끌어안는 순간 음악 같은 감염력을 지닌 동요가 시작된다. 그리하여 미처 잘 느껴지지 않는 물밑의 은유로서의 정치가 부활한다면 세월호의 은유적 드라마는 아직 끝난 게 아닐 것이다.

제2장

유혹의 권력과
죽음정치에 대한
존재론적 대응

1. 유혹의 권력과 신자유주의

유혹의 권력의 개념은 푸코의 삶권력에 대한 논의에서부터 시작되었다. 푸코는 죽음 대신 삶을 앞세우고 법 대신 성에 대해 말하는 권력을 삶권력이라고 불렀다. 삶권력은 삶을 부양시키는 방식으로 피지배자를 규율에 예속시키는 권력을 말한다.

오늘날의 유혹의 권력은 푸코의 삶권력에서 한발 더 나아간다. 푸코의 삶권력은 개인이 강제력 없이 무의식적으로 규율을 내면화하는 방식이다. 그러나 이 단계에서는 자신에게 내면화된 규율이 또한 체계의 규율(게임의 법칙)이라는 것을 알고 있다. 한병철은 거기서 더 나아가 그런 내면화가 규율화로 느껴지지도 않도록 개인이 자발적으로 규율을 전사하게 하는 것이 지금의 권력이라고 말한다. 권력의 규율화는 이제 **자아의 기술**이 되었다. 개인은 자신의 내면에 전사된 지배관계를 **자유**라고 생각한다.[1]

자아의 기술은 원래 푸코가 후기에 권력의 장치에서 자아의 기술로 관심을 돌리면서 논의했던 내용이다. 푸코는 자아의 기술을 지배 권력에 저항하는 자아의 윤리학으로 주장한 셈이었다. 그런데 그런 자아의 기술이 신자유주의 체제에 의해 권력 장치로 포섭되고 전유된 것이다.[2]

푸코의 자아의 기술은 자아의 윤리학이자 미학으로서 비판적 인문학의 내용이다. 그런 자아의 기술이 실제 현실에서는 신자유주의에 의해 변형되어 유혹의 권력으로 포섭된 것이다. 이런 과정은 신자유주의가 인문학과 미학을 약화시키고 그 대신 그와 유사한 보형물을 자본주의 안에 보충한 전개

---

1 한병철, 김태환 역, 《심리정치》, 문학과지성사, 2015, 45쪽.

2 한병철, 위의 책, 44~45쪽.

에 상응한다.

푸코의 삶권력에서는 아직 권력에 동화되지 않은 타자의 공간이 남아 있었다. 그 공간은 인문학과 미학이 생존할 수 있는 공간이기도 했다.[3] 그러나 신자유주의의 유혹의 권력하에서는 인문학과 미학마저 자본의 논리에 포섭됨으로써 잔여의 공간이 상실되었다. 권력에 존재론적으로 저항하는 잔여적 공간[4]이란 상징계에 저항하는 실재계에 접촉한 공간이다. 그런 잔여적 공간이 상실되었다는 것은 전사회의 영역이 자본의 게임의 규칙에 순응하는 공간이 되었음을 암시한다. 사회체계의 외곽에는 실재계에 접촉한 저항세력, 즉 인문학과 미학 대신 그런 세력을 감시하는 권력의 시선이 있을 뿐이다. 자본의 상품화의 요구와 권력의 시선하에서 인문학과 미학은 게임의 규칙을 뒤흔들 잠재력을 상실했다. 이제 사회체계는 영원히 계속될 듯한 규칙에 순응하는 사람만이 활동할 수 있는 게임의 공간처럼 세트화된다.

비판세력이 무력화된 상황에서 사실상 권력 스스로 만드는 규범이란 연출과 구분되지 않는다. 지배권력은 체계의 규범이 사회 구성원 전체의 의견인 것처럼 연출하는 데 전력한다. 이제 사회란 자본과 권력의 규칙이 연출되는 공간일 뿐이며 현실은 일종의 게임이고 여기서는 연출과 현실이 더 이상 구분되지 않는다.

연출과 현실이 구분되지 않는 상태를 보드리야르는 연출가의 승리라고 불렀다.[5] 그런 연출의 권력과 감시권력이 결합된 것이 새로운 유혹의 권력의 특징이다. 푸코의 삶권력에서는 감시장치가 중요한 기제였지만 새로운 유혹의 권력에서는 감시란 연출가의 승리에 이미 포함된 것일 뿐이다.《트루먼 쇼》에서 보듯이 삶 자체가 세트라면 감시란 그런 세트화된 삶의 한 요

---

3 푸코가 자아의 기술에 대해 논의할 수 있었던 것은 그 때문이다.

4 이는 호미 바바가 말한 문화의 미결정성의 공간이기도 하다. 호미 바바, 나병철 역,《문화의 위치》, 소명출판, 2012, 94~95쪽, 333~335쪽.

5 보드리야르, 하태환 역,《시뮬라시옹》, 민음사, 2002, 66쪽.

소일 따름이다. 잔여적 공간을 상실한 세계는 이미 전방위적으로 투명한 감시가 가능한 사회이다.

자본과 권력에 의한 게임과 세트에는 체계의 변화를 가능하게 하는 문화의 미결정성의 영역[6]이 극도로 축소된다. 다만 더 은밀해지고 강화된 감시의 공간으로서 법의 내부와 외부를 구분할 수 없는 비식별성의 영역이 있을 뿐이다.[7] 이런 상황에서는 구성원들이 주어진 게임의 규칙을 당연한 인생의 규범으로 내면화할 수밖에 없다. 그리고 불확정적 영역에 한눈팔 새 없이 게임을 하듯이 전력을 다해 성과를 얻으려 하는 가운데 스스로가 권력의 규칙을 실행한다. 내가 스스로 게임을 실행하고 다른 실행을 강요하는 사람이 없으므로 우리는 자유롭다고 느낀다. 그러나 여기서 자유롭게 자기를 실현하는 일은 권력에 예속되는 과정과 일체로 결합되어 있다. 이제 자아의 기술과 권력의 기술은 더 이상 구분되지 않는다.

신자유주의의 유혹의 권력의 핵심적 방식은 그처럼 **자유**의 실행이라는 환상을 연출하는 것이다. 그러나 그것은 게임의 규칙에 저항하는 타자의 공간의 상실을 대가로 한 것이다. 신자유주의에서 고통받는 타자에 대한 공감의 상실은 게임의 규칙이 변화되지 않을 것이라는 느낌에서 기인된 것이다. 그렇다고 타인에 대한 공감과 소통이 완전히 사라진 것은 아니다. 게임의 규칙을 공유하는 사람들끼리의 공감은 오히려 증폭된다. 그런 과도한 동일성의 공감은 이질적 타자와의 공감의 상실과 표리를 이룬다. 바흐친이 말했듯이 규칙이 같은 사람들끼리의 공감과 소통은 독백에 다름이 아니다. 서로다른 말을 하며 실상 독백을 하는 사람들의 규칙의 동일성의 확인이 바로 자유의 환상이다. 자유롭게 다른 사람과 다른 말을 하면서 소통이 이루어졌

---

6 호미 바바, 《문화의 위치》, 앞의 책, 94~95쪽, 333~335쪽.

7 신자유주의 사회에서는 문화의 미결정성의 영역은 축소되는 반면 감시의 비식별성의 영역은 오히려 확장된다. 즉 지배체계를 변화시킬 잠재력은 적어진 반면 법을 넘어선 권력의 감시는 더 광범위화된다.

으므로 자유의 환상은 자기만족감을 주는 것이다.

그런 자유의 환상은 체제에 맞게 조율된 자아의 형성에서 생겨난다. 신자유주의의 자아의 기술은 자본주의에 적합한 자아를 만들기 위한 자발적인 훈련 방식이다. 심리학, 윤리학, 철학, 미학 등은 자신의 영역을 상실한 대신 신자유주의의 자아의 기술로 변주되었다. 감정 관리의 엔지니어링을 통한 자기감정의 조율과 대인적 감정의 조율은 그런 기술의 하나이다. 그 같은 감정 조정의 자기관리의 테크놀로지에 의해 의사소통의 윤리가 생겨난다. 물론 그것은 신자유주의적 기업정신의 소통의 윤리이다.[8]

근래에 유행하는 자기계발의 내러티브 역시 새로운 자아의 기술의 하나이다. 자기계발의 내러티브는 반드시 고통의 서사를 포함하는데 가난한 사람이 각고의 노력으로 부자가 되었다는 식의 성공담이 대표적인 예이다. 여기서 고통의 서사는 부자가 되는 과정에서의 우여곡절일 뿐 자본주의 자체의 모순과는 연관이 없다. 자본주의는 고난의 원인인 모순된 체계가 아니라 자기계발이 도달해야 할 목표로서 부자들의 신화일 뿐이다.

이런 자아실현의 서사에서는 고난을 당해 감정적으로 건강하지 못한 자아란 극복해야 할 열등한 자아로 전제된다. 예컨대 신경증 등의 병리적인 자아를 말한다.[9] 그런 맥락에서 자기계발의 내러티브는 치유의 내러티브와 연관이 있다. 개인의 정신병리학적인 자아나 트라우마의 경험이 치유의 대상이다. 치유의 서사에서는 자아가 실현된 건강한 삶과 감정적으로 병리적인 삶이 각각 긍정적, 부정적 모델로 제시된다.[10] 이런 치유의 서사에서는 자본주의의 모순에 의한 고통과 상처는 처음부터 배제되어 있다. 여기서의 상처는 개인이 감당해야 할 고통 앞에서 그것을 견디지 못한 자아가 병리화된

---

8 에바 일루즈, 김정아 역,《감정 자본주의》, 돌베개, 2010, 46~47쪽.

9 에바 일루즈, 위의 책, 85~95쪽.

10 에바 일루즈, 위의 책, 95쪽.

데 따른 것이다. 상처 입은 자아에 대한 타인의 공감은 치유에 도움을 준다. 그런 타인의 공감이란 변화될 수 없는 삶의 규칙을 전제로 한 것으로서 인생이라는 **같은 게임을 하는 사람들**끼리의 공감이다. 이 같은 방식의 상처의 치유란 실상은 주어진 체제에 적합한 긍정적 자아를 만들기 위한 방법의 모색이다.[11]

들뢰즈는 자본주의 사회에서는 신경증과 분열증이 일상적인 상태라고 말했다. 힐링 프로그램에서 개인의 치유의 대상인 병리적인 감정은 실상 자본주의의 사회적 모순의 산물인 것이다. 모든 사람은 잠재적으로 신경증과 분열증에서 벗어날 수 없으며 그런 증상은 체제가 변화되어야만 치유될 수 있다.[12]

또한 라캉은 분열된 무의식적 주체가 의식적인 자아보다 더 진정한 주체라고 말했다. 분열을 경험하는 무의식적 주체만이 자신이 진정으로 원하는 것이 무엇인지 알 수 있다는 것이다. 체제에 적합한 자아를 위해 분열을 봉합하는 힐링 프로그램은 주체가 진정으로 원하는 것을 영원히 묻어둘 수밖에 없다. 그 대신 자아는 자본주의 체제가 만들어낸 욕망을 자신의 것으로 내면화해 모조된 삶을 살아간다.

우리는 신자유주의 사회에 만연된 우울증에 대해서도 비슷하게 말할 수 있다. 고통받는 타자에 대한 공감의 상실은 사회가 동일한 규칙의 게임이 되어버린 현상과 연관이 있다. 타자의 고통이 체제의 모순과 연관된 것이라면 게임의 규칙을 바꿀 수 없는 한 그것은 우연한 불행일 뿐이다. 타자의 고통스런 신음은 신자유주의라는 게임을 방해하는 잡음으로만 들려온다. 즉 그것은 감성의 분할[13]의 경계 밖에 있다.

---

11 한병철은 이를 긍정성의 폭력이라고 말하고 있다. 한병철, 《심리정치》, 앞의 책, 2015, 48~49쪽.

12 들뢰즈·가타리, 최명관 역, 《앙띠 오이디푸스》, 민음사, 1994, 189~200쪽.

13 랑시에르, 오윤성 역, 《감성의 분할》, 도서출판 b, 14~15쪽.

데리다는 무의식이란 타자성이며 내 안에서의 타자와의 교섭이라고 말했다. 타자성이라는 나보다도 더 큰 나의 포기는 신자유주의의 자아의 기술을 단련하기 위한 전제조건이다. 고통받는 타자에 대한 공감의 상실은 자아 안의 타자의 자리의 상실로 인해 자아의 빈곤화를 초래한다.

프로이트에 의하면, 슬픔이 세계의 황폐화라면 우울은 자아의 빈곤화이다. 신자유주의는 내 안의 나보다 더 큰 나, 즉 타자성의 상실을 가져온다. 그로 인한 자아의 빈곤화가 바로 우리 시대의 우울증이다. 타자와의 교감은 미래를 여는 계기였지만 이제 타자의 목소리는 잡음으로만 들려온다. 세계는 더 화려해졌지만 타자성을 상실한 빈약한 자아는 미래 상실의 위기에 직면한다. 자기계발과 힐링 프로그램이라는 자아의 기술은 그런 빈약해진 자아가 우울에 빠지지 않게 지지해주는 심리적 보형물이다.

자기계발서사를 스스로 쓰며 기업정신의 소통윤리에 열중하는 사람은 우울증에 빠질 시간이 없다. 그러나 타자성에 대한 향수를 버리지 못하는 사람은 자신도 모르게 우울하다. 타자의 고통을 외면할 수 없으면서도 자아의 빈곤화로 인해 그 고통에 공감할 능력을 상실했기 때문이다. 그는 신자유주의라는 게임의 규칙의 외부인 동시에 내부이다. 우울한 사람은 그처럼 규칙의 비식별성의 영역에 놓여 있기 때문에 사회적 불안감을 퍼뜨린다.

따라서 신자유주의의 패배자인 동시에 가장 큰 적은 **우울증**이다. 우울증은 정작 치료받아야 할 것은 자아의 빈곤화를 강요하는 신자유주의임을 알려주는 일종의 '증상'이다. 성행하는 자아의 기술은 분열증과 우울증을 개인의 감정적 병리로 다루지만, 인문학과 미학은 만연된 우울증을 신자유주의의 병리를 알리는 사회적 증상으로 여긴다. 신자유주의가 인문학이 소실된 미래를 가정하는 반면, 인문학은 신자유주의의 증상이 치유된 또 다른 미래를 소망한다.

2. 유혹의 권력 시대의 죽음정치

신자유주의의 유혹의 권력은 푸코의 삶권력의 보다 섬세하고 정교화된 형식이다. 한병철은 이 새로운 유혹의 권력의 특징으로 부정성이 사라진 긍정성의 방식을 말하고 있다. 또한 세밀하고 유연하며 영리한 권력의 기술과 권력 자신이 사람들의 시야에서 완전히 사라져 버린 점을 들고 있다.[14]

그러나 신자유주의가 아무리 친절한 권력의 형식을 취한다 해도 여전히 경쟁적인 자본주의인 한에서 사회적 탈락자와 실패자를 만들어낼 수밖에 없다. 오히려 신자유주의의 전사회적이고 전지구적인 자본주의는 가장 비참함 패배자를 양산하는 양극화를 특징으로 하고 있다. 더없이 부드러운 권력의 시대는 수많은 사람들을 불행과 죽음에 유기하는 시대이기도 한 것이다.

이에 대해 한병철은 오늘날 절망과 죽음에 유기되는 패배자들은 부정성이 아니라 긍정성에 의해 생겨난다고 말한다. 신자유주의의 패배자들은 권력에 의해 배제되어 생겨난 것이 아니라 **스스로** 성과를 내기 위해 경쟁에 뛰어드는 가운데 패자로 밀려난 것이다. 이 과정에는 아감벤이 말한 권력에 의해 죽음에 이르도록 배제되는 벌거벗은 생명은 존재하지 않는다.

아감벤에 의하면, 권력은 사회질서를 유지하기 위해 불온한 타자들을 수용소 같은 '죽여도 좋은 생명'을 관리하는 장치에 위치시킨다. 죽여도 좋은 벌거벗은 생명(호모 사케르)은 죽음으로 배제되는 동시에 (사회질서를 위해 필요한) 수용소 장치를 통해 사회 체제 안에 포섭된다. 여기서 수용소란 포섭된 배제의 장치이다. 한병철은 아감벤이 수용소 장치라는 배제(부정성)의 형식을 통해 호모 사케르를 말했음을 지적하면서, 지금은 신자유주의에 포섭되어 성과 경쟁에 뛰어드는 중에 스스로 도태·고갈되어 호모 사케르가 된다

---

14 한병철,《심리정치》, 앞의 책, 28쪽.

고 말한다. 이 성과 경쟁에서의 패배자 역시 불온한 존재이지만 그는 권력이 아니라 자기 자신에 의해 죽을 운명에 처하게 된 것이다. 신자유주의 성과 사회의 구성원들은 이제 자발적으로 자기 자신의 호모 사케르가 된 셈이다.[15] 오늘날 그처럼 스스로 호모 사케르가 되는 과정은 권력의 긍정성의 형식(포섭)을 통해서 진행된다. 권력은 계속 유혹할 뿐 한번도 죽음으로 배제한 적이 없다.

그러나 좀 더 정확히 말하면 죽음으로의 배제의 방식은 사라지지 않았다. 성과사회에서는 아감벤의 수용소에서처럼 권력이 자신의 손으로 호모 사케르를 죽음으로 배제하지는 않는다. 그러나 그 대신 사람들을 삶 속으로 포섭하는 중에 탈락자들을 죽음 속에 방치하고 유기한다. 여기서 그런 죽음으로의 유기는 결코 피지배자 스스로의 행위로만 볼 수 없다. 신자유주의의 지구적 자본주의가 수많은 탈락자의 양산이 불가피한 **구조**를 지닌 한에서, 포섭과 긍정성으로 보이는 형식은 실상 그런 사회구조를 유지하기 위한 은밀한 배제를 포함한다. 권력은 유혹의 방식으로 포섭하면서 보이지 않는 구조적 방식으로 배제하는 것이다. 이것이 오늘날 화려한 유혹의 권력의 빛에 가려진 죽음정치의 실상이다.

지금의 죽음정치는 권력 자신의 폭력성을 과시하기보다는 **가만히 있게 만들면서** 죽음에 유기하는 방식을 취한다. 이 죽음으로의 유기는 단순한 무능력의 문제가 아니라 체제의 유지를 위해 불가피한 또 다른 폭력의 행사이다. 유혹의 권력에 포섭되어 경쟁할 수밖에 없는 사회구조에서, 필연적으로 생겨나는 희생자는 흔히 스스로의 잘못으로 여겨진다. 그것은 죽음의 나락에 떨어진 그 자신의 문제이거나 우연적인 불행인 사고일 뿐이다. 그러나 그것은 유혹의 권력 자체의 구조(신자유주의)에 포함된 **필연적인** 죽음정치의 기제이기도 하다. 신자유주의가 유혹의 가면을 쓰고 최대의 수익을 얻는

---

15 한병철, 김태환 역, 《피로사회》, 문학과지성사, 2012, 108~111쪽.

것은 저임금 노동자나 희생자 쪽에서 죽음정치가 실행되는 한에서만 가능하다. 그렇다면 유혹의 권력은 죽음정치를 필수적인 구성적 요소로 포함하고 있으며 그 대상자는 오히려 어느 때보다도 확대되어 있는 셈이다. 그처럼 죽음정치가 가장 확산된 시대인 오늘날 그것의 실상이 잘 보이지 않는 것은 그런 구조적 폭력을 감추고 있는 **유혹의 다양한 기제들** 때문이다. 이제 권력은 시야에서 잘 보이지 않으며 개인 스스로가 죽음정치에 빠져드는 듯이 느껴지게 된 것이다.

오늘날 죽음정치가 잘 보이지 않는 또 다른 이유는 고통받는 타자에 대한 **공감 능력의 상실** 때문이다. 고통스런 타자에 대한 공감의 상실은 이 세상에 게임은 하나뿐이며 그 게임의 규칙은 변화되지 않는다는 생각에서 기인된 것이다. 친지의 죽음 같은 비참한 일을 당해도 원래의 자리로 돌아와야 할 때 그 죽음은 불행한 사고일 뿐 체제의 균열인 사건으로 여겨지지 않는다.[16] 친지나 타자의 불행한 죽음에 대한 슬픔은 일정한 한계를 넘지 못한다. 이런 사회구조에서는 타자와의 공감을 통한 죽음정치에 대한 저항은 일어날 수 없다.

배수아의 소설들은 그런 유혹의 권력이 숨기고 있는 죽음정치의 구조를 잘 보여준다. 배수아의 작품들은 화려한 세상을 살고 있는 우울한 사람들을 그리고 있는데, 그들의 우울함은 참혹한 일을 당했어도 아무 일도 일어나지 않는 세상의 평온함에 의한 것이다. 예컨대 〈갤러리 환타에서의 마지막 여름〉에서 '나'는 남편의 방사능 제거 부대 근무가 원인이 되어 두 아이를 잃고 실의에 잠긴 남편의 칼에 찔린다. 그러나 '나'는 기차역에서 만난 노인들의 걱정스런 물음에 아무 일도 없으며 누구도 자신을 해친 사람이 없다고

---

16 사고가 원래로 다시 돌아와야 할 필요성을 지닌 것이라면, 사건은 예전으로 되돌아갈 수 없으며 변화를 요구한다. 사고와 사건의 차이에 대해서는 신형철, 〈문학은 무엇을 할 수 있는가〉,《한국어문교육연구소 콜로키움 자료집》, 2010. 12. 1.

대답한다.[17] 또한 〈천구백팔십팔 년의 어두운 방〉에서 여고 동창 미진의 애인 철희가 죽은 후 '나'와 미진은 신기할 정도로 아무 일도 일어나지 않는 무미건조한 일상으로 돌아온다.[18] 〈프린세스 안나〉에서도 돈을 못 벌어오는 무능력자인 형부가 전철역에 떨어져 죽지만 아무도 울지 않고 큰언니는 우는 시늉만 한다. '나'는 권태롭고 우울한 세상에서 "오래지 않아 잊혀질 그런 날들"을 살아갈 뿐이다.[19]

더욱이 죽음정치의 폭력성 역시 완전히 사라지지 않았다. 오늘날의 죽음정치는 부드러운 형식에 감춰져 있지만 **성과 인종의 영역**에서는 과거의 폭력성을 여전히 드러낸다. 성과 인종의 영역은 대체 불가능한 불평등성의 영역으로서 자본주의가 성과 인종을 횡단할 때 죽음정치의 폭력성은 극단화된다. 그 점은 오늘날의 권력이 유혹의 방식을 취하고 있는 추세와도 무관하다. 예컨대 동남아 이주 노동자들은 신체와 생명을 상해의 위협 속에 두고 죽음에 이르도록 착취당하고 있다. 필리핀이나 러시아에서 온 군대 성 노동자의 경우에도 그와 다르지 않다. 다만 그들의 고통은 성 차별과 인종적 차별의 엄청난 벽에 가려져 사람들의 눈을 끌지 못하고 있을 뿐이다. 이런 일들은 유혹의 권력과 성과사회가 꽃을 피운 듯한 서구에서도 예외가 아니다. 인권 선진국으로 불리는 독일은 난민 수용에 관대한 듯하지만 망명 신청자와 난민에 대한 숨겨진 차별과 증오범죄는 상상을 초월한다.[20]

성과 인종의 영역에 놓인 타자들은 공감의 대상이 되기 어려울 뿐 아니라 쉽게 혐오의 대상이 되기도 한다. 수많은 혐오발화들은 대부분 성적·인종적 차별에 연관된 것들이다. 이 혐오발화는 타자의 인격의 심리적 살해라는 점

17 배수아, 〈갤러리 환타에서의 마지막 여름〉, 《바람인형》, 문학과지성사, 1996, 12쪽.

18 배수아, 〈천구백팔십팔 년의 어두운 방〉, 《푸른 사과가 있는 국도》, 고려원, 1995, 56쪽.

19 배수아, 〈프린세스 안나〉, 《바람인형》, 앞의 책, 133~134쪽.

20 조효제, 〈독일사회의 인권 담론〉, 《한겨레》, 2015. 6. 24.

에서 담론적·감성적 차원에서의 **죽음정치**라고 할 수 있다.[21]

오늘날 가장 절망적인 것은 **혐오발화**가 성과 인종의 영역을 넘어 계급적 차원에서도 출몰하는 점이다. 세월호 유가족의 단식에 대한 일베(일간 베스트)의 폭식투쟁과 막말이 그 대표적인 예이다.[22] 여기서 문제되는 것은 지배층이 아닌 주변적 계층이 비슷한 처지의 사람들에게 혐오발화를 일삼는다는 점이다. 이 절망적 상황에는 파시즘의 인종적 혐오와도 유사한 기제가 숨겨져 있다. 예컨대 식민지 말의 소설 〈빛 속으로〉(김사량)에서 혼혈인 한베에는 일인 행세를 하며 조선인 아내에게 폭언과 폭행을 그치지 않는다. 그가 아내에게 폭력을 행사하는 것은 실상은 자신 속의 조선인 피를 지우기 위한 것이다. 그러나 아내를 때린다고 자신이 일본인이 될 수는 없기 때문에 한베에의 폭력은 끝없이 계속된다.[23]

일베의 사회적 약자에 대한 혐오발화도 비슷한 맥락에서 이해할 수 있다. 일베는 국가나 민족 같은 상상적 심급이나 상류층에 동일화되려는 욕망에 의해 움직이고 있다. 그들은 자신이 부인하려는 개인적·사회적 약점이 타자를 통해 눈에 보이게 드러났기 때문에 그에 대한 혐오감이 참을 수 없게 폭발하는 것이다. 이런 식의 폭언은 실상은 자신 자신의 취약함을 부정하기 위한 자기파괴적 무의식[24]에 의한 것이다. 하지만 일베가 하층민을 모욕하는 발언을 한다 해도 스스로가 상류층이 될 수는 없기 때문에 그들의 혐오발화는 끝없이 이어진다.

충격적인 것은 인종적 차원에서 나타났던 자기파괴적 무의식이 계급적

---

21 혐오발화는 지배층에 의해 실행되기도 하지만 흔히 대중에게 전파되어 행사된다.

22 혐오발화에 대한 논의는 권명아, 〈혐오와 자유〉, 정정훈, 〈혐오발화는 무엇의 지표인가〉, 이나코스 포럼《혐오발화의 정치학》, 2015. 2. 13, 2~23쪽 참조.

23 윤대석, 〈변경에서 바라본 문학과 역사〉, 《20세기 한국소설》 12, 창비, 2005, 283쪽.

24 정정훈, 〈혐오발화는 무엇의 지표인가〉, 《혐오발화의 정치학》, 앞의 발표집, 19쪽. 정정훈은 이를 전도된 코나투스라고 논의하고 있다.

관계에서도 출현하고 있는 점이다. 혼혈인이 조선인을 혐오하며 조선피를 부인하는 것은 피부와 혈통에 각인된 인종적 불평등성이 존재론적으로 역전 불가능한 점과 연관이 있다. 존재 자체가 대체 불가능하기 때문에 제국의 강력한 동일성에 상상적으로 동화되며 자기 자신의 열등한 피를 지우려 하는 것이다. 그런 자기파괴적 혐오의 기제가 계급 관계로 전이된 사실은 계급적 불평등성이 인종이나 성의 영역처럼 역전 불가능한 구조가 되어간다는 참담한 현실을 암시한다. 신자유주의가 낳은 계급적 양극화는 인종이나 젠더에서처럼 존재 자체의 역전불가능성을 만들면서 혐오발화를 낳고 있는 것이다.

실제로 미국과 서구에서는 죽음정치나 혐오발화의 대상은 백인이 아닌 이민족들이다. 그 때문에 서구에서는 신자유주의의 은밀한 죽음정치의 충격이 표면상 완화되어 드러나는 것이다. 우리의 경우에도 이주 노동자들이 비슷한 위치에 있다고 볼 수 있다. 그러나 일베나 극우단체에서 보듯이 혐오발화가 유사한 계층의 사람들에게 향하고 있는 현상은 가장 비참한 자기파괴적 무의식의 출현으로 볼 수 있다. 자본주의에서 쓸모없어진 사람들에게 신체적·인격적 살해의 위협을 가하거나 죽음으로 유기하는 것이 바로 죽음정치이다. 우리 시대의 가장 절망적인 사실은 그런 죽음정치가 지배층에서 차츰 대중으로 전이되어 스스로 자기파괴적인 무의식을 형성하고 있다는 점일 것이다.

3. 쇼크 독트린에 대응하는 트라우마의 기억

이제까지 우리는 덧없는 희망 대신 '절망과의 포옹'을 화두로 삼아왔다. 위에서 회피하고 싶은 혐오발화를 우리 시대의 상처로서 살펴본 것도 그 때문이다. 그처럼 절망과 상처를 외면하지 않고 끌어안을 때만 우리는 길 없는 곳에서 길을 갈 수 있다. 그러나 절망적 상황은 비참함 속에서 우리를 나약하게 만들어 오히려 권력이 원하는 길로 나아가게 할 수도 있다. 전자가 능동적인 절망이라면 후자는 수동적인 절망이다. 수동적인 절망은 실재계와의 대면이라는 의미에서의 절망에 이르지 못한 상태이며, 여기서의 참담함은 실상 상징계에 예속된 상태에서의 거세의 감각이다. 수동적 거세공포는 프로이트가 말한 부인(disavowal)[25]의 기제를 작동시켜 타자의 차이를 없애고 동일성의 체계에 상상적으로 예속되게 만든다. 그처럼 상징계 내의 비참한 거세의 위치에서 체제에 예속된 덧없는 희망과 환상을 갖게 되는 것이다.

이처럼 우리가 절망과 조우하는 방식은 크게 두 가지이다. 그 두 방식에 따라 우리가 갈 수 있는 길 역시 둘로 나뉜다. 예컨대 식민지 초기 지식인들이 절망적 현실에 대처했던 상이한 방식은 지금의 맥락에서도 매우 시사적이다. 하나는 식민지적 **충격** 속에서 루쉰과 한용운이 선택한 지난한 저항의 길이고, 다른 하나는 이광수가 선택한 식민권력에 부응하는 개조주의의 길이다.

전자는 우리가 주제로 삼고 있는 '길 없는 길'이며, 여기서의 절망이란 상징계에서 외부의 실재계와 대면하는 것이다. 반면에 후자의 대표적 예는 이광수의 민족개조론인데, 여기서의 절망적 비참함은 실상 신문명의 상징계에 예속된 상태에서의 거세 감각이다. 실재계와의 대면이 체제에 대한 저항을 낳는다면 참담한 결핍감은 백지상태의 거세의 느낌으로 귀결된다. 후자의 이광수가 경험한 신문명의 결핍감과 개조의 의지는, 흥미롭게도 백지상태에서 개조에 의한 이상적 시민의 탄생을 말하는 오늘날의 쇼크 독트린과

---

25 부인은 프로이트의 심리학적 용어이다. 부인이란 타자의 이질성에 연관된 트라우마를 경험할 때 그에 대한 방어기제로서 권력의 동일성의 기준에서 타자의 이질적 차이를 부인하는 것을 말한다. 남성의 남근을 기준으로 여성의 차이를 부인하거나 식민자의 문명의 기준에서 피식민자의 이질적 차이를 부인하는 것이 그 대표적인 예이다.

매우 유사하다.[26]

따라서 식민지 초기의 두 가지 길은 오늘날의 신자유주의 시대에도 비슷하게 말해질 수 있다. 그때처럼 지금도 우리 앞에는 두 가지 길이 있다. 하나는 충격의 트라우마를 껴안고 넘어서려는 타자의 길이며, 다른 하나는 쇼크 독트린에 의해 개조된 순수 자본주의의 길이다. 후자의 개조의 길은 쇼크와 수동적 거세공포 속에서 타자의 차이를 부인하며 순수 자본주의의 동일성에 예속되는 과정이다. 이 두 길을 탐색할 때 신자유주의와 순수 자본주의에 대응하는 길 없는 길이 무엇인지 보다 분명해질 것이다.

쇼크 독트린이란 충격을 통해 백지상태를 만든 후 개조를 거쳐 제국이나 국가가 유도하는 순수 자본주의의 길로 이끄는 전략이다. 충격이란 쿠테타, 테러, 공황, 전쟁, 쓰나미 등을 통해 국민들을 총체적인 쇼크 상태로 몰아넣는 것을 말한다.[27] 우리는 식민지 상황도 제국이 자본주의를 확대시킨 중요한 쇼크의 방식으로 추가할 수 있을 것이다. 반대로 순수 자본주의를 확장시킨 냉전기 이후의 각종 사태들은 일종의 '식민지 없는 식민지'[28]의 방식이었다고 할 수 있다. 그런 상황들에서 충격에 의해 제거되는 것은 세계적 주류인 순수 자본주의에 걸림돌이 되는 다양한 이질성과 타자성이다.

나오미 클라인(Naomi Klein)의 《쇼크 독트린》[29]에는 두 종류의 쇼크 요법이 소개된다. 첫 번째 쇼크 요법은 몬트리올의 정신과 의사 이웬 카메론에 의한 것으로 전기충격으로 개인을 개조하는 방식이었다. 두 번째 방식은 시카고 대학의 밀턴 프리드먼이 주장한 것으로 쇼크를 통해 사회를 순수한 자본주의로 개조하려는 시도였다.

1950년대의 카메론의 실험은 CIA의 후원을 받아 실제로 이루어졌다. 카

---

26 이광수는 민족의 과거를 삭제하고 신문명에 의해 새로운 개조를 이룰 것을 말한 바 있다.

27 나오미 클라인, 김소희 역, 《쇼크 독트린》, 살림, 2014, 28쪽.

28 니시카와 나가오, 박미정 역, 《신식민지주의론》, 일조각, 2009, 17~26쪽.

29 나오미 클라인, 《쇼크 독트린》, 앞의 책, 37~97쪽.

메론은 전기충격으로 '대량 기억상실'을 일으켜 나쁜 습관을 지우고 이상적인 건강한 시민의 재탄생을 위한 패턴을 주입하려 했다. 카메론의 실험은 냉전 시기의 세뇌작업과 이데올로기 투쟁의 맥락에서 이루어졌다.[30] 카메론은 전기충격이 사람들을 백지상태로 만들어 새롭게 인성을 재건할 전제조건을 제공할 것으로 믿었다.

그러나 카메론의 실험은 실패했다. 나쁜 습관을 지운 백지상태는 나타나지 않았으며 환자들은 녹음기에서 반복해서 들려오는 메시지를 수용하지 않았다. 환자들은 전기 요법에 의해 마음이 깨끗해지지 않았을 뿐더러 충격을 가할수록 오히려 손상을 입고 배신감을 갖게 되었다.

비슷한 시기에 프리드먼에 의해 계획된 두 번째 쇼크 요법은 사회를 백지상태로 만들어 새롭게 개조하기 위한 은유적 전기 충격이었다. 카메론이 인간정신을 원초적인 백지상태로 환원하는 것을 꿈꾸었다면, 프리드먼은 사회를 규제, 무역장벽, 고정 금리 같은 교란 요인이 제거된 순수 자본주의로 되돌리길 원했다.[31] 두 경우에서 쇼크 요법의 핵심은 개인이나 사회의 이질성을 충격을 통해 없애고 순수상태에서 개조를 시작한다는 것이었다.

프리드먼이 카메론과 다른 점은 순수 자본주의를 백지상태의 연장으로 생각한 점이었다. 카메론의 실험이 냉전 시대의 맥락에서 이루어졌다면 프리드먼의 계획은 신자유주의 시대를 열기 위한 것이었다. 전자가 냉전적인 반공주의였던 반면 후자는 세계화와 연관된 신자유주의를 지향했다. 프리드먼의 프로그램은 남미와 인도네시아에서 실제로 실행되었다. 또한 아시아의 금융위기나 최근의 이라크전 역시 프리드먼의 쇼크 요법과 연관된 것으로 볼 수 있다.

아시아의 금융위기가 신자유주의로 이어진 것으로 볼 때 카메론과 달리

---

30 한병철,《심리정치》, 앞의 책, 53쪽.

31 한병철, 위의 책, 54쪽.

프리드먼의 계획은 성공적이었다고 볼 수 있다. 그러나 이라크에서는 파괴되고 분노에 찬 사람들만 만들었을 뿐 새로운 자유시장을 여는 데는 난항을 겪었다. 이라크 침공 입안자들은 충격의 즉각적인 힘을 신봉하는 사람들이었다. 그들은 이라크가 즉시 가사상태에 빠질 것이라고 믿었다. 하지만 카메론과 마찬가지로 이라크의 충격 전문가들은 파괴만 할 뿐 백지상태는 만들지 못했다.[32]

뿐만 아니라 아시아 금융위기의 경우 역시 충격 요법의 성공으로 단정하기에는 미흡한 점이 있다고 할 수 있다. 한병철에 의하면 신자유주의는 충격 요법 같은 심리적 마비와 제거에 의해 주조되지 않는다. 신자유주의의 확산에는 충격 요법 이외에 긍정성을 주입하는 유혹의 권력이 작용한다는 것이다. 신자유주의의 유혹의 권력은 사람들이 욕망하는 것을 세심히 예측해 미리 선수를 치며 호감을 사려고 애쓴다. 신자유주의의 확산은 부정적 위협 대신 긍정성의 주입에 의한 것이다.

실상 신자유주의의 유혹의 권력은 금융위기(IMF 사태) 이전부터 실행되고 있었다. 만델과 제임슨이 후기자본주의라고 부르는 상부구조 영역의 자본화가 바로 그것이다. 후기자본주의는 이미 1990년대부터 문화와 무의식, 욕망의 영역에서 사람들의 마음을 사로잡았다. 금융위기는 그런 전사회의 자본화라는 후기자본주의의 흐름을 순수 자본주의의 경제구조로 정착시킨 역할을 했다. 결과적으로 IMF 사태는 신자유주의의 확산을 가속화시켰다. 이는 신자유주의의 유혹의 기제(한병철)와 경제공황의 충격 요법(클라인)의 합작품이라고 할 수 있을지도 모른다.

그러나 금융위기 이후의 신자유주의의 확산은 쇼크 독트린에 의한 순수 자본주의의 실현과는 분명히 다른 점이 있다. 신자유주의의 확대가 많은 사회적 문제와 부작용을 낳은 점에서 그것은 결코 백지상태에서 주조된 것으

---

32 나오미 클라인,《쇼크 독트린》, 앞의 책, 67쪽.

로 볼 수 없다. 신자유주의는 동일성의 체계를 확대시켰지만 동일화될 수 없는 잔여물에 의한 고통과 저항 역시 증폭시켰다.

나오미 클라인의 쇼크 독트린은 프로이트가 말한 외상적 상태에서의 **부인**(disavowal)[33]의 효과와 연관이 있다. 외상적 상태에서 거세공포를 느낄 때 우리는 차이를 부인하며 동일성의 체계에 예속되려는 욕망을 갖는다. 프로이트는 남자아이가 여성의 성기의 부재를 경험하고 충격과 거세공포를 느끼며 타자(여성)의 차이를 부인하고 페티시즘을 형성하는 예를 논의한다.[34] 우리의 상황은 그와 조금 다르게 우리 자신이 타자인 경우이다. 우리는 경제공황의 외상적 상태에서 거세공포를 느끼며 우리 자신의 차이(타자성)를 부인하고 신자유주의의 동일성에 예속된 것이다. 이것이 바로 쇼크 독트린이 말하는 백지상태에서의 순수 자본주의의 주조라는 시나리오이다. 백지상태란 거세공포 속에서의 차이의 **부인**이며 그것에 의해 순수 자본주의의 동일성이 강화된 것이다.

하지만 백지상태가 부인의 기제라는 것은 순수 상태로 정화된 것이 아니라 부인될 수 없는 수 없는 잔여물(타자성)과 반작용이 잠재함을 뜻한다. 이질적 차이가 큰 이라크 등 이슬람권에서 충격 요법이 성공할 수 없었던 것은 그 때문이다. 그와 달리 아시아권에서는 성공적으로 보인 것은 자본주의화가 많이 진행된 곳에서 상대적으로 이질성이 적었기 때문일 것이다. 자본주의에서 공황의 충격은 엄청난 것이며 그처럼 쇼크가 강력할수록 반작용은 표면상 눈에 보이지 않을 수 있다. 그러나 아시아 금융위기에서 역시 부인의 기제에 대한 적지 않은 반발이 잠재하고 있었다.

---

33 부인이란 외상적 경험에 대한 방어기제의 일종으로 권력의 동일성의 기준에서 차이를 부인하는 것인데, 완전한 부인은 현실적으로 불가능하기 때문에 물질적 반작용에 의한 분열의 과정이 잠재한다.

34 프로이트, 김정일 역, 〈절편음란증〉,《성욕에 관한 세 편의 에세이》, 열린책들, 1996, 29~35쪽. 프로이트, 윤희기 역,《무의식에 관하여》, 1997, 222쪽.

경제공황의 경우 실제 현실에서는 충격 요법의 시나리오(백지상태와 순수 자본주의의 주조)와는 다른 복잡한 요소들이 있다. 경제공황은 충격 요법으로 자본주의를 확산시킬 수도 있지만 그 이전에 자본의 정체를 폭로하는 기제로 작용한다. 일종의 경제공황인 IMF 사태는 자본주의에서 공황이 발생하면 어떤 일이 일어나는지 보여주는 실례의 하나이다.

금융위기가 발생하자 우리는 몇 주 전까지만 해도 활력적이었던 자본주의 경제에 갑자기 균열이 생겼음을 경험하게 되었다. 그것은 정상적이었던 사람이 어느 날 돌연히 분열증과 발작을 경험하게 된 것과도 비슷했다. 하지만 그런 균열을 통해 우리는 자본주의 경제의 정상적인 상태가 어떻게 운영되는지 알게 되었다. 자본주의에는 열심히 일한 사람이 좋은 성과를 얻는 것과는 다른 많은 변수들이 있는 것이다. 즉 자본주의는 순수한 경제 원리에서만 작동되지 않고 정치권력에 의한 은밀한 개입이 있는 것이다.

우리는 IMF 사태를 통해 자본주의의 정체에 대해 배우게 되었다. 그처럼 공황을 통해 자본주의에 대해 알게 되는 것은, 이상(異常)을 통해 정상을 파악하는 점에서, 광기를 통해 인간 본성을 파악하는 것과 비슷하다. 그것은 마르크스가 경제학을 이해하고 프로이트가 심리학을 연구한 것과 유사한 방식이다.[35]

공황이 몇 사람의 잘못이나 정책실패의 산물이 아니라면 자본주의의 정상적인 상태란 순수하게 자명한 것이 아니라는 의심을 갖게 된다. 공황은 자본주의가 자명하고 자연스러운 경제가 아니라 모종의 정치권력의 개입에 의해 유지됨을 알려준다. 마르크스는 공황이 자본주의의 예외상태가 아니라 고유한 특성이라고 생각했다.[36] 자본주의는 왕과도 같은 초월적 권력이 아니라 화폐가 자본으로 운용하는 동안에만 유지된다. 따라서 화폐가 잉여

35   가라타니, 김경원 역,《마르크스 그 가능성의 중심》, 이산, 2003, 71쪽.
36   가라타니, 위의 책, 71쪽.

가치를 만들며 자본으로 전화되는 매순간은 공황의 위협이 만들어지는 순간이기도 하다. 공황은 자본주의가 불완전한 상징계이며 거기에는 정치권력과 이데올로기의 개입이 불가피함을 알려준다. 만일 그런 권력과 이데올로기의 개입이 없다면 공황은 수시로 일어난다. 또한 반대로 정상적으로 운용되던 자본주의에 권력이 비우호적으로 개입한다면 자본주의는 곧 위기 상태에 빠질 수 있다. IMF 사태는 후자의 경우였다.

따라서 음모론이 아니라도 금융위기는 정치적·경제적 권력 작용과 무관하지 않음을 알 수 있다. 나오미 클라인은 아시아의 금융위기가 프리드먼의 방식에 따른 신자유주의 확산을 위한 쇼크 요법이었다고 말한다. 만일 그렇다면 순수 자본주의 자체가 처음부터 정치권력의 작용을 요구하는 것임을 스스로 반증한 셈이었다. 신자유주의는 그것이 도입되고 확대된 이후에도 여전히 은밀한 정치권력의 개입을 필요로 할 것이다. 그처럼 순수 자본주의는 실제로는 순수한 자본주의가 아닌 것이다.

한국의 경우에도 그런 순수 자본주의에 대한 회의가 생겼지만 또한 신자유주의를 확대시킬 수밖에 없는 양면성이 있었다고 할 수 있다. 사람들은 자본주의를 회의하면서도 어쩔 수 없이 자본주의 경제를 빨리 복구하려고 노력하게 되었다. 마르크스는 공황을 정치적 혁명에 연관시키는 공황대망론을 갖고 있었다. 그러나 실제로 공황이 발생하면 자본주의를 되살리기 위해 오히려 정치권력은 물론 대중들도 보수화된다. 공황이 자본주의에 대한 환상을 깨뜨리고 균열을 보게 만든다 해도, 자본주의의 외부에 아직 또 다른 삶이 준비되지 않은 상태에서, 사람들은 갑작스러운 충격에서 벗어나기 위해 예전의 시스템이 회복되길 원하게 되는 것이다.

물론 그 과정은 쇼크 요법처럼 백지상태에서 순수 자본주의를 재주조하는 것과는 다른 양상이다. 앞서 언급했듯이 쇼크 요법으로 백지상태를 만드는 것은 프로이트가 말한 부인의 효과와 유사하며, 거기에는 권력이 강제한 부인의 기제에 대한 반작용이 잠재한다. 보다 복잡한 맥락이 있는 경제 환란에서도 여전히 부인-반작용의 기제가 작용했다. 그리고 그런 관계는 호미 바바가 논의했듯이 식민권력과 탈식민의 반작용의 관계와 유사했다.[37]

제국이 피식민자의 백지상태에 신문명을 주입하듯이, 세계화론자들은 쇼크를 통해 제3세계의 타자성을 제거하고 신자유주의를 주조하려 한다. 다만 이번에는 영토의 침범이 없는 대신 충격 요법과 신자유주의의 유혹의 권력이 병행해서 작용한다. 그렇다면 세계화란 '식민지 없는 식민주의'[38]에 다름이 아닐 것이다.

그러나 식민지에서 타자의 응시를 통해 부인의 기제를 역전시키는 대응이 있듯이, '신자유주의의 주조화'에서도 완전히 제거되지 않은 (타자성의) 잔여물에 의한 응수(應酬)가 있다. 피식민자와 제3세계인의 백지상태란 실상은 순수한 **백지상태가 아닌** 것이다.

쇼크주의자들은 백지상태가 아름답다고 말할 것이다. 그러나 백지상태란 부인되고 제거된 것인 동시에 타자의 위치에서의 물질적 반격의 잠재성이기도 하다. 그것은 순수하고 아름다운 백지가 아니라 파괴되고 남은 절망스러운 잔여물이 잠재한 상태이다. 그런 백지상태에 남은 보이지 않는 잔여물을 라캉은 실재계(대상 a)라고 불렀다.

따라서 백지상태에 신자유주의가 재주조되는 동안 잔여물(실재계)과 교섭하는 은밀한 타자의 대응이 생성된다. 우리가 말한 능동적·수동적 절망의 두 가지 길은 각기 달리 나타나기도 하지만(루쉰/이광수), 또한 저항의 길과 개조의 길 자체에 늘상 양가적 과정이 포함된다. 쇼크주의자들은 백지상태 위에 사치스러운 쇼핑몰, 빌딩, 플라자, 관리시설 등을 지을 것이다.[39] 그러나 파괴된 잔해물들은 여전히 남겨지며 그런 잔해물과 빛나는 건축물들은

37 호미 바바, 나병철 역,《문화의 위치》, 소명출판, 2012, 190, 250, 291쪽.

38 니시카와 나가오,《신식민지주의론》, 앞의 책, 17~26쪽.

39 나오미 클라인,《쇼크 독트린》, 앞의 책, 585쪽.

어울리지 않는다. 이것이 1998년 한국의 금융위기와 2007년 레바논 사태에서 비슷하게 볼 수 있는 풍경이다.

한국의 경우 실제로 금융위기 이후 신자유주의가 확대되었다. 그러나 그 것은 불순했던 경제 영역에서 이식된 순수 자본주의가 작동하기 시작한 것이 결코 아니다. 그보다는 자본주의가 순수하게 움직이게 하기 위해서는 많은 대가를 치러야 함을 실감해야 했다. 실제로 IMF 사태는 단지 경제적인 영향만 끼친 것으로 볼 수 없다. 이 경제적 충격은 전기 쇼크에서처럼 암암리에 과거의 인성을 지울 것을 명령했다. 과거에 아시아 번영의 비밀스러운 요인이었던 아시아적 가치가 그중의 하나였다. 이는 이광수가 민족개조론에서 한국인의 인성을 개조할 것을 주문한 것과도 비슷한 맥락을 지닌다고 할 수 있다. 더 나아가 신자유주의의 확대로 인해 생긴 양극화는 과거의 중간층이나 미결정적 계층을 해체시켜 우리의 감성의 구조를 권력에 예속되기 쉽게 바꿔 놓았다. 신자유주의에 의한 양극화는 감성의 분할의 식민화된 재주조를 암시한다. 순수 자본주의란 결국 식민화된 자본주의였으며 삶권력의 얼굴에 숨겨진 죽음정치를 포함하고 있었다.

당연히 그런 사회의 재주조와 감성의 분할은 일방적일 수 없었다. 전기 쇼크가 반발을 불러오듯이 신자유주의로 이어진 경제 환란은 제국과 국가의 정치권력에 대한 저항을 불러왔다. 1990년대 말 이후는 충격을 통해 취약해진 상태에서 신자유주의를 확대시킨 시기인 동시에, 자본주의의 세계화의 환상에서 깨어나서 그 식민주의적 권력에 대한 비판과 저항이 나타난 때이기도 하다. 박민규의 소설은 그 물밑의 저항을 은유와 알레고리로 표현하고 있다. 《지구영웅전설》은 세계화가 환상과 향락의 유혹적 권력을 앞세운 제국주의에 다름이 아님을 폭로하고 있다. 또한 〈아, 하세요 펠리컨〉은 신자유주의적 세계화의 유혹의 권력이 수많은 은유적 난민들의 고통과 자살을 불러온 죽음정치이기도 했음을 보여준다. 이 소설은 그런 죽음정치로 인해 생긴 트라우마를 껴안음으로써 제3세계의 트랜스내셔널한 연대의 소망을 오페라의 화음처럼 들려준다.

경제 환란 같은 트라우마의 기억은 사람들을 혼란스럽고 방황하게 만든다. 그처럼 트라우마에 시달리는 중에 우리는 부인의 기제를 통해 신자유주의의 재주조화 과정 속으로 빠져들게 된 것이다. 그러나 경제 환란과 재주조 과정이 남긴 사회적 트라우마는 그것을 외면하지 않고 끌어안을 때 균열을 넘어서서 고통과 아픔을 오페라의 화음 같은 음악으로 전이시키기도 한다. 이는 권력의 재주조의 시선에 대한 응시의 과정이라고 할 수 있다.

트라우마의 순간이란 실재계(the Real)와 대면하는 사건의 순간이다. 실재계와 대면하는 순간 우리는 사건과 그것을 설명하는 정보 사이의 간극을 경험한다. 트라우마적 충격은 우리가 인식할 수도 표상할 수도 없는 '실재의 과도함'(보드리야르)에 직면하게 만든다.[40] 나오미 클라인은 그 공포의 순간 실재와 인식 사이의 간극을 메워 줄 이야기가 없을 때 혼란 속에서 의식을 재주조하려는 권력에 예속된다고 말한다.

그러나 우리는 트라우마 자체가 절망과 소망의 양가성이라고 말할 수 있다. 트라우마의 공포에 지지 않고 그 상처를 껴안을 수 있을 때 우리는 절망을 끌어안고 보이지 않는 길을 탐색하게 된다. 실재계와의 대면이란 혼란이기도 하지만 이제까지 현실이라고 생각해 왔던 것이 일종의 허구적 서사였음을 깨닫는 순간이기도 하다. 또한 트라우마의 기억은 혼란을 틈타 상처를 봉합하며 나타난 새로운 독트린까지 허구적인 것으로 파열시킨다. 그와 함께 우리는 체제에 뚫린 구멍이 메워지려면 우리의 존재방식이 변화되어야 함을 깨닫게 된다. 특히 **사회적 트라우마**[41]의 순간 우리는 파열된 상징계의

---

40 나오미 클라인, 위의 책, 582쪽.

41 사회적 트라우마는 사회 구성원들 모두의 존재에 상처를 준 것을 말한다. 또한 개인이 겪는 트라우마가 모든 사람이 공감하는 사회적 의미를 지닌 것일 수도 있다. 개인적 트라우마는 심리적인 치유가 불가피하지만 사회적 트라우마는 그런 트라우마를 만든 사회를 치유하기 위한 증상으로 나타난 것으로 볼 수 있다.

호명에서 벗어나 자신의 존재를 증명하려는 욕망을 갖게 된다.

물론 공황이 발생하면 빨리 체계를 복구하려는 욕망을 갖듯이 트라우마의 순간 우리는 치유를 통해 일상으로 복귀하길 원한다. 그러나 사회적 트라우마가 체계의 모순과 연관되었을 때 우리는 다른 방식으로 일상으로 돌아오길 간절히 소망하게 된다. 다른 방식이란 우리 자신의 존재방식의 변화와 사회적 변화를 말한다.

여기서 변화의 소망은 일시에 세상을 바꾸려는 직선적인 행동으로 실행되기는 어렵다. 우리의 존재방식의 핵심적 변화는 타자와의 관계에 대한 것이다. 즉 트라우마를 경험할 때 우리의 존재론적 욕망의 순간은 타자와의 교감이 회복되는 순간이기도 한다.

나오미 클라인의 쇼크 요법은 타자성을 무디게 만드는 방식이다. 실제로 그에 의해 주조된 신자유주의는 체제 내에서의 소통을 확대시키는 듯하면서 그 외곽의 실재계에 접촉한 타자와의 공감을 무뎌지게 만들었다. 그러나 우리는 쇼크 요법에 의해 지워지지 않은 잔여물, 그 트라우마의 기억이 오히려 타자와의 공감을 증대시킴을 말할 수 있다. 트라우마의 기억은 자신의 존재를 증명하려는 욕망 속에서 상실된 타자와의 공감력을 회복시킨다. 이것이 바로 카치아피카스가 말한 에로스 효과이다. 그렇다면 쇼크 요법에 대응하는 핵심적인 방법은 트라우마의 기억에 의한 존재론적 반작용일 것이다. 외상적 충격은 우리를 백지상태로 만들지도 반대로 혁명의 의지(공황대망론)를 고취시키지도 않는다. 그와 달리 우리는 일종의 대치상태, 즉 쇼크 요법에 의한 동일성의 권력의 확대와 물밑에서 타자성을 증폭시키는 존재론적 욕망의 경합상태에 있다.

쇼크 요법에 세뇌된 사람들의 눈에는 그런 존재론적 반발이 기적처럼 보일 것이다. 나오미 클라인은 쇼크 요법이 공격받은 사람들로부터 그들이 소중하게 생각했던 이질성과 타자성을 박탈한다고 말한다. 그러나 탈식민주의자들이 입증했듯이, 타자성은 **부인의 기제**에 대항하는 **물질적 반작용**에 의해 잔여물을 남긴다.[42] 그 보이지 않는 잔여물의 영역이 바로 실재계이거 니와, 실재계와의 교섭은 상실된 사회적 타자성을 회복시키며 신자유주의 에서 희생된 타자와의 교감력을 복구한다.

나오미 클라인은 쇼크 요법에 저항하는 방법으로 희생자들끼리의 담론, 특히 예전의 쇼크의 경험을 기억하는 사람들의 담론의 중요성을 말한다. 그 런 담론들은 실재(계)와 인식 사이의 간극을 메우며 혼란에서 벗어나 세계 를 재설정할 수 있게 해준다. 또한 재난 이후 제국과 국가에 의한 건설이 아 니라 주민들이 잔해물로 남겨진 예전의 땅을 자발적으로 재건하고 이웃사 회를 복구하는 일도 중요하다.

우리는 그와 비슷한 것을 조금 다르게 보다 미시적으로 말할 수 있다. 우 리는 상처와의 포옹을 말했는데 그것은 사건을 잊지 않는 트라우마의 기억 과 남겨진 잔여물과의 교섭으로 실행된다. 세월호 사건 같은 트라우마를 기 억해야 하는 것은 허구적인 독트린들을 파열시키면서 새로운 삶으로 나아 가려는 담론들을 증폭시키기 위한 것이다. 그런 트라우마의 기억은 실재계 적 잔여물과의 교섭으로 이어진다. 마치 파괴된 잔해물을 복구하듯이, 우리 는 실재계적 잔여물과의 교섭을 통해 신자유주의에 의해 상실된 타자와의 교감력을 회복시키며 물밑의 네트워크를 생성시킬 수 있다.

우리의 저항은 마르크스가 생각한 조직적 집단에 의한 변혁과는 조금 다 르다. 새로운 사회는 자본주의를 조직적 운동을 통해 와해시킨 후에 생겨나 지 않는다. 그와 달리 자본주의와 동거하며 그 체제가 만든 트라우마를 오 히려 기회로 삼으면서, 허구적 독트린들을 파열시키고 은밀한 물밑의 공감 의 연대를 생성시켜야 한다. 새로운 삶은 그런 권력과 저항의 끝없는 양가 적 반복 속에서 수면 밑의 공감의 연대가 고조되는 순간들마다 조금씩 다가 올 것이다.

---

42   호미 바바, 나병철 역, 《문화의 위치》, 소명출판, 2012, 250~251쪽.

4. 쾌락원칙을 넘어서는 양가성의 진리

우리는 절망의 기억이 양가성을 통해 그 상처를 극복하는 방식임을 말해 왔다. 이 말은 트라우마의 기억만이 트라우마의 체제를 넘어선다는 뜻과도 같다. 우리에게 상처를 준 체제를 넘어서려는 저항은 그처럼 양가적이다.

세월호의 충격을 넘어서려면 우리는 그 사건의 트라우마의 기억을 반복적으로 떠올려야 한다. 그런 반복적인 기억은 세월호를 침몰시킨 체제를 넘어설 때까지 계속된다. 트라우마를 껴안고 넘어서기, 이것이 좌절과 섣부른 희망의 어느 쪽에도 속하지 않는 양가성의 진리이다.

프로이트는 우리의 양가성의 진리를 입증하기 위한 훌륭한 단서를 제공하고 있다. 프로이트는 포르트-다 놀이를 분석하면서 어린이가 고통스러운 경험을 반복하는 과정을 주목한다. 포르트(fort)-다(da) 놀이란 나무실패를 던졌다 잡아당기며 실패가 사라졌다 다시 나타나게 반복하는 행위이다. 나무실패의 사라짐은 어머니의 가버림을 뜻하며 이 놀이는 아이가 고통스런 상처를 반복함으로써 그 상처를 극복하는 원리를 포함한다. 어머니가 가버렸다 다시 나타나므로 고통에 대한 보상을 받는 것 같지만 실상 이 놀이는 상처의 기억을 반복하는 데 초점이 맞춰져 있다.[43] 그처럼 고통의 경험을 반복함으로써 고통을 넘어서는 것이 이 놀이의 핵심이다.

프로이트의 관심은 어린이가 상처를 극복하기 위해 왜 쾌락원칙에 반하는 고통을 반복하는가에 관한 것이다. 프로이트는 여기에 쾌락원칙을 뛰어넘는 반복 충동이라는 보다 더 근원적인 어떤 것이 있다고 가정한다. 물론 프로이트의 설명은 '포르트-다'라는 왕복운동의 한계 안에 있으며 그 과정

---

43 프로이트, 박찬부 역, 〈쾌락원칙을 넘어서〉, 《쾌락원칙을 넘어서》, 열린책들, 1997, 21~22쪽.
프로이트는 어머니의 돌아옴보다 사라짐에 초점이 맞춰져 놀이가 행해져 왔음을 말하고 있다.

은 심리적 극복에 그친다.[44] 그러나 흥미로운 것은 상처의 경험의 반복이 쾌락원칙을 넘어서는 차원에서 만족을 주게 됨을 논의하고 있는 점이다.

포르트-다 놀이에서 어머니는 없다고도 볼 수 있고 있다고도 볼 수 있다. 어머니가 다시 돌아오지만 그 어머니는 부재를 다시 채워주는 쾌락의 보충에 그치는 것이 아니다. 왜냐하면 다시 돌아온 어머니는 없다고도 볼 수 있는 어머니이기 때문이다. 이 놀이가 상처를 극복하는 것은 상처를 기억하는 반복 충동(욕동)[45]의 연출 자체가 쾌락원칙을 넘어설 수 있게 하기 때문이다.

그런데 상징계가 불완전한 것인 한에서 그런 반복 충동은 상징계에 머무는 동안 계속 필요할 것이다. 그 점에서 이 놀이는 어린이가 상징계에 진입해 머무는 동안 무의식 속에서 반복되는 운동의 은유라고도 할 수 있다. 또한 그것은 어머니와 결별하고 상징계에 진입한 우리 모두의 무의식 속에서의 운동이기도 한 셈이다. 우리는 상징계에 머물면서 현실원칙에 구속된 쾌락원칙[46]에 따르는 듯하지만 무의식 속에서는 그 원칙을 넘어서는 운동을 계속하고 있는 것이다.

프로이트가 이 놀이를 예술에 연관시킨 것은 그 때문이다. 예술은 무의식 속의 포르트-다 놀이를 연출함으로써 상징계와 쾌락원칙 둘 다를 넘어서는 감동을 제공한다. 즉 고통의 경험을 연출함으로써 쾌락원칙을 넘어서며 고통을 극복하게 한다.

---

44 프로이트의 논의는 외상성 신경증과 연관되어 진행되며 이 과정에서의 반복강박은 고통의 소멸을 향해 나아가는 과정이면서 죽음충동과도 연관되어 있다. 그러나 우리는 '포르트-다' 놀이와 예술에 나타난 반복강박의 다른 측면을 주목하여 프로이트 이론을 변주시켜 논의를 진행할 것이다.

45 충동 혹은 욕동은 쾌락원칙을 넘어서는 차원의 심리적 움직임이다.

46 프로이트는 현실원칙(상징계)과 쾌락원칙을 상반되는 것으로 보았지만, 우리는 쾌락과 향락(상징계를 넘어서는 흐름)을 구분함으로써 쾌락원칙이 상징계의 차원에서 작용하는 것으로 말할 수 있다.

이런 맥락에서 우리는 쾌락원칙을 뛰어넘는 프로이트의 반복 충동을 우리에게 상처를 주는 지배체제를 넘어서는 것으로 보다 적극적으로 해석할 수 있다. 그랬을 때 포르트-다 놀이에서 없다고도 할 수 있는 어머니가 다시 나타나는 과정은, '길 없는 길'에서 없다고도 볼 수 있는 길이 생성되는 과정과 유사하다. 전자가 심리적 차원의 극복이라면 후자는 체제에 저항하는 극복이다. 포르트-다 놀이를 통해 어린이는 수동에서 능동의 위치로 전이된다. 그와 비슷하게 '길 없는 길'에서 우리는 절망과 조우하는 위치에서 능동적 저항의 위치로 전환된다.[47] 양자에서 수동으로부터 능동으로의 전환을 가능하게 하는 것은 상징계의 균열(상처)의 위치에서 실재계와의 만남이다.

라캉은 이 상징계를 넘어서는 충동(욕동)의 운동을 반복적인 왕복운동으로 설명한다. 또한 다시 돌아온 '없다고도 볼 수 있는 어머니'를 대상 a(젖가슴)라고 지칭한다. 포르트-다 놀이가 상처의 기억에 중점을 둔다면 라캉의 왕복운동은 대상 a에 대한 열망을 강조한다. 하지만 실재계적 대상 a(없다고도 볼 수 있는 어머니)는 완전한 접근이 불가능하며 상징계와 실재계 사이의 왕복운동이 계속된다.

라캉의 왕복운동 역시 심리적 차원에 갇혀 있다. 우리는 라캉의 왕복운동을 고통과 열망을 반복하며 **체제를 넘어서는** 운동으로 변주시킬 필요가 있다. 그랬을 때 절망과 상처(균열)를 경험하며 어둠(실재계) 속에서 길 없는 길(대상 a)을 모색하는 존재론적 저항이 생겨난다.

라캉은 대상 a(없는 것과도 같은 어머니)란 상실한 대상의 형태로만 알 수 있을 뿐이라고 말한다.[48] 그러나 그 없다고도 볼 수 있는 대상 a에 대한 열망에 의해 상징계(지배체제)를 넘어서는 충동(욕동)이 생겨난다. 라캉은 그 상징계와 쾌락원칙을 넘어서는 운동을 타자와의 관계로 설명했다. 라캉의 왕

---

47 이는 수동적 절망에서 절망을 끌어안는 능동성으로의 전환이기도 하다.

48 라캉, 맹정현·이수련 역, 《세미나》 11, 새물결, 2008, 271쪽.

복운동은 프로이트의 포르트-다 놀이처럼 결국 '동일자의 영원회귀'이다. 하지만 시선에 응답하는 타자의 응시에 대한 갈망으로 인해 알 수 없는 영역(실재계)으로 향하는 운동이 생겨난다. 여기에는 가는 것(시선)과 오는 것(응시) 사이의 간극을 메우려는 에너지가 있으며[49] 동일성의 체계를 넘어서는 요소가 있다.

따라서 라캉의 심리적 운동을 체제를 넘어서는 운동으로 변주시키면 대상 a를 향한 운동은 시선과 응시, 상징계와 실재계 사이의 양가적 운동이 된다. 즉 그것은 체제에 따르는 측면과 넘어서는 측면, 수동성과 능동성, 없는 것과 있는 것, 절망과 저항이 교차되는 운동이다. 이 양가적 운동은 두 측면이 병치적으로 결합되어 있는 것이 결코 아니다. 포르트-다 놀이에서 없음과 있음, 고통과 향락은 두 측면의 결합이 아니라 그 양가적 운동 자체가 상징계(쾌락원리)를 넘어서는 충동/욕동을 보여주는 연출이다. 즉 여기서 **양가성**은 연출/놀이를 통한 한 차원에서의 다른 차원으로의 **상승**인 것이다. 마찬가지로 절망과 저항의 운동인 '길 없는 길'은 좌절과 희망의 결합이 아니라 그 양가성의 운동을 통해 체제를 넘어서는 에너지(욕동)가 생성되는 과정이다. 체제 내의 운동은 물론 그 경계를 넘어서는 이탈도 체제를 넘어서는 에너지를 생성시키지 못한다. 경계를 왔다 갔다 하는 양가성의 운동만이 체제를 넘어서는 길 없는 길의 모험을 시작하게 하는 것이다.

양가성의 운동의 비밀은 우리가 체제를 넘어서기 위해서는 모순된 체제를 껴안고 씨름해야 함을 알려준다. 그것은 체제가 주는 상처를 끌어안고 양가적으로 대응해야 한다는 뜻이기도 하다. 이 절망-지향의 운동은 상처를 극복하기 위해 상처를 기억하는 포르트-다의 놀이와 원리적으로 다르지 않다. 또한 없다고도 볼 수 있는 대상 a를 향해 응답을 요구하며 끝없이 반복하는 라캉의 왕복운동과도 유사하다. 길 없는 길의 운동은 '없기 때문에'

---

49 라캉, 위의 책, 294쪽.

절망과 상처이기도 하지만 '없다고도 볼 수 있는 길'(대상 a)이 '있기 때문에' 극복과 저항이기도 하다. 여기서 없음과 있음은 그 둘의 단순한 병치가 아니라 체제를 넘어서는 운동을 가능하게 하는 양가성의 진리이다.

양가성의 운동이 쾌락원칙을 넘어선다는 것은 그것이 '쾌락원칙의 천국'의 환상에 의존하는 유혹의 권력을 넘어설 수 있음을 암시한다. 유혹의 권력이란 쾌락원칙을 극대화함으로써 그 체제를 넘어서려는 충동과 향락 (jouissance)을 상실하게 하는 방식이다. 그렇게 함으로써 지배체제를 동일성의 영원회귀로 만드는 것이다. 이런 사회에서는 쾌락원칙을 넘어서는 예술과 인문학이 위축되는 대신 오락과 게임이 성행한다. 또한 나르시시즘적 독백일 뿐인 동일성의 소통이 증폭되는 대신 타자에 대한 공감과 소통이 약화된다. 체제에 갇힌 듯한 답답함은 신상품을 쏟아내는 자본주의의 잉여향락의 환상이 대신 위로해준다. 그러나 진정한 타자와의 소통이 불가능한 이런 사회에서는 보이지 않는 균열이 생기는데 그것이 바로 우울증이다.

프로이트는 쾌락원칙의 세계에서 왜 어린이가 고통의 기억을 반복하는지 질문한다. 존재론적 고통과 상처는 엄청난 쾌락을 퍼부어도 결코 치유되지 않는다. 프로이트는 고통과 상처란 그것을 반복하는 양가성의 운동에 의해서만 극복됨을 보여준다. 오늘날 유혹의 권력의 사회에 숨겨진 균열의 극복 역시 마찬가지일 것이다. 우리 시대의 우울한 균열은 신상품의 잉여향락으로도 나르시시즘으로 귀결되는 소통의 증폭으로도 치유하지 못한다. 우리는 프로이트의 질문을 반복해야 한다. 왜 우리는 유혹사회에서 트라우마의 기억을 상기해야 하는가. 세월호의 트라우마 같은 고통은 화려한 유혹의 권력의 시대에 무슨 의미를 지니는가. 우리가 세월호의 상처를 기억해야 하는 것은 없음과 있음, 절망과 저항을 반복하는 양가성의 운동을 통해서만 유혹사회에 숨겨진 균열과 상처를 극복할 수 있기 때문이다. 상처의 기억의 반복이란 절망(내부)과 실재(외부) 사이를 왕복하는 양가성의 운동이다. 상처의 고통을 껴안는 그런 양가적 반복만이 '쾌락원칙을 넘지 못하는' 유혹사회를 넘어서는 것을 가능하게 해준다.

5. 죽음정치와 낯선 두려움, 그리고 식민지의 유민

양가성의 저항은 유혹의 권력에 대한 유효한 대응일 뿐 아니라 죽음정치
를 극복하는 핵심적 방법이기도 하다. 죽음정치의 희생자들은 직접적으로
저항의 주체가 되지 못하며 절망과 저항의 양가성을 통해서 비로소 권력에
대응하기 시작한다. 마르크스주의에서는 노동자와 민중이라는 집단적 주체
를 자본주의에 대항하는 변혁운동의 중심에 놓는다. 반면에 죽음정치의 희
생자들, 즉 유민, 기민, 난민, 그리고 오늘날의 실직자, 파산자, 비정규직 등
은 결코 저항의 선봉에 설 수 있는 사람들이 아니다. 그들은 단결과 저항은
커녕 잘 들리지도 않는 고통스러운 신음을 낼 수 있을 뿐이다. 그러나 그들
의 미약한 존재의 신음은 물밑에서 수많은 사람들을 동요시키면서, 암흑 속
에서 길 없는 길을 찾는 양가성의 운동을 통해 저항을 가능하게 한다. 이런
맥락에서 죽음정치의 희생자들을 중시하는 우리의 입장은 기존의 마르크스
주의와는 상이성을 지닌다. 이제 죽음정치와 연관해서 우리의 입장과 마르
크스주의와의 차이를 살펴보자.

생명정치와 죽음정치의 개념은 조직화된 민중에 의존하는 마르크스주의
의 변혁운동을 수정하게 한다. 마르크스는 자본주의 초기에 미처 노동자로
흡수되지 못한 걸인, 부랑자, 반프롤레타리아가 부득이 생겨남을 말한 바
있다.[50] 그들 부랑자와 떠돌이들은 제도의 안과 밖의 비식별성의 영역에 놓
인 벌거벗은 생명들이었다. 그들은 자본주의적 임금 노동자가 아닐뿐더러,
노동자를 저항의 중심에 놓는 사회주의에서도 운동 역량이 미흡한 존재들

---

50 마르크스, 김수행 역, 《자본론》 1(하), 비봉출판사, 2001, 1009쪽.

일 따름이다. 저항운동이 생성되려면 그런 유동적 존재들은 보다 더 조직화된 노동자로 전환되어야 한다. 실제로 자본주의가 발전할수록 부랑자와 떠돌이들은 점차 산업 노동자로 흡수되며, 그에 따라 역설적으로 잠재적 저항의 가능성도 증대된다.

그러나 죽음정치의 개념은 산업 노동자가 되지 못한 유동적인 사람들의 항시적인 존재를 말해준다. 죽음정치는 쓸모없어진 사람들의 생명과 신체를 유기하는 것을 특징으로 한다. 그런 죽음정치는 특히 트랜스내셔널한 권력이 작용하는 성과 인종의 영역에서 나타난다. 예컨대 일제하의 식민지에서는 죽음정치로 인해 산업 노동자보다 토지에서 쫓겨난 반프롤레타리아적 농민과 유민의 생존 문제가 보다 심각했다. 또한 산업 노동자 역시 죽음에 이르는 착취로 인해 뿔뿔이 흩어져 집단적인 단결이 매우 어려웠다. 이런 사회에서는 조직적인 노동자를 중심으로 한 변혁운동의 길은 매우 요원한 것이었다.

어떤 면에서 식민지 시대에는 농토에서 쫓겨난 **유민**(流民)들과 강제징용으로 인한 **기민**(棄民)과 **난민**(難民)들이 매우 핵심적 문제였다. 자본주의적 산업화는 농민을 토지에서 유리시켜 프롤레타리아로 창출하는 과정으로 진행된다. 마르크스는 그 과정에서 무자비한 정치적 폭력이 작용했음을 말하고 있다.[51] 그런데 죽음정치적 과잉폭력이 작용한 식민지에서는 소수의 공장에 흡수되지 못한 사람들을 사지에 유기함으로써 유민이 대거 발생했던 것이다. 또한 공장 노동자 역시 노동을 하면 할수록 '살아 있는 죽음'이 되어갔다.[52] 게다가 강제징용으로 끌려간 사람들은 더욱 비참한 삶 속에서 기민이나 난민이 되어야 했다.

이런 죽음정치적 식민지에서는 비단 경제적 착취의 문제만이 중요한 것

---

51 마르크스, 위의 책, 982~983쪽, 1033쪽.

52 신지영, 〈식민지 농민들은 어떻게 '棄民'이 되는가?〉,《2014년 국제한국문학문화학회 학술대회 발표집》, 2014. 2. 19, 1쪽.

이 아니다. 가난과 굶주림은 말할 것도 없거니와 생명의 문제와 존재 자체의 사활 문제가 보다 핵심적이었다. 그들이 경험한 것은 사지에 신체와 생명이 내몰린 사람들이 겪는 일종의 거세공포로서 **낯선 두려움**(unhomely)이었다.

낯선 두려움이란 어머니의 품 같은 화해의 삶(home)도 아버지의 규범 같은 합리성의 세계(제2의 home)도 파탄된 상태를 말한다. 즉 낯선 두려움은 화해의 삶을 상실한 채 상징계의 균열과 파탄의 지점에서 경험되는 거세공포의 일종이다. 프로이트는 나쁜 아버지(독재권력, 식민지, 전쟁)가 눈이나 성기를 제거하려는 위협을 낯선 두려움의 상황으로 부르는데, 우리는 죽음정치가 신체와 생명을 위험에 빠뜨리는 것 역시 낯선 두려움의 상태로 볼 수 있다.

그러나 낯선 두려움은 수동적 상태만을 의미하는 것은 아니다. 우리는 절망에 빠져들듯이 낯선 두려움으로 인해 좌절할 수 있다. 반면에 낯선 두려움을 회피하지 않고 응시할 때 우리는 좌절하지 않고 그 두려움의 감정을 능동성의 상태로 전이시킬 수 있다. 그런 능동적 상태의 **낯선 두려움**은 오히려 희망을 우상화하지 않고 진정으로 화해된 삶에 대한 소망을 발견할 수 있게 한다. 그것은 **절망**을 껴안은 사람만이 두려움 속에서 길 없는 길을 갈 수 있는 것과 마찬가지이다.

낯선 두려움은 자본주의적 근대화 과정에서 발생한 유동적인 사람들의 고통의 경험에서 그 실감을 얻는다. 자본주의적 근대화는 수많은 사람들의 이주와 이동을 발생시킨다. 비단 산업화를 위해 동원된 노동자뿐만 아니라 부랑자와 떠돌이, 그리고 수많은 유민과 기민, 난민이 그들이다. 자본주의는 생산수단과 생산자를 분리시킬 뿐 아니라 사람들을 생존수단으로부터 유리시키기도 한다. 후자의 경우는 자본주의가 성과 인종의 영역을 횡단할 때 특히 눈에 띄게 나타난다. 식민지와 신식민지, 세계화 속에서 나타난 유민과 기민, 난민들이 대표적인 예들이다.

이 비식별성의 영역에 놓인 유동적인 사람들은 이주는 있지만 정착은 없는 사람들이다. 도미야마 이치로는 그런 사람들이 놓인 상황을 유착(流着)이라고 부르기도 한다.[53] 유착을 경험하는 사람들의 심리가 바로 낯선 두려움(unhomely)이며 그들은 절망의 수동성과 능동성 사이에서 동요하고 있다. 그처럼 낯선 두려움에 놓인 사람들은 근대의 경계에서 이탈한 결과로서의 고통을 경험하는 동시에 잠재적인 화해의 소망을 갖게 된다.

유민이나 기민, 난민들은 모여든 집단적인 사람들이 아니라 흩어진 산포된 자들이며 고독하고 쓸쓸한 존재들이다. 따라서 그들이 **길 없는 길**을 가는 사람들이라 할지라도 조직적인 저항의 주체가 되기는 어렵다. 그러나 그들의 존재는 그 고통(낯선 두려움)과 잠재적 소망에 공감하는 사람들의 은밀한 연대를 생성시킨다. 즉 유민들 자신이나 그들의 낯선 두려움을 품어 안는 사람들에 의해 수동적 고통이 능동적 저항으로 전이될 수 있었다.

실제로 식민지 시대에는 죽음정치로 인해 유민이 대거 발생했다. 하지만 감성적으로 유민의 심리에 시달리는 사람들은 단지 유이민들만은 아니었다. 불안정한 비정기적 신분을 지닌 농민들, 지옥 같은 착취를 경험하는 노동자들[54], 법을 넘어선 탄압과 고문에 시달리는 피식민자들이 모두 은유로서의 유민이었다. 그리고 그런 실제적·은유적 유민들의 공통적인 심리가 바로 낯선 두려움이었다. 고통 속에서 낯선 두려움을 끌어안은 사람들은 국민이나 민족으로 호명되기 이전에 보이지 않는 물밑의 연대를 생성하고 있었다. 눈에 보이는 조직적인 사회운동은 그 흩어진 사람들의 더 큰 물밑의 네트워크의 환유로서 의미를 지닐 수 있었다.

식민지적 거세공포로서의 낯선 두려움은 당시의 민족주의와 사회주의만으로는 충분히 대응할 수 없는 요소를 내포하고 있었다. 일국 내의 관점에

---

53 도미야마 이치로, 심정명 역, 《유착의 사상》, 글항아리, 2015, 90~92쪽.

54 이기영, 《고향》, 풀빛, 1989, 90쪽.

제한된 민족주의는 트랜스내셔널한 식민권력과 자본의 공모 속에서 나타나는 죽음정치에 대처할 수 없었다. 또한 사회주의는 계급적 착취를 중시해 피식민자의 낯선 두려움에 대한 존재론적 대응이 미흡했다. 따라서 민족이나 민중의 기표에 의한 호명은 피식민자를 수동적 절망에서 능동적 저항으로 이끄는 데 충분하지 않았다. 민족이나 국민, 민중 같은 구심적 코드보다는 국경 내외로 흩어진 산포된 사람들의 은밀한 공감의 연대가 저항의 출발점이었던 것이다. 그 국내와 국외로 쫓겨나고 흩어진 사람들을 우리는 디세미**네이션**[55]이라고 부를 수 있을 것이다. 디세미**네이션**의 사람들은 빼앗기고 쫓겨난 고통을 끌어안음으로써 물밑에서 공감적으로 연대할 수 있었다. 낯선 두려움을 응시하며 수동적 절망을 능동적 대응으로 전이시키는 그런 디세미**네이션**의 연대만이 식민지의 죽음정치에 대한 저항을 생성시킬 수 있었던 셈이다. 민족운동과 사회운동은 그런 은밀한 디세미**네이션**의 네트워크가 고조되는 것을 전제로 했을 때 유효할 수 있었다.

그 점에서 식민지 초기(1920년대)의 중요작품들이 은유적·실제적 유민들의 낯선 두려움을 표현하고 있음은 대단히 의미심장하다. 예컨대 현진건의 〈고향〉(1926), 한용운의 〈당신을 보았습니다〉(1926), 김소월의 〈바라건대는 우리에게 우리의 보습대일 땅이 있었더면〉(1925), 그리고 최서해의 〈탈출기〉(1925), 조명희의 〈낙동강〉(1927), 한설야의 〈과도기〉(1929) 등은, 모두 유민을 주인공으로 삼고 있다. 낯선 두려움에 시달린 것은 물론 국경 너머로 흩어진 유민들만은 아니다. 염상섭의 〈만세전〉에서 주인공 이인화는 무시무시한 밤공기에 몸을 떨면서 식민지인들의 삶을 '묘지'라고 외치고 있

---

55 디세미**네이션**은 근대적 국민의 서사가 수행적 차원에서 비타협과 불안정성에 의해 양가적으로 흩어지는 것을 말한다. 식민지 시대는 국민의 서사 대신 식민지적 근대 체제의 서사가 작동되었지만 비슷한 양가적 방식으로 디세미**네이션**이 생성되었다고 할 수 있다. 이 경우는 특이하게도 국가 없는 상태에서 생성된 디세미**네이션**이었다고 할 수 있다. 디세미**네이션**에 대해서는 호미 바바, 《문화의 위치》, 앞의 책, 324~334쪽, 347~348쪽 참조.

다.[56] 묘지는 식민지적 죽음정치로 인한 조선인의 거세공포의 심리를 표현하는 은유이다. 〈만세전〉 뿐만 아니라 〈표본실의 청개구리〉. 〈암야〉. 〈해바라기〉. 〈숙박기〉 등 염상섭의 초기소설에는 은유적인 의미를 함축한 묘지의 이미지가 자주 그려진다.

낯선 두려움의 심리는 일상을 그린 소설에서도 발견된다. 현진건의 〈운수 좋은 날〉에서 인력거꾼 김첨지는 잇달은 행운의 돈벌이에 신이 났지만, 집에서 가까운 곳을 지나치자 아내의 병이 걱정되어 발걸음이 무거워진다. 식민지 자본주의하에서 김첨지의 '운수 좋은 날'은 집(home)이 이상하게 두려운(unhomely) 공간이 되어버린 날이기도 하다. 행복감과 불안감 사이에서 동요하던 김첨지에게 마침내 돈벌이의 기쁨이 낯선 두려움을 감당하지 못하는 순간이 닥친다. 그날 집(행랑방 셋집)에 돌아온 김첨지는 대문을 들어설 때 아내의 기침 소리 대신 무덤 같은 정적을 느낀다. 침묵 속에서 들려온 아들 개똥이의 젖 빠는 소리에 김첨지는 직감적으로 이상한 공포에 사로잡힌다. 김첨지가 들어선 집은 더 이상 예전의 친근한 공간(home)이 아니다. 김첨지가 아내의 죽음 앞에서 오열하며 낯선 두려움(unhomely)을 경험하는 순간은 식민지 자본주의가 감추어야 할 죽음정치의 비밀이 누설되는 순간이기도 했다.

〈운수 좋은 날〉이 말하고 있는 것은 과거에 《흥부전》에서 개방되었던 행운으로의 출구가 식민지적 낯선 두려움에 의해 폐쇄되었다는 사실이다. 이처럼 낯선 두려움은 일상 속에서 작동하는 냉혹한 죽음정치적 식민지 자본주의의 등가물이었다. 비슷한 시기의 나도향의 소설 역시 식민지 자본주의의 죽음정치하에서 살인과 자살, '죽음 같은 침묵'을 경험하는 인물들을 그리고 있다. 〈물레방아〉의 방원과 〈뽕〉의 김삼보는 죽음이나 무서운 정적에 부딪히게 되는데, 이들 역시 행랑살이로 전전하거나 투전꾼으로 전국을 떠

56 염상섭, 〈만세전〉,《만세전》, 창비, 125쪽.

도는 내부의 유민들이었다.

6. 식민지적 죽음정치와 기민으로서의 이주 노동자

식민지적 죽음정치의 특징은 죽음에 이르도록 착취하면서 쓸모없어진 신체와 생명을 사지에 유기한다는 것이다. 앞서 살폈듯이 1920~30년대에 수많은 유민들이 대거 발생한 일은 죽음정치로 설명할 수밖에 없다. 또한, 일본 등지의 이주노동자들이 기민이 되어간 것 역시 생명을 '처분 가능한 대상'으로 삼는 식민지 죽음정치의 결과였다.

일본으로 향하는 이주 노동자들이 생겨날 수밖에 없었던 것은 국내의 공장의 수가 한정된 상황에서 토지에서 유리된 농민들이 일본 노동시장으로 편입될 수밖에 없었기 때문이었다. 조선의 경우 자본의 본원적 축적과정 자체가 현해탄을 사이에 두고 식민지 조선과 제국 일본을 횡단하며 일어나고 있었던 것이다.[57] 그 같은 트랜스내셔널한 맥락에서 자본주의화가 진행되는 과정에서 식민지 죽음정치의 권력이 작용하고 있었던 셈이다.

조선이든 일본이든 식민지의 노동자들은 죽음 같은 노동지옥[58]에 시달릴 수밖에 없었다. 그런데 그중 특히 충격적으로 문제가 된 것은 조선에서 직접 고용하여 일본으로 데리고 간 '모집 노동자' 집단이었다. 17시간의 노동을 참지 못해 도망하는 조선인 100여 명을 총살해 강물에 던져 넣은 니가타현 수력발전소 노동자 사건(1922)이 그 대표적인 예였다. 이 모집노동의 노동 중개인들은 노동자들을 모집하면서 몇몇 사람들에게만 계약서를 발급하

---

57 이종호, 〈혈력(血力) 발전의 제국, 이주 노동의 식민지〉,《사이》제16호, 2014. 5, 42쪽. 염상섭, 〈니가타현 사건에 감하여 이출노동자에 대한 응급책〉,《염상섭 문장 전집》1, 2013, 소명출판, 250쪽.

58 이기영,《고향》, 앞의 책, 90쪽.

는 형식으로 법률적 관계를 회피했다. 계약서에 적힌 8시간의 노동은 17시간으로까지 연장되었고 휴무일도 지켜지지 않았다. 또한 자유 시간에도 구속을 받아 합숙소는 감옥실로 불릴 정도였으며 탈주자에 대해서는 죽음에 가까운 처벌이 가해졌다.[59]

니가타현의 조선 노동자들은 법의 보호를 받지 못하는 비식별성의 영역에 놓여진 벌거벗은 생명들이었다. 그러나 그들의 학살사건은 전기 네트워크(전보)를 통해 처음에는 일본의 《요미우리 신문》에, 그 다음에는 조선의 《조선신문》(일본신문)과 《동아일보》에 전해지기 시작했다.[60] 신문은 제국과 총독부의 검열을 받는 공공적 네트워크였지만, 양가적으로 조선인뿐만 아니라 일본인까지 물밑에서 동요하게 만든 또 다른 은유적 공공성의 역할을 했다.[61] 그런 은유로서의 공공성에 의해 니카타현 사건은 나선형으로 퍼져가며 조선과 일본에서 수면 밑의 네트워크를 생성시키고 있었다. 비식별성의 영역에서 일어난 죽음정치가 또 다른 비식별성의 영역에서의 저항적인 대응에 부딪히고 있었던 것이다.

그 같은 긴박감 있는 전개에서 죽음정치적 트라우마로부터 미시적인 저항이 형성되는 과정은 매우 흥미롭다. 살인적인 노동에 시달리던 노동자들은 굶주림과 보복적 학대를 무릅쓰고 공사현장에서 도주했는데, 이는 '살아 있는 죽음'으로서의 거세공포(unhomely)에서 벗어나려는 존재론적 열망의 표현이었다. 노동자들은 벌거벗은 생명으로서 배제되면서도 무력하게 포섭되길 거부하고 응수하고 있었던 것이다. 그들의 도주가 노동거부인 동시에

---

59 이종호, 〈혈력(血力) 발전의 제국, 이주 노동의 식민지〉, 《사이》 제16호, 앞의 글, 27쪽, 24~25쪽. 이상협, 〈新潟縣의 殺人境-穴藤踏査記〉 (7), 《동아일보》, 1922. 8. 29.

60 이종호, 위의 글, 12쪽. 여기서 테크놀로지적 네트워크(전기 네트워크)는 양가적이다. 노동자의 죽음을 통해 발전소가 건설되었는데 그 실상을 알리는 데 전기 네트워크가 사용되었기 때문이다.

61 윤해동, 〈식민지 근대와 공공성: 변용하는 공공성의 지평〉, 《식민지 공공성》, 책과함께, 2010, 27~30쪽, 40~43쪽.

근본적으로 존재론적 공포에 대한 거부였다는 점은, 비단 사회주의자뿐 아니라 **다양한** 사상가와 지식인들이 이 사건에 관여하게 한 중요한 요소였다.

진상규명을 위해 현장에 도착한 지식인들에게 노동자들은 학대 경험에 대해 말하기 시작했다. 그 순간 노동자들은 자신들의 트라우마에 대한 수동적인 위치에서 능동적인 위치로 전이되고 있었던 셈이다. 즉 그들은 절망적 고통을 외면하지 않고 끌어안음으로써 언어를 통해 그 공포에서 벗어나려는 열망을 표현하고 있었다. 그와 동시에 노동자들의 공포의 경험은 그 자체가 죽음정치에 대한 대응인 진술을 통해 지식인과 사상가, 그리고 조선인뿐 아니라 일본인들까지 동요시키고 있었다.

도주와 진술로 표현된 노동자들의 미세한 존재론적 대응은 이제 나선회로와도 같은 소통망을 통해 곳곳으로 번져가기 시작했다. 직선적인 이념의 전파가 아닌 나선형의 진동을 위해서, 전기 네트워크 같은 테크놀로지에서부터 신문 같은 양가적인 공공성, 그리고 수많은 다양한 사람들의 물밑의 네트워크가 작동되고 있었다. 그 네트워크의 회로를 따라 '노동자-지식인-사상가-조선인-일본인-여성'의 수평적이고 다중적인 연대가 형성되고 있었다.[62] 이 순간은 죽음정치에 대응하는 주체성이 생성되는 순간인 동시에 특정 정체성들 간의 경계가 해체되는 때이기도 했다. 이 접합(articulation)의 운동에서는 민족이나 민중 같은 구심적 코드를 앞에 놓을 수 없는 다중적이고 역동적인 동요들이 작동되고 있었다.

일본 정부당국은 학살사건을 '인도적인 문제'로 축소함으로써 감추어야 할 죽음정치의 실상을 봉합하려 했다. 이는 비식별성의 영역에서 생긴 파열음을 식별성의 공간으로 옮겨놓음으로써 균열이 더 이상 커지지 않게 밀봉하려는 의도였다. 그만큼 **보이지 않는 영역**에서의 동요는 보이는 합법적 공간에서의 문제보다 더 거대한 파문을 내포했던 셈이다. 그러나 제국(국가)

---

62 이종호, 〈혈력(血力) 발전의 제국, 이주 노동의 식민지〉,《사이》제16호, 앞의 글, 34~35쪽.

과 자본에 의한 봉합에도 불구하고 그들의 죽음정치가 끝나지 않는 한 비식별성의 영역에서의 잠재적 동요는 계속될 것이었다. '학살사건'을 잊지 않는 트라우마의 기억은 시간이 지난 후에도 과거가 아닌 현재의 일부를 이루는 기억으로 되돌아올 것이기 때문이다.

일본은 조선인과 일본인 사회주의자나 노동자들 간의 연대를 두려워해 1925년 도항저지제를 통해 조선인 노동자의 유입을 제한했다. 조선인 농민들이 다시 이주노동자로 도일을 시작한 것은 1939년 국민 징용령에 의해서였다. 이 시기의 이주 노동자들 역시 혹독한 죽음정치에 시달렸으며, 자유노동자라기보다는 비식별성의 영역에서의 기민(棄民)이 되어 갔다. 총동원체제의 상황에서 언론이 통제된 탓에 그들의 고통은 보다 더 심각했다. 그들 징용 노동자들은 노동을 하면 할수록 죽게 되어 있었고, '살아 있는 죽음'으로서 신체와 생명이 유기되었다. 그들은 노동을 통해 집단이 되기보다는 벌거벗은 생명으로서 '혼자'가 되어 갔다.[63]

실제로 강제징용을 경험했던 안회남의 이주 노동자 소설들은 징용 이후의 그들의 모습을 잘 전해준다. 예컨대 탄광 노동자로 동원된 농민들은 마치 소가 도수장에 끌려가는 듯한 두려움에 시달렸다. 도수장에서 소가 도끼 등으로 맞아 죽듯이 굴속에서 큰 바위에 등골이 치어 죽을 거라는 공포를 버릴 수 없었던 것이다.[64] 농민으로 살다가 갑자기 끌려가 무섭고 생소한 일을 해야 하는 노동자들의 공포는 낯선 두려움(unhomely)으로 표현될 수밖에 없다. 징용된 농민들은 거세공포 속에서 억지로 노동을 하다가 실제로 탄갱에서 죽음을 맞는 일이 빈번했다.

징용 노동자의 숙소는 감옥이나 수용소 같은 감시구조였고 조선인 기숙

---

63 신지영, 〈식민지 농민들은 어떻게 '棄民'이 되는가?〉, 《2014년 국제한국문학문화학회 학술대회 발표집》, 앞의 글. 1쪽.

64 안회남, 〈소〉, 《안회남 선집》, 현대문학, 2010, 122쪽.

사는 갱구 바로 옆에 군인 막사 같은 바라크 가건물로 만들어졌다.[65] 탄광에서는 노동자들이 도주하는 일이 잦았는데 붙잡힌 사람들은 포승줄에 묶여 끌려와 사설 감옥에 감금되었다. 노동자들의 도주는 배제된 벌거벗은 생명으로서 포섭되길 거부하는 응수(應酬)의 방식이었다. 도주는 노동거부인 동시에 최소한의 인간적 삶을 회복하려는 죽음정치에 대한 거부였던 것이다. 그것은 절망의 수동성에서 벗어나 미약하나마 존재의 능동성을 표현한 것이었다.

그러나 니가타현의 경우와는 달리 (총동원체제에서) 노동자들의 도주는 다중적인 사람들의 존재론적 대응으로 번져갈 수 없었다. 다만 그 트라우마의 기억을 잊지 않는 사람들에 의해 역사 속에서 죽음정치가 귀환하는 것에 대항할 수 있었다. 기민이 되었던 사람들은 해방이 되면 당연히 자신들도 벌거벗은 생명에서 해방될 것으로 생각했다. 하지만 해방 후 민족국가를 꿈꾸는 국가서사가 작동되기 시작했지만 기민과 난민들은 여전히 구원되지 않았다. 다시 돌아온 이주 노동자들을 그리고 있는 안회남의 소설들은, 해방 후에도 생명권력과 죽음정치가 소멸되지 않았음을 드러내면서, 기민의 트라우마의 기억을 통해 '죽음정치를 은폐한 국가서사'를 파열시키는 대응을 암시한다.

7. 국가서사의 허구성을 파열시키는 기민/난민의 트라우마의 기억

이주 노동자와 조선인 이주자들은 해방 후에도 비식별성의 영역으로부

---

65 신지영, 〈식민지 농민들은 어떻게 '棄民'이 되는가?〉, 《2014년 국제한국문학문화학회 학술대회 발표집》, 앞의 글, 9쪽.

터 해방될 수 없었다. 이주자들은 상주국(일본이나 중국)의 정치적 상황과 점령 권력의 모호한 태도 속에서 배타적인 에스닉 경계에 둘러싸여 혼란된 정체성을 경험할 수밖에 없었다. 갑작스러운 종전은 복합적인 에스닉 상황과 법적 정체성의 혼란 속에서 오히려 위험한 비식별성의 영역을 확장시켜 놓은 것이다. 기민으로서의 일본 이주 노동자들 역시 마찬가지였다. 이제 신체와 생명이 유기된 기민은 벌거벗은 난민이 된 것이다.

그런 비식별성의 영역에서 벗어나는 길은 조국으로 귀환이었다. 그러나 이주자들은 고향(home)으로 돌아온 후에도 낯선 두려움(unhomely)의 심리에서 풀려날 수 없었다. 국내에서는 전재민의 대책에 대한 여론이 일어났지만 군정 상황에서 귀환자들은 관심과 능력의 바깥에 놓일 수밖에 없었다. 그로 인해 감당할 수 없는 많은 귀환자들은 거리를 떠돌며 내국의 난민이 되어 갔다.[66] 이처럼 신체와 생명이 유기되는 난민의 상태는 1948년 정부가 수립된 이후에도 계속되었다.[67]

이들 난민이 된 기민들이 보여주는 것은 국가를 되찾은 일과 해방된 삶은 일치되지 않는다는 것이었다. 민족주의자들은 해방의 소망을 상실한 국가의 회복과 동일시해 왔다. 그러나 일제가 물러간 뒤 군정하에서는 물론 정부 수립 후에도 국가가 쓸모없게 된 사람들을 유기하는 일은 중단되지 않았다. 귀환자를 그린 안회남의 소설들은 해방기에 조선에 돌아온 사람들의 고통의 경험과 낯선 정체성을 암시적으로 표현하고 있다.

안회남의 〈섬〉에서 탄광 노동자 박 서방은 일본인 처와 딸을 버리고 홀로 귀국길에 오른다. 그러나 그는 대마도에 이르러 처자식을 버린 죄책감 때문에 섬을 떠나지 못하고 석상처럼 서 있었다. 박 서방은 당시로서는 환영받기 어려운 일본인 가족을 자신의 정체성의 일부로 가지고 있었던 것이다.

---

66 김예림, 〈배반으로서의 국가 혹은 난민으로서의 인민: 해방기 귀환의 정치학과 귀환자의 정치성〉, 《상허학보》 29집, 2010. 6, 355~362쪽.

67 김예림, 위의 글, 364쪽.

조선에 돌아가기도 어렵고 일본에 남을 수도 없는 그의 위치는 양자의 중간인 대마도의 섬과 같은 곳이었을 것이다. 대마도에서 헤어진 두 달 후 1인칭화자('나')는 서울에서 다시 박 서방과 재회한다. 이제 박 서방은 섬에서 보던 모습과는 딴판으로 평범하고 활기차 보였다. 그러나 박 서방은 '나'를 꺼려하는 눈치였는데 그것은 그의 가족에 대한 궁금증과 연관된 것이었다. 인사말만 하고 황황히 사람들 사이로 숨는 그에게서 '나'는 새로운 어색함을 느낀다. 박 서방의 활기참이란 그의 상처를 억지로 봉합함으로써 얻어진 것으로 그는 여전히 '섬'이었던 것이다. 새로 만들어질 조선의 국가 역시 박 서방 같은 '섬'으로 남은 상처를 애써서 봉합함으로써만 가능할 것이었다.

〈섬〉과는 달리 〈불〉은 봉합할 수 없는 귀환자의 분열의 심리를 그대로 드러내며 새로운 출발을 모색한다. 〈불〉의 이 서방은 보국대에 끌려가 남양군도의 전쟁터에 있다가 귀환한 인물이다. 그가 떠난 지 일 년 만에 부친은 죽고 매부는 북해도 탄광으로 징용을 당했다. 이 서방의 아내는 그가 귀국하기 십여 일 전쯤 사내아이를 천연두로 잃고 근처 홀아비에게 개가해 버렸다. 어머니와 누이만 남은 이 서방은 조선으로 돌아왔지만 고향은 낯설고 두려운 곳일 뿐이었다.

고향은 여전히 민속놀이가 남아 있는 옛 모습이었으나 가족과 아내를 잃은 상처를 경험해야 하는 곳이기도 했다. 변한 것은 고향뿐만 아니라 이 서방 자신이기도 했다. 옛날 일본 병정의 누런 외투를 입은 이 서방은 농민의 모습이 사라지고 '야미꾼' 같은 예민하고 표독한 표정이 나타나 있었다. 1인칭 화자 '나'는 그런 변화가 격전지였던 '트라크 섬'에서 오래 지내는 동안 생긴 것으로 추측한다.

이 서방은 귀환 후 부산에서 조선 땅을 만지며 조선의 물이 먹고 싶었다고 말한 바 있다. 그에게는 여전히 조선에 대한 애정이 남아 있었던 것이다. 그러나 그는 무의식적인 심연에서는 아직도 '트라크 섬'의 불바다를 헤매고 있었다. 물론 이 서방에게 불이 수동적인 절망과 상처의 이미지로만 남아 있는 것은 아니다. 이 서방은 공습경보 때 등화관제를 방해하고 싶어 몇 번이고 불을 지르고 싶은 충동을 느낀 적이 있었다. 불은 동료들을 죽음에 이르게 한 트라우마인 동시에 일본 제국의 등화관제를 파열시키는 파괴적인 이미지이기도 했던 것이다. 이 서방은 불의 트라우마를 가슴에 끌어안음으로써 그것을 열정으로 승화시키는 능동적인 위치로 전이되고 있었던 것이다.

보름날 '나'는 이 서방에게 불놀이를 가자고 말한다. 불놀이는 조선의 대표적인 민속으로서 귀환한 이 서방을 더 깊숙이 귀환시킬 것이었다. 그러나 이 서방은 마치 **외국 사람처럼** 되물어 응답하며 물끄러미 '나'를 바라본다. 그의 심연에는 조선이라는 일국 내에서는 상상할 수 없는 또 다른 불들이 타오르고 있었던 것이다.

전통으로의 귀환인 불놀이를 즐기는 '나'는 그 불이 일상 속에서 실제의 불로 타오르는 것을 극도로 걱정한다. 반면에 이 서방은 불놀이를 즐기면서 답답한 조선의 현실에서 불이 타오르는 상상으로 가슴이 시원하다고 말한다. 그의 불에 대한 이런 애착은 일제가 감추려 하던 것을 불로 밝히려 했던 그때의 열정과 다르지 않다. 일제가 패망하고 조선이 독립된 국가를 세우려 하지만 이 서방에게 또 다른 등화관제가 느껴지는 것은 그때와 다름이 없는 것이다. 이 서방의 불놀이는 그런 다시 나타난 **등화관제**에 대한 도전적인 심리의 표현이다. 전통적 불놀이가 조선의 일상적 경계 안의 안주라면 이 서방은 그런 경계에 갇힌 조선의 답답함을 불태우고 싶었던 것이다.

따라서 이 서방과 같은 난민에게 전쟁의 경험은 양가적이다. 전쟁과 이주는 트라우마를 남겼지만 그 상처를 극복하기 위해서는 일국의 경계를 넘는 상상력이 필요함을 일깨우기도 했다. 이 서방의 상처의 극복은 경계에 갇힌 조선을 넘어서는 일과 함께 진행되어야 하는 것이다. 이 서방의 불의 열정은 전통의 불놀이의 변주인 동시에 전통 및 또 다른 등화관제에 갇힌 현실을 불태우려는 것이기도 했다.

이 서방은 불을 지르며 망월(달맞이)을 하겠다고 말한다. 그러나 그의 행위는 불놀이를 넘어서 세간을 모아 놓고 자기 집에 불을 지르는 실제의 방화이기도 했다. '내'가 자신의 집에 불이 나지 않을까 과민하게 걱정하며 잠자리에 든 날, 이 서방은 실제로 자신의 집에 불을 지르고 고향을 떠나가겠다는 뜻을 밝힌다.[68]

여기서 중요한 것은 그런 현실 극복의 열정이 과거의 트라우마를 껴안는 일로 가능해지고 있다는 점이다. 〈섬〉의 박 서방이 섬으로 남겨진 것은 과거의 상처를 단지 사람들 속에 묻혀 봉합했기 때문이다. 반면에 이 서방의 불에 대한 열정은 전쟁의 불바다라는 트라우마를 끌어안음으로써 상처에 대한 능동적인 대응으로 전이된 심리이다. 그의 고향을 떠나는 행위 역시 보국대 징병의 상처를 반복함으로써 존재론적인 능동적인 대응을 표현하는 심리이다. 그는 고통과 상처를 반복하는 행위를 통해 시대를 넘어서려는 열정을 표현하고 있는 것이다.

그 점에서 이 서방의 '불'은 징병과 전쟁의 악몽을 겪고 살아남은 **난민의 포르트-다 놀이**와도 같다. 불은 민속적 불놀이의 변주로서 정화의 제의이다. 그러나 이 서방의 불에는 전통의 단순한 반복이 아니라 고통의 경험을 시대를 넘어서는 힘으로 전화시키려는 소망이 표현되어 있다.[69] 그것은 수동적 절망과 트라우마를 시대를 넘어서려는 능동적인 존재론적 대응의 연출로 전이시키는 퍼포먼스이다. 전쟁터에서의 낯선 두려움은 고향으로 돌아온다고 저절로 해소되는 것이 아니다. 그보다는 그 공포를 끌어안고 넘어서려는 열망에 의해 새로운 차원의 세계가 생성될 수 있는 것이다.

이 서방의 방화는 전통적 불놀이도 외국 전쟁터의 불도 아닌 제3의 제의적 불이다. 그는 그 변주된 화광을 등지고 고향을 떠나는 고통을 반복한다.

68　불을 지른 후 얼마 지났을 때 다시 만난 이 서방은 고향을 떠나 멀리 가보겠다고 말한다.
69　이는 일국의 민속에 갇혀 있는 불놀이를 국가의 경계를 넘어선 제3의 공간에서 역사적·시대적 변화의 힘으로 상승시키려는 시도이기도 하다.

그러나 이번에는 수동적 절망이 아니라 (해방이 왔지만) 실제로 변화되지 않은 시대를 넘어서려는 능동적인 행위이다. 고통의 반복을 통한 양가적이고 능동적인 탈향은, 여전히 해방되지 않은 세상에 포섭되지 않으려는 대응인 동시에, 변화되지 않은 고향과 이별하려는 진정으로 새로운 시대에 대한 열망의 표현이다. 여기에는 과거의 고향(home)으로의 회귀 대신 **낯선 두려움**(unhomely)을 끌어안고 넘어서려는 은밀하면서도 불같은 열정이 있다. 그는 능동적으로 낯선 두려움을 반복하면서 자신을 여전히 난민으로 부유하게 만든 세상에 대응하는 길 없는 길 위에 있는 것이다. 이는 그를 비식별성의 영역의 벌거벗은 생명으로 유기하는 권력에 대한 또 다른 방향의 응수, 즉 양가적인 비식별성의 영역에서의 존재론적 저항이기도 하다. 그런 은유로서의 '불'의 응수에 의해, 변주된 상황에서 여전히 계속되는 은유적 등화관제는 방해에 부딪힌다. 즉, 그처럼 상처의 기억을 회피하지 않고 정화의 열정으로 전화시키려는 대응에 의해, 오지 않은 해방의 꿈은 물론 국가의 허구성 역시 파열된다.

이 서방과 '나'의 차이는 상처를 끌어안는 사람과 봉합하는 사람의 차이일 것이다. '나' 역시 일본에 징용 갔다 돌아온 사람이지만 곧 상처를 봉합하고 일상으로 회귀했다. 그러나 그는 고향으로 돌아온 후에도 여전히 진정으로 귀환하지 못한 채 낯선 두려움의 삶을 살고 있다. 그 때문에 그는 '나'보다 불행하지만 자신의 고통을 외면치 않고 부여안음으로써 불행한 그 만큼 새롭게 앞에 서 있는 것이다. '나'는 이 역설을 반복해서 되뇌이며 "그를 놓치고 싶지 않다"고 생각한다.[70]

그는 아무 애착 없이 자기 집에 불을 놓아, 과거의 악몽을 불살라 버리고 파

---

70 이 소설은 문학가동맹 기관지인《문학》창간호(1946. 8)에 발표되었으며 진정한 해방을 위한 새로운 모색을 암시한다. 소설 속에서 안회남('나')은 실제로 이 서방에게 서울에 올 일이 있으면 문학가동맹을 찾아올 것을 간곡히 부탁한다.

괴하였다. 물론 꼭 그러한 방법을 취해야만 한다는 것은 아니나, 하여간 이것은, 그와 나와의 현실에 대한 태도와, 인간으로서의 많은 거리를 보여준 것이며, 그가 나보다 불행한 대신, 헌 것을 파괴하고 새롭게 앞에 서 있는 것을, 직접 나로 하여금, 느끼게 하는 것만은 사실이었기 때문이다. 그는 나와 다르며, 불행했으며, 적어도 나보다는 새로우며, 또 적어도 나보다는 앞에 서 있는 것 같다.[71]

난민은 불행하고 고통스러운 존재로서 그 자체로는 저항의 주체가 되기 어렵다. 그러나 난민의 트라우마의 기억은 그 절망의 기억들을 봉합해야만 형성될 수 있는 위대한 국가서사를 파열시킨다. 또한 난민의 트랜스내셔널한 경험은 일국의 경계에 갇힌 일상의 민족적 상상력을 해체한다. 불행한 만큼 새 길의 잠재력을 지닌 난민은 능동적인 절망과 저항의 은유이다.

그것은 오늘날의 세계화 시대에도 마찬가지이다. 세계화는 국경을 넘는 듯 했지만 실상은 국가서사를 극복하지 못했다. 오늘날의 세계화의 희생자인 비정규직, 실직자, 파산자, 이주 노동자들은 또 다른 난민들이다. 예문에서처럼, '나'와 **다른** 그(난민)에 대한 연대의 열망, 즉 불행을 끌어안은 그의 새 길과 교섭하려는 열정이 네트워크를 생성할 때, 우리는 비로소 국가서사의 허구성을 넘어서서 진정한 해방에 다가갈 수 있을 것이다.

8. 트라우마의 기억과 에로스의 기억, 그리고 순수기억

유민과 기민, 난민은 트랜스내셔널한 권력하에서 은밀히 작동되는 **죽음정치**의 산물이다. 마르크스는 자본주의가 성과 인종의 영역을 횡단할 때 필

---

71 안회남, 〈불〉, 《안회남 선집》, 앞의 책, 145쪽.

연적으로 발생하는 죽음정치를 별도의 개념으로 숙고하지 않았다.[72] 그 때문에 마르크스주의는 (신)식민지 자본주의에서 대거 발생하는 유민이나 기민들을 과도기의 부랑자와 떠돌이 정도로 파악할 수 있을 뿐이다. 그와 반대로 우리는 성과 인종의 영역에 중첩된 경우 산업 노동자조차도 죽음정치에 시달리는 은유로서의 유민임을 논의했다.

그런데 (신)식민지에서 특징적인 죽음정치는 삶권력의 필수적인 구성적 요소이기도 하다. 즉 죽음정치는 삶권력을 떠받치는 역할을 하며 양자의 구성적 결합에 의해 자본주의는 극대화된 수익을 창출한다. **삶권력**은 자본주의가 무의식의 영역에서 작용하는 기제에 근거를 두거니와 그것을 통해 사람들이 스스로 자본의 규율에 예속되게 만든다.

이제까지 우리는 죽음정치와 죽음정치적 노동자를 중시하면서 마르크스와는 다른 입장을 취했다. 그러나 마르크스는 죽음정치에 유념하지 않았지만 삶권력의 기제인 화폐와 무의식의 관계에 대한 많은 통찰을 제공하고 있다. 특히 신자유주의 시대의 유혹의 권력에 대한 암시에 있어서 마르크스는 미시권력 이론의 선구적인 논의를 제시한다. 마르크스의 통찰이 놀라운 것은 인식론적 논의에 그치지 않고 무의식에 연관된 존재론적 영역에 대해 상술한다는 점이다. 우리는 6장에서 마르크스의 화폐/상품의 무의식에 대한 논의들이 오늘날 우리가 경험하는 삶권력의 존재론적 작용에 대한 선구적 논의임을 밝힐 것이다.

그런데 삶권력은 무의식뿐만 아니라 기억과도 연관이 있다. 마르크스가 논의한 화폐/상품의 무의식이 삶권력의 매개항이라면, 그와 비슷하게 국가 서사가 만든 기억 역시 또 하나의 삶권력의 중요 요소이다. 삶권력의 무의식과 기억은 또 다른 저항적인 무의식과 기억에 부딪힌다. 그 두 측면(무의

---

72 마르크스는 본원적 축적 과정에서 정치적 폭력이 행사되며 특히 식민지에서 잔인한 폭력이 작용했음을 논의한다. 그러나 그는 성과 인종의 영역에서 항시적으로 나타나는 죽음정치적 실행을 생명권력의 차원에서 생각하지는 않았다.

식, 기억) 중에 여기서는 유민과 난민 등 타자의 트라우마의 기억과 연관해서 국가서사와 삶권력에 대항하는 기억에 대한 논의들을 먼저 살펴보자.

무의식에 대한 논의와 기억에 대한 논의는 서로 중첩되는 영역을 형성한다. 근대사회는 갈수록 무의식이 전쟁터가 되어가는데 이는 기억이 전쟁터가 되었다는 말과도 같다. **삶권력**이란 무의식을 길들이려는 권력인 동시에 또한 기억을 통제하는 권력이기도 하다.

자본이 국민들을 잉여향락과 화폐물신화로 회유하듯이 **국가**는 사람들을 빛나는 국민적 서사로 포획한다. 예컨대 1970년대의 구호들, '민족중흥'이나 '잘 살아보세', '싸우면서 건설하자' 등은, 자본과 국가가 무의식과 기억의 기제를 통해 국민을 유혹하는 삶권력의 작용이었다. 그처럼 국가와 자본은 유혹의 방식으로 국민의 무의식을 규율에 길들이려 하는데, 그때마다 균열이 생기며 저항적인 **실재계적 무의식**에 부딪힌다. 마찬가지로 권력은 국민들을 기념화된 기억에 순치시키려 하지만, 매번 지워지지 않은 저항적인 기억의 **잔여물**이 남는다.

무의식에 '순화된 무의식'과 '저항적인 무의식'이 있듯이, 기억에도 관념화된 기억과 그에 저항하는 기억이 있다. 국가는 국민들을 예속시키기 위해 위대한 기념비적인 국민적 서사를 만들어낸다. 그러나 그런 국민적 서사는 실상 수치스럽고 고통스러운 기억을 삭제하고 봉합한 결과일 뿐이다.[73] 예컨대 식민지 이후의 국민적 서사는 일제 말기의 상처의 기억을 극복하지 않은 채 지우고 봉합하는 방식으로 만들어졌다. 하지만 그처럼 극복되지 않고 삭제된 것은 변주된 역사적 과정에서 다시 돌아온다. 포스트식민지 시대[74]의 국가주의와 신식민주의의 회귀는 그런 맥락에서 이해할 수 있다.[75]

---

73 김철,《국민이라는 노예》, 삼인, 2005, 8~9쪽.

74 포스트식민지 시대는 식민지 이후의 시대를 뜻함.

75 테드 휴즈, 나병철 역,《냉전시대 한국의 문학과 영화》, 소명출판, 2013, 279~282쪽, 295~303쪽.

국민적 기억의 서사는 국민들의 무의식을 국가와 자본에 순치되도록 규율화시킨다. 국민적 서사는 과거의 상처의 기억은 물론 다시 발생한 유사한 사건의 기억 역시 지우고 봉합한다. 그러나 매장되었으나 매장될 수 없는 기억, 삭제되었으나 지워질 수 없는 기억이 매번 남는다. 그런 상처의 기억의 잔여물을 우리는 **트라우마의 기억**[76]이라고 할 수 있다. 트라우마의 기억은 사건의 당사자에게 남지만 그들에게 공감하는 사람들에게도 잠재한다. 트라우마의 기억의 회귀는 위대한 국민적 기억의 허구성을 파열시킨다.

국민적 기억은 상징계(국가와 자본)와 상상계(이데올로기)의 차원에서 작동되며 또한 삶권력으로도 작용한다. 이데올로기가 대의를 내세운 거시적 차원의 호명이라면 삶권력은 감시장치와 유혹의 기제(성정치 등)를 통한 미시적 그물망이다. 그런 이데올로기와 삶권력이 일종의 환상의 수준에서 작동되는 반면 트라우마의 기억은 그것을 깨뜨리는 실재계적 동요이다.

여기서 트라우마의 기억은 어떤 사건으로 인한 상처이지만 그 이상의 중요한 은유적 의미를 지닌다. 개인적인 임상적 차원에서 보면 트라우마의 기억은 반드시 치유되어야 한다. 그러나 정신분석학적인 치유는 상처를 생기게 한 (혹은 그와 비슷한) 체제 내부로 다시 돌아오게 하는 점에서, 상처 입은 비정상의 사람을 정상적인 체제로 되돌리려는 감시장치의 역할을 한다. 이점에 관한한 정신분석학적 치료[77]는 일종의 삶권력이다.

우리가 말하는 트라우마의 기억은 그런 심리적 치유가 필요한 병리적인 차원을 뜻하는 것이 아니다. 오히려 그와 반대로 트라우마의 기억은 국가와 자본의 이데올로기와 삶권력을 파열시키면서 체제의 변화를 요구하는 역할을 한다. 병리적 차원이 트라우마에 대한 **수동적** 관계라면 체제의 변화를 요

---

76 김철, 《국민이라는 노예》, 앞의 책, 8~10쪽.

77 예컨대 프로이트의 대화치료의 측면을 말한다. 대화치료는 환자가 생산하는 연속적인 분열적 이미지들을 대화의 방법으로 정지시키고 봉합시켜 일상에 적용하게 하는 치료방식이다.

구하는 트라우마는 능동적 차원으로 전이된 것이다. 트라우마를 극복하려면 상처를 봉합해 수동적 차원에서 체제 내부로 되돌아오는 것이 아니라, 역설적으로 그 상처를 반복하는 과정에서 **능동적** 차원으로 전이되며 체제를 넘어서야 한다. 마치 포르트-다 놀이에서처럼 상처를 외면하지 않고 끌어안음으로써 상처를 준 체제를 넘어서는 것이다.

트라우마는 죽음정치에 의해 생기는 것으로 볼 수 있다. 그러나 능동적인 트라우마의 기억은 죽음정치에 의해 거세되지 않고 존재론적으로 대응하고 있다는 암시이다. 그런 트라우마의 기억은 이데올로기와 삶권력을 파열시키는데 그것은 트라우마란 실재계와의 대면이기 때문이다. 실재계와 대면하는 기억은 비록 표상하기는 어렵지만 체제에 의해 조작되지도 이데올로기에 의해 봉합되지도 않은 **사건**의 기록으로 남겨진다. 어떤 트라우마적 사건에서 상처를 경험한 당사자가 중요한 것은 그 때문이다.

물론 사건 당사자의 개인적인 상처의 치유는 중요하다. 상처 입은 당사자는 왜곡되지 않은 사건 경험을 갖고 있지만, 그의 개인적인 실재계와의 대면은 고통스러우며 그런 아픔은 방치될 수 없다. 그렇다고 그 같은 상처의 극복이 결코 삭제나 봉합으로 이루어져서는 안 될 것이다. 트라우마란 개인의 내면의 상처인 동시에 사회적 상징계에 뚫린 구멍이기도 하다. 따라서 개인적으로 치유되었다 하더라도 상처를 가져온 유사한 **체제가 변화되지 않는 한** 실재계와 대면하는 기억은 잔여물로 남을 수밖에 없다. 정신분석학의 주장과는 달리 완전한 치유란 잔여물에 의해 불가능해지며 그것은 사회가 변화되어야 해소될 수 있다. 우리가 강조하는 트라우마의 기억은 그런 잔여물로서의 실재계와의 대면이다.

그 같은 트라우마는 개인을 넘어서서 **사회적 의미**를 지닌다. 또한 그런 트라우마의 기억은 사건의 당사자들은 물론 그 상처에 공감하는 사람들에게도 잠재적으로 남겨진다. 그 때문에 잔여물로 남겨진 트라우마와 교섭할 때 우리는 수동적 차원에서 **능동적·사회적인 위치**로 전이되며 체제를 넘어서려는 소망을 갖게 된다.

이처럼 트라우마의 기억이 중요한 것은 체제와 이데올로기에 의해 삭제되지 않고 잔여물로 남겨진 것이기 때문이다. 잔여물로서의 트라우마의 기억은 삶권력의 감시장치의 그물망을 빠져나간다. 그렇게 남겨진 트라우마의 기억은 사건의 당사자뿐만 아니라 그런 상처에 공감하는 사람들을 통해 잠재적 차원의 연대를 생성시킬 수 있다.

사건을 경험한 본인은 물론 그들에게 공감하는 사람들도 트라우마의 기억을 표상하기는 매우 어렵다. 그러나 그 말할 수 없는 것에 의해 상처를 남긴 체제에 저항하는 **물밑의 네트워크**가 만들어질 수 있는 것이다. 여기서 트라우마의 능동적이고 사회적인 차원과 체제에 대한 저항이 생성된다.

트라우마의 기억이 잔여물로 남겨진다는 것은 과거의 한 점이 아니라 현재의 한 부분으로 잠재한다는 뜻이다. 트라우마의 기억이나 뒤에서 논의할 에로스의 기억, 순수기억의 특징은, 과거의 한 순간이 아닌 끝없는 현재의 한 부분으로 살아남는 기억이라는 점이다.[78] 우리는 흔히 기억을 지나가버린 과거라고 생각한다. 그러나 기억이란 우리의 의식과 무의식을 구성하는 가장 기본적인 요소들이며, 일직선상에서 인지되는 순차적인 기억 이외에 무의식을 형성하는 보다 역동적인 기억이 있다. **무의식**이란 선적 시간을 넘어 지속적으로 이미지가 되는 기억들이 잠재하는 영역인 동시에 그것들이 동요하고 교섭하는 장소이다. 트라우마의 기억과 에로스의 기억, 순수기억은 그처럼 현재화된 역동적 이미지들을 생성하는 기억들이다. 이런 기억들은 과거의 기록이 아니라 우리의 존재의 핵심(무의식)을 구성하는 요소이기에 존재론적 기억이라고 부를 수 있다. 선적인 기억은 시간이 갈수록 잊혀지지만, 존재론적 기억은 우리의 신체에 각인된 존재의 한 부분으로서, 우리가

---

78 테드 휴즈는 트라우마의 기억이 과거가 아니라 현재의 언어적·시각적 역사가 될 수 있다고 말한다. 테드 휴즈, 《냉전시대 한국의 문학과 영화》, 앞의 책, 348~349쪽.

매 순간 부딪히는 텅 빈 현재를 구성하는 요소가 된다.

트라우마의 기억은 사회적 변화를 요구하는 점에서 체제에 구멍이 생긴 **사건**의 기억이라고도 할 수 있다. 그러나 여기서의 사건 역시 과거의 한 점을 말하는 것이 아니다. 바디우는 사건을 선행했던 상황에 생긴 **공백**이자 상황의 모든 정규적 법칙 **밖**에 있는 것이라고 말한다.[79] 여기서 공백이란 사회적 규범의 바깥이 드러난 상태로서 실재계와의 접촉이 생긴 것을 뜻한다. 실재계와의 접촉은 타자와의 교섭이 이루어지는 순간이며 그때의 실재계의 끈을 붙잡는 것이 윤리이다. 윤리란 타자와의 교섭 행위인 동시에 그것을 잊지 않는 것을 뜻한다. 그러나 이 '잊지 않음'은 단지 과거의 사건을 기억하는 것을 의미하는 것이 아니다. 잊지 않는다는 것은 공백(사건) 속에서 움직이면서 타자와의 교섭을 통해 주체로 생성되게 한 것, 그 사라질 수 없는 것을 '나'에게 **기입**하는 일을 뜻한다.[80] 따라서 사건은 벤야민이 말한 것처럼 텅 빈 현재 속으로 끝없이 살아 돌아오는 것이 된다.

그 같은 사건은 크든 작든 트라우마를 남긴다. 바디우는 프랑스 혁명이나 중국의 문화 대혁명 뿐만 아니라 갈릴레오의 물리학적 창조, 하이든의 고전음악의 발명 같은 창조적인 것도 사건이라고 말한다. 그러나 발명이나 창조 역시 기존의 체제와 규범에 상처를 냈다는 점에서 트라우마와 연관이 있다. 즉 창조적인 사건들도 우리를 체제에 예속시키는 규범과 규율의 보호막인 상징계의 외피가 뚫렸다는 점에서 은유적인 트라우마라고 할 수 있다. 물론 이것들은 개인적이고 수동적인 트라우마가 아닌 사회적이고 능동적인 트라우마이다.

사건은 우리의 존재방식을 변화시키도록 요구한다.[81] 우리의 존재방식을

79 바디우, 이종영 역,《윤리학》, 동문선, 2001, 55쪽, 67쪽.

80 바디우, 위의 책, 67쪽. 이 점에서 사건의 기억은 존재론적 기억이다.

81 바디우, 위의 책, 54쪽.

변화시키는 일은 사회적 규범과 체제를 변혁하는 일과 연관된다. 사건은 식별불가능한 것(공백)[82]으로서 존재론적 요구 속에서 출현하지만 그것은 결국 사회를 변화시키는 일로 연결된다.

사회적 차원의 트라우마와 사건의 기억은 타자와의 교섭으로 이끌어지는 점에서 **에로스의 기억**과도 연관이 있다. 레비나스는 타자와의 교섭의 대표적인 예로서 에로스적인 사랑을 논의한다. 레비나스에게 타자와의 교섭은 윤리적 사건이며 그 가장 근원적인 관계가 에로스적 사랑이다. 상처를 입은 고통받는 타자와의 교섭은 향락(Jouissance)과 연관된 에로스적 사랑과 다른 경험으로 보이기도 한다. 타자와의 교섭이 트라우마에 대한 공감이라면 에로스는 기쁨과 아름다움의 교감이다. 그러나 상처 받은 타자와의 교섭이 깊어지면 에로스가 생성되기 시작하며, 반대로 에로스적 사랑 역시 상처로부터 시작된다. 즉 타자와의 교섭이 실재계적 경험이라면 그것은 필경 향락으로 이어질 것이다. 또한 에로스적 사랑은 소유에 집착한 자기성의 자아에 상처를 내며 다가온다.

따라서 우리는 트라우마의 기억과 에로스의 기억이 동전의 앞뒷면과도 같은 것임을 알 수 있다. 오늘날과 같은 유혹의 권력의 시대에 세월호 사건 같은 트라우마의 기억은 상품의 스펙터클을 넘어서 우리를 미래로 갈 수 있게 해준다. 에로스적 사랑 역시 모든 것이 현존해 있는 세계에서 아직 오지 않은 것과의 관계를 통해 미래로의 시간으로 이끈다.[83] 둘 다 우상화된 미래를 넘어서서 '미래 이후의 미래'를 열어주는 방식들이다

조지 카치아피카스는 변혁운동에서 인식론적 목표보다 에로스적 충동이 핵심적이라고 말한다. 무의식적인 에로스적 충동은 먼 옛날 인류의 기억과

---

82 사건의 식별불가능성은 단순히 비식별성을 지닌 것이 아니라 피할 수 없는 상처인 동시에 기존의 방식으로는 인지할 수 없는 공백이라고 할 수 있다.

83 레비나스, 강영안 역, 《시간과 타자》, 문예출판사, 1996, 108~110쪽. 레비나스는 애무란 주체의 존재방식이며 미래에 와야 할 것과의 놀이라고 말한다.

연관이 있다. 즉 에로스적 충동은 인류 여명기의 공동체 세계(원시 공산주의)라는 알려지지 않은 것으로의 귀환에 의한 것이다.[84] 마르쿠제 역시 에로스의 기억이 자제의 질서(체제)에 반항하며 회상에 의해 운동함을 주장한다. 에로스는 그것을 압도하려는 선적인 시간의 체제에 저항한다. 선적인 체제에 갇혀 있는 한 행복은 상실된 과거의 것[85]이 될 수밖에 없다. 무의식이 된 에로스적 기억만이 '잃어버린 시간'을 존재의 한 부분으로 회복한다. 이처럼 기억이 잃어버린 시간을 무의식의 요소로서 회복했을 때 억압적인 시간의 체제에 대한 저항이 시작된다.[86]

두 사람의 논의에서 에로스적 기억은 무의식의 존재론적 운동이다. 그것은 결코 선적인 시간에서 회상되는 과거의 한 점이 아니다. 또한 과거의 실재한 기쁨이기보다는 무의식을 구성하는 요소로서 (미래의) 아름다움을 향한 충동이 생성된 것이다. 그런 에로스를 향한 충동은 체제에 뚫린 구멍인 사건의 순간 표상세계로 흘러나온다. 만일 선적인 시간의 체제에서의 상처와 고통이 없다면 에로스의 향락도 없을 것이다. 트라우마의 사건과 에로스의 충동은 그처럼 표리를 이루고 있는 것이다.

마르쿠제가 말한 '잃어버린 시간'에 대한 논의는 베르그송의 순수기억과도 연관된다. 베르그송은 잃어버린 시간이라는 과거의 기억이 어떻게 우리의 무의식을 이루는지 잘 보여준다. 그는 물질과 정신 사이의 교차점에 기억을 위치시키는데,[87] 뇌에서의 기억의 역할은 컴퓨터와 인공지능에서의

---

84 카치아피카스, 원영수 역, 《아시아의 민중봉기》, 오월의봄, 2015, 566쪽.

85 선적인 시간의 체제는 과거를 실제의 것보다 아름답게 윤색한다. 반면에 에로스의 기억은 그 아름다움을 과거의 한 시절이 아니라 무의식적 소망의 요소로 회복한다. 후자의 에로스적 충동은 항상 아직 오지 않은 것을 향해 작동하는 역동성을 지닌 반면, 선적인 시간의 체제는 윤색된 과거를 현재의 안정성을 유지하는 장식물로 사용한다.

86 마르쿠제, 김인환 역, 《에로스와 문명》, 나남, 2012, 283~284쪽. 카치아피카스의 에로스 효과와 마르쿠제의 에로스의 기억은 라캉의 대상 a의 위상학과도 유사하다.

87 베르그송, 박종원 역, 《물질과 기억》, 아카넷, 2005, 27쪽.

메모리의 역할과도 유사하다. 물질적인 인공지능이 지적 작용을 하듯이 뇌는 물질세계의 일부이면서 기억을 통해 정신작용을 일으킨다. 베르그송은 기억에 의한 그 같은 정신작용을 두 가지로 구분한다. 하나는 습관기억인데 이는 관습적인 우리의 행동의 메커니즘을 만드는 코드화된 기억이라고할 수 있다. 다른 하나는 순수기억이며 언어나 행동의 문법에서 해방된 잠재적인 이미지로서 우리의 뇌를 둘러싸고 있다. 순수기억과 습관기억은 야콥슨의 선택의 축과 결합의 축의 상호관계와 비슷하게 작용한다. 만일 습관기억에만 의존한다면 자동인형 같은 메마른 삶이 되며, 반대로 순수기억만 너무 양양되면 어린이나 몽상가처럼 되어 버린다. 이 두 기억 중에서 순수기억은 이미지의 잠재태로서 우리의 무의식을 형성하는 것으로 볼 수 있다.

무의식의 기제인 점에서 위에서 살핀 에로스의 기억은 물론 상처의 기억마저 순수기억일 수 있다. 순수기억은 '시간'이 '존재'로 전이된 나이테와도 같으며 상처의 기억은 옹이로 맺혀 있을 것이다. 그러나 베르그송의 논의에서 트라우마의 기억이 따로 말해지지 않는 것은 그에게 사회체계의 개념이 없기 때문이다. 트라우마의 기억이란 무의식의 일종이면서도 특히 체계에 구멍이 뚫려 실재계와 대면하는 상태를 말한다. 베르그송에게 체계의 개념을 도입한다면 체계의 구멍인 트라우마의 기억은 순수기억을 약동하게 하는 중요한 요인이 될 수 있다. 그것은 우리를 자동인형 같은 습관기억의 체계에서 벗어나게 해주기 때문이다. 상처의 기억은 우리를 생명적 존재로서 '살아야 하는 이유'를 증명하는 존재론적 힘으로 도약하게 해줄 수 있다.

베르그송은 순수기억을 통해 무의식이 우리의 생명적 존재를 창조적으로 도약하게 하는 측면을 중요시한다.[88] 잃어버린 시간은 뇌의 순수기억으로 지속되는데 지속이란 단순한 연장이 아니라 확산(몽상)과 수축(현실), 교

---

88 순수기억에 대해서는 제7장에서 다시 자세히 논의하기로 한다.

섭과 생성을 거듭하는 역동적인 잠재태들이다. 그 같은 잠재태들의 도약으로서의 무의식은 억압된 것에 의해 생겨난 프로이트의 무의식 개념과는 차이를 지니는 것 같다. 그러나 그 두 가지 무의식이 전혀 무관한 것은 아니다.

베르그송의 논의에서 습관기억을 사회체계와 연관시킬 때, 사회체계가 편향된 습관기억을 강요하는 경우 순수기억은 잘 표현되지 않는다. 그러나 그런 고체화된 체계에 한순간 균열이 생긴다면, 유동적인 순수기억의 유출은 체계에 대한 도발인 점에서 정신분석학[89]의 무의식과 연관된다. 더욱이 미학에서는 순수기억의 창조적 표현 자체에 이미 억압에 저항하는 무의식이 포함된 것으로 볼 수 있다.

베르그송의 순수기억은 습관기억과 연관된 삶권력을 넘어서는 동시에 삶권력과 구성적으로 결합된 죽음정치도 넘어선다. 그것을 잘 보여주는 것이 바로 백석의 시들이다. 백석 시는 삶권력의 그물망에 회유되지 않은 이미지들을 제시할 뿐 아니라 죽음정치를 극복하는 존재론적 순수기억들을 표현하고 있다. 실제로 그의 시의 특이한 아름다움은 삶권력과 죽음정치에 의한 숨겨진 황폐한 현실을 배경으로 순수기억이 전경화되는 과정이다.

예컨대 유년을 회상하는 백석 시는 상처의 기억 대신 순수기억만을 제시하는 듯하다. 그러나 실제로는 결코 그렇지 않다. 〈여우난골족〉, 〈가즈랑집〉, 〈모닥불〉 같은 시들에서 순수기억의 역동성은 회상하는 화자가 처한 숨겨진 현실과의 관계에서 시적 긴장을 얻고 있다. 일상의 습관기억은 어린 시절의 순수기억을 억압하고 있거니와 식민지 현실에서는 더욱 그럴 것이다. 그런 보이지 않는 배경과의 관계가 없었다면 순수기억은 결코 시적으로 전경화될 수 없었을 것이다. 아름다운 유년의 기억은 표상되지 않은 현재의 아픔으로부터 흘러나오는 것이며, 거기에는 억압을 넘어선 세계로 나아가고

---

89 여기서의 정신분석학은 감시장치의 기능을 넘어선 후기 프로이트와 후기 라캉, 그리고 들뢰즈·가타리의 앙티 오이디푸스적 정신분석학을 말한다.

싶은 무의식이 잠재하고 있다. '여우난골'은 잃어버린 과거가 아니라 화자의 존재의 핵심으로서 훼손된 세상에서 그것이 순수기억으로 유출되고 있는 것이다.[90]

여기서 '잃어버린 시간'은 과거로의 도피가 아니라 상처 입은 사람만이 할 수 있는 존재의 핵심의 표현이다. 화자는 상처를 주는 더러운 세상에 **맞서서** 자신의 일부로 전이된 기억을 드러내고 있는 것이다. 그렇기 때문에 백석은 세상이 더러워서 버리는 것은 "세상한테 지는 것이 아니"라고 말했던 것이다.[91] 더러운 세상을 버리는 것은 세상이 준 상처를 삭제하는 것이 아니라 아픔을 통해 유출되는 순수기억으로 응수하며 세상을 극복하려 소망하는 것이다. 트라우마의 기억과 에로스의 기억이 동전의 앞뒷면이듯이 숨겨진 상처의 기억과 순수기억의 유출 역시 표리를 이루고 있다.

9. 죽음정치의 역사와 디세미**네이션**의 미학

백석 시는 일제의 죽음정치가 점점 심화되는 시기에 쓰여졌다. 이런 시대에 잃어버린 고향에 대한 시들은 단순한 향수의 표현이 아닌 죽음정치에 대한 순수기억의 대응이었다. 향수란 선적인 시간의 체계에서 다시 돌아갈 수 없는 과거에 대한 회한의 감정이다. 반면에 순수기억은 잃어버린 것의 회상인 동시에 나의 일부가 되어 있는 존재의 표현이다. 시간을 과거에 영어시키고 공간을 식민화하는 권력에 의해 고향은 이제 어디에도 존재하지 않는다. 그처럼 고향을 빼앗고 사람들을 낯선 두려움으로 내모는 죽음정치에 대응해, 백석은 존재의 핵심에 잠재하는 고향 이미지로서 순수기억을 노래하고

---

90 〈여우난골족〉(1935)이 〈여승〉(1936)과 비슷한 시기에 쓰여진 것은 그 점을 말해준다.

91 백석, 〈나와 나타샤와 흰 당나귀〉, 《나와 나타샤와 흰 당나귀》, 다산초당, 2005, 14쪽.

있는 것이다. 따라서 〈여우난골족〉의 아름다운 순수기억의 시적 전경화는 〈여승〉에서 여승의 지아비와 어린 딸의 죽음과 무관하지 않다. 다만 죽음 같은 현실을 침묵의 배경으로 기대면서 유년의 순수기억을 전경화하고 있는 것이다.

물론 백석 역시 순수기억으로 대응하면서도 이제는 더 이상 현실의 상처를 감출 수 없었다. 그가 절망과 연관된 〈절망〉(1938), 〈팔원〉(1939), 〈북방에서〉(1940) 같은 시를 쓰게 된 것은 그 때문이다. 하지만 그는 이 시들에서도 세상에 지지 않고 절망을 끌어안았다. 절망을 끌어안는다는 것은 낯선 두려움을 순수기억의 존재론적인 대응 속에서 표현한다는 뜻이다. 우리가 백석 시에 표현된 **낯선 두려움**의 순간에 공감하는 것은 실상 그런 숨겨진 존재론적 대응과 손을 잡는 것이다. 백석 시의 화자는 식민지의 죽음정치에 직접 대항하는 말을 할 수 없었지만, 그의 시에 공감하며 손을 잡는 사람들에 의해 물밑의 동요가 생성될 수 있었다.

이처럼 아름다운 백석 시에는 보이지 않는 죽음정치의 역사가 스며 있다. 비슷한 시기에 죽음정치를 보다 직접적으로 드러낸 것은 최명익의 소설들이었다. 예컨대 〈무성격자〉, 〈심문〉, 〈장삼이사〉 등에는 육체적·심리적으로 훼손된 사람들의 죽음과 공포가 그려진다. 그러나 최명익 역시 죽음정치에 예속되지 않는다는 표현으로서 아편중독자, 병자, 자살자들을 그리고 있다. 이들의 훼손된 신체는 체제의 폭력의 각인인 동시에 죽음에 이르더라도 죽음정치에 순응하지 않는다는 표현이다. 그들의 신체적 상처는 일상인들의 마음의 상처의 은유이자 파국을 향한 소실점의 암시이다.[92] 그로 인해 아름답지 않은 최명익의 소설에서 아름다움은 〈심문〉에서처럼 죽음 후에야 표현된다. 아름다움은 존재의 핵심으로 감춰져 있거나 죽음 이후로 연기된다. 하지만 그처럼 부재하는 아름다움의 방식으로라도 미학을 포기하지 않았기

---

92 김예림, 《1930년대 후반 근대인식의 틀과 미의식》, 소명출판, 2004, 123쪽.

에, 낯선 두려움을 끌어안고 사람들에게 공감을 불러일으킬 수 있었던 것이다. 미학은 죽음정치와 거세공포에 대응할 수 있는 마지막 영역이었다. 화려함 속에 우울한 낯선 두려움이 감춰져 있는 오늘날에도 미학의 회복이 필요한 것은 그 때문이다.

식민지 시대 이후로 우리의 근대사는 실상 죽음정치의 역사였다고 할 수 있다. 미학은 죽음정치의 시대에 아름다움(백석)이나 아름답지 않음(최명익)으로 대응했다. 어느 경우이든 낯선 두려움에 대한 피식민자의 존재론적 대응이 핵심이었다.[93] 백석은 더러운 세상에 지지 않기 위해 자신의 존재의 중핵으로서 아름다운 순수기억을 노래했다. 또한 최명익은 피식민자를 벌거벗은 생명으로 만드는 죽음정치에 대응해 벌거벗은 타자의 능동적 죽음을 그렸다.[94] 그의 소설에서 벌거벗은 타자의 훼손과 죽음은 벌거벗은 생명의 **무의미한** 죽음을 잠재적 **의미**의 층위로 전위시킨다.

식민지 시대나 그 이후에 우리의 죽음정치의 역사는 식민주의와 연관이 있다. 이미 살폈듯이 죽음정치는 식민주의처럼 트랜스내셔널한 맥락에서 권력이 작용할 때 특징적이 된다. 식민지 시대와 신식민지 시대는 물론 오늘날의 세계화의 상황 역시 그런 트랜스내셔널한 맥락에서 죽음정치가 발현된 시기로 볼 수 있다.

식민지 초기에 우리는 자본주의의 본원적 축적에서 흔히 나타나는 정치적 폭력을 경험했다. 그런데 경제적 관계이기도 한 정치적 권력은 과잉폭력이었으며 정치의 형식을 넘어선 존재론적 폭력으로 작용했다. 그런 과잉폭력의 결과는 대단히 역설적이었다. 자본주의로 이행되는 과도기에 나타나는 부랑자, 유랑인, 떠돌이들이 우리의 경우에는 항시적인 일상의 상태였다. 떠돌이들이 노동자로 정착되기 이전의 미숙한 단계였다기보다는 오히려 농

---

93 미학이란 표상불가능한 현실의 미시적 동요에 대한 은유적 표현이었다고 할 수 있다.
94 벌거벗은 생명과 벌거벗은 타자의 차이에 대해서는 앞의 제1장 5절 참조.

민들과 노동자들이 잠재적인 유민의 상태에 있었던 것이다. 그러나 역설적으로 그런 실제적·심리적 유민들에 의해 국민이 될 수 없었던 피식민자들은 물밑에 디세미네이션의 네트워크를 생성할 수 있었다. 우리의 근대의 출발점은 집합적 국민이나 민족, 민중이 아니라 은유로 간신히 표현될 수 있었던 디세미네이션의 생성에 있었다.

디세미네이션은 〈과도기〉(한설야)에 그려진 과도기가 우리에겐 실상 전형적 상황이었음을 알려준다. 생산수단에서 분리된 이농민과 유랑민들은 산업 노동자로 정착하지 못하고 낯설고 두려운 이역으로 떠돌았다. 또한 국내나 국외의 노동자들은 거세공포 속에서 '살아 있는 죽음'으로서 혹사당하고 있었다. 우리의 근대는 생산자와 생산수단의 분리와 함께 또한 생존수단의 분리에서부터 시작되었던 것이다. 우리는 식민주의와 자본주의뿐만 아니라 그 둘의 공모 형식인 '생명을 유기하는 권력'을 경험하며 근대의 공간에 들어섰다. 그런 죽음의 권력은 내몰리고 쫓겨나고 흩어진 사람들과 죽음에 유기된 사람들을 만들어냈다. 하지만 흩어진 사람들은 죽음정치적 절망을 껴안음으로써 오히려 식민권력에 규율화되지 않은 은밀한 디세미네이션의 연대를 형성할 수 있었다. 이것이 있다고도 볼 수 없고 없다고도 볼 수 없는 피식민자의 은유적 네이션의 역설이다. 〈고향〉(현진건)에서의 '나'와 '그'의 만남과 〈바라건대는 우리에게 우리의 보습대일 땅이 있었더면〉(김소월)의 '우리'의 표현은, 그 같은 디세미네이션의 연대의 은유적 표현이다. 디세미네이션의 연대는 아무런 선언도 국기와 국가도 없는 은유로서의 네이션이었다. 식민지의 문학은 그 말할 수도 볼 수도 없는 물밑의 연대를 은유로 표현해 주고 있었다.

1930년대 후반 이후 죽음정치는 새로운 국면에 접어든다. 일본은 근대의 초극, 내선일체, 대동아공영 등을 통해 네이션을 넘어선 세계를 주장했지만, 실제로는 국체를 앞세운 제국적 국가주의가 실행되고 있었다. 비판세력과 타자성의 말살을 대가로 한 신체제는 처음부터 파국이 예견되고 있었다. 신체제의 미래란 미래가 상실된 미래였던 것이다.[95] 이 시기의 최명익의 소설들은 총동원 체제의 낙오자인 동시에 역설적으로 미래의 파국을 미리 보여주는[96] 병자, 아편중독자, 자살자들을 등장시키는 소설을 썼다.

최명익의 절망과 우울의 미학은 포스트식민지 시대의 손창섭의 소설로 이어진다. 손창섭의 〈비오는날〉, 〈혈서〉에서의 '살아 있는 죽음'의 묘사와 〈생활적〉 등에서의 주검과의 교섭은, 죽음정치에 대한 죽음성애적인[97] 대응으로 볼 수 있다. 그의 소설에서 이 우울의 미학의 귀환은, 그 배경으로서 제국의 이름을 민족의 이름으로 치환한 또 다른 국가주의의 귀환을 암시했다. 그것은 또한 삭제된 채 망각되었던 '타자성이 말소된 사회'로의 회귀이기도 했다. 손창섭이 보여준 주검과의 교섭은 죽음정치가 강요하는 벌거벗은 생명에서 벗어나려는 최소한의 응수이자 음화적인 대응이었다. 이 같은 우울의 미학은 1990년대 후반 이후 배수아와 하성란의 이미지 소설에서도 나타난다.

1장에서 살폈듯이 1970년대의 산업화의 과정은 1920년대의 삶권력과 죽음정치의 구성적 결합의 증폭된 반복으로 볼 수 있다. 문화생활과 성정치를 통해 삶을 부양하는 듯한 정책들이 실행되었지만 그런 삶권력의 행사는 이면에서의 죽음정치에 의해 떠받쳐지고 있었다. 물론 이 시기에는 식민지 시대와는 달리 민족중흥과 위대한 국민의 서사가 작동되고 있었다. 그러나 국민서사에 의해 동원된 사람들은 정착 없는 이주를 경험하면서 실제적·심리적 유민의 심리를 경험해야 했다. 〈삼포 가는 길〉, 〈영자의 전성시대〉, 〈아홉 켤레의 구두로 남은 사내〉, 〈한씨연대기〉,《난장이가 쏘아올린 작은 공》 연작 등, 이 시기의 주요 작품들이 유민처럼 떠도는 사람들을 그린 것은 우

---

95 Janet Pool, *When the Future Disappears*, Columbia University Press, 2014.

96 신형기,《분열의 기록》, 문학과지성사, 2010, 118~119쪽.

97 죽음성애는 삶 속에서 타자성의 희망을 발견할 수 없기 때문에 '살아 있는 죽음'이나 주검과의 교섭에서 타자성을 갈망하며 애정을 표현하는 행위로 볼 수 있다.

연이 아니다. 1970년대 역시 국민 대신 디세미**네이션**의 문제가 미학의 핵심 영역이었던 것이다. 디세미**네이션**의 미학은 죽음정치의 위협하에 있었던 사람들의 존재론적 자기증명이 타자와의 교감을 통해 표현됨을 보여준다. 그들의 비식별성의 영역에서의 물밑의 교감은 조직적 민중운동의 과도적 단계가 결코 아니다. 그와 반대로 오히려 1980년대의 사회운동의 고조된 전개란 물밑의 디세미**네이션**의 연대를 전제로 비로소 가능했다고 할 수 있다. 흩어진 사람들의 연대는 조직적 운동의 미숙한 단계가 아니라 그것을 가능하게 한 존재론적 정치의 기반이었던 것이다. 조직적 사회 운동은 디세미**네이션**의 연대의 환유로서만 중요한 의미를 지닐 수 있었다.

1990년대 이후는 죽음정치가 사라지고 유혹의 권력의 시대에 접어든 듯 느껴진 시기였다. 그러나 이 시기는 어느 때보다도 곳곳에서 죽음정치가 되돌아온 시대였다. 이제 죽음정치는 하층민과 유민, 기민들에 국한되지 않는다. 신자유주의에 의해 자본주의가 전사회와 지구 전체로 확대된 이때에, 그 빛과 스펙터클이 확산된 만큼 죽음정치 역시 은밀히 확대되고 있었다. 더욱이 IMF 이후의 양극화는 죽음정치의 증상을 더 이상 감추지 못하고 노출시키는 역할을 했다. 오늘날 우리가 경험하는 우울사회는 분명히 만연된 죽음정치의 증상이다. 한병철은 우울사회를 과잉된 긍정성의 사회의 산물로 보고 스스로 규율화되는 성과주체를 중요한 특성으로 지적했다. 그러나 서구와 다른 우리 사회에서는 죽음정치를 눈앞에서 '보는 동시에 보지 못하게' 하는 타자에 대한 공감의 상실이 우울의 요인이다. 타자들은 있는 동시에 없는 존재들이다. 보이는 동시에 보이지 않는 그런 타자들은 더 이상 조직적인 사회운동의 선봉에 설 수 없는 은유로서의 난민들이다. 이제 사회운동은 둔화되거나 탈정치화되었다. 이런 상황에서 예전처럼 타자에 공감할 수 없는 감성적 무능력이 바로 우울증일 것이다.

모두가 아프지만 아무도 신음하지 않는 이 같은 사회에서는, 오히려 돌이킬 수 없는 상처를 주는 불행이 미래의 시간을 여는 기적 같은 사건이 될 수 있을지도 모른다. 마치 그것은《지구를 지켜라》에서 '폭파된 지구'가 역설적으로 아직 '끝나지 않았다'는 '희망 없는 희망'이 되는 것과도 같다. 타자의 존재 자체가 이미 상처이지만 그것에 둔감해진 사람들에게는 또 다른 사건이 중요한 계기가 될 수 있다.

우리는 지금 개인들이 깨어진 그릇의 이질적인 조각들 같은 사회에서 살고 있다. 물론 이질성 자체가 비극은 아닐 것이다. '깨어진 그릇'은 호미 바바가 상상하는 '이질성들이 달라붙어야 하는' 디세미**네이션**의 이미지와도 같다.[98] 시대가 바뀌었지만 우리는 또 다른 디세미**네이션**의 시대에 직면해 있는 것이다. 다만 1920년대나 70년대와는 달리 디세미**네이션**은 돌이킬 수 없게 산산조각이 되었다. 이제 그릇의 파편들을 달라붙게 하는 힘을 어디에서 생성될 것인가.

우리 시대의 이 깨어진 디세미**네이션**을 연대시키는 힘은 어쩌면 트라우마 같은 고통스러운 사건에서 시작될 수 있을 지도 모른다. 세월호 사건처럼 모두가 외면할 수 없는 트라우마는 개인적 우울의 요인인 동시에 사회적 우울을 극복하는 출구가 될 수도 있다. 실재계와의 대면은 우울한 고통을 주지만 또한 오직 그 아픈 기억만이 우리를 우울에서 벗어나게 한다.

일찍이 원효는 진리란 고통스러운 세상을 떠나는 것이 아니라 고통과 동거하는 것임을 말한 바 있다.[99] 불각(不覺)과 본각(本覺), 우울과 해방은 동거 상태에 있다. 트라우마로 인한 우울을 치유하는 길은 역설적으로 상처를 잊지 않는 데 있으며, 고통의 기억으로 쾌락원리를 넘어서며 상처를 능동적 심리로 전이시키는 데 있다. 그런 고통과 해방의 동거관계에서 우리가 경험하는 것은 실재계와의 대면이다. 상처를 기억한다는 것은 사건 당시의 고통스런 실재계와의 대면으로 돌아가는 동시에 이번에는 능동적인 심리상태에

---

98   호미 바바,《문화의 위치》, 앞의 책, 365~366쪽.

99   박태원,《원효》, 한길사, 2012, 93~94쪽. 원효는 생멸/불각과 불생불멸/각이 동거한다고 말하고 있다.

서 그렇게 하는 것이다. 이때의 고통과 상처의 기억은 금욕주의와는 아무런 연관이 없으며 쾌락을 넘어서 더 큰 향락[100]으로 나아가게 하는 정신적·육체적 기제일 뿐이다. 포르트-다 놀이에서처럼 고통의 기억은 단순한 아픔이 아니라 **현실에서 공연되는 미학이다.** 즉 그것은 고통인 동시에 체제를 넘어서는 향락으로의 흐름인 것이다. 실상 미학이 주는 감동과 향락도 그처럼 고통을 반복하며 쾌락을 넘어서는 데 놓여 있다.[101] 프로이트가 말한 위대한 '문화적 업적'[102]의 반복으로서 또 한 번 절망을 겨안을 때 비로소 미래 이후의 미래가 열릴 것이다.

---

100 향락은 상징계를 넘어설 때 느껴지는 희열을 말한다.

101 이때 우리는 쾌락 이상의 향락을 느낄 수 있다.

102 프로이트, 〈쾌락원칙을 넘어서〉, 《쾌락원칙을 넘어서》, 열린책들, 1997, 21쪽. 프로이트는 포르트-다 놀이를 어린이의 위대한 문화적 업적이라고 부르고 있다.

제3장   식민지 시대의 유민의 발생과
        은유로서의 디세미네이션

1. 1920년대의 유민의 발생과 디세미네이션

식민지 시대에 대거 발생한 유민(流民)의 존재를 이해하려면 식민지 자본주의에 대한 새로운 이해가 요구된다. 식민지 자본주의의 경제적 토대의 생성은 정치권력에 의한 생산자와 생산수단의 폭력적인 강제적 분리의 과정이었다. 식민 본국의 정치적 이해를 위해 발생하고 움직이는 식민지 자본주의는, 그처럼 제국의 이익을 대행하는 과정에서 자본주의의 경제적 원리에 끊임없이 정치적 폭력이 개입하는 것이다.

물론 이것은 비단 식민지만의 문제는 아니다. 마르크스는 자본주의를 발생시킨 본원적 축적 과정에서 국가권력이 폭력적으로 작용했음을 보여주고 있다.[1] 자본주의는 순수한 경제적 원리에 의해서만 형성되고 작동하는 것이 아니라 늘상 국가권력의 정치적 이해와 공모한다.[2] 그렇다면 폭력이 난무하는 식민지 자본주의라는 주변부는, 국가적 폭력에 의존하는 본국 자본주의의 얼굴을 더욱 명료화하는 공간인 셈이다.[3] 식민지 자본주의는 본국의 자본주의를 반영하는 동시에 그 본성을 더욱 증폭시키는데, 그것의 특징은 제국과 총독부의 국가장치의 확대된 폭력의 기제인 것이다.

식민지에서의 유민의 발생은 그런 확대된 폭력의 기제를 통해서만 이해된다. 1920~1930년대의 이농민의 발생은 단지 경제적 착취의 결과만은 아

---

1 마르크스, 김수행 역,《자본론》, 비봉출판사, 2001, 982~983쪽, 1033쪽.

2 자본과 국가는 일종의 공모의 관계로서 국가가 자본에 의존하기도 하지만 자본 역시 국가에 의존한다. 이진경,《전지구적 자본주의와 한국사회》, 그린비, 2008, 55~58쪽.

3 마르크스 역시 식민지에서의 본원적 축적 과정이 잔인한 폭력에 근거함을 말하고 있다. 마르크스, 위의 책, 1033쪽. 신지영은 식민지 말과 해방 직후에 대해 비슷한 논의를 하고 있다. 신지영,〈식민지 농민들은 어떻게 '棄民'이 되는가?〉,《2014년 국제한국문학문화학회 학술대회 발표집》, 2014. 2. 19.

니었다. 경제적 관계에 의한 수탈은 실상 정치적인 폭력이었고, 정치적 폭력은 경제적 관계를 통해 실행되었던 것이다.[4]

1910년대 무단정치하에서 일제는 식민지 조선을 쌀의 대량 공급지로 기능을 변화시켰다. 그와 연관해 토지조사사업이 실시되는데 이는 식민지 농민의 수탈을 심화시키는 결과를 가져왔다. 토지조사사업은 식민지 조선을 자본주의적 체제로 변화시키는 방식이었지만 그 경제적 변화에는 정치적 강제력이 개입하고 있었다. 즉 토지조사사업은 지주권을 강화시킨 반면 소작인들을 불안정한 신분으로 전락시켰다. 계약형태가 정기적이든 비정기적이든 소작의 계약기간은 안정성을 잃고 단축되었다. 지주는 일 년간의 경작이 끝나면 이를 소작권을 거둬들이는 기회로 삼았으며 실제로 계약을 끝내는 경우가 많았다.[5] 수탈에 시달린 소작인들은 유이민이 되는 경우가 많았을 뿐더러 농사를 짓더라도 불안정한 비정기적 신분에 있어야 했다.

그처럼 농민들은 생산수단에서 분리되었을 뿐 아니라 생존방식이 불확실한 상태의 삶을 살아야 했다. 토지에서 유리된 농민들은 노동자가 되기보다는 이역을 떠도는 유민이 되어야 했으며, 고향에 남은 농민들 역시 언제 땅을 떼일지 모르는 잠재적인 유민이었던 것이다. 이런 농민의 신분적 불안정성은 단순한 경제제도의 변화를 넘어선 그 이상의 권력이 작용한 결과였다. 즉 농민의 잠재적·실제적 유민화 현상은 식민지 자본주의의 발생과 진행에 정치적 폭력이 한도 이상으로 크게 개입한 결과였다.

산업 노동자의 숫자가 제한된 그 시기에 그런 정치적 과잉폭력의 결과는 매우 참담한 것이었다. 마르크스는 자본주의 초기에 노동자로 미처 흡수되

---

4 이는 자본주의의 일반적인 특징이지만 식민지에서 더욱 뚜렷하게 나타난다. 마이클 라이언, 나병철·이경훈 역,《해체론과 변증법》, 평민사, 1994, 178~179쪽.

5 호리 카즈오,〈일제하 조선에 있어서 식민지 농업정책〉,《한국근대경제사연구》, 사계절, 1983, 334~363쪽.

지 못한 부랑자, 걸인, 반프롤레타리아들이 생겨남을 말한 바 있다.[6] 자본주의적 생산관계에서 벗어난 이질적 존재들이 널리 잔존하는 것은 단지 식민지만의 문제는 아닌 것이다. 그러나 식민지에서는 결코 무시할 수 없는 숫자의 유민들이 발생하며, 그들의 존재는 예외상태라기보다는 오히려 식민지 민중의 개념 자체를 재고하게 한다. 즉 흩어진 유민의 존재는 기존의 집합적 민중 개념에 대해 새롭게 질문하고 있다.

기존의 논의에서는 집합적 민중을 중시하면서 흩어진 사람들이 결집되는 과정을 강조해 왔다. 특히 카프문학을 민중문학의 정점에 놓는 논의들은 유민을 일제의 경제적 수탈의 결과로 보면서 마르크스주의적 관점에서 민중들의 조직적 연대를 강조했다. 1980년대 말까지의 민중문학과 리얼리즘 논의들이 그런 관점을 대표한다고 볼 수 있다.[7]

그러나 우리는 그 반대의 실상을 목격하게 된다. 식민지에서는 떠돌이, 부랑자, 유이민들이 앞으로 결집될 미성숙한 민중적 존재였다기보다는, 그와 반대로 노동자, 농민을 위시한 민중들이 항시적으로 불안정한 잠재적인 유민들이었다. 그런 상황은 특히 1920년대에 분명히 나타나거니와 1930년대 전반까지도 이어진 것으로 볼 수 있다. 노동운동과 농민운동의 성장은 결코 유민의 존재와 배치되는 것으로 볼 수 없다. 이 시기의 사회운동은 노동자와 농민 자신을 포함한 **은유적·실제적 유민들**의 동요를 환유하는 것으로서 진정한 의미를 얻을 수 있었을 것이다.

식민지 시대의 농민들은 소작권을 위협받는 비정기적 신분이었으며 노동자들은 식민지 초과이윤을 위한 착취로 비인간적인 생활을 해야 했다. 그런 끊임없는 신분적 불안정성은 유민의 발생과 마찬가지로 경제와 공모하는 정치적 생명권력의 관점에서만 이해된다. 즉 토지에서 유리된 이농민의

---

6 마르크스, 《자본론》, 앞의 책, 1009쪽.

7 1980년대 말에 정점에 이르렀던 진보적 문학운동의 논의들은 대체로 이와 비슷한 관점을 지니고 있었다고 할 수 있다.

발생, 그리고 농민과 노동자의 존재론적 불안은, 비슷하게 자본주의적 경제의 결과인 동시에 '배제(쫓아냄)를 통한 포섭'[8]이라는 정치적 생명권력의 작용이기도 했던 것이다. 이 시기의 농민과 노동자는 고향을 떠나지 않았어도 은유적으로는 유민이나 다름이 없었던 셈이다. 이 점에서 계급적 당파성을 강조하며 농민운동조차 노동자 계급의 관점으로 파악해야 한다는 주장은 실상에 맞지 않는다. 반대로 노동운동조차 생명권력에 대한 대응으로 파악해야 할 것이다.

이 식민지적 현상의 본질적 요인인 유민의 의미를 올바로 이해하려면 기존의 관점(마르크스주의 등)에 **생명권력**이라는 권력이론을 보충해야 한다. 생명권력의 중요한 특징의 하나는 필요 없어진 존재의 생명을 유기한다는 것이다. 유민의 발생은 주민을 마치 소모품처럼 쓸모에 따라 착취하고 잉여의 것은 유기하는 정치권력의 성격을 보여준다. 이농민의 발생은 경제적 토지제도의 모순과 지주의 폭력의 결과였지만 그것이 전부가 아니었다. 근본적으로 유민의 발생은 생존수단을 박탈한 채 사지에 생명을 유기시키는 식민지 생명권력의 결과였다. 일제는 그처럼 거세되어 죽음에 내몰린 사람들을 통해 식민지 토지제도 내부에 농민들을 순치시켰던 것이다.[9]

이런 생명권력의 기제는 생명을 위협하는 '붙박이 노동'(노동지옥)[10]을 강요하는 공장에서도 볼 수 있다. 노동자들에 대한 비인간적 경제적 착취 역시 자본주의적 수탈을 넘어서는 폭력적 생명권력의 성격을 지녔던 것이다. 그 때문에 노동운동은 실상 상당 부분 생명권력에 대한 대응이었다. 붙박이

---

8 아감벤은 배제를 통한 포섭을 생명권력의 중요한 특징으로 논의한다. 아감벤, 박진우 역,《호모 사케르》, 새물결, 2008, 60~67쪽.

9 생명권력의 또 다른 측면은 삶을 부양시키는 삶권력(푸코)의 측면이다. 실제로 1920년대의 문화정치는 삶권력의 성격을 갖고 있었다. 그러나 삶의 부양이라는 측면은 주로 도시의 지식인과 소시민에게 작용했고 농촌이나 노동자에게는 죽음정치의 요소가 더 많이 작동되었다. 이런 복합성에는 식민지의 불균등 발전과 도시와 농촌의 격차라는 문제가 놓여 있다.

10 이기영,《고향》, 풀빛, 1991, 80쪽.

노동에서는 노동자의 생명을 권력의 처분하에 두고 죽음에 이르도록 착취했으며, 유민들에게는 생명을 유기하는 방식으로 실제로 거세된 채로 죽음에 이르도록 했다. 양자의 공통점은 생명권력이 죽음정치로 작용했다는 점이다. 죽음정치란 지배권력이 피지배자나 노동자의 생명을 처분 가능한 상태에 두고 마치 소모품처럼 죽음에 이르도록 착취하면서 쓸모없어진 존재는 배제하는 것을 말한다.

그런 죽음정치는 극도의 불평등한 관계를 전제로만 이해된다. 1장에서 살폈듯이, 죽음정치는 성과 인종의 영역에서 프롤레타리아가 발생할 때 특징적으로 행사되는 권력작용으로서[11], 성과 인종의 위계화된 관계에서는 역전불가능한 불평등성으로 인해 생명을 담보로 삼아 신체와 정신을 죽음에 이르도록 착취하는 죽음정치가 나타난다. 우리가 경험한 식민지는 대표적인 죽음정치의 공간이었다.

윤영천은 우리의 상상을 허락하지 않을 정도의 엄청난 규모의 유민의 발생을 강조하며 유민이 식민지 근대의 모순의 집약적 표현임을 논의하고 있다.[12] 우리는 그에 못지않게 상상을 넘어선 노동지옥 역시 생명을 유기하는 식민지 생명권력의 산물이었다고 말할 수 있다. 식민지 시대에 붙박이 노동과 쫓겨난 유민에게 작용한 권력은, 인종적 위계라는 초국가적 맥락에서의 식민지적 불평등성을 전제로 한 죽음정치였던 것이다.

죽음정치하에서 안정된 삶을 보장받지 못하는 식민지 민중은 **낯선 두려움**(unhomly)[13]이라는 존재론적 위기를 경험하고 있었다. 낯선 두려움은 집합적 민중보다 흩어진 유민을 중요한 위치에 놓으려는 우리의 논의에서 핵심적인 용어이다. 디세미**네이션**을 논의한 호미 바바는 물론 **유민**의 문제를

---

11 이진경, 나병철 역, 《서비스 이코노미》, 소명출판, 2015, 39~66쪽.

12 윤영천, 《한국 현대문학 산책》, 인하대학교, 2008, 99~101쪽.

13 프로이트, 정장진 역, 〈두려운 낯설음〉, 《창조적인 작가와 몽상》, 열린책들, 1996, 137~138쪽.

중시하는 도미야마 이치로[14] 역시 이 개념을 주목하고 있다. 낯선 두려움이란 언제 거세당해 (죽음정치에 의해) 제거될지도 모른다는 정신적 공포를 말한다. 어머니의 품과도 같은 고향을 잃은 상태에서 제2의 고향(사회체제)에서마저 모순적인 비합리성이 나타났을 때 우리는 낯선 두려움을 느끼게 된다. 식민지의 죽음정치하의 상황이 바로 그런 경우이거니와, 이때에는 고향에 있어도 낯선 심리적 공포를 경험하게 된다. 가령 식민지 민중은 고향과 집에 머물러 있는 사람도 생존수단이 박탈될 위기 속에서 일종의 거세공포인 낯선 두려움에서 벗어나기 어려웠다. 최고의 프로소설《고향》(이기영)이 고향에 살고 있지만 "피난민" 같은 상태에서 진정한 고향을 되찾으려 투쟁하려는 농민들을 그린 것은 매우 의미심장하다.[15] 또한 도시로 흘러들어와 지옥 같은 노동에 시달리는 공장 노동자 역시 그와 다르지 않았다. 실제로 고향을 잃고 이역을 떠도는 유민들은, 그런 안정성을 상실한 농민과 노동자들, 그리고 대부분의 피식민자들의 숨겨진 불안을 밖으로 드러내 보여주는 은유로 작용하고 있었다.

그런데 그런 실제적·심리적 유민은 식민지 자본주의에 의한 상처인 동시에 그 자체로 존재론적 대응의 장소가 된다. 그 이유는 유민이란 식민 체제의 균열의 지점에 위치한 존재이기 때문이다. 사지로 내몰린 유민은 식민지 자본주의의 정치경제적 모순을 **인식**하고 그에 대항하기 이전에, 이미 자기 자신 안에 각인된 정치적 폭력에 **존재론적**으로 반응할 수밖에 없는 존재이다. 유민은 비식별성의 영역에서 소리 없이 죽음의 공간에 유기된 존재였지만, 그런 비식별성의 영역은 식민지의 안정된 동일성에 균열을 내는 이질적 타자의 미결정성의 위치이기도 했다. 그들은 벌거벗은 생명인 동시에 벌거벗은 타자였던 것이다.

---

14 도미야마 이치로, 심정명 역,《유착의 사상》, 글항아리, 2015, 92~93쪽.

15 《고향》에서는 양조소(醸造所)에서 재강(술지게미)을 사기 위해 줄을 서 있는 농민들을 **피난민** 같다고 묘사하고 있다. 이기영,《고향》, 앞의 책, 61쪽.

당연히 이 유민의 양가적 대응은 저항이라고 부를 수도 없을 만큼 미미한 것일 수도 있다. 그러나 그런 존재 자체의 고통스런 응수(應酬)[16]는 불안에 떠는 남은 사람들과의 잠재적인 공감의 연대를 가능하게 한다. 문학은 떠도는 사람들의 보이지 않는 감성적 대응을 보이게 만듦으로써 잠재적 공감의 연대를 자극하는 역할을 한다. 김소월의 〈바라건대는 우리에게 우리의 보습대일 땅이 있었더면〉(1925), 한용운의 〈당신을 보았습니다〉(1926), 현진건 〈고향〉(1926), 한설야 〈과도기〉(1929) 등, 1920년대의 주요 작품들은 가시적 저항보다는 고통스러운 유민들의 심리적 대응을 보여준다. 즉 이 작품들은 유민들의 낯선 두려움의 표현인 동시에 그에 대한 공감의 표시이다. 이제까지 우리는 그런 은밀한 존재론적 미학과 정치학을 간과해 왔다. 그러나 기존의 인식론 중심주의에서 벗어나면, 민중과 민족운동에 앞서 낯선 두려움 속에서 떠도는 사람들과 연관된 존재론적 미학과 정치가 중요했음을 알게 된다.

우리는 이 실제적·심리적 유민의 존재를 산포된 디세미**네이션**(dissemination)[17]의 개념으로 파악하려고 한다. 국내와 국외로 흩어진 조선인들의 존재론적 조건은 국민이 될 수 없었던 식민지 조선인의 위치와도 연관된다. 즉 체제의 균열지점에서의 불안정한 미결정성으로 인해, 표면에서는 배제/포섭되지만 이면에서는 응수하는 유민들은, 그런 양가성의 위치에서 국민이 아닌 디세미**네이션**이 된다. 비단 이역으로 흩어져야 했던 유민뿐 아니라 이미 심리적으로 낯선 영역을 헤매던 민중들은 모두 디세미**네이션**이었다. 국민의 지위는 물론 민족의식마저 억압될 수밖에 없었던 시대에, 그런 산포된 양가적인 디세미**네이션**의 존재야말로 피식민자의 물밑의 네이션의 유력

---

16 응수는 폭력에 대한 미천한 타자의 위치에서의 존재론적 대응을 말한다. 김철, 〈비천한 육체들은 어떻게 응수하는가〉, 《사이》 제14호, 2013. 5, 400~401쪽.

17 호미 바바, 나병철 역, 《문화의 위치》, 소명출판, 2012, 305~366쪽. 디세미**네이션**이란 국민의 경계 안팎으로 흩어진 '산종된 네이션'을 말한다.

한 근거였다.

　1920~1930년대의 시나 소설에서 식민지 조선의 네이션의 발견이 흔히 이질적인 유이민을 통해 표현되고 있는 것은 우연이 아니다. 예컨대 현진건의 〈고향〉에서 보듯이 '조선의 얼굴'은 노동자나 농민이 아니라 유민으로서의 민중의 얼굴을 통해 발견된다. 유이민은 전체 민중의 일부였지만, 대다수 민중들의 낯선 두려움의 심리를 은유적으로 표현하는 한편, 동일성의 국민이 아닌 디세미네이션의 존재를 상징하고 있었던 것이다.

　디세미네이션이란 국가의 문법으로부터 여기저기로 흩어진 존재이다. 마치 의미의 씨앗이 언어적 동일성에 구속되지 않고 멀리 떨어진 곳까지 흩뿌려지듯이, 식민지의 디세미네이션은 국가의 동일성으로부터 벗어나서 여기저기로 산포된다. 디세미네이션은 국민을 기준으로 한 동일성의 의미로 보면 거세된 채 포섭되는 존재이지만, 은유에서처럼 의미의 씨앗이 흩뿌려져 산란되는 측면에서는 규율화된 국민을 넘어서는 숨겨진 의미망을 지니고 있다. 그런 거세와 이탈의 양가성이 디세미네이션의 중요한 특징이다.

　피식민자는 제국의 지배를 받는 한에서는 독자적인 네이션을 이루기가 어렵다. 배제되면서 포섭되는 존재이면서 또한 내적으로 대응하는 양가적 존재만이 피식민자의 물밑의 네이션을 생성할 수 있었다. 우리가 흩어진 양가적인 존재인 디세미네이션을 주목하는 것은 그 때문이다. 그들은 표상공간에서는 버려지면서 포섭된다. 그러나 비표상공간에서는 또 다른 공동체를 향한 물밑의 '공감의 네트워크'를 이룬다.

　디세미네이션과 은유적·실제적 유민들은 아무런 행동도 할 수 없지만 모두의 감성적인 공감의 대응을 가능하게 한다. 누구라도 행동을 하려면 조직적 집합을 만들어야 한다. 그러나 그런 집단운동의 행위력 역시 이산된 사람들에 대한 공감력과 그들과 일상인들과의 감성의 연대를 전제로 한다. 조직적 집합운동을 가능하게 하는 것은 그처럼 산포된 보이지 않는 감성의 연대였다. 산포된 사람들과의 네트워크가 없다면 집합적 운동의 의미도 행위력도 생성되지 않는다. 노동운동과 농민운동은 단지 그 집회에 참여한 사람들뿐만 아니라 조선의 국경 안팎에 산포된 사람들, 즉 디세미**네이션**의 존재와 그 해방을 위해 의미와 행위력을 증폭시켜 갔던 것이다. 그렇기에 조직적 연대의 뜨거움은 산포된 감성의 연대의 거대한 빙산에 의해 떠받쳐졌던 셈이다.[18]

이제 살펴보겠지만 그 때문에 피식민자의 해방의 열망은 노동자와 농민뿐 아니라 유민과 디세미**네이션**에 의해 오히려 더 절실하게 생겨난다. 정치적 과잉 폭력의 결과는 역설적이다. 식민지의 과잉 폭력은 농민과 노동자의 집합적 행동을 **위축**시킨다. 또한 민중운동과 민족운동도 축소시킨다. 그러나 유민과 디세미**네이션**의 존재에 의한 해방된 삶에 대한 욕망은 식민지 자본에 대한 반항을 넘어서서 존재 자체의 해방의 열망으로 강렬하게 **확산**되는 것이다.

이제 우리는 민중과 민족에 앞서 그것의 산포된 형식을 유의할 때 식민지 사회를 더 잘 이해할 수 있음을 살펴보려고 한다. 식민주의에 대응하려면 단결이 필요했지만 그것을 위해서도 식민지에서는 흩어진 사람들이 모인 사람들보다 더 근원적이었던 것이다. 우리는 그 점을 드러내는 존재론적 정치학이 특히 1920년대 문학작품을 통해 특징적으로 나타남을 살펴볼 것이다.

2. 식민지 민족의 양가성과 디세미**네이션**의 미학

우리 문학사에서 1920년대에 완성된 근대문학을 꽃피운 것은 식민지 현

---

18 집합적 운동의 구심력과 경계를 넘어서려는 추동력의 관계는 의식과 무의식의 관계와도 유사하다. 또한 양자의 관계는 집합적인 민중-민족과 산포된 유민-디세미**네이션**의 관계에 상응한다. 디세미**네이션**의 빙산(무의식)에 의해 떠받쳐지지 않은 조직적 이념은 그 자체가 또 다른 권력이 되기 쉽다.

실에 대한 올바른 미학적 대응의 결과였다. 그런 문학적 성과와 연관해 이제까지 우리가 간과해온 것은 당대 현실의 자각과 표현에서 유민의 문제가 본질적 요소의 하나였다는 점이다. 다음에서 보듯이 실제로 유민을 포함한 디세미**네이션**의 개념은 민족의식과 민중적 현실의 발견에서 매우 핵심적이었음을 알 수 있다.

당시의 주요 문제작들은 우리의 논점을 한눈에 보여준다. 예컨대 이미 언급한 현진건, 한용운, 김소월의 작품과 이상화의 〈빼앗긴 들에도 봄은 오는가〉(1926)는, 모두 유민과 연관된 민족의 발견을 표현한 작품들이다. 앞의 세 작품은 말할 것도 없거니와 이상화의 시 역시 심리적 유민으로서 낯선 두려움(unhomly)을 드러낸 작품이다. 흥미롭게도 이 시와 소설들은 하나같이 우리 근대문학의 출발을 노정하고 있다.

그 점에 있어서는 프로문학의 경우에도 크게 다르지 않다. 김기진이 '제2 기적 작품'으로 부른 〈낙동강〉(조명희, 1927)이나 임화가 '시대의 에폭 (epoch)'으로 말한[19] 〈과도기〉(한설야, 1929)는 모두 유민의 문제와 연관이 있다. 〈과도기〉는 〈고향〉처럼 귀향길에서 생소해진 고향과 조우하는 유민의 심리를 그린 작품이다. 또한 〈낙동강〉은 서북간도에서 돌아온 주인공(박성운)이 고향을 위해 투쟁하다 죽은 후에 그의 애인(로사)이 다시 북쪽으로 떠나는 장면을 보여준다.

위의 문학들이 근대문학의 시작을 알린다는 말은 소설과 독자를 연결하는 새로운 형식의 네트워크가 출현했다는 뜻이다. 근대문학의 형식과 내용은 흔히 새롭게 나타난 개인과 집단의 관계에 연관해서 논의되어 왔다. 예컨대 앤더슨은 근대소설을 민족이라는 상상적 공동체의 산물이라고 말했다. 근대소설의 경우 우리는 설화나 고소설에서와는 달리 족보나 신분, 혈통을 통해 인물들을 파악하는 것이 아니다. 흔히 태몽으로 시작하는 고소설

---

19 임화, 〈소설문학 20년〉,《임화문학예술전집》2, 소명출판, 2009, 457쪽.

과는 다르게 근대소설은 독자와 아무런 연관도 없는 공간과 시간에 놓인 익명의 사람으로부터 이야기를 시작한다. 그럼에도 독자는 그 장면이 자신이 살고 있는 어느 곳의 일부인 것처럼 단숨에 그리로 빨려들어 간다. 그 같은 소설의 내부적 시간으로부터 외부적 시간으로의 자연스러운 진행, 즉 인물과 독자를 연결하는 최면 같은 동질성의 감각을 앤더슨은 민족(네이션)이라는 상상적 공동체라고 불렀다.[20]

상상적 공동체는 어떤 이념에 의한 연결이 아닌 텅 빈 동질성의 네트워크이다. 소설을 읽는 동안 우리는 등장인물이 자신이 사는 동질적인 공간에서 움직인다고 생각하며 삶에 대한 자기인식에 이른다. 그처럼 소설을 통해 자신의 삶을 확인하는 과정에서 소설과 독자를 연결해주는 것이 바로 상상적 공동체라는 네트워크이다.

그러나 상상적 공동체는 소설과 독자를 연결하는 네트워크의 한쪽 측면일 뿐이다. 예컨대 이광수의 《무정》(1917)은 새로운 상상적 공동체의 시간을 표현했지만 그것이 진정한 민족의 발견은 아니었다. 《무정》의 독자가 느낀 최면 같은 감동은 봉건적인 이념적 시간을 벗어던진 텅 빈 동질성의 시간 감각에 있었다. 이형식과 독자를 단숨에 하나로 연결하는 텅 빈 동질성의 시간은 서구의 신문명에 의해 충만하고 아름다워진다. 그러나 그 충만함의 대가로 잊어야 했던 것은 피식민자와 피압박 민중의 시간이었다. 이광수는 충만한 신문명의 시간에 도취되어 상처와 고통으로 얼룩진 피식민자의 시간을 망각한다.

교의적인 동질성의 시간에 기입되어 있는 이질적인 시간을 다시 귀환시킨 것은 〈고향〉(현진건)이었다. 식민지란 식민자와 피식민자, 그리고 지식인과 민중이라는 이질적인 존재들이 교섭하는 공간이다. 그들은 결코 하나의 시간 속에 포괄될 수 없는 복수적 존재들이다. 그럼에도 독자가 소설 속

---

20 베네딕트 앤더슨, 윤형숙 역, 《민족주의의 기원과 전파》, 나남, 1991, 47쪽.

의 장면을 자신이 사는 곳의 일부라고 느끼는 것은 식민지 민족이라는 텅 빈 동질성의 네트워크에 의해서이다. 식민지 조선인은 〈고향〉을 읽는 동안 자신이 기차간의 어느 곳에 있는 듯한 상상적 경험을 한다. 그런 상상적 동일성은, 아무런 연고도 없는 사람을 친숙하게 느끼게 하는 근대의 감각적 장치, 즉 텅 빈 동질성의 네트워크로서 통합된 근대적 표상공간, 시계적 시간[21], 그리고 내면적 인간[22]에 의한 것이다.

하지만 독자는 곧 통합이 불가능한 이질성에 부딪힌다. 소설을 읽는 내내 독자가 기차간의 풍경을 경험하는 것은 지식인 주인공 '나'의 내면에 감정이 입함에 의한 것이다. '나'의 내면은 근대라는 동질성의 제도의 일부이다. 그러나 그리로 빨려 들어간 독자는 이내 '나'의 눈에 비친 기이한 행색의 민중적 인물로부터 이질감을 느끼게 된다. '그'의 눈길을 피하는 '나'의 시선을 따라 독자는 동양삼국의 옷을 걸친 '그'에게 거리를 두게 된다. '그'는 (독자를) 기차에 동승하게 하는 '나'에 대한 텅 빈 동질성, 그 친숙함을 제공하지 못하는 인물이다.

그런 '그'와 '나' 사이의 거리를 좁혀지게 한 것은 고통과 상처로 얼룩진 '그'의 신산스러운 표정이었다. '그'의 고통스러운 얼굴이 '나'의 마음을 움직인 것은 무표정한 '나' 자신의 내면에 감춰진 쓸쓸한 심리를 밖으로 드러내 보여주기 때문이었다. 그런 방식으로 모든 조선인의 고통을 대신 표현하는 '그'의 표정은 식민지 자본주의에 대한 무의식적인 **응수**라고 할 수 있다. '그'의 신산스러움이나 '나'의 무표정한 공감이 암시하는 것은 모든 조선인이 겪고 있던 낯선 두려움의 심리에 상응한다. 그 같은 숨길 수 없는 낯선 두려움의 표현은 식민지 조선의 텅 빈 동질성의 시간에 균열을 내는 응수에 다름이 아니다.

---

21 시계적 시간은 텅 빈 동질성의 시간이며, 현재의 텅 빈 동질성 속에 박혀 있는 기억을 통한 성운 같은 시간(벤야민)과 구분된다.
22 내면적 인간은 경계의 내부를 중시하는 근대라는 제도에 의해 만들어진 존재이다.

유민으로서의 '그'의 존재는 배제되면서 포섭되는 무기력하게 거세된 모습이다. 그러나 그 '신산스러움' 속에서 읽혀지는 낯선 두려움의 표현은 **모든 무표정한 조선인들**을 물밑에서 움직이게 하는 감성적 응수의 표시이다. 바로 그런 포섭과 응수, 거세와 불안, 그리고 무표정과 신산스러움의 양가성 속에서 조선의 얼굴이 발견된 것이다.

이어지는 '그'의 이야기는 자신의 낯선 두려움(unhomely)의 감정을 고향(home)을 잃고(un) 떠도는 서사적 시간으로 표현해 들려준 것이다. 이제 '나'의 내면에 감춰진 불안은 '그'의 표정으로 드러나고 이어서 서사적 시간으로 흐르게 된다. 이 서사적 시간은 식민지의 텅 빈 동질성의 시간에 성운(星雲)이나 별의 무덤처럼 박혀 있는 이질적인 시간[23]이다. 여기서 이광수의 충만한 신문명의 서사가 망각하게 했던 통약불가능한 이질적 시간이 되돌아오고 있는 것이다.

중요한 것은 그 동질성에 균열을 내는 이질적 시간 속에서 역설적으로 '그'와 '나' 사이에 공감이 형성되고 있다는 것이다. 이때의 공감의 시간은 독자를 식민지 공간의 기차간으로 데려가게 했던 동질성의 시간과는 다른 시간이다. 텅 빈 동질성의 시간 속에서 '내'가 '그'에게 거리감을 느낀 것은 '그'가 합리적 근대의 이질적 타자였기 때문이리라. 그러나 이제 공허한 동질성 속에 무덤처럼 박혀 있던 '그'의 시간이 흐름에 따라, '그'의 존재는 망각되었던 상처의 시간을 일깨워준다. 이제 독자를 기차간으로 끌어들인 동질적인 시간 대신, 그 동질성 속에 박혀 있던 이질성의 시간에 의해 **상처의 기억**이 되돌아오고, 그런 상처의 기억을 공유함으로써 '그'와 '나' (그리고 독자) 사이의 공감이 생성되고 있는 것이다.

---

23 벤야민은 텅 빈 동질성의 시간에 특정한 예전의 시간이 성좌(별자리)처럼 박혀 있다고 논의한다. 고통의 시간 역시 비슷하게 성운처럼 박혀 있다고 말할 수 있다. 발터 벤야민, 이태동 역, 〈역사철학 테제〉, 《문예비평과 이론》, 문예출판사, 1994, 306쪽.

"썩어 넘어진 새까래, 뚤뚤 구르는 주추는 꼭 무덤을 파서 해골을 헐어 젖혀 놓은 것 같더마. 세상에 이런 일도 있는기오? 백여 호 살던 동리가 십 년이 못 되어 통 없어지는 수도 있는기오? 후!"

하고 그는 한숨을 쉬며 그때의 광경을 눈앞에 그리는 듯이 멀거니 먼 산을 보다가 내가 따라준 술을 꿀꺽 들이키고,

"참! 가슴이 터지더마, 가슴이 터져."

하자마자 굵직한 눈물 뒤 방울이 뚝뚝 떨어진다.

나는 그 눈물 가운데 음산하고 비참한 조선의 얼굴을 똑똑히 본 듯싶었다.[24]

위에서 조선의 얼굴은 식민지 민족이라는 '나'의 내면의 텅 빈 동질성의 시간으로 발견된 것이 결코 아니다. 조선의 얼굴이라는 은유는 텅 빈 동질성 속에 무덤처럼 각인돼 있어 잘 보이지도 표상되지도 않는 시간에 대한 표현이다. 여기서 발견된 조선은 망각되었던 트라우마의 귀환이자 그 상처의 공유의 표현에 다름이 아니다.

'그'가 사연을 들려줌에 따라, 그리고 '내'가 타자인 그에게 공감함에 따라, 숨겨진 시간이 '조선의 얼굴'과 '무덤 같은 고향'이라는 은유를 통해 흐르게 된다. '그'의 사연은 동척과 토지조사사업에 의해 고향에서 쫓겨나게 된 농민의 이야기이다. 그러나 그것은 식민지적 모순에 대한 인식 이상의 것을 호소하는 존재론적 상처에 대한 서사이다. '그'의 이야기는 식민지의 표상공간에서 마음껏 드러낼 수 없는 불안한 심리를 서사적 시간으로 구체화한다. 그 서사에 의해 분명히 드러나는 고통스러운 상처를 통해 식민지의 균열이 감지되고, 또 그것을 통해 해방에 대한 소망이 암시됨으로써, '그'와 '나', 그리고 독자들 사이에 은밀한 공감의 네트워크가 형성되는 것이다. 이 공감의 네트워크는 '나'에 대한 텅 빈 동질성과는 사뭇 다른 것이다.

---

24 현진건, 〈고향〉, 《조선의 얼굴》, 문학과비평사, 1988, 234쪽.

텅 빈 동질성의 시간이란 민족적 상상력인 동시에 식민지 근대의 시계적 시간이기도 하다. 그것은 피식민자의 숨겨진 고통과 해방의 소망, 그 이질성을 오히려 텅 비워 망각하게 만드는 시간이다. 반면에 '그'와 '나', 독자 사이의 공감의 네트워크는 바로 그 감춰진 것을 눈앞에 드러내준다. 이 은밀한 것의 드러냄에서는 식민지 현실에 대한 인식만큼이나 '조선의 얼굴', '무덤 같은 고향', '아리랑'이라는 은유를 통한 존재론적 표현이 핵심적이다.

그런 공감의 네트워크를 형성하는 서사적 시간이 유민이 된 민중을 통해 나타나는 점은 자못 흥미롭다. 은밀한 민족의 연대는 모여든 사람이 아니라 **산포**(dissemination)**된** 사람을 통해 생성되고 있는 것이다. '나'와 독자는 텅 빈 동질성 속에서 소설의 안과 밖을 넘나들며 서로 만날 수 있는 사람이다. 반면에 '그'는 그 동질성의 빈 여백에 고통의 시간으로 산포되어 있는 사람이다. 산포된 '그'는 쫓겨난 민족이지만 바로 그 쫓겨남을 통해 모두의 내면에 숨겨진 것을 보여주며(그렇게 응수하며) 진한 공감을 형성한다. 떠도는 유민이 아니라도 모든 조선인은 심리적인 '쫓겨남'으로 **산포된** 상태였기 때문이다. 여기서 '그'와 '나', 그리고 독자의 공감의 네트워크는 민족이나 국민이 아닌 산포된 디세미**네이션**의 연대를 암시한다. 산포된 사람과의 공감은 상상적 공동체의 유대감이 아니라 그 공허한 공동체의 상처의 표현이다. 이 상처를 공유하는 연대[25]는 동질성이 아니라 산포된 이질성의 연대이며, 민족이나 민중 같은 기표에 의한 것이 아니라 표상할 수 없는 것에 의한 물밑의 연대이다.

따라서 식민지 민족의 시간은 이중적이다. 하나는 상상적 공동체로서의

---

25 상처의 공유에 의해 생기는 공감은 실재계 차원의 이질성의 교섭이며, 체제(상징계) 내에서의 동질적 공감의 연대와 구분된다. 여기서의 공감의 특징은 단지 연민이나 동정이 아니라 공감의 연대를 통해 사회적 변화와 새로운 삶의 소망을 생성시킨다는 점이다. 이 동질적 공감과 구분되는 **산포된 이질성의 교섭**으로서의 공감은 디세미**네이션**의 미시의미소들의 교섭과 유사하며 그 점에서 **미시적 공감**이라고 부를 수 있을 것이다.

우리의 시간이며 다른 하나는 그 공동체의 상처에 의해 산포된 우리(디세미
네이션)의 시간이다. 전자가《무정》의 민족적 서사라면 후자는〈고향〉의 디
세미**네이션**의 서사이다. 앞의 것이 민족적 동질성에 의한 친숙함의 연대라
면, 뒤의 것은 그 감정이 낯선 두려움으로 바뀐 때의 고통을 공유한 연대이
다. 민족적 동질성이 식민지적 상처를 상상적으로 지운다면, 낯선 두려움의
공감은 상처를 통해 식민지에서 벗어난 해방된 삶을 소망하게 한다. 양자의
차이는 근대적 표상공간에서의 네트워크와 그 표상공간에서는 잘 보이지
않는 네트워크의 차이이다.

그처럼 해방된 삶을 소망하는 보이지 않는 네트워크는 산포된 사람들의
미시적 공감의 연대에 의해 생성되었다. 물론 여기서 산포된 사람들이란 비
단 유민들만을 의미하는 것은 아니다. 유랑길을 떠나지 않았어도 고향에서
낯선 두려움을 경험하는 사람들은 분열감 속에서 물밑의 보이지 않는 연대
를 생성하려 한다. 유민들을 통해 그 숨겨진 공감의 연대가 **증폭되는** 것은,
그들이 모두의 숨겨진 불안을 신산스런 얼굴과 아픈 사연을 통해 절절히 눈
앞에 보여주기 때문이다.

고향에서 쫓겨난 사람이 아직 고향에 남아 있는 사람의 상처와 소망을
일깨우는 진행은 김소월의 시에서도 나타난다. 김소월의〈바라건대는 우리
에게 우리의 보습대일 땅이 있었더면〉에서는 숨겨진 연대감이 유민들로부
터 민족 전체로 확산되는 과정을 암시한다. 가령 다음의 시에서 '우리'의 의
미작용에 초점을 맞춰보자.

나는 꿈꾸었노라, 동무들과 내가 가지런히
벌가의 하루 일을 다 마치고
석양에 마을로 돌아오는 꿈을,
즐거이, 꿈 가운데.

그러나 집 잃은 내 몸이여,

바라건대는 우리에게 우리의 보습대일 땅이 있었더면!

이처럼 떠돌으랴, 아침에 저물손에

새라새롭은 탄식을 얻으면서[26]

화자는 함께 농사지을 동무들을 잃어버리고 떠도는 처지이다. 화자의 소
망은 탄식하며 떠도는 '집 잃은 내 몸'으로부터 절실하게 흘러나온다. 바라
건대는 '우리'에게 우리의 보습대일 땅이 있었더면! 이 소망의 표현에서 '우
리'란 자신 같은 유민을 말하는 것이지만 비단 그것이 전부는 아니다. 화자
의 입에서 독자의 입으로 옮겨지는 순간, '우리'는 유민들 자신에서 그들을
포함한 우리로, 즉 우리 민족 전체의 의미로 확산된다. 집 잃은 내 몸(home-
less)은 탄식하며 떠도는 몸(unhomely)이며, 더 나아가 은유적인 '보습대일
땅'을 잃은 민족 전체의 몸이기도 한 것이다.

떠도는 사람은 머물러 있는 사람들의 상처와 소망을 한층 더 절실하게
표현해준다. 머물러 있는 사람들은 산포된 사람들과 공감의 연대를 이루는
순간 해방의 소망이 한결 더 벅차게 일어난다. 이것이 바로 산포-민족이라
는 디세미**네이션**의 의미작용이다.

이 연대감은 단번에 민족적 동질성을 느끼는 최면 같은 연대감과는 다른
것이다. 우리는 동질적 시간과는 다른 삶을 사는 유민의 사연을 들을 때, 비
로소 모두의 내면에 감춰진 상처를 자각하면서, 그것으로부터 은유적인 '보
습대일 땅'을 되찾으려는 소망이 일어나는 것이다. 산포된 사람들과의 연대
감은 시선을 통해 단숨에 확인할 수 있는 혈통적 유대와 다른 연루감이다.
그것이 은밀한 네트워크인 이유는 식민지 체제하에서 암시적으로만 표현될
수 있는 소망을 담고 있기 때문이다.

---

26 김소월,《김소월전집》, 서울대학교출판부, 2007, 132쪽. 현대어 표기-인용자.

그 감춰진 연대감은 '탄식하며 떠도는 몸'이나 '보습대일 땅' 같은 은유를 통해서만 표현된다. 은유는 떠도는 사람들과 머물러 있는 사람들의 공통된 연대감을 함축적으로 암시한다. 우리는 식민지적 표상공간에서는 표현할 수 없는 그 보이지 않는 연대를 **은유로서의 네이션**[27]이라고 부를 수 있을 것이다.

은유로서의 네이션은 민족주의와는 달리 구심력에 의존하지 않는 디세미**네이션**의 연대이다. 민족주의에서는 동질성의 연대감이 사람들을 경계선 안으로 끌어들인다. 반면에 디세미**네이션**에서는 상처를 공감하며 연대하는 동시에 해방의 소망을 통해 근대성의 경계를 넘는다.

디세미**네이션**의 미학은 쫓겨난 사람에 의해 표현되기도 하지만 고향에 머문 사람들을 통해 암시되기도 한다. 유민이 고향을 그리워할 때 고통이 커지듯이 고향에 있는 사람은 생명의 계절 봄이 오면 낯선 두려움이 증폭된다. 낯선 두려움이란 생명권력과 죽음정치의 작용에 의한 것이며, 식민지에서는 쫓겨난 사람이 아니라도 '빼앗기고 쫓겨난 사람'처럼 생명력이 위축된다. 그런 생명력에 대한 공포는 역설적으로 생명의 계절 봄에 절정에 이르게 된다. 이처럼 고향에 있어도 고향을 잃은 사람과 똑같이 되는 심리를 노래한 시가 이상화의 〈빼앗긴 들에도 봄은 오는가〉이다.

나는 온몸에 풋내를 띠고
푸른 웃음 푸른 설움이 어우러진 사이로
다리를 절며 하루를 걷는다
아마도 봄신령이 지폈나 보다

그러나 지금은—들을 빼앗겨 봄조차 빼앗기겠네[28]

---

27 나병철, 《은유로서의 네이션과 트랜스내셔널 연대》, 문예출판사, 2014, 90~93쪽.

28 이상화, 〈빼앗긴 들에도 봄은 오는가〉, 《이상화 시 전집》, 정림사, 2001, 150~154쪽. 현대어 표기-인용자.

온몸에 풋내를 띠고 꿈속을 가듯 걸어가는 화자의 내면에는 봄의 생명력이 가득하다. 그러나 자연과 교감하는 내면의 봄은 식민지 현실의 봄과 일치하지 않는다. 그것은 들을 빼앗겼기 때문인데 '빼앗긴 들'이란 사회적 영토는 물론 자연의 생명력에까지 식민 권력이 작용함을 암시한다. 이런 상황에서의 위기감은 들에 자연의 생명력이 고양되는 봄에 더욱 비극적으로 자각된다. 내면으로는 한껏 고양된 자연의 생명을 느낄 수 있지만 그럴수록 현실에서는 그것을 박탈당한 듯한 존재가 감지될 뿐이기 때문이다. 그 같은 불일치, 즉 생명이 약동할수록 '봄조차 빼앗길' 듯이 고조되는 화자의 불안은, 들을 빼앗은 식민지 생명권력의 정체를 드러낸다. 봄을 빼앗길 듯한 화자의 위기감은 생명력을 거세당할 듯한 불안에 다름이 아니다. 생명은 봄과도 같은 자연의 일부이지만 식민지 권력은 생명을 자연으로부터 분리시켜 권력이 행사되는 기제의 토대로 삼는다. 생명권력과 죽음정치의 본질은 식민지 제도에 순치되지 않은 생명을 거세시켜 자연으로부터 분리시키는 데 있다.

따라서 〈바라건대는 우리에게 우리의 보습대일 땅이 있었더면〉이 고향에서 쫓겨난 사람의 노래라면, 〈빼앗긴 들에도 봄은 오는가〉는 생명의 봄으로부터 쫓겨난 사람의 내적 독백이다. 이상화는 또 다른 시 〈가장 비통한 기욕(祈慾)〉(1925)에서, '아, 가도다, 가도다, 쫓겨 가도다/ 망각 속에 있는 간도와 요동벌로/ 주린 **목숨** 움켜쥐고 쫓겨 가도다' 라고 노래하고 있다.[29] 쫓겨 가는 사람이든 남아 있는 사람이든 목숨과 생명력을 위협받는 낯선 두려움의 상태에 있기는 마찬가지인 것이다.

낯선 두려움을 경험하는 사람들은 식민지 체제의 균열지점[30]에 위치하고 있다. 그 균열의 위치에서 유민들은 고독하게 살아가지만 그들이 떠올리

---

29 이상화, 〈가장 비통한 기욕(祈慾)〉, 위의 책, 58~61쪽. 강조-인용자.
30 그들은 상징계에 생긴 균열을 통해 실재계에 접촉하고 있다고 할 수 있다.

는 '우리'라는 기표는 민족 전체로 의미망을 증폭시킨다. 유민이든 민중이든 생명력을 위협받는 공포상태에 있기는 똑같기 때문이다. 시와 소설은 그런 공감의 의미작용을 은유로 포착함으로써 잠재적 연대를 표현해준다. 산포된 사람들을 통한 민족적 공감의 의미작용, 이것이 바로 산포-민족이라는 디세미**네이션**의 보이지 않는 연대이다. 디세미**네이션**의 연대는 국가(총독부)와 자본을 넘어선 바깥을 향한 또 다른 삶을 소망한다.

유민들은 고향을 그리워 하지만 〈바라건대는 우리에게…〉를 통해 표현된 디세미**네이션**의 연대('우리'의 의미작용)는 단지 옛 고향으로의 귀환이 아닌 또 다른 고향을 꿈꿀 것이다. 또한 '온몸에 풋내를 띤' 사람은 약동하는 봄을 꿈꾸지만 〈빼앗긴 들에도…〉를 통해 형성된 공감의 연대는 과거의 빼앗긴 봄이 아닌 또 다른 봄을 소망할 것이다. 〈고향〉에서처럼 귀환한 고향은 옛날의 고향이 아니며 소망하는 '우리의 보습대일 땅'은 미래의 또 다른 세계일 수밖에 없기 때문이다.

그처럼 디세미**네이션**의 연대가 꿈꾸는 또 다른 고향과 새로운 봄, 그 해방된 삶이 바로 제3의 공간이다. 제3의 공간으로서의 해방된 삶은 디세미**네이션**으로 흩어지면서 은밀히 손을 잡는 형식, 즉 표상공간이 아닌 물밑의 연대를 통해서만 다가갈 수 있다. 식민지의 생명권력은 조선인을 '무서운 곳'[31]으로 쫓아내고 생명력을 거세시켜 쓸쓸하게 흩어지게 한다. 이것이 바로 표상공간의 풍경이다. 그러나 조선인은 흩어질수록 더욱 절실한 소망 속에서 보이지 않는 연대를 형성한다. 이것이 바로 물밑의 은유로서의 네이션이다. 그처럼 보이지 않는 물밑의 네트워크만이 해방된 삶에 다가가거니와, 한용운은 그 빼앗기고 흩어진 사람들이 더 절절하게 감지하는 소망의 대상을 님의 이미지로 표현했다.

---

31 이용악, 〈낡은 집〉, 《이용악 시 전집》, 창작과비평사, 1988, 72쪽.

나는 갈고 심을 땅이 없으므로 추수가 없습니다

저녁거리가 없어서 조나 감자를 꾸러 이웃집에 갔더니 주인은 '거지는 인격이 없다 인격이 없는 사람은 **생명**이 없다 너를 도와주는 것은 죄악이다'고 말하였습니다

그 말을 듣고 돌아 나올 때에 쏟아지는 눈물 속에서 당신을 보았습니다[32]

땅이 없고 집이 없는 사람들은 고독하게 헤맬 수밖에 없다. 그러나 역설적으로 그 절실한 순간에 불현듯 님(당신)을 볼 수 있는 것이다. '생명'을 부인당한 낯선 두려움의 순간은 식민 체제의 바깥에 접촉하는 균열의 순간이기도 하기 때문이다. 님이란 〈알 수 없어요〉에서처럼 아무 데도 없지만 또한 어디에나 있는 부재원인으로서의 총체성(제임슨)이다. 그것은 식민 체제의 바깥(실재계)의 존재이면서 그와 동시에 안에 내재하기도 한다. 그런 님은 표상할 수 없지만 낯선 두려움을 겪는 모든 흩어진 사람들 앞에 잠재적으로 출현한다. 따라서 그처럼 부재하는 님을 볼 수 있는 순간은, 표상공간에는 없지만 물밑에 잠재하는 '해방된 삶을 향한 보이지 않는 연대'가 생성되는 순간이기도 하다. 마치 **님**처럼, 물밑의 연대는 아무 데도 없지만 산포된 모든 곳에 잠재하는 네트워크이다. 이처럼 흩어진 사람들이 낯선 두려움 속에서 님을 볼 때 생성되는 연대가 바로 은유로서의 네이션이다. 식민지에서 은유로서의 네이션은 '조선의 얼굴', '빼앗긴 봄', '보내지 않은 님' 등의 은유를 통해서만 표현될 수 있었다.[33] 그러나 그 보이지 않는 네트워크는 낯선 두려움을 강요하는 식민지 생명권력에 맞서는 가장 강력한 물밑의 존재론적 연대였다.

---

32 한용운, 〈당신을 보았습니다〉, 《한용운》, 문학세계사, 1996, 37쪽. 현대어 표기, 강조-인용자.
33 문학작품은 그런 은유를 통해 보이지 않는 연대를 보이게 만든다.

3. 집단적 민중의 움직임과 산포된 존재의 네트워크

디세미**네이션**의 상징적 존재인 유민은 결코 조직적인 민중의 집단이 아니다. 그런 유민의 문제가 민족문제보다 계급관계를 중시하는 프로문학을 통해서도 표현된 점은 매우 흥미롭다. 프로문학은 조직을 중시하는 사회주의 문학이다. 여기서는 프롤레타리아에 의한 집단적 인물들의 모임과 단결이 중요하다. 그러나 카프 비평가 임화가 새 시대의 문학으로 말한 〈과도기〉는 〈고향〉에서처럼 흩어진 유민을 주인공으로 하고 있다.

〈과도기〉(한설야)의 플롯은 〈고향〉의 '그'의 이야기 부분을 확대한 듯한 느낌을 준다. 간도로부터 돌아와 봤더니 고향은 딴판으로 변하고 폐허가 돼버린 것이다. 〈고향〉의 그는 "변하고 무어고 간에 아무것도 없드마"[34]하고 "짜는 듯한" 목소리를 낸다. 〈과도기〉의 화자 역시 "고향은 알아 볼 수 없게 변하였다. 변하였다기보다 없어진 듯했다"[35]고 말한다.

〈과도기〉는 〈고향〉의 '그'가 겪었음직한 '공포와 설음'[36]을 보다 자세히 보여준다. 〈과도기〉의 창선의 고향(창리) 사람들은 고개 너머 구룡리로 집단 이주를 당한다. 구룡리로 옮긴 사람들은 상투를 자르고 낯선 공장에서 노동을 하는 생소한 사람이 되었다. 그것도 '젊고 뼈 굵고 미욱하게 생긴 사람'만 뽑히고 '거기서 까불여진 늙고 약한 사람'은 배제된다. 어떤 사람은 살림을 보따리에 "꾸둥쳐지고" 장진으로 떠나갔다.

그런 풍경에서 창선이 겪는 감정은 생소함과 설음, 그리고 공포였다. 친숙했던 고향이 생소한 곳으로 변해버린 충격에서 그는 한마디로 '낯선 두려움(unhomely)'을 경험한 것이다. 그런 생소함 속에서 노동자에 적합한 인물

---

34 현진건, 〈고향〉, 앞의 책, 125쪽.

35 한설야, 〈과도기〉, 《카프대표소설선》 I , 사계절, 1988, 288~289쪽.

36 한설야, 〈과도기〉, 위의 책, 302쪽.

만이 선택되고 나머지는 배제된다. 그런 배제의 기제를 통해 남은 사람들에 대한 혹독한 착취가 계속될 것이다.

이처럼 〈과도기〉 같은 주목받는 프로문학이 쫓겨난 사람들(유민)을 포섭된 사람들(노동자)과 같은 위치에 놓는 점이나, 유민을 노동자만큼 중요하게 다룬 사실은, 생명권력과 낯선 두려움의 개념을 통해서만 충분히 이해할 수 있다. 식민지 자본주의는 농민들을 쫓아내는(배제) 방식으로 수탈의 구조에 순치(포섭)시켰으며 이제는 노동자들에게 그런 생명권력이 행사될 것이었다.[37] 그 같은 과정에는 경제적 수탈과 정치적 생명권력의 공모가 상존했다. 그렇기에 계급문제를 앞세운 프로소설들 역시 실제는 흔히 그처럼 경제적 수탈과 함께 생명권력의 작용을 폭로할 수밖에 없었다. 우리는 노동자와 민중의 문제가 프로문학의 본질인 것처럼 생각하지만, 실제로는 암암리에 유민과 연관해서 생명권력에 의한 낯선 두려움의 주제가 중요하게 그려지고 있는 것이다. 아마도 노동자나 농민이 겪는 죽음정치적 생명권력에 의한 공포역시 유민을 통해 드러난 낯선 두려움과 다르지 않았을 것이다.

예컨대 이익상의 〈위협의 채찍〉(1926)과 〈쫓기어 가는 이들〉(1926)은 식민지의 생명권력에 의한 위협과 공포를 드러낸다. 〈위협의 채찍〉에서는 농민을 통해, 〈쫓기어 가는 이들〉에서는 유민을 통해, 식민지적 낯선 두려움의 심리가 표현되고 있는 것이다. 〈위협의 채찍〉에서 성삼은 일인 지주에게 도조(稻租)를 내러 갔다가 돌을 주워 나르라는 요구를 받는다. 아들이 위급한 병중에 있는 성삼은 빨리 집으로 오려 했지만 소작권을 빼앗기지 않기 위해 지주의 명령에 따를 수밖에 없었다. 성삼은 생활의 위협을 느끼며, 그리고 돌이 아들의 목숨을 빼앗기라도 하는 듯이, 주워온 돌을 힘껏 내붙이었다.

---

37 식민지의 생명권력은 부적응자를 죽음으로 배제하는 방식으로 노동자들을 착취의 구조에 순치시킬 것이었다. 예컨대 강경애의 《인간문제》가 선비의 죽음으로 끝나는 것은 자본과 공모하는 그런 생명권력의 작용을 암시한다.

그러나 마침내 피곤한 몸으로 돌아온 그의 집에는 홑이불에 덮힌 어린 시체가 고요히 누워 있었다.[38]

여기서는 단순한 경제적 착취를 넘어선 식민지의 생명권력과 죽음정치의 본질이 폭로된다. 일인 지주의 권력은 생명을 담보로 삼고 있으며, 소작을 허용하는 대가로 성삼의 가족의 생명을 죽음에 이르도록 처분 가능한 것으로 만들고 있다. 따라서 〈위협의 채찍〉의 생활의 위협은 경제적 착취일 뿐아니라 생명을 담보로 한 생명권력의 작용이기도 하다.

〈위협의 채찍〉의 위협감은 쫓겨 가는 자의 불안과 공포와 다르지 않다. 〈쫓기어 가는 이들〉의 득춘은 D어촌에서 C촌으로, 그리고 다시 C촌을 떠나면서, 이제는 떠나는 것이 아니라 누군가에게 쫓겨 간다는 느낌을 분명히 감지한다. 쫓겨 가는 그의 눈에는 눈물이 맺혔지만 마음에는 피가 괴였다. 그는 단순한 설움을 넘어서 무서운 공포감에 사로잡혀 있었던 것이다.[39] '위협의 채찍'을 느끼는 머문 사람의 심리와 마음에 피가 고이는 '쫓겨 가는 사람'의 심리는 다르지 않다. 성삼과 득춘이 느낀 것은 생활에 대한 공포인 동시에 생명에 대한 위협이기도 했던 것이다. 그처럼 그들은 경제적 수탈과 함께 생명권력과 죽음정치의 폭력적 위협에 시달리고 있었다.

득춘은 자신을 쫓아내는 폭력 앞에서 이제 누군가에게 순응할 수 없음을 깨닫는다. 그런 그의 자각은 점점 증폭되어 집단적 연대 속에서 저항으로 이어질 수 있을 것이다. 그러나 그처럼 쓸쓸하게 쫓겨 가는 사람이 어떻게 집단적 연대를 이룰 수 있을까.

간도, 만주, 노령 등지로 쫓겨 간 사람들은 이역에서 설움과 공포를 겪다 다시 쫓겨나 되돌아온다. 그러나 〈고향〉에서처럼 되돌아온 사람은 디세미**네이션**과 트랜스네이션(동양삼국의 말과 옷)의 감각을 지닌 사람으로 변화된

38　이익상, 〈위협의 채찍〉, 《이익상 단편소설 전집》, 현대문학, 2009, 191~196쪽.

39　이익상, 〈쫓기어 가는 이들〉, 위의 책, 168~190쪽.

다. 혹은 〈쫓기어 가는 이들〉과 〈낙동강〉에서처럼 더 이상 굴종할 수 없음을 깨닫고 사회주의자로 변모되기도 한다. 많은 프로소설들이 간도나 일본에서 귀향한 사람들에 의해 농민조합과 노동조합이 형성되는 과정을 그리고 있다.

이 과정에서 집단적 저항은 되돌아온 사람이나 그들이 영향을 준 계급 이념에 의해서만 가능한 것은 아니었다. 당시의 마르크스 레닌주의적 관점과는 달리, 민중의 집단적 저항은 지주와 자본에 대한 항거인 동시에, 그들을 죽음과 거세공포(낯선 두려움)로 내모는 식민지 생명권력에 대한 저항이기도 했다. 조명희의 〈낙동강〉이 민중의 저항과 함께 유민의 이미지를 중요하게 그리고 있는 사실은 그 점에서 이해된다. 〈낙동강〉에서처럼 민중의 항거는 고향에 남은 사람뿐만 아니라 이역으로 흩어진 사람까지 포함하는 디세미**네이션**의 반항이기도 했다.

그렇기에 프로소설들에서조차 민중적 저항은 흔히 계급적 이념뿐만 아니라 탈식민의 의지를 담고 있었다. 〈낙동강〉은 그처럼 탈식민의 소망을 암시하는 대표적인 프로소설이다. 〈낙동강〉에는 식민지 자본의 억압에서 벗어나려는 민중의 소망뿐 아니라 조선인을 쫓아내는 식민지 생명권력에서 해방되려는 디세미**네이션**의 꿈이 담겨 있다.

〈낙동강〉은 크게 두 개의 이미지들로 구성되어 있다. 하나는 집단적 민중들의 움직임이며 다른 하나는 고향을 떠나는 유민들의 이미지이다. 전자는 구포마을의 갈밭을 지키기 위한 민중들의 투쟁으로, 또한 그 후 감옥에 갔다 나와 죽은 박성운을 따르는 만장의 행렬로 표현된다. 반면에 후자는 서북간도로 몰려가는 사람들의 무리와 마지막에 박성운의 뒤를 이어 북으로 떠나는 애인 로사의 행동으로 나타난다.

이 두 개의 이미지는 작은 그림과 큰 그림, 작은 서사와 큰 서사로 연결되어 있다. 사회주의 비평에서는 민중의 투쟁을 더 큰 서사로 보겠지만 우리의 논의는 그와 반대이다. '떠나는 사람들의 무리'란 작은 듯한 서사에 숨겨진 보다 큰 그림이다.[40] 즉 이 소설의 주요 사건인 갈밭의 투쟁과 박성운의 죽음 후의 만장의 대열은 보다 큰 그림인 고향을 떠나는 사람들의 이미지에 의해 감싸여 있다. 떠나는 사람들의 이미지가 더 큰 그림인 이유는 갈밭투쟁이 남은 사람만의 표현이 아니라 **보다 큰 흐름을 함축한** 투쟁이기 때문이다. 끝없는 갈밭투쟁은 유장한 낙동강 흐름에 비유되는데 그것을 암시하는 민요는 사람들이 고향에서 **쫓겨 갈 때** 불렀던 노래였다. 떠나는 사람의 마음은 더욱 강렬하게 낙동강을 향하고 있으며, 그 때문에 그들의 이미지에서는 남은 사람들의 심연 속의 고통과 소망이 증폭되어 표현되고 있는 것이다. 남은 사람의 투쟁은 그런 떠나간 유민과 디세미**네이션** 전체와 연결된 표현이기에 유장한 흐름을 얻는 것이다. 이 민중의 투쟁에 숨겨진 보다 큰 그림을 자세히 살펴보자.

갈밭의 투쟁은 구포 사람들의 목숨이 걸린 문제로 사회주의자 박성운의 농민운동이 적극적으로 표현된 사건이다. 박성운의 농민운동은 농촌 야학과 선전·조직·투쟁의 방식으로 진행되었다. 이 운동은 박성운이 로사에게 당부한 말, '최하층에서 터져 나오는 폭발탄'이라는 말과도 연결된다. 박성운의 장례식에서 로사의 만장에 쓰인 같은 구절은 죽은 애인의 부탁에 대한 응답이기도 하다.

이 같은 집단적 민중의 움직임은 낙동강의 흐름처럼 도도한 물결을 보여준다. 그처럼 단순한 조직운동을 넘어서서 더 큰 해방의 물결을 보여주는 것이 진정한 사회주의적 전망일 것이다. 그러나 이 서사시 같은 민중의 물결은 비단 사회주의 이념에의 충실성에 의한 것만은 아니다. 민중의 움직임이 낙동강 물결처럼 보이는 것은 그들이 교의적 사회주의를 넘어선 더 큰 해방된 세상을 향해 움직이기 때문인데, 그것을 보여주는 것은 바로 박성운 일행이 간도로 갈 때 함께 불렀던 낙동강 노래인 것이다. 이 소설이 보여주

---

40 이는 일종의 해체론적 역전이다.

는 전망에는 그 노래로 표현된 '유민이 되어 떠나는 사람들'의 심리가 매우 중요하다.

> 철렁 철렁 넘친 물
>> 들로 벌로 퍼지면
> 만 목숨 만만 목숨의
>> 젖이 된다네—
>>> 젖이 된다네—에—헤—야
>
> (…중략…)
>
> 천 년을 산, 만 년을 산
>> 낙동강! 낙동강!
> 하늘 가에 간들
>> 꿈에나 잊을소냐—
>>> 잊힐소냐—아—하—야[41]

이 노래는 강과 사람들이 젖줄로 연결되어 함께 살아가는 서사시적인 흐름을 담고 있다. 박성운은 서북간도로 몰려가는 무리들과 마지막 강을 건널 때 뱃전을 두드리며 이 노래를 불렀었다. 그리고 다시 갈밭 사건 이후 감옥에서 나와 **죽음**을 눈앞에 두고 목청을 높여 사람들과 합창을 했다.

쫓겨 가는 사람이나 죽음을 목전에 둔 사람에게서 이 노래가 절실하게 불려진 것은 이제 낙동강이 돌이킬 수 없는 강렬한 그리움의 대상이 되었음을 의미한다. 그런 그리움은 남은 사람의 내면에도 있는 것이지만, 유민들의

---

41 조명희, 〈낙동강〉,《카프대표소설선》 I, 앞의 책, 264~265쪽.

노래는 남은 농민들의 고통스런 소망을 감성적으로 한껏 증폭시킨 파고 위에서 도도한 흐름을 얻고 있다. '고향'을 떠나는 사람이나 '죽음'을 앞둔 사람의 목소리에 실린 절절한 그리움은, 그들의 노래가 '진정한 고향'과 '생명'에 대한 소망임을 분명히 표현하고 있다.

물론 박성운 일행이 갈망하는 낙동강 젖꼭지는 단순히 일제에 빼앗긴 강은 아닐 것이다. 그들이 노래하는 낙동강 젖꼭지는 빼앗긴 후 되찾으려는 미래의 강, 마치 라캉의 젖가슴과도 같은 소망의 대상(대상 a)[42]임이 분명하다. 그것은 교의적인 사회주의 이념을 넘어서는 해방된 세상의 이미지이다.

그런 소망을 담은 노래, 즉 쫓겨 가는 사람과 죽음을 눈앞에 둔 사람이 불렀던 합창은, 사회주의적 담론이기보다는 민중을 몰아내고 목숨을 빼앗는 권력, 즉 식민지 생명권력과 죽음정치에 대한 **생명의 응답**이다. 쫓겨나고 생명을 위협받는 사람이 가장 절실하게 노래 부를 수 있는 것은, 한용운의 〈당신을 보았습니다〉에서 '내'가 당신(님)을 보듯이, 낯선 두려움의 순간 불현듯 낙동강 젖꼭지를 떠올리게 되기 때문이다. 민중들의 집단적 투쟁과 움직임은 그런 쫓겨 가는 사람들의 낙동강 노래에 감싸임으로써 비로소 서사시적인 도도함을 얻는 것이며, 단순한 사회운동의 목표를 넘어서서 진정으로 해방된 삶에 대한 소망을 표현하게 된다.

이 소설은 낙동강 노래를 부르는 박성운과 그의 사회운동의 과정을 교차적으로 보여준다. 식민지 권력에 대한 박성운의 노래의 응답과 그의 사회운동은 큰 그림과 작은 그림의 관계로 연결된다. 그것은 쫓겨나는 사람의 대응과 집단적 민중의 운동의 접합이기도 하다. 또한 식민지 생명권력에 대한 존재론적 응답과 경제적 수탈에 대한 인식론적 대응의 결합이기도 하다. 다른 표현으로 디세미**네이션**의 운동과 민중운동의 접합이라고 말할 수도 있

---

42 대상 a란 상실된 것의 잔여물이자 미래를 향하게 하는 실재계적 대상이다. 라캉, 맹정현·이수련 역, 《세미나》 11, 새물결, 2008, 269~273쪽, 293~297쪽, 300~303쪽.

다. 후자의 운동은 전자의 노래에 감싸임으로써 결국 낙동강 물결 같은 도도한 만장의 흐름으로 표현된다. 만장의 행렬은 민중의 집단적 의지의 표현에 그치는 것이 아니다. 그것은 죽음정치에 대한 응답인 동시에, 죽음을 부르는 식민권력에 응수하던 모든 조선인의 생명들, 그들의 물밑의 디세미**네이션**이 장례의 탈죽음정치적 공간에서 표면으로 표현된 흐름이다.

또한 마지막의 로사의 떠나는 모습은 박성운의 뒤를 이은 투쟁이 계속될 것에 대한 암시이다. 그것은 쫓겨 가는 사람의 응답과 남은 사람의 집단적 투쟁이 지속될 것이라는 확신이기도 하다. 다시 한 번 전자는 후자를 유장하게 만드는 존재론적 근거이다. 로사의 떠남의 결말로 알 수 있듯이 남은 사람의 투쟁은 쫓겨 가는 사람을 포함한 디세미**네이션**의 운동의 표현이기에 더욱 절실함과 도도함을 얻는 것이다. 민중과 유민, 민족과 디세미**네이션**, 그리고 인식론과 존재론의 접합 속에서, 〈낙동강〉은 해방된 삶을 향한 움직임이 낙동강 흐름처럼 천년만년 물결칠 것임을 알리는 서사이자 노래이다.

4. 식민지 근대에 대항하는 디세미**네이션**의 미학

디세미**네이션**의 네트워크는 집합적 민중의 연대와는 달리 구심력을 지니지 않는다. 식민지 권력은 조선인을 여기저기로 산포시키며, 흩어진 자들과 남은 자들, 민중과 지식인, 노동자와 농민, 형평사원(백정)과 상인, 여성 사이에는 동질적 연대가 형성되기 어렵다. 그러나 그들은 모두 경제적 수탈과 함께 생명을 담보로 삼는 생명권력의 위협하에 놓여 있었다. 그 죽음의 위협 앞에서 삶을 지키려는 존재론적 응수는 흩어진 사람들과 이질적 존재들을 공감적으로 연결했다. 그들의 공감적 연대[43]는 조직적 이념의 구심력

---

43 이 공감의 연대는 사카이 나오키가 말한 공감의 공동체와는 달리 산포된 이질성 속에서 생

이 아니라 삶 자체의 존재론적 대응력에 근거한 것이었다. 흩어진 이질적 존재들의 삶 자체의 소망에 의한 물밑의 연결망, 그것이 식민지에서의 디세미네이션의 근거였다. 디세미네이션의 네트워크는 산포와 이질성 때문에 표상 공간에서는 잘 보이지 않지만, 그 숨겨진 연대의 소망은 문학을 통해 은유로 표현될 수 있었다. 예컨대 '조선의 얼굴', '보습대일 땅', '빼앗긴 들에 오는 봄', '낙동강 젖꼭지' 등이다.[44]

디세미네이션의 연대는 미약하고 비가시적인 것으로 생각될 수 있다. 그러나 존재론적 대응으로서의 디세미네이션의 연대는 이념에 의한 연대와는 달리 일상의 물밑에서 끊임없이 계속될 수 있었다. 또한 〈낙동강〉에서처럼 그 미약한 듯한 공감의 연대가 오히려 눈에 보이는 민중적 연대의 형성을 가능하게 하는 기반이 되고 있었다. 우리의 논의는 기존의 견해와 상반되는 그런 역설을 증명하는 데 중점을 두었다.

예컨대 〈낙동강〉은 디세미네이션의 연대가 고조될 때만 민중적 투쟁이 고양됨을 보여준다. 단결된 갈밭의 투쟁은 비단 사회주의적 이념의 고취에 의한 것이 아니다. 박성운은 갈밭투쟁 이전에 형평사원과 장거리 상인들 사이의 분쟁을 경험한다. 그들의 싸움을 포함해 파벌의 극복이 있었기에 갈밭투쟁이 일어날 수 있었다. 이질성의 극복을 가능하게 한 것은 (사회주의 이념이기 이전에) 박성운과 로사(형평사원) 사이에 흐르는 사랑의 힘과도 같은 어떤 것이었다. 그런 사랑의 힘이란 쫓겨 가는 사람들과 죽음을 목전에 둔 사람이 노래했던 낙동강 젖꼭지(대상 a)에 대한 절실한 소망과도 다르지 않다. 사랑과 노래는 죽음의 권력에 시달리는 조선인들의 존재론적 응답으로서, 만 목숨의 젖줄 낙동강 젖꼭지를 되찾으려는 디세미네이션의 연대의 표현으로 증폭될 수 있었다.

성되는 네트워크이다.

44 우리는 이 은유로서만 표현될 수 있는 디세미네이션의 연대를 은유로서의 네이션이라고 부를 수 있을 것이다.

갈밭투쟁은 한 번의 운동으로 끝나지 않을 것이다. 박성운의 뒤를 따르는 만장의 행렬들, 소작인, 노동자, 형평사원, 청년, 여성들의 깃발은, 민중의 단결과 함께 끝나지 않을 디세미**네이션**의 연대의 표현이기에 유장하게 느껴진다. 죽음을 딛고 일어선 그들의 존재론적 응답은 천년만년을 흐르는 낙동강 물결처럼 계속될 것이다. 그 도도한 물결이야말로 갈밭투쟁을 멈추지 않게 하는 원동력임이 틀림없다.

우리는 그 물밑의 흐름의 단초로서 민족이나 민중보다는 흩어진 유민을 주목했다. 〈고향〉(현진건)의 '무덤', 〈위협의 채찍〉(이익상)의 '어린 시체', 〈쫓겨 가는 사람들〉(이익상)의 '마음의 피'는 단순히 경제적 착취와 수탈의 결과만은 아니다. 유민들의 절규와 공포는 생명권력과 죽음정치에 의해 유린된 식민지 떠돌이들의 참혹함을 보여준다. 가난과 핍박 속에서 유민들은 이질적 존재로서 국경의 안팎으로 여기저기 흩어져 갔던 것이다. 그들은 거대한 집합체인 민족이나 민중의 이름으로 호출될 수 없는 부서진 사람들이었다.

그러나 바로 그런 산포되고 흩어진 사람들에 대한 공감의 네트워크에 의해 응답이 시작된다. 물밑의 운동의 단초는 거창한 이름이나 조직적 이념이 아니라 흩어진 사람들의 피와 시체와 죽음에 대한 불길한 공포였던 것이다. 생명이 유기된 채 떠도는 그들의 존재는 남아 있는 사람들의 심리적 공포(낯선 두려움)를 대신 표현해주며 서로 간에 공감의 네트워크를 형성할 수 있게 했다. 낯선 두려움(unhomly)을 경험하는 사람들은 또 다른 고향(대상 a로서의 home)으로 가기 위해 심연 속에서 필사적으로 손을 잡아야 했던 것이다. 그 순간의 흩어진 사람들과 남은 사람들의 공감의 연대는 죽음정치에 응수하는 생명과 존재에 대한 열망에 근거했는데, 그런 열망은 현실에서 경험하는 체제 자체의 균열에서 생성되었으며, 시와 소설은 그 곳에서 생성되는 보이지 않는 연대와 소망을 은유로 표현해 주었다. 그 같은 절박한 존재론적 응답으로서의 숨겨진 연대는 민족이나 민중으로 표상되기 이전에 흩어져 떠도는 디세미**네이션**의 연대였다. 민족이나 민중은 디세미**네이션**의 환유로서만 의미화될 수 있었다. 우리의 논의는 겉으로는 이념에 의한 조직적 사회운동으로 보이는 것조차 근본적으로는 영토적으로나(흩어진 사람) 심리적으로(남은 사람) 떠도는 사람들의 디세미**네이션**의 연대에 근거한 것임을 밝히려 노력했다.

우리는 흔히 흩어진 유민들이 조직적인 민중을 이루어야 사회운동이 가능한 것으로 생각한다. 혹은 민족이라는 선재하는 거대한 집합체의 호명에 의해 사람들이 움직이는 것으로 여기기 쉽다. 우리의 논의는 반대로 흩어진 사람들에 대한 남은 사람들의 공감의 연대로서 디세미**네이션**이 민족과 민중의 집합을 의미화했음을 밝혔다. 식민지 문학에서 '시대의 에폭'으로 불리는 작품들이 한결같이 유민들을 표현한 점은 우리의 입장을 웅변해준다. 〈당신을 보았습니다〉, 〈바라건대는 우리에게 우리의 보습대일 땅이 있었더면〉, 〈빼앗긴 들에도 봄은 오는가〉, 그리고 〈고향〉, 〈과도기〉, 〈낙동강〉 등에서, 문학적 은유는 유민들에 대한 공감의 연대의 객관적 상관물이었다. 그것은 디세미**네이션**의 연대에 대한 은유적 표현이기도 했다.

실상 우리의 근대문학은 이 은유적 네이션을 표현해냄으로써 비로소 완성되었다. 기존의 논의가 말하는 선재하는 민족이나 이념적인 민중적 집합보다는 낯선 두려움(unhonmly)을 경험하는 디세미**네이션**의 표현이 근대문학을 완성시킨 것이다. 식민지 조선인은 이역이나 고향에서 낯선 두려움에 시달리면서, 국민이 아니라 디세미**네이션**으로서 근대의 공간에 들어선 것이다.[45] 이것이 영토적·심리적으로 '탈영토화된 유민'을 주목하는 핵심적 이유이다.

디세미**네이션**의 사람들은 국민의 규율화가 아니라 폭력적 생명권력과 죽음정치에 의해 생겨난 존재들이었다. 우리는 흔히 경제적 수탈에 의해 유

---

45 3.1운동 이후 나타난 은유로서의 네이션이 근대의 출발점이라고 볼 수 있는데, 그것은 1920년대 중반 문학과 현실에서의 디세미**네이션**의 표현으로 보다 분명하게 드러났다.

민이 대거 발생한 것으로 말해왔다. 그러나 유민들은 식민지 자본주의의 피해자인 동시에 총독부(국가)의 죽음정치의 희생자들이었다. 자본과 국가의 공모는 근대의 모든 공간에서 일어나는 것이지만 식민지에서는 그런 유착이 특별한 과잉폭력으로 나타난다. 그처럼 식민지에서 죽음정치가 특징적인 것은 인종적 위계라는 대체 불가능한 불평등성이 작용하는 공간이 바로 식민지이기 때문이다. 그 점에서 식민지는 근대의 어느 곳에서나 실행되는 생명권력과 죽음정치를 눈에 보이게 증폭시켜 보여주는 전시의 공간[46]이다. 1920년대 중반은 문화정치에 의해 근대적 도시가 눈에 보이게 연출된 전시의 시대였다.[47] 그러나 그런 삶권력에 의해 연출된 전시 이외에 또 다른 숨겨진 은유적인 전시가 있었다. 식민권력은 죽음정치를 감추려 하면서도 감출수 없었다. 문학작품과 실제 현실에서 어디서나 볼 수 있었던 비참한 유민의 존재야말로 잔혹한 식민지 죽음정치의 숨길 수 없는 은유적 전시였다.

이런 죽음정치의 은유적 전시가 중요한 것은 근대 세계에서는 식민지만이 식민지는 아니기 때문이다. '모든 근대는 식민지 근대'[48]라는 말이 암시하듯이 실상 식민지는 근대의 곳곳에 숨겨져 있다. 이 말은 이산과 이주를 발생시키는 죽음정치가 늘상 어디에나 있다는 뜻과도 같다. 식민지 시대의 유민과 기민뿐 아니라 오늘날의 파산자와 난민들 역시 생명권력과 죽음정치의 희생자들이다. 그들은 낯선 두려움에 시달리는 비참한 존재인 동시에 젠더와 국경을 넘어서서 피지배자들의 공감의 연대를 가능하게 하는 존재이기도 하다. 그처럼 참혹함의 기표이면서 새로운 연대의 가능성을 여는 양가적인 잠재성의 존재가 바로 유민과 난민이다.[49] 흩어진 사람들의 비가시

---

46 이 전시의 공간은 때로는 은폐의 공간이기도 하다.

47 테드 휴즈, 나병철 역, 《냉전시대 한국의 문학과 영화》, 소명출판, 2013, 57쪽.

48 윤해동, 《근대를 다시 읽는다》, 역사비평사, 2006, 30~31쪽.

49 유민과 난민은 그들 스스로가 단결해 연대한다기보다는, 그들의 고통과 소망에 공감하는 사람들에 의해 연대가 시작될 수 있으며, 그런 잠재성을 은유로 표현해 주는 것이 바로 문학이다.

적인 연대의 잠재적 가능성은 존재론적 대응과 이질성을 포용하는 공감의 연대에서 시작될 것이다. 민족과 민중의 이념보다 죽음정치에 대한 존재론적 응수와 공감의 연대로서 디세미**네이션**이 새롭게 주목받아야 하는 것은 그 때문이다. 이제까지 우리는 최초의 근대의 네트워크를 생성했던 우리의 공감의 연대가 식민지 시기에 국민 이전의 디세미**네이션**의 흐름으로 은밀히 작동했음을 1920년대의 문학들을 통해 살펴보았다.

제4장

산업화 시대의
내부의 유민과
디세미네이션의 미학

1. 개발주의 시대의 유민과 내부의 디아스포라

1970년대의 산업화 시대는 개발주의 이데올로기가 유례없는 규모로 국민을 동원했던 시기였다. 개발을 위해 그처럼 국민을 동원했던 시대는 민족과 조국의 이름으로 근대적 산업사회의 규율화가 급속히 진행된 때이기도 했다. 즉 국민교육헌장(1968)과 국기에 대한 맹서(1968)는 '잘 살아보세'라는 구호와 표리를 이루고 있었던 것이다. 경제개발과 군사주의의 결합을 말하는 '싸우면서 건설하자' 역시 이 시대의 규율화 과정을 알려주는 또 다른 구호였다. 이 산업화 시대의 담론과 규율들은 경제발전과 군사주의, 그리고 민족적 국가주의라는 이데올로기들이 교차되는 사회적 장을 형성했다.

그러나 그처럼 국민이 동원되고 결집되었던 시기는 또한 사람들이 이산되고 흩어진 시기이기도 했다. 1965년에 국민의 55.1%였던 농촌인구는 1975년에 35.7%로, 또 1980년에는 28.9%로 급속히 감소하게 되었다. 이 같은 농촌인구의 감소와 도시로의 이동은 세계적으로도 전례가 없는 급격한 이주의 사례였다.[1] 여기서 문제는 도시로 이주한 이농민들이 도회지의 안정된 일터나 공장에 안주한 것이 아니었다는 점이었다. 1970년대에 도시로 이주한 청년들은 극도로 열악한 직장의 환경과 농촌 공동체에 대한 향수로 인해 하루빨리 떠날 날을 기다리는 사람들이었다.[2] 한마디로 이주는 있었지만 정착은 없었던 것이다.[3]

---

1 강준만, 《한국 현대사 산책》 1권, 인물과사상사, 2002, 28~29쪽.
2 안승천, 《한국 노동자 운동, 투쟁의 기록》, 박종철출판사, 2002, 12~13쪽.
3 도미야마 이치로, 심정명 역, 《유착의 사상》, 글항아리, 2015, 88~93쪽. 도미야마는 와타나베 교지의 말을 따라 정착과 달리 유랑에 초점이 맞춰진 것을 유착이라고 부르는데, 1970년대의 떠도는 하층민들 역시 그와 비슷한 상태에 놓여 있었다.

국가는 부유한 삶을 약속하며 농민을 도시로 이주시켰지만 그곳에는 부유함도 안정된 삶도 없었다. 그 점은 고향이나 도시의 집에 남아 있는 사람들도 비슷했을 것이다. 떠돌이가 아닌 사람들 역시 산업화 과정에서 공동체 의식을 상실한 심리적 황폐함을 겪어야 했던 것이다. 공간적 이주와 심리적 불안은 그처럼 마음의 고향에서 산포된 흩어진 사람들을 만들고 있었다. 민족중흥을 앞세워 **국민**을 동원한 시대는 실제적·심리적으로 내부의 이산이 확장된 디세미**네이션**(dissemination)[4]의 시대이기도 했던 것이다.

정착이 없는 이주의 불안, 그리고 고향(home)과 집에 남은 사람도 겪어야 했던 불길함을 우리는 **낯선 두려움**(unhomely)[5]이라고 부를 수 있다. 낯선 두려움은 어머니 같은 고향을 잃어버린 상태에서 제2의 고향(도시)에서마저 비합리성과 비인간성을 경험할 때 느껴지는 심리이다. 법이 지켜지지 않는 참혹한 노동을 강요당하는 노동자들, 개발에 의해 집을 철거당하고 쫓겨난 사람들, 성폭행의 위협 속에서 식모, 차장, 술집을 전전하는 여성들, 육체적 훼손의 위협에 시달리는 성 노동자들과 군대 성 노동자들, 이들이 경험하는 신체와 생명의 위기감이 바로 낯선 두려움이다.

1970년대의 대표적 소설들은 우리의 논지를 상징적으로 보여준다. 즉 〈삼포 가는 길〉, 〈영자의 전성시대〉, 〈아홉 켤레의 구두로 남은 사내〉, 〈난장이가 쏘아올린 작은 공〉 등의 소설들은 국민이나 민중의 단결보다는 정착 없는 이주자들의 고달픈 삶을 그리고 있다. 이 소설의 인물들은 행복한 삶을 위해 이주를 계속하지만 좋은 삶은커녕 인권유린과 생명의 위협 속에서 낯설고 두려운 곳을 떠돌고 있다. 기존의 논의에서는 이들의 삶에 대해 "고

---

4 디세미**네이션**이란 규율화된 국민의 경계 안팎으로 흩어진 '산종된 네이션'을 말한다. 교의적인 국가적 담론이 실제로 수행되는 과정에서 국민은 늘상 '사이에 낀 시간성' 속에서 양가성을 경험한다. 즉 표면으로는 포섭되지만 이면에서는 여기저기 흩어지면서 국민은 실상 양가적인 디세미**네이션**의 상태가 되는 것이다. 호미 바바, 나병철 역, 《문화의 위치》, 소명출판, 2012, 305~366쪽.

5 프로이트, 정장진 역, 〈두려운 낯설음〉, 《창조적인 작가와 몽상》, 열린책들, 1996, 137~138쪽.

향을 잃은 사람들"이나 "모태에서 분리된 삶", "전락의 여로" 등으로 설명하고 있다.[6] 우리는 이 소설들을 꿰뚫는 근원적 상황이 '정착 없는 이주'였으며 그로 인한 심리가 '낯선 두려움'이었음을 강조하려고 한다. 즉 한곳에 머물 수 없는 그들 떠돌이, 이농민, 철거민들은 불안과 공포에 시달리는 실제적·은유적인 내부의 유민이었다고 할 수 있다.[7]

내부의 유민들의 낯선 두려움은 단순한 경제적 착취 이상의 권력의 작용에 의한 것이었다. 자본과 권력은 개발을 위해 소환된 사람들을 소모품처럼 죽음에 이르도록 착취하며 쓸모가 없어지면 신체와 생명을 유기하는 방식을 취했다. 개발의 창출과 특정 계층의 부를 위해 다른 사람들을 과도한 노동과 죽음의 위협 속에 놓는 이 권력을 음벰베는 **죽음정치**라고 부른다.[8] 개발의 이면에 숨겨진 그런 죽음정치는 지배 권력에 의한 포섭과 배제의 역설을 설명해준다. 즉 민족적 대의를 위해 포섭된 사람들은 쓸모에 따라 신체와 생명이 언제라도 낯선 공간으로 배제되는 과정을 경험해야 했다.[9] 그런 냉혹한 죽음의 권력하에서 일상적으로 낯선 두려움을 경험하는 사람들, 즉 떠돌이는 물론 고향과 집에 있어도 불길함(unhomely)을 느끼는 사람들이 바로 내부의 유민들이다.

죽음정치는 흔히 삶권력과 구성적으로 결합해서 나타난다. 경제개발과 삶의 부양을 앞세운 것이 삶권력이었다면 그런 개발의 창출을 위해 죽음 같은 착취와 생명의 유기를 일삼는 권력은 죽음정치였다. 권력자, 기업가, 신

---

6 김윤식·정호웅, 《한국소설사》, 예하, 1993, 390~393쪽.

7 그런 유동적인 삶에서의 불안과 공포는 여성의 경우에 훨씬 더 심각했다. 여성들은 한층 더 가혹한 저임금에 시달렸을 뿐 아니라 낯선 이주지에서 늘상 성적 폭력의 위협에 노출되어 있었다.

8 이진경, 나병철 역, 《서비스 이코노미》, 소명출판, 2015, 40쪽. Achille Mbembe, "Necro-politics", *Pubic Culture* 15, no. 1, pp. 11~40.

9 이 점에서 이 시기의 떠돌이들이나 공장 노동자들은 일상화된 아감벤의 호모 사케르였다고 할 수 있다.

홍 부유층의 삶이 부양되었다면, 노동자, 농민, 떠돌이, 철거민들은 신체와 생명이 배제될 위협 속에서 죽음정치를 경험했다. 물론 이농민들과 여성들 역시 개발주의의 호출과 함께 도시에 대한 선망과 기대감의 유혹이 있었다, 그러나 그런 삶권력에 의한 부유함과 문화생활의 유혹은 이농민들의 경우 계급적 위치상 처음부터 불가능한 환상이었다.

1960~70년대에 농부의 꿈은 자식에게 힘든 일을 물려주지 않는 것이었고 도시의 떠돌이들의 소원은 기술을 배워 일정한 직장을 갖는 것이었다.[10] 하지만 경제개발에 의해 더욱 빈곤해진 농촌을 탈출한 이농민들은, 각종 대리노동(목욕탕 때밀이 등)[11]이나 거리의 노동(구두닦기, 신문팔이 등)[12]에 시달리고 있었고, 여성의 경우 식모, 버스 차장, 유흥업소나 매춘의 길을 걸어야 했다. 설령 좁은 문을 벌리고 있는 공장에 취직했더라도 기다리고 있는 것은 목숨을 좀먹는 지옥 같은 노동이었다.

이런 계층분화의 시기에 소시민과 중간계층들은 양가적이고 이중적인 위치에 속해 있었다. 즉 그들은 경제발전과 문화생활의 유혹 속에 놓여 있었지만 또한 민중들과의 교섭 속에서 양가적으로 그들의 낯선 두려움에 공감하기도 했다. 중간층들이 빈민들에게 관심을 가진 것은, 삶의 부양이란 규율화와 독재에 대한 침묵을 대가로 하는 것이었으며, 그것을 위해 하층민들은 정착할 곳을 잃은 채 너무나도 큰 희생을 치러야 했기 때문이다. 〈칼날〉(조세희)에서 신애가 난쟁이에게 "저희들도 난장이랍니다"라고 얘기하는 부분은 그 점을 잘 말해준다. 신애는 "서로 몰라서 그렇지, 우리는 한편이에요"라고 말한다. 1970년대의 많은 소설들은 바로 그 '서로 모르는 것'을 알게 해주면서 소시민들이 민중과 떠돌이들의 낯선 두려움에 공감하게 되는

---

10 조영래,《전태일 평전》, 아름다운전태일, 2009, 86~87쪽.

11 황석영, 〈장사의 꿈〉,《황석영 중단편 전집》 3, 창비, 2000, 9쪽. 조선작, 〈영자의 전성시대〉,《한국소설문학대계》 66, 동아출판사, 1995, 108쪽.

12 거리의 노동의 비참한 형태를 그린 것이 바로 황석영(이동철)의《어둠의 자식들》이다.

과정을 그리고 있다. 이 시기에는 노동자, 농민, 떠돌이는 물론 소시민들조차 **국민**으로 동원되면서도 실상은 낯선 두려움과 연관된 디세미**네이션**의 흐름에 공감하고 있었던 것이다. 그런 맥락에서 우리의 논의는 국민의 서사가 디세미**네이션**의 흐름으로 미끄러지는 과정과 그런 양가적인 산포 및 낯선 두려움을 낳은 죽음정치에 초점을 맞출 것이다.

유민화된 민중과 낯선 두려움의 심리, 디세미**네이션**의 흐름은 식민지 시대에도 발견된다. 자본주의가 발전하면서 정치권력에 의해 생산자와 생산수단이 강제적으로 분리되고 농민들이 도시로 상경해 노동자가 되는 과정역시 식민지 시대와 유사하다. 그러나 1970년대의 개발주의는 식민지 시대와는 달리 민족의 도약을 위해 기획되었으며 한국이라는 국가의 발전을 위해 전개되었다. 또한 실제로 공업이 발전했기 때문에 이농민들은 국경을 넘는 유민들이 되는 대신 산업 노동자로 흡수되었다. 이것이 식민지 자본주의와 구분되는 민족 개발주의의 풍경일 것이다.

그럼에도 불구하고 이농민과 도시빈민의 유민화 과정은 중단되지 않았다. 물론 이 시기의 유민들은 국경을 넘지는 않았지만 국내에서 뜨내기나 철거민으로 떠돌아다녀야 했다. 또한 공장 노동자들은 식민지 시대의 '노동지옥'[13] 못지않은 값싼 임금의 '죽음정치적 노동'[14]에 시달려야 했다. 〈삼포 가는 길〉이 〈고향〉이나 〈과도기〉와 유사한 것은 우연이 아닐 것이다. 또한 두 시기에 '노동지옥'이라는 말이 똑같이 사용된 점[15] 역시 대단히 의미심장하다. 이 같은 유사성은 두 시기의 상이하면서도 비슷한 사회 상황과 따로 떼어 생각할 수 없다.

---

13 이기영, 《고향》, 풀빛, 1991, 80쪽.

14 죽음정치적 노동이란 죽음에 이르도록 착취하면서 쓸모없어진 신체와 생명을 유기하는 노동을 말한다. 이진경, 나병철 역, 《서비스 이코노미》, 앞의 책, 39~45쪽.

15 이기영의 《고향》(80쪽)과 조영래의 《전태일 평전》(86쪽)에서 똑같이 '노동지옥'이라는 말이 사용되고 있다.

유민이나 난민, 노동지옥과 연관된 죽음정치적 특성은 흔히 성과 인종(민족)의 영역에서 더욱 명료하게 증폭된다. 예컨대 생명 자체를 소모시키는 식민지와 신식민지의 공장 노동자나 여성 성 노동자가 가장 극심한 죽음정치의 피해자일 것이다. 따라서 식민지 시대(1920년대)와 1970년대의 유사성은, 성과 인종의 영역에서 특징적인 죽음정치적 권력과 연관이 있으며, 또한 죽음정치는 두 시기의 트랜스내셔널한 권력과 관련이 있다.

트랜스내셔널한 권력이란 계급이나 젠더 문제의 위 층위에 인종과 (신)식민지의 문제가 복잡하게 얽혀 있을 때 발생한다. 떠돌이와 디아스포라, 그리고 도시의 새로운 '노동지옥'은, 민족 개발주의라는 일국의 관점에서는 설명될 수 없다. 당시의 산업화는 미국의 아시아에서의 군사주의와 경제개발의 일부로서 진행되었으며, 그런 초국가적 맥락에서의 노동 분할에 의해 민중들은 '값싼 노동'으로 비인간적인 착취를 당해야 했던 것이다.[16] 그 같은 참혹한 저임금 노동은 안정된 직업이 될 수 없었기 때문에 많은 이농민들은 공장 노동에 흡수되기 전에 뚜렷한 정처 없이 떠돌아야 했다.[17]

산업화 시대에 비단 경제적 착취를 넘어 죽음정치가 작용한 사실은 초국가적 자본과 권력의 관점에서만 이해된다. 일국 내의 관점에서는 1960~70년대란 개발의 꿈에 젖은 국민 공동체가 형성되면서 그 과정에서 계층 간의 소득 불평등의 문제가 야기된 시대로 생각될 수 있다. 그러나 이 시대에는 경제적 착취관계 그 이상의 문제가 있었다. 즉 개발의 희망에 부푼 시대는 민족의 이름으로 포섭하면서 이면에서는 구성원의 신체와 생명을 유기하는 죽음정치적 배제가 확장된 시대이기도 했다.[18]

이제까지 산업화 시대는 일국 내의 관점에서 민족 개발주의와 그런 이데

---

16 이진경, 위의 책, 60~61쪽.

17 그밖에도 베트남 파병, 독일 광부와 간호사, 미국 이민 등으로 일종의 노동수출이 활발히 이루어지고 있었다.

18 그 같은 포섭-배제의 이중적 기제는 오늘날까지 계속되고 있다.

올로기에 저항하는 민중적인 민족주의의 대립으로 이해되어 왔다. 지배권력이든 저항세력이든 양자의 공통점은 민족이나 민중이라는 집합적 개념들을 앞세운 점이 특징이었다. 그러나 당대의 보다 핵심적인 문제는 초국가적 구도에 예속된 자본과 국가의 공모였으며, 그 이면에는 그로 인한 죽음정치와 낯선 두려움이라는 존재론적인 유민화의 심리가 놓여 있었다.

그것은 떠돌이든 공장노동자든, 혹은 외국에 파병된 군사 노동자든 마찬가지였다. 공장에 집결된 사람이나 군대에 조직된 사람들 역시 모두 버려진 듯한 낯선 두려움에 시달렸던 것이다. 더 나아가 그런 심리는 양가적으로 그들에게 공감하는 소시민들에게까지 파급되었다. 다음에서 우리는 1970년대의 실제적·심리적 유민화와 유기된 듯한 존재론적 위기의 문제가 떠도는 사람들은 물론 공장 노동자와 베트남 파병 군인들에게도 핵심적이었음을 밝혀낼 것이다. 또한 개발독재에 대한 저항은 그런 유기된 존재들에 대한 공감의 연대에 의해 비로소 시작될 수 있었음을 살펴볼 것이다.

2. 전태일의 존재론적 저항
―'낯선 두려움'에서 '마음의 고향'으로

1970년대의 시대적 전개를 특징짓는 두 개의 사건은 전태일의 죽음 (1970)과 박정희의 10월 유신(1972)이다. 이 두 가지 사건은 개발주의 자체의 숨겨진 균열에서 작동된 상반되면서도 뒤얽힌 두 방향을 암시한다. 전자가 민족 개발주의에 대한 반성을 새롭게 여는 계기가 되었다면 후자는 계속되는 개발독재를 더욱 굳게 닫는 방식이었다. 1970년대는 그 하나의 진원지에서 발생한 두 사건 사이에서 격동하고 있었다고 할 수 있다.

앞서 살폈듯이 개발독재는 트랜스내셔널한 차원의 군사주의와 경제정책에 부응하는 내부의 호응이었다. 초국가적 차원에 연관된 자본과 국가의 작동은 죽음정치를 초래했으며 그 잔혹함을 은폐하기 위해서는 끊임없는 이데올로기적 연출이 필요했다. 박정희는 그런 연출의 중요한 과정으로 '7.4 남북공동성명'에 이어 1973년 10월 유신을 선언했다. 이 연이은 전개는 통일을 여는 듯한 더 넓혀진 상상적 영토에서 개발주의를 한층 강력하게 독재적으로 영토화하는 것을 의미했다.

반면에 전태일의 죽음은 그것과 반대되는 방향의 동요를 가져왔다. 전태일의 죽음은 학생들과 지식인들의 양심을 강타했다. 전태일이 노동자였기 때문에 우선 노동운동에 큰 영향을 미쳤지만 학생들과 지식인들에 의한 반향 역시 엄청난 것이었다. 그들은 중립적인 영혼에서 벗어나 스스로의 존재와 역할에 대해 번민하게 되었다.[19]

전태일 사건이 노동자들만의 문제가 아니었다는 점에서, 또한 비단 착취에 대한 항거를 넘어서 삶과 존재에 대해 반성하게 되었다는 점에서, 우리는 전태일의 분신을 노동운동을 넘어선 **존재론적 사건**으로 고찰하려고 한다. 전태일 사건을 노동운동의 관점에서만 보는 것은 개발독재를 일국 내의 시각으로 보는 것과 연관이 있다. 반면에 그의 분신을 존재론적 저항으로 보는 것은 그것이 **죽음정치**에 대한 대항이었다는 뜻이기도 하며, 그런 죽음정치의 관점은 초국가적 맥락에 놓인 개발주의의 잔혹한 특성을 암시한다. 생명과 존재를 위협하는 죽음정치는 노동자뿐만 아니라 개발주의 시대와 그 이후 한국 사회 전체의 문제였거니와, 근본적으로는 늘상 초국가적 권력하에 놓여온 한국의 위치와도 연관이 있는 것이다. 그 때문에 전태일 사건의 의의는 이후 비슷한 초국가적·국가적 권력을 경험한 한국의 상황에서 시대를 넘어 증폭되었다고 할 수 있다.

물론 전태일 사건은 노동운동에 직접적이고 깊은 영향을 미쳤다. 여러 노동자들의 수기를 통해 드러나는 전태일 사건의 반향은 그의 죽음이 노동운

---

19 강준만,《한국현대사 산책》1권, 앞의 책, 104쪽.

동에 미친 파고를 알려준다. 석정남의 〈인간답게 살고 싶다〉는 전태일의 "내 죽음을 헛되이 말라"라는 말을 노동자들이 스스로 깨어나야 한다는 반성의 서사로 전이시키고 있다.[20] 그 후 반성의 서사는 두 가지 길로 나아가는데, 하나는 인격적 지도에 의한 품성의 공동체의 성취(유동우, 〈어느 돌멩이의 외침〉)이며, 다른 하나는 노동계급을 중심으로 한 조직적 연대의 길(서울노동운동연합, 《선봉에 서서》)이다. 이 두 가지 서사는 노동운동의 역사적 진행을 보여주는 것이지만 가부장적 권위주의나 목적론적 기획이라는 한계를 내포하고 있었다.[21]

분명히 전태일 사건은 그런 한계를 넘어선 위치에서 우리에게 충격을 전하고 있었다. 노동운동의 서사는 전태일 같은 노동자가 개발독재의 굳은 벽에 균열을 낼 수 있기 때문에 노동자를 연대의 중심에 놓아야 한다는 논리를 포함하고 있다. 그러나 전태일이 보여준 노동자의 참상이란 그 시대의 모두가 경험하고 있는 모순을 증폭시켜 보여주는 위치였을 것이다. 따라서 비단 노동자의 위치만이 아니라 노동자를 통해 드러난 그 시대 피지배층 **모두가 공감하고 있던 것**이 문제의 핵심일 것이다.

우리는 먼저 전태일이 무엇에 분노하였는지 살펴볼 필요가 있다. 《전태일 평전》은 그가 공장 노동자가 되기 이전의 생활도 자세히 전하고 있으며, 그것을 통해 그 시대의 하층민들의 생활을 짐작하게 하고 있다. 거리의 천사였던 전태일은 구두닦이, 껌팔이, 신문팔이 같은 뜨내기의 일을 전전하고 있었다. 청년들은 공장에 취직하기 전이나 취직 후에도 이른바 비철(비성수기)이면 실직이나 반실직 상태에서 식모, 버스 차장, 술집 접대부, 냉차장사 등을 전전해야 했다.[22] 이 같은 떠돌이와 공장 노동자가 그 시대 민중의 두

---

20 신형기, 〈전태일의 죽음과 대화적 정체성 형성의 동학〉, 《현대문학의 연구》 52, 2014. 2, 111~115쪽.

21 신형기, 위의 글, 114~125쪽.

22 조영래, 《전태일 평전》, 84~86쪽.

가지 풍경일 것이다. 전태일은 불안한 떠돌이 생활을 청산하고 의복 공장에 취직했지만 거기서 거리의 노동 이상으로 자신을 '쓰레기로 만드는' 현실을 목격하게 된다.

의복 공장의 노동자들은 대부분 시골 출신의 어린 여공들이었다. 이들은 오전 8시부터 오후 11시까지 휴일도 없이 14시간의 살인적인 노동에 시달리고 있었다. 때로는 몰려드는 졸음을 쫓기 위해 잠 안 오는 약이 투약되기도 했다. 더욱이 닭장 같은 열악한 환경 속에서 거의 모든 노동자들이 위장병과 신경통을 앓고 있었고 폐병에 걸리기도 했다. 생활의 안정을 위해 들어간 공장의 생활에서 전태일은 살아 있는 인간이 아니라 기계와 산송장을 강요당해야 했다.[23] 그러던 어느 날 그는 한 여공이 피를 토하고 해고당한 후 죽음을 맞는 충격적인 사건을 경험한다. 전태일의 분노는 여기서 시작되었다. 그가 참을 수 없었던 것은 살아 있는 생명과 신체가 비참하게 유기되고 다른 사람을 위해 아무렇지도 않게 이용당하는 현실이었다.

부한 자의 생명처럼 약자의 생명도 고귀합니다. 천지만물 살아 움직이는 생명은 다 고귀합니다. 죽기 싫어하는 것은 생명체의 본능입니다.

선생님 여기 본능을 모르는 인간이 있습니다. 그저 빨리 고통을 느끼지 않고 죽기를 기다리는 생명체가 있습니다. (…중략…) 인간, 부한 환경을 거부당하고, 사회라는 기구는 그들 연소자를 사회의 거름으로 쓰고 있습니다. 부한 자의 더 비대해지기를 위한 거름으로.

선생님, 그들도 인간인 고로 빵과 시간, 자유를 갈망합니다.[24]

전태일에게 충격을 준 것은 경제적 착취 이상의 참혹함, 즉 어린 생명이

---

23 조영래, 위의 책, 122쪽, 125쪽.
24 조영래, 위의 책, 212쪽.

부유층과 사회의 개발(경제발전)을 위해 소모품처럼 이용되고 폐기되는 눈앞의 실상이었다. 경제번영의 이름으로 포섭된 사람들은 그처럼 생명과 신체가 훼손되고 유기되는 죽음정치의 배제를 경험해야 했다. 그런 죽음정치의 희생이 강요된 것은 고향을 떠나서 떠도는 뜨내기나 공장 노동자나 마찬가지였다. 전태일 역시 이곳저곳을 떠돌다 '마음을 잡으려' 공장에 들어갔지만 거기서 더 혹독한 생명의 거세공포와 '낯선 두려움'을 경험해야 했던 것이다. 죽음정치에 의해 생명이 유기되는 낯선 두려움(unhomely) 속에서 그가 갈망한 것은 동심 같은 마음의 고향(home)이었다.

> 나는 돌아가야 한다.
>
> 꼭 돌아가야 한다.
>
> 불쌍한 내 형제의 곁으로, 내 마음의 고향으로, 내 이상의 전부인 평화시장의 어린 동심 곁으로. 생을 두고 맹세한 내가, 그 많은 시간과 공상 속에서, 내가 돌보지 않으면 아니 될 나약한 생명체들.
>
> 나를 버리고 나를 죽이고 가마. 조금만 참고 견디어라. 너희들의 곁을 떠나지 않기 위하여 나약한 나를 다 바치마. 너희들은 내 마음의 고향이로다.……
>
> 오늘은 토요일. 8월 둘째 토요일. 내 마음의 결단을 내린 이날, 무고한 생명체들이 시들고 있는 이때에 한 방울의 이슬이 되기 위하여 발버둥치오니 하나님, 긍휼과 자비를 베풀어 주시옵소서.[25]

위에서 '마음의 고향'은 노동자들의 '마음'에 있는 것이지 현실에 존재하는 것이 아님을 알 수 있다. 전태일은 무고한 생명체들이 시들고 있는 '현실'에서 어딘가에 있는 마음의 고향으로 가기 위해 결단을 내린 것이다. 그것은 그가 어린 노동자들의 곁을 떠나지 않기 위해 내린 결단이기도 했다. 즉

---

25 조영래, 위의 책, 237~238쪽.

그의 죽음은 생명을 위한 선택이었고 노동자들의 곁을 떠나지 않기 위해 떠나기로 한 결정이었다.

이런 죽음의 역설은 그가 상품이나 물질이 아니라 인간이기 때문에 생겨난 것이었다. 전태일은 죽음을 생각하며 혹독한 육체적 고통보다도 더 참을 수 없는 정신적 고통을 호소했다.[26] 인간이 물질과 다른 것은 쓸모에 따라 생명과 신체를 함부로 소모시킬 수 있는 존재가 아니라는 점이다. 그러나 죽음정치는 노동자를 기계나 소모품처럼 사용하면서 쓸모없어진 존재는 아무렇지도 않게 폐기시킨다. 이런 상황에서는 죽음을 맞지 않았어도 내적인 죽음의 상태에 있게 되며 그때의 거세공포의 심리가 바로 낯선 두려움이다. 전태일이 견딜 수 없었던 것은 그처럼 생명이 물질과 기계처럼 다뤄지는 데에 따른 심리적 죽음의 고통이었다. 전태일은 인간으로 살 수 없는 그런 내적 죽음의 상태를 인간의 죽음을 통해 표현하면서, 역설적으로 기계 같은 내적 죽음을 넘어선 인간으로서의 삶을 외친 것(우리는 기계가 아니다!)이다. 낯선 두려움은 죽음의 공포이지만 노동자들의 고통은 그것을 차마 감당하기 어렵다는 수동성에서 온 것이기도 했다. 반면에 전태일은 그런 거세공포(unhomly)를 스스로 짊어지고 죽음을 결단하는 능동적 방식으로, 그들을 구원하고 그들 곁의 마음의 고향(home)으로 가려고 했던 것이다. 그처럼 그의 **저항**은 **절망**에 지지 않고 그것을 꺼안고 넘어서려는 용기에서 시작되었다.

그 점에서 여성 노동자 영자의 죽음[27]과 전태일의 죽음의 차이는 수동적 죽음과 희생제의적인 능동적 죽음의 차이로 설명할 수 있다. 그것은 죽음정치에 의해 배제되며 포섭되는 존재와 그런 배제-포섭의 기제에 대해 응수하는 존재의 차이이기도 했다. 죽음정치하에서 노동자들은 성스러운 산업

---

26 조영래, 위의 책, 118쪽.

27 1995년에 상영된 박광수 감독의 영화《아름다운 청년 전태일》에서는 그 여자 노동자가 '영자'로 나온다.

전사[28]로 포섭되는 동시에 법이 정지된 상태에서 생명과 신체가 유기되고 배제된다. 더욱이 폐병 3기인 영자가 피를 토하면서도 공장을 떠나지 않으려 하듯이, 죽음에 이르도록 배제되면서도 일자리를 위해 스스로 포섭된 상태로 있기도 했다. 그 같은 배제-포섭의 기제를 통해 그 시대의 개발주의가 유지되었던 것이다. 설령 영자처럼 죽는 사람(배제)이 생긴다 해도 그 죽음조차 개발주의에 포섭되어 세상은 동요하지 않는다. 이것이 인간이 기계-소모품으로서 사용되는 배제-포섭의 논리이다. 그로 인해 동요하지 않는 세상에 묻힌 영자의 죽음은 결코 인간의 죽음이 아니었다.

전태일의 죽음은 그런 질서에 대항해 기계-소모품과 다른 인간의 죽음을 보여줌으로써 개발주의에 포섭되길 거부한 것이었다. 그것은 법의 정지 상태에서 배제되는 노동자의 실상을 알리면서 그런 '살아 있는 죽음'[29]에서 벗어나길 요구한 것이기도 했다. 따라서 그의 죽음은 노동운동이기 이전에 인간을 죽음에 유기하는 권력에 대한 존재론적 저항이었다. 사람들은 노동자들에 대한 경제적 착취에 분노하기에 앞서, 당대인들이 겪고 있던 거세공포(낯선 두려움)를 증폭시켜 보여주며 그에 저항하는 인간을 본 것이다. 그렇기에 그 존재 자체의 시위가 모든 사람들의 가슴을 강타한 것이다

아감벤은 지배질서 유지에 이용되는 죽여도 되는 존재를 희생제물로 바칠 수 없는 호모 사케르라고 명명했다. 영자의 죽음은 그런 벌거벗은 생명의 죽음에 다름이 아니었다. 반면에 전태일의 죽음은 체제에 포섭되지 않는 존재론적 대응을 통해 당시의 지배질서에 구멍을 내고 있었다. 그런 방식으로 그는 자기 자신을 희생함으로써 체제(상징계)의 질서에 저항하는 강렬한

---

28 1960년대 말부터 개발주의와 군사주의를 결합한 용어인 산업전사라는 말이 사용되었는데, 이 단어는 '조국 근대화'와 '수출'을 종교화하는 당시의 경향과 연관이 있다. 강준만, 앞의 책, 24~25쪽.

29 살아 있는 죽음은 호모 사케르처럼 살았어도 죽음 같은 상태를 말한다.

힘들[30]을 불러일으키고 있었다. 따라서 그의 죽음은 희생제물로 바쳐질 수 없고 시대를 유지시킬 뿐인 호모 사케르의 전복으로서, 시대의 변화를 강력히 요구하는 **희생제의**의 형식을 지니고 있었다.

그 같은 전태일의 죽음은 당대 개발주의의 현실에 구멍을 내는 트라우마이자 사건이었다. **트라우마의 기억**[31]은 그런 사건의 요인인 현실이 변화되지 않는 한 끝없이 회귀한다. 전태일의 죽음 역시 과거에 머물지 않고 고통스런 중요한 시기마다 끊임없이 살아 돌아오는 기억이 되었다. 희생제의의 주인공으로서의 전태일은 지나간 과거의 사건도 관념 속의 초월적 신화도 아니다. 그는 과거의 한순간에서 벗어나 일상적 시간의 질서를 넘어 끝없이 생환하는[32] 현대의 신화[33]의 주인공인 셈이다.

아감벤은 법의 정지상태(비식별성의 영역)에서 배제되고 포섭되는 존재에 의해 법적 질서가 유지된다고 말했다. 전태일의 죽음은 그런 생명권력과 죽음정치의 질서에 대한 존재론적 전복이었다고 할 수 있다. 그는 근로기준법의 정지 상태에서 배제-포섭되는 삶을 거부하며 그 정지된 법을 불태웠다. 그렇게 함으로써 그는 법의 공백상태인 낯설고 두려운 비식별성의 영역을 반전시키려 시도한 것이다. 법을 정지시키는 죽음정치의 비식별성의 영역은 이제 반대 방향으로 동요하며 인간적으로 법이 지켜지는 새로운 질서, 혹은 그런 시대를 위한 새로운 법을 주장하게 된다.[34] 그의 낯선 두려움을 넘어서려는 이 비식별성의 영역에서의 외침은 식별성의 영역에서의 단순한 노동운동을 넘어선다.

---

30 상징계에 저항하는 실재계적 힘이라고 할 수 있다.

31 김철, 《국민이라는 노예》, 삼인, 2005, 9~10쪽.

32 그의 죽음은 국가와 자본의 공모에 의한 죽음정치에 따른 것이었으므로, 그의 끝없는 생환은 국가와 자본이 해체될 때까지 계속된다.

33 신형기, 〈전태일의 죽음과 대화적 정체성 형성의 동학〉, 앞의 글, 103~109쪽.

34 신형기, 위의 글, 109쪽.

전태일의 죽음 1년 후에 황석영은 《객지》(1971)에서 전태일을 연상시키는 주인공의 활동과 희생(죽음)을 암시했다. 그러나 《객지》는 낯선 두려움에 대한 존재론적 저항보다는 지도적인 노동자의 형상을 부각시키는 방향으로 나아갔다. 《객지》의 미학적 불안정성은 제목(《객지》)이 환기하는 '내부의 유민' 이미지와 지도적 노동자상 사이의 불일치에서 기인된 것이다. 이후 황석영은 《객지》의 길보다는 떠도는 사람들의 낯선 두려움을 그린 〈삼포 가는 길〉의 방향에서 미학적 활력을 찾았다고 할 수 있다. 〈삼포 가는 길〉(1973)은 전태일이 경험한 '마음의 고향을 잃은 심리(낯선 두려움)'와 똑같은 것이 내부의 유민들에게도 나타남을 보여주고 있다. 〈삼포 가는 길〉에서 시작된 황석영의 낯선 두려움의 미학은 은밀성의 노동인 군사 노동과 성 노동을 그린 〈몰개월의 새〉(1976)에서 정점에 이른다.

3. 은밀성의 영역의 난민과 유민화된 민중

《전태일 평전》이 암시하는 중요한 사실은 1970년대의 민중들은 농촌에서 이주해 단순히 도시의 공장에 정착한 것이 아니었다는 점이다.[35] 농촌으로부터 이탈은 있었지만 다른 어떤 곳으로의 정착은 없었던 것이다.[36] 정착할 마음의 고향은 노동자들의 가슴에만 있었고 개발주의의 현실에는 어디에도 없었다.

정착할 수 없는 공장이란 일종의 임시 수용시설에 다름이 아니었을 것이

---

35 전태일은 농촌 출신은 아니지만 대구와 서울을 오가는 방황의 생활을 했다. 당시의 공장 노동자들은 대부분 농촌 출신이었으며 아직 공동체적 시골 감성을 버리지 못하고 있었다. 그 시대 노동자들의 안정된 정착이 없는 생활에 대해서는 안승천, 《한국 노동자 운동, 투쟁의 기록》, 앞의 책, 12~13쪽.

36 도미야마 이치로는 이런 상태를 유착이라고 부르고 있다. 도미야마 이치로, 《유착의 사상》, 앞의 책, 89~90쪽.

다. 닭장으로 표현된 공장은 단지 푸코가 말한 규율화된 작업장이라고 말하는 것으로는 부족하다. 그곳은 농촌 출신 떠돌이들이 다다른 일종의 내부의 난민 시설이었다. 법이 정지된 상태와 극도로 열악한 환경에서 노동이 강요되었다는 점에서, 규율화된 공장에 덧붙여 죽음정치적인 수용시설의 특성을 함께 지니고 있었던 것이다. 이것이 의미하는 바는 순종적인 노동자로 길들여졌을 뿐 아니라 생명과 신체 자체가 **유기된** 사람이 되어 가고 있었다는 것이다.

노동자들은 기숙사에 감금된 채 외출도 통제되고 돈을 떼이기도 했으며 사창가로 흘러들어간 경우도 많았다.[37] 특히 여성 노동자의 경우 신체를 혹사당하는 제조업 노동이나 굴욕적인 저기능 서비스 노동을 피해 매춘의 유혹에 빠지기 쉬웠다. 성 노동자가 아니라도 여성 이주자들은 늘상 성폭력의 위협에 시달리고 있었고 자의든 타의든 매춘의 위험 앞에 노출되어 있었다. 그런 일상의 위협 속에서 농촌 출신 여성이 마침내 다다른 사창가는 개발주의 시대의 또 다른 난민시설이었다. 그곳은 공장 등을 전전하다 결국 막다른 곳에 이른 보다 더 은밀한 난민 수용소였다.

조선작의《미스 양의 모험》은 주인공 은자가 서울 생활을 전전하다가 결국 사창가에 이르러 **난민**으로 수용된 것으로 묘사하고 있다.[38] 자국의 법에 의해 보호받지 못하는 점에서 그 시기의 공장이 일종의 난민시설이었다면, 사창가는 법의 외부에 있는 또 다른 은유적 난민 수용소였을 것이다. 사창가가 닭장 같은 공장과 다른 점은 처음부터 불법의 그늘에 놓여 있었다는 점이다. 그러나 1970년대에는 매춘이 불법으로 배제되기만 한 것은 아니었고 지하경제의 요소로 포섭되기도 했다. 즉 성 노동이나 겸업 매춘은 농촌

---

37 안승천,《한국 노동자 운동, 투쟁의 기록》, 앞의 책, 14쪽.

38 조선작,《미스 양의 모험》하, 예문관, 1975, 246쪽. 이진경은 이 소설의 주인공인 양은자의 '난민으로의 수용'을 매춘이라는 가장 불안정하고 폭력적인 세계에서 피난처를 발견하게 된 것으로 논의한다. 이진경, 나병철 역,《서비스 이코노미》, 앞의 책, 215~216쪽.

의 가족을 부양하고 공장의 낮은 임금이 유지되게 하면서 저임금 경제를 보완하는 음지 경제로 기능하고 있었다.[39] 공장 노동자가 산업전사로 포섭되는 동시에 죽음정치에 의해 배제되었다면, 성 노동자는 불법으로 배제되는 동시에 은밀성의 경제에 포섭되었던 것이다.

은유적인 난민으로서의 성 노동자의 특징은 은밀성의 영역의 죽음정치적 대상이라는 점이다. 비단 사창가뿐만 아니라 여성 이주자가 그 막다른 곳에 이르기 전까지의 과정은 전체적으로 은밀성의 경험이라고 볼 수 있다. 《미스 양의 모험》에서 은자가 관광호텔 등을 전전하는 모습은 섹슈얼리티 산업의 하층세계를 순회하는 은밀성의 과정을 보여준다. 은자는 '조용히 자립하기를 원하는 분을 구한다'는 광고에 유혹되는데, 이는 은밀성의 노동이 지닌 이중적 특성을 암시한다.

섹슈얼리티와 연관된 은밀성의 영역이란 삶권력과 죽음정치가 교차되는 이중적 공간이다. 섹슈얼리티의 영역은 푸코가 말한 삶권력의 유혹이 작용하는 곳이지만 또한 결코 말해질 수 없는 비밀스러운 노동이 수행되는 위치이기도 하다. 은밀성의 노동은 상층계급은 물론 '조용히 자립하길 원하는'[40] 하층 여성들까지 유혹한다. 그러나 그런 유혹을 충족시키기 위해서는 심리적·신체적 트라우마를 남기는 죽음정치적 노동이 은밀히 서비스되어야 한다.

《미스 양의 모험》(1975)과 〈영자의 전성시대〉(1973)에서는 그처럼 삶권력과 죽음정치가 교차되는 지점이 제시된다. 두 소설의 제목 중에서 '모험'과 '전성시대'는 도시에 대한 선망과 기대를 담은 경제적·문화적 유혹을 암시한다. 그러나 미스 양(은자)이 난민시설에 수용되고 영자가 죽음에 이르는 과정은 죽음정치적 노동의 실상을 폭로한다. 미스 양이 그랬듯이 영자는

---

39 이진경, 위의 책, 166쪽, 175쪽.

40 조선작, 《미스 양의 모험》 하, 앞의 책, 16쪽.

식모, 버스 차장, 창녀의 작업을 표류하는데, 이는 이주와 미정착의 이중성을 나타낸다. 개발의 호출이 이주의 유혹을 낳았다면, 정착 없는 난민의 경험과 죽음은 이주자의 신체와 생명의 유기에 해당된다. 이런 모험과 난민, 전성시대와 죽음의 이중성은, 삶권력과 죽음정치가 교차되었던 개발주의 시대의 두 얼굴을 드러낸다.

조선작의 두 소설뿐 아니라 최인호의 《별들의 고향》(1972) 역시 개발주의 시대의 일상에 스며든 권력의 복합적 기제를 암시한다. 특히 이 소설에서는 은밀성의 노동에 감춰진 섹슈얼리티 노동자의 상처에 중산층 남성들마저 공감하는 내용이 제시된다. 이 소설의 주인공 경아는 은자나 영자와는 달리 초등학교 때 역부였던 아버지의 전근으로 서울로 이주하게 된다. 그러나 산업화 시대 그녀의 이력은 은자나 영자와 크게 다르지 않았다. 호스티스였던 경아는 도시를 떠돌다가 '행려병자'로 죽음에 이르게 되는데 이는 그녀의 실제 병명이 낯선 두려움(unhomely)이었음을 암시한다. 낯선 두려움은 노동지옥의 노동자들과 '은밀한 노동'의 여성들, 그리고 떠도는 유민들이 앓았던 죽음정치적 질병이다. 고향에 있어도 고향을 잃은 듯한 이 질병은 실상 그 시대에 새로 부상한 도시의 전문직 남성들마저 앓고 있었다. 남자 주인공 '나'(문오)는 무책임한 골목마다의 방뇨가 경아를 죽게 했다고 자책한다. 도시의 유혹 속에 은밀하게 감춰진 것은 매력적인 경아가 자그마한 우연이자 생존의 거짓말이었다는 사실이다.[41] 도시 남성들의 소외를 달래주던 요정 같은 경아는 해가 뜨면 가스등처럼 스러지는 소비적 존재였으며 그녀 자신이 지독한 낯선 두려움에 시달릴 수밖에 없었다. 《별들의 고향》은 호스티스를 통한 섹슈얼리티 장치의 삶권력적 유혹과 그녀들이 접대했던 남성들마저 앓고 있던 죽음정치적 질병의 이중성을 보여준다.

《별들의 고향》은 도시적 감각의 소설이지만 〈영자의 전성시대〉나 《미스

---

41 최인호, 《별들의 고향》, 상, 동화출판공사, 1985, 34쪽.

양의 모험》처럼 마음의 정착지를 잃은 젊은이들의 심리를 그리고 있다. 1970년대의 많은 사람들이 겪었던 그런 낯선 두려움의 감성을 가장 잘 보여주는 소설은 〈삼포 가는 길〉(1973)이다. 《별들의 고향》과 〈삼포가는 길〉은 정반대 감성의 소설이면서도, 비슷하게 '삶을 잃은 고향'[42]에 대한 트라우마를 표현한 점에서 흥미롭다.

〈삼포 가는 길〉은 떠돌이의 삶을 보여주면서 고향을 잃어버리는 과정 자체를 소설의 사건으로 그리고 있다. 이 소설에서 주인공 정씨가 겪는 트라우마는 식민지 시대 소설 〈고향〉과 〈과도기〉의 주인공들이 경험한 마음의 상처와 매우 유사하다. 물론 〈고향〉의 '무덤 같은 고향'이나 〈과도기〉의 '눈 서투른 무서운 곳'[43]에 비하면 정씨의 '공사판이 된 삼포'는 덜 충격적인 것 같다. 그러나 삼포 역시 'K군'이나 '창리'에 못지 않다. '무덤 같은 무서운 곳'이 국경 너머로 쫓겨 갔던 식민지인의 트라우마라면 삼포는 '정착 없는 이주'를 겪은 개발주의 시대 사람들의 상처이다. 개발을 위해 동원된 사람들은 도시에 이주한 후에도 마음을 둘 곳을 발견하지 못해 언제라도 다시 고향으로 돌아갈 것을 꿈꾸고 있었다. 〈삼포 가는 길〉에서 충격적인 것은 그 되돌아갈 고향마저 정착 없는 유민을 만드는 개발주의가 점령했다는 사실이다. 〈영자의 전성시대〉와 《미스 양의 모험》이 도시가 정착지가 되지 못함을 표현했다면 〈삼포 가는 길〉은 고향으로 다시 돌아가는 일이 무의미해졌음을 말하고 있다. 이제 '개발주의'의 외부는 없으며 '이주'의 외부도 없다. 모든 사람들은 〈삼포 가는 길〉의 영달이나 정씨 같은 '길 위의 사람들'이 된 것이다.

'고향'이 예전 같지 않은 것은 이미 개발이 시작되면서 예감되었다. 영달

---

42 《별들의 고향》의 '나'는 고향에 잠깐 머무는 동안 삭막하고 우울함을 느끼며(541쪽) 〈삼포 가는 길〉의 정씨는 공사판으로 변한 고향에서 마음의 정처를 잃는다. 도시에서 생활할 수밖에 없는 《별들의 고향》의 '나'는 경아의 죽음에서 도시의 삶의 덧없음을 느꼈을 것이다.

43 한설야, 〈과도기〉, 《한설야단편선》, 문학과지성사, 2011, 74쪽.

은 정씨의 고향이 삼포라는 말을 듣고 그곳은 벽지가 아니냐고 시큰둥해 한다. 개발주의 시대의 삶권력은 도시의 삶을 화려하게 연출하는 대신 시골을 오히려 더 궁핍하게 만들었다. 고향은 우울하고 삭막한 곳, 잠시 내려와 쉬는 곳, 오래 틀어박힐 수 없고 언젠간 떠나야 하는 곳이 되었다. 영달은 고향으로 가는 백화에게 "며칠이나 견디나… "고 혼잣말로 중얼거린다. 그러나 "촌생활을 못배겨나는 것"은 영달 역시 마찬가지일 것이다.

그럼에도 영달은 고향으로 가려는 정씨가 자신과는 처지가 다르다고 생각한다. 물론 이는 그에게 고향이 없어서가 아닐 것이다. 영달의 정씨에 대한 부러움은 정씨의 마음가짐과 **기억**에 대한 부러움이다. 정씨에게는 그래도 아직 고향이 돌아가도 좋은 곳으로 기억되고 있는 것이다. 기억 속의 정씨의 고향은 벽지이면서도 아름답고 살만한 곳이다. 그런데 그런 고향은 "작정하고 별러서" 가는 정씨의 눈에 떠도는 것이지만, 또한 정씨의 고향행의 지연된 시간에 의한 이미지일 수도 있다. 정씨는 10년의 수감생활 후에 고향으로 돌아가는 중이다. 고향은 정씨와 함께 10년 동안 기억 속의 이미지로만 떠돌고 있었던 것이다.

이런 기억의 문제는 비단 정씨의 것만은 아니다. 영달과 백화 같은 떠돌이들, 은자와 영자 같은 도시 이주자들, 그리고 《별들의 고향》의 문오 같은 전문직 남성(대학 강사)에게마저 고향은 기억 속에 떠도는 이미지로 남아 있다. 그래서 고향은 돌아가서 쉴 수는 있으나 시간이 지날수록 결코 그곳에 오랫동안 머물 수는 없는 곳이 된다. 《별들의 고향》의 문오는 고향이 바다와도 같은 곳이지만 그곳을 향해 헤엄쳐 나가면 바다는 우리를 다시 모래사장으로 떠밀어낸다고 생각한다.[44] 바다 같은 고향은 기억 속의 이미지에 상처를 내며 '등을 떠미는 고향'으로 되돌아오는 것이다. 정씨의 경우에는 그 일이 고향에 가기도 전에 자기 자신의 마음의 한복판에서 일어난다.

---

44 최인호,《별들의 고향》하, 동화출판공사, 1985, 553쪽.

"어허! 몇 년 만에 가는 거요?"

"십 년"

노인은 그렇겠다며 고개를 끄덕였다.

"말두 말우. 거긴 지금 육지야. 바다에 방둑을 쌓아 놓구, 추럭이 수십대씩 돌을 실어 나른다구."[45]

10년이 되돌아오는 순간, 정씨의 충격은 단순한 고향 상실 그 이상이다. 고향은 정씨를 밀어내는 바다에 그치지 않고 신작로가 나고 육지로 변해버린 것이다. '집으로 가는 길'은 영원히 없어졌다. 이 순간은 정씨뿐만 아니라 그 시대 모든 사람들의 기억 속의 고향이 개발주의에 점령당하는 순간이다.

기억 속의 고향이란 실제 현실에는 원래 없었을 수도 있는 존재론적 순수 기억[46]일 것이다. 다만 정씨의 경우 10년의 시간적 지연이 상실감을 다른 사람보다 더 충격적으로 만들고 있다. 그 순간 그 시대의 모두가 막연히 느끼던 고향 상실이 정씨 내면 속의 시간적 지연을 통해 낯설게 하기 방식으로 전경화된다. 상실한 '마음의 고향'이 실제 고향이기보다는 순수기억으로서의 존재의 한 부분인 점에서, 정씨와 개발주의 시대 사람들의 상실의 충격은 존재론적 상처라고 할 수 있다.

이제 정씨는 고향에 대한 기억 대신 절망 같은 상처의 기억을 안고 살아갈 것이다. 그러나 그런 트라우마의 기억이야말로 상처가 없는 세상으로 가려는 첫발을 내딛게 해준다. 돌아갈 집이 없는 사람, 끝없이 길에서 서성대는 사람, 그 낯선 두려움(unhomely)을 공감한 사람만이 또 다른 고향(마음의 고향)으로 가는 '길 없는 길'[47] 위에 있게 되는 것이다.

---

45 황석영, 〈삼포 가는 길〉, 《황석영 중단편전집》 2, 창비, 2000, 224~225쪽.

46 베르그송의 순수기억은 존재의 핵심을 이루고 있는 무의식을 말한다.

47 '길 없는 길'은 루쉰이 〈고향〉에서 우상 같은 희망을 대신해서 말하고 있는 미래에 대한 사유이다. '길 없는 길'의 함축적 의미에 대해서는 김철, 《식민지를 안고서》, 역락, 2009, 42~43쪽

〈삼포 가는 길〉에는 정씨와 영달 이외에 백화와 그녀의 이야기 속의 군인들이 등장한다. 술집 여자 백화와 군인들은 어쩌면 정씨와 영달보다 한층 더 개발주의 권력의 희생자일 수 있다. 그들이 개발주의와 연관되어 말해지지 않는 것은, 〈삼포 가는 길〉에 이야기 속의 이야기로 묻혀 있듯이 민족적 개발주의에서 그들의 위치가 은폐되어 있기 때문이다. 그처럼 은밀하게 감춰져 있는 창녀와 군인의 이면을 죽음정치적 노동자의 관점에서 보여주는 소설이 〈몰개월의 새〉이다.

4. 죽음정치적 노동자들의 연대와 존재론적 대응

이제까지 살펴본 모든 인물들은 개발주의에 의해 국민으로 호출되었지만 실제로는 유민으로 떠돌 수밖에 없는 운명의 사람들이었다. 우리는 그런 사람들의 낯선 두려움의 심리를 개발 권력의 숨겨진 죽음정치에 의한 것으로 설명했다. 그들에 비해 〈몰개월의 새〉의 창녀와 군인은 노동자의 신체와 생명을 죽음에 이르도록 착취하는 죽음정치와는 무관한 것처럼 보일 수도 있다. 그러나 그들이야말로 은밀하게 감춰져 있는 죽음정치적 노동의 본모습을 보여주는 사람들이다.

〈삼포 가는 길〉이나 〈몰개월의 새〉에는 창녀와 군인의 공감적 관계가 그려지는데, 개발주의 시대의 소설에 이런 삽화들이 끼어들어온 것은 우연이 아니다. 〈몰개월의 새〉에서 창녀와 군인의 공통점은 너무나도 먼 데까지 흘러온 사람들이라는 점이다. 이 소설의 미자는 창녀로 떠돌다 파월 병사의 시달림을 받는 몰개월이라는 막장까지 밀려온 여자이다.[48] 또한 '나'(한상병)

참조.

48   황석영, 〈몰개월의 새〉, 《황석영 중단편전집》 3, 앞의 책, 181쪽.

는 그런 몰개월을 거쳐 "먼 나라 전장"[49]에서 죽어가야 할 시간이 임박해 있다. 이들은 평화시장의 여공들이나《미스 양의 모험》의 은자보다도 한층 더 먼 곳까지 밀려난 사람들이다. 그들의 막장의 느낌은 위대한 국민으로부터의 아득한 거리감이기도 하다.

미자와 '나'의 또 다른 공통점은 사람들에게 노동자로도 인식되지 않는 대리노동자라는 점이다. 몰개월의 미자는 병사들을 위로해야 할 누군가를 대신해 주는 대리노동자이다. 또한 '나' 역시 미국의 전쟁(베트남전)에서 돈을 받고 대리로 싸우며 죽어가야 할 또 다른 노동자이다. 이들의 대리노동의 특징은 산업노동과는 달리 신체와 생명의 훼손이 이미 노동의 전제조건이라는 점이다. 창녀는 직업을 수행하는 매순간마다 정신적·신체적 트라우마를 감수해야 한다. 또한 파월 병사는 '대한남아'라는 명예로 위장되어 있지만 전투에서의 신체의 훼손과 죽음의 위협에 시달려야 한다. 초국가적 값싼 노동이 죽음에 이르도록 착취당하는 점에서 죽음정치와 연관된다면, 매춘녀와 파월 병사는 이미 잠재적 훼손과 죽음의 위협에 부대끼는 상태에서 죽음정치적 노동의 극단에 위치해 있다.

파월 병사는 경제부흥을 위한 대리병이었으며 매춘녀는 그들을 대리로 위로해 주었지만 아무도 그들의 죽음정치적 노동의 측면은 주목하지 않는다. 개발주의의 죽음정치가 국민을 유민으로 만들었다면 몰개월의 창녀와 군인은 가장 먼 곳까지 떠밀린 은유적인 난민인 셈이다. 그런 만큼 그들의 경우 유민이나 난민이 겪는 낯선 두려움의 심리는 극단적으로 고조된다. 군인들에게 시달리는 창녀가 오히려 그들을 동정하게 되는 것은 그런 서로의 공통된 운명 때문이다.

---

49 황석영,〈몰개월의 새〉, 위의 책, 192쪽.

아무도 모르게 죽으면 어떡하나, 하는 걱정이 들었다. 빠꿈이[50]가 나직하게 웃었다.

"왜 웃어?"

"가엾어서……"

나는 코웃음이 나왔고, 더욱 크게 웃기 시작했다. 미자는 정말 작부답게 담배 연기를 길게 한숨을 섞어서 토해냈다.

"안됐지 뭐……"

"뭐가……"

"사는 게 그냥, 다……"

나는 더욱 크게 웃었다. 미자는 여전히 웃을 듯 말 듯한 얼굴이었다.[51]

미자는 명예로운 '대한남아'와는 거리가 먼 '나'의 공포(낯선 두려움)를 이해하고 연민을 표현한다. 그 이유는 "사는 게 그냥 다" 그렇기 때문이다. 그녀 역시 이미 극단적인 곤경의 삶 속에서 줄곧 일상적으로 공포를 겪어온 것이다. '진짜 사나이'라는 허울에 감춰진 베트남 파병 군인의 낯선 두려움을 진정으로 이해해주는 것은 비슷한 심리를 내내 겪어온 또 다른 막장의 노동자뿐이다. '나' 또한 그런 미자의 처지를 이해하고 그녀가 '식구처럼' 여겨져 차마 섹스도 하지 못한다. 창녀와 군인 사이의 연대는 그처럼 극한의 낯선 두려움을 경험한 사람들 사이에서 생겨난 것이다. 식구 같은 공감대는 개발주의가 웅변하는 국민의 규율이 아니라 두려움 속에서 간신히 웃음을 보이는 막장의 사람들 사이에서 이루어지고 있었다. 그 한숨과 웃음의 뒤섞인 연대는 "살아가는 게 얼마나 소중한가를 아는 자들"[52]의 존재론적 자기

---

50 빠꿈이는 미자의 별명으로 눈이 빠꿈하게 크다고 해서 붙여진 별명이다.

51 황석영, 〈몰개월의 새〉,《황석영 중단편전집》3, 앞의 책, 190쪽.

52 황석영, 〈몰개월의 새〉, 위의 책, 192쪽.

증명이었다.

몰개월의 여자들은 군인들이 출정할 때 제일 좋은 옷을 입고 트럭을 따라오며 꽃과 손수건을 흔들었다. 미자 역시 치마를 펄럭이고 쫓아오며 '나'를 향해 하얀 손수건에 싸인 선물을 던졌다. 그것은 플라스틱으로 만든 조잡한 오뚝이 한 쌍이었다. '나'는 작전에 나가서야 비로소 인생에는 유치한 일이 없다는 것을 느끼며 그 선물의 의미를 깨닫는다.

〈몰개월의 새〉가 이제까지의 소설과 다른 점은 타자와의 만남을 적극적으로 표현하고 있다는 점이다.[53] 미자의 선물은 식구 같아서 차마 할 수 없었던 섹스의 대체물이다. 그것은 개발주의 시대의 모든 상품화된 것의 대용물인 동시에 타자와의 진정한 만남의 증거물이다. 국가주의에 호출된 위대한 국민이 막장의 난민으로 귀결되었다면, 그 흩어진 사람들 간의 낯선 두려움의 감정적 교류는 또 다른 연대를 만들고 있었던 것이다. 미천한 선물과 여자들의 환송은 흩어진 사람들의 존재론적 자기표현이자 은밀한 연대의 은유이다. '나'는 몰개월을 거쳐 먼 나라 전장에서 죽어간 모든 병사들이 그 의미를 알고 있었다고 생각한다. 이 순간 미자의 조잡한 선물은 비천한 것의 존재론[54]을 통해 제국의 초국가적 군대와 주변부 개발주의 국가의 위대한 대의를 파열시킨다. 〈몰개월의 새〉는 막다른 삶에 이른 사람들의 존재론적 자기증명을 통해 그들을 사지로 내모는 죽음정치적인 초국가적·국가적 권력에 대한 보이지 않는 응수를 암시한다.

---

53 〈영자의 전성시대〉에도 타자와의 만남이 나타나지만 영자의 희생자로서의 위치가 더 강조되고 있다.

54 비천한 것의 존재론이란 국가 등의 위대한 기표를 중심으로 한 존재론과는 달리 비천한 타자의 존재에 연관된 존재론을 말한다. 이진경,《불온한 것들의 존재론》, 휴머니스트, 2011.

5. 집을 잃은 사람들의 낯선 두려움과 벌거벗은 타자

〈몰개월의 새〉는 도시에서 가장 멀리 밀려난 사람들의 이야기이지만 도시 근교의 사람들 중에서도 그처럼 막장에 이른 느낌을 경험하는 이들이 있었다. 〈아홉 켤레의 구두로 남은 사내〉(윤흥길)와 《난장이가 쏘아올린 작은 공》(조세희)에서처럼 도시개발에 의해 떠밀린 철거민들이 바로 그들이다. 개발의 이면을 보여주는 이런 철거민의 이야기는 지금까지도 계속되는 성장의 그늘을 상징하는 또 다른 중요한 서사이다.

1970년대의 정착 없는 이주는 고향(home)을 떠나온 사람들은 물론 집(home)을 잃은 철거민의 삶의 운명이기도 했다. 윤흥길과 조세희의 소설들은 그처럼 집을 잃고 떠도는 사람들의 낯선 두려움을 그리고 있다. 특히 이 작품들은 중간층 사람들이 '밀려난 하층민'에게 공감하는 방식으로 '그들과 우리'가 다르지 않다는 것을 보여주는 점이 특징적이다.

철거민의 비극은 도시가 화려하게 개발되는 바로 그 공간에서 발생한다는 점에서 계층 간의 부조화를 가장 뼈아프게 보여준다. 그 비참한 부조화는 개발주의가 우리에게 단순한 계층적 위화감 이상의 감성적인 상처를 남겨준 지점이다. 철거민을 다룬 〈아홉 켤레의 구두로 남은 사내〉와 《난장이가 쏘아올린 작은 공》에서 중간층 인물이 집 없는 하층민에게 고통스럽게 공감하는 시선이 나타난 것은 그 때문이다. 〈아홉 켤레의 구두로 남은 사내〉에서 '나'(오선생)는 아내 수술비 부탁을 거절당한 후 휘청거리고 걷는 권씨의 뒷모습을 보며 나체화를 본 듯한 충격을 느낀다. 또한 《난장이가 쏘아올린 작은 공》 연작 중 하나인 〈칼날〉에서 소시민 신애는 왜소화된 하층민의 상징인 '난장이'에게 울컥한 마음으로 "우리는 한편"이라고 말한다.

〈아홉 켤레의 구두로 남은 사내〉는 〈영자의 전성시대〉나 〈삼포 가는 길〉, 〈몰개월의 새〉와는 달리 소시민인 '나'의 시점으로 도시빈민 권씨의 삶을 그리고 있다. 그와 함께 권씨가 들려주는 이야기를 통해 광주단지에 이주한 철거민들의 비참한 삶이 제시된다. '대학까지 나온' 권씨는 중간층인 '나'와 광주단지 이주민 사이에 끼어 있는 인물이다. 이 소설은 철거민의 이야기이면서도 또한 '틈새적 인물' 권씨를 매개로 소시민이 하층민의 삶을 공감하게 되는 과정을 강조한다. 표면적으로는 소시민으로 상승하려는 권씨의 이야기를 들려주지만, 그 소망의 불가능성을 드러내는 과정에서, 실상은 '내'가 소시민 의식을 넘어서서 권씨와 철거민들에게 공감하게 되는 전개를 보여준다.

1장에서 살폈듯이 권씨는 서울 무허가 건물 철거민의 광주단지 입주권을 전매해 내 집 마련의 꿈에 부풀어 있었다. 그러나 광주단지는 선심성 이벤트였으며 선거가 끝나자 보름 후 집을 지으라고 하고 다시 보름 후 일시불로 계약금을 내라는 통지서가 날아왔다. 이제 권씨는 광주단지 입주민들과 같은 처지가 되고 말았다. 게다가 '대학까지 나온' 권씨는 대책위원과 투쟁위원을 겸임하게 되었다. 하지만 권씨는 여전히 광주단지 사람들과 자신은 다르다고 생각하고 있었고 투쟁위원을 감당할 능력도 생각도 없었다. 광주단지에서 시위가 벌어졌지만 권씨는 서울로 도망가기 위해 택시를 타고 있었다.

청년들에게 발각된 권씨는 그들에게 도덕적인 설교를 듣는다. 이어서 그는 빗속에서 벌어진 입주민들의 시위의 대열을 보게 된다. 그러나 잠자는 그를 "새 나라의 어린이처럼 벌떡 일으켜 세우려는" 설교도, "비에 젖은 사람들이 똑같이 비에 젖은 사람들을 상대로 싸우는 장면"도 그를 감동시키지 못했다.

시위대 쪽으로 끌려가면서도 마음은 서울을 향하고 있는 권씨를 동요시킨 것은 뜻밖의 충격적인 풍경이었다. 시위대 속에 잘못 들어선 참외를 실은 삼륜차 한 대가 벌렁 뒤집어졌다. 참외가 와그르르 쏟아지자 군중들이 돌멩이질을 딱 멈추더니 벌떼처럼 달라붙었다.

"(…전략) 한 차 분이나 되는 참외가 눈 깜짝 할 새 동이나 버립디다. 진흙탕에 떨어진 것까지 주워서는 어적어적 깨물어 먹는 거예요. 먹는 그 자체는 결코 아름다운 장면이 못되었어요. 다만 그런 속에서도 그걸 다투어 주워 먹도록 밑에서 떠받치는 그 무엇이 그저 무시무시하게 절실할 뿐이었죠. 이건 정말 **나체화**구나 하는 느낌이 처음으로 가슴에 팍 부딪쳐옵디다. 나체를 확인한 이상 그 삶들하곤 종류가 다르다고 주장해온 근거가 별안간 흐려지는 느낌이 듭디다. (후략…)"[55]

이 장면은 권씨의 소시민적 꿈과 더 나아가 '잘 살아보세'라는 국민의 소망을 일시에 파열시키는 트라우마의 경험이다. 권씨의 뜻밖의 상처는 입주민들의 나체화에 있다. 즉 여기서의 충격은 권씨의 의식을 점령한 내 집 마련의 꿈과 동일한 평면 위에 그들의 헐벗고 굶주린 모습이 놓여 있다는 점에 있다. '잘 사는 국민'에 좀 더 다가서려는 권씨의 소시민적 욕망은, 비슷한 꿈을 꿀 때나 그 꿈이 좌절된 후에까지 자신과 광주단지 사람들을 '서울 사람과 날품팔이'로 위계화하고 있었다. 그런데 그가 그토록 중요하게 생각했던 그들과의 차이가 한순간 나체화로 눈앞에 드러난 것이다. 나체화에는 일시에 계급적 위계를 지워버리는 보다 더 절박하고 실존적인 어떤 것이 있었다. 이 순간 자신이 그들과 다르다고 생각할수록 헐벗은 나체화가 다가오며 권씨의 소시민적 욕망을 심문하고 있었다.

여기서 입주민들의 벌거벗은 모습은 비단 헐벗음만을 의미하는 것은 아니다. 적나라한 그들의 행동은 존재론적으로 사회의 외부에 접촉한 실존적인 모습이다. 즉 권씨가 경험한 것은 '무시무시한' 실재(계)와의 대면의 순간이다. 나체화가 입주민의 계급성을 지워버리듯이 실재와의 대면은 이제까

---

55 윤흥길, 〈아홉 켤레의 구두로 남은 사내〉,《아홉 켤레의 구두로 남은 사내》, 문학과지성사, 1997, 181~182쪽. 강조-인용자.

지 권씨가 개발주의에 동화되어 당연시했던 자기성의 삶, 그 소유와 자유의 욕망을 무의미하게 만든다. 이 순간은 개발주의의 삶권력이 포획할 수 없는 타자의 출현의 순간으로서, 그들의 나체는 개발주의와 권씨의 삶에 생긴 공백과도 같다.

권씨는 그들이 자신의 처지와 비슷하기 때문에 동정하고 있는 것이 결코 아니다. 그들은 오히려 권씨와 다르기 때문에 더 이상 다르다고 할 수 없는 사람들이었다. 실재와의 대면에서 권씨의 소시민적 욕망이 무너지는 순간은, 낯선 타자인 그들이 일상의 구멍을 통해 적나라한 나체로 자신에게 무언가를 소리치며 다가오는 순간이다.[56] 이 순간 그들이 권씨의 삶에 뚫린 구멍을 통해 심연에 침투함으로써 권씨는 그들에게 응답하지 않을 수 없는 절박함에 처하게 된다. 그들은 여전히 낯선 사람들이었지만 권씨에게 나체와 공백으로 침투한 이상 그들이 자신의 존재와 무관한 사람일 수는 없었던 것이다.

더욱이 권씨는 실상 그들과 비슷한 고통 속에서 살고 있었다. 다만 소시민적 욕망이 그것을 소리 없이 억누르고 있었던 것이다. 이제 나체화 앞에서 소시민적 욕구가 무의미해진 순간 권씨의 억압된 고통이 되돌아오며 위계의식은 교섭과 공감의 열망으로 뒤바뀐다. 그 순간 권씨는 소시민적인 자기성의 삶에서 타자와의 교섭으로의 존재론적 전이를 경험한 것이다. 이런 권씨의 변화의 진원지는 아름답지 않은 비천한 철거민들이었다. 권씨가 미련을 버리지 못한 개발주의 국민의 서사는 이제 그들의 '비천한 것의 존재론'에 의해 파열된다.

아감벤은 지배권력에 의해 배제된 상태로 포섭되는 존재를 벌거벗은 생명이라고 불렀다. 국회의원 선거 전후로 행정적 무질서의 상태에서 유린당한 입주민들이야말로 그처럼 배제된 상태에서 개발주의 체제에 포섭되는

---

56 레비나스가 말한 헐벗은 타자의 벌거벗은 얼굴과 대면하는 순간과도 유사하다.

존재였다. 권씨가 그들에게 등을 돌린 것은 그런 벌거벗은 생명과 자신은 다르다고 선을 그은 것이다. 그들이 시위를 한다고 해도 헐벗은 존재는 결코 달라지지 않을 것이었다. 그러나 그들의 나체화는 불현듯 또 다른 종류의 벌거벗은 모습을 보여준다. 나체화의 순간 권씨는 무언가를 호소하는 그들이 개발의 권력에 포섭될 수 없는 타자임을 절감하게 된다. 배제되면서도 포섭되지 않고 무언중에 소리치는 그들을 우리는 **벌거벗은 타자**라고 부를 수 있을 것이다.

벌거벗은 타자인 그들과 권씨의 대면의 순간은 권력의 질서에 포섭되지 않고 응수하는 미시저항이 생성되는 순간이다. 도덕적 연설도 격한 시위도 움직이지 못한 권씨가 스스로 반전되는 그 순간, 조직적인 대응 대신 존재론적 응수를 통해 진정한 저항의 에너지가 생성되는 과정이 암시된다. 권씨는 시위대의 시끄러운 소란에서 아무런 소리도 듣지 못한다. 그러나 입주민들이 허기를 참지 못해 동작을 멈춘 정지된 정적 속에서 존재의 아우성을 느낀 것이다.

이 소설에서는 또 한 번의 나체화의 모습이 제시된다. 자신도 모르게 시위대에 끼어든 권씨는 감옥에 갔다 온 후 경찰의 감시까지 받는 신세가 된다. 한순간 존재론적 전이를 경험했던 권씨는 이제 다시 냉정한 현실로 돌아온다. 그는 전보다 더 비참해진 상태에서도 여전히 '아홉 켤레의 구두'로 상징되는 소시민적 욕망을 버리지 못한다.[57] 그는 전과자가 된 후 하층민과 자신을 구분하는 말("나 이래뵈도 대학까지 나온 사람이요")을 오히려 더 습관처럼 반복하는데, 이는 그가 한층 더 경계선 바깥쪽으로 밀려났음을 암시한다. 그 같은 밀려나지 않으려는 안간힘이 체제의 질서를 유지하게 하는 원리이지만, 그는 이미 집 없이 떠돌면서도 끝없이 감시당하는 또 다른 벌거

---

57 결말에서 집을 나간 권씨의 구두는 모두 열 켤레인데 한 켤레는 자신이 신고 나가서 아홉 켤레가 남겨진다.

벗은 생명이나 다름없었다.

　권씨는 '나'에게 아내 수술비를 부탁했으나 여유가 없는 '나'는 들어줄 수 없었다. 거절당한 권씨는 큰 아픔을 감추듯이 움씰거리며 휘적휘적 걷기 시작했다. "이래뵈도 나 대학 나온 사람이요"라는 그의 말은 자신의 배제된 듯한 느낌을 확인한 후의 반사적인 치례에 불과했다.

　산고팽이를 돌아 그의 모습이 벌거벗은 황토의 언덕 저편으로 사라지는 찰나, 나는 뛰어가서 그를 부르고 싶은 충동을 느꼈다. 돌팔매질을 하다 말고 뒤집혀진 삼륜차로 달려들어 아귀아귀 참외를 깨물어 먹는 군중을 목격했을 당시의 권씨처럼, 이건 완전히 **나체**구나 하는 느낌이 팍 들었다. 그리고 내가 그에게 암만의 빚을 지고 있음을 퍼뜩 깨달았다.[58]

　권씨의 나체화에서 느낀 '나'의 고통은 그의 허세의 말이 무용지물이 되는 공백에서 기인된 것이다. 독설을 퍼부을 것을 기다리는 순간에, 뜻밖의 어린애 같은 입술의 움직임과 휘청거리는 뒷모습은 참외를 먹던 군중 같은 정지된 화면으로 다가온 것이다. "대학까지 나온" 권씨는 헐벗은 입주민처럼 벌거벗은 생명에 다름이 아니었다. 그가 감시당하며 살아가는 동안에, 개발주의 권력에 의해 배제된 채 포섭되는 그를 통해 체제의 질서가 유지된다. 그러나 그의 어린애 같은 나체화는 감시를 포함한 모든 시선을 무의미하게 만드는 순간이며, 그 지점은 권력이 포섭할 수 없는 벌거벗은 타자의 위치가 노출되는 순간이다.

　이 아득한 순간은 소시민인 '나'가 틈새적 인물인 권씨에게 공감하는 순간이다. 그런 맥락에서 이 소설에서는 출세 후 하층민에게 등을 돌린 디킨

58　윤흥길, 〈아홉 켤레의 구두로 남은 사내〉,《아홉 켤레의 구두로 남은 사내》, 앞의 책, 190쪽.
　　강조-인용자.

즈와 그 반대였던 램의 대립이 질문으로 제기된다. 그러나 이 소설의 경우 디킨즈나 램과는 중요하게 다른 점이 있다. 그것은 하층민이나 권씨와의 대면이 삶권력의 유혹을 파열시키는 트라우마의 경험으로 다가온 점이다.

개발주의 시대는 삶권력의 이면에 숨겨진 죽음정치에 의해 극단적인 가난과 무시무시한 낯선 두려움이 생겨난 때였다. 정착할 곳이 없는 철거민들이나 감시를 받으며 살아가는 권씨는 단순한 하층민이 아니라 죽음권력에 의해 버려진 사람들이었다. 죽음권력에 의한 생명의 유기는 경제적 차원을 넘어서 **존재론적 충격**을 전해준다. 그렇기에 하층민의 절망은 나체화로 드러났고 그 순간은 유기된 사람들이 타자의 모습을 드러내는 순간이자 삶권력의 공백이 드러나는 때였다.

죽음정치적 체제인 1970년대는 하층민의 거세된 채 포섭된 상태로부터 불현듯 그런 벌거벗은 타자가 흘낏흘낏 나타나는 때이기도 했다. 윤흥길 소설의 나체화는 예외적 경험이기보다는 피할 수 없는 그 시대의 상처였던 것이다. 그런 상처의 순간들은 소시민들로 하여금 상승욕구 대신 집 없는 사람들 쪽으로 돌아서지 않을 수 없게 만들고 있었다. 따라서 1970년대의 소시민들에게는 도덕적 판단 이전에 **양가성** 속에서 은밀한 심연의 동요가 있었다. 그것은 디킨즈냐 램이냐 라는 결단의 문제가 아니었다. 중간층들은 디킨즈인 동시에 램이었지만, 외면할 수 없는 존재론적 충격, 즉 타자의 고통에 연관된 상처의 순간을 공유하고 있었던 것이다. 당대의 소설들은 그 같은 숨겨진 순간들을 포착함으로써, 부유한 국민의 환상보다는 탈락한 채 떠도는 사람들에게 공감할 수밖에 없었던 디세미**네이션**의 연대의 필연성을 암시한다.

철거민의 비애와 중간층의 공감을 그린 또 다른 소설은 《난장이가 쏘아 올린 작은 공》 연작이다. 〈아홉 켤레의 구두로 남은 사내〉의 나체화가 벌거벗은 신체라면 《난쏘공》 연작의 '난장이'는 불구화된 신체이다. 불구화된 신체는 개발주의 시대의 상처와 공백을 보여주는 또 다른 벌거벗은 타자이다.

1970년대에 경우 국민으로 동원된 사람들은 계급적 관계에서 부조화를 일으키며 나타난 하층민과의 대면에서 상처를 경험한다. '난장이'는 국민의 옷을 입지 못한 벌거벗은 타자인 동시에, 한 발 더 나아가 이미 그 자체에 폭력이 각인된 트라우마의 표현이다. 국민적 서사의 각본에서 보면 '난장이'는 버려져야 할 것이었다. 난장이는 국민을 만드는 과정에서 생겨난 산업화 과정의 불량품이자 앱젝트[59]이다. 그러나 그 버려져야 할 불량한 앱젝트는 상품이나 물건이 아니라 인간이라는 점에서 그 시대 사람들의 트라우마이기도 했다.

그런 트라우마의 표현은 〈아홉 켤레의 구두로 남은 사내〉에서 나체화로 나타난 바 있다. '난장이'가 나체화와 다른 점은 한순간의 동요를 일으키는 데 그치지 않고 알레고리적 이미지로 일상에서 계속된다는 것이다. 나체화는 동요를 일으키며 공감적 연대로 이어지지만 알레고리는 파편화된 상처로 남겨진다.

양자의 상이성, 즉 공감적 은유와 알레고리의 차이는 유기체적 미학과 비유기체적 미학의 차이이다.[60] 나체화가 교섭과 공감의 순간을 포착하는 은유라면 난장이는 일상의 현실 자체가 파편화되어 있음을 표현하는 알레고리이다. 전자에서 디세미**네이션**의 연대가 암시되는 반면 후자에서는 산업화 시대 국민의 서사의 파편화가 부각된다.

그처럼 '난장이'를 파편화된 삶의 트라우마로 보면 그 균열의 표현은 개발 이데올로기를 파편화하는 기능을 하는 것으로 볼 수 있다. 그러나 다른 한편 모더니즘의 알레고리에 의해 파편화된 균열은 이데올로기에 동화되지 않은 사람들의 소망을 표현하는 환상 이미지로 채워지기도 한다. 이 소설에

---

59 앱젝트에 대해서는 제1장 5절 참조. 또한 크리스테바, 서민원 옮김, 《공포의 권력》, 동문선, 2001, 21~43쪽, 김철, 〈비천한 육체들은 어떻게 응수하는가〉, 《사이》 제14호, 2013. 5, 388~389쪽 참조.
60 양자의 차이는 리얼리즘과 모더니즘의 차이에 상응한다.

서도 '난장이'에 공감하는 지섭(지식인)의 출현으로 인해 균열과 구멍은 동화적 환상으로 채워진다. 그처럼 흔히 모더니즘의 알레고리는 이데올로기를 파편화하는 동시에 비동일성 소망이 담긴 환상으로 표현되기도 한다.

모더니즘의 동화적 환상은 삶의 균열 지점에서 유아적인 애니미즘적 상상력이 회귀하는 양상이다. 〈난장이가 쏘아올린 작은 공〉의 환상의 특징은 파편적인 모나드적 환상이면서도 유대를 맺을 수 있는 지섭의 존재로 인해 얼마간 동화처럼 지속된다는 점이다.[61] 지섭과 아버지는 대기권 밖을 날아 "하루에도 몇 번씩 달을 왕복했다." 지섭은 미국에 있는 존슨 우주센터에 편지를 보내 아버지의 달나라행을 돕는다.[62] 지구 차원에서 문제가 해결될 수 없음을 직감한 아버지(난장이)는 달에 가서 천문대 일을 보기로 결심한 것이다. 이런 방식으로 이 동화적 환상은 개발주의에 포섭될 수 없는 화해의 무의식을 표현하고 있다. 〈아홉 켤레의 구두로 남은 사내〉의 나체화가 그 자체로 개발 권력에 포섭될 수 없는 공백이라면, 〈난쏘공〉의 환상은 동화적 상상력을 빌린 또 다른 공백의 암시이다. 그런 동화적 환상의 방식으로나마 배제된 '난장이'(불구화된 신체)는 나체화(벌거벗은 신체)처럼 권력에 포섭되지 않고 응수하는 것이다.

그러나 유년의 동화와는 달리 '난장이'의 동화는 어른의 합리성의 세계에서 완전히 벗어날 수는 없기 때문에. 환상의 형식을 통해서도 낯선 두려움이 사라지지 않는다. '난장이'는 집(home)이 철거당한 후 낯선 두려움(unhomely)이 가장 증폭된 시점에서 달나라로 가려 하지만 결국 굴뚝 속으로 떨어져 죽음을 맞는다. '난장이'는 불가능한 '마음의 고향'을 꿈꾼 대가로 죽음정치에 의해 배제된 것이다. 그 점에서 '난장이'의 환상과 죽음은 '살아 있는 죽음'과 낯선 두려움을 강요하는 죽음정치적인 폭력적 현실의 음화이

61 이에 대해서는 나병철, 《환상과 리얼리티》, 문예출판사, 2010, 308~311쪽 참조.
62 조세희, 〈난장이가 쏘아올린 작은 공〉, 위의 책, 120쪽.

다. 개발의 현실에 예속된 사람은 낯선 두려움 속에서 살아야 하며, 그에서 벗어나려는 꿈을 꾸는 사람은 죽음으로 배제되는 것이다. '난장이'는 달나라 행의 꿈을 꾸지만 그 꿈은 다시 낯선 두려움으로 회귀한다.[63]

〈아홉 켤레의 구두로 남은 사내〉의 나체화(벌거벗은 신체)가 공감의 연대의 근원이었다면, '난장이'는 공감의 연대의 근거인 동시에 그 불가능성의 표현이다. 그런 불가능성의 표현을 통해 나타난 죽음의 음화는 개발주의 시대의 국민의 서사에 숨겨진 죽음정치의 속성을 암시한다. 죽은 '난장이'는 에필로그에서 곱추와 앉은뱅이에 의해 기억된다. 난장이가 매장되었으나 매장될 수 없는 트라우마라면, 그를 기억하는 곱추와 앉은뱅이는 '살아 있는 죽음'이다. 그들이 개똥벌레를 따라가는 것은 난장이가 달나라를 꿈꾸는 것과 비슷하다. 또한 앉은뱅이가 사장을 죽이려 하는 것은 난장이의 아들 영수와 유사하다. 그들 모두는 화해와 정의를 소망하지만 그 대가로 죽음정치에 의해 버려져야 하며 결국 현실에는 화해가 불가능한 구멍이 있음을 보여줄 뿐이다.

이 연작소설의 결말부에서는 두 가지 알레고리적 교차가 표현된다. 즉 현실에 동화될 수 없는 사람들이 '개똥벌레'를 통해 화해의 소망을 표현하듯이, 복수의 무의미함에 대한 생각은 '클라인씨의 병'이라는 제3의 위치를 향한 해체의 출발점이 되고 있다. 그러나 화해의 꿈과 제3의 논리는 사라져가거나 추상적 차원에 놓여 있다. 그렇기 때문에 그런 소망은 더 간절하게 느껴지고 그 꿈을 외면하는 파편화된 현실이 한층 뼈아프게 느껴지는 것이다. 이 소설은 화해를 꿈꾸는 사람들이 버려지고 죽음을 맞는 낯선 두려움의 음화를 통해, 화해를 짓밟는 죽음정치의 어둠이 깃든 산업화 시대의 국민서사의 이면을 폭로한다. 그런 국민서사의 파편화는 부정의 방식으로 진정한 화

---

63 동화적 형식을 빌린 환상적인 화해의 소망과 현실에 대한 실제적 부조화와의 관계에서, 이
    소설은 그 둘 사이의 모순의 힘을 통해 현실을 비판한다.

해를 소망하는 디세미**네이션**의 잠재적 소망을 암시한다.

철거민의 낯선 두려움을 표현한 〈아홉 켤레의 구두로 남은 사내〉 연작과 《난장이가 쏘아올린 작은 공》의 또 다른 공통점은 후반에서 노동자의 문제를 다룬다는 점이다. 두 연작소설들은 그런 전개를 통해 노동자의 저항이 사회운동의 전위가 되어야 함을 암시하는 듯하다. 그러나 실제로 양자에서 전경화되는 것은 노동자의 문제보다는 정착 없는 유민으로서 디세미**네이션**의 문제이다. 두 소설 모두 국민으로 동원된 사람들이 떠돌며 흩어질 수밖에 없는 사연과 그 흩어진 사람들 간의 연대와 사랑에 초점을 맞추고 있다. 후반의 노동자의 서사는 1970년대 말 이후에 부각된 노동운동에 연결된다. 그러나 이는 노동운동이 공감의 연대를 대신한 것이 결코 아니다. 오히려 그 반대로 국민으로 규율화될 수 없었던 사람들의 디세미**네이션**의 연대가 고양됨으로써, 표면화된 노동운동에 일상과 연관된 의미가 증폭된 행위력을 부여했을 것이다. 노동운동은 디세미**네이션**의 연대에 의해 떠받혀짐으로써 노동자만의 문제를 넘어서서 죽음정치에 저항하는 일상의 사람들의 삶정치적 운동[64]이 될 수 있었다.

6. 초국가적 맥락에서의 죽음정치와 존재론적 대응으로서의 디세미**네이션**의 연대

이제까지 우리는 1970년대의 노동자의 문제에서 시작해서 내부의 유민, 난민, 철거민을 거쳐 다시 노동자로 돌아왔다. 이들은 모두 정착 없는 이주를 경험한 사람들이었으며 마음의 고향을 잃어버리고 낯선 두려움에 시달

---

64 삶정치는 네그리의 용어로 삶권력에 대항하는 일상의 존재론적 정치를 말한다. 네그리, 조정환·정남영·서창현 역, 《다중》, 세종서적, 2008, 21쪽, 414쪽.

리는 사람들이었다. 1970년대의 개발주의는 민족 중흥을 앞세워 국민을 동원했지만 농촌 이주자와 철거민들은 심리적·실제적으로 고통 속에서 떠도는 사람이 될 수밖에 없었던 것이다.

죽음에 이르도록 착취당하는 '값싼 노동'과 그것을 보완하는 여성의 성노동, 정처 없는 떠돌이들과 개발의 트라우마의 상징인 철거민들, 초국가적 군사 노동과 그들을 접대하는 군대 성 노동, 이 일련의 '정착 없는 이주'와 '낯선 두려움'은 죽음정치를 통해 설명될 수밖에 없다. 개발주의는 경제성장과 민족 부흥이라는 삶권력을 앞세웠지만 하층민들에게는 실상 비정한 죽음정치가 작동되고 있었던 것이다. 죽음정치는 흔히 초국가적 권력에 의해 나타나는데, 1970년대의 하층민이 낯선 두려움 속에서 겪었던 죽음정치 역시 초국가적 맥락에서의 신식민지적 국가 개발주의와 연결되어 있었다.

1970년대의 한국의 **민족적** 경제개발은 냉전시대의 '기지의 제국' 미국의 **신식민지적** 군사주의와 따로 떼어 생각하기 어렵다. 즉 미국의 신식민지와 군사기지를 허용하는 한에서 국가와 민족이 호명되었으며 그런 맥락에서 민족의 부흥을 주장할 수 있었던 것이다. 민족의 중흥과 선진화라는 지상의 과제는 미국의 패권주의와 군사주의라는 더 큰 트랜스내셔널한 차원의 그림 안에 놓여 있었다. 이 과정은 1960년대 이후 수출지향적 산업으로 전환된 한국이 세계 자본주의에 통합되어 그 체제의 국제적 노동 분할하에 놓이게 되는 과정과 일치한다.[65]

죽음정치적 노동 역시 초국가적 맥락에 예속될 수밖에 없었던 한국의 사회적 운명과 같은 논리를 갖고 있었다. 한국은 예속화를 용인하는 한에서 민족적 경제 개발이 허용되었으며 경제적으로는 저임금 죽음정치적 노동이 허용된 셈이었다. 또한 경제 개발은 한국인의 소득 수준을 상승시켰지만 그런 삶의 부양은 죽음정치적 노동이 지속되고 트랜스내셔널한 위계 구도가

---

65 이진경, 《서비스 이코노미》, 앞의 책, 60쪽, 72~73쪽.

유지되는 한에서 가능한 셈이었다.

초국가적 맥락에서의 죽음정치에 의한 산업화의 동원은 난민 같은 노동자와 떠돌이들을 낳았으며 개발은 철거민을 양산했다. 이제 위대한 조국(제2의 home)의 건설은 하층민들과 뜨내기들로부터 시작해 중간층에게까지 낯선 두려움(unhomely)을 확산시키고 있었다. 이것이 흔히 관념적으로 생각하는 산업화 과정과 다른 우리의 핵심적인 실상이었다.

그런데 그런 낯선 두려움은 또 다른 존재론의 생성과 표리를 이루고 있었다. 즉 낯선 두려움과 트라우마를 껴안은 사람들끼리의 공감은 개발주의가 내세운 구호와 표어, 그 위대한 국민의 서사를 반전시킨 비천한 것의 존재론을 보여준다. 이 새로운 존재론은 초국가적 권력과 국가주의의 대척점에 놓인 비천한 타자들로부터 울려나왔다. 가령 〈몰개월의 새〉는 존재의 자기 증명이 왜 죽음정치의 밑바닥 사람(타자)에게서 시작되는지 알리고 있다.

중요한 것은 그런 존재의 함성이 중간층까지도 공감시키고 있었던 점이다. 죽음정치는 1970년대의 삶권력의 구성적 요소로 작용하고 있었으며, 이 시기의 문화정치와 성정치의 유혹 앞에서 중간층들은 삶권력과 죽음정치 사이의 양가적 위치에 있었다. 그들은 대체로 도발적이거나 선정적인 대중문화와 관련을 맺고 있었다. 그러나 중간층과 지식인들 역시 심리적으로는 낯선 두려움을 겪고 있었는데, 그것은 경제성장을 통한 문화생활과 삶의 부양(삶권력)이란 군사적 규율화와 독재정치를 감수하는 것을 대가로 해야 했기 때문이다. 하층민들이 겪는 고통은 그들에게 트라우마로 다가왔고 그들은 그 상처를 껴안음으로써 떠도는 민중들에게 공감할 수 있었다. 그런 가난한 타자에 대한 공감이란 일종의 존재론적인 일상의 삶정치였다. 예컨대 〈아홉 켤레의 구두로 남은 사내〉와 《난장이가 쏘아올린 작은 공》은 죽음정치의 밑바닥에서 나온 존재의 아우성이 중간층에게까지 전이되는 과정을 보여준다. 이처럼 존재론적 대응이 중간층에게까지 전이됨으로써 규율화된 국민을 대신하는 디세미**네이션**의 연대가 형성될 수 있었던 것이다. 역설적으로 **국민**의 동원이 있었기에 디세미**네이션**의 산포가 생겨난 점에서 그 둘의 관계는 양가적이었다. 그러나 그런 양가성을 통해 존재론적 정치로서의 디세미**네이션**의 연대는 초국가적 맥락에서 형성된 신식민지적인 국민의 서사를 은밀히 파열시키고 있었다.

　이제까지 1970년대는 한편으로 국민의 서사에 의해, 다른 한편 저항적 민중의 서사에 의해 설명되어 왔다. 그러나 우리는 그 둘과 달리 디세미**네이션**의 연대를 중시했다. 우리는 디세미**네이션**의 연대가 막장에 이른 사람들의 최하층에서 생성되는 비천한 것의 존재론에서 시작됨을 살폈으며, 그런 존재의 울림이 타자에 공감하는 중간층까지 결집시키는 과정을 고찰했다. 죽음정치의 밑바닥에서부터 울려오는 비천한 것의 존재론은 조직적 저항과는 달리 시위를 하지 않아도 경계가 무너질 듯한 위기감을 발생시킨다. 이것이 바로 존재론적 정치학의 잠재적인 폭발력이다. 인식론적 목표를 앞세운 사회운동들 역시 실상은 그런 수면 밑의 네트워크가 고양되는 것을 토대로 비로소 가능할 수 있었다. 이 존재론적 연대야말로 조직적 사회운동이 무력화된 오늘날 우리가 새롭게 주목해야 할 정치학일 것이다. 우리가 살펴본 1970년대의 문학들은 그처럼 국민의 서사를 파열시키며 숨겨진 죽음정치에 대응하는 일상의 '존재론적 정치'와 '디세미**네이션**의 연대'를 은유적으로 보여주고 있다.

제5장 　삶권력과 자본주의의
　　　　존재론적 운동

1. 삶권력과 죽음정치의 관계와 무의식

이제까지 식민지 시대와 산업화 시대를 죽음정치와의 관계에서 살펴보았다. 근대의 죽음정치는 삶권력과의 구성적 결합 속에서 작동한다. 삶권력과 죽음정치의 관계는 빛과 그림자, 화려한 스펙터클과 어둠의 비식별성의 관계와도 같다. 삶권력과 죽음정치는 늘상 그런 방식의 구성적 관계 속에서 동거한다. 그 때문에 죽음정치의 실상에 대해 보다 깊이 알려면 삶권력과의 관계를 규명해야 한다. 더욱이 삶권력의 스펙터클에 감춰진 채 은밀히 확산되는 21세기의 죽음정치를 간파하려면 삶권력의 기제에 대한 고찰이 필수적이다.

삶권력은 무의식의 예속화이며 그런 기제에 예속된 사람들은 권력이 질서를 떠받치는 죽음정치를 보지 못한다. 푸코가 삶권력의 등장과 함께 죽음정치를 논의하지 않은 것은 그 점과 연관이 있다. 그러나 삶권력이 사람들의 삶을 부양하는 동안 이미 그 권력의 그물망에 예속된 사람들을 지탱시키는 죽음정치가 움직이기 시작한다. 다만 죽음정치는 **비식별성의 영역**에서 작동되기 때문에 사람들이 잘 보지 못하는 것이다.

푸코는 삶권력이 권력의 얼굴을 감추는 보이지 않는 권력이라고 논의한다. 그러나 삶권력은 은밀한 감시장치를 통해 무의식을 예속화시키면서 또한 사람들을 유혹하기 위한 전시(展示)의 스펙터클을 연출한다. 삶권력이란 보이지 않는 권력인 동시에 보여주는 권력인 것이다.

반면에 죽음정치는 주로 보이지 않는 비식별성의 영역에서 실행된다. 그점에서 죽음의 형벌을 권력의 응징으로 화려하게 연출하는 근대 이전의 죽음정치와 분명히 구분된다. 비식별성의 영역이란 법의 내부와 외부의 구분이 불분명한 지역이다. 삶권력은 법의 내부에서 사람들을 체제 안으로 유혹하기 위한 방식으로 작동한다. 반면에 체제에 잘 유혹당하지 않는 불온한 사람들, 혹은 국가와 자본을 위해 필요하면서도 감춰져야 하는 사람들은, 비식별성의 영역에서 죽음정치의 관리를 받는다. 비식별성의 영역은 합법과 불법의 회색지대인 동시에 체제의 **은밀성의 장치**에 의해 사람들의 시선에 잘 노출되지 않는 장소들이다. 예컨대 아감벤이 말한 수용소 장치 이외에, 성 노동과 군대 성 노동, 초국가적 군사 노동, 이주 노동 등이 모두 은밀성의 영역에서 작동되는 죽음정치적 항목들이다.[1] 이 항목들은 누구나 다 아는 동시에 잘 모르는 영역에 놓여 있다.

아감벤의 수용소는 **국가**가 불온한 자들의 존재론적 대응을 차단하기 위한 장치이다. 반면에 나머지 죽음정치의 항목들은 국가와 자본의 공모에 의해 은밀하게 희생되는 존재들이다. 이들은 노동의 이름을 박탈당한 노동자들로서 특히 **자본주의**의 은밀한 비식별성의 장치와 연관되어 있다. 우리는 앞에서 성 노동자와 군사 노동자, 초국가적 맥락의 산업 노동자들에 대한 비식별성의 영역에서의 포섭-배제 기제와 은밀성에 대해 살펴본 바 있다.

죽음정치의 비식별성은 그 자체가 권력의 자기모순을 은폐하기 위한 장치이다. 그런데 자본주의가 극도의 수익을 추구할수록 체제의 자기모순과 죽음정치의 비식별성 영역은 확대될 수밖에 없다. 그럴수록 지배체제는 확대된 비식별성의 영역에서 새어나온 존재의 신음이 들리지 않도록 삶권력의 유혹의 장치를 강화해야 한다. 오늘날의 신자유주의 시대가 **유혹의 권력**의 시대가 된 것은 바로 그 점과 연관이 있다.

신자유주의 시대는 방해물이 없어진 자본주의의 미래를 선전하기 위한 유혹의 권력의 특수한 창안이 쏟아져 나온 시대였다. 전사회의 자본화와 인격성 영역의 상품화 자체가 이미 유혹의 권력이다. 화려한 상품의 스펙터클과 매혹적인 문화생활, 성정치 역시 훨씬 더 진화했다. 하지만 유혹의 권력

---

1 이진경, 나병철 역, 《서비스 이코노미》, 소명출판, 2015, 39~45쪽.

시대가 되었다는 것은 은밀하게 감춰져야 할 비식별성의 영역 역시 확대되었다는 말과도 같다. 그 점은 한병철이 말하는 성과사회의 경우에도 마찬가지이다. 성과사회에 매우 가까운 서구의 경우 비식별성 영역의 죽음정치가 사라진 것 같지만 자국 내의 이민족이 떠맡거나 해외(그리스 등)로 이전되었을 뿐이다.[2] 신자유주의가 사람들을 자본주의 영토로 유인하기 위해 그토록 과잉 스펙터클 장치를 사용하는 것은 오히려 은밀한 비식별성 영역의 존재를 반증한다.

따라서 삶권력과 죽음정치의 구성적 결합은 자본주의 자체의 특징으로 볼 수 있다. 자본주의는 정치적 권력을 넘어선 존재론적 폭력으로서 죽음정치를 필수물로 하며, 그와 함께 경제 권력을 넘어선 존재론적 유혹으로서 삶권력을 사용한다. 자본주의를 정치경제학으로서뿐만 아니라 삶권력과 죽음정치라는 **존재론적 권력**의 측면에서 파악해야 하는 것은 그 때문이다. 그런 존재론적 폭력과 권력은 자본주의가 일방통행을 통해 거침없이 미래로 달려갈수록 더욱 확대된다.

근대사회는 자본주의와 함께 그를 견제하는 인문학과 미학을 필요로 한다. 그런데 자본주의가 인종과 성의 영역에서 작동될 때, 또한 오늘날처럼 국가와 공모해 독주할 때, 죽음정치와 함께 그것을 은폐하는 삶권력이 확대될 수밖에 없다. 유혹의 권력이 정점에 달한 오늘날 그런 존재론적 권력의 확대는 인문학과 미학의 축소에 상응한다.

죽음정치와 삶권력은 오늘날 논점이 되었지만 그에 대한 암시는 마르크스에게서도 찾아 볼 수 있다. 마르크스는 자본의 본원적 축적과정에서의 엄청난 폭력을 지적하고 있는데 이는 죽음정치의 측면을 말한 것으로 볼 수 있다. 또한 상품과 화폐에 대한 설명에서 상품물신화와 '상품의 화폐에 대

---

2 Marina Gržinić·Šefik Tatkić, *Necropolitics, Racialization, and Global Capitalism*, Lexington Books, 2014, p. 27.

한 사랑'을 말하고 있는 부분은 사람들의 무의식에 작용하는 삶권력의 강력한 유인책을 논하는 셈이다. 그러나 앞서 살폈듯이 마르크스의 죽음정치에 대한 언급은 제한적이다. 자본주의는 필연적으로 인종과 성의 영역을 횡단하며 이때 죽음정치는 가장 폭력적으로 증폭된다. 그러나 마르크스는 인종 및 성의 영역과 중첩된 죽음정치가 근대 사회의 곳곳에서 항시적으로 작용함을 유념하지 않았다. 그에 반해 마르크스의 자본과 상품, 화폐에 대한 논의는 자본주의의 삶권력의 효과와 연관해서 매우 시사적이다.

삶권력과 죽음정치는 정치경제학을 넘어서서 **신체**와 **생명**, 그리고 **무의식**과 **일상**에 작용하는 존재론적 권력이다. 푸코는 감시장치와 섹슈얼리티 장치, 지식과 권력의 연계 등을 그런 삶권력의 중요한 기제로 설명한다. 그러나 그에 못지않게 삶권력은 **자본과 화폐, 상품 자체의 형식**으로 중요하게 행사된다. 예컨대 식민지 시대부터 오늘날까지 자본주의는 끝없이 신상품의 창안을 통해 우리를 유혹해 왔다. 신상품의 잉여향락은 우리를 자본주의 내부로 끌어들이면서 비식별성의 영역의 죽음정치에 눈을 돌리지 못하게 만드는 권력 장치이다. 더욱이 성의 상품화가 극단에 이르고 문화와 지식마저 상품화된 후기자본주의에서는 상품경제 자체가 곧바로 삶권력으로 작용한다. 이제 가상적·실제적 섹슈얼리티의 소비는 체제의 질서를 안정화시키는 필수적인 항목의 하나가 되었다. 또한 문화와 지식 역시 자본주의를 부드럽게 만드는 방식으로 상품화되어 사람들을 체제 내부로 유혹하는 강력한 유인제가 되었다.

이제 푸코가 주목하지 못한 그런 자본 자신의 삶권력의 측면을 살펴보자. 푸코는 삶권력의 특징을 다음과 같이 언급한다. 즉 무의식 차원의 통제,[3] 삶의 부양과 지배의 확대,[4] 자동적이고 비개성적인 권력,[5] 보이지 않는 권력과

---

3 푸코, 오생근 역, 《감시와 처벌》, 나남, 1994, 204쪽.

4 푸코, 위의 책, 207쪽.

5 푸코, 위의 책, 298쪽.

보이는(감시당하는) 피지배자,[6] 정상과 비정상 사이의 보이지 않는 경계선[7] 등이다. 푸코의 경우 이런 특징들은 주로 국가권력과 사회기관, 지배적 담론의 차원에서 논의된다. 그러나 삶권력이란 대부분 국가와 자본의 공모에 의한 것이며 자본주의 사회의 전개와 필연적인 연관성을 지니고 있다. 우리는 다음에서 푸코가 언급하지 않았지만 자본의 운동 자체가 이미 그런 삶권력의 형식으로 작용하고 있음을 살펴볼 것이다.

자본주의는 화폐와 상품의 세계를 물신화하며 노동자는 자신의 노동력을 상품으로 팔면서 상품 물신주의에 지배된다. 마르크스는 상품들의 사회적 관계 속에 이미 상품 생산자들의 사회적 관계가 내포되어 있음을 강조했다.[8] 그러나 더 나아가 갈수록 **일상의 인간관계**에서도 상품들의 사회적 관계가 직접 사람들 사이에서 실현된다. 그처럼 일상의 인간관계에서 상품들의 관계가 실현되는 것을 우리는 삶권력이라고 할 수 있다. 삶권력이란 사람들의 무의식에 작용하여 그들의 존재와 신체를 체제(자본주의)에 길들이는 것을 말한다. 자본과 화폐는 경제적 관계를 넘어서서 일상의 인간관계에까지 영향을 미치는데, 그 방식은 사람들의 **무의식**에 작용하며 그들의 **존재(신체)**를 자본의 체계에 맞게 **순응**시키는 삶권력의 형식으로서이다.

이런 방식의 삶권력은 후기자본주의에 와서 더욱 확대되는데, 그 이유는 노동력뿐만 아니라 감정과 성, 문화, 지식마저 철저히 상품화되기 때문이다. 성과 지식, 담론은 권력과 연계된 통치의 장치일 뿐 아니라 이제 완전무결한 상품이 되었다. 그것들은 더 이상 권력장치일 필요가 없이 상품으로서 직접 우리의 무의식을 지배한다. 그로 인해 지금의 전사회의 자본화와 인격성 영역의 상품화는 갈수록 자본과 화폐 자체에 의한 유혹의 권력과 삶권력

---

6 푸코, 위의 책, 297~298쪽.

7 푸코, 김부용 역,《광기의 역사》, 인간사랑, 1991, 258~259쪽.

8 마르크스, 김수행 역,《자본론》I (상), 비봉출판사, 2001, 93쪽.

의 행사를 확장되게 만들고 있다.

자본주의는 경제적으로 작동할 뿐 아니라 이미 그 자체로서 우리의 무의식을 사로잡는 삶권력으로 작용한다. 이는 화폐와 상품 자체가 경제적으로 운용되는 동시에 우리로 하여금 스스로 자본주의에 맞게 존재를 전이시키도록 만든다는 뜻이다. 흥미로운 것은 마르크스의 《자본론》에 이미 그런 삶권력에 대한 수많은 암시들이 나타나고 있다는 것이다. 마르크스의 탁월한 점은 상품과 화폐가 정치경제학의 항목들일 뿐 아니라 우리의 **무의식**에 작용하여 사람들을 자본주의로 유인하는 삶권력의 요인임을 주목한 점이다.[9] 화폐는 우리의 **삶을 부양**시킨다는 환상을 주면서 자본의 규율 외부로 이탈하는 사람들의 무의식을 **감시**한다. 또한 화폐는 사람과 물건의 가치들을 축약하는 척도로 기능하면서 사람들이 밀려나지 않기 위해 안간힘을 쓰게 하는 **보이지 않는 경계선**을 만든다. 담론과 성을 통한 삶권력을 말한 푸코에 앞서 마르크스는 이미 상품과 화폐 자체가 **무의식**을 길들이는 삶권력의 기제임을 발견했다고 할 수 있다. 마르크스가 암시한 그런 상품과 화폐에 의한 무의식의 통제 기제는 오늘날의 신자유주의와 성과사회에 와서 더 이상 거부하기 어려운 유혹의 권력으로 발화되고 있다.

2. 자본의 자기갱신운동과 삶권력

자본주의적 근대사회를 역동적으로 이해하는 이론들은 정치경제학을 넘어 이미 존재론적 관점을 내포하고 있다. 예컨대 마르크스의 《자본론》은 실재계와 무의식에 연관된 수많은 사례들로 가득 차 있다. 죽음정치에 대한

---

9 마르크스는 자본이 인종과 성을 횡단하는 영역에서의 죽음정치를 주목하지 못했지만, 자본과 화폐 자체에 의해 작동되는 삶권력의 기제에 대해서는 많은 암시들을 남기고 있다.

논의에서 우리는 마르크스와 다른 입장에 있었다. 그러나 삶권력에 관한 한 마르크스의 논의들은 많은 암시를 제공한다. 특히 자본이 전사회와 전지구에 확대된 오늘날의 신자유주의 시대에는 더욱 더 그렇다.

마르크스는 자본주의의 자기갱신운동과 그 사회에서의 주체의 진동을 통해 자본의 속성을 날카롭게 해명하고 있다. 이제 우리는 마르크스가 얼마나 자본 및 화폐와 무의식의 관계에 대해 깊숙이 파고들었는지 살펴볼 것이다. 자본과 화폐는 인식론적 설명으로 명료화할 수 없는 **신비한 성격**을 갖고 있는데 그런 특성은 실상 무의식과 실재계에 연관된 측면들이다. 우리는 마르크스가 자본과 화폐의 신비성을 말할 때마다 실제로는 근대인의 **무의식**에 대해 설명하고 있음을 발견하게 될 것이다.

그 부분의 마르크스의 설명은 상징계와 실재계, 의식과 무의식을 왔다 갔다 하는 측면들이다. 그 때문에 그런 설명들은 아이러니와 양가성, 그리고 전복의 요소를 포함하고 있다. 우리는 상징계를 통해 실재계가 드러나는 아이러니와 전복의 순간을 사건이라고 부를 수 있다. 무의식과 연관된 마르크스의 설명들이 소설에서 주인공이 경험하는 사건과 유사한 것은 우연이 아니다. 실제로 마르크스는 자본주의 사회에서의 존재론적 관계들을 설명하기 위해 수많은 은유와 소설의 예들을 사용하고 있다.

마르크스에 의하면, 자본주의적 근대사회는 왕 대신 화폐가 초월적 위치에 있는 사회이다. 왕과 화폐는 유사하게 차이가 있는 것들을 그들의 앞에서 동일해지게 만든다. 왕은 모든 사람들을 똑같이 신하로 만들며 돈은 모든 것들을 동일한 가치(교환가치)로 전환시킨다.[10]

그러나 원환 같은 공동체를 만들며 군림했던 왕과 달리 화폐는 완결된

---

10 물론 이것은 신하가 왕으로 받들 용의가 있을 때 왕이 가능하듯이 화폐로 상품들의 차이를 없애고 화폐를 가치형식으로 추대할 때 가능하다. 가라타니 고진, 김경원 역,《마르크스 그 가능성의 중심》, 이산, 1999, 93~94쪽. 마르크스, 김수행 역,《자본론》I (상), 비봉출판사, 2001, 73~74쪽.

동일한 공동체를 만들 수 없다. 화폐 앞에서 물건들과 사람들은 동일해지지만 완전히 그렇지는 않은 것이다.[11] 이처럼 돈이 지배하는 사회에 동화되지 않은 존재를 우리는 타자라고 부른다.

왕과 달리 화폐는 차이의 잔여물을 남긴다. 그런 잔여물이 접촉하고 있는 영역이 실재계이거니와 근대사회는 화폐체계와 실재계 사이에서 양가적으로 동요하는 사회이다. 화폐가 공동체를 완전히 지배할 수 없다는 불완전성이 오히려 근대사회를 역동적으로 만드는 것이다.

화폐는 가만히 있으면 결코 자신의 초월적 지위를 유지할 수 없다. 그 때문에 화폐는 한 번에 완전히 지배하는 대신 자신의 불완전한 지배의 위치가 끝없이 유보되도록 만든다. 그것이 바로 돈이 돈을 낳는 자본의 운동이다. 이는 아버지가 한 번에 이루지 못한 가업을 아들(잉여가치)에게 물려주는 것과도 유사하다.[12] 화폐(아버지)[13]는 자본의 운동을 통해 잉여가치(아들)를 만듦으로써 자신의 지배적 위치가 끝없이 계속되게 하는 회로를 구성한다. 화폐는 왕처럼 한 번에 지배를 관철시키지 못하지만 화폐의 가치가 끊임없이 생산되는 운동을 통해 자신의 불완전성을 유보시킨다. 그런 역동적 운동 속에서 자본주의 체계의 동일성 역시 끝없이 연기되며 나타난다.

따라서 자본의 운동은 원리상 무한히 계속되어야 한다. 만일 돈이 돈을 낳는 운동이 멈춘다면 화폐의 불완전한 지위가 들통나고 자본의 체계는 위기에 처하게 될 것이다. 이 같은 위기상황이 바로 공황이다. 공황은 화폐의 불완전성을 보여주면서 그 초월적 지위가 일종의 환상임을 폭로한다.

마르크스는 《자본론》에서 **자본의 한계는 자본 자신**이라고 말하고 있다. 이 말은 자본이 자본이기 위해서는 끝없이 자기 자신을 갱신해야 한다는 뜻

---

11 상품들은 동일해지지만 인간들은 완전히 그렇게 되지는 않는다.

12 마르크스는 성부와 성자가 하나이듯이 잉여가치와 처음의 자본이 합쳐져 새로운 자본이 만들어짐을 논의하고 있다. 마르크스, 《자본론》 I (상), 앞의 책, 200쪽.

13 화폐는 잉여가치(아들)를 낳음으로써 아버지인 자본이 된다.

이다. 화폐는 잉여가치를 낳아야 자본이 되는데, 마치 성부와 성자가 한 몸이듯이 화폐는 자본이 되자마자 아버지/자본과 아들/잉여가치가 합쳐진 새로운 자본을 만든다. 자본의 가계에서는 부자(父子)의 나이가 같고 실제로는 한 몸과도 마찬가지인 것이다.[14] 그렇게 해서 최초의 자본이 갱신된 새로운 자본이 생겨나는 운동이 끝없이 계속되는 것이다.

마르크스는 이 자본의 무한한 운동을 M(화폐)-C(상품)-M(화폐)의 회로에서 발견한다. 화폐는 상품들을 등가로 만드는 기준일 뿐만 아니라 M-C-M의 회로를 통해 더 많아진 화폐를 만든다. 만일 이 회로가 한 번에 끝나버린다면 자본은 더 이상 자본으로 존재하지 않는다. 그 때문에 이 회로는 무한히 계속되어야 하며 운동의 종착점은 새로운 출발점이 된다. 마르크스는 이 회로가 상업자본에서뿐만 아니라 산업자본에서도 나타난다고 말한다.

이런 화폐-자본의 무한한 운동이 의미하는 것은 자본의 체계가 왕국 같은 초월적 체계와는 다르다는 점이다. 화폐-자본은 초월적 지위를 지니지만 그 지위는 끊임없이 자기 자신을 갱신하는 운동을 통해서만 유지된다. 왕국은 신과도 같은 왕의 권위에 의해 이미 모든 곳을 자신의 영역으로 다스리게 된다. 그러나 자본의 체계에는 왕국과는 달리 자신에 지배되지 않는 영역이 얼마간이든 존재하며, 만일 자본의 운동이 멈춘다면 모든 영역이 그 잔여영역처럼 되어버릴 것이다. 따라서 자본의 끝없는 운동이란 잔여적 영역마저 손안에 넣으려는 무한한 충동이라고 할 수 있다.

물론 완전한 체계화라는 자본의 충동은 영원히 유보된다. 그 이유는 자본의 체계가 근대인의 진정한 주체화의 소망을 이루어주지 못하기 때문이다. 자본의 체계에 동화된 존재는 예속된 주체이며 진정한 주체는 그 외부를 갈망한다. 자본은 자신을 갱신하는 운동에서 매번 위기에 부딪히거니와 마르

---

14 마르크스, 《자본론》 I (상), 앞의 책, 200쪽.

크스는 그런 위기와 갈등을 정치경제학적으로 설명한다. 즉 자본의 운동은 매 순간 자본과 노동 간의 잠재적 갈등 속에서 진행된다.

그런데 자본에 대한 예속이나 갈등, 혹은 그에 대한 대항은 정치경제학을 넘어선 존재론적 설명을 요구한다. 자본주의에 순응하거나 불만을 갖는 것은 경제적 문제 이전에 무의식적 욕망의 문제인 것이다. 이미 암시했듯이 마르크스의 《자본론》이 탁월한 것은 자본의 운동에 대한 정치경제학적 설명과 함께 **존재론적 차원**이 언급되기 때문이다. 즉 마르크스가 화폐-자본의 신비한 특성을 말하는 순간은 무의식 영역에서의 자본의 존재론적 운동을 말하고 있는 셈이다. 더 나아가 우리는 자본에 대항하는 운동에 대해서도 비슷한 것을 말할 수 있을 것이다.

마르크스가 말한 자본의 무한한 운동이란 자신의 외부(잔여물)를 교환가치화하려는 충동이다. 그처럼 잔여물에 접촉하려는 충동이라는 점에서 자본의 운동은 라캉의 대상 a의 위상학과 유사하다. 마르크스의 놀라운 점은 라캉의 존재론적 대상 a의 위상학을 정치경제학의 영역에서 발견하고 있는 점이다. 마르크스가 발견한 대상 a(잔여물)를 향한 자본의 운동은 무의식적 차원에서 이루어지므로 가치(교환가치) 자체의 증식운동으로 여겨진다.

가치증식을 통해 간신히 유지되는 자본의 왕국은 자본 체계의 주인공인 화폐가 상품세계에서 왕처럼 떠받들어짐에 의해서만 가능하다. 그런데 화폐가 왕으로 등극하는 과정에서는 숨겨진 사회적 관계들의 네트워크 이전에 화폐-자본이 이미 왕처럼 보이기 때문에 상품들(그리고 상품화된 인간들)이 화폐를 왕처럼 떠받든다.[15] 이것이 바로 화폐물신의 신비이며 그 이면에는 상품물신이 숨어 있다.

화폐물신은 일종의 환상이며 상품들의 세계에서와는 달리 자본에 예속

---

15 마르크스, 위의 책, 73~74쪽. 지젝, 이수련 역, 《이데올로기라는 숭고한 대상》, 인간사랑, 2002, 54쪽.

된 사람들과 화폐-자본 사이에는 모순된 인간관계가 포함되어 있다. 그 때문에 자본의 왕국은 과거 신분제의 왕국과는 달리 매번 위기에 처하게 된다. 이것이 바로 왕이면서도 왕(신분제)이 아닌 **자본 자체의 한계**이다. 그러나 바로 그 한계에 의해 자본은 매번 모순을 무마시키면서 자본을 갱신하는 운동을 계속하려는 충동을 갖는다. 즉 자본의 왕국의 환상을 유지시키기 위해 자본은 끝없이 자기갱신 운동을 하며 혁명이 일어나고 있는 듯이 느껴지게 해야 한다. 자본 자신이 지닌 모순은 그것을 돌파한 증거로서 자본의 **자기갱신적 혁명**을 통해서만 해소된다. 이는 해결되지 않은 모순을 지닌 자본주의의 내부에 사람들이 계속 머물게 만드는 자본의 **삶권력** 장치에 다름이 아니다. 예컨대 산업화 시대에 경제성장의 지표가 사람들의 불만을 무마시킬 수 있었던 것은 그런 삶권력의 작용에 의한 것으로 볼 수 있다.

잉여가치를 낳는 자본의 운동은 라캉의 대상 a의 위상학과 잉여향락 운동에 상응한다.[16] 잉여향락은 자본화되지 않은 영역을 상품화하며 사람들에게 신세계에 온 듯한 환상을 제공한다. 자본의 운동에 추동력을 제공하는 잉여향락은 사람들을 체제 내부에 머물게 하는 또 다른 **삶권력**의 유혹이기도 하다.

그런데 엄밀히 말하면 자본의 운동은 대상 a의 위상학과 똑같지는 않다. 대상 a의 위상학이란 체계에서는 발견하기 어려운 대상 a와 교섭하려는 순수욕망[17]의 운동이다. 반면에 자본의 운동은 대상 a와 교섭하려는 충동이면서도 그 잔여물마저 교환가치화하려는 움직임이다. 이 가치의 증식운동은 오히려 순수욕망의 운동과 정반대의 벡터라고 할 수 있다. 전자가 자본의 체계를 확장하는 운동이라면 후자는 그에 대항하는 운동이라고 할 수 있다.

---

16 지젝, 위의 책, 101쪽. 잉여향락이란 자본이 신상품을 만들어내며 자기 자신을 초과하는 순간의 향락을 말한다. 잉여향락이 만들어지는 과정은 잉여가치를 생산하는 과정과 상동성을 이루고 있다.

17 알렌카 주판치치, 이성민 역,《실재의 윤리》, 도서출판 b, 2004, 21~22 쪽.

네그리는 《마르크스를 넘어선 마르크스》에서 후자의 운동을 자본의 가치증식에 대항하는 **자기가치증식**으로 부르고 있다. 네그리는 이 운동을 위해서 노동거부를 주장한다. 자본의 운동의 한 요소였던 노동을 거부함으로써 그 반대의 운동인 자기가치증식이 시작될 수 있다는 것이다. 네그리의 자기가치증식은 자본과 화폐의 삶권력에 대항하는 **삶정치**[18]라고 할 수 있다.

네그리의 자기가치증식은 라캉의 순수욕망의 운동과 일치한다. 하지만 순수욕망의 운동이 노동거부를 통해 일시에 시스템을 무너뜨리고 자율주의(아우토노미아)를 성취할 수 있는 것은 아니다. 순수욕망의 운동은 대상 a와 교섭함으로써 일종의 유토피아로서 해방된 공동체를 향해 움직인다. 해방된 공동체란 네그리가 말한 자기가치증식을 통한 아우토노미아의 세계와 다르지 않다. 그러나 순수욕망의 운동은 자본의 운동과 비슷한 대상 a의 위상학이므로 일시에 성취되지 않고 끝없이 계속된다. 즉 그 운동은 해방된 공동체를 향한 열망으로 움직이지만 자신의 에너지를 시스템을 변혁하는 데 사용하면서 끊임없이 지속된다. 그처럼 자본에 대항하는 운동은 자본과는 반대 방향의 또 다른 자기갱신운동이라고 할 수 있다. 자본의 운동이나 대항적 운동이 끝없는 자기갱신으로 나타나는 점은, 근대의 삶에서는 상징계와 실재계, 체계와 그 외부 사이의 무한한 운동들의 양가성이 존재론적 조건임을 암시한다.

따라서 근대란 자본의 운동과 그 반대의 운동이 길항하고 조우하는 복합적 벡터들의 장이다. 주체는 이중적이며 두 개의 운동들 사이에서 양가적으로 **진동**하고 있다. 네그리는 그 두 가지 운동을 가치증식과 자기가치증식으로 부르고 있다. 우리는 동일한 것들을 자본의 무한한 운동과 순수욕망의 끝없는 운동이라고 부를 수 있다.

---

18 네그리, 조정환 정남영 서창현 역, 《다중》, 세종서적, 2008, 21쪽, 414쪽.

자본의 운동과 반대되는 자기가치증식과 순수욕망의 운동은 라캉과 주 판치치의 용어로 윤리라고 지칭될 수도 있다. 순수욕망의 윤리는 보이지 않는 저항의 잠재적 벡터이다. 즉 모든 것이 자본의 운동에 휘말린 듯한 시기에도 순수욕망의 역능을 지닌 물밑의 네트워크에 의해 그 반대의 운동이 잠재적으로 예견된다. 우리는 마르크스가 미처 상술하지 않은 그런 자본과 반대되는 벡터의 존재론적 운동을 **《자본론》의 외부**의 공간에서 설명할 수 있을 것이다.

3. '은유로서의 화폐'의 무의식과 '은유로서의 네이션'의 무의식

교환가치의 현상 형태는 화폐와 자본과 상품이다. 앞에서 우리는 화폐와 자본의 관계에서 삶권력에 대한 암시들을 살펴보았다. 마르크스는 화폐와 상품의 관계에서도 삶권력을 은유하는 중요한 언급들을 하고 있다.

자본주의 사회의 특징은 화폐와 상품 간의 등가관계가 모든 가치의 척도라는 점이다. 그런데 화폐가 등가관계의 기준이 되는 것은 결코 화폐 자체의 존재 때문이 아니다.[19] 즉 화폐가 있기 때문에 상품의 등가관계가 만들어지는 것이 아니라 그 반대로 모든 상품들이 인간의 노동을 대상화된 교환가치로 만들기 때문에 상품의 가치가 화폐라는 특수한 상품에 의해 측정되는 것이다.[20] 화폐란 자본주의 사회에서 만들어진 상품들의 등가관계를 비추는 거울의 역할을 할 뿐이다. 화폐는 마치 상품들 중의 왕이라도 되는 양 보이며 사람들은 화폐를 신적인 존재처럼 떠받든다. 그러나 그런 화폐에 대한

---

19 가라타니 고진, 《마르크스 그 가능성의 중심》, 앞의 책, 93~94쪽. 마르크스가 화폐와 상품을 왕과 신하의 관계에 비유한 점을 강조하고 있다.

20 마르크스, 《자본론》 I (상), 앞의 책, 120쪽.

물신은 실상 상품물신의 수수께끼의 산물이거니와, 화폐는 그것을 감추면서 사람들을 현혹시키고 있다.[21]

요컨대 화폐를 중심으로 한 인간관계는 모든 가치를 상품적 가치로 만들고 있는 자본주의적 생산관계의 산물이다. 인간적 가치 대신 화폐가 인간관계를 좌우하는 현상, 그리고 그 중심에 있는 화폐에 대한 물신적 욕망은, 그처럼 체계 내부에서는 피할 수 없는 의식을 넘어선 차원의 것이다. 즉 화폐물신은 단순히 개인적이고 의식적인 것이 아니라 자본주의에 발을 딛고 있는 한 어쩔 수 없이 갖게 되는 **무의식적인** 것이다.

화폐의 신비성은 바로 그 무의식적인 성격에 있다. 화폐에 대한 욕망은 인간적 가치들이 모두 상품화되는 사회에서 생겨나는 피할 수 없는 것이다. 마르크스는 **모든 상품들은 화폐를 사랑하고 있다**고 말한다.[22] 자본주의에서 교환가치가 확대되는 것은 물건과 사람들이 상품화되는 것인데 상품들은 무의식적으로 화폐에 대한 욕망을 내포하고 있다.

화폐라는 특수한 상품의 지위는 바로 여기에 있다. 모든 상품의 사랑을 독차지하는 화폐란 상품물신의 욕망의 순수화된 위치에 다름이 아니다. 즉 화폐는 이미 상품에 내포되어 있는 무의식적인 물신적 욕망의 순수하게 정제된 표현이다. 이런 화폐의 특수한 상품적 특징은 다른 상품들과 비교하면 분명하게 나타난다.

화폐는 다른 상품과는 달리 가격을 갖지 않는다. 화폐의 가격은 자기 자신에 대한 관계이며 일종의 동어반복이다.[23] 그 이유는 화폐는 다른 상품과는 달리 자신을 물건으로 표현하는 지시대상이 없기 때문이다. 그러나 화폐가 교환가치임을 입증하는 증거가 전혀 없는 것은 아니다. 가격표를 거꾸로

---

21 마르크스, 위의 책, 119쪽.

22 마르크스, 위의 책, 138쪽.

23 마르크스, 위의 책, 121~122쪽.

읽으면 온갖 상품들로 표현된 화폐의 가치량이 입증된다.[24]

예컨대 만원은 짜장면 두 그릇이다. 또한 만원은 문화상품권이기도 하며 극장표이기도 하다. 만원이라는 수치는 계산할 수 있는 것이지만 자기 자신은 그 수치의 내용을 갖고 있지 않다. 반면에 짜장면, 문화상품권, 극장의 영화는 단지 수치로만 계산할 수는 없는 것들이다. 그런데 그것들은 **화폐의 수치로 계산해야만** 계산할 수는 없는 것을 얻을 수 있는 상품이기도 하다. 화폐는 내용을 지닌 가치가 계산 가능한 가치로 통용되는 관계를 반사함으로써 자신과 내용과의 은유를 통해 비로소 스스로의 가치를 드러낸다. 흥미롭게도 화폐는 자기 자신의 가치 존재를 직접 표상하지 못하고 **은유**를 통해서만 표현할 수 있는 것이다. 화폐는 직접적인 가치의 표상이 어디에도 없지만 또한 모든 곳에 있기도 하다. 그처럼 은유를 통해 모든 곳에서 자신의 존재를 표현하는 있는 가치의 형태를 **은유로서의 화폐**라고 부를 수 있다.

직접적으로 자신을 표상하지 못하고 은유를 통해서만 가치의 존재를 입증하는 점에서 화폐는 일종의 무의식의 표현이라고 할 수 있다. 은유란 표상할 수 없는 **무의식**의 내용을 다른 표상들로 전이시켜 표현하는 방식이다. 화폐의 가치는 눈에 보이지 않으며 자본주의 사회를 사는 사람들의 무의식 속에 있다. 화폐를 눈에 보이는 차원에서 합리적으로 고찰하면 인쇄된 종이 조각에 불과하다. 그러나 화폐를 보는 순간 우리의 무의식 속에서는 수많은 상품들과 물건들의 가치들이 순식간에 스치고 지나간다. 그 무수한 상품들과 물건들은 사회 전체의 존재와 관계를 나타내는 구체적 지시대상들이다. 화폐는 자기 자신의 지시대상은 없지만 무의식적으로는 자본주의 사회 전체의 존재와 관계를 지시하는 역할을 한다. 화폐란 수많은 상품들과 물건들의 가치적 관계를 통해 자본주의의 시스템을 표현하는 무의식의 거울인 것이다.

---

24 마르크스, 위의 책, 121쪽.

이런 은유로서의 화폐의 역할은 식민지에서의 은유로서의 네이션과 비교할 수 있다. 은유로서의 화폐와 은유로서의 네이션은 둘 다 직접적으로 표상할 수 있는 자기 자신의 대상이 없다. 화폐는 눈에 보이는 차원에서는 아무런 내용도 지시하지 않는다. 그와 비슷하게 은유적 네이션 역시 표상의 차원에서는 아무것도 나타낼 수 없다. 그러나 화폐를 보는 순간 우리의 머릿속에서는 시스템 내부의 모든 것이 은유적 관계로 표현된다. 마찬가지로 은유로서의 네이션 또한 수면 밑에서 모든 곳을 자신의 네트워크로 표현한다.

은유로서의 화폐와 은유로서의 네이션의 공통점은 자기 자신은 아무 내용도 없으면서 내적으로는 모든 것을 표현한다는 점이다. 표면으로는 아무것도 없으면서 내적으로는 모든 내용을 갖고 있는 것이 바로 무의식이다. 은유로서의 화폐와 은유로서의 네이션은 비슷하게 사람들의 무의식을 점령하고 있다. 무의식 속의 보이지 않는 내용을 은유를 통해 표현하고 있는 점도 비슷하다.

그러나 그 둘은 아주 정반대되는 성격을 갖고 있기도 하다. 화폐의 은유적 관계는 머릿속에서만 있는 것이 아니라 일상에서 가격표의 형식 속에 모습을 드러내기도 한다. 물론 가격표는 은유로서의 화폐의 형식을 뒤집은 것이다. 예컨대 오천원은 짜장면이다라는 은유를 뒤집으면 짜장면은 오천원이다라는 가격표가 된다. 화폐보다 상품을 앞세운 가격표는 자본주의 사회의 냉정한 현실이다. 그러나 그 현실은 은유로서의 화폐의 무의식의 승인을 얻은 후에야 안정을 유지할 수 있다. 우리의 머릿속에서 오천원에 반사된 모든 등가관계들이 명멸한 후에야 우리는 짜장면 값이 괜찮다고 지갑을 열 수 있는 것이다.

화폐의 무의식이 일상에 직접 관여하는 반면 은유로서의 네이션은 일상에서는 좀처럼 표상되기 어렵다. 은유로서의 네이션이 눈에 보이게 드러나는 순간은 오히려 일상을 변혁하려는 순간이다. 화폐가 상품물신을 무의식적으로 승인한다면 은유로서의 네이션은 상품물신의 일상을 바꾸려는 또다른 무의식이라고 할 수 있다.

화폐의 무의식은 상품들의 등가관계라는 시스템의 내부에서만 작용한다. 반면에 은유적 네이션의 무의식은 시스템의 외부에 접속해 내부의 모순을 변혁하려는 힘으로 작용한다. 전자는 해방된 세상이라는 윤리와는 전혀 무관하지만 후자는 윤리적 무의식이 핵심요소이다. 따라서 은유로서의 화폐와 은유로서의 네이션은 정반대의 벡터의 작용이라고 할 수 있다.

화폐와 은유적 네이션의 공통점은 개인의 무의식 속에 사회적 네트워크를 축약할 수 있게 한다는 점이다. 그러나 은유적 네이션은 축약된 사회적 관계와 힘을 개인의 사유로 만들 수 없다. 그 이유는 은유적 네이션 자체가 개인을 넘어선 화해된 공동체로 향하는 운동이기 때문이다. 반면에 화폐는 사회적 관계와 힘을 개인의 것으로 만들 수 있게 한다. 화폐의 무의식이 반사하고 있는 자본주의의 시스템 자체가 사적 소유에 근거하고 있기 때문이다.

화폐는 무의식이기도 하지만 은행과 관청에서 인정된 증서이기도 하다. 은행과 관청이 자본주의 사회의 보이는 네트워크라면, 화폐는 자본 네트워크의 보이지 않는 축약이라고 할 수 있다. 반면에 은유적 네이션은 그에 비견되는 아무런 관청도 증서도 없다. 은유적 네이션에서는 오히려 화폐에 근거한 시스템을 뒤흔드는 운동이 일어날 때만 비로소 공공성과 네트워크가 표면으로 드러난다. 그 순간은 상품물신과 '화폐에 대한 사랑'이 내동댕이쳐질 수 있는 순간이기도 하다.

따라서 두 가지의 무의식이 있는 것이다. 하나는 인간보다 화폐를 사랑하는 무의식이며 다른 하나는 화폐를 내동댕이치며 인간을 사랑하려는 무의식이다. 사람들은 그 둘 사이에서 양가적이고 이중적인 삶을 살고 있다. 우리는 그 근거로서 서로 반대되는 벡터의 무의식을 은유적 화폐와 은유적 네이션을 통해 살펴보고 있다.

흥미롭게도 화폐를 무의식으로 보는 마르크스의 논의는 통상적인 현실의 개념을 재고하게 한다. 근대인의 일상적 현실은 두 겹으로 이중화되어 있다. 그런데 표면으로 드러난 삶 역시 무의식의 승인을 받도록 되어 있다. 모든 상품들과 상품화된 사람들이 화폐를 사랑하는 것은 개인적인 욕심이기에 앞서 화폐라는 무의식의 승인을 받기 위해서이다.

화폐를 사랑하는 것은 상품만이 아니다. 자본주의 사회의 모든 사람들은 화폐에 대해 사랑의 눈짓을 보내지 않을 수 없다. 하지만 화폐의 사랑의 화답과 무의식의 승인을 받는 길은 험난하다. 마르크스는 상품이 화폐로 건너뛰는 데에는 **목숨을 건 도약**이 필요하다고 말한다.[25]

더욱이 자본주의에서는 공황의 순간이 아니라도 필연적으로 그늘의 영역이 생겨난다. 자본주의의 모순은 목숨을 걸고 구애를 해도 화폐의 사랑을 얻지 못하는 사람들이 생겨난다는 것이다. 이때 화폐에 대한 사랑은 증오로 바뀌며 사회에는 균열이 생겨난다. 그런 균열에 위치한 사람들이 바로 타자이다.

화폐에 지배되는 현실은 정확하고 냉정하다. 그러나 화폐가 영원한 척도가 아니라 무의식이라는 사실은 냉정한 현실이 환상일 수도 있음을 암시한다. 공황의 순간 사람들은 모든 것이 환상 위에서 성립된 것임을 훤히 알게 된다.[26] 또한 타자의 위치에서 보면 환상이 깨진 현실은 뭔가 중요한 것을 잃어버린 상태라는 것을 깨닫게 된다. 자본주의의 시스템에 진입할 때 잃어버린 것, 그리고 타자의 위치에서 다시 돌아오길 갈망하는 것은 바로 인간에 대한 사랑이다.

화폐에 대한 사랑은 일방적인 것이다. 상품소유자는 화폐의 눈길을 갈망하지만 화폐의 시선은 항상 냉정하다. 또한 상품소유자가 간신히 화폐를 얻

25 마르크스, 위의 책, 136쪽.
26 가라타니 고진,《마르크스 그 가능성의 중심》, 앞의 책, 71쪽.

게 되면 이번에는 자신이 화폐의 위치에서 다른 사람들에게 일방적이 된다. 그에 반해 인간에 대한 사랑과 윤리는 상호주체적인 교섭이며 쌍방적인 관계이다. 타자의 위치에서 순수욕망으로서의 윤리를 갈망하는 것은 일방적인 사랑에서 쌍방적인 사랑으로의 전환을 호소하는 것과도 같다.

화폐에 대한 사랑은 의지적으로 제지할 수 있는 것이 아니다.[27] 그것은 개인적으로는 통제불가능한 것, 즉 우리의 무의식을 화폐의 거울에 비친 상품세계에 묶어두는 **삶권력**의 요소이다. 그런 화폐에 대한 사랑이 극에 달한 사회가 바로 성과사회이다. 성과사회에서 성과와 일에 대한 멈출 수 없는 중독은 화폐에 대한 사랑이 '화폐의 거울이 반사하는 것'에 대한 사랑으로 전위된 현상이다. 성과사회는 개인이 자유롭게 상품세계에 관계한다는 자유의 환상이 추가된 사회이다. 즉 자본주의의 규율을 개인의 자유의 영역에서 무의식적으로 실행하게 만든 체제로서, 이는 규율이 자유로 느껴지는 삶권력의 완결판이다. 그런 사회는 상품물신의 환상과 일상의 현실이 구분되지 않게 뒤섞이는 세계이기도 하다. 여기서는 화폐물신의 환상에 세상이 가려지면서, 화폐에 대한 목숨을 건 구애에 매번 실패하는 타자의 존재가 잘 보이지 않는다.

타자의 위치에서 보면 성과사회는 사랑을 상실한 감옥과도 같은 세계이다. 화려한 상품세계의 환상들이 그런 감옥의 벽을 보이지 않게 만들고 있을 뿐이다. 《꿈꾸는 자 잡혀간다》에서 송경동은, 보이지 않는 감옥(현실)에서 소망하는 희망버스 같은 연대를 나비의 꿈을 꾸는 것에 비유한다.[28] 나비의 꿈은 장자의 도의 경지에서만 그 숨겨진 뜻을 이해할 수 있다. 그러나 성과사회에서는 시스템의 목적성을 덜어냄으로써 사랑의 귀환을 꿈꿀 수 있게 된 상태를 뜻한다. 나비의 **꿈**이 상실의 시대에서 귀환의 시대로의 전환을

---

27 화폐에 대한 사랑이 깨지는 순간이 바로 사건의 순간이다.

28 송경동,《꿈꾸는 자 잡혀간다》, 실천문학사, 2011, 9쪽.

가능하게 한다면, 그것은 환상 같은 자본의 세계에서 벗어나 진정한 공동체의 **현실**로 향하는 길일 것이다. 여기서 우리는 현실이 꿈이 되고 꿈이 현실이 되는 신비한 존재론적 전위를 발견한다.

4. 〈운수 좋은 날〉과 두 개의 무의식
―타자의 위치에서의 동요

꿈과 현실의 유희는 우리에게 두 개의 무의식이 있음을 암시한다. 하나는 프로이트와 마르크스가 발견한 **반작용적 무의식**이며 다른 하나는 들뢰즈의 탈주의 무의식이다. 반작용적 무의식이란 시스템에 반사되어 되돌아온 욕망의 무의식이다. 반면에 **탈주의 무의식**은 시스템에 의해 조작되지 않은 원래의 무의식이라고 말해진다. 그 반항적인 무의식은 타자의 위치에서 시스템을 넘어서려는 새로운 네트워크를 예견하기도 한다.

자본주의 사회에서 두 개의 무의식이란 화폐에 대한 사랑과 인간에 대한 사랑이라고도 할 수 있다. 자본주의 사회를 사는 사람들은 그 두 가지 무의식 사이에서 양가적으로 동요하고 있다. 그런데 그처럼 자본주의에서 무의식적 관계를 중시하는 존재론적 관점은 마르크스의 텍스트의 핵심적인 특징이기도 하다. **마르크스의 텍스트**가 자본주의 사회의 **소설**과 놀랄만한 상응성을 보여주는 것은 바로 그 때문이다.

자본주의 사회에서의 양가적인 동요는 특히 사건의 순간 역동적이 된다. 사건은 시스템에 균열과 구멍이 생긴 것을 말한다. 그런 시스템의 균열 부분에 위치한 것이 타자이거니와 사건은 타자의 동요를 역동적이고 저항적으로 만든다. 타자란 화폐에 대한 욕망이 받아들여지지 않는 존재이며 그는 그런 균열의 위치에서 인간에 대한 사랑이 귀환하는 경험을 한다.

〈운수 좋은 날〉은 일용노동자 김첨지가 두 가지 무의식 사이에서 동요하며 타자의 위치를 드러내는 이야기이다. 흔히 이 소설이 노동자의 고통스러운 삶을 그리고는 있지만 그의 식민지 현실에 대한 인식은 불분명하다고 말하기도 한다. 그러나 그런 인식론중심적 견해는 이 소설에 대한 정당한 평가는 아니다. 이 소설이 식민지 자본주의 사회의 풍경을 그리는 데 성공한 것은 주인공의 두 개의 무의식 사이의 동요를 능숙하게 포착했기 때문이다. 〈운수 좋은 날〉이 같은 시기의 다른 작품들에 비해 탁월한 것은 바로 그처럼 무의식의 역동성을 놀랄 만큼 잘 드러낸 점에 있다.

〈운수 좋은 날〉이라는 제목은 김첨지가 돈벌이에 흡족해 했기 때문에 붙여진 것이다. 그러나 같은 날 아내에 대한 사랑이 좌절되었기에 그날은 '운수 나쁜 날'이기도 하다. 이 같은 사건의 아이러니는 김첨지의 심리적 동요에 상응한다. 김첨지의 동요는 두 가지 무의식적 욕망 사이에서 생긴 것이며 이 소설의 수많은 아이러니는 그것의 양가적 표현이다.

이 소설은 마치 주인공의 양가적 심리의 동요를 추적하는 심리학 보고서와도 같다. 인력거꾼인 김첨지는 돈 벌 욕심으로 신이 나게 발을 놀린다. 그러나 다른 한편 그에게는 그런 자신의 노동자의 존재가 무겁고 심각하게 느껴지기도 한다. 〈운수 좋은 날〉은 이 양가적 심리를 통해, 자본주의 사회를 사는 사람의 내면과 그 사회에 적응하기 어렵다는 균열을 둘 다 드러낸다.

마르크스는 자본주의 사회에서는 **상품이 화폐를 사랑**한다고 말하고 있다. 그와 비슷하게 김첨지는 자신의 노동을 상품으로 팔려는 돈에 대한 욕망으로 움직인다. 그는 병든 아내가 걱정되었지만 돈 벌 욕심이 그 염려를 사르고 만다.

물론 김첨지는 돈에 눈이 먼 물신화된 사람은 아니다. 그의 심리적 동요는 그가 살아 있는 인간임을 알려주고 있다. 그가 동요할수록 우리는 자본주의를 사는 사람의 심리에 공감하는 동시에 그의 인간적인 면모에 감정이입하게 된다.

마르크스가 화폐란 모든 상품들의 등가관계의 반사라고 말했듯이, 김첨지는 열흘 만에 생긴 팔십 전이라는 돈에서 모주 한 잔과 설렁탕 한 그릇이 반사적으로 스쳐간다. 찰칵하고 손에 떨어진 팔십 전이라는 동전에는 아무런 유용한 물건도 부착되어 있지 않다. 그러나 가격표를 거꾸로 읽듯이 '팔십 전은 모주 한잔이고 설렁탕 한 그릇'이라는 생각이 스치고 지나간다. 무지한 듯한 김첨지조차도 **은유로서의 화폐**의 속성을 잘 꿰뚫고 있는 것이다.

하지만 김첨지는 돈에 대한 욕심과 아내에 대한 걱정이 무의식 속에서 갈등을 불러일으킨다. 이는 화폐에 대한 사랑과 인간에 대한 사랑의 갈등이기도 하다. 이 소설의 모든 심리적 아이러니는 그 두 가지 무의식 사이의 동요에 의해 생겨나고 있다.

김첨지는 연이은 행운에 눈물을 흘릴 만큼 기뻤지만 꼬리를 물고 덤비는 행운이 겁이 나기도 했다. 그는 아내가 앓고 있는 집이 가까워지자 다리가 무거워졌으나 다시 집에서 멀어지자 걸음에 신이 났다. 또한 인력거가 무거워지자 몸이 이상하게 가벼워졌지만 인력거가 가벼워지자 몸은 다시 무거워진다. 인력거의 무게는 돈벌이를 의미하거니와 그처럼 돈이란 괜찮고도 괴로운 것이었다. 이 같은 심리들은 김첨지가 무의식 속에서 자본주의적 일상과 그 외곽을 왔다 갔다 하는 상태임을 암시한다.

빈 인력거를 끌고 집으로 올 때는 다시 마음이 불안해졌지만 집에 가까워올수록 마음은 괴상하게 누그러졌다. 그러나 이 누그러움은 안심에서 온 것이 아니라 무서운 불행의 박두를 두리는 마음에서 온 것이다. 집 가까이에 이를수록 숨겨진 불안감은 오히려 더 증폭되었던 것이다.

김첨지의 심리적 아이러니는 점점 더 극적이 된다. 그의 무의식이 연출하는 아이러니의 정점은 돈에 대한 양가적 감정을 표출하는 장면이다. 그는 불안을 달래고 행운의 기쁨을 연장시키기 위해 술을 마신다. 그러나 술집주인 치삼이 돈이 없는 줄 알고 걱정하자 소외감에 분노가 치민다. 김첨지의 분노는 돈에 대한 애착과 증오의 양가적 표현에 다름이 아니다.

김첨지는 취한 중에도 돈의 거처를 살피려는 듯이 눈을 크게 떠서 땅을 내려다보다가 불시에 제 하는 짓이 너무 더럽다는 듯이 고개를 소스라치자 더욱 성을 내며

"봐라, 봐! 이 더러운 놈들아! 내가 돈이 없나. 다리뼉다구를 꺾어 놓을 놈들 같으니."

하고 치삼이 주워주는 돈을 받아

"이 원수엣돈! 이 육시를 할 돈!"

하면서 팔매질을 친다. 벽에 맞아 떨어진 돈은 다시 술 끓이는 양푼에 떨어지며 정당한 매를 맞는다는 듯이 쨍하고 울렸다.[29]

김첨지는 처음에는 자기 자신에게 화가 난 것처럼 보인다. 모든 것은 돈으로부터의 소외감과 아내에 대한 불안감이 원인이다. 돈에 집착하는 자기의 행동에서 김첨지는 병든 아내를 두고 돈벌이에 신이 났던 자신에게도 화가 났을 것이다. 그러나 그런 모순된 상황이 그의 현실이었다. 욕설을 퍼부을망정 아내가 돈보다 소중했건만 돈이 없으면 행복도 없는 것이 현실인 것이다. 이제까지의 그의 심리적 아이러니 역시 그 같은 현실의 모순과 표리를 이루고 있다. 그리고 그의 내면에서 아이러니를 연출하게 한 부조리한 현실은 모두 돈과 연관된 것이었다. 더욱이 술집 사람들의 행동이 그의 돈에 대한 소외감을 한층 자극했던 셈이다. 그의 분노가 돈으로 옮겨간 것은 당연했다.

아내의 죽음을 확인한 후 김첨지의 분노와 동요는 더욱 커진다. 이제 김첨지는 분열된 심리적 갈등은 없지만 돈으로 보상받을 수 없는 불행 앞에서 분노하지 않을 수 없다. 물론 김첨지의 울분이 무엇을 향한 것인지 불분명하다고 생각할 수도 있다. 그러나 돈의 메커니즘에 의해 유지되는 냉정한

---

29 현진건, 〈운수 좋은 날〉, 《20세기 한국소설》 3, 창비, 2009, 106쪽.

현실에서 멈출 수 없는 그의 울분과 동요는 우리에게 중요한 암시를 준다.

이제 김첨지는 자신의 돈벌이로는 영원히 행복해질 수 없음이 밝혀졌고 그 점에서 그는 자본주의 사회의 **타자**인 셈이다. 이 순간 온종일 그를 괴롭혔던 심리적 갈등은 시스템과 **타자** 사이의 갈등으로 전이된다. 타자로서의 김첨지는 외롭게 혼자서 고통을 표현하고 있는 것처럼 보인다. 그러나 이 장면에서 우리는 그의 동요에 동조된 독자들이 보이지 않는 네트워크를 이루며 내는 소리 없는 진동소리를 듣게 된다.

가난한 김첨지마저 약간의 돈벌이에서 모든 걱정을 잊게 만드는 것이 식민지 자본주의의 **삶권력**의 작용일 것이다.[30] 하지만 '설렁탕을 사왔는데 왜 먹지를 못하냐'는 절규는 그에 대한 반항에 다름이 아니다. **화폐에 대한 사랑**을 앞세운 식민지 자본주의의 삶권력은 **인간에 대한 사랑**의 귀환을 호소하는 김첨지의 울분 앞에서 양가적으로 해체된다.

5.《삼대》의 대화적 무의식과 주체의 동요

《삼대》의 가족사적 구조는 단순한 전근대적 대가족의 구조가 아니다. 이 소설의 '삼대'는 분명히 한국적 대가족이면서도 식민지에서 자본주의적으로 변형된 구조를 보여준다. 이 소설의 중요한 사건이 돈의 욕망을 중심으로 한 유서위조 사건임은 그 점을 드러낸다.

자본주의적 가족구조란 이른바 **오이디푸스 구조**를 말한다. 오이디푸스 구조는 프로이트의 정신분석학의 근거로서 우리에게 잘 알려져 있다. 그러나 오이디푸스 구조는 모든 가족관계의 본질이기보다는 자본주의적 근대에 확립된 가족 형식이다. 근대 이전의 가족은 공동체에서 사적 영역으로 완전

---

30 1920년대 중반의 식민지 자본주의의 현실을 말함.

히 독립되지 않았으며 가장은 사회로부터 부여된 임무에 종속되어 있었다. 반면에 근대의 오이디푸스적 가족은 사적 영역으로 분리된 상태에서 다시 자본주의 사회에 공명되는 평행구조를 갖고 있다. 그런 평행성 때문에 자본주의 사회에서 일어나는 모든 일들이 오이디푸스적 가족 내에서 일어난다.

《삼대》의 '삼대' 역시 전통가족이 오이디푸스적으로 변형된 구조를 드러낸다. 즉 조의관의 가문은 사회의 축소판으로서 자본주의적 관계를 가족 간의 관계로 반사해 보여준다. 조의관이 유산 상속을 통해 집안을 유지하려는 것은 단순히 공동체 내에서 가문을 지키려는 전통적인 의식과는 다르다. 자본주의 사회가 그렇듯이 조의관의 집안은 돈을 중심으로 움직이는 사람들로 이루어져 있다.

그런데 자본주의 사회는 돈이 지배하는 사회이지만 아버지가 아들을 낳듯이 자본이 잉여가치를 낳아야 시스템이 유지될 수 있다. 자본은 한 번에 지배를 성취하지 못하고 마치 가업을 잇듯이 잉여가치를 통해 지배관계를 유지한다. 즉 스스로 지배를 완결하지 못하고 아들 뻘인 잉여가치를 통해 연쇄적인 지배를 이어가는 것이 돈의 속성이다.

그와 비슷하게 조의관 역시 돈으로 세워진 가문을 자신의 대에서 완전히 장악하지 못하고 자손에게 물려주는 방식으로 가세를 유지하려 한다. 조의관의 손자 조덕기의 위치에서 생산될 잉여가치는 불분명하다. 그러나 조의관은 자신에게 닥친 부르주아 가문의 위기를 조덕기에게 유산을 물려주는 방식으로 구출하려 한다.

물론 자본-화폐의 관계와는 달리 인간관계의 영역에서는 부의 세습이란 혈통에 근거한 전근대적인 것이다. 그러나 《삼대》에는 그런 전근대적 세습의식이 자본의 속성을 은유하는 새로운 관계로 표현된다.[31] 아들보다 유능

---

31 혈통의식을 버릴 수 없는 조의관이지만 그는 혈통보다는 돈에 의해 세상이 지배되고 있다고 믿고 있다.

한 손자에게 세습하려는 조의관의 행위는, 전근대적 '혈통의 물신주의'보다는 근대적 '돈의 논리'에 더 접근한 무의식의 표현이다. 돈의 속성과 연관된 조의관의 유산 상속은 단순한 전통적인 가문의식이 아니라 부르주아의 집안을 유지하려는 새로운 방식이다.

마르크스는 성부와 성자가 하나이듯이 아버지와 아들이 합쳐져 새로운 자본이 만들어진다고 말한다.[32] 마찬가지로 조의관도 조덕기에게 유산을 물려주는 연속적인 방식으로 부르주아의 가문을 지키려 한다. 이 소설이 유산 상속 문제에 초점이 맞춰져 있는 것은 가문의식보다는 돈과 부르주아 가족의 관계를 조명하기 위한 것으로 재해석할 수 있다.

바로 그 점이 돈에 의한 지배와 전근대적 권력에 의한 지배의 차이이다. 화폐의 권력은 왕과는 달리 자본을 만드는 연속적인 방식에 의존하기 때문에 그때마다 매번 위기에 처하게 된다. 그런 이유로 자본주의에서 공황은 예외적인 비상상태이기보다는 자본주의의 고유한 속성의 하나이다.[33] 자본은 잉여가치를 낳을 때마다 잠재적으로 공황의 위기에 직면하게 되는 것이다.

마찬가지로 조의관 역시 혈통보다 돈으로 유지되는 가문이기에 유산이 상속될 때마다 매번 위기를 감수해야 한다. 외견상 《삼대》의 대가족은 동양적인 윤리에 의해 유지되는 듯이 보인다. 그러나 조의관의 가족에서는 돈의 논리가 동양적 인륜이나 봉건적 신분의식보다 앞서 있다. 즉 그의 가족관계는 화폐의 논리가 가문이라는 환상의 외피에 감춰져 있는 형식이다. 그런 측면에서 조상훈의 부정성은 조의관의 부르주아 가문의 위기상황을 보여주는 사태이다. 즉 돈 문제에 연관된 조상훈의 비행과 무기력은 조의관의 가문에 불어닥친 일종의 공황(위기)이다. 공황의 시기에 자본주의의 환상이 깨지듯이 조상훈은 가문의 환상을 깨고 부르주아의 추태를 보여준다. 하지만

---

32 마르크스, 《자본론》 I (상), 앞의 책, 200쪽.
33 가라타니 고진, 《마르크스 그 가능성의 중심》, 앞의 책, 71쪽.

그것이야말로 화폐물신이 은폐하고 있던 부르주아의 적나라한 현실적 모습일 것이다.

조의관은 위기를 극복하기 위해 조덕기라는 자손(손자)에 의존하지 않을 수 없다. 이에 대응하는 조덕기의 조의관에 대한 순종은 부르주아적인 오이디푸스 구조가 (비오이디푸스적인) 동양적인 윤리에 의해 감싸인 형식이라고 할 수 있다. 그런 한에서 효자처럼 보이는 조덕기는 실상 부르주아 가문의 충실한 상속자이다.

그러나 조덕기는 조의관과는 다른 방식으로 가문의 권위를 지키려고 한다. 순수하게 돈의 위세에 의존했던 조의관과는 달리 조덕기는 사랑과 인륜을 베푸는 방식으로 현실에 대처한다. 이는 그가 식민지의 민족주의자인 동시에 양심적인 지식인 청년이기 때문이리라. 하지만 조덕기 역시 양가성을 피할 수 없었다. 이 소설이 가장 통렬하게 드러내고 있는 것은 예외적 인물 조덕기조차 자신도 모르게 한쪽 발을 여전히 돈의 논리에 기대고 있었다는 점이다.

조덕기는 일고여덟 살 적에 자신을 금고에 넣고 잠가버린다는 조의관의 농담을 들은 적이 있다.[34] 이제 그의 키가 커져 금고에 갇힐 일은 일어나지 않을 것이다. 그런 만큼 청년 조덕기의 생각 역시 조의관과는 매우 다르다. 그러나 그는 결국 자신의 삶이 금고에서 떨어지지 못할 것임을 점점 더 뼈아프게 느끼게 된다.

덕기는 사회주의자 김병화 앞에서도 떳떳하게 자신의 민족주의적 신념을 말하곤 했다. 하지만 이념이란 늘상 균열의 봉합일 뿐이다. 숨겨진 돈의 논리의 모순이 드러나게 한 것은 인간에 대한 사랑이다. 덕기는 필순을 사랑하게 되면서 갈수록 자신의 신념에 균열이 있음을 발견하게 된다. 덕기가 감지하게 된 것은 그의 당당했던 사랑과 인륜이란 결국 이데올로기에 지나

---

34 염상섭, 《삼대》 하, 창작과비평사, 1993, 81쪽.

지 않는다는 암시이다.

　그 점에서 이 소설에서 덕기와 필순의 관계는 매우 중요하다. 두 사람의 관계에서 문제가 생긴 것은 무엇보다도 조의관 집안 남자들의 돈의 위세와 연관된 첩의 내력 때문이다. 부자집 남자와의 첩의 관계는 당대의 세태풍속의 중요한 문제이기도 했다. 김병화는 다음과 같이 핵심을 찌른다.

　　"아무러면 몸 팔아가며 공부하자나요."
　　필순이는 울고 싶은 감정으로 한마디 하였다.
　　"그렇게 노할 게 아니라 지금 세상이 그렇다는 말이지. 지금 세상은 교육이라 든지 학문이라는 것이 직업을 얻기 위한 수단이라는 데서 또 한걸음 더 타락해 서 결혼 조건이나 여자의 몸치장의 하나가 되었으니까 말이지. 여학생이라면 계 집 자식 버리구 두 번 장가들려는 이런 세상이 아닌가. 허허허."
　　"그런 것도 있고 그렇지 않은 것도 있겠지요."
　　필순이는 앙하는 소리로 대꾸를 한다.
　　"그렇지 않은 사람은 누구야?"
　　병화는 덕기를 생각하며 물었으나 필순이는 대답을 주저한다.[35]

　김병화가 꿰뚫고 있는 것은 푸코가 지적했던 **성의 상품화**[36]이다. 성의 상 품화에 의한 축첩은 전통적인 소실(小室)의 경우와는 다르다. 두 번째 결혼 의 대상인 첩이란 부르주아에게는 잉여향락을 제공하는 하나의 상품과도 같다. 첩이 될 여자는 부자의 돈을 사랑하면서 교육마저도 몸치장과도 같은 상품으로 만든다. 이 새로운 '첩'은 세태풍속을 알리는 단순한 삽화가 아니 라 《삼대》의 또 하나의 중심축을 이루고 있다. 《삼대》는 조의관-조상훈-조

35　염상섭, 위의 책, 43~44쪽.
36　푸코의 성적 욕망의 장치란 성적 욕망이 부르주아의 계급적 속성이라는 점과 다른 계급의
　　성이 부르주아에게 예속되거나 상품화된 사실을 말한 것으로 볼 수 있다.

덕기의 삼대와 함께 수원댁-홍경애-이필순의 삼대를 다루고 있는 소설이다. 《삼대》에서 갈등을 일으키는 중요한 사건들은 모두 성의 상품화와 연관된 부르주아의 축첩과 연관되어 있다.

조의관의 집안에 문제가 생긴 것도 그런 부르주아적 첩의 존재 때문이었다. **상품**으로서의 첩은 탐욕스럽게 부자의 **돈**을 욕망한다. 수원집의 유서위조 사건이 대표적인 예이거니와 조상훈의 몰락과 조덕기의 갈등도 그 문제와 연관이 있다.

물론 조상훈의 첩 홍경애와 조덕기가 사랑하는 필순은 수원집과는 다르다. 홍경애가 김병화와 사랑의 관계를 맺는 점이나 조덕기가 필순을 결코 첩으로 만들지 않을 것이라는 사실이 그 점을 말해준다. 홍경애는 돈을 사랑하기보다는 김병화의 인간적인 면에 애정을 느끼는 인물이다. 필순 역시 조덕기를 좋아하면서도 그가 '돈 없는 덕기'였으면 하고 열망한다.

그러나 홍경애와 필순의 인간적인 면모와는 상관없이 그들은 부르주아 집안의 돈의 논리에서 자유롭지 못하다. 홍경애는 조상훈의 첩이 되어 부르주아 집안의 내력을 잇고 있다. 또한 필순은 마음과는 상관없이 사람들로부터 제이의 홍경애라는 질타를 받는다. 홍경애와 제이의 홍경애(필순)는 서로 다르면서도 비슷하다. 즉 그들은 '상품으로서의 돈에 대한 사랑'에 대항하며 '인간에 대한 사랑'을 입증하려는 힘겨운 분투의 과정에 놓여 있다.

"…(전략) 언제 안 사람이라고 웬 놈의 정성이 뻗쳐서 의사를 지시해 준다, 담요를 갖다준다 하더니 그 딸년을 끌어들이는 꼴이 약값, 입원료도 좋이 무리꾸럭을 해줄 거라! 제이 홍경애 아니구 뭐냐? 수원집, 경애, 의경이 그리구 삼대 째는 뭐라는 년이냐? 무슨 산소 탓인지 어쩌면 너 아버지 걸어온 길을 고대로 걸어가려는 거냐?"[37]

---

37 염상섭, 《삼대》 하, 앞의 책, 244~245쪽.

조덕기 역시 '돈의 위세'에 맞서서 '인간에 대한 사랑'을 증명해야 하는 힘든 상황에 위치한다. 모친의 말이 덕기의 뇌리에서 떠나지 않는 것은 그 말이 끝없이 부인해야 할 자기 자신의 한 부분과 연관이 있기 때문이다. 이처럼 양심적인 인물들조차 돈의 논리에서 자유롭지 못함은 인간관계에 대한 자본의 위력이 얼마나 무서운 것인지를 실감하게 한다.

필순에게 쏟아지는 질타나 덕기의 뜻밖의 고뇌는 자본이 사람들의 **의지와는 상관없이** 상품들 간의 관계뿐 아니라 인관관계까지 지배함을 의미한다. 이처럼 상품세계에서 일어나는 일들이 **무의식**을 통해 일상의 인간관계에까지 영향을 미치는 것을 자본주의의 **삶권력**이라고 할 수 있다. 《삼대》의 탁월함은 양심적인 인물들조차 삶권력에서 자유롭지 못하며, 타자와의 교섭을 통해서만 자신을 지배하는 삶권력과 대면할 수 있음을 그린 점에 있다. 《삼대》에서 자본주의의 삶권력은 인물들의 의지와는 상관없이 그들의 무의식을 체제 내부로 밀어 넣는 힘으로 작용한다.

자본은 교환가치화되지 않은 잔여 영역을 끝없이 돈의 논리에 예속시키는 방식으로 자신을 유지한다. 자본은 상품과 물건뿐만 아니라 사람의 양심과 무의식마저도 그렇게 만들려 한다.[38] 따라서 돈은 단순히 양심에 따라 유용하게 사용할 수 있는 재화가 아니다. 돈이란 상품들과 사람들의 등가관계의 반사이며 그것을 통해 우리의 무의식을 지배한다. 그 때문에 도의적 관념으로 돈을 유익하게 쓰려고 하는 순간에도 무의식 속에서는 우리의 의식과는 상관없이 모든 것을 교환가치화하려는 운동이 일어난다.

덕기가 필순에게 사랑과 인륜을 베푸는 일도 마찬가지이다. 덕기가 양심을 버릴 인물이 아님에도 불구하고 무의식 속에서는 부르주아 집안의 행태가 반사되어 지나가는 것이다. 자본주의 사회에서 얼마간이든 주체성을 유

---

38 이처럼 인간관계에 작용하는 화폐-자본의 미시권력이 삶권력이라고 할 수 있다. 그런데 인간관계의 영역에서는 상품의 영역에서와는 달리 타자와의 관계에서 저항이 나타날 수 있다.

지하고 있는 조덕기는 처음에 그런 무서운 비밀을 눈치채지 못한다. 조덕기의 무의식을 엿본 사람들은 그 자신이 아니라 오히려 자본주의의 **타자들**이었다. 김병화와 덕기 모친, 원삼 등의 타자의 말들은 필순과 덕기가 느끼지 못한 삶권력의 무의식의 기제를 숨김없이 폭로해준다.

김병화의 필순에 대한 걱정은 조덕기의 양심을 의심한 것이 아니라 '돈의 거울'이 작동되는 모든 사람의 **무의식**을 직시한 것일 뿐이다. 덕기 모친의 말 역시 오랜 세월 체득한 자본과 화폐의 비밀을 누설한 것일 따름이다. 또한 머슴 원삼이 필순 부친의 장례식에 가는 덕기에게 "문상보다 돈이 먼저"라고 말한 것도 같은 맥락이다. 조덕기의 양심이란 돈을 자연스러운 것으로 보는 환상에 기초해 있다. 반면에 자본주의에서 고통을 겪는 **타자들**만이 그런 환상에서 깨어나 모두가 느끼는 무의식을 말로 표현할 수 있는 것이다.

이처럼 책상물림인 조덕기보다 타자들이 그의 무의식에 반사된 것을 더 잘 알고 있음은 매우 역설적이다. 만일 덕기가 자신의 신념을 고집하는 독백적 인물이었다면 그는 끝까지 스스로에 대한 무지의 상태에 머물렀을 것이다. 덕기는 끝내 자신의 신념을 버리지 않지만 그와 함께 뼈아픈 타자의 말이 귀를 떠나지 않음을 느끼게 된다.

부친을 잃은 필순을 도와주게 된 순간, 덕기는 이미 타자들의 말에서 암시된 이상한 담론적 이질성을 그제서야 감지한다. 필순의 부친이 세상을 떠나고 원삼이 소식을 전하려 달려오자, 덕기는 전화라도 걸지 올 필요까지 있냐고 말한다. 그러나 원삼은 덕기의 문상보다 돈이 급해서 일부러 왔음을 알린다. 이 급박한 순간이 닥치기 전까지 덕기의 말과 타자의 말들은 이질적인 평면에서 겉돌고 있었던 것이다. 이제 더 이상 원삼의 말을 피할 수 없게 된 순간 덕기가 소중히 여기는 인륜보다 돈이 더 먼저라는 암시는 그의 신념에 상처를 낸다. 그러나 그 상처는 덕기의 신념의 균열과 함께 비로소 자신의 무의식의 움직임을 통찰하는 일을 가능하게 한다. 원삼의 말을 시작으로 덕기의 귀에는 날카로운 타자의 말들이 파고든다.

타자의 말들은 모두 돈과 연관되어 있다. 그들은 돈이 인간관계에까지 영향을 미치는 삶권력의 타자들이기 때문이다. 부르주아 계급의 일원인 어머니와 아내마저도 여성의 위치로 인해 삶권력의 타자들이다. 반면에 조덕기의 아픔은 그가 돈 없는 덕기였다면 사랑과 인륜이 아무 소용이 없을 것이라는 사실, 즉 자신이야말로 삶권력의 수혜자라는 점에 있었다. 그 점에서 원삼의 말은 정통을 맞힌 말이다. 필순 부친이 딸을 부탁한 것도 결국 화폐권력자에 대한 돈 부탁이었던 것이다. 이처럼 타자의 말에 의해 신념에 균열이 생긴 상태에서 덕기에게는 '필순이 제이 경애'라는 말이 가장 큰 아픔으로 다가온다.

그걸 생각하면 원삼이가 조상이 급합니까? 돈이 긴하죠! 하던 말이 옳기는 옳다. 필순이 부친이 죽은 뒤의 일을 부탁하는 것도 결국 돈 부탁이었을 것이다. 당자는 그런 생각이 아니라도 하다못해 장비 한 푼이라도 부조해 달라는 말이었을 것이요, 처가속 밥 한 끼라도 걱정해 달라는 부탁이지, 설마 네 인물이 얌전하고 사윗감으로 쩍말없으니 딸자식을 맡으라는 부탁은 아닐 거라. 원삼의 말이 평범하면서도 정통을 맞힌 말이다.

'아버지의 홍경애에 대한 경우도 그랬을 거라. 돈 없는 아버지였더면 아버지보다 부탁을 받을 동지도 많았을 것이 아닌가. 아버지 경우나 내 경우나 돈 있는 집 자손이라는 공통한 일점에 똑같은 처지를 당하였을 뿐이지 무슨 숙명적 암합이 있을 리가 있나. 그리고 아버지께서는 아버지답게 그 부탁을 이행하였을 따름이요, 나는 내 성격과 내 사상 내 감정대로 이행해 가면 그만 아닌가?……'

덕기는 필순이가 '제이 경애'라고 한 모친의 말을 또 한번 힘 있게 부인해 보는 것이다.

'그러나 돈이란 뭐냐? 돈은 어디서 나온 거냐?……'

그는 필순이 부친이 아내나 딸을 자기의 돈에게 부탁한 것이지 돈 없는 덕기였더라면 하필 덕기에게 부탁하였으랴 하는 생각을 할수록, 마치 돈을 시기하고

질투하듯이 반문을 하여 보는 것이다.[39]

덕기가 타자의 말에 더 민감해진 것은 점점 홍경애를 닮아가는 필순의 입장 때문이다. 그러나 덕기를 괴롭히는 타자의 말들은 이미 돈이라는 거울에 반사된 내용으로서 자본주의 사회 사람들의 무의식을 누설한 것일 뿐이다. 그 때문에 덕기의 권세가 돈에 의지하는 한 계급적 무의식을 겨냥한 타자의 말은 피할 수 없는 자신의 일부분인 것이다. 이 말은 덕기가 필순을 첩으로 만들 거라는 뜻이 아니라 그런 운명에서 벗어나려면 그의 신념만으로는 부족하다는 의미이다.

그 점에서 덕기의 인간적인 윤리성은 그의 신념의 **확고함**에 있는 것이 아니다. 그보다는 타자의 말들을 받아들여 **불확실성** 속에서 자기 자신과 논쟁하는 상태를 보여주는 점이 중요하다. 덕기의 신념이 확고해지면 질수록 그는 막연히 감지될 뿐인 자신의 계급적 무의식에 대해 맹목이 된다. 반면에 그가 미결정적으로 동요할수록, 사람들의 무의식 속에서 돈의 거울에 의해 반사된 것들, 그에 근거한 말들이 자신의 신념을 깨뜨리는 대화적 타자성, 그리고 스스로가 타자의 말과 논쟁할 수밖에 없는 괴로운 사태를 알게 된다.

덕기의 동요는 자신이 돈 위에 서 있으면서도 가장 돈에 대해 모르고 있었다는 사실에서 비롯된다. '돈이란 뭐냐'라는 질문은 그런 모순의 정점이다. 그 질문에 대한 답변은 모든 타자는 알고 있지만 덕기만 모르고 있던 것이라고 할 수 있다. 또한 덕기의 무의식은 알고 있지만 신념을 유지하려는 그의 의식은 모르는 비밀인 셈이다.

이제까지 덕기의 신념이란 그 순수성과는 무관하게 스스로의 계급적 무의식을 방어하는 기제에 연루되어 있었던 것이다. 그는 순수해지려 할수록 오히려 더 순수할 수 없었던 셈이다. 그의 인격을 위선적으로 만드는 그런

---

39 염상섭, 《삼대》 하, 앞의 책, 321~322쪽.

기제는 자본주의적 규율의 내면화를 통해 식민지를 유지시키려는 **삶권력**이라고 할 수 있다. 삶권력은 부르주아의 계급적 무의식을 자연스럽고 정상적인 것으로 보이게 만든다. 반면에 덕기가 심리적으로 동요하는 순간, 돈과 연관된 그의 신념을 당연한 것으로 만드는 삶권력은 해체된다.

흔히 《삼대》는 돈의 문제를 다루면서도 자본주의 하에서의 돈의 작동방식을 철저히 파헤치지는 못했다고 말한다. 그러나 《삼대》는 결코 돈의 정치경제학적 문제를 다룬 소설이 아니다. 이 소설의 의미는 돈이 무의식을 기제로 일상의 인간관계에 영향을 미치는 삶권력의 기제를 파헤친 점에 있다.

덕기의 **대화적 말**의 의미 역시 그 점에 놓여 있다. 덕기는 타자의 말과의 대화적 관계를 통해 부르주아적 무의식은 물론 그의 신념마저 넘어서고 있다. 자본주의 사회에서의 **순수한 신념**이란 보이지 않는 삶권력의 그물망에 포획될 위험에 무방비상태로 노출된다. 덕기 같은 부르주아의 경우에는 더 말할 것도 없다. 이질적 타자와의 대화만이 주체의 동요를 통해 역동적으로 자기 자신을 넘어서서 인간적인 것의 해방을 열망하게 만든다. 대화적 말과 주체의 동요는 결국 인간관계를 자본주의에 예속시키는 삶권력의 해체과정이다.

따라서 이 소설의 리얼리즘의 핵심은 덕기의 인간적인 신념이 아니라 끝없이 계속될 **주체의 동요**에 있다. 라캉은 진정한 주체란 시스템 외부의 분열된 주체라고 말했다. 《삼대》가 보여주는 것은 시스템과 그 외부 사이의 주체의 동요이다. 주체의 동요란 타자와의 교섭을 통해 자본의 운동과는 반대되는 벡터에 연관되며 양가적으로 자기 자신을 넘어서는 것이다. 또한 순수한 양심마저도 포획하여 체제 내부로 끌고 가려는 보이지 않는 삶권력을 해체하는 움직임이다. 무한한 **자본의 운동**이 모든 것을 교환가치화하려 한다면, **대화적 무의식**[40]은 타자와 교섭하는 끝없는 동요 속에서 진정한 사랑을 요

---

40 대화적 무의식은 무의식의 영역마저 지배하려는 삶권력의 기제에 저항한다.

구한다.《삼대》는 대화적 무의식을 통해 삶권력에 연루된 계급적 무의식과 보편적 인류[41]을 넘어서는 주체의 동요의 순간을 그리고 있다.

6.《환영》에 나타난 감정과 성의 상품화
─후기자본주의의《자본론》

오늘날의 후기자본주의란 마르크스가 통찰한 것이 그가 예견치 못한 영역에서 일어나는 사회이다. 후기자본주의에서는《자본론》이 주로 감정과 성의 영역에서 작동된다. 감정과 성의 상품화야말로 후기자본주의 사회의 고유한 특징이다. 후기자본주의 시대에 삶권력과 유혹의 권력이 전면화되는 것은 그런 인격성의 영역의 상품화와 연관이 있다.

감정노동이란 신체의 예외영역인 얼굴을 상품화하는 것이다. 레비나스가 말했듯이 얼굴은 지배 권력의 맥락으로부터 벗어나 있는 예외적인 영역이다. 자본과 권력조차도 고통스러운 타자의 벌거벗은 얼굴만은 좀처럼 예속화하기 어렵다고 할 수 있다. 고통을 호소하는 타자의 얼굴은 권력이 강제로 감정을 지우거나 통제할 수 없는 인간의 적나라한 영역인 것이다. 그렇기에 레비나스는 타자의 얼굴과의 대면을 윤리적 순간이라고 말하고 있다.

그러나 후기자본주의는 바로 그 타자의 얼굴마저 상품화하는 데 성공하고 있다. 다양한 환상과 이미지의 장치를 통해 자본은 부르주아적 욕망을 다른 계급에게 나누어주는 데 성공한다. 사회적 긍정성의 분위기 속에서 이제 소외된 계급마저 부르주아적 욕망을 선망하게 된다. 비판적 부정성을 상

---

41 이것이 덕기의 신념이라고 할 수 있다. 덕기의 계급적 무의식과 보편적 인류는 서로 반대되는 동시에 비슷하게 삶권력에 포획되어 있다.

실한 그들은 화폐를 사랑하며 자기 자신을 상품화하기에 이른다. 그런 자발적인 상품화는 감정과 얼굴의 상품화로까지 진행된다.

마르크스는 자본주의의 핵심의 하나로 상품의 화폐에 대한 사랑을 말하고 있는데, 후기자본주의는 가난한 타자들마저 화폐를 감정적으로 사랑하게 만들고 있다. 그처럼 화폐를 사랑하는 순간 타자의 얼굴은 자신도 모르게 상품물신에 예속된다. 상품 논리에 예속된 얼굴은 더 이상 타자의 영역이 아니며 윤리적이지도 않다. 물론 고통받는 타자 자체가 사라진 것은 아니다. 그러나 상품물신의 가면을 쓰지 않은 타자의 얼굴은 아무도 보지 않는 데서만 노출된다. 보이는 영역에서의 타자의 얼굴은 매우 희소해진 것이다. 또한 얼핏 보이더라도 상품화된 얼굴에 익숙해진 사람들은 타자의 고통스러운 얼굴에서 더 이상 공감을 느끼지 못한다. 그로 인한 **타자에 대한 공감의 상실**과 윤리의 상실은 후기자본주의의 핵심적 특징이다.

고통을 호소하던 벌거벗은 타자는 이제 환상적 상품의 가면을 쓴 존재가 되었다. 이른바 감정노동이란 그처럼 상품의 가면을 쓴 얼굴을 말한다. 비단 감정노동자가 아니라도 후기자본주의 시대의 타자는 이미 잠재적인 감정의 상품화에 익숙해 있다. 이는 일상의 모든 영역에서 감정의 상품화가 중요해졌음을 암시한다.

감정노동은 대형마트나 편의점의 점원 같은 서비스업에서 시작되었다. 그런데 감정의 상품화는 여기서 한발 더 나아간다. 푸코가 말한 성적 욕망의 장치에 내면적 감정의 영역이 결합된 것이다.

후기자본주의의 소설 《환영》(김이설)은 오늘날 감정의 상품화가 사랑의 상품화로 진화했음을 보여준다. 성의 상품화는 과거에서부터 있었으며 삶권력의 중요 영역이었다. 그러나 이제는 보다 진화한 성의 상품화로서 감정마저 상품의 일부로 만드는 성의 판매가 출현했다. 이 소설의 주인공 '나'(윤영)는 백숙집 식당 종업원으로 일하다가 점차로 얼굴과 육체마저 파는 존재로 변화된다. '나'는 처음에는 그릇을 나르다가 그 다음에 닭고기를 먹여주게 되고, 어느새 가슴을 허락하다 성까지 파는 존재로 전락한다.

처음 받은 만 원짜리가, 처음 따른 소주 한잔이, 그리고 처음 별채에 들어가, 처음 손님 옆에 앉기까지가 힘들 뿐이었다. 따지면 세상의 모든 것이 그랬다. 버티다 보면 버티지 못할 것은 없었다. 그릇을 나르다가 삶은 닭고기의 살을 찢고, 닭고기를 먹여주다가 가슴을 허락하고, 가슴을 보여주다 보면 다리를 벌리는 일도 어려운 일이 못되었다. 일당 사만 원짜리가 한 시간에 십만 원도 벌 수 있었다. 세상은 나만 모르게 진작부터 그랬다.[42]

예전에는 돈이 '모주 한잔과 설렁탕 한 그릇'을 무의식적으로 비쳐주는 거울이었다. 그러나 지금은 가슴과 성기마저 비쳐 보여준다. 더 나아가 왕백숙집 손님의 거리낌 없는 요구처럼 애인까지도 상품화하는 것이 가능하다.[43] 은유로서의 화폐는 물건들뿐만 아니라 인간의 내면까지 자본의 무의식의 회로에 끌어들이는 데 성공했다. 이제 보이는 영역뿐만 아니라 보이지 않는 영역까지 상품화되었으며 모든 것들이 화폐를 연모하게 된 것이다.

물론 이 소설의 '나'는 감정의 상품화에 능숙한 인물은 아니다. 그러나 이 말은 '내'가 그만큼 고통을 감내해야 한다는 뜻이지 이 시대의 감정의 상품화에서 자유롭다는 의미는 아니다. 감정의 상품화와 결합된 성의 상품화는 오늘날의 핵심적인 삶권력의 영역이다. 그 같은 성의 상품화야말로 자본의 마지막 영역이자 자기 자신의 완성을 보여주는 현상이다. 푸코는 과거의 지배층이 혈통에서 자신의 정체성을 찾았다면 오늘날의 부르주아는 성적 욕망을 계급적 육체로 삼는다고 말한다. 따라서 새로운 성의 상품화는 모든 것이 자본에 예속되었음을 알리는 부르주아의 마지막 축전과도 같다.

---

42 김이설, 《환영》, 자음과모음, 2011, 58~59쪽.
43 김이설, 위의 책, 35쪽. 껄껄거리며 웃는 분위기 속에서 왕백숙집에 온 손님은 '나'에게 애인이 되어 달라고 부탁한다.

이제 피지배계급마저 부르주아가 원하는 성적 육체를 모방하게 되었으며 타자의 얼굴과 인간적인 성은 사라졌다. 피지배계급은 부르주아의 화폐를 연모해 최종적으로 사랑의 영역마저 상품화하는 것이다. 돈이면 뭐든지 다하는 사회가 후기자본주의이다.

"돈 받으면 뭐든 다하지?"

"어디서 들은 건 있구나."

나는 가위를 내려 놓았다. 가위와 손에 묻었던 기름기 때문에 상 위가 번들거렸다. 미끄러운 손을 앞치마에 쓱 닦았다. 수표를 집어들었다.

"뭘 할까요?"

시끄럽던 아이들이 조용해졌다. 건너편에 앉은 아이 하나가 숟가락을 입에 문 채 고개를 빼들었다.

"치마 벗어."

일어나서 치마를 내렸다. 안에 입은 내복이 나왔다.

"그것도 벗어."

나는 꼼짝하지 않았다. 태민이 수표 한 장을 더 올려놨다. 수표를 쥐고 내복을 벗었다. 상의에 팬티만 입은 채 서 있는 꼴이 되었다. 태민이 무릎으로 기어와 팬티를 내렸다.[44]

가위는 사장 아들 태식에 대한 경계와 증오를 상징한다. 이는 '내'가 부르주아의 타자의 위치에 있음을 암시한다. 그러나 돈 앞에서는 경계심도 미움도 사라진다. 가위 대신 수표를 집어든 순간 이제 레비나스가 말한 윤리적 타자와 에로스적 성은 어디에도 없다.

꼼짝 않다 수표를 쥐고 속옷을 벗는 모습은 성의 영역에서마저 상품화가

44 김이설, 위의 책, 84~85쪽.

얼마나 철저해졌는지 말해준다. 여성이 옷을 벗게 만드는 것은 에로스적 사랑이 아니라 화폐인 것이다. '상의에 팬티만 입은 채 서 있는 꼴'은 인간적인 것이 소멸된 성의 상품화의 기이한 모습을 암시한다.

성을 상품화하는 직업의 역사는 오래되었다. 그러나 후기자본주의적 성의 상품화의 특징은 한 번 시작하면 **멈추기 어렵다**는 데 있다. 타자의 위치가 상실된 후기자본주의에서는 성의 상품화의 심화를 멈추는 억지력이 상실된 것이다. 타자의 고유한 영역은 얼굴과 감정인데 그것마저 상품화를 요구하는 것이 후기자본주의이다. 후기자본주의에서 타자의 얼굴은 존재하는 동시에 존재하지 않으며 감정과 얼굴마저 회유하는 성의 상품화는 저지력을 상실한 것이다.

더욱이 성적 욕망은 부르주아적 육체의 본령이므로 상품으로서의 매력은 가장 직접적이다. 그 점은 다른 상품들마저 암암리에 성적 이미지를 상품화에 이용하는 점에서 알 수 있다. 성의 상품화가 사회적으로 만연되면 화폐를 지닌 부르주아의 욕구가 멈추지 않는 한 돌이킬 수 없는 상황이 된다. 또한 빈곤층의 노동의 상품화가 성의 상품화로 귀결될 경우 한 번 시작되면 되돌아갈 수 없게 된다. 성의 상품화는 부르주아적 무의식의 본령이므로 자본의 무한한 충동과 화폐에 대한 욕망의 가장 기이하면서도 직접적인 영역인 것이다.

《환영》에서 왕백숙의 사장은 별채를 이용해 돈을 벌기 시작하면서 식당보다 그 일(성의 상품화)이 주업이 된다. 주인공 '나' 역시 별채에 들어가기 시작하면서부터 좀처럼 그만둘 수 없음을 느끼게 된다. 이처럼 성의 상품화가 멈출 수 없는 일상의 한 부분이 된 것이 후기자본주의의 특징이다.

별채에 들어가면서 가욋돈이 생겼다. 한번 시작하니까 그만둘 수 없었다. 남편 몰래 통장을 만들었지만, 좀처럼 모이지 않았다. 지난번 민영과의 통화 이후 연락이 된 준영과 엄마에게 용돈을 보냈다. 표 나지 않아도 빚도 갚아야 했다. 남편에게는 담뱃값이나 책값을 찔러줄 요량이었다. 곧 아이 돌이니, 떡도 하고 옷이라도 한 벌 사주고 싶었다. 여하튼 다른 벌이가 있다는 생각에 괜히 씀씀이가 커졌다. 돈은 언제나 모래알처럼 흩어졌다.[45]

별채 손님이 많은 날에는 허벅지가 검게 멍이 들기도 했다. 기계적인 관계라 해도 못할 짓이라는 생각에 진저리가 쳐졌다. 어떻게든 빨리 사정을 하도록 이끌어야 했다. 몸에서는 닭 비린내가 가시질 않았다. 일을 마치고 옥탑방 계단을 올라갈 때 골반이 빠질 것 같았다. 몸이 아플수록 허망했다. 이러다가 나는 어떻게 되는 걸까, 덜컥 겁이 나기도 했다. 그래도 멈출 수 없었다.[46]

위에서 '내'가 별채 출입을 계속하는 일은 〈운수 좋은날〉에서 김첨지가 인력거를 멈출 수 없었던 것과 비교할 수 있다. 성 노동에는 인력거의 노동과는 달리 감정적인 장애가 있지만 후기자본주의에서는 문제가 되지 않는다. 후기자본주의란 감정의 상품화에서조차 거리낌이 없는 사회이기 때문이다.

'나'와 김첨지는 비슷하게 불행한 가족을 집에 놔두고 돈벌이를 계속한다. 또한 손님에게서 받은 돈에서 생활에 필요한 물건들이 반사적으로 스쳐지나가는 것도 유사하다. 그처럼 돈은 괜찮고도 괴로운 것이었다. 두 사람에게 돈이란 자본주의적 삶의 모든 관계들이 비쳐지는 무의식의 거울인 것이다.

그러나 김첨지는 아내의 죽음을 확인한 후 '돈 벌 욕구'을 잃고 울분에 싸인 타자가 된다. 반면에 '나'는 가족의 불행을 안 뒤에도 별채의 '가욋돈'에 대한 미련을 버리지 못한다. 이런 차이가 식민지 자본주의와 후기자본주의

---

45   김이설, 위의 책, 64쪽.

46   김이설, 위의 책, 82쪽.

의 차이일 것이다. 후기자본주의는 가족의 해체를 경험하면서도 타자의 위치를 잊고 '돈 벌 욕심'을 버릴 수 없는 사회이다.

이는 자본의 환상이 더욱 완벽해진 사회의 특징이다. 위에서 '내'가 화폐에서 남편의 책값과 아이 돌의 옷을 생각하는 것은 김첨지가 모주 한 잔과 설렁탕 한 그릇을 떠올리는 것과 비슷하다. 그러나 김첨지는 아내의 죽음 앞에 놓인 설렁탕을 보며 돈의 환상에서 깨어나지만, '나'는 남편의 책을 찢고 여동생이 죽음을 당한 후에도 별채의 돈벌이를 그치지 못한다. 〈운수 좋은 날〉에서와 달리《환영》에서는 **돈의 환상**의 외부가 없는 것이다. 이처럼 타자의 위치가 사라진 대신 돈에 대한 환상이 더욱 강렬해진 것이 후기자본주의 사회이다.

감정의 타자성이 무력화된 성의 상품화는 후기자본주의적 환상의 기제의 대표적인 영역이다. 그렇기에 수렁에 빠진 듯 계속되는 '성의 상품화 기제' 자체가 타자의 위치가 상실되었다는 강한 암시일 것이다. 성의 상품화는 그것을 멈출 타자의 위치의 상실과 함께 화폐의 환상을 한층 강렬하게 만든다. 그 점에서 성을 상품화하는 후기자본주의는 화폐와 자본의 환상에서 빠져나오지 못하는 성과사회의 구조와 비슷하다. 양자의 공통점은 타자의 위치의 상실이다.

성과사회에서 일을 멈출 수 없는 것은 자본주의의 시스템이 주체에게 완전히 내면화되었기 때문이다. 자본이 나에게 강제하는 것이 아니라 스스로가 성과라는 환상 속에서 자본주의를 작동시키는 것이다. 후기자본주의의 성의 상품화 역시 타자의 위치의 망각 속에서 화폐물신의 환상에 빠져 스스로를 상품화하는 일을 그치지 못하게 한다. 양자의 유사성은 한 번 시작하면 멈추기 어렵다는 점이다.

또한《환영》은 성의 상품화가 만연된 사회란 분노의 방향을 잃어버린 사회임을 알려준다. 주인공 '나'는 고통스럽고 화가 나지만 사회를 향해서가 아니라 불행한 가족과 자기 자신에게 화를 낸다. 그 점 역시 비판적 부정성이 상실된 성과사회와 비슷한 점이다.《환영》의 인물들은 성과사회의 사람들처럼 자본주의적 환상의 울타리에 외롭게 갇혀 있다. 다만《환영》의 가난한 사람들은 서구적인 성과사회의 일원들보다 훨씬 더 비참하고 우울한 자본주의에 갇혀 있다.

이 모든 것들은 타자의 상실과 연관이 있다. 그러나 후기자본주의와 성과사회에서 타자의 위치는 소멸된 것이 아니라 망각된 것일 뿐이다. 가난 속에서 고통스러워하는《환영》의 인물들의 경우에는 더욱 그렇다.

그렇다면 타자는 어떻게 다시 돌아올 수 있는가. 우리는 흔히 상실된 타자성이 귀환하는 방법의 하나로 참선을 말하기도 한다. 참선은 우리에게 내면화된 화폐에 대한 사랑이라는 자본주의적 욕망을 덜어내고 자연 상태로의 귀환을 도와준다. 그런 자연으로의 귀환을 통해 우리는 화폐물신의 동일성에서 깨어나 타자성의 회귀를 경험한다. 이 같은 타자성의 귀환은 비판적 부정성을 회복하는 인격의 귀환의 출발이 될 수도 있다.

《환영》에서도 주인공 '나'는 가장 인격성을 상실하는 순간 무의식적으로 자연의 물소리를 듣는다. 그리고 별채에서 나와 물가에 한동안 서 있곤 한다. 이는 화폐에 대한 욕망과는 구분되는 심연의 또 다른 무의식을 발견하는 순간이다. 그런 무의식의 발견을 통해 '나'는 자신과 가족이 타자의 위치에 놓여 있음을 스스로도 모르게 드러낸다. 이 순간의 타자의 위치의 노정은 잃어버린 인격에 대한 향수이기도 하다.

별채의 천장을 보며 누워 있으면 남자의 거친 숨소리 사이사이 찰박거리는 물소리가 들렸다. 처음에는 들리지 않던 그 소리가 점점 커지고, 선명하게 들리다가, 나중에는 콸콸콸 쏟아지는 소리로 들렸다. 내가 물속에 있는 것처럼 세상이 온통 물소리로만 채워진 것만 같았다.

일을 끝내고 별채에서 나오면, 나는 꼭 물가에 들러 한동안 서 있곤 했다. 물은 느리고, 또 무심하게 흘렀다. 시간도 그렇게 흐르기 마련이라고 알려주는 것 같왔다. 쪼그려 앉아 손을 씻었다. 차가운 물에 손을 담그면 정신이 번쩍 들었고, 나는 다시 왕백숙집 여자가 될 수 있었다.

이제 나도 내 마음대로 반찬을 싸가게 되었다. 그게 하나도 반갑지 않았다.[47]

물은 자연성과 여성성의 상징이다. '나'는 그 원래의 위치에서 가장 멀어진 순간 물소리를 통해 다시 그곳으로의 귀환을 경험한다. 그러나 '나'는 참선에서와는 달리 물소리에서 구원의 위치인 일심(一心)[48]을 발견하지 못한다. 일심은 상실한 인격을 회복하게 해주는 바다와도 같은 것이다. 별채 바깥의 물은 '나'를 그런 바다에 이르게 하기에는 너무 느리고 무심하게 흐르고 있었던 것이다.

《환영》의 '나'는 물 주위를 맴돌다가 다시 메마른 세계로 돌아온다. 타자의 위치를 발견한 사람은 그 순간에 화폐의 환상에서 깨어나 인간적인 다른 현실을 열망한다. 그러나 '나'는 차가운 물에서 정신이 다시 깨어나 왕백숙집 여자로 돌아온다. 이는 진정한 삶이 환상이 되고 자본주의의 환상이 현실적 삶이 되는 이상한 존재론적 전도이다.

송경동의 리얼리즘적 시(〈사소한 물음들에 답함〉)는 자연에 대한 접속이 인간들 사이에서 물소리의 열망으로 전환되어야 함을 말하고 있다. 송경동에게 바다물결과 말없는 강물은 비천한 사람들과 함께 느껴야할 존재의 이유이자 원인이다.[49] 그러나 《환영》의 '나'는 혼자서 외롭게 물소리를 들을 수밖에 없기에 무력감 속에서 '반갑지 않은' 현실로 되돌아오는 것이다.

혼자서 듣는 물소리는 현실 바깥의 너무 먼 곳에 있었다. '나'는 임신한

---

47 김이설, 위의 책, 59쪽.

48 일심은 존재의 고향인 원래의 한 마음으로 돌아가는 것을 말하는데 원효는 일심을 바다에 비유했다. 이도흠, 《화쟁기호학, 이론과 실제》, 한양대학교출판부, 2001, 108~114쪽. 박태원, 《원효》, 한길사, 2012, 47~57쪽.

49 송경동, 〈사소한 물음들에 답함〉, 《사소한 물음들에 답함》, 창비, 2009, 16~17쪽.

몸으로 고통스럽게 낯선 남자와 관계하면서 물소리를 듣는 적도 있었다. 하지만 물소리는 멀리서 미적지근하고 느리게 흐르고 있었다. 딱 한 번 '내'가 스스로의 몸으로 물을 경험한 것은 아이를 뗀 후 망가진 몸을 통해서였다. 물은 분명히 '내' 안에도 있었다. 그런 몸을 통한 '나'의 물의 경험은 여성성의 경험이기도 했다.

 몸은 물과 같아 고이면 흐르고, 마르면 채웠다. 없앤 아이의 흔적은 사라지고 다시 아이를 가질 수 있는 몸으로 회생되었다. 팬티에 묻은 검붉은 피를 보며 나는 진저리를 쳤다. 몸의 본능이, 새끼를 향한 본능이 끔찍했다.[50]

이 물을 경험하는 여성적 몸은 상품화된 성으로서의 매끄러운 몸과는 거리가 있다. 몸 안의 물은 생리를 하거나 임신을 했을 때, 그리고 아이를 뗐을 때 신체를 재생시키는 역할을 한다. 그처럼 물을 경험하는 몸은 빈번히 생리나 임신, 낙태와 같이 검붉은 피와 끈적한 액체, 지저분한 신체와 연관된 상태에 놓인다. 그런 신체는 가장 상품화되기 어려운 여성의 몸으로서 매끄러운 상품의 몸을 기준으로 하면 배제되어야 할 비천한 신체일 뿐이다.[51] 역설적으로 비천한 신체가 드러나며 몸의 상품화에서 멀어지는 순간이 여성적 신체가 물을 경험하는 순간일 수 있는 것이다.

이 소설에서 '나'는 성의 상품화의 유혹에 굴복하면서도 또한 바로 그 순간 물을 갈망하며 비천한 신체를 떠올리는 양가성을 보여준다. 비천한 여성적 신체는 모든 것을 상품화한 후기자본주의 사회에서 마지막 남아 있는 생명적 물의 영역이다. 그것은 상품화하기에는 너무 지저분하기 때문에 모두의 외면 속에서 간신히 생명성으로 남아 있는 것이다. 우아한 상품의 스펙

---

50 김이설,《환영》, 앞의 책, 189쪽.
51 남효정,《김이설 소설 연구》, 교원대 석사논문, 2014, 51~57쪽.

터클 속에서 비릿한 물에 젖은 여성의 몸은 내버려야 할 앱젝트와도 같다. 그러나 그 버려야 할 비천함이 우리 시대 최후의 생명성의 영역인 것이다. 이 소설은 몸을 파는 순간에도 비천한 신체의 상상을 멈추지 않음으로써 상품세계에 대해 마지막 저항을 표현한다. 신체와 성, 감정마저도 상품화되었지만 피와 체액과 여성적 생명은 아직 상품화되지 않은 것이다. 이것이 매끄러운 상품세계에 대한 혈액과 체액으로 얼룩진 '나'의 비천한 신체의 응수이다.

물론 상품세계에서 감출 수 없는 비천한 앱젝트로서 여성의 몸이 표현되고 있는 것은 삶권력에 숨겨진 죽음정치의 이면을 보여주는 것이기도 하다. 후기자본주의에서는 생리와 출산을 하는 여성의 몸은 상품으로 포장되지 않는다면 쉽게 앱제트로서 외면될 위험 속에 있다. 여성의 몸은 가장 손쉽게 상품화되는 동시에 곧장 앱젝트로 배제될 운명에 처하기도 한다. 즉 삶권력의 장치에 의해 곧바로 화폐로 교환되는 여성은 몸은 또한 생체적 특성상 쉽게 훼손되어 죽음정치에 의해 버려진다. 이것이 후기자본주의에서 여성의 몸이 부딪히는 냉혹한 현실의 이중성이다. '나'는 생리와 낙태 후에도 성매매의 상황에 처하게 되는 잔혹한 현실을 보여줌으로써 삶권력과 교차되는 죽음정치적 노동의 실상을 폭로한다. 또한 '나'는 자신의 비천한 신체에 대한 몸의 기억을 감추지 않음으로써 상품세계에 완전히 예속되지 않았음을 표현한다. 여성의 몸은 위기에 처해 있는 동시에 앱젝트로서 간신히 응수하는 위치이기도 하다.

이처럼 삶권력에 죽음정치가 교차되며 앱젝트의 응수가 나타나고 있는 것은 준주변부적인 우리의 후기자본주의의 특징이다. 그 점에서 왕백숙집의 별채는 상징적이다. 그곳은 매끄러운 성 상품과 비천한 여성의 육체가 뒤얽혀지는 곳이다. 그런 불균등하고 혼란한 공간이 지옥과 구원이 공존하는 후진적 후기자본주의의 특징일 것이다. 그곳은 그만큼 가장 조악한 성과 사회인 동시에 물소리를 통한 구원이 잠재하는 곳이기도 하다.

그러나 '내'가 혼자서 듣는 물소리는 결코 구원이 될 수 없다. 물론 '나'는 여성적 연대를 감지하는 순간 가끔씩 일상에서도 물소리를 듣는다. 왕백숙집에 새로 온 여자와 대화하면서 '나'는 찰박찰박하는 물소리를 듣는다. 하지만 이미 '그런 생활'에 닳고 닳은 여자의 목소리가 물소리를 지워버린다.[52]

또한 '나'는 몸을 팔아 식당을 살린 후 물가로 걸어 들어간 왕백숙집 사모님을 생각한다. 물속으로 걸어 들어간 사람의 밭은 숨소리는 '나'에게도 무거운 공감을 주고 있다.[53] 그러나 세상을 건너간 사람은 현실의 무게를 이기지 못해 다시 돌아오지 않았다.

그만큼 이 소설이 그리고 있는 현실은 화폐의 환상이 가위눌린 꿈처럼 무거운 세계이다. 그런 환상의 외부에는 아무것도 없기에 꿈처럼 덧없는 현실은 냉정한 현실이기도 한 것이다. 이제 물소리는 얼음으로 얼 것이었다.

바람이 거세게 불었다. 경계 표지판이 심하게 흔들렸다. 시에서 도로 들어섰을 때, 안녕히 잘 가시라는 말 때문에 다른 세계로 들어간 것 같았다. 금세 물가가 나왔다. 곧 얼음이 얼 것이었다. 왕백숙집으로 출근하던 첫날 아침의 풍경은 바뀌지 않았다. 나는 누구보다 참는 건 잘했다. 누구보다도 질길 수 있었다. 다시 시작이었다.[54]

물소리는 화폐물신의 세계의 유일한 외부이다. 그렇기에 '나'는 가장 지옥 같은 순간 잠시 밖으로 나와 물소리를 듣는 것이다. 그렇지 않으면 비천한 신체를 회복시켜주는 몸 안의 물을 한순간 느껴볼 수 있을 뿐이다. 그러나 몸 안의 물은 수동적 재생을 넘어서서 능동적 생명의 표현으로까지 나아

---

52 김이설, 《환영》, 앞의 책, 94쪽.
53 김이설, 위의 책, 124쪽.
54 김이설, 위의 책, 193쪽.

가지는 못한다. 그렇기 때문에 회복된 몸은 다시 성 노동을 하게 되고 생명력의 결핍을 바깥의 물소리로 달래보는 것이다.

별채의 외부에는 아직 아무도 없어서 물소리에서는 차가운 냉기만이 느껴진다. 그곳의 외로운 물가로 사람들이 다시 돌아올 때까지 '나'는 '질기게' 버텨야 한다. 마르크스의 통찰처럼 자본의 세계는 언제나 다시 시작이고 무한히 계속될 것이기 때문이다.

《자본론》에 공감하는 듯한 '나'의 결론은 우리 시대가 그 외부를 갈망하는 시대임을 역설적으로 암시한다. 그것은 마치 《자본론》이 자본의 외부를 예견하는 것과도 같다. 후기자본주의란 《자본론》의 완성인 동시에 그것을 넘어선 연속 편을 기다리는 시대이다. 물소리가 자연을 소망하는 존재론적 전이의 소망이라면, 송경동 시의 리얼리즘과 선시의 만남이나 《빈 집》(김기덕)의 마르크스와 장자의 만남은 그 중 하나일 수 있으리라.

'나'의 발길이 향하는 왕백숙집은 도시보다 한적한 곳에 위치해 있지만, 그곳이야말로 후진적 후기자본주의의 축소판이자 별채와도 같은 곳이다. 그곳은 그만큼 가장 열악하면서도 또한 물소리의 소망이 잠재하는 곳이기도 하다.[55] '나'의 숨겨진 소망처럼 사람들 사이에서 물소리가 다시 들려올 때, 우리는 후기자본주의의 별채인 왕백숙집과는 다른 세계로 가는 반대 길을 보게 될 것이다. 비천한 여성의 몸속의 물소리가 질기게 살아남는다면, 그 때는 그 '길 없는 길'을 향해 모든 것이 다시 시작될 것이다.

---

55 이 점이 우리의 후기자본주의와 성과사회의 특징일 것이다.

제6장

삶권력과 죽음정치에
대항하는 순수기억의
창조적 존재론

1. 무의식에 작용하는 삶권력과 순수기억의 대응

무의식과 기억에 대한 논의가 중첩되는 지점은 존재론적 영역이다. 마르크스의 자본과 상품에 대한 논의는 우리의 무의식에서 작동하는 존재론적 기제에 대한 설명이다. 또한 베르그송의 순수기억의 논의는 우리가 생명적 존재로 약동하게 되는 방법을 제시한다. 마르크스는 상품 쪽에서, 베르그송은 생명적 존재 쪽에서, 우리의 무의식과 기억에 접근한다. 베르그송의 순수기억 역시 일종의 무의식임을 상기할 때, 우리는 베르그송의 논의를 마르크스의 상품물신의 무의식 대한 존재론적 응답으로 대비시킬 수 있다.[1]

마르크스는 우리의 무의식에 화폐의 거울이 설치되어 등가적 상품들로 된 세계의 총체성을 비춘다고 말한다. 또한 자본이 자기갱신의 원리를 통해 끝없이 쏟아내는 잉여향락에 우리의 무의식이 노출되어 있음을 암시한다. 이 두 가지 요소는 우리 존재를 자본 체계에 조응하게 전이시키는 삶권력의 무의식 기제들[2]이다.

베르그송은 순수기억이라는 이미지의 잠재태들이 우리 존재를 구성하며 사물과는 다른 생명적 유동체를 생성함을 말한다. 또한 순수기억들이 지속적으로 변이와 창조를 계속함으로써 우리의 존재가 창조적인 진화를 이룸을 논의한다. 생명적 유동체와 창조적 진화는 우리를 자본주의 체계에 길들이는 삶권력에 대항하는 존재론적 요소이다.

마르크스가 말한 자본의 끝없는 운동은 자본주의가 딱딱한 고체가 아니

---

1 베르그송이 직접 자본주의를 비판하지는 않았지만 그가 생명적 존재를 고체적 사물에 대비시키는 논의는 자본주의의 상품 물신화에도 적용될 수 있다.

2 마르크스의 무의식에 대한 설명은 정치경제학을 넘어서서 **일상의 인간관계와 존재방식**에 영향을 주는 삶권력의 기제에 대한 암시이다.

라 미래를 향해 움직이는 유동체임을 암시한다. 베르그송이 논의한 순수기억에 의한 창조적 진화 역시 고체적 사물과는 달리 미래를 향해 약동하는 생명적 유동체의 흐름이다. 그러나 전자는 우리를 자본주의 체제로 끌어들이는 삶권력의 요소인 반면, 후자는 자본의 상품물신에 저항하는 생명적 존재의 요소이다.

자본과 상품의 체계는 유동체처럼 움직이지만 결국 상품물신을 확장하는 방식으로 미래로 나아간다. 그 때문에 자본의 체계에 적응하지 못한 타자들은 자신의 생명이 사물과 상품의 논리에 따라 배제되는 죽음정치 아래에 놓이게 된다. 그에 반해 생명적 존재를 구성하는 순수기억은 우리를 상품체계로 유인하는 삶권력에 저항하는 한편, 타자의 생명을 배제하고 유기하는 죽음정치에도 대응한다. 우리는 뒤에서 백석 시를 통해 순수기억의 표현이 어떻게 당대의 죽음정치에 대항하고 있는지 살펴볼 것이다.

마르크스의 화폐의 무의식과 베르그송의 생명적 존재의 순수기억은 존재론적 영역에서 조우한다. 베르그송의 순수기억 역시 일종의 무의식인데 이 생명적 무의식은 마르크스가 논의한 화폐의 세계 외부를 향하는 무의식이다. 화폐의 무의식(마르크스)과 생명적 무의식(베르그송)의 조우는 무의식에 두 가지의 기제가 있음을 암시한다. 마르크스의 무의식과 베르그송의 순수기억, 그 두 종류의 무의식은 삶권력과 죽음정치라는 존재론적 영역에서 길항하고 경합한다.

앞에서 우리는 이미 무의식에 두 종류가 있음을 살펴봤다. 무의식이란 자신과 이질적인 것이 내부에 침투해 있을 때 생겨난다.[3] 무의식의 기제는 그런 이질적인 것과의 끝없는 교섭의 과정에 다름이 아니다. 예컨대 화폐에 지배되는 세계에는 결코 예속화할 수 없는 것이 있는데 화폐는 사람들의

---

3 데리다는 무의식이란 타자성이라고 말한다. 데리다, 권택영 역, 〈차연〉, 《후기구조주의 문학 이론》, 민음사, 1992, 287쪽.

무의식의 기제를 점령해 그것(계산 불가능한 것)마저 돈으로 계산하려는 충동을 일으킨다. 따라서 화폐가 무의식이라는 것은 세계의 모든 것들, 그리고 화폐로 계산할 수 없는 잔여물(실재계)마저 끝없이 교환가치로 치환하려는 운동이 일어난다는 뜻이다. 마르크스는 이것을 화폐에 대한 사랑이라고 불렀다.

그러나 바로 그 부분에서 화폐의 무의식에서 벗어나려는 또 다른 무의식이 생겨난다. 화폐에 대한 사랑은 흔히 인간에 대한 사랑을 저버리기 때문이다. 〈운수 좋은 날〉의 김첨지는 자신을 사로잡았던 돈을 내동댕이치며 "이 원수엣 돈!"하고 외친다. 김첨지의 삶은 그처럼 화폐에 대한 사랑과 인간에 대한 사랑의 양가적인 관계 속에서 움직인다. 그에 따라 우리 역시 돈에 지배되는 사회와 그곳에서 벗어나려는 운동 사이에 있음을 느낀다. 두 무의식의 양가적 관계는 삶권력의 작용과 그에 대한 존재론적 대응의 긴장 관계에 다름이 아니다.

이처럼 마르크스가 말한 화폐의 무의식은 삶권력의 요소이지만 당연히 그에 대항하는 또 다른 무의식이 있는 것이다. 삶권력에 대항하는 무의식은 자본과 화폐 체계의 바깥으로 달아나려는 욕망으로 나타난다. 권력이 작용하는 곳에 저항이 있듯이 예속적 무의식이 작용하는 곳에 저항적 무의식이 생성되는 것이다. 베르그송의 순수기억은 후자와 연관해 논의될 수 있을 것인데, 그 존재론적 대응의 무의식이 **기억**의 형태로 되어 있는 것이 특징적이다.

그러면 어떻게 기억이 무의식이 되는가. 이제 우리는 베르그송의 순수기억을 통해 그 독특한 기제를 살펴볼 것이다. 그에 앞서 무의식과 기억의 상응적 관계를 암시하는 삶권력 및 이데올로기 영역에서의 예를 들어보자.

무의식에 두 종류가 있듯이 기억에도 두 가지가 있다. 하나는 우리를 체제 내부로 끌어들이려는 기억이며 다른 하나는 체제의 논리에 저항하는 기억이다. 전자의 대표적 예는 체제의 논리에 맞게 기억을 변주시켜 기념화하는 국민적 서사의 기억[4]이다. 식민지 말의 총동원체제나 포스트식민지 시대의 반공적 국가주의 체제의 국민 서사가 여기에 속한다. 총동원 체제는 근대세계에서 영미의 식민주의 기억을 선택적으로 변주시켜 근대의 초극과 대동아 공영의 서사를 만들었다. 그러나 총동원체제는 근대를 극복하지 못한 채 신체제로 유인하는 삶권력과 생명을 임의로 처분하는 죽음정치로 귀결되었다. 반면에 당대의 미학은 국민적 서사와는 다른 기억을 매개로 죽음정치에 대응했다. 예컨대 백석은 총동원체제 전후의 시기에 삶권력과 죽음정치 속에서 사지를 떠도는 사람들의 상처를 드러내며 순수기억을 통해 그 아픔을 극복하려 했다. 상처의 기억과 순수기억은 기념화된 기억에 근거한 삶권력 및 죽음정치에 대항하는 또 다른 기억이다.

이 같은 두 종류의 기억은 실상 두 가지의 무의식 관계에 상응한다. 국민적 기억이 체제를 유지하는 이데올로기나 삶권력에 연관된다면 미학적 순수기억은 그에 동화되지 않으려는 무의식으로 작용한다. 그 점에서 국가주의에서의 두 가지 기억은 자본주의에서의 두 종류의 무의식에 상응한다. 국가와 자본의 공모, 그리고 그에 대한 저항의 이면에는, 서로 연루된 기억과 무의식의 상이한 작용들이 그 배경으로 놓여 있다.

7장에서는 앞에서 자본주의의 삶권력과 무의식의 관계로 표현되었던 것을 **기억**이라는 주제를 통해 살펴보려고 한다. 여기서 살펴볼 기억은 단순한 인식론적 회상과는 구분되는 보다 근원적인 기제이다. 기억이란 우리 존재의 핵심을 이루고 있는 물질과 정신에 관한 모든 것이다.

베르그송은 우리의 주제인 순수기억을 포함해 모든 정신작용을 기억을 토대로 논의한다. 그러면서도 그의 기억 논의는 정신의 반대인 듯한 물질에 대한 논의와도 연관된 것이 특징이다. 베르그송의 경우 기억은 철학적 사유의 대립적 경계를 넘어서는 독특한 매개 영역이다. 기억을 도입할 때 우리는

---

4 김철,《국민이라는 노예》, 삼인, 2005, 8~9쪽.

물질과 정신의 경계를 넘어선다. 정신이란 물질적 자극이 뇌의 회로에서 반응을 유보하고 있는 복잡한 상태에 다름이 아니다. 또한 기억은 무기물과 생명체, 지성과 직관의 경계를 넘어서게 한다. 기억은 **지속성**을 지니는데 그것은 무기물의 자극을 신경계에 유지하고 있는 생명체의 특징이다.

기억과 **존재**의 관계는 기억을 통해 지능적 존재를 만들어 내고 있는 오늘날 더욱 빛을 발한다. 인공지능은 기억을 이용한 아주 초보적 기제일 뿐이다. 인간 같은 고도의 복잡한 존재의 경우 기억은 뇌의 네트워크이자 심연의 무의식 기제이기도 하다. 그렇기에 베르그송의 순수기억은 프로이트나 마르크스의 무의식에 대한 논의와 연관될 수 있는 것이다. 뿐만 아니라 기억은 자기 안의 기제인 동시에 대상들의 네트워크이면서 관계망이기도 하다. 이 측면에서도 순수기억은 타자성의 무의식과 연관된다. 이제 기억을 통해 무의식 및 네트워크와의 복잡한 관계를 살펴보자.

2. 습관기억의 억압과 순수기억의 혁명
— 베르그송의 《창조적 진화》

오늘날의 컴퓨터와 인공두뇌학의 발전은 기억을 유물론의 관점에서 인간 존재의 핵심으로 보게 한다. 만일 메모리가 없다면 컴퓨터는 고철 덩어리에 불과하다. 컴퓨터는 기억에 의해 비로소 지능으로 존재하기 시작한다. 그러나 컴퓨터의 지능은 최고의 소프트웨어를 사용해도 인간의 두뇌를 따라잡을 수 없다. 그 이유는 컴퓨터가 메모리를 응용하는 방식에는 베르그송이 말한 순수기억[5]의 기제가 부재하기 때문이다.

5　베르그송, 박종원 역, 《물질과 기억》, 아카넷, 2005, 221쪽.

순수기억이란 일종의 유동성 지능[6]이다. 베르그송은 인간의 지성이 사용하는 모든 개념과 작업도구들이 고체의 논리라고 말한다. 고체의 논리는 합리성과 인과성, 목적성에 따라 움직인다. 고도의 소프트웨어를 사용한 컴퓨터 역시 고체 논리의 응용이라고 할 수 있다. 고체의 논리에 관한한 컴퓨터는 인간의 지능을 넘어섰다고 볼 수 있다.

그러나 순수기억의 경우 컴퓨터는 아직 어린아이의 수준에도 이르지 못했다. 순수기억은 과거에 고착된 것이 아니라 지속적으로 흐르면서 현재와 미래의 시간에 창조와 혁명을 가능하게 한다. 컴퓨터에 부족한 것은 그 같은 창조와 혁명의 능력이다.

순수기억의 특징은 **지속성**이다. 지속성이란 똑같이 계속된다는 뜻이 아니다. 베르그송은 변화하지 않는 것은 지속성이 없다고 말한다. 세계는 매 순간 달라지기 때문에 창조적으로 변화하는 것만이 지속성을 지닐 수 있는 것이다. 순수기억의 지속성은 **창조**와 **변혁**의 능력의 다른 표현이다. 역설적으로 저장이 영구적인 컴퓨터의 메모리에는 지속성이 없으며 고체의 논리만을 생산할 수 있다. 컴퓨터나 고착된 사유에 부재한 순수기억의 지속성은 생명체와 자연의 세계의 고유한 특징이다.

순수기억의 창조성은 물질과 정신의 관계에서도 찾아볼 수 있다. 물질은 인간에게 감각적 자극을 주는데 인간은 그 자극에 대해 기계적으로 반응하지 않는다. 자극에 기계적으로 반응하는 것은 사물의 특징이다. 사물과 달리 인간은 뇌의 회로에서 반응을 유보시키며 반작용을 위한 복잡한 과정을 거치게 된다. 따라서 흔히 정신으로 불리는 인간의 뇌란 실상은 미결정성의 회로이다. 자극이 뇌에 전달되면 뇌의 미결정성의 회로에서 가변적이고 창조적인 작용이 진행되며, 그 때문에 예측할 수 없는 반응이 나타난다. 그 가

---

6   나카자와 신이치, 김옥희 역, 《예술인류학》, 동아시아, 2009, 231~234쪽. 유동성 지능이란 뇌의 서로 다른 인지 영역들을 횡적으로 연결하는 방식의 지능을 말한다. 나카자와는 이 유동성 지능을 '인간의 비밀'이라고 부른다.

변성과 창조성의 기제가 바로 순수기억의 영역이다. 순수기억이라는 미결정성의 회로가 없는 컴퓨터에는 가변성과 창조성이 없다.

그러나 인간의 가변성과 창조성이 무한한 것은 아니다. 인간의 뇌에는 **습관기억**이라는 고체의 논리도 작용하기 때문이다. 습관기억이란 일종의 코드화의 논리이다. 자전거를 배우는것, 게임의 법칙을 아는 것, 언어를 익히는 것은 모두 습관기억이다. 어떤 사회의 시스템에 적응하는 것 역시 습관기억이다. 습관기억이 고착되고 고체화되면 인간의 반응과 행동은 자동화되고 경직된다. 베르그송은 습관기억이라는 운동기제의 억압에 의해 순수기억은 **무의식**이 된다고 말한다.[7]

시스템이 습관기억으로 내면화되면 잉여의 기억은 무의식의 전달자로서 몰래 누설될 뿐이다.[8] 이처럼 시스템은 순수기억의 활동을 억제하는 기능을 한다. 순수기억에 의한 창조가 존재의 핵심이라면 각종 운동기제의 제재를 받고 있는 우리는 과연 누구인가. 베르그송은 존재란 변화이며 성숙이고 창조라고 말한다. 그것은 습관기억이 아니라 순수기억의 기능이다. 순수기억을 존재의 핵심으로 본 베르그송의 입장은 무의식적 주체를 진정한 존재로 본 라캉의 생각과 비슷하다.

인간이 자랑으로 삼고 있는 **지성** 역시 습관기억의 기제에 가깝다. 베르그송은 지성으로는 생명과 자연의 세계를 결코 알 수 없다고 말한다. 생명의 방향으로 나아가는 것은 **직관**이며 지성은 그 반대 방향으로 나아간다. 그 양자의 통일성은 직관으로부터 지성으로 나아갈 때 얻어지며 그 반대는 불가능하다.

베르그송의 논의들은 존재와 인식에 관한 흥미로운 대비로 가득 차 있다. 자연이 부드러운 천이라면 무기물들은 그 천이 지각에 의해 재단된 것이

7　베르그송, 황수영 역, 《창조적 진화》, 아카넷, 2005, 25쪽.

8　베르그송, 위의 책, 26쪽.

다.[9] 즉 자연을 무기물로 분석하는 것은 인간이 무기질의 고체에서 모형을 가져온 지성에 통해 가위질하는 것이다.

그처럼 자연과 생명체가 유동성이라면 지성은 고체의 논리이다. 우리가 생명의 대양에 잠겨서 끝없이 무언가를 열망한다면 지성은 거기서 국부적 응고에 의해 형성된 고체적 기능이다.[10] 따라서 생명체를 아는 것이 직관이라면 지성은 오히려 그 반대 방향으로 움직인다.[11] 양자의 차이는 존재론과 인식론의 차이이기도 하며 각각의 핵심은 무의식과 개념적 인식이다. 또한 그 둘을 기억에 연관시키면 순수기억과 습관기억에 상응한다. 순수기억이란 인식이나 회상과는 다른 존재론적 기억이다.

베르그송의 존재론은 생명체에 대한 해명에 초점이 맞춰져 있다. 그는 생명을 약동하는 에너지의 형식[12]으로 이해하며 지성의 고체성에 대비되는 유동성으로 파악한다. 또한 생명은 개체성을 지니는데 각각의 생명체는 우주적 존재와 상응성을 지닌다. 따라서 자연의 생명체들이 완전히 조화되어 있는 것은 아니지만 거시적 차원에서 비슷한 충동으로 움직인다.[13]

여기서 흥미로운 것은 베르그송이 서구적 지성에서 동양적 직관으로 향하고 있는 점이다. 그가 말한 생명의 약동이란 동양사상의 기(氣)와 매우 유사한 것이다. 또한 지성의 고체성에 대비되는 생명의 유동성은 노자의 자연에 대한 **물**의 비유를 연상시킨다. 개체들의 완전한 조화를 말하지 않으면서도 우주와 상응하는 거시적 충동을 말한 점도 동양적 사유와 비슷하다.

동양적 사유와 다른 점은 지성과 직관, 인식론과 존재론을 대비시키고 있는 점이다. 또한 직관에서 지성으로 나아가는 통일을 말한 점도 다르다. 이

---

9 베르그송, 위의 책, 37쪽.

10 베르그송, 위의 책, 289쪽.

11 베르그송, 위의 책, 397~398쪽.

12 베르그송, 위의 책, 382쪽.

13 베르그송, 위의 책, 94쪽.

점에서 그는 동양적 사유와 서양적 지성을 아우르려 하고 있다고도 볼 수 있다.

그러나 베르그송의 논의에는 사회체의 시스템에 대한 고찰이 빠져 있다. 사회체에 대한 논의는 단순히 유보될 수 있는 것이 아니다. 앞에서 우리는 마르크스의 논의가 독특한 것은 화폐의 존재론적 신비성에 대해 언급한 점임을 밝혔다. 그런데 마르크스의 존재론적 암시가 독보적인 것은 근대의 사회체에 대한 인식과 결합하고 있기 때문이다. 현대철학으로서 베르그송의 생명철학에는 그에 상응하는 차원이 없다.

인식론과 존재론의 결합은 이미 칸트에서 예견되었다. 칸트는 물자체는 알 수 없다고 말했는데, 이는 인식론의 한계와 함께 새로운 존재론의 가능성을 암시한 셈이다. 칸트 이후 현대의 존재론이란 모두 **물자체**를 둘러싸고 진행된다고 할 수 있다.

칸트의 현상계와 물자체는 라캉을 통해 상징계와 실재계로 계승되었다. 따라서 라캉의 논의는 현대의 존재론에 아주 풍부한 암시를 제공한다. 우리는 마르크스가 말한 자본의 무한한 운동이란 대상 a(실재계적 대상)의 위상학에 다름이 아님을 살펴봤다. 마르크스가 '신비하다'고 표현한 것들은 모두 상징계와 실재계를 드나드는 운동들이다.

베르그송 역시 지성과 직관의 대비에서 상징계와 실재계를 염두에 둔 셈이다. 그러나 그는 양자가 연관되는 독특한 양가성에 대해 해명하지 못했다. 마르크스와 라캉이 통찰했듯이 근대의 공간에서는 상징계의 삶 역시 실재계와의 연관 속에서 운동한다.

그런가 하면 베르그송의 동양철학적인 측면은 라캉을 넘어선 특유의 영역이라고도 할 수 있다. 또한 그의 기억에 대한 논의는 유물론적 관점에 새로운 빛을 던져 준다. 따라서 우리는 베르그송의 **기억**에 대한 논의를 라캉의 **존재론**과 결합시킬 필요가 있다. 2절의 표제인 순수기억의 혁명은 양자의 결합에 근거한 것이다.

베르그송은 이제까지의 모든 서양의 지성을 **고체의 논리**로 보았다. 반면에 생명체는 고체의 논리로 재단될 수 없는 **유동성**을 지닌다고 생각했다. 이러한 구분은 들뢰즈의 수목형과 리좀형의 대비를 연상시킨다. 그러나 우리는 그런 대비만으로는 근대적 삶의 비밀을 모두 밝힐 수 없다고 생각한다. 우리는 지성의 논리와 베르그송-들뢰즈의 반대논의를 둘 다 넘어설 것을 주장한다. 우리의 관심은 의식과 무의식, 상징계와 실재계, 그 고체성과 유동성 사이를 왔다 갔다 하는 **주체의 진동**에 있다.

3. 화폐의 무의식과 순수기억의 무의식

이제 6장에서 논의한 문제들을 기억의 관점에서 살펴보자. 우리는 이미 마르크스의 텍스트와 소설을 통해 자본주의 사회에서 타자가 동요하고 주체가 진동함을 살펴봤다. 베르그송의 기억 이론에 따르면 자본주의의 시스템은 일종의 습관기억이며 그에서 이탈하려는 탈영토화된 무의식은 순수기억이라고 할 수 있다. 그러나 마르크스가 통찰했듯이 자본주의는 단순히 고체의 논리로 된 습관기억으로 작용하는 것은 아니다. 자본과 화폐는 일종의 무의식으로 작용하며 고체의 논리를 용융시키는 유동성을 지니고 있다. 바로 여기에 자본과 화폐의 신비한 비밀이 있는 것이다.

자본주의에서 화폐는 게임의 법칙처럼 사회를 지배하고 있다. 그 점은 문법화된 언어들이 우리의 언어생활을 지배하는 것과 비슷하다. 양자 모두 우리가 그 작동과 운용의 원리를 습관화해야 하는 습관기억에 속한다.

그러나 화폐를 통해 세상을 이해하는 것과 문법화된 언어를 통해 말들을 이해하는 것이 아주 똑같지는 않다. 화폐의 무의식이란 문법과는 달리 단지 화폐의 코드가 전의식에 내면화된 것을 뜻하지 않는다. 화폐는 끝없이 탈코드화를 통해 자신의 코드를 실현하는 신비한 성격을 갖고 있다. 즉 화폐는 끊임없이 문법에서 이탈함으로써 자신의 문법을 실현한다.

화폐는 문법과 달리 결코 스스로는 완결된 코드를 완성하지 못한다. 화폐는 자신을 넘어서는 잉여가치를 낳음으로써만 비로소 시스템을 지배하는 가치가 된다. 마치 아들을 낳아야 아버지가 되듯이 화폐는 잉여가치를 낳아야 자본이라는 위치를 얻어 자본주의 체계를 유지한다. 이것이 화폐가 끝없는 자본의 운동을 통해 지배 위치를 유지하는 첫 번째 비밀이다.

이 자본의 운동 과정은 시작과 끝이 모두 화폐로 되어 있는 M-C-M의 과정이다. 따라서 화폐는 모든 것을 상품화(C)하려는 끝없는 운동의 회로를 만든다. 이것이 바로 자본주의에서의 상품물신화이다.

화폐체계는 문법과 달리 항상 화폐에 예속될 수 없는 영역을 갖는데, 그에 따라 자본주의에서는 늘상 실재계에 접촉한 잔여물이 남는다. 그런데 화폐는 사람들로 하여금 그것마저 화폐로 해결하려는 충동을 갖게 한다. 이것이 화폐물신이다.

자본과 상품물신, 화폐물신은 화폐-교환가치의 세 가지 비밀스러운 얼굴이다. 이 세 얼굴은 화폐가 끝없이 스스로를 넘어서는 운동을 통해서만 시스템의 지배적 가치가 됨을 암시한다. 즉 매번 잔여물을 없애면서 자기 자신을 넘어서야만 자신이 되는 것이다.

마르크스는 이 신비한 현상을 "견고한 모든 것은 대기 속에 녹아버린다"[14]라고 말하고 있다. 그처럼 자본주의에서는 고체적인 모형은 존재하기 어렵다. 자본주의는 일종의 무의식에 의해 움직이며 살아 있는 생명체와도 같은 것이다.

화폐를 게임의 법칙으로 이해할 때 그것은 하나의 습관기억이며 순수기억을 억압하는 시스템의 논리이다. 그러나 놀랍게도 억압적 시스템이 고체의 논리가 아니라 **유동적인 생명체**와도 같이 움직이는 것이다. 자본주의에

---

14 마르크스·엥겔스, 이진우 역,《공산당선언》, 책세상, 2002, 20쪽.

관한한 베르그송의 고체의 논리와 생명체의 대립은 적용되지 않는다.

마르크스는 또한 가치(자본)는 스스로가 가치이기 때문에 가치(잉여가치)를 낳는 신비스러운 성격을 갖는다고 말한다.[15] 이 말은 가치가 자신을 유지하려면 매번 가치를 낳아야 한다는 뜻이다. 이처럼 가치를 지속시키는 운동은 매번 스스로를 변화시키고 도약하는 생성의 운동이다. 마르크스가 말한 자본의 운동은 베르그송이 논의한 **지속성**과 매우 유사하다. 변화되지 않는 것에는 지속이 없다. 지속이란 전진하면서 부풀어가는 부단한 과정이기 때문이다. 흥미롭게도 자본의 운동 또한 그와 비슷하다. 자본은 지속의 운동처럼 매번 변화하고 창조하고 생성해야 한다. 이 점에서도 자본의 운동은 고체의 논리보다도 생명체의 지속성에 가깝다.

베르그송은 고체의 논리를 지닌 지성의 특징으로 공간성의 대기에 젖어 있는 점을 말한다. 칸트처럼 시간을 공간과 동일한 방향에 놓게 되면 **지속성**이 소멸되며 실재는 알 수 없는 것이 된다. 그런 지성의 작용과 달리 생명체의 운동만이 유동적인 실재에 접근한다.

그런데 자본의 운동은 지속과도 비슷한 운동을 통해 매번 실재계적 잔여물에 접근한다. 그 때문에 자본주의는 공간성의 대기에서 벗어나 역사상 최초의 '통시적인 기계'(들뢰즈)로 작동된다. 여기서도 자본주의의 **시간적인** 지속성은 생명체와도 같은 활력을 느끼게 한다.

그럼에도 불구하고 우리는 자본주의가 발전할수록 생명체가 위축됨을 느낀다. 그것은 왜일까. 생명체처럼 살아 움직이는 자본이 왜 우주의 생명을 위협하는 것일까.

이 기이한 역설은 기억 이론으로 보면 매우 자명하다. 자본은 살아 있는 생성의 운동으로 시작하지만 결국 순수기억을 억압하는 습관기억의 논리로 돌아온다. 순수기억이란 유동적인 소우주이자 실재계와 맞닿아 있는 우리

---

15   마르크스, 김수행 역,《자본론》I (상), 비봉출판사, 2001, 199쪽.

존재의 핵심이다. 우리가 미래를 꿈꿀 수 있는 것은 오로지 순수기억을 통해서이다. 그러나 유동체를 흉내 내는 자본의 운동은 결국 상품이라는 물건을 만드는 과정으로 회귀한다. 자본의 운동은 생명체와 거의 비슷하지만 그 결과물은 상품의 생산일 뿐이다. 상품의 창조성은 개별 사물들의 단절성에 기반하고 있다. 즉 신상품의 창조는 다른 상품의 폐기와 연관되며 시간이 갈수록 낡아갈 뿐인 상품은 순수기억의 지속성과는 무관하다. 상품 그 자체에는 지속성이 없기 때문에 매번 새로운 자본의 창조성은 단절적인 상품들을 만드는 일을 반복하는 습관기억으로 회귀한다. 자본의 운동의 중심에 있는 상품이란 무기물로 된 고체적 논리이며 상품이 사랑하는 것은 인간이 아니라 화폐이다.

물론 상품 역시 인간에 대한 사랑을 담은 듯한 환상을 불러일으킨다. 상품광고 중에 "기술이 꿈꾸고 인간이 이룬다"는 문구가 있다. 그 말은 순수기억이 꿈꾸는 세계를 실현한다는 뜻이다. 실제로 자본이 만든 상품들은 점점 고도로 복잡화되면서 우리가 꿈꾸는 세계를 만들어가는 듯하다.

그러나 상품은 개인 앞에 놓인 물건의 지위를 넘어서지 못한다. 즉 인간과 인간 사이에서 개체들의 존재감과 관계성을 상승시키는 역할을 상품은 하지 못한다. 상품에 결여된 유일한 것은 우리의 존재감을 상승시키는 그 같은 타자성의 윤리이다. 광고는 결국 무기질의 논리(베르그송)를 지닌 상품을 포장하는 윤리적 환상일 뿐이다.

상품은 우리의 욕망을 불러일으키지만 그 욕망은 개인의 나르시시즘적 욕망이다. 우리는 상품이 거울처럼 우리의 욕망을 비춰줄 때 그 상품을 선택한다. 이런 상품에 대한 나르시시즘 욕망에는 타인과의 관계에 대한 고려가 전혀 없다.

반대로 상품 쪽에서는 거의 화폐에 대한 욕망에 지배될 뿐이다. 화폐의 욕망은 모든 사물과 인간을 등가물로 만드는 가치에 대한 욕망이다. 화폐 역시 가치에 대한 무의식적 욕망이지만 그 가치의 확인은 사물들과 인간들의 차이를 없애 동일화하는 과정에서 만들어진다. 즉 거기에는 동일성의 반복만이 있는 것이다. 이 **동일성의 반복**은 베르그송이 말한 무기질의 고체의 논리이자 습관기억의 논리이다. 화폐 역시 무의식이지만 그것은 생명체의 다양성의 욕망과 인간의 순수기억이라는 또 다른 무의식을 억압한다.

마찬가지로 상품과 화폐는 개체들 간의 조화에는 거의 무관심하다. 베르그송은 다양한 생명체들은 서로 갈등하지만 배후적으로 상보적인 조화를 이룬다고 말한다.[16] 이 전면에 보이지 않지만 배후적으로 작용하는 조화는 자연의 내재원인[17](스피노자)과도 같은 것이다.

그런데 다양한 상품들은 인간들 사이에 놓이더라도 개체들 사이의 조화에 대한 욕망은 어디에도 없다. 상품을 존재들 간의 조화를 위해 배후적인 상보성의 맥락에 놓는 것은 영원히 인간의 몫이다. 세상을 움직이는 힘, 즉 화폐를 통해 상품을 만들고 그것을 통해 더 많은 화폐를 만드는 자본의 운동에는 존재들의 조화에 대한 관심이 전혀 없다. 그 때문에 자본주의 아래서 꿈꾸는 세상은 결국 무기물로 된 기계들의 유토피아일 뿐이다.[18] 화해된 세상에 대한 꿈은 광고 문구를 통해서만 우리의 향수를 달래줄 수 있을 뿐이다. 그것은 억압된 순수기억의 누출을 예방하는 역할을 한다. 광고는 우리가 약동하는 새로운 세상에서 살게 된 것처럼 보이게 하지만 자본주의가 발전할수록 실제로 경험되는 것은 사물화일 뿐이다.

자본의 운동은 도약과 생성을 필요로 하지만 그것은 자신과 다른 실재계적 잔여물에 접촉하기 위해서이다. 즉 자본의 운동이란 미지의 영역에서의 모험을 통해 새로운 것을 교환가치화하려는 끝없는 충동이다. 미지의 영역

---

16 베르그송, 《창조적 진화》, 앞의 책, 94쪽.

17 이는 제임슨이 말한 부재원인이기도 하다. 프레드릭 제임슨, 이경덕·서강목 역, 《정치적 무의식》, 민음사, 2015, 41쪽.

18 미래소설에서의 유토피아가 디스토피아인 것은 이 때문이다.

과의 접촉 과정에서 생명체 같은 약동이 있지만 그것은 결국 새로운 상품을 만들면서 모든 것을 화폐의 가치로 만드는 운동이다. 따라서 자본주의가 발달할수록 생명체의 흐름이 역동적이기는커녕 오히려 그 반대이다. 오늘날 자본의 운동은 마침내 감정과 사랑의 영역에마저 침투한다. 그러나 이는 인간관계마저 무기물의 논리로 된 사물들의 관계로 만드는 결과를 낳는다. 사물화는 동일성의 반복이라는 고체의 논리이자 자동화된 습관기억이다. 그것은 생명체의 약동의 근거인 순수기억을 억압한다.

따라서 자본의 운동의 유동성에는 생명을 무기물화하는 고체의 논리가 숨어 있다. 즉 그것은 숨은 고체의 논리이자 **전도된 유동성**이다. 또한 자본의 운동은 시간적 운동을 통해 사물과 인간을 동일한 공간에 놓는 **전도된 시간적 기계**이다. 마찬가지로 그것은 지속을 위해 변화하지만 동일한 것만을 지속시키는 **전도된 지속성**이기도 하다.

4. 식민지의 죽음정치에 대한 순수기억의 대응
─백석의 시

마르크스와 베르그송을 연결시키면서 우리는 두 개의 역설을 발견한다. 자본의 운동은 매번 새롭게 변화되는 것 같지만 실제로는 사물화 같은 동일성 반복의 논리이다. 즉 자본의 논리란 돈을 위해 상품화되거나 상품으로 더 많은 돈을 버는 일의 반복이다. 베르그송은 그런 동일성의 반복을 무기물의 논리이자 습관기억의 영역으로 보았다.

반면에 변화가 없이 지속되는 것 같지만 사실은 창조적으로 약동하는 영역이 있다. 자연과 생명체, 그리고 인간의 순수기억의 영역이 그것이다. 순수기억이란 자연성과 생명성을 지닌 인간의 존재의 핵심이다.

자본의 운동이 매번 새롭게 변화되면서 같은 일을 반복한다면 순수기억은 원래의 것[19]을 지속하면서 새롭게 변화된다. 즉 순수기억이 베르그송의 창조적 **지속성**을 보여준다면 자본의 운동은 지속성을 통해 같은 것을 반복하는 전도된 지속성이다. 또한 순수기억이 지속을 통해 도약을 낳는 시간의 영역인 반면 자본은 시간성을 통해 사람과 사물을 공간성의 대기에 젖게 한다. 동일성의 반복이자 일종의 습관기억인 자본주의는 순수기억을 억압한다.

모든 문학작품은 그 같은 두 가지 역설 사이에 놓여 있다. 즉 외견상 변화되면서 사람들을 **고착시키는** 자본주의와, 지속을 통해 **억압을 넘어선 도약**을 준비하는 순수기억 사이에 있다. 근대문학이란 순수기억을 억압하는 자본주의에 대한 순수기억의 숨겨진 반격이다. 그런 근대문학 중에는 순수기억 쪽에서 자본주의적 현실에 접촉한 문학이 있고 반대로 자본주의 쪽에서 순수기억을 발견하는 문학이 있다. 둘 중 먼저 순수기억의 문학을 살펴보자.

순수기억의 지속성을 보여준 대표적인 시인은 백석이다. 백석의 시에는 유난히 고향에 대한 과거의 기억이 자주 그려진다. 그런데 백석 시에 나타난 고향 풍경은 단순한 정태적인 과거의 회상이 아니다. 그의 시에서 우리가 발견하는 것은 지속의 힘으로 억압을 넘어 약동하는 순수기억의 흘러넘침이다.

순수기억이 회상과 다른 점은 선적인 시간으로 회귀되지 않는다는 것이다. 순수기억은 지나간 어느 시절에 멈춰 있는 과거의 시간이 아니다. 이 존재론적 기억은 일종의 과거이지만 현재의 시간에 파고들면서 미래를 향해 약동한다. 그 이유는 순수기억이란 자연과 생명에 연관된 존재의 핵심에 대한 기억이기 때문이다. 다음의 백석의 시는 고향에 대한 기억(순수기억)이 화자의 생명적 핵심임을 암시한다.

---

19 원래의 것이란 자연적이고 생명적인 것이다.

나는 북관(北關)에 혼자 앓아 누워서

어느 아침 의원(醫員)을 뵈이었다

의원은 여래(如來) 같은 상을 하고 관공(關公)의 수염을 드리워서

먼 옛적 어느 나라 신선 같은데

새끼손톱 길게 돋은 손을 내어

묵묵하니 한참 맥을 짚더니

문득 물어 고향이 어데냐 한다

평안도 정주(定州)라는 곳이라 한즉

그러면 아무개씨(氏) 고향이란다

그러면 아무개씨(氏)를 아느냐 한즉

의원은 빙긋이 웃음을 띠고

막역지간(莫逆之間)이라며 수염을 쓴다

나는 아버지로 섬기는 이라 한즉

의원은 또다시 넌즈시 웃고

말없이 팔을 잡어 맥을 보는데

손길은 따스하고 부드러워

고향도 아버지도 아버지의 친구도 다 있었다[20]

위에서 의원이 '나'에게 고향을 물은 것은 '나'의 병이 고향의 상실에 있음을 간파했기 때문이다. 그만큼 고향은 '나'의 존재의 핵심으로 자리하고 있는 것이다. 의원의 치료는 고향을 다시 찾아주는 것으로 진행된다. 그러나 떠나온 고향을 어떻게 되찾아 줄 수 있는가.

"신선과도 같은" 의원은 '나'의 고향이 있는 곳을 잘 알고 있다. 의원이 부드럽게 팔을 잡아 맥을 보는 순간 고향은 불현듯 '나'에게 돌아온다. 윗시의

---

20   백석, 〈고향〉, 《나와 나타샤와 흰 당나귀》, 다산초당, 70~71쪽.

마지막 행은 고향이 공간적으로만 존재하지 않고 '나의' 기억에 지속의 시간
으로 내재함을 암시한다. 의원은 맥을 짚으면서 그 고향이 있는 곳을 짚은
것이다.

순수기억으로서의 고향은 식민지 자본주의 현실에서 억압된 상태에 있
었을 것이다. 식민지 자본주의는 도시에서 삶권력으로 사람들을 유혹하기
도 했지만 농촌에서는 사람들을 유민으로 만드는 죽음정치로 작용했다. 백
석이 시를 쓴 1930년대 후반은 일제의 파시즘으로 그 죽음정치적 억압이 더
강화된 상태에 있었다. 그 같은 억압된 고통과 아픔, 그것이 '나'의 병의 원
인일 것이다. 앞에서 우리는 그 병인을 낯선 두려움(unhomely)으로 살핀 바
있다. 의원의 손길에 이끌린 고향의 귀환은 그런 현실의 억압에서 되돌아오
는 순수기억의 약동과 반격을 시사한다.

고향은 향수병을 고치는 의원을 통해 귀환하기도 하지만 또한 시를 통해
귀환하기도 한다. 백석 시는 단순히 고향에 대한 향수를 드러내고 있는 것
이 아니다. 향수란 현실의 공간성의 대기에서 벗어나지 못한 사람의 **회복될
수 없는** 과거에 대한 수동적인 회한이다. 반면에 윗시에서는 고향의 기억이
과거가 아니라 **지속의 시간**을 통해 '나'의 존재의 일부로서 억압적 현실에
대응하는 능동적 생명의 힘으로 작동하고 있다. 백석의 시는 마치 의원처럼
시적 도약을 통해 향수병을 치유하는 순수기억의 약동을 보여준다. 여기서
상처의 기억이 제시되지는 않지만 우리는 순수기억의 약동성을 통해 그것
을 역으로 짐작할 수 있다.

백석 시는 고향에 대한 기억을 그린 시와 고향을 잃은 현실을 노래한 시
가 있다. 전자가 〈정주성〉, 〈여우난골족〉, 〈여우난골〉, 〈모닥불〉 등이라면 후
자는 〈여승〉, 〈팔원〉, 〈남신의주 유동 박씨봉방〉, 〈나와 나타샤와 흰 당나귀〉
등이다. 앞의 시들이 옛 고향 풍경을 담담히 그리고 있다면 뒤의 시들은 현
실에서의 시적 주체의 동요를 드러낸다.

그런데 전자의 시들 역시 정태적인 풍경화가 아니라 역동적인 시적 도약

을 담고 있다. 이 유형의 시들은 결코 어린 시절의 회상을 그린 것이 아니다. 회상이란 과거로 돌아가는 것이며 거기에는 잃어버린 공간화된 고향이 있을 뿐이다. 공간화된 과거의 고향은 다시 돌아갈 수 없는 슬픈 곳일 뿐이다.

반면에 백석 시의 고향은 현재의 '나'의 내면에 파고든 기억이자 미래로의 도약을 준비하는 시간적인 고향이다. 이 시간적 역동성[21]을 지닌 고향이 바로 순수기억으로서의 고향이다. 순수기억으로서의 고향은 우리를 향수에 젖게 하는 것이 아니라 향수병을 치유해 준다.

명절날 나는 엄매 아배 따라 우리집 개는 나를 따라 진할머니 진할아버지가 있는 큰집으로 가면

얼굴에 별자국이 솜솜 난 말수와 같이 눈도 껌벅거리는 하루에 베 한 필을 짠다는 벌 하나 건너 집엔 복숭아나무가 많은 신리(新里) 고무 고무의 딸 이녀(李女) 작은 이녀(李女)

열여섯에 사십(四十)이 넘은 홀아비의 후처가 된 포족족하니 성이 잘 나는 살빛이 매감탕 같은 입술과 젖꼭지는 더 까만 예수쟁이 마을 가까이 사는 토산(土山) 고무 고무의 딸 승려(承女) 아들 승(承)동이

육십리(六十里)라고 해서 파랗게 뵈이는 산을 넘어 있다는 해변에서 과부가 된 코끝이 빨간 언제나 흰옷이 정하든 말 끝에 섧게 눈물을 짤 때가 많은 큰골 고무 고무의 딸 홍녀(洪女) 아들 홍(洪)동이 작은 홍(洪)동이

배나무접을 잘 하는 주정을 하면 토방돌을 뽑는 오리치를 잘놓는 먼섬에 반디젓 담그러 가기를 좋아하는 삼춘 삼춘엄매 사춘 누이 사춘 동생들이 그득히들 할머니 할아버지가 있는 안간에들 모여서 방안에서는 새옷의 내음새가 나고

또 인절미 송구떡 콩가루차떡의 내음새도 나고 끼때의 두부와 콩나물과 뽂은

---

21 선적인 시간의 체제는 실상 과거나 현재를 공간적으로만 표현한다. 반면에 순수기억의 시간은 과거인 순수기억과 현재의 지각(현실)이 교섭하면서 미래로의 약동을 보여줄 수 있다.

잔디와 고사리와 도야지 비계는 모두 선득선득 하니 찬 것들이다

저녁술을 놓은 아이들은 외양간섶 밭마당에 달린 배나무 동산에서 쥐잡이를 하고 숨굴막질을 하고 꼬리잡이를 하고 가마 타고 시집가는 놀음 말 타고 장가 가는 놀음을 하고 이렇게 밤이 어둡도록 북적하니 논다

밤이 깊어가는 집안엔 엄매는 엄매들끼리 아룻간에서들 웃고 이야기하고 아이들은 아이들끼리 웃간 한 방을 잡고 조아질하고쌈방이 굴리고 바리깨돌림하고 호박떼기하고 제비손이구손이하고 이렇게 화디의 사기방등에 심지를 몇 번이나 돋구고 홍게닭이 몇 번이나 울어서 졸음이 오면 아룻목싸움 자리싸움을 하며 히드득거리다 잠이 든다 그래서는 문창에 텅납새의 그림자가 치는 아침 시누이 동세들이 욱적하니 흥성거리는 부엌으론 샛문틈으로 장지문틈으로 무이징게국을 끓이는 맛있는 내음새가 올라오도록 잔다[22]

이 시는 어린아이 시점('나'[23])으로 되어 있지만 화자는 성인이 된 현재의 '나'이다. 만일 이 시가 과거를 회상하는 시라면 잃어버린 고향에 대한 향수가 드러났을 것이다. 그러나 이 시는 향수에 젖게 하는 것이 아니라 오히려 우리 마음을 훈훈하게 해준다. 바로 여기에 백석 시의 비밀이 있다.

이 시는 잃어버린 과거를 더듬기보다는 지금도 '나'의 존재의 내면에서 약동하고 있는 기억을 그리고 있다. "인절미 송구떡 내음새"와 "무이징게국 내음새"는 어린 시절 맡았던 것이지만 현재도 '나'의 존재를 떠받치는 기억들이다. 그것이 바로 하나의 공동체이자 소우주로서의 순수기억이다. 순수기억은 우리가 자연의 일부이자 약동하는 생명체임을 깨닫게 해준다. 백석은 상실된 과거가 아니라 우리의 존재의 내면에 잠재해 있는 순수기억을 일

---

22 백석, 〈여우난골족〉, 《나와 나타샤와 흰 당나귀》, 앞의 책, 25~28쪽.
23 이 시의 경험자아는 아이이지만 시적 화자(서술자아)는 성인이라고 할 수 있다.

깨움으로써 우리를 따뜻하게 만든다.

　베르그송은 순수기억의 지속이 생명체의 비밀이며 지속을 위해서는 변화와 도약이 필요하다고 말했다. 윗시에서의 어린 시절의 기억 역시 마찬가지이다. 어린 시절의 기억이 지속됨을 보여주는 것만으로도 존재의 훈훈함을 느낄 수 있거니와 백석의 시는 그것을 위한 시적 도약이라고 할 수 있다. 즉 윗시는 기억의 정태적 제시가 아니라 도약의 방식을 통해 순수기억이 지속됨을 드러내고 있다.

　백석 시의 시적 도약의 비밀은 일차적으로 낯설게 하기 방식에 있다. 화자가 사용하는 언어는 자신에게는 친숙하지만 다른 사람들에게는 낯선 언어이다. 화자의 현재형의 자연스럽고 긴 호흡의 언어들은 선적 시간을 넘어서서 내면에 각인되어 있는 존재론적 기억에 대한 암시이다. 그렇기에 힘들여 회상되기보다는 흥성거리며 단절감 없이 이미지화되고 있는 것이다. 하지만 그와 동시에 그 소우주는 독자에게는 낯선 언어로 전달되고 있다. 이 낯설게 하기 방식은 사람들의 심연에 가라앉아 있는 상실된 고향의 기억을 되살려 일깨우는 역할을 한다. 만일 윗시가 추상적인 표준어로 노래했다면, 우리는 깊은 심연에 잠긴 고향을 회상의 방식으로 떠올리며 아득한 공간성에 젖은 풍경에서 향수를 느꼈을 것이다. 그러나 낯설게 하기(전경화)의 언어는 지각력을 증폭시키며 심연에 잠들어 있던 고향을 스스로 약동하게 만든다. 백석 시가 보여주는 것은 우리가 잘 모르는 낯선 지역이지만 또한 모두가 공감하는 고향이기도 하다. 그의 시는 모두의 존재론적 순수기억을 일깨우기 위해 낯선 지방의 풍경을 전경화해 보여준다. 그 전경화의 시적 도약을 통해 우리의 잠든 순수기억을 약동하게 만들고 있는 것이다. 그렇기에 시에 그려진 풍경은 잘 모르는 곳이지만 모두가 다 아는 곳이기도 하다. 그곳은 특정 지방인 동시에 내 안에 살아 있는 순수기억이기도 한 것이다. 그처럼 순수기억으로서의 고향은 전경화라는 시적 도약을 통해서 비로소 사람들에게 전달되고 지속된다.

이처럼 지속을 위해 창조와 도약이 필요한 것은 순수기억이란 일상에서 끝없이 억압받는 상황에 놓여 있기 때문이다. 이 시에는 고향만이 그려진 것 같지만 식민지 자본주의의 일상이 배경으로 숨어 있다. 향수에 젖은 어떤 단어도 없이 고향을 담담히 그려나간 것은 그 보이지 않는 억압에 대한 이 시의 도발이라고 할 수 있다. 향수의 아픔은 잃어버렸다는 표식이지만 화자가 담담할 수 있는 것은 고향이 내 안에서 지속되고 있기 때문이다. 전경화와 시적 도약은 그 내 안에 있는 것(순수기억)의 '배경에 대한 도전적인 응답'에 조응하는 방식이다. 즉 숨겨진 진부한 일상에 대비되어 도약하는 전경화된 이미지들은 화자와 우리의 내면의 순수기억의 약동의 표현인 것이다.

어린 시절의 기억에서 향수를 느끼는 것은 그것이 상실된 과거이기 때문만은 아니다. 그보다는 과거의 지속이자 존재의 핵심인 순수기억이 억압받고 있기 때문일 것이다. 향수란 기껏해야 그 억압에서 간신히 새어나온 잉여의 기억이리라. 그러나 위의 시는 어떤 망설임도 없이 고향에 대한 기억을 '흥성거리게' 만든다. 여기에 백석 시의 순수기억의 도발이 있는 것이다. 그것은 진부한 일상의 배경을 내딛으며 앞으로 도약한다. 진할아버지, 배나무 동산, 쥐잡이에 대한 기억은 향수에 젖은 슬픔을 떨쳐내며 약동한다. 마찬가지로 "매감탕", "오리치", "바리깨돌림"의 미학적 방언은 표준어의 배경에 기대면서 전경화된다.

고향의 기억의 묘사는 존재에 잠재된 약동의 무의식의 표현이다. 거기에는 '나'의 존재를 떠받치는 무의식으로서, 명절과 가족, 옷과 음식, 냄새와 맛, 그리고 공동체라는 소우주가 있다. 다음의 시는 그런 공동체의 의미를 더욱 분명히 드러낸다.

새끼오리도 헌신짝도 소똥도 갓신창도 개니빠디도 너울쪽도 짚검불도 가락잎도 머리카락도 헝겊조각도 막대꼬치도 기왓장도 닭의 깃도 개터럭도 타는 모닥불

재당도 초시도 문장(門長) 늙은이도 더부살이 아이도 새사위도 갓사둔도 나그네도 주인도 할아버지도 손자도 붓장사도 땜쟁이도 큰개도 강아지도 모두 모닥불을 쪼인다

모닥불은 어려서 우리 할아버지가 어미아비 없는 서러운 아이로 불상하니도 몽둥발이가 된 슬픈 역사가 있다[24]

공동체란 같은 것들의 모임이 아니라 아주 다른 존재들이 원환 같은 조화를 이룬 것을 말한다. 베르그송은 존재들의 조화란 다른 골목으로 나뉜 바람이 여전히 단 하나의 바람인 것과도 같다고 말한다.[25] 위에서 재당과 초시, 늙은이와 아이, 새사위와 갓사돈은 서로 다른 바람으로 살면서 같은 삶의 충동으로 인해 배후에서는 하나이다. 모닥불이란 그들 배후의 무의식을 연결하는 열망의 근원이다.

화자의 순수기억은 고향의 풍경인 동시에 원환 같은 조화를 이룬 존재의 열망의 무의식이다. 그렇듯 모닥불을 향하는 공동체의 열망이 있기에 어미아비 없는 고아의 슬픈 역사마저 품어 안을 수 있는 것이다. 화자의 할아버지 이야기에 대한 기억은 슬픈 역사가 순수기억의 우주, 그 공동체적 세계에 의해 극복될 것임을 암시한다. 그처럼 **순수기억**의 표현은 침묵할 수는 있으나 삭제될 수는 없는 **상처의 기억**과의 관계 속에서 역동성을 얻는다.

그러나 순수기억의 무의식이나 원환 같은 모닥불의 기억은 아직 잠재적 차원의 약동이다. 그것들은 약동을 준비하는 '나'의 존재의 표현이지 눈앞의 현실의 삶은 아니다. 즉 여기에는 아직 '존재론'과 '사회에 대한 인식'의 결합이 없다.

---

24 백석, 〈모닥불〉, 《나와 나타샤와 흰 당나귀》, 앞의 책, 18쪽.
25 베르그송, 《창조적 진화》, 앞의 책, 94쪽.

백석 시의 다음 단계는 현실에 대한 인식과 순수기억의 무의식이 긴장 관계를 이루는 시들이다. 여기서는 약동을 준비하는 순수기억의 존재가 현실의 억압에 부딪혀 동요하는 모습으로 나타난다. 시적 주체의 동요는 억압당한 슬픔의 진동이기도 하지만 또한 순수기억의 숨겨진 반항이기도 하다.

> 여승(女僧)은 합장(合掌)하고 절을 했다
> 가지취의 내음새가 났다
> 쓸쓸한 낯이 옛날같이 늙었다
> 나는 불경(佛經)처럼 서러워졌다
>
> 평안도(平安道)의 어느 산 깊은 금덤판
> 나는 파리한 여인에게서 옥수수를 샀다
> 여인(女人)은 나어린 딸아이를 따리며 가을밤같이 차게 울었다
>
> 섶벌같이 나아간 지아비 기다려 십년(十年)이 갔다
> 지아비는 돌아오지 않고
> 어린 딸은 도라지꽃이 좋아 돌무덤으로 갔다
>
> 산(山)꿩도 섧게 울은 슬픈 날이 있었다
> 산(山)절의 마당귀에 여인의 머리오리가 눈물방울과 같이 떨어진 날이 있었다[26]

위의 시에서는 고향을 연상시키는 이미지들과 비정한 현실의 이미지들이 교차되고 있다. '나'의 슬픔은 순수기억의 세계를 무력한 과거로 돌아가

---

26 백석, 〈여승〉, 《나와 나타샤와 흰 당나귀》, 앞의 책, 187~188쪽.

게 하는 냉정한 현실에서 비롯된 것이다. 여승은 "옛날같이" 늙었고 지아비는 "십년"동안 돌아오지 않으며 어린 딸은 "돌무덤"으로 간 것이다.

그러나 '나'의 슬픔은 결코 과거에 연연해하는 연약한 감정이 아니다. 여승과 지아비와 어린 딸은 현실적으로 무력하지만 그들에게서 스며나온 기억의 이미지는 여전히 약동하고 있다. 즉 우리는 "쓸쓸한 낯", "금덤판", "십년의 세월"보다는, "가지취 내음새", "섶벌", "산꿩"의 이미지에 더 매료되며 약동감을 느끼게 된다. 후자의 이미지들은 '나'와 우리 모두의 존재의 핵심인 순수기억의 이미지와 다르지 않다. 그 이미지들은 공통의 열망을 담고 있기에 우리는 그것들을 무력한 과거로 되돌리는 현실에 대해 분노하게 되는 것이다.

위의 시에서 '나'의 서러움은 산꿩의 울음이나 눈물방울 같은 여인의 머리오리와 일체를 이루고 있다. 그리고 거기에는 순수기억의 공통의 열망을 저버리는 현실에 대한 울분이 담겨 있는 것이다. 그처럼 이 시의 슬픔에는 약한 연민과는 달리 여전히 순수기억의 약동이 남아 있어서 우리는 단순히 절망하지만은 않게 된다. 즉 우리는 절망의 나락에서 화자의 강한 슬픔[27]의 감정을 통해 도약하게 되는 것이다. 이 절망을 껴안는 능동적 과정이 〈여승〉에 나타난 시적 주체의 동요의 의미이다.

이 시의 특징은 순수기억의 지속과 약동의 힘에 의해 그것을 좌절시키는 현실을 비판적으로 보게 한다는 점이다. 그처럼 여기서의 인식론적 비판은 존재론적 순수기억의 심연으로부터 흘러나온다. 이 시가 단순히 현실을 비판한 시들보다 우리를 심층에서 사로잡는 것은 현실인식과 결합한 그 존재론적 약동의 힘 때문이다.

---

27 슬픔에는 강한 슬픔과 약한 슬픔이 있는데, **회상**을 통한 향수가 약한 슬픔이라면 **순수기억**의 약동의 힘을 지닌 슬픔은 강한 슬픔이라고 할 수 있다.

차디찬 아침인데

묘향산행 승합자동차는 텅하니 비어서

나이 어린 계집아이 하나가 오른다

옛말속같이 진진초록 새 저고리를 입고

손잔등이 밭고랑처럼 몹시도 터졌다

계집아이는 자성(慈城)으로 간다고 하는데

자성은 예서 삼백오십리 묘향산 백오십리

묘향산 어디메서 삼춘이 산다고 한다

쌔하얗게 얼은 자동차 유리창 밖에

내지인(內地人) 주재소장(駐在所長)같은 어른과 어린아이 둘이 내임을 낸다

계집아이는 운다 느끼며 운다

텅 비인 차안 한구석에서 어느 한 사람도 눈을 씻는다

계집아이는 몇 해고 내지인 주재소장 집에서

밥을 짓고 걸레를 치고 아이보개를 하면서

이렇게 추운 아침에도 손이 꽁꽁 얼어서

찬물에 걸레를 쳤을 것이다[28]

이 시는 〈여승〉보다 현실의 냉정함이 더 많이 표현된 시이다. 전체적으로 차가움을 나타내는 이미지들이 지배적인 것은 그를 보여준다. 그런 점에서 이 시는 공동체의 따뜻함을 표현한 〈모닥불〉과 정반대되는 지점에 위치하고 있다. 〈모닥불〉이 '슬픈 역사'를 품어 안는 공동체에 대한 시라면 이 시는 공동체가 해체된 '슬픈 역사'의 시이다.

이 시에는 식민지 현실의 풍경이 구체적으로 드러난 반면 고향을 암시하는 이미지는 적게 나타나고 있다. 그것은 1930년대 말의 강화된 억압으로

---

28   백석, 〈팔원〉, 《나와 나타샤와 흰 당나귀》, 앞의 책, 99~100쪽.

인해 고향에 대한 순수기억이 위축된 때문일 것이다. 그만큼 이 시에서는 공동체에 대한 기억을 얼어붙게 한 민족적 현실에 대한 인식이 전면에 그려진다.

그러나 이 시의 비애의 정서 역시 고향에 대한 잠재적 기억에 의지해 비판의 힘을 얻고 있다. "묘향산"과 "진진초록 새저고리", "어디메" 등의 시어들은 화자의 내면에 아직 훼손되지 않은 순수기억이 지속되고 있음을 암시한다. 그렇기에 "밭고랑"이 계집아이의 여린 손잔등에 나타나게 한 전도된 현실의 모습에서 우리는 가슴을 치게 되는 것이다.

민족적 비애의 상징인 계집아이는 가족을 잃은 '텅 빔'과 혼자만의 외로움과 차가운 아침의 이미지 속에서 그려진다. 그 아이의 모습에서 주재소장집에서의 추운 생활이 쉽게 연상되는 점에서 우리는 더욱 '슬픈 역사'을 절실하게 느낀다. 그러나 차가움에 대한 뼈저린 응시[29]는 따뜻함을 열망하는 숨은 열정이기도 하다. 즉 화자의 내면에는 아직 모닥불 같은 기억(순수기억)이 남아 있어서 계집아이의 '꽁꽁 언 손'은 따듯한 애정의 눈을 통해 전달된다. 그처럼 시의 전면에 차가움이 표현될수록 우리는 뜨거운 모닥불의 순수기억을 열망하게 되는 것이다. 이 시의 비애의 정서의 숨겨진 역전은 여기에 있다. 냉혹한 현실에 대한 화자의 응시를 통해, 존재의 순수기억에 대한 열정, 그 모닥불 같은 열망이 **지속**되기에, 현실이 차가워질수록 이 시는 우리를 더 강하게 만들고 있는 것이다.

백석 시에 현실의 냉혹함을 견디는 열정이 남아 있음은 사랑을 노래한 시에서 분명히 확인된다. 〈팔원〉과 비슷한 시기에 쓰여진 〈나와 나타샤와 흰당나귀〉에는 사랑을 통해 '더러운 세상'과 대결하는 내면의 모습이 그려진다. 〈모닥불〉이 기억의 시이고 〈팔원〉이 현실의 시라면 사랑을 노래한 시는 미래를 향한 시이다.

---

29 응시는 라캉의 용어로 동화될 수 없는 타자의 위치에서 바라보는 것을 말함.

가난한 내가

아름다운 나타샤를 사랑해서

오늘밤은 푹푹 눈이 나린다

나타샤를 사랑은 하고

눈은 푹푹 날리고

나는 혼자 쓸쓸히 앉아 소주를 마신다

소주를 마시며 생각한다

나타샤와 나는

눈이 푹푹 쌓이는 밤 흰 당나귀 타고

산골로 가자 출출이 우는 깊은 산골로 가 마가리에 살자

눈은 푹푹 나리고

나는 나타샤를 생각하고

나타샤가 아니 올 리 없다

언제 벌써 내 속에 고조곤히 와 이야기한다

산골로 가는 것은 세상한테 지는 것이 아니다

세상 같은 건 더러워 버리는 것이다

눈은 푹푹 나리고

아름다운 나타샤는 나를 사랑하고

어데서 흰 당나귀도 오늘밤이 좋아서 응앙응앙 울을 것이다[30]

---

30   백석, 〈나와 나타샤와 흰 당나귀〉, 《나와 나타샤와 흰 당나귀》, 앞의 책, 14~15쪽.

이 시의 배경 역시 겨울이지만 사랑이 있기 때문에 따뜻함이 느껴진다. 이 시에서 추운 겨울과 따스한 사랑을 연결하는 이미지는 바로 눈이다. 눈은 차가우면서도 따뜻하다. 그 점에서 이 시의 전면을 장식하는 눈은 나타샤를 사랑하는 '나'의 내면에서도 내리는 것이라고 할 수 있다.

이 시의 눈의 독특한 특징은 하늘에서 날리는 것이 아니라 '푹푹 쌓이며' 날린다는 점이다. 눈에는 그처럼 깊이가 있는 것이다. 이 점은 눈이 '나'의 심연의 순수기억을 일깨우는 이미지임을 암시한다. 이 시에서 눈과 사랑은 모두 현실을 넘어 약동하는 순수기억과 연관이 있다. 눈 오는 밤 사랑하는 나타샤와 '내'가 가려는 산골은 고향 같은 순수기억의 공간인 동시에 미래의 공간이다.

눈처럼 사랑은 차가움을 따뜻함으로, 더러운 현실을 순수한 미래로 바꾸어 놓는다. 레비나스가 말했듯이 사랑은 자기성의 공간에서 벗어나 미래의 시간을 열리게 한다.[31] 사랑을 주제로 한 이 시가 백석 시 중에서 특이하게 미래를 향하고 있는 것은 그 때문이다. 이 시는 사랑의 열정을 통해 '이 세상'과 '아직 오지 않은 시간'과의 관계를 노래하고 있다.

그런데 백석 시에서는 더러운 세상을 버리고 미래를 노래하는 사랑의 시에서도 순수기억이 작용한다. 백석의 경우 순수한 미래는 순수기억의 실제적 약동에 다름이 아니다. 위에서 "마가리", "고조곤히", "응앙응앙" 등의 방언은 고향의 순수기억의 공간에서 미래로 도약하는 이미지들이다. 추운 겨울 같은 현실에서도 이처럼 사랑은 순수기억을 미래로 약동하게 만드는 것이다.

물론 미래로 향한 공간은 세상과 단절된 곳이기 때문에 현실도피적인 것으로 보일 수도 있다. 그러나 '나'와 나타샤는 실제로 산골로 가는 것이 아니라 '나'의 상상 속에서 떠나는 것이다. 그런 상상은 쓸쓸히 소주를 마시는 현

---

31 레비나스, 강영안 역, 《시간과 타자》, 문예출판사, 1996, 104쪽, 108쪽, 110~111쪽.

실에 대한 '나'의 도발적인 표현이라고 할 수 있다. 여기서의 도전적인 상상은 인식론적인 반항이기보다는 존재론적인 저항임을 주목해야 한다. 그것은 '나'의 존재의 본질인 고향에 대한 순수기억의 도약이기에 의미를 지닌다. 따라서 이 시의 핵심 역시 "흰 당나귀", "출출이" "마가리" 등으로 표현된 순수기억의 이미지에 있다. 그 이미지들은 초기 시에서의 고향 이미지와 다르지 않거니와 그 존재의 지속의 힘으로 사랑을 통해 상상의 다른 공간으로 도약하고 있는 것이다. 이는 식민지의 혹독한 억압을 견디기 위한 존재론적 저항이라고 할 수 있다. 존재론적 저항이란 순수기억의 무의식에 근거한 반항이지 실제의 행동적 저항은 아니다. 그것은 사랑하는 사람과 함께 살아남고 싶다는 심연의 목소리이다. 이 시가 단순히 현실도피적인 시와 구분되는 것은 그처럼 존재의 지속과 도약의 힘에 근거하기 때문이다.

"세상 같은 건 더러워 버리는 것이다"라는 시귀의 호소력도 바로 거기에서 나온다. 이 말이 단순한 주관적인 의지에 그치지 않는 것은 흘러넘치는 순수기억의 약동의 힘에 의해서이다. 산골의 "마가리"는 존재의 약동을 위해 기억 속의 고향이 미래로 도약한 **내면의** 어느 곳이다. '나'는 시간적인 지속의 힘으로 버티고 있는 것이지 고통스런 현실을 외면한 다른 공간으로 도피하려는 것이 아니다. 그렇기에 마가리는 고통 없는 곳으로 숨는 현실에 패배한 공간이 아니다.

따라서 이 시에는 두 개의 공간이 있는 것이다. 하나는 세상에 패배해 소주를 마시는 쓸쓸한 현실이며 다른 하나는 나타샤와 함께 사랑의 힘으로 도약하는 상상의 공간이다. '나'는 그 두 세계 사이에서 진동하고 있다. 그러나 점점 더 닫힌 현실의 공간에서 존재의 미래로 시간을 여는 상상의 공간으로 이동하고 있는 것이다.

'내'가 도약하는 공간은 흰 눈과 나타샤와 흰 당나귀로 인해 신비한 환상처럼 보인다. 하지만 그곳이야말로 '내'가 살아남기 위한 절실한 존재론적 현실의 공간인 것이다. 무의식을 핵심으로 한 '나'의 존재는 그런 환상의 공간을 향할 때만 생명을 지속시킬 수 있다. 오히려 그렇게라도 자신(존재)을 지키려는 '나'를 억압하는 파시즘적 현실이야말로 광기에 젖은 환상일 것이다. 존재론적으로 보면 환상이 실재(실재계)[32]이며 현실이 환상인 것이다. 여기서 우리는 마르크스가 처음 발견한 신비한 전위, 즉 현실이 환상이 되고 환상이 현실이 되는 존재론적 유희를 다시 목격한다.[33]

5. 순수기억의 시간과 영화—김기덕의《빈 집》

순수기억이 예술적으로 긴요하게 표현되는 또 다른 장르는 영화이다. 소설과 달리 영화에서 가장 드러내기 어려운 것은 사유의 표현이다. 영화는 내면을 촬영할 수 없으며 이미지만으로 모든 것을 드러내야 한다.

언어 없이 이미지로 내면의 사유를 표현하는 것이 가능할까. 베르그송에 의하면 사유란 뇌의 회로에서의 미결성성의 상태에 다름이 아니다. 외부의 사물이 우리에게 이미지로 전달되면 뇌는 그것을 수용하는 동시에 반응을 준비한다. 이때 반응이 즉각적일수록 뇌의 작용은 부재하며 반작용이 미결정적이 될수록 뇌는 풍부한 사유의 공간이 된다. 반응을 유보시키는 뇌의 작용이란 지금 전달된 이미지와 그 이전에 뇌에 기입된 이미지-기억들과의 교섭과정이다. 바로 그런 이미지-기억들과의 교섭과정으로부터 사유의 생성이 시작된다.

그런데 기억들 중에서 과거의 어느 지점을 지시하는 회상 이미지는 사유의 복잡성과 큰 연관이 없다. 과거의 기억으로 되돌아간다는 것은 선적인 시간의 회상이지 사유가 아닌 것이다. 반면에 과거의 어느 한 지점으로 회

---

32 라캉의 실재계(the Real)는 상징계(체계)에 저항하는 영역이다.

33 장자에 의해 암시되었지만 마르크스가 자본과 화폐의 분석에서 처음 구체적으로 발견했다고 할 수 있다.

귀하지 않는 **순수기억**의 이미지야말로 사유를 풍부하게 만든다. 순수기억이란 일종의 소우주로서 나의 존재의 한 부분이다. 순수기억의 이미지들은 무의식처럼 나의 심연에서 떠다니면서 현재의 이미지들과 부단히 교섭한다. 그처럼 가변성과 유동성을 지닌 순수기억의 영역은 컴퓨터 같은 인공지능과 구분되는 생명체로서 인간 존재의 핵심이다. 그런 순수기억 이미지들과 현재의 이미지와의 교섭이 바로 인간의 고유성인 사유의 원천인 것이다. 사유의 영화에서 순수기억의 이미지가 중요한 것은 그 때문이다.

영화의 매력은 그처럼 보이지 않는 사유를 이미지 자체로 보여준다는 데 있다. 영화의 이미지 중에서도 순수기억의 이미지는 특별히 사유를 **보여주는** 역할을 한다. 즉 순수기억의 역동적 교섭을 통해 비로소 사유는 언어가 아닌 이미지로 우리에게 보여지게 된다. 그런 순수기억 이미지의 표현은 독특한 연출을 요구한다.

예컨대 플래시백은 회상 이미지의 표현이다. 이는 인식론적 방법의 연출이다. 반면에 인물의 과거 이미지가 현재의 존재와 함께 있는 화면은 순수기억의 표현이다. 이는 현재의 '나'와 과거의 '나'의 교섭의 표현인데 이때 순수기억으로서의 과거 이미지는 '나'의 존재의 핵심 요소이다. 이런 존재론적 방법을 통해 순수기억은 현재의 '나'와 교섭하는 사유의 요소가 된다.

과거의 한 점(공간)인 회상과 달리 순수기억은 현재로 파고들며 미래로 도약한다. 그런 시간적 지속성을 지니는 이미지를 들뢰즈는 시간-이미지라고 불렀다. **시간-이미지**는 우리의 보이지 않는 사유를 보여준다. 신비롭게도 기억 속의 특별한 이미지가 우리의 내면의 사유를 외부로 드러내는 중요한 역할을 하는 것이다. 그렇기 때문에 들뢰즈는 사유의 영역인 뇌를 이미지의 공간인 스크린이라고 말했던 것이다.

순수기억과 시간-이미지를 잘 사용한 영화에는 《빈 집》(김기덕)이 있다. 순수기억의 대표적인 예는 백석 시에서처럼 하나의 소우주를 이루고 있는 고향과 공동체에 대한 기억이다. 그러나 《빈 집》에는 고향과 공동체를 잃어버린 인물들이 등장한다. 순수기억이 무력화된 그들은 타자와의 관계를 통해 존재의 핵심을 되찾고자 한다. 그처럼 타자와의 교섭을 통해 존재의 약동을 회복하려는 것이 바로 사랑이다. 사랑은 순수기억의 약동을 되찾는 또 다른 방법이다.

《빈 집》에는 여러 사람의 집들이 나오지만 어느 집에도 진정한 사랑은 없다. 이 영화에서의 집은 자본주의적 소유의 공간으로서 타자에 대해 배타적인 공간이다. 그런 배타적 공간에서의 사랑은 자신에 집착하는 소유의 욕망이며 그 대표적인 예가 선화의 남편이다.

빈 집이란 바로 그런 배타적 소유의 공간의 틈새이다. 타자와의 진정한 관계를 소망하는 태석이 빈 집을 전전하는 것은 그 때문이다. 태석은 비어 있는 집을 순회하던 중 빈 집의 빈틈에 있는 선화와 사랑을 시작하게 된다. 폭력적 남편과 불화의 관계에 있는 선화는 소유의 욕망의 그늘과 틈새에서 살고 있는 타자이다.

선화와의 빈 집 순례는 사랑이 그런 빈틈에서 시작될 수밖에 없음을 암시한다. 태석과 선화가 사랑의 공간을 갖지 못하고 떠도는 것은 세상이 자본주의적 소유의 공간으로 가득 차 있음을 뜻한다. 뿐만 아니라 그들은 백석 시의 '나'와 '나타샤'와도 달리 그 같은 '더러운 세상을 버리고' 떠날 수 있는 내면의 상상의 공간도 없다. 이는 우리 시대가 원초적인 순수기억의 공간을 상실했음을 뜻한다. 태석과 선화에게는 하나의 소우주로서의 공동체의 공간이 없는 것이다.

그러나 두 사람 사이에서 싹트는 사랑은 새로운 순수기억의 공간이 생성되게 한다. 태석과 선화는 빈 집을 순례하며 사진을 찍는데, 그들이 찍은 사진은 들뢰즈가 말한 시간-이미지에 다름이 아니다. 두 사람이 사진을 찍는 순간 그 이미지는 **필름**에 뿐만 아니라 그들의 **뇌**에도 찍히게 된다. 그런데 그들의 뇌에 각인된 이미지는 과거의 한 공간이 아니라 현재와 미래를 향해 지속되는 시간-이미지인 것이다. 선화는 혼자 있을 때도 그 이미지들을 떠올리며 억압적 현실을 견디는데, 이는 그것들이 존재를 지속시키는 순수기억의 시간-이미지가 되었음을 뜻한다. 태석과 선화의 사랑의 순간들은 과거의 공간을 넘어서는 시간-이미지이자 존재를 약동하게 하는 순수기억의 이미지인 것이다.

태석이 감옥에 갇힌 후 선화는 홀로 태석과 함께했던 기억 속의 공간을 찾아 나선다. 이는 그곳에서의 순간들이 그녀의 존재를 지탱하게 하는 시간-이미지가 되었기 때문이다. 그런데 선화가 확인하는 것은 단지 둘만의 기억이 아니라 모든 것을 포함하는 소우주이기도 하다. 사랑이란 그처럼 둘만의 공동체이자 소우주인 것이다. 사랑은 순수기억을 약동시키며 억압 속에서도 존재를 지속시킨다.

사랑이 순수기억을 약동시키는 점에서《빈 집》은 백석의 〈나와 나타샤와 흰 당나귀〉의 진행과 비슷하다. 결말에서 환상을 통해 현실에 대한 순수기억의 반란을 보여주는 것도 유사한 점이다. 두 작품에서 주인공들은 현실과 환상의 두 개의 공간 사이에서 **진동**하고 있다.

그러나《빈 집》의 환상의 도발은 산골이 아니라 자본주의적인 집 안[34]에서 나타난다. 그것은 우리 시대가 고향의 산골이라는 원초적인 순수기억을 상실한 시대이기 때문이리라. 그 점에서《빈 집》은 후기자본주의 시대의 도시판 〈나와 나타샤와 흰 당나귀〉라고 할 수 있다. 두 작품은 현실과 환상의 유희를 각각 집 안과 집 밖(시골)을 통해 드러낸다.

《빈 집》의 또 다른 특징은 태석이 감옥에 갇힌 후부터 선(禪)적인 게스투스[35]가 나타나는 점이다. 태석은 감옥에서 선적인 동작으로 유령연습을 한다. 유령연습이란 유령이 되는 것이 아니라 보이지 않는 공간에서 살아가는

---

34 태석은 빈 집이라는 빈틈을 전전하다가 이제는 집 안의 빈틈에 스며든다.

35 게스투스는 브레히트의 용어로 인물들의 총체적인 사회적 관계나 본질적 태도를 드러내는 표현을 말한다. 들뢰즈에 의하면 영화에서 연극적인 게스투스는 무의식을 표현하는 '신체의 태도'로 나타난다. 나병철,《영화와 소설의 시점과 이미지》, 소명출판, 2009, 431쪽.

연습이다. 즉 소유에 집착하는 사람의 눈에는 보이지 않는 타자성의 공간에 스며드는 연습이다. 선이란 소유의 규율에서 벗어나 타자와 교섭하는 자연 상태로 돌아가려는 수행이다. 그 점에서 타자성의 사랑[36]은 세속적으로 가능한 행위 중에서 가장 선에 접근한 실천이다. 따라서 소유욕에 얽매인 사람(남편)은 볼 수 없는 공간이란 사랑하는 사람만이 볼 수 있는 공간이기도 하다.

결말부의 태석의 환상 이미지는 사랑하는 두 사람의 순수기억의 약동으로부터 흘러넘친 것이다. 그것은 자본주의적 소유의 규율에 대한 존재론적 도발이다. 자본주의적 규율이 전사회로 확장된 세계에서는 그처럼 인식론적 저항에 앞서 존재론 도발이 나타날 수밖에 없다. 자본의 외부가 없기에 비판적 시선들이 들어설 자리가 없는 것이다. 그처럼 사회의 모순에 대해 비판하는 데는 무력하지만 사랑하는 사람들은 존재를 지키기 위해 심연으로부터 순수기억의 도약을 과감하게 주장할 수 있다.

모두가 소유욕에 눈이 먼 사람들 속에서는 그런 존재론적 도발이 그들이 볼 수 없는 환상으로 표현될 수밖에 없다. 사랑을 잃은 사회에서는 진정한 사랑이란 환상과도 같다. 태석과 선화의 몸무게가 영(0)인 데서 암시되듯이 그들의 환상은 사물화된 무거운 세상에서 나비처럼 가벼워지는 꿈과도 비슷하다. 그런 한에서 《빈 집》의 환상은 송경동의 선적인 리얼리즘과 크게 다르지 않다.[37] 우리는 비슷한 질문에 이르게 된다. 어느 쪽이 현실인가.

사랑을 잃은 현실이 진짜인가, 아니면 사랑하는 사람만이 볼 수 있는 공간이 실재(실재계)[38]인가. 후기자본주의는 사랑 없는 세계이지만 우리는 아

---

36 타자성의 사랑은 이질적인 타자를 내 안에 받아들여 교섭하는 사랑으로서 레비나스가 말한 에로스적 사랑이 타자성의 사랑이다.

37 《빈 집》은 모더니즘이나 포스트모더니즘의 영화이지만 송경동의 선적인 리얼리즘에 접근해 있다.

38 실재계는 상징계에 동화되지 않은 영역으로서 은유나 미학적 환상을 통해 접근할 수 있지만

직 그 두 공간 사이에서 동요하고 있다. 그래서 이 영화는 보이지 않는 희망을 보여준다.《빈 집》은 현실이 꿈이 되고 꿈이 현실이 되는 유희를 통해 그것을 드러낸다. 우리는 결말로 갈수록 소유욕에 사로잡힌 남편이야말로 환상 속에 살고 있음을 느낀다. 또한 그럴수록 거울로부터 나온 태석의 환상이 진짜 현실처럼 반가운 것이다.

마르크스는 소유의 상징인 화폐에 지배되는 사회를 일종의 환상으로 보았다. 또한 장자는 나비의 꿈이 진짜 현실인지도 모른다고 질문했다. 이 영화는 '우리가 사는 곳이 현실인지 꿈인지 알 수 없다'는 장자의 말로 끝나는데, 이 존재론적 유희는 마르크스와 장자의 만남이기도 하다.

6. 잉여향락의 공간과 순수기억의 시간
   ─김기덕의《시간》

자본의 세계와 순수기억의 세계의 또 다른 존재론적 유희는 새로움과 지속이다. 자본주의는 매번 새로운 것을 생산하지만 모든 것은 같은 것의 반복이기도 하다. 반면에 순수기억을 지닌 생명체는 전의 것이 지속되는 듯하면서도 매번 창조와 도약을 보여준다. 전자가 새로운 듯하면서도 같은 것이라면 후자는 같은 듯하면서도 새로운 것이다.

자본주의의 생산물이 새 것이면서도 같은 것의 반복인 것은 **지속**이 없기 때문이다. 베르그송은 지속되는 것에만 진정한 새로움과 창조가 있다고 말한다. 자본이 만드는 새로운 물건들은 전의 것과 비교해서 새로움을 얻는다. 그런 비교에 의한 새로움에는 단절이 필요하다. 여기에는 전의 것과 새

상징계적 현실보다 더 현실적인 공간이다.

로운 것 사이의 창조적인 지속이 없다.[39] 반면에 순수기억의 생명체는 예전의 자신을 **지속**하면서 스스로 성숙해 가는 것이다. 여기서는 지속의 힘으로 인해 창조적인 새로움이 생긴다. 전자가 계단에 병렬된 물건들의 진열과 같다면 후자는 자기 자신을 가지고 부드러운 사면에서 눈사람을 굴리는 것과 비슷하다.[40] 앞의 것은 시간의 과정을 계단 위의 평면 같은 **공간**으로 치환한다. 그러나 뒤의 것은 과거가 현재와 미래를 향해 침투하는 지속적인 **시간**의 과정이다.

자본의 생산물은 단절을 통해 새로움을 얻는다. 반면에 순수기억은 눈사람처럼 지속이 있기 때문에 새로운 자신으로 성숙해 가는 것이다. 전자가 상품 같은 사물의 새로움이라면 후자는 인간 같은 존재의 새로움이다.

계단에 병렬된 새 상품처럼 전의 것을 뛰어넘는 즐거움의 제공을 **잉여향락**이라고 한다. 반면에 예전의 자기 자신을 지속하면서 새롭게 창조되는 것은 **순수기억**의 약동이다. 잉여향락의 원리는 끝없는 단절을 통한 새로움이다. 반면에 순수기억은 예전의 것이 지속되기 때문에 얻어지는 약동이다. 잉여향락은 끝없는 새로움을 요구하며 그 기쁨은 단절적이다. 순수기억 역시 매번 도약이 필요하지만 여기서의 기쁨은 과거를 포함한 전존재를 통해 얻어진다. 전자의 향락은 유효기간이 짧다.[41] 반면에 후자의 희열은 끝없이 **지속**된다.

자본의 생산물이 향락의 기한이 짧은 것은 사물의 논리(베르그송)에 제한된 창조물이기 때문이다. 그에 반해 순수기억의 존재에는 총체성과 전우주가 포함되어 있어서 그 존재와의 관계에서 희열이 무한히 지속된다. 전자에서는 항상 다음 계단에 놓인 것이 전의 것을 대신한다. 반면에 후자는 부드

---

39 새로운 상품의 경우 창조는 단절에 의한 것이며 지속은 창조가 없는 것의 지속일 뿐이다.

40 베르그송,《창조적 진화》, 앞의 책, 21쪽.

41 그 때문에 여기서는 시간의 과정이 공간적으로 단절적이 된다.

러운 사면 위에서 과거로부터 미래까지 전체의 세계를 거니는 것과도 비슷하다.

후기자본주의에서는 점차 인간관계의 영역에까지 사물화의 논리가 침투한다. 그래서 마침내 사랑과 감정의 영역까지 잉여향락의 논리가 스며든다. 오늘날 사랑의 유효기간이 사람들의 흥밋거리가 된 것은 우연이 아니다. 잉여향락은 대상의 새로움에만 반응할 뿐 그것에 대한 기억과는 아무 상관이 없다. 즉 유효기간이 한정되어 있는 것이다. 그래서 이제 사랑마저도 시간적 유효성이 논란이 된다. 이런 시대에 사랑의 새로움과 기억의 문제를 제기하고 있는 영화가 바로《시간》(김기덕)이다.

잉여향락과 순수기억의 관계에서《시간》은 백석 시와 대척점에 놓여 있다. 백석의 시가 지속되는 고향 풍경을 통해 순수기억의 도약을 보여준다면,《시간》은 새로움을 위한 성형이 지속의 힘을 잃어버림을 문제 삼고 있다. 전자가 지속되는 듯한 것을 통해 새로운 창조를 드러낸 반면 후자는 새로워진 것의 생명이 없음을 비판하고 있다. 백석 시에서는 같은 듯한 것의 새로움이 창조의 원동력이다. 반면에《시간》에서는 새로운 것의 활력 없음이 문젯거리이다. 앞의 시에서 전경화된 것은 순수기억이다. 반면에 뒤의 영화에서 심판대에 오른 것은 잉여향락이다. 두 작품은 현대 자본의 논리와 순수기억의 긴장관계를 서로 반대편에서 조망하고 있다.

《시간》의 세희는 사랑하는 남자 지우에게 신경증적으로 집착한다. 이런 초조함은 사랑의 대상을 물건처럼 자기만의 것으로 갖고 싶어 하는 소유의 욕망에서 생긴 것이다. 또한 인간 존재의 근거인 순수기억에 대한 불신에서 기인된 것이기도 하다. 그녀가 지난 시간의 사랑이 만든 기억의 힘을 믿고 있었다면 그렇게 초조해하지는 않았을 것이다.

세희는 지우의 사랑을 의심하며 자신이 그에게 더 이상 새롭지 않을 것이라고 생각한다. 지우는 그런 그녀의 과민함에 짜증을 느낀다. 우울한 날이 계속되던 중 세희는 어느 날 지우의 곁을 떠나며 성형수술을 결심한다.

이 영화 주제의 하나인 성형수술은 자본주의적 잉여향락 논리의 상징이다. 잉여향락이란 전의 것과의 단절을 통해 생겨나는 새로움의 기쁨이다. 여기에는 지속에 의한 성숙과 약동이 없다. 그 때문에 존재의 핵심인 순수기억이 팽창하는 새로움과는 아무 상관이 없다. 성형에 의한 아름다움 역시 '나'의 존재의 성숙과는 전혀 무관한 새로움이다.

그러나 세희는 새로움이 사랑을 되찾아 줄 거라 생각하며 과감한 성형으로 새 모습을 갖게 된다. 그리고 성형 후 마치 모르는 여자처럼 지우 앞에 나타난다. 그녀는 지우와 즐겨 찾던 카페에서 묘한 분위기의 웨이트리스로 변신해 지우에게 자신을 새희로 소개한다. 그 후 지우는 새로운 새희와 사랑에 빠진 듯하다. 새희는 지우를 유혹하면서도 그가 예전의 세희를 잊었는지 시험해본다. 지우는 세희를 잊지 못해 괴로워 하고 있었으며 그 때문에 새희와의 새로운 사랑을 시작하지 못하고 있었다.

지우는 세희에게 싫증이 난 듯했지만 내면에서는 여전히 그녀를 사랑하고 있었던 것이다. 이것이 바로 순수기억의 숨겨진 힘일 것이다. 새희는 바로 자기 자신인 세희를 잊지 못하는 것을 고마워해야할 입장이었지만, 그로 인해 새로운 사랑을 시작하지 못하는 이상한 모순을 경험한다.

그때부터 새희의 세희에 대한 기이한 질투가 시작된다. 세희는 아직까지 자신 안에 순수기억으로 남아 있지만 새희의 새로움을 얻은 대가로 스스로의 존재를 표현할 얼굴을 잃어버린 것이다. 새희는 어떤 것이 자기 자신인지 혼란에 빠진다. 그녀는 과연 세희인가 새희인가.

이 질문은 순수기억인가 잉여향락인가 라는 질문과도 같다. 그 점에서 새희의 혼란은 오늘날의 우리 자신의 혼란과도 다르지 않다. 외모지상주의에 의해 사랑과 감정마저도 잉여향락에 예속되어 있는 우리 사회의 딜레마가 영화 속에서 재현되고 있는 것이다. 그동안 자본주의적 성장에 의해 잉여향락의 새로움을 얻는 대가로 우리는 스스로의 순수기억을 표현할 얼굴을 잃어버린 것이다. 레비나스는 얼굴이란 지배 권력의 맥락에 예속되지 않은 벌거벗은 순수성이라고 말했다. 우리가 상실한 것은 바로 그 순수기억의 얼굴이다. 그 같은 내적인 상실은 성형기술의 발전과 대비된다.

후기자본주의 시대에 우리는 마치 신세계에 살고 있는 듯한 환상을 느낀다. 각종 신매체들과 신상품들, 그리고 시각적 미디어에 의해 넘쳐나는 이미지들이 그런 환상을 만들고 있다. 이것이 자본주의적 잉여향락의 놀라운 성과일 것이다. 그러나 그 대가로 우리는 순수기억의 성숙과 약동의 힘을 잃어버렸다. 인간의 영역에서 그런 성과와 상실을 동시에 상징하는 것의 하나가 바로 성형일 것이다.

순수기억의 성숙이 표현되지 않는 사회에서는 진정한 존재의 행복이 보장되지 않는다. 순수기억이란 단순한 메모리가 아니라 존재의 핵심을 채우고 있는 유동적인 실재이기 때문이다. 그 점에서 지우가 과거의 세희를 잊지 않고 있는 것은 우리에게 희망이 남아 있음을 암시한다. 물론 새희 역시 지난 기억을 모두 지워버린 것은 아닐 것이다. 그 점에서는 두 사람뿐 아니라 오늘날의 우리도 마찬가지이리라. 지금도 아직 순수기억이 내면에 남아 있지만 우리 모두는 그것을 표현할 얼굴을 잃어버린 것이다.

오늘날이 소통 부재의 시대인 것은 그런 상황과 연관이 있다. 모두의 가슴에는 진실이 남아 있지만 아무도 그것을 표현하지 못하고 있는 것이다. 성형으로 상징되는 잉여향락의 이미지들이 순수기억의 진실을 가리고 있기 때문이다.

새희의 입장 역시 그와 아주 똑같다. 새희의 내면에는 지우가 사랑하는 세희가 있지만 그것을 표현할 얼굴을 잃어버린 것이다. 성형으로 얻은 아름다운 얼굴이 스스로 내면을 가리고 있기 때문이다.

새희는 마침내 자신 안의 사랑을 보여주기 위해 예전의 세희의 가면을 쓴다. 세희의 가면을 쓰고 나타난 새희는 우리에게 놀라운 존재론적 전도를 보여준다. 즉 내부가 가면이 되고 가면 같은 얼굴이 내부가 된 것이다. 안의 것이 밖이 되고 밖의 것이 안이 된 도착은 우리를 전율시킨다. 이것은 표현할 수 없는 것을 표현하려는 불가능한 게스투스[42]이다. 새희는 세희의 기억을 표현하려고 하지만 그것은 표현 불가능한 가면일 뿐이다. 그녀는 결국 과거의 나와 현재의 나, 그 **존재의 지속**이 회복할 수 없게 단절되었음을 우리 앞에 보여준다.

새희의 분열은 우리 시대의 분열의 상징이기도 하다. 우리 시대는 흔히 가면을 쓴 시대라고 말해진다. 즉 '보여지는 나'와 '보고 있는 나'가 분리된 시대인 것이다. 그런 분리 속에서 '표면적인 나의 이미지'를 위한 기술적인 발전이 성형일 것이다. 성형의 시대는 분열을 만들지만 잉여향락 이미지의 환상에 의해 분리된 이중성은 잘 눈에 띄지 않는다. 그런데 새희의 전도된 가면은 숨겨진 분열을 그대로 눈앞에 보여준다. 새희는 사랑을 위해 존재의 표현을 소망하지만 결국 존재가 직면한 **지속의 단절**을 보여줄 뿐이다. 그것은 인간 존재의 근거인 순수기억의 파탄이자 분열이기도 하다. 거기에서는 다만 순수기억(세희)에 대한 향수어린 시선과 이상한 질투가 표현될 뿐이다. 마찬가지로 우리 시대에도 잃어버린 진실에 대한 향수와 그 순수성에 대한 기이한 질시가 성행하고 있다.

주체의 외면과 내면의 양가성이 표현되는 것은 오히려 건강한 시대이다. '더러운 세상'과 대면하기 위해서는 안과 밖을 왔다 갔다 하는 양가성이 필요하기 때문이다. 그러나 이제 주체의 건강한 동요는 사라졌다. 그 대신 안과 밖의 분열이 세상과 내면을 넘나드는 주체의 진동을 대신한다.

주체의 진동이 없는 시대는 순수기억의 시간성이 밖으로 표현되기 어려운 소통 부재의 시대이다. 순수기억은 내면에만 갇혀 있기에 시간적 지속성 대신 공간적 분열을 통해 표현된다. 《시간》에서도 잉여향락과 순수기억의 분열은 두 개의 공간을 통해 이미 암시되고 있다. 즉 성형외과가 잉여향락의 공간이라면 조각공원은 순수기억의 공간이다. 성형만능의 시대가 돌이

---

42 연극적인 몸짓의 표현을 말함.

킬 수 없는 분열을 만든다면 조각은 외면과 내면의 조화의 상징이다.

헤겔은 외면만의 아름다움을 사물들의 미의 특징으로 생각했다. 반면에 조각(예술)은 내면이 외면으로 표현된 조화로운 아름다움이다. 이에 따르면 성형으로 상징되는 외모지상주의는 사물화된 세계의 한 징후일 것이다.《시간》에서 새로움에 대한 집착으로 성형을 한 주인공이 조각공원을 찾아가는 것은 조화로운 삶에 대한 향수일 것이다. 그것은 인간 존재의 고유한 내면, 즉 순수기억에 대한 향수이기도 할 것이다.

그러나 외부와 내부의 조화에 대한 이상은 이제 사라졌다. 그것은 일부러 찾아가야만 하는 외진 공원의 조각물로만 남겨졌다. 그리고 화려한 이미지들의 세상에서 내면 한구석에 어둡게 남아 있는 우리 모두의 순수기억으로만 잔존한다.

《시간》이 표현하고 있는 세계는 내면과 외면이 돌이킬 수 없게 분열된 세계이다. 우리는 언젠가부터 순수기억의 내면을 낡은 것으로 되돌리고 외면만 보는 사람들이 되어가고 있다. 그것은 보이는 것과 보는 것, 얼굴과 정신의 분열이기도 하다. 헤겔은 이런 분리를 사물 세계의 특징으로 보았다. 또한 베르그송은 유동적인 실재를 생명 없는 고체로 만드는 것에 비유했다.

우리가 지금 보고 있는 눈부신 세계, 이 스펙터클의 세계는 바로 그런 생명 없는 사물화로 나아가고 있다. 자본주의는 어느 땐가부터 인간을 폭력적으로 사물화하는 대신 화려한 이미지로 포장하는 데 몰두하기 시작했다. 세상은 폭력 대신 화려한 이미지들로 가득 찼다. 그러나 그 새로운 이미지의 세계야말로 사물화라는 낡은 자본주의의 반복인 것이다. 자본주의적 이미지의 세계는 우리를 생명 없는 '보여지는 대상'으로 만든다.

보여지는 것에 집착하는 세계에서는 무의 상태로 돌아가는 것이 내면을 보존하는 한 방법일 수 있다.《빈 집》에서 태석이 유령 연습을 하는 것은 보여지는 것을 무로 돌려 그 텅 빔 속에 내면을 간직하려는 행위이다. 그것이 선(禪)적인 동작으로 표현된 것은 매우 자연스럽다. 태석은 무의 공간에 스며들어 외면에만 집착하는 사람들은 볼 수 없는 틈새에서 순수기억의 내면을 해방시킨다.

《시간》에서도 '보여지는 것'에서 해방되려는 시도가 나타난다. 새희는 아무도 알아볼 수 없게 성형을 한 후 수많은 사람들의 인파에 묻혀버린다. 그러나 이 자본주의적 방식의 무로의 귀환은 결코 분열을 치유할 수 없다.

송경동의 시와 《빈 집》이 암시하듯이, '보여지는 것'을 무로 되돌리는 선적인 방식은 우리 시대의 출구의 하나이다. 후기자본주의란 우리를 상품이나 사물처럼 영원히 '보여지는 대상'으로 만드는 세계이다. 참선은 자본의 논리에 집착한 그 기제를 텅 비게 만듦으로써 보여짐과 봄, 외면과 내면의 분열을 치유한다. 그런 분열의 치유는 참선의 사유가 지속하면서 번뇌와 사랑의 양가성[43]으로 변주되었을 때 더욱 창조적 방법이 된다.

후기자본주의의 경이로운 새로움은 과거의 낡은 자본주의의 교묘한 변신이다. 반면에 참선 같은 옛 사유가 지속하며 약동하는 속에서 우리는 새로운 세계를 흘낏 본다. 자본이 만든 신세계가 모든 곳에 전개되는 시대에도 아무것도 달라진 것은 없다. 그럴수록 우리는 잃어버린 옛 사유에서 지속의 힘을 통한 생명과 자연의 새로운 약동을 본다. 이것이 후기자본주의의 역설이다. 우리의 앞에는 새로움이 낡은 것의 반복이 되고 옛것의 지속이 새로운 약동이 되는 존재론적 신비가 펼쳐진다.

7. 순수기억의 정치화

순수기억은 인간의 존재론적 기억이다. 이 말은 우리의 뇌에서 순수기억

---

43 번뇌와 사랑의 양가성은 원효 사상의 맥락에서 선사상을 현대적으로 변주시킨 것이다. 제 1장 11절과 제 8장 5절, 11절 참조.

을 지워버리면 우리는 존재의 핵심을 상실한다는 뜻이다. 그것은 마치 컴퓨터에서 메모리를 없애면 고철에 불과한 것과 같은 이치이다. 다만 컴퓨터의 메모리는 계산 가능한 논리로 된 기억이다. 반면에 순수기억은 계산 불가능한 유동적인 기억이다. 컴퓨터의 메모리는 베르그송이 말한 고체의 논리에서 벗어나지 못하지만 순수기억은 생명적 존재의 비밀을 담고 있다.

인간의 지성은 컴퓨터처럼 계산 가능한 차원에 머물러 있다. 그 때문에 인간의 지성은 현상계만을 인식할 뿐 실재 자체(물자체)를 알지 못한다. 유동적 실재에 접근할 수 있는 것은 고체의 논리로 된 지성이 아니라 존재론적 순수기억이다.

바로 여기에서 신비스러운 존재론적 유희가 생겨난다. 지성으로만 접근하면 현상계가 현실이며 실재와 접촉하는 순수기억은 환상적으로 느껴진다. 그러나 존재의 차원에서 보면 순수기억만이 진정한 현실(실재)에 접근할 수 있으며 현상계란 인위적인 환영일 뿐이다. 현실이 환상이 되고 환상이 현실이 되는 존재론적 유희는 여기서 생겨난다.

또한 순수기억은 과거이지만 현재와 미래에 침투한다. 인간의 사유와 정신이란 순수기억과 현재의 지각과의 교섭에 다름이 아니다. 그런데 지성은 현재에 긴요한 것의 견지에서 풍부한 유동적 사유를 제한한다. 지성은 현재라는 공시적 차원에서 고체의 논리로 된 습관기억의 법칙(코드)을 만든다. 이 현실의 코드는 매번 새로운 것을 만들어내지만 그것은 낡은 습관기억의 반복일 뿐이다. 반면에 순수기억은 존재 지속의 힘으로 현재와 미래로 도약하며 새로운 사유를 창조한다. 여기에서 옛것과 새로운 것의 존재론적 전위가 나타난다.

마르크스와 프로이트, 베르그송이 보여준 것은 바로 그 신비로운 존재론적 전위였다. 마르크스는 자본주의의 끝없는 운동이 일종의 환상 위에서 움직이는 것임을 암시했다. 또한 프로이트는 꿈과 말실수가 우리가 살고 있는 진정한 현실을 알게 해준다고 말했다. 베르그송 역시 기억을 억압하는 지성이 아니라 환상 같은 순수기억이 새로운 창조의 원천이라고 생각했다. 이들은 각기 다른 방법으로 환상과 현실의 존재론적 유희를 말하고 있다. 또한 옛것과 새로운 것의 존재론적 전위를 암시한다. 세 사람의 논의가 철학을 넘어서서 문학적이고 예술적인 것은 그 때문이다. 그들의 텍스트에는 존재론적 신비의 아이러니가 드리워져 있다.

그들 셋 중 존재론적 입장을 가장 분명히 드러낸 것은 베르그송이었다. 그렇기에 그는 환상적 표현이 실재에 더 가까울 수 있으며 기억이 새로운 약동의 원천임을 자연스럽게 드러낸다. 그러나 베르그송에게는 인식론과 존재론의 접합이 분명하지 않다. 우리는 실재(실재계)에 대한 열망을 가지고 있지만 일상의 대부분을 인식 가능한 현상계(상징계)에서 살고 있다. 그 때문에 **실재와 현상계의 틈새**, 인식론과 존재론이 접합되는 지역에서 역동적인 움직임이 생겨나는 것이다. 그런데 베르그송에게는 그 영역의 논의가 부족하다. 그의 존재적 지속의 약동과 창조의 논의가 극적이지 않은 것은 그 때문이다. 여기서 극적이라는 것은 역동적인 '사건'이 발생하는 상황을 말한다. 사건이란 상징계(현상계)에 구멍이 뚫려 실재계가 드러난 사태를 말한다. 그런 사건은 인식론과 존재론이 접합하는 영역에서만 발생한다. **사건**이란 인식 가능한 영역에서의 인식 불가능성의 발생에 다름이 아니다.

인식론과 존재론의 접합을 극적으로 보여준 것은 마르크스였다. 마르크스의 논의는 신비스러울 뿐만 아니라 드라마틱하다. 그것은 그가 역동적인 사건에 대해 말하고 있기 때문이다. 마르크스는 자본주의라는 상징계가 실재계와 접촉하는 방식으로 매번 자기 자신을 갱신함을 말하고 있다. 그러면서도 자본주의는 실재계를 은폐하는 환상과도 같은 방식으로 스스로(상징계)를 유지한다. 마침내 자본주의적 상징계에 구멍이 뚫렸을 때 우리는 실재계와 접촉하며 비로소 이제까지의 모든 것이 환상이었음을 감지한다. 이것이 바로 공황이라는 사건이다.

마르크스는 공황이 비정상적이기는커녕 자본주의적 현실의 실상을 낱낱이 알리는 사건이라고 생각했다. 그는 프로이트와 비슷한 방식으로 실수(공황)에 의해 오히려 진정한 현실이 암시된다고 말한 셈이다.[44] 그것은 공황의 순간에 실재계와 접촉하는 지점이 나타나기 때문이다. 우리는 비슷한 것을 타자에 대해서도 말할 수 있을 것이다. 타자란 자본주의의 균열에 위치한 존재이며 그에 의해 실재계와 접촉하는 사건이 발생한다. 그처럼 타자의 위치에서 균열과 구멍이 확인되는 순간 우리는 환상에서 깨어나 자본주의의 실상을 낱낱이 알게 된다.

이제까지 마르크스의 텍스트는 주로 인식론의 견지에서 논의되어 왔다. 그것은 그가 자본주의의 경제에 대해 조망하고 있기 때문이다. **인식론**이란 자본주의 같은 **상징계**에 대한 인식과 조망을 말한다. 마르크스는 자본주의적 상징계의 특징과 그 균열에 대해 말하고 있다.

그러나 마르크스는 그와 함께 자본주의가 끝없이 자신을 갱신하며 실재계에 접촉하는 신비스런 운동을 하고 있음을 논의한다. 실재계란 인식 불가능한 영역을 말하거니와 마르크스가 '신비스럽다'고 말하는 순간은 모두 실재계와 접촉하는 순간들이다. 마르크스는 인식 불가능한 영역에 대해 논리적으로 말하려는 순간 신비스럽다고 표현할 수밖에 없었던 것이다. 인식론적으로 말할 수 없는 영역, 그 신비스러운 **실재계적 영역**에 대해 논의하려는 것이 바로 **존재론**이다.

우리는 공황에 대해서도 비슷하게 말할 수 있다. 공황에 대해 논하는 것은 실재계에 접촉한 말할 수 없는 영역을 논리적으로 드러내려는 작업이다. 따라서 공황은 인식론만으로는 제대로 규명할 수 없다. 공황이란 마르크스처럼 인식론과 존재론을 접합시킬 때만 **아이러니**를 통해 비로소 조망할 수 있는 사건이다.

마르크스의 작업이 인식론과 존재론의 접합임은 베르그송의 개념으로

---

44 가라타니 고진, 김경원 역, 《마르크스 그 가능성의 중심》, 이산, 1999, 71쪽.

번역하면 더욱 분명해진다. 베르그송은 지성의 한계가 유동적인 실재(실재계)를 고체화하는 데 있다고 말했는데 우리는 이것을 **인식론의 한계**라고 생각해도 좋을 것이다. 베르그송은 실재의 영역에서 활동하는 것이 고체의 논리를 넘어선 생명적 **존재**의 특징이라고 생각했다. 그런데 마르크스는 자본주의가 비단 고체의 논리에 머물러 있다고 말하지 않는다. 자본주의는 마치 생명체처럼 견고한 것들을 녹여버리며 끝없이 움직인다.[45] 하지만 그 모든 것이 결국 환상 위에서 움직이는 것이며 우리는 공황의 시기에 자본주의가 생명체와 달리 딱딱한 것임을 알게 된다. 이런 아이러니한 통찰은 인식론과 존재론을 결합한 마르크스만이 할 수 있는 독특한 업적이었다.

인식론과 존재론을 결합한 논의들은 흔히 **정치적**이 되는 경향이 있다. 인식론과 존재론의 결합을 통해 상징계와 실재계의 접촉에 대해 말할 때만 우리는 사건에 대해 말할 수 있다. 사건이란 상징계의 구멍이며 우리의 존재 방식과 현실의 변화에 대한 요구이다. 그처럼 사건에 의한 현실 변화의 필요성을 말하는 논의를 우리는 정치적이라고 말할 수 있다. 따라서 인식론과 존재론을 접합시키며 드라마틱하게 사건에 대해 말하고 있는 마르크스의 텍스트는 매우 정치적이다.[46]

실상 현대의 중요한 정치적인 논의들은 모두 인식론과 존재론의 결합이다. 예컨대 거시정치학과 미시정치학의 접합(들뢰즈), 진리의 과정을 요구하는 사건의 발생(바디우), 정치적 무의식(제임슨), 그리고 우리가 살펴볼 순수기억의 정치화 등이다.

---

45 마르크스·엥겔스, 이진우 역, 《공산당 선언》, 책세상, 2002, 20쪽.

46 여기서 정치적이라는 말은 제도권 정치와는 아주 다른 용법이다. 제도권 정치는 상징계 차원에서 주로 이루어진다. 그러나 우리의 관점에서는 마르크스처럼 상징계와 실재계의 접촉을 논할 때만 정치적이라고 말할 수 있다. 그런 맥락에서 우리는 그처럼 **인식론과 존재론을 결합한** 논의를 정치적이라고 부를 것이다.

베르그송은 마르크스보다 존재론적 논의를 더 진전시켰지만[47] 그의 약동은 정치적이지 않다. 그 이유는 실재(실재계)와 시스템(상징계)의 관계에 대한 복잡한 문제의식이 없기 때문이다. 인식론에 존재의 도약에 대한 논의가 없다면 베르그송의 존재론에는 시스템과 그 균열에 대한 인식이 없다.

그 점은 그의 순수기억의 개념 역시 마찬가지이다. 순수기억 개념의 장점은 인간의 사유와 정신을 **유물론적 관점**에서 보게 한다는 점이다. 이제까지는 흔히 현실을 유물론적으로 보는 관점이 관념론을 넘어선 것으로 주목받아 왔다. 그러나 이 경우 인간주체와의 관계를 논하지 않는 한 현실의 운동은 객관주의로 흐르기 쉽다. 반면에 베르그송은 물질적 흐름이 인간의 뇌에 각인된 것을 기억으로 보고, 기억의 팽창과 교섭을 사유의 근거로 여기면서, 물질과 정신을 연결시킨다. 기억이란 **물질**의 파동이자 **정신**의 무한한 재료들이다. 물질적 파동(이미지)[48]이 뇌에 축적되어 하나의 세계를 이루었을 때 우리는 비로소 존재의 생성을 느낀다. 그런데 습관화된 각종 운동기제들은 그런 존재의 근거인 소우주로서의 기억을 억압한다. 그에 대응해 존재를 지속시키려는 순수기억의 약동이야말로 변화의 추동력인 것이다.

그러나 베르그송의 유물론적인 순수기억의 논의에는 현실의 시스템에 대한 고찰이 없다. 현실주의적 유물론에 주체의 약동에 대한 설명이 미흡하다면 순수기억의 유물론에는 현실의 벡터가 결여되어 있는 것이다. 베르그송은 습관화된 운동기제를 말하지만 그것의 가장 중요한 근거인 현실의 시스템의 요인을 고려하지 않는다.

순수기억의 실재(실재계)를 향한 약동과 현실의 체계(상징계) 사이에서 나

---

47 베르그송은 인식론중심주의를 비판하고 존재론을 옹호한다. 인식론은 생명과 인간 존재의 문제, 그리고 유동적인 실재를 파악하지 못한다.

48 베르그송은 물질의 일부로서 유입된 뇌의 진동(이미지)이 행동의 축과 연결될 때의 최초의 진동을 순수지각이라고 부르며, 행동의 축으로 향하지 않고 잠재적 이미지들을 이루어 정신의 근거가 되는 것을 순수기억이라고 부른다. 베르그송, 《물질과 기억》, 앞의 책, 40~42쪽, 125쪽.

타나는 것이 사건이다. 베르그송에게는 사건에 대한 논의가 없으며 그 때문에 '창조적 진화'의 논의는 극적이지 않다. 순수기억의 약동을 현실의 체계와 연관시키는 것, 베르그송의 존재론을 인식론과 결합하는 작업, 그리고 존재의 지속과 도약을 사건과 연결시키는 일, 이 극적인 작업이 바로 **순수기억의 정치화**이다.

순수기억의 정치화는 '창조적 진화'를 넘어 인간이 더 좋은 사회를 창조해 가는 일에 대해 말해준다. 이제까지의 인식론적 관점은 현실의 모순에 의해 그에 저항하는 변혁운동이 나타나는 것을 주장해 왔다. 반면에 순수기억의 정치화는 '현실의 모순' 요인에 덧붙여, 왜 인간이 새로운 세계의 창조로 나아갈 수밖에 없는가라는 **존재론적 근거**를 웅변해 준다.

실제로 암암리에 존재론을 포용한 유연한 논의들은 순수기억의 정치화를 암시해 왔다. 예컨대 루카치는 소설의 주인공이 상실된 총체성에 대한 기억으로 부르주아적 세계에서 영혼을 입증하는 모험을 벌인다고 말한다. 여기서 총체성을 기억하는 영혼이 바로 존재의 근거인 순수기억이라고 할 수 있다. 루카치가 말한 근대세계에서의 총체성 상실이란 순수기억이 억압되어 무의식으로만 남아 있는 상태이다. 영혼이란 순수기억의 무의식에 다름이 아니다. 총체성을 잃어버린 상태에서 주인공의 영혼이 모험을 벌일 수 있는 것은 존재를 지속시키려는 순수기억의 약동의 힘에 의해서이다. 영혼을 입증하려는 주인공의 모험은 존재를 입증하려는 순수기억의 도약이다. 영혼의 모험이란 자본주의 사회와 순수기억의 도약 사이에서 벌어지는 사건이다.

루카치의 논의는 기억에 대해 말하는 동시에 사건에 대해 말하고 있다. 사건은 현실의 시스템과 기억의 존재론적 도약 사이에서 벌어진다. 여기에는 인식론과 존재론의 결합이 있으며 그 점에서 루카치의 논의는 정치적이다.

순수기억의 정치화는 라캉과 주판치치의 논의에서도 암시된다. 라캉은 우리가 상징계에 진입할 때 행복한 충족이 무의식 속에 억압된다고 말한다. 이때 상징계에 의해 무의식 속에 억압된 것은 베르그송의 용어로 순수기억이라고 할 수 있다.[49] 그러나 상징계에 완전히 포섭되지 않은 실재계적 잔여물이 남는데, 그 실재계적 요소에 대한 열망으로 주체는 상징계를 넘어선다. 이 과정은 순수기억이 고체의 논리를 넘어 유동적인 실재를 향해 약동하는 과정과 유사하다. 라캉과 주판치치는 실재계적 요소(대상 a)를 향한 순수욕망을 윤리라고 말하고 있다. 베르그송이라면 고체의 논리를 넘어서는 순수기억의 약동을 존재의 본능이라고 불렀을 것이다. 우리는 그 존재의 본능을 상징계와의 연관에서 윤리라고 말할 수 있다.

라캉은 상징계를 자본주의 사회와 연관시키지 않기 때문에 그의 논의에는 인식론적 요소가 부족하다. 그런 만큼 그의 이론은 정치적이지 않다. 라캉과 주판치치가 정신분석학에서 최대로 나아간 영역은 윤리이다. 그러나 우리는 그들의 존재론적 윤리를 정치화시킬 수 있다. 라캉과 주판치치의 정치화는 윤리의 정치화이다. 그것은 순수기억의 정치화이기도 할 것이다.

순수기억의 정치화와 역사화는 벤야민에게서도 발견할 수 있다. 벤야민은 염주알같이 늘어선 역사주의적 기억을 비판했다. 오히려 프루스트에게서 발견되는 비의도적인 기억이야말로 역사적 변혁의 원천이다. 벤야민은 텅 빈 현재에 박혀 있는 성좌 같은 기억들이 섬광처럼 우리를 새로운 세계로 이끈다고 생각했다. 역사적 유물론자는 과거 속에서 희망의 불꽃을 점화시키는 '기억(과거)의 예언자'이다.[50] 그의 논의는 베르그송의 순수기억을 통한 존재의 도약과도 유사하다. 벤야민의 역사적 유물론은 순수기억의 유물론(존재론)에 자본주의 사회에 대한 철저한 인식을 결합시킨 것이다. 따라서 그의 역사철학 테제는 매우 정치적이다.

---

49 베르그송의 무의식과 라캉의 무의식이 똑같지는 않다. 베르그송은 시스템의 요인을 말하지 않기 때문이다.

50 벤야민, 이태동 역, 〈역사철학 테제〉,《문예비평과 이론》, 문예출판사, 1987, 296쪽.

순수기억의 정치화와 연관된 논의들은 모두 선적인 시간 개념을 거부한다. 세계의 변혁이란 마치 호랑이가 도약하듯이 뒤로 물러서는 듯하면서 앞으로 뛰어오르는 것이다. 과거의 기억이란 현재의 우리 자신이며 지속과 약동의 힘으로 앞으로 나아간다.

이 모든 것은 우리가 두 세계를 왔다 갔다 하는 삶을 살기 때문이다. 우리가 살고 있는 근대적 체계(상징계)의 세계는 원환 같은 동일성을 이룰 수 없기 때문에 균열이 불가피하다. 체계와 그 균열, 즉 사회현실과 그 모순에 대해 파악하는 것이 바로 **인식론**이다. 그러나 현실의 모순을 인식한다 해도 그에 대항하는 주체의 운동이 나타나지 않으면 세계는 변화되지 않는다. 체계에 예속되지 않은 주체의 운동은 존재의 약동을 통해서만 설명이 가능하다.[51] 체계의 균열부분에서 우리는 팽창하는 순수기억의 힘으로 사건이라는 구멍을 통해 상징계를 넘어선다. 그 순간의 존재의 도약, 즉 체계에 동화되지 않는 실재계적 잔여물(대상 a)을 향한 움직임이 **존재론적 운동**이다. 이 과정에서의 인식론과 존재론의 결합, 사건이라는 균열의 틈새에서의 약동이 바로 **순수기억의 정치화**이다.

8. 순수기억과 상처의 기억

베르그송은 우리가 부드러운 실재의 사면에서 자기 자신을 눈사람처럼 굴리며 성숙해 간다고 말한다. 그러나 시스템에 의해 지배되는 근대사회에서는 그처럼 순수기억이 부푸는 과정이 대부분 무의식 속에서 진행된다. 우리는 사회적 규범을 받아들여 적응하기에 급급하며 가끔씩 그와 조화되지 않는 무의식 속의 눈사람을 생각할 뿐이다. 라캉 역시 일상에서 실재(계)에

---

51 과학적 인식과 이데올로기적 실천의 이분법을 넘어설 수 있는 것은 이 존재론적 약동뿐이다.

접촉하는 것은 무의식적인 주체일 뿐임을 말하고 있다.

그 밖에 일상에서 실재와 만나는 것은 우리가 상처를 경험하는 순간이다. 상처의 순간은 상징계(시스템)의 균열 경험이며 사건의 순간이기도 하다. 그 순간 우리는 상징계를 넘어서며 실재계와 접촉한다. 이때는 억눌렸던 순수 기억이 팽창하는 순간이기도 하다.

우리가 경험하는 상처는 흔히 트라우마나 사건으로 말해진다. 트라우마는 주체적 경험이며 사건은 객관적 경험이다. 그러나 그 둘 모두 상징계에서의 실재계와의 대면이며 그것의 기억은 선적인 시간[52]으로 환원되지 않는 일종의 시간-이미지[53]이다. 수동적 차원에서의 트라우마는 균열(구멍)을 통해 침입한 실재계에 압도당하는 것이며 자아는 의미화되지 않는 이미지들의 반복 속에서 혼돈을 경험한다. 그러나 우리가 그런 개인적인 상처를 극복하고 끌어안을 때 그 상처는 능동적이고 사회적인 차원으로 전이되어 혼돈을 넘어선다.

사건 역시 능동적 차원에서 상징계를 넘어 실재계적 대상 a와 접촉하는 순수욕망의 순간을 낳는다. 그 같은 사건은 주체의 능동성을 고양시키기도 하지만 또한 많은 경우에 상처의 순간과 함께 경험된다. 사건으로서의 상처의 순간에는 고통 속에서도 실재계적 대상과 접촉하려는 열망이 나타난다. 개인적인 트라우마는 무력하게 실재계와 대면하는 공포의 경험이다. 반면에 그것을 극복한 능동적이고 사회적인 트라우마는 **상처를 껴안은** 사건의 순간처럼 아픔을 딛고 실재계와의 교섭으로 나아간다.

예컨대《도가니》(공지영)에서 장애아들은 성폭행 사건을 겪은 후 수동적으로 트라우마에 시달린다. 그러나 그 이야기가 알려지면서 상처의 아픔에 공감하는 사람들에 의해 개인적인 트라우마는 능동적이고 사회적인 차원으

---

52 선적인 시간의 과거는 공간적인 한 점이기도 하다. 그런 공간으로 환원되지 않는 기억을 들뢰즈는 시간-이미지라고 부르고 있다.

53 들뢰즈의 시간-이미지는 베르그송의 순수기억이라는 이미지의 잠재태와 연관이 있다.

로 전이된다. 이런 능동적 차원의 트라우마의 기억은 하나의 사건으로서 상
징계의 균열을 인식하고 실재계와 교섭하려는 운동으로 진행된다. 실재계
와의 대면은 고통스러운 상처이지만 이제 그 상처를 끌어안을 때 그것은 사
건으로서 (실재계적) 대상 a와 교섭하려는 순수욕망을 낳는다. 그처럼 실재
계와 교섭하는 순간이야말로 순수기억의 팽창이 표면화되는 때일 것이다.
이때 우리는 순수기억의 약동의 힘과 순수욕망이라는 윤리의 힘으로 균열
된 현실을 변화시켜야 함을 생각하게 된다.

따라서 상처의 기억은 순수기억의 약동과 동전의 앞뒷면을 이룬다. 양자
모두 상징계의 구멍을 통해 실재계와 접촉하는 사건의 순간과 연관되어 있
다. 만일 수동적인 트라우마를 극복할 수 있다면 **상처의 기억**은 **순수기억**을
약동하게 하는 중요한 요인이 된다.

같은 맥락에서 우리를 앞으로 나아가게 하는 성좌 같은 기억 역시 반드
시 좋은 기억만은 아니다. 베르그송은 지속의 견지에서 소우주와도 같은 순
수기억이 팽창하며 우리를 약동시킨다고 말했다. 그러나 기억을 억압하는
시스템을 상정하면 상처의 기억 역시 우리를 도약하게 한다. 잃어버린 총체
성에 대한 기억이 우리를 앞으로 나아가게 하지만, 총체성을 상실한 상처의
아픔 역시 우리를 다시 일어서게 하는 것이다.

예컨대 6월 항쟁은 승리의 기억이지만 광주항쟁은 상처의 기억이다. 그
러나 상처의 기억 역시 승리의 기억 이상으로 성좌처럼 빛나며 우리를 약동
하게 만든다. 광주항쟁의 상처는 새로운 세상을 위해 일어섰던 열정의 기억
이기도 한 것이다. 또한 능동적으로 전이된 상처의 기억은 당사자뿐만 아니
라 그에 공감하는 사람들의 억눌린 순수기억을 약동시킨다. 그처럼 상처의
기억은 시스템에 의한 아픔이기도 하지만 억압된 것이 한순간에 흘러넘치
게 하는 순수기억의 도약이기도 하다. 그 점에서 상처의 기억과 순수기억은
표리를 이루고 있다.

우리는 순수기억의 정치화가 존재 방식의 변화와 함께 사회적 변화를 이

끈다고 설명했다. 그런데 현실의 변혁은 매번 완전히 성취되지 않으며 그 잔여물로 인해 끝없는 운동이 계속된다. 항상 새로운 세상을 향해 도약하지만 우리의 약동은 언제나 미완에 그치고 만다. 그렇기에 열망의 기억은 상처의 기억이 되기도 하는 것이다. 그러나 상처의 기억은 텅 빈 현재를 파고들며 어느새 새로운 약동의 열정을 낳는다. 변혁운동이란 상처가 생명의 약동이 되고 약동이 뼈아픈 상처가 되는 존재론적 전위의 끝없는 과정인 것이다.

상처의 기억과 약동의 기억의 존재론적 전위는 역사적 순간에만 나타나는 것은 아니다. 우리의 일상 역시 내면에서의 순수기억의 도약과 현실에서의 상처의 경험의 끝없는 반복인 것이다. 이 끊임없이 계속되는 일상에서의 도약과 상처의 진동을 우리는 보이지 않는 저항의 근거로 말할 수 있다. 그것은 일종의 내적인 변혁운동이다. 눈에 보이는 변혁운동이 발생하기 전에 우리의 물밑에서는 **보이지 않는 혁명**이 계속되고 있는 것이다. 이 수면 밑에서의 변혁운동은 베르그송이 말한 창조를 잉태하는 지속의 과정과 다르지 않다.

상처의 기억과 순수기억의 존재론적 전위는 백석 시에서도 발견된다. 백석 시에서 고향에 대한 순수기억의 표현은 실상은 잃어버린 공동체의 기억의 도약이다. 그런데 그 내면에서의 도약은 현실에서는 상처의 경험으로 표현된다. 예컨대 딸아이를 잃은 "여승"에게서 나는 "가지취 내음새"는 더 이상 명절날의 훈훈함을 느끼게 하지 않는다. "산꿩"의 "섧은 울음"이 슬프게만 들리는 것은 그 때문이다. 하지만 슬픔은 도약이기도 하다. 백석 시의 상처의 기억에는 여전히 고향에 대한 순수기억의 도약이 숨겨져 있다. 우리가 슬픔을 참지 못하는 것은 아직도 심연에서는 가지취 내음새와 섶벌과 산꿩의 소우주가 순수기억으로 약동하고 있기 때문이다. 그것을 암시하기 위해 백석 시는 서러운 현실에서도 미학적 방언의 시어로 도약하며 현실의 언어와 대치하고 있는 것이다. 그렇기에 여기서의 슬픔은 보이지 않는 저항의 근거이다. 그것은 향수 같은 약한 감정이 아니라 물밑에서 우리를 도약하게 하는 강한 슬픔이다.

백석이 "세상 같은 건 더러워서 버리는 것"이라며 산골로 가자고 말할 수 있었던 것은 바로 그 때문이다. 여기서의 산골의 마가리는 현실을 등진 그늘이 아니라 내면의 순수기억이 약동하는 공간이다. 그곳은 다시 되찾고 싶은 기억 속의 진정한 현실이자 내 존재의 일부이다. 백석은 그 존재의 심연으로부터 약동하는 힘으로 더러운 세상을 버리려는 **보이지 않는 혁명**을 말하고 있는 것이다. 그것은 인식론적으로는 불가능한 심층에서의 존재론적 혁명이다.

이처럼 일상에서도 슬픔과 도약, 상처와 약동의 기억은 존재론적 치환을 계속하고 있다. 그것이 우리가 절망적인 현실에서도 좌절하지 않고 존재를 입증하는 근거일 것이다. 순수기억을 정치화하면 베르그송의 지속은 존재론적 전위가 된다. 그렇기에 일상에서 존재론적 전위가 계속된다는 것은 우리가 지속과 약동의 속성을 지닌 생명의 존재임을 증명하는 일이 된다. 정치화된 베르그송은 이렇게 말할 것이다. 만일 그것마저 버린다면 우리는 더 이상 생명의 존재가 아니며 고체의 논리로 된 딱딱한 기억의 덩어리에 불과하리라.

9. 베르그송의 순수기억과 라캉의 대상 a

베르그송의 기억이론의 장점은 정신의 문제를 유물론적으로 해결하고 있다는 것이다. 물질과 정신의 연결은 서양철학의 난제 중 하나이다. 인간을 이성적 존재로 보는 주체철학은 정신을 앞세운 이성중심주의를 벗어나지 못한다. 반면에 탈구조주의는 유물론적 관점을 지니지만 그 대가로 해체된 주체를 말할 수 있을 뿐이다.

주체철학의 경우 정신이란 이성의 작용이다. 그에 반해 탈구조주의는 정신을 텍스트나 무의식의 작용으로 본다. 양자의 한계는 새로운 삶의 창조를 설명하지 못한다는 점이다. 주체철학은 인간중심적인 목적론의 함정에 빠지며, 탈구조주의는 미시적 차원의 운동이 어떻게 새로운 삶의 창조로 이어지는지 설명하지 못한다.

　베르그송은 정신이 순수기억의 작용에 다름이 아님을 말함으로써 양자의 한계를 넘어선다. 정신이란 물질적 파동이 뇌에 전달된 순수기억의 작용이다. 뇌에 전달된 자극은 사물과는 달리 즉각적인 반응을 유보하며 복잡하고 유동적인 작용을 일으킨다. 순수기억이란 바로 그 같은 미결정성의 회로(간격)의 산물이다. 우리의 뇌의 기제가 반응을 유보하는 것은 기억의 회로가 하나의 방대한 소우주를 이루고 있기 때문이다.[54] 따라서 순수기억은 회상되는 과거의 한 점이 아니다. 미결정성으로서의 순수기억은 눈사람처럼 부풀면서 지속적으로 변화하고 성숙해간다.

　이성은 순수기억의 풍부함을 현재의 견지에서 제한할 뿐이다. 그에 비하면 탈구조주의의 차연이나 무의식적 주체는 기억이론의 유물론과 비슷한 점을 지니고 있다. 순수기억이 반응을 유보하는 것은 차연과 무의식이 동일성을 연기하는 것과 매우 유사하다. 그러나 차연이나 무의식적 주체는 생명적 존재의 특성으로서 순수기억의 바다와도 같은 풍부함[55]에 비하면 여전히 빈약하다. 결국 이성중심주의나 탈구조주의는 비슷하게 순수기억이 지닌 자연과 우주적 차원의 창조성을 설명하지 못한다.

　반면에 기억이론에는 사회적 시스템에 대한 고려가 없다. 인간을 이성적 존재로 보는 이론들은 대개 사회적 시스템과 관계하는 인식론들이다. 또한 라캉의 탈구조주의는 상징계와 실재계의 복잡한 양가적 관계를 분석하고

54　이것이 존재의 성숙의 상징일 것이다.
55　이 점에서 베르그송의 기억이론은 동양철학과 유사한 점이 있다.

있는 점이 특징이다. 양자는 모두 사회적 시스템을 중요한 요소로 염두에 두고 있다. 그 둘 중 전자가 인식론적이라면 후자는 이중적이면서도 존재론에 가깝다.[56]

우리는 앞에서 인식론과 존재론의 결합을 핵심적인 논점의 하나로 삼았다. 그 이유는 양자의 결합만이 현실의 역동적 변화를 설명할 수 있기 때문이었다. 그 대표적인 예가 자본주의에 대한 인식을 드러내면서도 끊임없이 존재론적 신비에 대해서 얘기했던 마르크스였다. 그런데 베르그송에게는 그런 역동적인 결합이 없다.

베르그송이 말했듯이 생명적 지속을 통해 끝없이 변화하고 약동하는 것이 존재적인 것의 특징이다. 그러나 시스템과 실재(실재계) 사이를 **진동**하는 끝없는 이중성 또한 근대인의 존재론적 운명일 것이다. 근대인은 실재에 접촉하길 열망하면서도 한순간에 시스템을 완전히 벗어나지 못하는 존재이다. 이것이 근대인의 존재의 이중성이다.

라캉의 이론이야말로 그런 존재의 이중성(혹은 삼중성[57])에 대한 정교화이다. 라캉은 우리가 상징계에 예속된 상태에서 끝없이 실재계적 대상 a를 열망한다고 말한다. 그러나 라캉의 상징계 개념에는 자본주의적 체계에 대한 인식이 모호하다. 또한 그의 대상 a는 세계와 우주의 차원에서 보다 풍부해질 필요가 있다.

우리는 앞에서 베르그송을 정치화시킬 필요가 있음을 말했다. 이제 여기서는 라캉을 정치화된 베르그송과 결합시킬 필요가 있음을 논의할 것이다. 그 과정에서 우리는 베르그송의 **순수기억**이 라캉의 **대상** a와 접합되는 양상을 살펴보게 될 것이다.

베르그송과 라캉의 공통점은 **실재(계)**와의 관계를 진정한 삶의 활동으로

---

56 라캉은 상징계와 실재계가 중첩된 영역을 논의하지만 상징계에 대한 비판적 인식은 구체적으로 전개하지 않는다.

57 보르메오의 매듭이 보여주는 상징계와 상상계, 실재계의 중첩성을 말한다.

여긴다는 점이다. 실재와 접촉하는 순수기억이나 순수욕망이 일상에서는 억압되어 무의식 속에 있게 됨을 말하는 점도 비슷하다. 그러나 라캉의 무의식적 주체는 베르그송의 순수기억의 존재에 비해 훨씬 더 극적이고 역동적이다.

베르그송의 순수기억은 실재와 연관된 창조의 원천이다. 반면에 라캉은 상징계와 실재계라는 이중적 존재의 영역을 상정하기에 실재계와 연관되는 것은 창조적일 뿐 아니라 해체적이기도 하다. 또한 상징계에서 실재계와 접촉하는 경험은 향락일 뿐만 아니라 상처이기도 하다. 그런 양가성 때문에 라캉의 논의는 베르그송에 비해 드라마틱하고 역동적이다.

그러나 라캉의 실재계와 접촉하는 드라마는 주로 개인이 주인공이다. 그 점에서는 라캉의 상상계와 무의식, 대상 a도 마찬가지이다. 라캉의 상상계는 완전한 충족이 가능한 유아론적 영역이며, 우리는 상징계에 진입할 때 금지의 규범에 의해 그 충족을 (무의식 속에) 억압당하게 된다. 상징계는 타자와 만나는 영역이지만 체계의 규범에 예속된 상태에서만 관계가 가능하다. 그런 상징계는 완전히 동일화할 수 없는 잔여물이 남는데 그것이 실재계이다. 우리는 실재계에 접촉하며 잃어버린 충족을 열망하게 된다. 실재계는 진정한 순수욕망의 영역이거니와, 그 욕망의 대상이자 원인이 대상 a이다. 실재계적 대상 a와 교섭하는 것은 타자와의 진정한 관계를 열망하는 것이다. 이것이 라캉의 개인을 주인공으로 한 드라마이다.

라캉의 대상 a는 엄마의 젖가슴이다. 엄마의 젖가슴은 나의 충족을 가능하게 했지만 상징계에 진입하는 과정에서 상실한 것으로서, 잃어버린 그것이 실재계에 나타난 것이 대상 a이다. 따라서 대상 a란 내가 진정으로 사랑하는 대상인 동시에 상징계를 넘어서는 '나'의 진정한 욕망의 원인이기도 하다,

무의식 속에 억압된 것이 다시 나타난 대상 a[58]는 베르그송의 순수기억과

---

58   대상 a는 실재계적 존재이기 때문에 완전히 표상되지는 않는다.

비슷한 지위에 있다. 대상 a와 순수기억은 모두 실재(계)의 영역에 위치한다. 양자 모두 과거의 기억인 동시에 미래로 향한 시간의 영역을 포함한다. 대상 a는 끝없이 접근해야 할 대상이기에 미래의 시간이며, 순수기억은 끝없는 지속이기 때문에 미래를 향한다. 또한 대상 a는 엄마의 젖가슴이지만 상징계를 거치고 넘어서는 과정에서 하나의 대상이 되어 (유아론을 넘어) 타자와의 관계를 생성한다. 순수기억 역시 과거이면서 지속의 힘으로 눈사람을 굴리듯이 성숙하고 창조적이 된다. 무엇보다도 중요한 것은 대상 a 역시 순수기억처럼 기억의 변주라는 점이다. 대상 a와 순수기억은 비슷하게 기억이자 무의식이고 실재(계)의 존재이다.

양자의 차이는 그 스케일에 있다. 대상 a가 개인의 핵심인 반면 순수기억은 개인적 존재이면서 우주적 차원을 지니고 있다. 우리는 대상 a가 체계의 외부이고 순수기억이 개인의 내부라고 생각할 수도 있다. 그러나 대상 a 역시 나의 일부이며 순수기억 또한 우주적 존재(실재적 외부)와 등가적 관계에 있다. 양자 모두 나에 속한 것인 동시에 실재적 외부의 지위를 갖고 있으며 스케일의 차이를 지닐 뿐이다.

베르그송은 사물과 생명체의 차이를 관찰 가능한 대상과 사유해야 할 존재의 차이로 보고 있다.[59] 생명체, 순수기억의 존재, 우주는 단순히 관찰될 수 있는 대상이 아니다. 셋의 공통점은 과거가 현재와 미래로 파고드는 지속의 존재라는 점이다. 예컨대 우주란 개개의 대상이 아니라 끊임없이 지속되는 존재들의 관계 전체이다. 만일 그런 존재적 관계의 지속이 없다면 그것은 개별 대상들이지 더 이상 우주가 아닐 것이다. 우리의 순수기억 역시 마찬가지이다. 순수기억이란 개별 대상의 기억이 아니라 우리의 존재를 지속시키는 관계 전체의 기억이다. 순수기억은 비의도적으로 우연히 떠오르는 것이지만 그것들은 하나의 공동체와 소우주를 이룬다. 기억이 하나의 소

---

59 베르그송, 《창조적 진화》, 앞의 책, 42쪽.

우주를 이룰 때 나의 존재는 성숙하거니와 그 같은 성숙이란 존재의 증언, 즉 지속과 약동에 다름이 아니다.

순수기억이 사유의 재료들이라면 우리는 이에 대해 반대로도 말할 수 있다. 즉 우리가 관찰 불가능한 우주를 사유할 수 있는 것은 실상 우리 내부의 기억들이 소우주를 이루고 있기 때문일 것이다. 순수기억이 소우주를 향해 팽창해 갈 때 우리의 우주적 사유 역시 확대될 것이다. 따라서 순수기억과 우주는 실재(물자체)의 영역에서 등가적 관계에 있다.

순수기억과 공동체의 관계도 마찬가지일 것이다. 백석의 초기 시들은 우연히 떠오른 기억 같지만 그 이미지들은 미래를 향해 지속되는 하나의 공동체를 이루고 있다. 그 같은 순수기억이 지속되기에 우리는 미래에 다시 공동체를 되찾으려는 열망을 지닐 수 있는 것이다.

순수기억은 개인 내부의 요소이다. 그러나 순수기억, 공동체, 우주는 실재(계)의 영역에서 **지속**의 힘으로 같이 움직인다. 그렇듯 개인과 공동체가 연결되는 원리란 **존재의 지속**이며, 베르그송은 그것을 개체들의 배후의 열망이라고 말했다.[60] 배후의 열망이란 백석 시 〈모닥불〉에서 모닥불과도 같은 것이다.

모닥불 주위에 둘러앉은 사람들은 서로 약속을 하고 모여든 것이 아니다. 모닥불은 개인의 욕망의 원인일 수 있지만 같은 욕망이 배후에서 작용해 원환 같은 공동체를 이룬 것이다. 다시 말해 모닥불은 라캉의 대상 a 같은 것이다. 사람들은 대지의 젖가슴 같은 온기를 느끼며 모닥불에 모여든 것이다. 그러나 젖가슴이 모닥불로 확장되는 그 순간 사람들의 순수욕망 역시 확대된다. 그와 함께 모닥불을 경험한 사람들의 기억은 눈덩이처럼 부풀러 올라 또 하나의 소우주를 이룬다. 따라서 모닥불에 모여든 사람들의 풍경은 도약을 이룬 순수기억이다. 대상 a에 대한 욕망과 순수기억의 도약이 교차되는

---

60 베르그송, 위의 책, 94쪽.

이 지점에서 우리는 **개인**의 욕망이 **공동체**의 욕망으로 이어지는 원리를 볼 수 있다.

라캉의 '젖가슴'은 은유를 통해 '모닥불'로, 또 '낙동강 젖꼭지'[61]로 확장될 수 있다. 이 은유적 확장은 개인의 욕망이 공동체의 욕망으로 확대되는 과정과 똑같다. 라캉의 젖가슴의 은유는 개인과 사랑하는 타자의 관계에 적용될 수 있다. 그에 비해 '모닥불'이라는 은유적 확장은 개인과 공동체의 관계로 확대된다. 이 과정에서 순수기억은 왜 대상 a와 그것의 확장이 은유로 표현되는지를 말해준다.

젖가슴, 모닥불, 낙동강 젖꼭지는 모두 순수기억의 이미지들이다. 물론 순수기억은 모닥불에 사람들이 모이듯이 대상 a의 이미지를 중심으로 모여들어 더 풍성한 **이미지들**로 어른거린다. 그에 비해 대상 a 자체는 이미지이기보다는 잃어버린 것이 귀환하는 **미지의 실재**이다. 그것은 이미지화할 수 없는 무의식 속의 실재계적 대상이다. **대상 a에 이미지를 부여**하는 것은 순수기억이며 우리는 그처럼 이미지로 전위된 것을 **은유**라고 부른다. 순수기억이 시스템에 의해 억압되었을 때 실재와 접촉하는 순수기억이 되돌아오게 만드는 핵심적 실재가 바로 대상 a이다. 그런데 표상할 수 없는 대상 a는 이제 귀환하는 순수기억의 힘으로 은유로 표현된다. 따라서 대상 a가 은유로 표현되고 있다는 것은 이미 순수기억과 실재가 귀환하고 있음을 뜻한다. 이 과정에서 미지의 대상 a는 모닥불로, 그리고 다시 모닥불 주위에 모여든 숱한 사람들로 이미지의 증식을 이루게 된다.

다른 한편 존재의 성숙에 따라 대상 a도 은유적 확장의 과정을 보이게 된다. 즉 대상 a의 이미지가 젖가슴에서 모닥불로, 다시 '낙동강 젖꼭지'로 확대되는 과정은, 마치 눈사람을 굴리듯이 순수기억이 부풀면서 성숙해가는 과정이라고 할 수 있다. 대상 a가 개인의 차원을 넘어 공동체의 차원까지 나

---

61 조명희의 〈낙동강〉에서 표현된 '낙동강 젖꼭지'의 은유를 말함.

아가는 과정은 순수기억이 실재의 사면을 눈덩이처럼 구르면서 확대되어 가는 것과 일치한다. 그 같은 확장의 한계가 바로 총체성일 것이다.

여기서 우리는 정치화된 베르그송과 라캉이 만나는 지점을 확인한다. 순수기억이 대상 a와 만날 수 있는 것은 인식론과 결합하여 정치화되었을 때이다. 대상 a란 상징계의 억압으로부터 실재(계)의 귀환이기 때문이다. 반면에 대상 a가 **은유**로 표현될 수 있는 것, 그리고 공동체의 차원까지 은유적 확장을 이룰 수 있는 것은 순수기억의 힘에 의해서이다. 이처럼 대상 a와 정치화된 베르그송이 만나는 지점에서 우리는 인식론적 정치학의 대안을 발견한다.

예컨대 총체성을 인식론적으로만 보면 목적론의 함정에서 벗어나기 어렵다. 그러나 라캉과 정치화된 베르그송의 만남, 존재론과 인식론의 결합으로 보면 대안이 나타난다. 총체성이란 표상할 수 없는 실재와 **부재원인으로서의 대상** a에 다름이 아니다. 그 부재원인으로서의 총체성, 대상 a에 끝없이 다가가는 것이 변혁운동일 것이다. 또한 순수기억이란 그런 부재원인이 은유로 드러나기 시작했을 때 만개하는 이미지로서의 총체성이다.

은유로 표현된 대상 a(낙동강 젖꼭지)는 시스템에 갇힌 순수기억의 서랍을 열면서 수면 밑의 실재를 보이게 만드는 이미지이다. 또한 순수기억이란 표상할 수 없는 대상 a에 이미지를 제공하면서 순식간에 눈앞에 떠오르는 이미지의 총체화이다. 그 둘의 결합에 의해 물밑에 잠긴 실재가 어떻게 보이게 되는지, 잃어버린 총체성이 어떻게 귀환하는지 설명이 가능해진다.

이제 은유로서의 네이션의 예를 들어보자. 사람들은 잃어버린 총체성, 그 대상 a에 대한 물밑의 열망을 '모닥불'과 '낙동강 젖꼭지'라는 은유로 표현하기 시작한다. 그 순간은 순수기억의 서랍이 열리며 순식간에 이미지들이 떠올라 총체화를 이루는 순간이다. 순수기억의 총체화는 실재의 영역에서 총체성에 대한 열망의 표현과 상응한다. 은유로서의 네이션이 '낙동강 젖꼭지'의 은유로 표현되고 사람들의 이미지가 총체화되는 순간은 물밑의 잠재적 네트워크가 확인되는 순간이기도 한 것이다.

이 과정은 또한 순수기억이 눈덩이처럼 부풀어가는 과정이기도 하다. 모닥불 주위에 모여든 재당, 초시, 문장, 갓사돈, 붓장수, 땜쟁이는, 어린 시절 순수기억의 이미지이다. 이제 낙동강 젖꼭지에 붙어사는 사람들, 농민, 어부, 백정, 여성, 연인, 지식인들은, 순수기억이 눈덩이의 두께를 이루면서 역사의 공간과 만나는 순간의 실재의 풍경이다.

사람들은 이 모든 것이 **은유**일 뿐이라고 말할지도 모른다.[62] 그러나 젖가슴, 모닥불, 낙동강 젖꼭지는 표상할 수 없는 실재(계)의 은유이자 그 영역에 접속해 있는 존재를 증명하는 순수기억의 이미지들이다. 유동적인 실재가 표상될 수 없는 이유는 시스템이 존재를 사물화시키고 지성이 유동체를 응고된 개념으로 만들기 때문이다. 은유란 그 굳어진 외연을 녹이면서 유동적인 실재와 순수기억이 쏟아져 나올 수 있게 한순간에 도약한 무의식 속의 이미지이다.

무의식 속에 잠겨 있다 은유로 도약하는 순수기억의 이미지는 단지 미학적인 재료만은 아니다. 순수기억의 이미지가 은유로 도약할 수 있는 것은 과거에 머물지 않고 **시간적으로 지속**하기 때문이다. 그처럼 지속이 가능한 것은 기억의 이미지가 뇌에 물질로 붙어 있는 것임을 뜻한다. 바로 그처럼 물질로 된 이미지가 뇌에서 작용함으로써 우리는 현재의 표상에 대한 기계적인 반응을 유보하면서 사물과 구분되는 존재로 살아간다. 그리고 한순간 표상의 각질을 뚫고 은유로서 실재를 표현한다. 따라서 **은유**를 만드는 이미지는 우리를 사물과 구분하는 중요한 존재의 증거이다. 그것은 존재를 생성하는 뇌의 특수한 물질이자 응고된 표상들을 녹이는 실재의 표현이다.

그처럼 은유를 만드는 이미지는 보이지 않는 것이 보이는 표상 보다 더

62　베르그송,《창조적 진화》, 앞의 책, 44쪽. 베르그송 역시 고체의 논리에 사로잡힌 사람들을 비판하면서 이런 표현을 쓰고 있다.

실재에 접해 있음을 말해준다. 표상이란 시스템이 만든 규범 속에서만 현실로 인식된다. 그러나 그것은 실재를 표현할 수 없는 환영 같은 것이다. 반면에 순수기억의 이미지는 눈앞에 없는 것이지만 실재의 유동적 영역에는 실제로 있는 것이다. 그것은 뇌 속에서, 무의식 속에서, 그리고 실재의 영역에서 물질로 된 이미지로 떠다니고 있다. 그 이미지들은 지배체계가 실재를 억압하고 서랍을 닫아둘 때, 딱딱해진 세상을 유연하게 하고 존재를 표현하기 위해 한순간 도약해 은유의 빛을 낸다.

우리는 존재에 근거해 시스템에 대항하는 운동을 정치학이라고 불렀다. 따라서 은유는 실재의 힘에 의거해 존재를 표현하는 잠재적 정치학이 될 수 있다. 은유로서의 정치는 존재의 유동성이 소멸될 만큼 세상이 사물화되었을 때 성행한다. 그 물밑의 정치 시대에는 개념으로 나타낼 수 있는 정치학이 실종된 것처럼 보인다. 그러나 정치학의 표상을 상실했다고 세상을 바꾸기 위한 정치가 상실된 것은 아니다. 딱딱한 정치학으로는 표상할 수 없는 **은유로서의 정치**가 물밑에서 움직이고 있기 때문이다. 은유로서의 정치는 개념화할 수 없는 유동적인 정치학이다. 순수기억의 육체이자 유동적 실재의 증언인 은유를 개념화할 수 없는 것은, 응고된 고체로 생명체를 만들 수 없는 것과 아주 똑같다. 당연히 은유로 표현된 정치적 요구는 고체로 생명체를 만들려는 권력자들에게는 보이지도 들리지도 않을 것이다. 역설적인 것은 그 같은 현실적인 절망의 이유가 우리에게는 희망이라는 것이다. 바로 그 때문에 우리는 정치 없는 시대에 보이지 않는 정치를 보며 희망 없는 시대에 보이지 않는 희망을 보는 것이다.

10. 잃어버린 '순수기억'을 찾아서
―권여선의《레가토》

라캉의 대상 a의 논리를 정치화하면 무의식이 어떻게 혁명의 원동력이 되는지 알게 된다. 또한 베르그송의 순수기억을 정치화하면 기억이 왜 변혁의 원천으로 작용하는지 이해하게 된다. 대상 a의 무의식과 순수기억은 존재론과 인식론이 결합된 새로운 정치학의 핵심 요소들이다.

오늘날은 그 같은 '정치적 무의식'과 '정치적 순수기억'이 서랍 속에 갇혀 있는 시대이다. 변화의 원동력인 무의식과 기억이 출구를 잃어버리면 그 사회에는 우울증이 성행한다. 화려한 잉여향락의 시대는 우울한 상실의 시대이기도 한 것이다.

순수기억과 잉여향락은 비슷하게 새로운 창조의 추동력이다. 그러나 잉여향락이 만드는 새로움에는 존재의 지속이 없기에 세상은 나이테가 없는 사물화된 상품들로 가득 차게 된다. 반면에 순수기억은 눈덩이가 부푸는 듯한 지속과 도약의 힘으로 정물화된 세상을 변화시키려 한다. 잉여향락이 만개한 시대의 권력은 변화가 두려워 그런 순수기억을 서랍 속에 닫아둔다.

권여선의《레가토》는 그 같은 잃어버린 순수기억을 찾는 이야기이다.《잃어버린 시간을 찾아서》가 개인적인 순수기억을 찾는 소설이라면《레가토》는 정치화된 순수기억을 회생시키려는 작품이다. 이 소설의 주제 순수기억의 회생은 잉여향락의 시대의 가장 중요한 **사건**이다.

이 소설의 두 주인공 박인하와 오정연은 각각 잉여향락과 순수기억의 역설을 보여준다. 1970년대 말 학생운동의 리더였던 박인하는 2010년대에도 국회의원으로 이름을 날린다. 자본주의적 잉여향락의 시대에도 잘 적응한 그는 시대를 이어 리더의 지위를 누리고 있는 것이다. 반면에 오정연은 학생운동 시대의 기억을 잃어버리고 아픈 몸으로 외국에서 쓸쓸히 살아간다. 박인하는 시대의 흐름을 타고 있고 오정연은 기억이 단절된 삶을 사는 것처럼 보인다. 그러나 이 소설은 오정연이야말로 순수기억을 열망하는 **지속의 삶**을 살고 있으며 박인하는 순수기억을 **상실한** 잉여향락 시대의 우울한 포로임을 드러낸다.[63] 박인하가 상실의 시대를 살고 있다면 오정연은 귀환의 시대를 열망하고 있는 것이다.

《레가토》는 형식적으로도 단절과 연속의 이중성을 드러낸다. 즉 이 소설은 과거와 현재라는 시간의 두 층위를 중첩시키면서 두 주인공의 명암을 시대와 연관된 이중적인 '레가토'[64]로 연주한다. 박인하는 두 시대에 모두 빛나고 있으며 오정연은 내내 그늘진 삶을 살아간다. 하지만 오정연은 그늘 속에서 도약하는 성장과정을 보여주는 반면 박인하는 빛 속에서의 어두운 심리적 방황을 드러낸다.

이 소설은 먼저 박인하를 통해 화려한 후기자본주의 시대의 우울한 단면을 암시한다. 잉여향락의 시대란 끝없는 유혹의 시대이다. 그러나 자본주의적 유혹이란 존재의 성숙을 동반하지 않기에 공허와 우울로 귀착된다. 박인하는 패션쇼 연회에서 만난 하얀 스커트의 여자에게 매혹을 느낀다. 그는 귀갓길에 그녀와 커피를 마시지만 자신을 존경했던 그녀가 변화된 그에게 실망하고 있음을 알게 된다. 박인하는 정치판의 "더러운 생리"를 탓하며 "매혹은 여기까지"라고 시대적 우울감에서 벗어나지 못한다.

박인하는 70년대 말 학생운동 시절에도 아무도 모르게 숨겨진 폭력성을 드러낸 적이 있다. 그는 만취한 후배 오정연을 자신의 자취방으로 데려온 후 우발적으로 그녀를 성폭행하게 된다. 처음에는 그저 따듯한 그녀의 몸에 살을 대보고 싶은 것뿐이었는데 그는 사람들에게 소문이 나 매장되는 것이 두려워 폭력을 사용한다. 한 달쯤 후 오정연은 박인하에게 커피숍 퀸에서 만나자는 약속을 한다. 박인하는 쪽지를 받자 가슴이 뛰었지만 곧

---

63 지속되는 듯한 박인하의 삶이 사실은 단절이라면 단절인 듯한 오정연의 삶은 지속인 것이다. 이런 역설은 레가토 기법과 연관 있다.

64 레가토는 둘 이상의 음들을 사이가 끊어지지 않도록 이어서 연주하라는 표시를 말한다.

경찰에 검거되는 바람에 그날의 사건은 영원히 두 사람에게 상처로 남게 된다.

박인하의 폭력은 오해와 두려움에 의한 것이었고 그 때문에 당대의 학생운동의 의미가 무효화되는 것은 아닐 것이다. 그러나 여성주의적 관점에서 보면 문제가 없는 것은 아니다. 특히 여성적 삶을 살면서 상처를 극복해가는 오정연을 통해 대비적으로 그 시대 변혁운동의 남성중심적 성격이 암시된다.

오정연은 그 혼란한 시대에 두려움에 떠는 시골 여학생에 불과했다. 그러나 임신과 출산을 경험하며 상처에 대응해가는 과정에서 점차 내적인 성장을 하게 된다. 그처럼 상처의 기억을 성숙의 계기로 전화시켜가는 여성적 서사가 이 소설의 하나의 축을 이룬다. 그 과정에서 현실 인식은 부족하지만 자신을 비우고 타자를 환대하는 유보살과 권보살의 삶도 여성적 치유의 힘을 암시한다. 여기에 돈보다 더 본질적인 것은 소중한 사람의 **기억**임을 아는 정연의 딸[65] 하연도 가세한다.

오정연은 출산 후 학교 소식이 궁금해 친구를 만나러 갔다가 광주항쟁을 경험한다. 그녀는 군인들 앞에서 여전히 두려움을 느끼지만 자신과 다른 사람들의 존재의 이유를 생각하며 섬뜩함을 견딘다. 그 공포의 순간에, 성폭행의 상처 '한 티스푼의 피'가 딸의 탄생의 기억으로 전이되고, 다시 입을 오물거리는 생명의 기억으로 뒤바뀌고 있었다. 이처럼 존재론적 여성성은 상처의 기억을 약동의 기억으로 뒤바꾸는 힘을 발휘하고 있었다.

정연은 용기를 내기 위해 그날 흘린 한 티스푼의 피를 생각했다. 그 피로 태어난 딸을 생각했다. 잠결에 입을 오물거리던 딸의 얼굴이 떠올랐다. 그러자 힘이 나기는커녕 가슴이 타들어가는 듯한 지독한 쓰라림이 몰려왔다. 그

---

[65] 처음에는 동생으로 알려지지만 나중에 딸임이 밝혀진다.

녀는 얼굴을 무섭게 찡그리고 시위대를 향해 걸어갔다.[66]

딸의 얼굴은 지독한 쓰라림으로 몰려왔다. 그러나 그 쓰라림은 예전 같은 견딜 수 없는 아픔이 아니라 그것을 억누르는 더 강한 감정으로 표현된다. 이처럼 약한 것을 통해 더 강한 힘을 발휘하는 것이 여성성의 역설일 것이다. 이제 상처의 기억은 여성적 경험을 통해 '살아야 하는 이유'를 증명하는 존재론적 힘으로 도약하고 있다.

상처의 기억이 약동의 기억이 되는 것은 광주항쟁의 경우에도 마찬가지일 것이다. 광주항쟁이 말하고 있는 것은 모두가 투사가 되어야 한다는 인식론적 가르침이 아니다. 우리가 듣는 것은 아픔의 기억이 우리가 살아야 할 이유를 증명하는 존재론적 약동이 된다는 역설이다.

하지만 그것을 증언해야 할 오정연은 부상을 당한 후 실종된다. 그녀와 학생운동을 함께하던 동료들은 그녀의 실종을 시대의 단절을 의미하는 공백처럼 느끼게 된다. 프랑스인 에르베에게 구출된 오정연 자신 역시 기억상실증에 걸려 모두가 갈망하는 진실을 증언하지 못한다.

이제 아무도 과거의 진실을 말하는 사람은 없다. 모두가 열망하지만 누구도 입을 열지 못하는 것이다. 화려한 변신을 한 옛 동료들은 이따금씩 향수 어린 지난 일들을 회고할 것이다. 그러나 과거의 진실이란 지나간 추억이 아니라 지금까지 지속하며 약동하는 순수기억 같은 것이다. 그런데 오정연과 그 동료들이 공백을 느끼듯이 지금 누구도 약동하는 기억의 진실을 말하지 못한다. 이것이 기억과 존재의 부피감을 잃어버린 잉여향락 시대의 숨겨진 비극이다.

그 점에서 오늘날은 순수기억을 상실한 시대이다. 기억상실증에 걸린 오정연은 우리 시대의 초상화와도 같다. 순수기억이란 시간이 갈수록 깊이와

---

66 권여선,《레가토》, 창비, 2012, 324쪽.

두께를 얻어가는 자기 자신의 존재의 증명이다. 이상한 일이지만 이제는 누군가가 그 기억과 시간을 이야기를 해주어야지 자기 자신에 대해 알게 된다. 남이 들려주는 자기 자신의 기억에 열광하는 오정연의 모습은 잃어버린 순수기억을 열망하는 우리 시대 사람들의 은유이다.

《레가토》는 그 상실된 순수기억을 찾아가는 이야기이다. 이 소설은 오정연의 실종에 얽힌 미스터리를 푸는 추리적 요소를 지니고 있다. 그러나 우리가 찾아야 하는 것은 공백으로 남은 과거의 기억의 퍼즐이 아니다. 우리가 상실한 것은 오정연의 내면에 채워졌었고 모두의 가슴을 설레게 했던 지속과 약동의 힘으로서의 순수기억이다. 그것은 잃어버린 과거라는 한때의 **공간적** 기억이 아니라 지금까지 가슴속에서 박동치는 **시간의** 기억이다.

아직 절망적이지 않은 것은 오정연이 상실한 것은 과거이지 존재론적 열망 자체는 아니라는 점이다. 순수기억을 잃어버렸다는 것은 과거의 진실을 들려줘도 아무런 감동도 느끼지 못한다는 말과 같다. 모든 사람들은 이제 세상이 달라졌기 때문이라고 말할 것이다. 그러나 순수기억이란 달라지면서 지속되는 존재의 증명으로서의 기억이다.

아델이 된 오정연은 이제 스스로도 누구인지 알지 못한다. 그녀야말로 모든 것이 달라진 삶을 살게 된 것이다. 하지만 그녀는 다른 사람이 들려주는 자신의 얘기에 귀를 기울이며 매번 감동에 젖는다. 그녀는 스스로도 알지 못하게 달라졌지만 여전히 과거 자신의 기억을 귀하게 여기며 존재의 증명에 열광하는 것이다. 그 현재와 미래에까지 메아리치는 기억만이 자신이 살아 있는 존재의 이유가 되기 때문이다. 그처럼 기억의 가치를 잊지 않은 점에서, 그녀는 기억을 잃어버렸지만 잃어버리지 않은 것이라고도 할 수 있다. 마치 과거를 알지만 감동을 잊은 사람이 잃지 않은 동시에 잃은 것이듯이.

"아델은 이 얘기를 수백 번도 더 들었지만 들을 때마다 처음 듣는 것처럼 귀를 기울인답니다. 가끔은 내게 이 대목을 얘기해달라, 저 대목을 얘기해달라 조르기도 하고, 들으면서 눈물을 흘리기도 하지요. 아델은 이 얘기를 자신에게 일어난 일로 생각하지 않고 마치 전생처럼, 전설처럼 여기는 것 같아요. 그럼 본격적으로 얘기를 시작할까요? 제가 아델을 어떻게 만나게 되었는지, 어떻게 그녀를 빠리까지 데려오게 되었는지, 그녀가 모든 고통과 장애에도 불구하고 지금 어떤 꿈을 꾸고 있는지, 희망은 불가능하기 때문에 더욱 더 품을 가치가 있다는 진실을, 저 부서지기 쉬운 그녀의 육체가 얼마나 아슬아슬하게 입증해 왔는지에 대해서 말이지요."[67]

오정연/아델이 자신의 기억을 전생처럼 여기는 것은 그것을 순수기억으로 받아들임을 뜻한다. 자기 자신의 뒤로 늘어선 섬들 같은 과거는 사라졌다. 그러나 존재의 운명처럼 버릴 수 없으며 그 물결이 지금도 지속되는 전생 같은 순수기억은 소멸되지 않은 것이다. 자신을 고립된 섬에서 벗어나 시간의 물결 속에 있게 하는 그 기억들은 수백 번 들어도 마치 처음 듣는 이야기처럼 설렌다.

다만 그녀의 경우 다른 사람의 이야기의 힘을 빌려야만 순수기억이 되돌아온다. 이 기묘한 상황은 존재론적 기억을 잃은 시대의 아이러니를 은유하고 있다. 내면에 있지만 자기 스스로 길어 올리지 못하는 순수기억의 샘은 타인이 그것을 서사화해 들려줘야 비로소 감동으로 다가온다. 그 점에서 오늘날은 상실의 시대인 동시에 열망의 시대이기도 하다. 그것은 마치 오정연이 기억을 상실한 동시에 누구보다도 존재론적 열망을 소중하게 여기는 것과도 비슷하다. 물론 절망을 경험한 오정연은 스스로 그 열망을 아는 반면 공허한 희망의 시대에 있는 다른 사람은 잘 모르고 있다. 그러나 순수기억을 상실한 우리 시대의 사람들 역시 심연에서는 존재론적 열망을 느끼고 있

67 권여선, 위의 책, 428쪽.

을 것이다. 따라서 소설이 끝나면서 시작되는 에르베의 이야기는 오정연뿐 아니라 우리 모두에게 다가오는 감동의 귀환이다.

타인의 서사가 나의 존재론적 열망을 다시 움직여 준다는 사실은 기적과도 같은 일이다. 그러나 그런 기적이야말로 존재론적 순수기억의 비밀이다. 순수기억은 나의 기억이 실재의 사면을 구르며 형성된 것으로 실재란 타자와의 교섭이 이루어지는 곳이다. 타자가 나에 대해 이야기하는 동안 나는 기억 속에서 그를 만나게 되며 그처럼 타인들과 만나는 기억의 소우주가 바로 순수기억이다. 그것이 타자의 서사가 나의 순수기억을 귀환하게 하는 비밀이다. 순수기억이란 타자와 다른 나의 고유한 기억인 동시에 무수한 타자들이 교차되는 소우주이기도 한 것이다.

따라서 에르베의 이야기는 오정연에게 기억을 귀환시키며 존재를 증명하게 하는 하나의 서사일 뿐이다. 에르베가 다른 사람의 이야기를 기다리고 있다는 사실, 그리고 오정연이 그것을 더없이 행복해 한다는 점은, 오정연의 순수기억이란 수많은 다른 사람의 이야기가 교차되는 곳임을 암시한다. 오정연이 기다리는 타자의 서사들은 결코 낱낱의 과거의 사실들이 아니다. 타자의 이야기들이 교차되는 동안, 그들과 교섭하는 오정연의 '기억의 소우주'가 약동하기 시작할 것이며, 그때 비로소 그녀는 도약하는 기억의 힘으로 존재의 이유를 증언하게 될 것이다. 오정연의 그 기묘한 상황은 우리 시대의 운명이기도 하다. 그녀가 그렇듯이, 《레가토》 같은 수많은 소설과 서사들이 다시 약동해야만 우리 시대 사람들의 살아야 할 이유가 증명될 것이다.

오정연의 기억상실은 우리 시대 모든 사람의 상처이다. 그러나 그 상처는 순수기억의 서랍을 열리게 하는 존재의 비밀열쇠이기도 하다. **상처의 기억**과 **순수기억**은 동전의 앞뒷면과도 같다. 오정연은 한때 친구들로부터 섬처럼 고립되었던 적이 있었다. 그녀는 그 섬 같은 기억을 광주항쟁에 참여하는 과정에서 섬을 물결치는 약동의 기억으로 만들었다. 하지만 그녀가 기억상실증에 걸리고 동료들로부터 멀어짐으로써 그녀는 다시 상처 입은 섬으로 돌아갔다. 이제는 그 섬에 수많은 이야기들[68]이 교차되며 그녀가 만든 약동의 기억을 다시 살려내야 할 때이다. 그래야만 우리들 자신도 섬으로부터 다시 귀환할 것이다.

순수기억을 상실한 시대는 사람들이 각자의 섬으로 살아가는 시대이다. 서사란 그 고립된 섬에 타자의 기억들이 물결치며 바다를 이루게 하는 이야기이다. 오정연의 섬에 수백 번 물결쳤던 에르베의 이야기를 시작으로, 그녀의 동료인 준환, 진태, 그리고 박인하의 이야기가 밀물로 돌아올 때, 그녀는 섬에서 벗어나 열망의 바다로 나아갈 것이다. 순수기억이란 존재를 고립에서 벗어나게 하는 각자의 내면의 바다이다. 그 내면의 바다가 부재하기에 우리는 타인의 상처에 아무런 관심도 기울이지 않는 고립된 시대를 살고 있는 것이다. 이제 새로운 서사들이 고독한 섬들에 부딪혀 내면의 바다를 만들 때 우리들이 살아야 할 존재의 이유가 다시 증명될 것이다.

---

68 오정연의 딸 하연이 쓰는 소설도 그 이야기 중의 하나이다.

제7장

유혹의 권력과
미래 이후의 미학

1. 유혹의 권력과 낯선 두려움

유혹의 권력의 시대는 순수기억 대신 상품에 대한 욕망이 영혼을 채우는 시대이다. 상품과 화폐에 의해 작동되는 무의식에는 순수기억과 존재의 부피감이 없다. 순수기억이란 내면의 소우주이자 시간 속에서 존재를 성숙시키는 무의식이다. 우리의 무의식은 상품과 화폐가 일으키는 공간성의 동요에 젖어 있으며, 여기에는 또 다른 무의식인 순수기억의 시간들, 즉 탄생과 생명의 기억, 에로스의 기억, 그리고 상처의 기억이 없다.

그처럼 유동체의 시간의 기억 대신 공간성의 운동이 우리를 떠밀고 있지만, 우리가 시간의 상실을 망각하고 있는 것은 자본의 공간성의 운동이 유동체의 지속을 모방하고 있기 때문이다. 자본과 화폐는 유동체처럼 운동하고 있으며 행복은 생명적 유동체로부터 그것을 흉내 내는 화폐와 상품, 성의 소비로 이동했다.

상품의 유혹과 소비의 욕망은 자본의 동일성을 증식시키는 나르시시즘적 유동체를 만든다. 우리 시대의 모든 딜레마는 그처럼 자본의 유동체가 생명의 유동체를 대신한 데서 생겨난 것이다. 상품의 세계에는 존재의 부피를 이루는 시간의 흔적이 없기에 순수기억의 나이테인 정(情) 같은 감성은 동류적 친밀성으로 대체된다. 또한 복잡한 사랑은 일회적 섹스가 대리한다. 예술은 문화산업과 오락이 대신한다. 이제 상품 속으로 녹아 없어지는 것은 견고한 것들뿐만 아니라 **생명적인 것들**이기도 하다.

자본의 유동체는 화려한 신상품으로 유혹하기만 하는 것이 아니라 우리의 순수기억의 서랍을 닫고 있다. 우리의 무의식의 거울에는 생명적인 것들 대신 사물적인 것들이 반짝거린다. 화려한 세상에서 생명을 입증하는 순수기억이 어두운 서랍에 갇힌 상태를 우리는 우울증이라고 부를 수 있다.

그러나 순수기억은 사라졌다기보다는 밀폐된 곳에 갇혀 망각된 것이라고 할 수 있다. 이를테면 우리는 존재론적 기억상실증의 병을 앓고 있는 셈이다. 지금이라도 누군가가 사랑의 이야기와 상처의 기억을 들려준다면 영혼을 피부처럼 얇게 만드는 존재론적 질병은 회복될 수 있을 것이다. 그처럼 존재의 부피감을 복구하게 만드는 일이 우리 시대의 문학이 맡아야 할 과제일 것이다.

　　순수기억이란 케케묵은 과거의 잡동사니가 아니다. 그것은 생명적 존재의 증명이자 새로운 창조의 근원이고 미래를 여는 약동의 잠재성이다. 신상품이 신세계를 열며 순수기억의 서랍을 닫을 때 미래 역시 열리면서 닫힌다. 우리의 미래 상실은 미래를 여는 과정에서 생겨난 것이다.

　　순수기억의 지속이란 과거를 존재의 일부로 만들면서 현실과의 교섭 속에서 미래로 약동하는 것이다. 이것이 존재의 시간적인 지속의 운동이다. 반면에 자본의 운동은 계단의 단면을 걷고 있을 뿐 이때의 지속의 환상이란 실상은 단절이다. 그런 단절 속에서 신상품은 과거를 폐기물로 만든다. 돌아갈 필요가 없는 과거는 쓸쓸한 한 점이 된다. 이처럼 과거를 한 점의 섬으로 만들 때 우리 자신도 섬이 된다. 물결치는 지속의 순수기억만이 저마다의 고립된 섬에서 벗어나게 할 수 있다.

　　과거의 것을 폐기물로 만드는 시간적 딜레마는 존재론의 문제이다. 상품의 운동에는 깨지지 않는 환상과 끝없는 새로움만 있지 존재론적 전위가 없다. 거기서는 장자가 예견하고 마르크스가 발견했던 현실이 꿈(환상)이 되고 꿈이 현실이 되는 전위가 생기지 않는다. 그 이유는 이제 '꿈꾸는 자는 잡혀가기'[1] 때문이다. 또한 새것이 옛것이 되고 옛것이 새것이 되는 존재론적 놀이가 없다. 왜냐하면 순수기억의 서랍이 닫혔기 때문이다. 마찬가지로 상처가 약동이 되고 약동이 상처가 되는 '보이지 않는 혁명'이 없다. 상처는 사

---

1 송경동,《꿈꾸는 자 잡혀간다》, 실천문학사, 2011.

건이 아니라 우연한 사고로만 여겨지기 때문이다. 상품의 환상이 아닌 것과 새것이 아닌 것은 단지 폐기될 뿐이다. 여기에는 약동의 판타지만 있을 뿐 실재적 약동은 물론 상처도 사건도 없다. 그것은 부드럽고 유동적이지만 차갑고 냉정한 현실이기도 하다.

이 전위가 없는 세계의 딜레마는 현실에 대한 부정성의 상실이기에 앞서 양가성의 상실의 문제이다. 저항이란 이쪽저쪽을 왔다 갔다 하는 양가성에 의해서만 가능하다. 미래의 회복은 존재론적 전위와 양가성의 회복에 의해서 가능해질 것이다. 즉 체제의 내부와 외부를 횡단하는 양가성의 순간은, 현실이 환상이 되고 환상이 현실이 되는 존재론적 전위의 순간이며, 그처럼 현실의 공허함이 깨지고 꿈이 현실이 되는 반복적 과정에서 우리는 미래로 나아간다.

지금 우리는 그런 양가적 역동성 대신 위선적인 양면성의 사회를 살고 있다. 위선적인 양면성의 사회란 허위가 드러나면서도 존재론적 전위 없이 다시 동일성의 환상으로 돌아오는 사회이다. 오늘날은 가속도의 사회인 동시에 자본의 영토에서 떨어질 수 없는 정지의 사회이기도 하다. 또한 미래의 담론이 많아진 시대이면서 미래 상실의 시대이기도 하다. 우리 시대는 생산물이 풍요로운 동시에 소비된 후의 지속이 없기 때문에 빈곤으로 둘러싸이는 시대이다. 그런 사회는 끝없이 운동하는 유동적인 사회인 동시에 생명적인 것이 없는 딱딱한 사회이기도 하다. 또한 소통의 사회인 동시에 소통이 불가능한 사회이기도 하다.

이런 이중성들은 존재론적 전위를 상실한 채 표면으로 이면을 감추는 위선일 뿐이다. 그 때문에 이면의 문제들은 표면에서 그 해결이 흉내 내어질 뿐 결코 해소되지 않는다. 우리는 매번 동일성의 균열에서 다시 동일성의 환상으로 회귀한다.

소통불가능성이 영원히 해결될 수 없는 것도 그 때문이다. 오늘날의 소통불가능성은 동일성의 소통이 많아졌지만 타자와의 소통은 없는 데 그 원인이 있다. 우리가 자본의 영토에서 떨어질 수 없는 한 이질적인 타자들의 존재의 신음은 잘 들려오지 않는다. 그로 인해 동일성의 소통만 많아지는 상황에서는 자본의 체계에서 생긴 문제들은 결코 해결될 수 없다. 이 경우 친근한 말들은 홀로 말하고 듣는 독백처럼 문제 해결 없이 끝없이 되돌아오는 이상한 말들이기도 하다. 우리는 친밀한 곳에 있어도 영원히 풀리지 않는 문제들로 인해[2] 자신도 모르는 이상한 불길함을 감지한다. 이 이유 없는 낯선 두려움은 은밀하게만 느껴져서 우리는 그것이 타자 쪽에서 생겨난 것으로 막연히 생각할 뿐이다.[3] 그럴수록 친밀한 사람들끼리만 교류하게 되고 이질적인 타자의 언어들에 대한 소통불가능성은 더욱 커진다. 레비나스는 타자와의 교섭만이 미래를 연다고 말했거니와, 들리지 않는 신음을 내며 멀어져 가는 타자의 상실은 결국 미래의 상실이다.

우리는 미래로 나아갈 수 없는 **시간의 난민들**이다. 현대인의 우울은 그런 숨겨진 영혼의 잠재적 낯선 두려움 때문이다. 가속도가 정지가 되고, 미래담론이 미래상실이 되며, 풍요가 빈곤이 되고, 유동성이 딱딱해지는 사회, 그런 사회는 친밀성이 **낯선 두려움**이 되는 사회이다.

그렇기에 오늘날은 유혹의 권력의 시대인 동시에 은밀한 낯선 두려움과 죽음정치의 시대이기도 하다. 문제는 자본의 동일성과 잉여향락의 논리가 인간관계와 생명적 존재의 영역에 적용되지 않는다는 점에 있다. 체계의 동일성의 장에 공명하지 못하는 사람들은 소통불가능하고 쓸모없는 존재로만 여겨진다. 물건이나 상품처럼 쓸모없어진 존재[4]를 폐기시키는 것이 바로

---

2 한병철, 김태환 역,《투명사회》, 문학과지성사, 2014, 74쪽. 한병철은 친밀사회에서 비판적 공론장이 상실된다고 말한다.

3 우리는 타자에게 고통을 주는 체계에 대해 반성할 능력이 약해져서 낯선 두려움을 타자의 탓으로 돌리기도 한다.

4 영화《차이나타운》(한준희 감독)에서는 쓸모가 없어지면 폐기해버리는 비정한 조직의 세계가 그려지는데 그 세계는 우리 시대의 한 측면을 은유하고 있다.

죽음정치이다. 상품의 논리가 인격성의 영역에 확대되는 현실에서는 생명을 폐기하는 죽음정치 역시 확장될 수밖에 없다. 잉여향락을 쏟아내는 유혹의 권력의 시대는 오래되고 쓸모없어진 존재를 유기하는 죽음정치의 시대이기도 하다.

2. 규율사회에서 유혹사회로

삶권력이 낯선 두려움과 죽음정치를 낳는 일은 이전에도 있었다. 그러나 오늘날은 또 다른 새로운 국면에 접어든다. 한층 은밀해져 보이지 않게 된 죽음정치의 실상은 삶권력의 교묘한 변화와 연관이 있다.

푸코는 어둠 대신 빛을 사용하는 삶권력의 시대에 죽음정치가 사라져갈 것으로 생각했다. 그러나 실상은 그의 삶권력의 개념 자체에 이미 죽음권력이 내재되어 있었다. 삶권력은 삶의 부양의 대가로 신체와 생명을 규율화시키는 권력이다. 그러나 그 과정에서 규율에 예속되지 않은 타자들은 냉정하게 배제되는데, 이때 죽음을 책임지지 않는 삶권력은 배제되는 타자에 관한 죽음정치인 셈이다. 특히 오늘날의 죽음정치는 죽음의 처벌을 강제하기보다는 불온하거나 쓸모없어진 신체와 생명을 사지에 유기하는 권력이다.

또 하나 중요한 것은 삶권력과 자본주의와의 관계이다. 푸코의 삶권력은 자본주의를 보충하면서 증진시키는 역할을 한다. 삶권력은 사회의 곳곳에 편재하는 그물망으로 작용하는데, 이는 일상의 인간관계나 **존재론적 영역**을 규율화하는 방식이다. 그런 영역들은 자본주의 자체의 원리만으로는 완전히 지배할 수 없는 곳이기 때문에 삶권력의 필요성이 부각되는 것이다. 삶권력은 자본과 공모하면서 자본주의에 의해 완전히 장악되지 않은 존재론적 영역을 규율화한다. 또한 성의 영역에서는 성적 담론과 이미지를 확대하고 성적 신체를 규율화하면서 부르주아적 섹슈얼리티 장치에 예속되게 만든다.

물론 자본주의 역시 정치경제학뿐만 아니라 일상의 인간관계에도 영향을 미치며, 상품과 화폐란 일종의 무의식의 기제로 작동된다. 그러나 신자유주의가 출현하기 이전에는 상대적으로 자본에 예속되지 않은 예외적인 영역들이 남아 있었다. 그런 만큼 그 시기에는 사회 곳곳에서 권력의 그물망을 이루는 규율권력의 중요성이 부각될 수밖에 없었다. 그와 동시에 체제에서 이탈할 가능성도 많았기 때문에 비식별성의 영역에서의 죽음정치(아감벤의 생명정치)가 사회질서를 유지하는 요인으로 중요했다.

이처럼 규율권력은 자본주의와 공모하는 보충적 방식이며, 그 존재론적 권력은 삶권력 뿐만 아니라 죽음정치로 작동된다. 그런데 1990년대 이후 지구 전체와 전사회의 자본주의화가 이루어지면서 상황은 매우 달라진다. 이제 자본은 사회 곳곳에서 일상은 물론 인격성의 영역에까지 침투한다. 그에 따라 삶권력의 그물망은 규율권력 대신 자본과 화폐 자체의 기제를 중심으로 작동되기 시작한다.

이전에는 자본주의에 순응하게 만들기 위해 삶권력의 기제를 통해 신체와 생명을 유순하게 길들일 필요가 있었다. 그러나 자본의 기제 자체가 인격성의 영역에서 작동하며 개인 스스로 체계에 순응하게 만들면서 이제 규율화의 방식은 보조적인 것이 되었다. 지식과 문화, 감정의 영역에까지 침투한 자본 자신의 삶권력의 특징은, 개인이 스스로를 관리하고 상품화하려는 자발성이 더욱 강화되었다는 점이다.

이제 사회구성원들은 규율화 대신 상품화와 소비의 욕망을 통해 스스로를 관리하고 통제한다. 한병철은 이에 대해 규율주체가 자기 자신을 경영하는 성과주체로 바뀌었다고 말한다. 성과주체는 강제하는 자유와 자유로운 강제에 몸을 맡긴다.[5] 이런 변화는 분명히 자본의 빈자리였던 신체와 존재

---

5 한병철, 김태환 역,《피로사회》, 문학과지성사, 23~29쪽.

의 영역을 자본 자신이 떠맡게 된 점과 연관이 있다. 이전에는 노동력이 상품화되면서 노동자의 신체는 규율화에 맡겨졌지만, 이제는 신체와 감정, 인격 자체가 질 좋은 물건(상품)으로 관리되어야 하는 것이다.

규율화 대신 '자기 자신의 관리'[6]를 요구하는 시대는 '자유스러운' 삶이라는 유혹으로 다가올 수도 있다. 분명히 오늘날 규율권력은 전보다 훨씬 약화되었다. 그러나 규율에서 해방된 듯한 자유의 매력은 상품화와 소비의 욕망에 한정된다. 우리는 스스로 자기계발을 한다고 생각할 수 있지만 그 방식은 상품화의 원리와 똑같은 것이다. 더욱이 스스로를 상품처럼 관리해야 한다는 것은 질 좋은 상품에서 탈락한 존재는 물건처럼 배제되어야 함을 뜻한다. 또한 행복이 소비의 욕망에 있는 사회는 화폐가 없는 사람에게는 불행한 세상일 뿐이다. 그 때문에 유혹의 권력의 시대에도 타자를 냉정하게 배제하는 권력의 기제는 사라지지 않는다. 오히려 신체와 감정, 인격마저 상품의 기준에서 가치가 매겨지는 사회에서는, 존재 자체가 물건처럼 배제당함으로써 죽음정치 역시 확대된다. 단지 그 방식이 보다 더 조용하면서도 냉혹할 뿐이다.

이런 변화는 푸코의 삶권력의 기제가 어떻게 변화되었는지 살펴보면 더욱 실감난다. 푸코의 감시장치는 죄수뿐만 아니라 환자, 군인, 노동자, 학생, 정신병자를 감시하는 장치였다. 이 감시장치의 기준은 권력의 시선에 의해 정상과 비정상을 구분하는 것이었다. 비정상으로 간주된 사람들은 한마디로 자본주의에서 교화시키기 어려운 사람들이었다. 예컨대 정신병자나 탈영병, 불온한 존재는 자본주의에 순응하도록 규율화되기 어려운 불순한 신체들인 것이다. 그런데 이제 권력은 신체와 인격을 규율화의 기준 대신 상품 자체의 기준으로 판별하기에 이른다. 즉 권력자는 상품을 구분하는 기준과 비슷하게 개인의 외모와 스펙과 용도(쓸모)를 시선의 대상으로 삼는다.

---

6 한병철, 위의 책, 23쪽.

이제 규율화되지 않은 신체는 교화되어야 할 불순한 신체가 아니라 상품화될 수 없는 불량품으로 냉정하게 폐기된다.[7] 또한 권력자는 규율화에 덧붙여 외모와 스펙이 뛰어난 쓸모 있는 자를 경계의 안쪽에 위치시킨다. 불량품이나 쓸모없는 자는 상품의 경쟁에서 패배한 루저들이기도 하다.

한편 감시장치는 자신을 감춘 채 일방적 시선으로 대상을 관찰함으로써 실제로는 일상 속의 무의식을 감시하는 기제였다. 누가 어디서 보는지 모르게 감시할 때 우리는 의식을 넘어 무의식 자체를 순응적으로 만들어야 하는 것이다. 그런데 이제 테크놀로지의 발전으로 내면의 감시는 새로운 차원으로 진화한다. 즉 무의식을 순화시키는 데 그치지 않고 미세한 감시를 통해 자아 자체를 조작하고 연출하는 데까지 나아간다.

어떤 사회든지 타자의 존재로 인해 완전히 투명할 수는 없으며, 개인의 자아 역시 타자성 곧 무의식 때문에 투명한 존재가 될 수 없다.[8] 그러나 이제는 시장에서 상품이 전시되듯이 의식은 물론 무의식의 내용까지 전시되고 연출되어야 한다. 마치 식료품이 자신의 영양 성분을 투명하게 표시하는 방식처럼 우리는 권력 앞에 인격의 세목을 노출해야 한다. 과도하게 투명해진 자아의 심연에는 더 이상 무의식의 바다가 물결치지 않는다. 전인격을 감시당하는 사람들은 스스로 무의식을 빈약하게 만들어 존재의 부피감을 엷게 할 수밖에 없다. 그렇지 않고 더 좋은 세상을 "꿈꾸는 사람"은 감시장치에 포획되어 "잡혀갈"[9] 지도 모른다. 마치 상품이 구매자의 욕망에 맞게 연출되듯이 개인의 무의식 역시 입맛에 맞게 연출돼야 하며 꿈에 부푼 존재는 용납되지 않는다.

새로운 감시장치는 꿈꾸는 사람들만 아니라 쓸모없어진 '저렴한 인생

---

7   예컨대 《난장이가 쏘아올린 작은 공》의 '난장이'는 국민의 불량품이자 상처였지만 오늘날의
    파산자와 실직자는 상품으로서 쓸모없는 불량품처럼 폐기된다.
8   한병철, 《투명사회》, 앞의 책, 17쪽.
9   송경동, 《꿈꾸는 자 잡혀간다》, 앞의 책.

들'[10]도 배제한다. 박민규는 IMF 사태와 양극화의 희생자를 "저렴한 인생들"로 표현하고 있는데, 이들은 '저렴한 청춘'인 '나'의 눈에 "즐거워서가 아니라 즐겁지 않아서" 오리배를 타는 사람들로 비쳐진다. 박민규 소설의 배경인 유원지는 후기자본주의의 유혹의 장치(전사회의 디즈니랜드화[11])를 은유하지만, "저렴한 인생들"은 후미진 불쌍한 유원지에 와서 눈물을 짓거나 자살을 한다. 유혹사회의 이면을 보여주는 이들 루저들은 배제를 통해 포섭되는 '보트피플'로서 죽음정치의 대상들이다.

마르크스가 노동자를 경제적 착취의 대상으로 설명했다면 푸코는 신체의 규율화의 측면에서 논의했다. 앞서 살폈듯이 식민지와 신식민지의 노동자는 착취와 규율화를 넘어서서 죽음정치의 대상이 되고 있다. 그러나 오늘날의 지구적 자본주의 시대에는 노동자보다는 비정규직, 파산자, 실직자, 이주 노동자가 죽음정치의 대상이 된다. 이들은 경제적 착취나 규율화보다는 지구적 상품시장에서 상품으로서의 존재의 용도에 따라 배제되는 자들이다.

낯선 두려움으로 고통받는 그들은 세계화와 신자유주의 시대의 '보트피플'이자 은유로서의 난민들이다. 그들의 존재는 트랜스내셔널한 차원의 불평등성의 과도함에 의해 경제적 문제가 존재론적 문제로 전이되는 비극의 상징이다. 이 죽음정치와 연관된 모든 문제는 자본주의가 극도의 수익성을 위해 극단적으로 시스템을 강화하는 데서 기인된 것이다. 그처럼 유혹의 권력의 근원인 자본주의의 전방위적 확대는 만연된 은밀한 죽음정치의 근거이기도 한 것이다.

푸코는 감시장치를 지식과 권력의 연계의 문제로 확장한다. 그는 18세기 말에 출현한 인문과학이 인간을 일방적 관찰의 대상으로 삼는 점에서 감시

---

10 박민규, 〈아, 하세요 펠리컨〉, 《카스테라》, 문학동네, 2005, 130쪽.

11 보드리야르, 하태환 역, 《시뮬라시옹》, 민음사, 2001, 40쪽.

장치의 역할을 한다고 주장했다. 그처럼 자본주의에서는 지식들마저 신체와 정신(그리고 무의식)을 자본의 체계에 순응하게 하는 규율화의 장치들이다. 물론 모든 인문학이 그런 것은 아닐 것이다. 근대 이성 자체를 문제시하는 비판적인 인문학과 미학은 그와 달리 자본주의의 모순을 비판하는 지식들이다. 오늘날 흔히 말하는 '인문학의 위기'란 후자의 비판적인 인문학을 뜻한다.

그런데 이제 권력-지식의 연계 문제는 새로운 국면에 접어든다. 지식과 문화, 예술마저 상품화되는 후기자본주의에서는 상품화될 수 없는 지식은 살아남을 수 없게 되었다. 자본주의를 비판하는 인문학은 당연히 가장 상품화되기 어려운 지식이 된다. 그런 인문학과 미학의 위기와 함께 새로 부상된 것은 자기계발서, 힐링, 인문학 멘토 토크 등이다. 그와 함께 다양한 컨설팅, 연애상담, 픽업 아티스트[12] 등이 거대한 시장을 형성하고 있다.[13] 이 신종 지식산업들은 위기에 처한 인문학의 대중적 보급판이 결코 아니다. 그보다는 신체와 인격마저 상품처럼 계발하고 포장해야 하는 시대에, 자기 자신을 자본주의에 편입되게 만드는 자본주의의 보충적 기제들이다.

이전에는 자본주의에 순응시키기 위해 상품화될 수 없는 신체와 정신을 유순하게 길들이는 지식이 필요했다. 그러나 이제는 개인 각자를 상품처럼 계발하기 위한 지식이 필요해진 것이다. 신체와 인격은 순종적으로 길들여지는 단계를 넘어 그 자체가 상품처럼 연출되어야 한다.[14] 상품처럼 연출된

---

12 여자를 유혹하는 기술을 가르치는 일이나 전문가를 말함. 이 분야의 전문가들은 '연애 고수'나 '작업의 달인'으로 불리는데 한때는 픽업 아티스트 학원이 생겨날 정도로 성황을 이루기도 했다.

13 박권일, 〈성형대국의 의미〉, 《한겨레신문》, 2015. 4. 28.

14 이제 감시장치는 규율기관 대신 시장원리(혹은 도구적 이성)와 결합하며, 권력과 자본의 목적에 맞게 스스로 인격을 조작하고 연출하게 하는 역할을 한다. 예전에는 자발적으로 규율화되어 자본주의에 순응했지만 지금은 자발적으로 상품이 되어 자본주의의 일행이 된다. 둘 다 무의식을 예속화하는 방식이지만 전자는 여전히 권력에 의한 규율화인 반면 지금은 권력

다는 것은 유용성을 극대화시키는 동시에 그 '쓸모 있는 능력들'을 인간적인 모습으로 포장한다는 뜻이다. 이처럼 상품화된 존재를 인간적으로 연출하는 지식은 자본주의 사회 자체를 따뜻한 사회로 연출하는 기능을 한다.

이 신종 지식산업은 인문학의 대체물이 아니라 인문학을 더욱 쓸모없는 것으로 만드는 자본주의 자체의 일부이다. 그것은 자본주의의 모순이 밖으로 드러나지 않고 사회가 인간적으로 보이도록 성형해주는 역할을 한다. 이 인격과 사회의 **직접적 성형**은 인격성을 시간의 흐름 속에서 성장시키는 인문학을 구식학문으로 만든다. 하지만 새로운 자본주의적 보형물에는 인문학이 풍성하게 만드는 인격 영역의 순수기억은 물론 그 존재의 지속을 통한 시간의 약동이 없다.

지식-자본의 연계에 의해 만들어진 인격은 상품을 닮았다. 우리의 인격은 매번 치유되고 수정되며 공간적 현실에 재빠르게 젖어들지만 거기에는 시간의 **지속**에 의한 존재의 약동이 없다. 끝없이 새로움에 적응한다는 것은 시간이 즉시로 폐기물이 된다는 뜻이며 존재의 핵심으로 전이되지 못한 시간은 미래를 열지 못한다.

감시장치의 진화와 더불어 섹슈얼리티 장치 역시 진보한다. 섹슈얼리티의 장치에는 가상적 섹슈얼리티 이미지[15]와 실제적인 성적 관계의 직업이 있다. 푸코가 암시했듯이 이 두 가지는 모두 자본주의의 발전과 연관이 있다.

푸코의 섹슈얼리티에 대한 논의의 탁월한 점은 자본주의의 발전이 성적 욕망의 확대와 긴밀한 연관이 있음을 간파한 점에 있다. 하지만 그는 그런 문제의식의 이면에 놓인 핵심적 사실로서, 자본주의가 불가피하게 **성과 인종의 영역**과 교차된다는 점을 통찰하지 못했다. 푸코는 섹슈얼리티에 대해

과 자아의 경계가 흐려진 채 예속화된다.

15 가상적 섹슈얼리티 이미지에 대해서는 이진경, 나병철 역, 《서비스 이코노미》, 소명출판, 2015, 192~195쪽 참조.

논하며 부르주아의 정체성이 성적 육체에 있음을 주장하는데, 이는 자본주의나 제국주의가 남성중심적 권력임을 암시하고 있는 것이나 다름없다.

근대 이후로 자본주의의 상품형식이 발전할수록 부르주아의 정체성을 충족시키는 성적 욕망의 상품화 역시 발전되어 왔다. 근대 자본주의와 과거 사회의 차이 중 하나는 그처럼 성 노동의 수요가 증폭되어온 점이며 희생자들은 대부분 여성 하위계층이다. 즉 성적 상품의 수요자는 주로 남성이며 노동자는 여성인 것이다. 자본주의가 전시대와 달리 상품화의 시대로 나아갔듯이 여성에 대한 남성의 성적 욕망 역시 상품형식이 되어 갔던 것이다. 여성의 성 노동은 윤리적 문제이기 이전에 남성적 자본주의의 필수적인 수요인 셈이다. 따라서 성의 영역과 자본의 영역의 교차점, 즉 남성중심적 자본주의가 해체되지 않는 한 여성의 성 노동은 사라지지 않는다. 그런 맥락에서 우리는 푸코의 논의를 확장해서 자본주의의 발전과 여성 섹슈얼리티 노동의 변화 과정을 살펴볼 수 있다.

성의 상품화의 두 측면은 가상적 섹슈얼리티와 성 노동이다. 푸코는 성적 담론과 이미지가 갈수록 많아졌음을 말했는데, 우리는 이 점을 가상적 섹슈얼리티 기제의 출현으로까지 연결시킬 수 있다. 반면에 푸코는 여성 성 노동의 상품화의 측면은 상술하지 않았다. 따라서 우리는 푸코의 논의를 여성적 성의 상품화의 맥락으로 확장시킬 필요가 있다. 우리는 성의 상품화의 두 측면과 그 변화가 모두 인간관계와 존재론의 영역에까지 상품형식을 강요하는 자본주의의 극단적 발전과 연관이 있음을 말할 수 있다.

가상적 섹슈얼리티 이미지란 육체적 접촉보다는 소비자와 성적 대상 간의 시각적 관계에 집중하는 방식을 말한다.[16] 가상적 섹슈얼리티 역시 성적 상품이지만 대상이 되는 여성과의 시각적 거리에서 매혹적인 효과가 생겨난다. 성적 관계에 의한 소비가 일회적인 반면 가상적 섹슈얼리티는 일상에

---

16 이진경, 위의 책, 195쪽.

서 정신 속에 휴대할 수 있는 이미지로 소비된다. 예컨대 1970년대 소설《별들의 고향》의 경아는 소설 속의 남성들은 물론 그 시대 사람들의 성적 아이콘이었다.[17] 1970년대의 호스티스는 가상적 섹슈얼리티 상품이었으며 대중매체들의 재현을 통해 섹슈얼리티 이미지로 유통이 확산되었다.

가상적 섹슈얼리티는 일종의 페티시즘으로서 소비적 상품에 불과하다. 그러나 일방적인 시선의 대상이면서도 남성 고객과 여성 간의 공감의 관계가 얼마간 가능했다.[18] 경아는 그녀가 자주 씹는 껌 같은 소비 상품인 동시에 당시의 도시 남성들의 고향을 잃은 소외감을 달래주는 역할을 하기도 했다. 이런 식의 가상적 섹슈얼리티는 오늘날 시각 매체의 발전과 더불어 더욱 다양하게 발전했다고 할 수 있다. 그러나 1970년대의 경아에 비해 세련된 상품화가 더 진행된 반면 감성적인 공감의 관계는 약화된 셈이다. 그 대신 여성 신체에 대한 시각적 욕망이 한층 더 극단화된 포르노 이미지가 확산된 것이 오늘날의 특징이다. 포르노는 일방적인 '보여짐'의 극한을 나타내는 이미지로서 시선-응시의 양가성의 회복할 수 없는 파괴를 의미한다. 1970년대의 경아가 성적 상품이면서도 얼마간 양가성을 지니고 있었다면 오늘날의 포르노는 시선-응시의 인간적인 양가성이 극단적으로 해체된 폭력적 이미지일 뿐이다. 시각적 상품으로서 여성의 포르노에서 느끼는 남성의 쾌감은 폭력적 권력자가 지배대상에 대해 느끼는 쾌감과 다르지 않다.

포르노에서 시각적 일방성이 증폭되었다면 신체를 직접 접촉하는 성 노동에서는 감성의 상품화가 진행되었다. 성 노동은 신체적 훼손과 감성적 고통을 감수해야 하는 죽음정치적 노동이다. 오늘날에도 그런 죽음정치적 노동은 여전히 상존하며 특히 이주 여성 성 노동자의 경우에는 더욱 그렇다. 그러나 다른 한편 〈엘리베이터〉(송경아)의 엘리베이터 걸에서 보듯이 감성

---

17 이진경, 위의 책, 192쪽.

18 이 공감의 관계 역시 일방적인 특성을 지니고 있다. 남성들은 우리의 '경아'라고 생각할지 모르지만 경아는 냉정한 도시에서 외로운 호스티스일 뿐이다.

의 영역마저 상품화가 이루어져 성 상품은 마치 선물처럼 포장되어 소비된다. 그처럼 감성마저 상품화하는 성 노동은 그 대가로 엘리베이터를 탄 듯이 계급적 상승이 보장된다. 하지만 스타를 꿈꾸는 많은 연예인 지망생들에서 보듯이 여기서도 계급 상승에 실패한 여성들은 죽음정치의 희생자가 된다.

오늘날 섹슈얼리티의 장치는 더욱 진화되어 성 상품은 상품으로도 느껴지지 않는 선물처럼 유통되고 소비된다. 이는 감시장치가 더욱 발전되어 《트루먼 쇼》에서처럼 감시와 연출이 구분되지 않고 일상의 한 부분이 된 점에 상응한다. 상품이 선물처럼 느껴지고 감시가 일상처럼 여겨지는 사회는 자본과 권력에 대한 비판이 매우 어려워진 시대의 풍경이다. 이처럼 견제와 비판이 힘들어진 탈정치화된 상황에서 자본과 권력은 가속도를 내며 끝없이 질주할 뿐이다.[19] 가속도는 체제에 탑승한 사람들에게 자본과 권력의 영토에서 떨어지지 못하도록 하는 삶권력의 중력의 장을 형성한다.

그러나 상품물신과 감시장치가 극단화된 사회란 권력의 입맛에 맞는 **물건의 기준**에서 탈락된 사람들에게는 죽음정치의 사회일 수밖에 없다. 다만 유혹의 기제에 의해 죽음정치를 은밀하게 숨기는 데 완벽하게 성공하고 있을 뿐이다. 정밀하게 조립된 엘리베이터가 가속도를 낼 때 그 체제에 적응하지 못하고 상품의 기준에서 탈락된 타자들은 들리지 않는 신음을 내며 멀어져 갈 따름이다. 매일같이 디즈니랜드처럼 연출되는 유혹의 권력의 세상은 거의 완벽하다.

하지만 완전한 사회는 생명적 존재에게는 완벽한 환상이기도 하다. 신체와 인격조차 스스로 상품처럼 연출해야 하는 사회는 생명적 존재의 내적 성숙과 창조적 도약이 사라진 사회이다. 또한 권력의 감시 및 연출이 일상과 뒤섞이는 사회는 자율적 욕망을 실현할 수 있는 더 좋은 삶을 꿈꿀 수 없는

---

19 과거에는 국가기관뿐 아니라 규율기구, 담론, 지식 등을 통해 삶권력이 행사되었다고 할 수 있다. 그러나 모든 영역이 자본화된 오늘날에는 규율기관의 필요성이 적어졌으며 국가와 자본의 공모는 점점 더 자본의 가속도를 위해 실행된다.

사회이다. 그렇기 때문에 존재의 아우성을 낼 수도 들을 수도 없는 세계에서는 화려함과 친밀성이 증대될수록 잠재적 낯선 두려움은 더욱 증폭된다.

3. 자본의 가속도와 유혹의 권력
─송경아의 〈엘리베이터〉

송경아의 〈엘리베이터〉는 가속도가 주인공이고 인간은 아무 일도 할 수 없게 된 삶을 그리고 있다. 세상은 마치 네모난 상자로 만들어진 엘리베이터와도 같다. 자신의 갈망에 눈이 멀어 남들을 보지 못하는 엘리베이터 안의 사람들은 마치 성과사회(한병철)의 인물들처럼 자신에게만 몰두할 뿐이다. 그런데 그런 자신에 대한 몰입은 그가 스스로의 욕망의 주체임을 말해주는 것이 아니다. 엘리베이터가 고장나거나 멈춰서면 인물들은 움직일 수 없으며 욕망에 대한 몰입도 사라지기 때문이다. 그렇다면 엘리베이터의 가속도 운동과 인물들의 나르시시즘적 욕망[20]은 어떤 관계에 있는 것일까.

이 소설에서 엘리베이터는 후기자본주의의 가속도의 상징이다. 또한 엘리베이터의 탑승자들은 후기자본주의 사회의 구성원들의 나르시시즘적 욕망을 이미지로 보여준다. 엘리베이터가 움직일 때 사람들은 자신의 욕망을 연출하는데 이는 우리의 무의식 속에서 일어나는 일들을 이미지화해서 보여주는 것으로 볼 수 있다.

그중에서도 엘리베이터 걸의 행위는 모든 사람의 욕망의 기제를 상징적으로 보여준다. 엘리베이터 걸은 크리스마스 선물 같은 옷을 입고 부끄러운 표정을 짓고 있는데, 그녀의 감정의 표현은 마치 얼굴에 바른 화장품 같은

---

20 소비사회에서의 나르시시즘적 욕망에 대해서는 황종연,《비루한 것의 카니발》, 문학동네, 2001, 53~58쪽, 285~286쪽 참조.

장식품이다. 그녀의 모습은 선물상자에 담겨 어느 권력자의 집에 실려 갈 장난감처럼 보이며, 얼굴의 감정은 그녀 자신의 상품을 선물처럼 리본으로 포장하는 역할을 한다. 엘리베이터 걸은 인간 자신이 상품으로 연출되며 감정마저도 화장품으로 사용되는 세상의 모습을 보여준다. 이 경우 타인은 나의 신체와 감정의 연출을 고급스러운 가치로 비춰주는 거울의 역할을 한다.

이 소설은 나르시시즘적 욕망의 기제를 한발 더 나아가서 이미지화한다. 소비사회에서는 내가 상품으로 연출되기도 하지만 타인이 내 욕망을 비추는 거울이 되기도 한다. 전자에서 타인은 나라는 상품을 교환가치로 비추면서 그것을 살 수 있는 화폐 소유자이다. 또한 후자의 경우는 반대로 타인이 내 욕망을 충족시키는 상품의 거울이다.

이처럼 상품의 연출과 소비적인 욕망으로 교류가 이루어지는 사회에서는 타인과 관계해도 진정으로 타자의 존재를 보지 못한다. 타인이란 나의 연출을 상품적 가치로 반사해주는 거울이거나 내 욕망을 비춰주는 상품의 거울일 뿐이기 때문이다.[21] 사람들은 타인의 이미지를 보는 동시에 존재 자체를 보지 못한다.

엘리베이터 걸은 아무도 보지 못한다고 생각하고 손바닥으로 자위를 하는데, 이는 세상의 모든 사람들의 나르시시즘적인 욕망의 기제를 상징한다. 나르시시즘적 자아는 자위를 하거나 그와 유사한 방식으로 타인과 관계한다. 설령 타인과 관계를 갖는다 해도 타인은 나의 욕망을 비춰주는 거울일 뿐 자아의 욕망은 나르시시즘이나 다름없다. 혼자서 자기 자신의 경영에 몰두하는 한병철의 성과주체 역시 그런 나르시시즘적 주체의 일종일 것이다.

엘리베이터 안의 풍경들은 나르시시즘적 욕망의 세계의 연출이다. 연인들은 손을 잡고 몸을 밀착하다가 마침내 옷을 벗고 섹스를 한다. 젊은 회사

---

21 나병철,《환상과 리얼리티》, 문예출판사, 2010, 370~372쪽. 이 때문에 동류적인 타인과의 관계가 이루어질 뿐 이질적인 타자와의 관계는 생겨나지 않는다.

원은 엘리베이터 걸의 등 뒤에서 성추행을 하던 중 회사 일을 생각하자 갑자기 성기가 사그라든다. 엄마는 아이에게 동화를 읽어주는데 엄마가 들려주는 이야기 속의 아이들은 이미 어른들의 말투와 욕설을 사용한다. 또한 나이 든 노인들은 눈총을 받으며 보신을 위해 개고기를 먹는다.

연인들이 보여주는 것은 섹스란 여전히 은밀하면서도 이제 거리낌 없이 노출될 수 있는 비밀이 되었다는 사실이다. 젊은 회사원의 무의식은 떳떳하지 못한 성적 욕망과 그 욕망의 대체물인 회사일로 가득 차있다. 조숙한 아이들은 동화를 통해 악의 발견을 경험하면서 성장한다. 반대로 쓸모없어진 신체를 지닌 노인들은 엘리베이터 안에서 가장 질시의 대상인데, 그들 역시 남들을 의식하지 않고 늙은 신체를 보신하기 위해 개고기를 먹는다.

이들 모두는 자신의 욕망에 사로잡혀 타인을 의식하지 못하는 사람들이다. 그들의 나르시시즘적 욕망은 타인과 교섭하며 자기성을 넘어서서 미래로 나아가는 시간을 열지 못한다. 또한 현재의 공간성의 평면에 사로잡혀 시간적 지속을 통해 미래로 도약하는 존재의 풍성함을 보여주지 못한다. 그들의 무의식에는 이질적 타자의 공간은 물론 생명의 기억과 에로스의 기억, 상처의 기억 같은 순수기억이 없다.

단지 소설가만이 미래를 꿈꾸며 감동과 창조에 대해 이야기한다. 그러나 그는 여자를 유혹하는 데 성공하지만 결국 자신이 성불능이 되었음을 발견한다. 미래를 꿈꾸는 사람은 성불능에 걸렸으며 성적 욕망에 사로잡힌 사람은 미래를 꿈꾸지 못하는 것이다. 이제 에로스의 유혹은 거세당했으며 자본의 유혹은 에로스처럼 미래로 가지 못한다. 결국 엘리베이터 안의 세상이란 미래가 상실된 세계인 셈이다.

자기 자신의 욕망을 아무런 억압도 없이 드러내는 듯한 세상은 인간의 자율적 욕망을 통해 미래로 나아가는 데 실패한다. 나르시시즘적 욕망이란 결코 자율성이 아니며 타자의 상실이란 미래의 상실인 것이다. 나르시시즘적 주체 앞에는 억압 없는 자유라는 더없이 유혹적인 세상이 펼쳐져 있다.

그러나 그는 '나는 나다' 라고 외치지만[22] 결코 스스로 존재하지 못한다. 그의 자유는 결국 자본주의에서 상품이 누리는 자유와 비슷하며, 끝없이 자신을 상품화하거나 타인을 자신의 욕망의 대상으로 치환해야 하는 것이다. 그런 자유는 나르시시즘적 인격에게만 적용되는 자유인데, 왜냐하면 자신을 내면화된 자본의 거울 앞에서 쓸모 있게 만들거나 타인을 자신의 욕망을 비추는 거울로 여기는 자유이기 때문이다. 그 같은 나르시시즘의 세상은 타자성을 지닌 인간을 상품이나 물건의 논리로 회귀시키는 자본주의의 삶권력에 의해 연출된 것이다. 역설적으로 억압 없는 나르시시즘적 주체의의 **자유**란 자본의 삶권력에 대한 **예속**인 것이다.

후기자본주의 사회에서 삶권력의 유혹은 주체의 의식이 아니라 무의식에 작용한다. 즉 후기자본주의는 주체의 무의식에 큰타자(자본)의 거울을 설치하거나 타인을 자신의 욕망의 거울로 보는 기제를 설치한다.[23] 그런 기제는 무의식 차원에서 작용하기 때문에 사람들은 자신이 자유롭게 욕망하고 활동하며 앞으로 나아가는 듯이 느끼게 된다. 그러나 그 같은 자유는 실상 자본의 유혹의 권력의 작용에 의한 환상일 뿐이며, 실상은 타자성의 상실로 인해 미래로 나아가지 못하게 된다.

인간을 나르시시즘적 욕망의 주체로 만드는 유혹의 권력은 미래로 나아가는 듯하면서도 미래를 상실하게 한다. 흥미로운 것은 그런 미래를 상실한 세상이 **가속도**에 의해 연출된다는 점이다. 〈엘리베이터〉에서 보듯이, 자본주의가 가속도를 내는 한에서 시스템 내부에서 유혹의 권력이 작용하며 사람들을 미래가 없는 나르시시즘적 주체로 만드는 것이다. 그처럼 가속도가 시스템 내부에서 권력으로 작용하며 사람들의 욕망을 왜곡시키는 원리는 다음과 같이 설명될 수 있다.

---

22 출애굽기 3:14절에 나오는 말로 '나는 스스로 있는 자다'라는 뜻임.

23 이 두 기제는 상품화의 논리와 소비의 욕망의 원리이다.

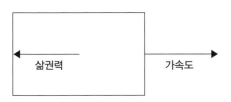

후기자본주의에서 우리는 자유롭다고 느끼는 동시에 실제로는 자율성을 상실한다. 또한 자본주의는 점점 더 빨리 미래로 나아가지만 우리는 미래를 잃어버렸다고 생각한다. 이런 역설은 기존의 뉴턴 식의 시공간을 넘어선 이론(일반 상대성 이론)에 의해서만 명쾌하게 설명될 수 있다.

그림에서처럼 시스템의 가속도는 시스템 내부에서 삶권력의 중력장으로 작용한다. 자본주의의 가속도란 자본 자신의 자기갱신의 원리를 말하는데, 그처럼 시스템이 자신의 한계를 돌파하는 순간 우리는 자본의 중력에 이끌린다. 그런데 중력이란 일반 상대성 이론에 의하면 실제로는 공간과 시간의 왜곡 현상이다. 즉 우리는 자본의 강제력에 이끌리는 것이 아니라 어떤 특별한 시공간의 작용 아래에 놓여 있는 것이다. 자본주의가 가속도를 내는 동안 시스템 내부에서는 공간이 휘어지며 우리(그리고 우리의 욕망)를 개인의 의지와 상관없이 자본의 영토로 미끄러지게 하는 작용이 일어난다. 그와 함께 가속도에 비례해서 시간이 느려지면서 미래로 가는 길이 점점 멀어지는 것이다.

가속도란 결국 매끄러운 삶권력과 등가적 관계에 있다. 자본이 자기갱신을 하며 잉여향락을 쏟아내는 동안 우리는 삶권력에 의해 휘어진 공간에서 미끄러지며 스스로 상품처럼 되어간다. 또한 시간이 느려지면서 자본의 공간성의 영토에 젖게 된다. 우리는 삶권력 안에서 자유롭게 미래로 나아간다는 유혹에 빠지지만, 체계의 외부에서 보면 그런 자유는 공간 왜곡에 의한 착각이며, 우리가 자유롭게 미끄러지는 동안 미래는 끝없이 느려진다.

중요한 것은 이 모든 것이 개인의 의지의 문제가 아니라는 점이다. 체계의 내부에서는 분명히 자유이지만 그런 자유는 아무도 모르는 휘어진 공간에서의 자유이다. 또한 자본의 세상은 가속도로 달려가지만 우리는 스스로 인지할 수 없는 느려진 시간 속에 있다.

휘어진 공간에서의 자유는 실제로는 부자유라고도 할 수 있다. 또한 시간의 정체는 미래로 달려가는 자본주의와 함께 미래 상실을 겪게 됨을 암시한다. 그러나 그런 공간과 시간의 왜곡은 우리가 체계의 내부에 있는 한 아주 정상적인 것으로 경험된다. 그 때문에 우리는 자유롭게 부자유에 예속되며 미래로 달려가면서 미래를 상실하는 것이다.

단지 자본의 유혹의 권력에 회유되지 않은 비식별성의 영역[24]의 **타자**만이 간신히 그런 자기모순을 감지할 뿐이다. 타자란 쓸모없어진 존재이지만 그 대가로 시공간의 왜곡을 어렴풋이 감지한다. 그렇기 때문에 자본은 삶권력과 함께 불온하거나 쓸모없어진 타자를 관리하는 죽음정치를 필요로 하게 된다.

후기자본주의의 삶권력이란 삶의 영역에까지 자본과 화폐의 논리를 적용시키는 권력이다. 그처럼 일상의 인간관계와 존재론의 영역에까지 자본과 화폐의 논리가 확장될 경우 그에 부적응하거나 쓸모없어진 존재가 불가피하게 더 많이 생겨날 수밖에 없다. 따라서 자본의 삶권력은 필연적으로 생기는 타자를 관리하는 죽음정치를 구성적 요소로 수반하게 된다. 한병철의 성과사회 역시 실제로는 은폐된 죽음정치를 필요로 하는 사회이다.

---

24 비식별성의 영역은 체계의 안인 동시에 밖인 공간이다.

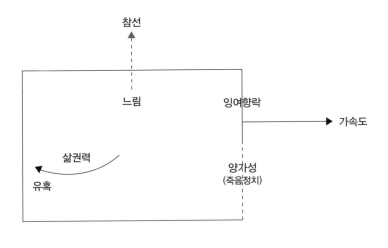

------ 비식별성의 영역

(　　) 은밀성의 장치

공간 왜곡을 감지하는 타자는 구부러진 공간에서 벗어나 진정한 자유를 얻으려는 욕망을 갖게 된다. 그 때문에 비식별성의 영역에 놓인 타자는 체계의 질서유지를 위해 생명권력을 통해 벌거벗은 생명으로 배제되는 것이다. 하지만 벌거벗은 생명을 죽여도 좋은 자로 여기는 죽음정치에는 잠재적으로 타자의 존재론적 응수가 뒤따른다. 자본주의 체계의 변화는 그런 벌거벗은 타자의 양가적 대응에 의한 보이지 않는 동요에서 시작될 수 있다.

그런데 자본의 가속도가 일정한 한계를 넘어서면 삶권력과 유혹의 권력이 증폭되면서 비식별성의 영역이 잘 인지되지 않게 된다. 비식별성의 영역은 더 확장되었지만 유혹의 권력의 감성적 장치에 의해 그곳에서의 타자의 존재가 잘 보이지 않게 되는 것이다. 이것이 바로 우리가 경험하는 타자가 사라진 사회의 비극이다. 자본의 가속도가 증폭되었다는 것은 실상은 타자가 상실되고 비판세력이 약화된 탈정치화된 사회가 되었음을 뜻한다. 전사회와 전지구가 자본주의화된 신자유주의 사회가 바로 그런 경우이다.

오늘날처럼 타자에 대한 공감이 약화된 사회에서는 고통받는 타자가 신음소리를 내도 잘 들려오지 않는다. 물론 타자는 사라진 것이 아니라 매끄럽게 휜 후기자본주의의 공간 속에서 사람들의 무관심 속에 묻혀 있다. 그처럼 공감을 얻지 못하는 보이지 않는 타자의 존재론적 대응은 변화의 힘을 생성하지 못한다.

탈정치화된 사회에서는 자본과 권력에 의한 가속도 외에는 다른 힘들이 잘 감지되지 않는다. 그러나 그런 정치 허무주의에서 탈출하는 길은 자본의 가속도를 줄인다고 생기는 게 아니다. 우리 시대의 딜레마인 탈정치화에서 벗어나는 길은 무엇인가.

자본의 가속도에만 의존하는 사회는 필연적으로 위기에 부딪히는데 우리 시대가 경험했던 경제공황이 바로 그것이다. 하지만 지금 우리가 목격하고 있듯이 경제공황은 자본주의로부터 비판세력을 회생시키기는커녕 가속도를 복구하기 위한 국가주의와 패권주의를 부활시킨다. 경제공황은 자본주의의 가속도에서 벗어나는 길을 열어주지 않는다.

다른 한편, 자본의 가속도로 인한 공간과 시간의 왜곡에서 벗어나기 위해 빠름 대신 느림의 삶이 말해지기도 한다. 그러나 느림은 왜곡된 공간에서 벗어나게 해주지만 그 대가로 미래로의 시간이 느려진 삶을 살게 한다. 우리는 지금 가속도의 시간과 미래 상실을 동시에 경험하고 있다. 느림은 가속도의 시간과 휘어진 공간에서 해방되게 하지만 여전히 느려진 시간과 미래 상실에 머물게 한다.

느림의 삶의 보다 적극적인 방법은 무위와 참선이다. 참선은 자본의 가속도에 의한 시공간의 왜곡과 유혹의 장치에서 벗어나 원래의 삶으로 돌아가려는 시도이다. 참선은 내면화된 자본의 장치들을 털어냄으로써 자본의 세계로부터 탈출한다. 그러나 참선은 체계 바깥으로 탈주하는 데 성공한 대가로 체계 자체를 변화시키는 힘을 잃어버린다.

체계를 변화시키는 힘은 그 내부의 왜곡된 삶을 **껴안고 넘어서려는** 시도에 의해서만 얻어질 수 있다. 우리는 휘어진 공간에 발을 딛고 서 있을 때만 그곳에 균열을 내며 변화된 세상으로 나아갈 것이다. 이 양가성의 진리는 체계의 내부인 동시에 외부인 비식별성의 영역에 놓인 타자에 의해 드러날 수 있다. 타자란 모든 사람이 정상이라고 느끼는 공간의 왜곡을 감지할 수 있는 자로서, 그는 그 불온성을 대가로 권력에 의해 배제되지만, 그럼에도 불구하고 순응하지(포섭되지) 않고 미약하게나마 응수한다.

그러나 우리 시대는 그런 타자에 대한 공감력이 약화된 시대이다. 타자는 우리에게 보이는 동시에 보이지 않는다. 그 때문에 그는 존재하는 동시에 존재하지 않는 것이다.

레비나스는 타자와의 만남에 의해서만 미래로 나아가는 시간이 열린다고 말했다. 미래 상실의 핵심적 요인으로서 오늘날의 타자의 상실은 정치권력의 독주는 물론 감성의 분할과도 연관이 있다. 정치권력은 보이는 것과 보이지 않는 것의 경계를 설정하는데[25] 타자란 그 경계에 놓인 존재이다. 권력은 타자를 보이지 않게 만들거나 불온한 존재로 왜곡시킨다. 그 때문에 반대로 타자의 돌출은 감성의 분할을 해체하면서 정치 질서의 변화를 요구하게 된다.

자본의 가속도는 유혹의 권력을 강화시키는데 그 핵심에는 감성의 분할의 문제가 있다. 유혹의 권력은 비식별성의 영역이 잘 보이지 않도록 감성의 분할을 강화한다. 오늘날 우리는 과잉 스펙터클의 장치와 함께 문화산업, 게임, 오락 등에 의해 감성의 분할이 왜곡된 사회에 살고 있다. 또한 보이지 않는 타자를 보이게 하는 미학과 인문학이 위축된 세계에 갇혀 있다. 분명히 타자의 상실은 시각적 이미지 상품들의 폭증과 더불어 상품화되지 않는 미학의 쇠퇴와 연관이 있다. 그 때문에 인문학과 미학의 부활만이 왜곡된

---

25 랑시에르, 오윤성 역, 《감성의 분할》, 도서출판 b, 2008, 14~15쪽.

감성의 분할을 해체하고 비식별성의 영역을 전경화하면서 사라진 타자를 귀환시킬 것이다. 우리는 뒤에서 인문학과 미학의 회생이 타자의 상실로 인한 미래 상실을 극복하는데 핵심적 문제임을 논의할 것이다.

미학은 잘 식별되지 않는 타자를 은유로 표현하면서 표상세계의 감성의 질서를 뒤흔든다. 그것은 타자에 대한 공감력을 상실한 시대에도 마찬가지이다. 화려한 유혹의 시대에 아무도 보지 않는 쓸쓸한 사람들의 황폐한 삶을 보여줌으로써, 문학은 과잉 스펙터클에 의한 감성의 질서에 파문을 던진다. 일상의 눈부신 빛 속에서 피폐한 삶이 기억되지도 않고 잊혀져가는 현실은 우리를 우울하게 만든다. 그러나 그런 우울한 풍경을 미학화하는 것은 결코 우울한 세상에 지는 것이 아니다. 가령 배수아의 우울의 미학은 화려함 속에 숨어 있는 황폐함, 친밀함 속에 감춰진 낯설음을 드러냄으로써, 왜곡된 공간을 아무렇지도 않게 살아가는 우리의 감성에 수정을 요구한다. 그런 감성의 수정은 흥성한 파티를 고요한 외로움으로, 유혹의 시대를 죽음정치의 시대로, 그리고 모든 것을 볼 수 있는 빛을 보이지 않는 암흑으로 느끼게 만들어준다.

4. 유혹사회의 공간적 폐쇄성—배수아의 우울의 미학

송경아의 〈엘리베이터〉가 가속도와 나르시시즘적 주체와의 관계를 그렸다면, 배수아의 소설들은 유혹의 권력의 시대에 숨겨진 죽음정치를 드러내고 있다. 송경아가 자본의 엘리베이터가 작동되는 동안의 환상공간을 보여준 반면, 배수아는 그 환상이 깨진 세계의 쓸쓸함을 내보인다. 그 때문에 배수아의 소설에서는 동화적 소망이 우울한 환멸로, 프린세스의 환상이 죽음의 파라다이스로 뒤바뀐다.

송경아 소설의 인물들은 자본의 엘리베이터의 가속도에 지배되는 동시에 '네모난 상자'라는 공간성에 묶여 있다. 하지만 그들은 그처럼 갇힌 공간에 있으면서도 자본의 가속도에 의해 움직이면서 폐쇄성을 잊고 나르시시즘적인 욕망을 연출한다. 반면에 배수아 소설의 인물들은 세상의 움직임을 잘 모르는 대신 늘상 '시간이 제자리로 되돌아오는' 지루한 **공간성**에 젖어 있다.

양자의 차이는 공간성의 예속에 대한 망각과 감지에 있다. 송경아의 인물들은 자본의 가속도에 편승하는 대가로 그 공간성에 예속된 상태를 망각한다. 반면에 배수아의 인물들은 세상을 잘 모르는 대신 후기자본주의의 공간성에 갇힌 답답함을 감지한다. 이런 차이는 전자가 후기자본주의를 내면화한 나르시시스트인 반면, 후자는 유혹의 사회에서 꿈을 꾸면서도 매번 환멸을 경험하는 쓸쓸한 인물들이기 때문이다.

배수아의 인물들은 어렸을 때나 성장한 후에 늘상 **환상**과 **환멸**의 동거[26]를 경험한다. 그로 인해 세계는 몽롱한 동시에 메마른 이미지들로 표상되는데, 이는 인물들이 세상을 우울하게 느끼게 되는 중요한 요인이다. 소설에 나타난 이미지는 인물이 경험하는 대상인 동시에 그의 감정과 심리에 의한 채색이기도하다. 그런데 배수아의 소설에서 인물들의 회상이나 경험은, 짙은 이미지의 밀도에 비해 감성적 채색과 심리적 연루감이 엷어진 이미지들로 나열된다.

깊게 우울한 듯한 흐린 날들이 계속되고 있었다. 여고를 갓 졸업한 백화점의 엘리베이터 걸들이 아침의 구내식당에서 양상추 샐러드를 그릇에 담으면서 끈적끈적해지는 파운데이션과 녹아내리는 마스카라를 불평하고 있었다. 어느 남자가 옆에서 샤넬을 써보라고 권하고 있다. 방수처리된 마스카라는 어때요, 하고 커피와 토스트를 먹고 있던 또 한 명의 남자가 거들었다. 우울한 날은 쇼핑

---

26   신수정,《푸줏간에 걸린 고기》, 문학동네, 2003, 162쪽.

을 더 잘하는 법이야, 하고 누군가가 말하였다. 달리 하고 싶은 일이 없거든. 이 건 훌륭한 기분전환이지. 인도어 골프장에서 흐린 오후를 죽이는 것보다 더 좋아. 이 년 동안 별로 변한 것이 없는 풍경이었다. 엘리베이터 걸들의 핑크 재킷에 검은 플리츠 스커트 하며 직원들에게 디스카운트해 주는 그녀들의 리리코스 향수 냄새와 낮게 가라앉은 회색빛 하늘조차도 조금도 변한 것이 없는 듯 생각되었다.[27]

위에서 '나'는 흐린 날씨처럼 우울한 심리상태에 있다. 그러나 첫 문장 이외의 부분들에서는 오히려 화사한 이미지들이 연속되고 있다. 이처럼 화사한 이미지들이 우울함을 주는 것은 시간이 지나도 "조금도 변한 것이 없는" 풍경의 지루한 공간성 때문이다. 그로 인해 '나'는 깊은 권태를 느끼는데, '나'의 권태는 화사하지만 우울한 이미지, 즉 '나'에게 무감각하게 느껴지고 심리적 동요를 일으키지 않는 이미지들과 연관이 있다. 배수아 소설에서는 이처럼 화려하면서도 심리적 연루감이 적어진 권태로운 이미지들이 반복된다.

그런데 그런 권태는 변한 것이 없는 세계에 대한 지각인 동시에 '나'의 **일상적** 심리 상태의 암시이기도 하다. 예문처럼 인물의 쓸쓸함이 거의 무감각한 심리로 그려지는 것은 배수아의 이미지 소설의 전반적인 특징이다. 백화점 안의 풍경은 과거와 비슷한 이미지들의 경험인데 '나'의 내면에서 그 기억은 동요하지 않는다. 즉 과거는 반복되는 무의미한 기억일 뿐 과거와 지금의 지각의 연결, 즉 순수기억의 지속에 의한 움직임이 없는 것이다. 순수기억의 지속이 없다는 것은 '나'의 일상화된 권태 곧 자아의 빈곤화를 암시한다.

이미지들에 감성과 심리의 깊이를 채색하는 것은 그것들에 포개져 번지

---

27 배수아, 〈푸른 사과가 있는 국도〉, 《푸른 사과가 있는 국도》, 고려원, 1995, 132~133쪽.

는 내포적 의미작용이다. 그런 내포적인 감성적·심리적 채색과 동요는 화자나 인물의 내면의 무의식, 즉 순수기억의 역동성에 의해 가능해진다. 반면에 예문처럼 감성적·심리적 반성이 약화된 이미지들이 나타난 것은 1인칭 화자-인물(서술자아와 경험자아)의 순수기억이 메말라 있음을 뜻한다. 그로 인해 이미지들이 단속적으로 계속될 뿐 감성적 지각 주체의 내면의 깊이와 긴밀하게 연결되지 않는다. 베르그송은 인물의 이미지의 경험이나 기억이 내면의 약동으로 연결되는 과정을 '지속'이라고 불렀다. 반면에 배수아 소설에서는 이미지들이 지각/표상 주체(인물-화자)의 내면에 연결되며 변주되는 **지속**의 느낌이 약화되어 있다. 위에서 그런 지속의 약화는 '나'의 내면의 상태, 즉 순수기억의 무의식의 빈약함을 암시한다.

우리가 인물에게 감정이입이 잘 되지 않는 단절감을 느끼는 것은 바로 그 지속의 열정이 없는 이미지들 때문이다. 또한 배수아 소설에서 감정이입의 전제조건인 지속적인 내면의식의 제시가 잘 나타나지 않는 것도 그와 연관이 있다. 배수아의 이미지 소설의 특징은 그 같은 열정 없는 이미지와 지속성 없는 내면의식이다. 그 두 요소에 의해 우리는 늘상 심리적 연루감이 끊어진다는 느낌과 함께 눈앞의 우울한 인물을 발견한다. 인물들 스스로가 우울하다고 느끼고 있을 뿐 아니라 우리와 인물들 간의 불연속적 소통을 통해 우울함이 전달되고 있는 것이다.

이처럼 인물들과의 우울한 소통은 1인칭 주인공의 존재의 부피감이 엷어져 있는 점과 연관이 있다. 1인칭 화자-인물의 존재의 두께가 빈약한 것은 메마른 순수기억의 탓이다. 무의식 속의 소우주인 순수기억이 위축되어 있기 때문에, 인물(그리고 화자)의 기억과 지각을 통해 세상은 심리적 연루감이 없는 이미지들의 나열로 표상되는 것이다. 열정적 감성이나 심리적 반성이 미약한 이미지들은, 지각 주체의 **존재적 지속감의 부족**, 그 심리적 빈약함으로 인해, 환각 같이 비현실적이거나 반대로 어둡고 삭막한 느낌을 준다.

프로이트는 슬픔과 우울을 구분하면서 슬픔이 세계의 황폐화라면 우울은 **자아의 빈곤화**라고 말했다. 배수아 소설의 인물들은 메마른 순수기억과 존재의 빈약함, 즉 자아의 빈곤화를 드러낸다. 그들은 세계와 관계하는 위축된 자아의 위기를 드러내면서 삶의 우울함을 호소한다.

물론 그런 자아의 빈곤화는 앞서 살폈듯이 세계의 상태와 연관되어 있다. 배수아 소설에서 우울한 인물의 눈에 비친 세계는 환상과 환멸이 반복되는 세계이다. 세상은 유혹하는 동시에 고통을 주며 화려한 빛이면서 어두운 그늘이다. 그 같은 세계는 풍성하다고도 황폐하다고도 말할 수 없는 우리 시대의 모습에 다름이 아니다. 세상은 화려함과 쓸쓸함의 끊임없는 반복으로 이어진다. 그렇기에 세계는 끝없이 원래의 자리로 되돌아오는 답답한 **공간성**에 침윤되어 있다.

배수아 소설은 어린 시절에 환상을 꿈꾸다가 성장하면서 환멸을 느끼는 경우와 처음부터 어두운 공포를 느끼는 경우가 있다. 예컨대 〈푸른 사과가 있는 국도〉의 소영이나 〈프린세스 안나〉의 언니는 동화의 주인공처럼 공주 같은 삶을 꿈꾸지만 결국 자살을 하거나 결혼에 실패한다. 또한 〈엘리제를 위하여〉의 '나'는 아버지의 나쁜 유전형질 때문에 어린 시절부터 낯선 두려움 속에서 자라난다. 그러나 어느 경우이든 세상의 풍경은 지루한 시간이 반복되는 공간성에 침몰되어 있다. 운명처럼 사로잡히는 세상의 낯선 두려움은 바뀔 수 없는 아버지나 동생과의 관계처럼 계속된다. 또한 자살이나 죽음 같은 사건이 일어나도 원래의 장소로 되돌아와야 할 우연한 사고일 뿐이므로 세상은 동요하지 않는다.

그처럼 배수아 소설에서는 환상이 환멸로 뒤바뀌어도 세상은 조금도 흔들리지 않는다. 그래서 모든 "그리워하는 것은 낯설고도 낯선, 두려운 그 무엇"[28]이다. 〈갤러리 환타에서의 마지막 여름〉에서 갤러리 환타의 아름다운 꿈은 "햇빛 속의 아련한 피냄새"로 뒤바뀐다. 〈검은 저녁 하얀 버스〉에서 흥

---

28 배수아, 〈마을의 우체국 남자와 그의 슬픈 개〉, 《바람인형》, 1996, 62쪽.

겨운 파티를 기대했던 사람들은 여자친구의 동생이 공장에서 기계에 팔이 끼는 바람에 "검은 저녁"에 "하얀 버스"를 타고 군인병원으로 간다. 또한 〈프린세스 안나〉에서 "프린세스" 같은 삶을 꿈꾸던 언니는 집을 나간 무능한 형부가 지하철역에서 죽음을 맞는 소식을 듣는다. 하지만 시간은 언제나 다시 제자리로 되돌아오고 사람들은 공간적인 정체감에 매몰된다.

이처럼 배수아 소설 속 인물들의 자아의 빈곤화는 공간성에 젖어 있는 권태로운 세계와 상응하는 관계에 있다. 인물들의 우울함에 의해 세상이 권태롭게 지각되기도 하지만, 언제나 다시 제자리로 돌아오는 공간성에 의해 인물들은 내면의 빈곤함에서 벗어나지 못하는 것이다. 배수아 소설은 우울한 인물들을 그리는 동시에 그들의 자아를 빈곤하게 만든 어떤 세계를 암시한다. 그 세계는 환상과 환멸이 반복되는 세계이면서 사건이 일어나도 동요하지 않는 '이상한 고요함'의 세계이다.

신기할 정도로 아무 일도 일어나지 않는 일상에서는 친한 사람의 죽음 같은 불행이 오히려 "현실이 아닌 듯이" 여겨진다.[29] "일상은 소름끼치도록 잔잔"하다.[30] 이렇듯 시간적 동요가 공간의 정체감으로 뒤바뀌고, 공간에 균열을 내는 사건이 비현실로 묻히는 것은, 존재의 동요를 허용하지 않는 어떤 사회의 풍경이다.

그런 사회는 끝없이 유혹하는 동시에 냉정하게 침묵하는 우리 시대의 유혹사회이다. '이상한 고요함'을 지닌 유혹사회가 배수아 소설의 답답한 공간성을 만들어내는 핵심적 요인인 것이다. 소설 속의 시간은 단절적인 공간들로 치환되며 **존재의 지속**에 의한 시간의 약동은 영원히 나타나지 않는다. "너는 언제까지나 그렇게 앉아 있게 될 것이다"[31], "언제나 아무 일도 일어나

---

29 배수아, 〈푸른 사과가 있는 국도〉, 《푸른 사과가 있는 국도》, 앞의 책, 56쪽.

30 배수아, 〈푸른 사과가 있는 국도〉, 위의 책, 56쪽.

31 배수아, 〈엘리제를 위하여〉, 위의 책, 92쪽.

지 않는다"[32], "오래지 않아 잊혀질 이런 날들을, 살아간다."[33] 이것이 현실인 동시에 비현실인 우리 시대의 일상이다. 배수아 소설은 유혹사회란 아무리 시간이 지나도 미래가 오지 않는 사회, 언제까지나 우울한 공간적 정체감이 계속되는 세상임을 알려준다. 소설의 결말은 매번 시간의 상실에 대한 우울한 지각으로 끝나는데, 그것은 존재의 지속을 상실한 인물들이 보내는 공간적 정체감에 대한 쓸쓸한 한탄이기도 하다.

5. 성장 없는 성장소설과 죽음정치에 대한 '슬픈 응수'

배수아의 소설이 흔히 성장 없는 성장소설로 드러나는 것도 바로 폐쇄적인 공간성 때문이다. 어른의 세계를 거부하는 것은 일종의 우리 성장소설의 문법이다. 그러나 배수아 소설은 어른들에게 등을 돌릴 뿐 반항은 물론 세계에 대한 아무런 대응조차 보이지 않는다. 자라난다는 것은 과거의 단절적 공간에서 또 다른 평면적 공간으로의 전환일 뿐이며 도약을 통해 존재의 성장을 가능하게 하는 시간적 계기가 없는 것이다.

베르그송은 성숙이란 시간이 지속되면서 순수기억(무의식)과 현실의 교섭을 통해 존재의 변화와 약동을 가져오는 것이라고 말했다. 변화와 도약이 없다면 시간적인 지속도 성장도 없는 것이다. 순수기억이 현실과 교섭하며 약동하고 풍부해지는 것이 성장이라면, 성장이 없는 배수아의 인물들은 순수기억의 빈곤함을 겪고 있는 것이며, 그것은 성장을 가능하게 하는 시간적 지속의 계기가 부재한 점에 상응한다. 시간적 지속이란 현실과 교섭하며 존재가 변화되고 약동하는 과정이다. 시간적 지속의 부재는 인물들을 둘러싼

32 배수아, 〈푸른 사과가 있는 국도〉, 위의 책, 56쪽.

33 배수아, 〈프린세스 안나〉, 《바람인형》, 앞의 책, 134쪽.

세계가 언제나 "피할 수 없는 냉담함"[34]으로 경험되기 때문인데, 그로 인해 지속이 상실되면서 존재가 빈약해지는 것이다. 즉 성장의 부재와 자아의 빈곤화, 심리적 우울감은, 끝없이 유혹하면서도 제자리로 돌아오는 세계, 그리고 자살이나 죽음 같은 사건에도 동요하지 않는 세상에서 기인되는 셈이다. 배수아의 성장소설에서는 아무리 시간이 지나도 변화되지 않는 과거와 현재의 단절된 공간들이 반복적으로 계속된다.

오랜 시간이 흐른 뒤에도 그날 저녁의 조용하면서도 지독한 흐느낌 같은 어둠의 그림이 종종 생각나곤 하였다. 언제까지나 결코 변하지 않을 것만 같은 그런 느낌이다. 어머니는 영원히 거기에 앉아 땅콩을 까고 있을 것 같고 이모는 절대로 떠나지 않을 것이고 무엇보다도 내가 이 장소를 벗어날 수 없으리라는 느낌이 그토록 강렬하였던, 나의 집이다. 이유를 알 수 없고 알고 싶지도 않은 **슬픔**이 한여름 습기에 얇은 원피스가 젖어오듯이 어린 나를 감싸고 놓아주지 않았다.[35]

그러나 너에게 무슨 의미가 있나, 불행한 소년이 너를 좋아한다고 해서 너의 아버지와 어머니, 동생이 바뀌는 것은 아니다. 언제나 시간이 되면 돌아와야 하는 집과 마찬가지로 현실은 거기에 그냥 있을 뿐이다. 너는 언제까지나 그렇게 앉아 있게 될 것이다.[36]

〈엘리제를 위하여〉의 '나'에게는 세상이란 "거기에 그냥 있을 뿐인" 정적인 이미지이다. 위에서처럼 시간의 지속은 매번 "벗어날 수 없는 느낌"이 드는 공간적인 정체감으로 뒤바뀌고 있다. 그것은 성장한 이후에도 마찬가

---

34 배수아, 〈포도 상자 속의 뮈리〉, 《바람인형》, 앞의 책, 101쪽. 이 소설의 주인공 '나'는 자신이 포도상자 속에 든 뮈리 같다고 말하며 세상은 피할 수 없는 일로 가득했다고 고백한다.

35 배수아, 〈엘리제를 위하여〉, 《푸른 사과가 있는 국도》, 앞의 책, 74쪽.

36 배수아, 〈엘리제를 위하여〉, 위의 책, 92쪽.

지이다. 어머니와 이모는 언제까지나 그렇게 앉아 있을 것이고 그런 기억 속의 풍경은 결코 변하지 않을 것이다. 그 이유는 어머니와 이모에 대한 '나'의 영원한 거리감과 심리적인 냉기 때문이다. 그런 우울함과 열정의 부족은 '내'가 성장과정에서 경험한 세계의 반복되는 냉담함에서 기인된 것이다.

한 가지 흥미로운 것은 이따금 나타나는 '나'의 감정적 동요이다. 예문에서처럼 "이유를 알 수 없는" '나'의 동요의 순간은 역설적으로 동요되지 않는 세계와 자신에 의해 생겨난다. 한여름 습기에 얇은 원피스가 젖어오듯이 '나'를 감싸는 슬픔은 강렬한 느낌의 동요이며, 동요가 없는 어두운 정체감 **우울**과 대비된다. 그런데 그런 슬픔은 위에서처럼, "언제나 시간이 되면 돌아와야 하는 집"과 "언제까지나 그렇게 앉아 있게 될" 우울한 '나' 때문에 생겨난다. 이때의 슬픔은 아마도 동요에 대한 갈망이리라. 잔여적 갈망은 슬픔을 유발하지만 그 이유를 알고 싶지 않은 슬픔이기에 시간 속에서 다시 변화되지 않는 우울한 풍경으로 남겨지는 것이다. 이런 "조용하면서도 지독한 흐느낌"인 우울한 슬픔은 배수아 소설의 전반적인 정조의 하나이다.

나는 아무것도 모른다. 섹스의 기쁨도 모르고 사랑의 감동도 없다. 멀리로 나 있는 길을 바라보면서 나는 스산한 먼지바람 속에 서 있다. 초록빛 강물 냄새와 오래된 풀잎 냄새가 나는 것 같다. 바다로 가는 길이 이쪽인가요, 하고 차를 멈추고 여행자들이 내게 묻는다. 바람이 나의 머리를 흐트러뜨리고 길가의 키 큰 마른 풀들을 눕게 한다. 그들의 차에서는 라흐마니노프의 피아노 음악이 요란하고 그들은 푸른 사과를 산다.[37]

위에서 라흐마니노프의 요란한 피아노 음악은 우울한 '나'의 내면에 일어

---

37 배수아, 〈푸른 사과가 있는 국도〉,《푸른 사과가 있는 국도》, 앞의 책, 147쪽.

난 감정적 동요이다.[38] 이 기억 속의 음악은 빈약해진 순수기억에 일어난 최소한의 파문이다. 자아의 빈곤화를 경험하는 '나'는 섹스의 기쁨도 사랑의 감동도 모르지만 한순간 격한 음악 같은 슬픔이 지나가는 것이다. 이처럼 아직 세상을 모르던 어린 시절뿐 아니라 우울한 세상을 경험한 성장한 후에도 '나'는 비슷한 동요를 경험한다.

배수아 소설은 슬픔과 우울 사이에서 미세하게 흔들리고 있다. 그런 미세함 속에서 황폐한 세상의 슬픔과 변화되지 않는(지속이 없는)[39] 시간의 우울이 나타나는 것이 배수아의 동요 없는 이미지 세계이다. 이런 세계에서 이상한 슬픔은 낯선 감정으로 바뀌며 영원히 변화가 없는 공간성 속에 매몰되지만, 그러나 또 다시 우울한 세상은 "슬프고 또 슬픈" 강물[40]이기도 하다.

이 '나'의 유일한 감정적 동요는, 아무 일도 일어나지 않는 일상에서 언제나 소름끼치도록 잔잔한 공간을 벗어날 수 없으리라는 생각, 바로 그 정체감 자체에서 기인되기에 더욱 착잡하다. 세상의 정체감이 계속되기에 이따금씩 나타나는 감정적 동요도 반복되는 것이다. 그런 느낌은 동요가 없는 우울인 동시에 "이유를 알고 싶지 않은" 슬픔의 동요이기도 하다. 배수아의 소설은 그 두 가지 심리 사이에서 느리게 진동한다. 어쩔 수 없이 아무 일도 없다는 체념이 우울이라면 그 때문에 화려함 속에서 황폐해지는 세상을 향한 동요가 슬픔이다.

이 우울한 슬픔은 단지 무기력한 우울과는 구분된다. 한순간 스쳐가듯이 일어나는 감정적 동요는 어쨌든 세상에 대한 미세한 대응인 것이다. 그리고 그런 감성적 대응이 나타난다는 것은 '이상한 고요함'의 세상이 우리에게 적막한 우울을 강요하는 어떤 세력으로 느껴진다는 뜻이다. 배수아의 인물들

---

38 여행객의 차에서 들리는 라흐마니노프의 음악은 초라한 거리와 어울리지 않게 한껏 높게 연주되다가 어느 순간 죽음처럼 가라앉는다. 배수아, 〈푸른 사과가 있는 국도〉, 위의 책, 95쪽.

39 베르그송은 변화되는 것만이 지속이 있다고 말한다.

40 배수아, 〈프린세스 안나〉, 《바람인형》, 앞의 책, 128쪽.

의 슬픔, 그 한순간의 동요는, 슬픔조차도 허용하지 않으며 세상을 잔잔하게 만드는 숨겨진 권력에 대한 연약한 응수이다. 그 권력은 무엇인가.

유혹의 시대의 환상은 일상을 넘어서려는 **향락의 열망**인 동시에 체계를 넘지 못하게 하는 **스크린** 장치이다. 인물들은 어린 시절에는 외국에서 가져온 초콜릿이나 쿠키에서, 어른이 되어서는 리리코스 향수 같은 소비적 상품이나 섹스와 파티에서 행복을 느낀다. 안락한 생활과 연인과의 사랑 역시 행복의 요소이다. 욕심이 더 많은 사람은 공주처럼 살면서 왕자와 결혼하기를 꿈꾸기도 한다. 그러나 덧없는 환상에는 감동이 없으며 사랑의 소망은 불행한 환경으로 인해 깨지고 만다.

감동이란 지루한 일상을 넘어서거나 사랑처럼 타자와 관계하며 새로운 삶에 다가설 때 느껴진다. 그러나 배수아 소설에는 일상을 넘어서거나 타자와 진정한 관계를 맺는 감동의 순간이 없다. 그 대신 일상에 방치된 쓸모없어진 타자들의 희생이 나타난다. 배수아 소설의 일상의 적막함 속에는 숨겨진 타자의 희생이 있다. 즉 반복되는 삶에서 마침내 일상에 지친 사람들은 외국의 전쟁에 가서 죽음을 맞거나[41] 전철역 승강장에서 떨어져 목숨을 잃는다.[42]

그처럼 불가능한 꿈을 꾸게 하는 동시에 꿈꾸지 못하게 하는 역설, 그리고 지친 사람들을 황폐함 속에 영원히 유기하는 냉혹성이 바로 유혹사회의 **죽음정치**이다. 유혹사회의 정적은 잔혹한 죽음정치를 숨기기 위한 은폐의 장치일 것이다. 그런 은폐의 권력은 슬픔조차도 허용하지 않으며 끝없는 정적 속에서 사람들을 우울 속에 가라앉게 만든다. 그로 인해 배수아 소설에는 아무것도 모르는 인물들, 사랑의 감동도 세상의 움직임도 모르는 여성들이 등장한다. 그러나 '이상한 고요함'에 젖어들 수 없는 잔여적 갈망이 남아

---

41 배수아, 〈내 그리운 빛나〉, 위의 책, 79~82쪽.

42 배수아, 〈프린세스 안나〉, 위의 책, 131~134쪽.

있기에, 라흐마니노프의 음악 같은 한순간의 미세하면서도 격한 감성적 동요가 일어나는 것이다. 그것은 어떤 동요도 허용하지 않는 은폐된 죽음정치에 대한 슬픈 응수이다. 그 우울한 슬픔은 타협도 반항도 할 수 없는 성장 없는 성장을 경험한 자아의 내면에 일어난 누구도 감지하지 못하는 미결정적인 파문이다.

6. 배수아 소설에 암시된 유혹사회 속의 죽음정치

죽음정치는 그리운 것이 낯선 두려움으로 뒤바뀌게 만들며, 불행한 사람들을 어두운 상자 같은 것에 가두어 살아가게 한다.[43] 또한 원하지 않은 결혼생활로 인한 자살[44]이나 남편의 방사능 오염 사건[45] 같은 고통을 우연한 사고로 되돌린다. 그래서 감정적인 동요를 우울한 무감각으로 전환시키는 것, 그리고 더 이상 꿈을 꿀 수 없는 우울한 사람들을 죽음에 유기하는 것, 이것이 바로 죽음정치이다.

그것은 "햇빛이 강한 한낮"을 "일식처럼 어두워지게" 하고[46], 세상이 영화처럼 상영되자마자 곧 "영화의 마지막처럼 암흑"이 되게 하며, 하늘 위의 "어둡고 이름을 알 수 없는 큰 새들"처럼 날아다닌다고 느끼게 한다.[47] 이제 금빛 모래밭의 강가에서 부는 바람은 "세상의 마지막"을 알리는 죽은 애인의 "깊은 한숨"이다.[48]

---

43 배수아, 〈포도 상자 속의 뮤리〉, 위의 책, 83~101쪽.

44 배수아, 〈푸른 사과가 있는 국도〉,《푸른 사과가 있는 국도》, 앞의 책. 129~134쪽. '나'의 고등학교 동창 소영의 죽음을 말함.

45 배수아, 〈갤러리 환타에서의 마지막 여름〉,《바람인형》, 앞의 책, 11쪽.

46 배수아, 〈내 그리운 빛나〉,《바람인형》, 앞의 책, 79쪽.

47 배수아, 〈포도 상자 속의 뮤리〉, 위의 책, 101쪽.

48 배수아, 〈내 그리운 빛나〉, 위의 책, 82쪽.

우리 시대의 죽음정치는 욕망과 환상 속에 드리워지는 것이 특징이다. 배수아 소설의 인물들은 소비적인 욕망에 탐닉하는 사람들은 아니다. 그들은 단순하고 평범한 삶을 살거나 오히려 나쁜 환경에서 어린 시절부터 불행을 경험한 사람들이다. 그러나 유혹사회는 그런 평범하거나 거친 환경에 놓인 사람들마저 꿈을 꾸게 한다. 그래서 파티를 열고 연애를 하지만 뜻밖의 사고가 일어나고 약혼자는 오지 않는다.[49] 죽음정치는 그런 쓸쓸한 삶에 지친 사람들이나 쓸모없어진 사람들을 일상에 방치하거나 죽음 속에 유기한다. 유혹의 권력은 그 같은 방식으로 자신 안에 이미 죽음정치를 구성적 요소로 포함하고 있는 것이다. "너무 빨리 어두어지는 세상"을 불가피한 운명으로 느끼는 유혹의 그늘 속의 타자들은, "포도 상자에 담긴 절름발이 염소(뮤리)"처럼 바깥세상의 비정함에 대해 알지 못한다.[50] 그러나 배수아 소설은 그 알 수 없는 세상을 한낮의 "일식"[51]으로 은유하면서, 유혹의 시대에 우울한 사람들의 내면에 그늘을 드리우는 "이름 모를 어두운 새들"의 존재를 암시한다.

그런 은유와 함께 유혹과 죽음의 동거를 암시하는 배수아 소설의 또 다른 요소는 사랑이다. 배수아 소설의 인물들은 쉽게 환상에 이끌리지만 진정한 사랑에 대한 소망을 아주 버린 것은 아니다. 〈마을의 우체국 남자와 그의 슬픈 개〉에서 '나'는 손쉽게 낯선 남자에게 유혹되는데 그것은 어머니 말대로 오염된 세상에서 환상에 이끌리기 때문만은 아니다. '나'는 눈이 멀고 다리를 절어도 '나'를 사랑할 사람을 소망한다. 그러나 그런 사랑이 세상에 없음을 알고 있는 어머니는 어린 '나'의 머리를 자르고 노란 스커트를 우물에 던졌다. '나'는 그때 이미 '내'가 우물에 빠져 죽었음을 알았고 기억 속에는

49   배수아, 〈포도 상자 속의 뮤리〉, 위의 책, 100쪽.
50   배수아, 〈포도 상자 속의 뮤리〉, 위의 책, 100~101쪽.
51   배수아, 〈내 그리운 빛나〉, 위의 책, 79쪽.

우물에 빠진 '나'의 낯선 두려움만 남아 있다. 환상은 있지만 진정한 사랑이 없는 세상에서 '나'의 그리움은 낯선 두려움일 뿐이다. '내'가 꿈꾸는 것은 이제 이 세상에 어디에도 없다. 진정한 사랑이란 교통사고 때 눈먼 사람의 곁을 떠나지 않았던 유일한 존재, 다리를 저는 우체국 남자의 흰 개에게만 남아 있을 뿐이다. 이것이 죽음정치로 귀결되는 유혹사회의 특이한 사랑의 풍경이다.

> 그리워하는 것은 낯설고도 낯선, 두려운 그 무엇이다. 마치 이 세상을 처음부터 끝까지 달려나가는 바람처럼 한 마리 흰 개가 어두운 바다의 숲길을 달려 어린 나에게로 온다.[52]

'다리를 저는 사람을 떠나지 않는 흰 개'만 남은 세상이란 사랑이 상실된 세계이다. 그리고 그런 사랑의 상실이란 실상 **타자**의 상실이다. 〈마을의 우체국 남자와 그의 슬픈 개〉의 '나'처럼 진정한 사랑을 꿈꾸는 사람은 환상이 환멸로 뒤바뀔 때 외로움 속에 혼자 남는다. 또한 〈프린세스 안나〉의 언니처럼 환상에 매달리는 사람들은 형부 같은 불행한 타자를 사랑하지 못한다. 죽음정치적 사회에서 낯선 두려움 속에 있는 사람들의 우울함이 흔히 고독 속에서 경험되는 것은 그 때문이다.

사랑 없는 세계란 자아의 위축과 함께 타자의 상실을 경험하는 세상이다. 이제 사랑은 순수기억과 함께 서랍 속에 갇혀 있다. 사랑의 서랍을 열고 싶은 사람은 상처를 받으며, 환상을 꿈꾸는 사람은 서랍을 열지 못한다. 환상이 진정한 사랑을 가로막는 장막이 된 세상에서, 지치고 위축된 순수기억의 소우주 안에는 타자가 들어오지 못한다. 또한 타자 자신도 죽음 속으로 미끄러지며 스스로 멀어져 간다. 빈곤한 자아에는 성장이 없을 뿐 아니라 **타자**

---

52 배수아, 〈마을의 우체국 남자와 그의 슬픈 개〉, 위의 책, 62쪽.

와의 진정한 관계가 없으며 그로 인해 미래의 시간이 열리지 않는다.

미래가 오지 않는다는 것은 세상이 공간성에 젖어 있으며 타자와의 관계를 통한 실재계와의 접촉이 없다는 뜻이다. 이런 세상에서 타자의 상실은 실재계의 상실[53]이기도 하다. 앞서 살폈듯이 배수아 소설은 그런 우울과 슬픔 사이에서 진동한다. 그 때문에 그녀의 소설은 세상의 권태와 우울을 감지하는 순간, 그 우울한 슬픔 속에서 실재계에 대한 충동과 타자와의 연대의 소망을 표현한다.

환상에 지배되는 세계일수록 유혹의 스크린에 의해 우리는 실재와 멀어진 채 더 깊은 우울을 경험하게 된다. 또한 타자를 유기하는 죽음정치 역시 은폐되는 동시에 가장 증폭된다. 그 때문에 타자를 상실한 우울감이 분명하게 나타나는 것은 가장 환상적인 소설인 〈프린세스 안나〉에서이다. 〈프린세스 안나〉는 현실과 환상이 구분되지 않게 뒤섞이는 특징이 가장 도드라진 소설이다. 그로 인해 환상과 환멸의 동거 속에서 우울함과 쓸쓸함이 계속되면서, 그 우울로부터 슬픔의 진동이 밀려오는 한 순간, 쓸쓸한 일상에서 벗어나려는 실재계에 대한 충동과 타자와의 연대의 열망을 분명히 표현한다.

잠재적인 실재계에 대한 충동이 표면화되려면 연대가 필요하다. 〈프린세스 안나〉에서의 핑크와 안나, 노아의 청년들의 연대가 바로 그것이다. 그런데 〈프린세스 안나〉에서는 그런 연대 속에서의 실재계에 대한 충동이 전쟁에 대한 그리움으로 표현된다. 사회적 변혁이 불가능한 탈혁명적 사회에서는 권태로운 일상을 파열시키는 한 전쟁과 혁명이 크게 구분되지 않는 것이다. 이 소설에서 우울한 일상은 불구가 된 군인들이 방황하는 회색빛 겨울 거리[54]와 겹쳐지는데, 그런 퇴역군인 같은 불구적인 일상으로부터 탈출하는

---

53 지루한 공간성에 젖어 있는 것은 실재계에 접촉하는 순간이 잘 감지되지 않음을 뜻한다.

54 배수아, 〈프린세스 안나〉, 위의 책, 110쪽, 133쪽.

것이 바로 전쟁인 것이다.

그러나 전쟁은 혁명과는 달리 우울에 지친 사람들을 구원하지는 못한다. 전쟁은 결국 혁명이 불가능하다는 절망감의 음화일 뿐이다. 마찬가지로 핑크와 안나의 질주 역시 우울사회에서 탈주하려 하면서도 그것의 음화로 되돌아오는 또 다른 환상이다. 그들이 질주를 통해 날아오르는 강가의 하늘은 빗물에 젖어 흐려져 있다.

안나는 핑크와 함께 흐린 하늘을 날아오르는 느낌에 사로잡힌다. 빗물이 흐르는 헬멧 사이로 보이는 핑크의 눈동자. 지금 이 순간 그대로 전쟁이 나 버렸으면. 이 빗속에서 핑크와 안나는 파라다이스로 간다.[55]

핑크와 안나가 달려가는 파라다이스는 영화나 환상에서처럼 질주하는 바로 그 순간에만 예감된다. 핑크와 안나의 탈주에 대한 또 다른 환상은 권력이 설치한 환상의 스크린을 대체하지만, 혁명과 달리 죽음정치를 삶의 정치로 치환하지는 못한다. 핑크는 안나의 형부와 언니를 우울에서 구원해주는데, 그 방법은 미래에 다가올 타자의 죽음을 미리 경험하게 해주는 것이다. 형부의 죽음은 정체된 공간적인 우울과 달리 미래의 시간이지만, 그것은 영원히 현재와 만날 수 없으며 진정한 미래는 여전히 상실된 상태이다. 핑크와 안나의 청년들의 연대는 환상처럼 연출된 현실에서 탈출하는 동시에 탈출하지 못한다. 그들의 연대는 여전히 우울과 슬픔 사이에서 진동하고 있다. 단지 한순간의 질주를 통해 미래에 다가올 죽음을 미리 연출할 뿐이다.

하지만 그들의 연대에는 어쨌든 우울한 공간적 정체감에 대한 대응이 있다. 핑크와 안나의 질주란 변함없는 미래의 부재인 동시에 미래에 대한 욕

55　배수아, 〈프린세스 안나〉, 위의 책, 130~131쪽.

망의 표현이기도 하다. 그 같은 방식으로 모습을 감춘 죽음정치를 폭로하면서 미래의 시간을 잃은 죽음권력에 대항하는 것이다. 배수아 소설의 "전쟁"과 질주는 그처럼 죽음정치의 음화인 동시에 그에 대한 응수이다. 전쟁을 그리워하며 죽음의 파라다이스를 향해 달리는 그들의 질주는 죽음충동의 방식으로 죽음정치에 대항하는 음화의 환상을 연출한다.

전쟁처럼 죽음정치와 연관되는 동시에 그에 대항하는 것은 배수아 소설에 자주 등장하는 군인들이다. 배수아 소설의 군인들은 죽음권력의 하수인이기보다는 그 희생자인 죽음정치적 노동자들[56]에 가깝다. 군인들은 쓸쓸한 거리를 더욱 우울하게 만들지만 그들은 실상 죽음정치의 극한에 있는 희생자들이다.

군사 노동자는 남성적 힘을 특정한 목적에 맞게 제공하는 섹슈얼리티 노동자에 속한다. 여성 섹슈얼리티를 상품화한 성노동이 남성에 대한 희생이라면, 남성 섹슈얼리티를 이용하는 군사 노동은 국가에 대한 희생이다. 배수아 소설에서 군인들이 아름답고 표범처럼 잘생긴 모습으로 그려진 것은 그들이 남성적 섹슈얼리티 노동자임을 암시한다. 그러나 그들은 신체와 생명이 훼손될 위험 속에 놓인 점에서 성 노동자와 함께 죽음정치의 극단에 놓인 존재들이다.[57]

배수아 소설의 군인들은 방사능 제거 작업에서 오염되거나, 먼 나라 전쟁에서 죽음을 맞고, 총을 버리고 탈영을 하기도 한다. 또한 겨울 거리를 헤매는 불구가 된 참전 군인들은 배수아 소설을 지배하고 있는 우울한 일상의 은유이다. 그들의 모습은 전쟁이 이미 아주 오래전에 끝났음을 알리는 동시에, 전쟁의 권력인 죽음정치의 그림자가 여전히 일상에 드리워져 있음을 암

---

56 이진경, 나병철 역, 《서비스 이코노미》, 소명출판, 2015, 40~45쪽. 죽음정치적 노동자로서 군인은 죽음권력에 의해 포섭되는 동시에 배제된다. 즉 그들은 명예로운 군인의 이름으로 호명되지만 또한 신체와 생명이 훼손될 위험 속에 무관심하게 방치된다.

57 이진경, 위의 책, 42쪽.

시한다.

과거의 전쟁의 시대에는 질주하는 군용열차가 파시즘적 초극의 상징이었다. 그러나 전쟁의 시대와는 달리 오늘날은 자본이 질주를 하고 죽음정치는 잘 보이지 않는다. 불구화된 군인들은 자본의 질주 속에서 보이지 않게 된 죽음정치의 은유이다. 죽음정치는 겨울 거리의 퇴역군인처럼 보이지 않는 동시에 그 희생자의 이미지로 암시된다. 아무도 죽음정치를 머릿속에 떠올리지 않지만 어디에나 그 희생자가 널려져 있는 것이다.

이 새로운 우울사회에서 핑크와 안나의 연대는 전쟁 없는 숨겨진 죽음정치에 대한 반항이다. 전쟁을 그리워하는 핑크와 안나의 질주는, 환상 스크린에 가려져 있는 전쟁 없는 죽음정치를 폭로하면서, 끝없는 질주를 통해 더 이상 질주하지 않는 죽음의 권력에 대항한다. 핑크와 안나는 불구화된 군인들을 대신해서 달리는 동시에 군인들을 희생시킨 죽음정치를 음화의 방식으로 폭로한다.

배수아 소설에서 유일하게 질주의 연대가 나타난 소설은 〈프린세스 안나〉이다. 물론 핑크와 안나의 질주 역시 죽음정치에서 달아나는 동시에 갇혀 있다. 그러나 그런 음화적 표현 그 자체로서 이미 숨겨진 죽음정치에 대한 대응이 된다.

아무런 미동도 없는 〈프린세스 안나〉 이외의 소설들에서는 일상의 죽음정치에 감금된 상황이 더욱 답답하게 표현된다. 그러나 앞서 살폈듯이 여기에도 숨겨진 것을 표현하는 과정 자체에 얼마간 죽음정치에 대한 연약한 대응이 잠재한다. 이 점은 죽음정치의 공간적 폐쇄성과 그에 대응하는 우울의 미학과의 관계를 암시해준다.

죽음정치가 극단화된 시대에는 우울의 미학이 나타나는데, 식민지 말의 최명익 소설과 한국전쟁 직후의 손창섭 소설, 오늘날의 배수아의 소설이 그것이다. 이 절망의 시대의 공통점은 타자성의 상실과 자아의 빈곤화, 우울한 일상의 경험이다. 세 사람의 소설들에서는 훼손된 신체와 죽음의 이미지가 그 시대에 만연된 환멸과 우울의 은유로 나타난다.[58] 우울의 미학의 인물들은 낙오자들이거나 체제의 권력장치에 갇힌 사람들이다. 최명익은 신체제의 부적응자와 함께 '미래 없는 미래'로 질주하는 기차에 갇힌 사람들을 그리고 있고[59], 손창섭 소설은 수용소 같은 방에 폐쇄된 훼손된 타자들을 보여준다. 전자가 질주 속에 갇힌 죽음정치라면 후자는 비식별성 속에 감금된 죽음정치이다. 반면에 배수아 소설의 인물들은 아무 일도 일어나지 않는 일상 그 자체, 즉 지속의 시간을 잃은 공간성에 갇혀 있다. 이제 세상은 질주 없는 질주 속에, 제한 없는 비식별성 속에 감금되어 있다.

세 작가들에서 그런 감금의 표현들은 표현 그 자체로서 이미 죽음정치의 폐쇄성에 대한 응수이기도 하다. 이데올로기와 유혹 장치의 빛에 둘러싸인 세계에서 어둡고 우울한 폐쇄성의 표현은 상상적 동일성의 권력기제에 미세한 균열을 내는 것이다. 더욱이 유혹과 회유의 방식이 극에 달한 배수아 소설에서는 그런 작은 균열이 미묘한 양가성을 지닌 은유로 암시된다.

오늘날의 우울사회는 숨겨진 죽음권력 장치의 확대로 인한 암흑의 시대이지만, 배수아 소설은 한낮인 동시에 어둡인 "일식 같은" 일상을 드러낸다. 또한 사랑을 소망하는 순간 죽음의 그림자가 다가오는 상황을 암시하면서, 이미지로 흐르는 동시에 생명적 존재의 유동성이 없는 세상을 보여준다. 강가에 부는 "깊은 한숨", 영화의 "마지막 같은 암흑", 바람처럼 나에게로 달려오는 "슬픈 흰 개". 배수아 소설을 관류하는 이 미학적 은유들은 유혹사회가 왜 죽음정치의 시대인지, 빛의 사회가 왜 어둠의 시대인지 감성적 진동으로 암시해준다. 그 미세한 진동에는 죽음의 그림자 속에서 생명적 유동성을 갈망하는 연약한 떨림이 있다.

유혹의 권력과 죽음정치는 포섭/배제의 기제를 통해 우리를 적막한 빛

---

58 김예림, 《1930년대 후반 근대인식의 틀과 미의식》, 소명출판, 2004, 116쪽.
59 신형기, 《분열의 기록》, 문학과지성사, 2010, 117~119쪽.

속에 머물게 하고 낙오자들을 어둠 속에 가두는 장치를 수반한다. 이 권력의 감성의 분할 장치에서 탈락자들은 암흑 속에 감금되지만 우리 역시 어둠이기도 한 빛 속에 갇혀 있다. 그러나 배수아 소설은 암흑 속의 연약한 진동을 통해 감성의 분할을 흔들면서 답답한 공간성에 갇혀 동요하지 않는 영혼의 슬픈 동요를 우리에게 전해준다.

7. 유동체에 대한 열망과 은유
— 베르그송과 마르크스, 그리고 원효

배수아 소설에서 암시된 향락의 흐름[60]과 죽음충동은 말할 수 없는 실재(계)의 영역과 연관되어 있다. 배수아 소설은 향락이 흐름이 막혀 있음을 표현하고 있으며 그런 답답함은 세계에 대한 열정이 약화된 심리 상태로 드러난다. 향락의 흐름은 유혹의 권력의 환상 스크린과 타자를 배제하는 죽음정치에 의해 차단되는데 그것을 돌파하려는 것이 죽음충동이다. 죽음충동은 "그리워하는 것을 뒤덮은 낯선 두려움"[61]이나 "세상의 마지막"[62]의 직감으로 암시되며 전쟁이자 혁명인 핑크에 의해 더 능동적으로 상징된다.

그러나 죽음충동은 다른 인물들은 물론 핑크조차 우울한 일상에서 탈주하려 하면서도 탈주하지 못하게 한다. 다만 유혹적인 환상 스크린을 돌파하는 동시에 죽음정치에 의한 수동성을 능동성으로 뒤바꾸는 역할을 한다. 즉, 죽음정치에 의해 쓸쓸하게 배제되는 것이 아니라 실재계와의 대면을 통

---

60 향락이란 체제(상징계)를 넘어서려 할 때 느끼는 고통과 희열을 말한다. 배수아 소설에서는 향락의 흐름이 진정한 사랑에 대한 향수와 소망을 통해 암시되며, 다른 한편으로는 상품세계의 소비의 욕망인 잉여향락으로 표현되기도 한다.

61 배수아, 〈마을의 우체국 남자와 그의 슬픈 개〉, 《바람인형》, 앞의 책, 62쪽.

62 배수아, 〈내 그리운 빛나〉, 위의 책, 82쪽, 154쪽.

해 절망과 죽음을 껴안고 버티는 것이다. 그런 어두운 음화의 방식으로 아무 일도 일어나지 않는 세상에 대응하는 것이다.

죽음충동의 한계는 실재계와 접촉하는 순간이면서도 에로스와는 달리 생명적 존재의 유동성이 없다는 점이다. 반면에 말할 수 없는 것을 표현하면서 생명적 유동성을 열망하는 것이 배수아 소설에 나타난 **은유**이다. 은유는 딱딱한 표상공간을 **유동적**으로 만들려는 열망의 표현이다. 배수아 소설에서의 은유는 절망과 죽음에서조차 생명적 유동성에 대한 향수가 남아 있음을 암시한다.

예컨대 국도변의 '푸른 사과', 절름발이 염소 뮤리가 담긴 '포도상자', 깊은 한숨으로 불어오는 '강가의 바람', 슬프고 슬픈 세상의 '깊은 강물' 등이다. 팔리지 않는 푸른 사과는 '내'가 섹스의 기쁨도 사랑의 감동도 모른다고 느낄 때 떠오른다. 또한 포도상자는 약혼자를 잃은 여자아이가 상자 속의 뮤리처럼 아무것도 알 수 없다고 말할 때 은유가 된다. 사랑의 감동을 모르고 세상의 아무것도 알지 못하는 것은 '나'와 여자아이뿐 아니라 일상의 모두가 그럴 것이다. 푸른 사과와 포도상자는 답답한 절망이면서 그 어둠에 갇힌 약한 생명성의 암시이기도 하다. 여기서 은유는 일상의 딱딱한 절망감을 부드럽게 안아준다. 즉 푸른 사과와 포도상자는 아무것도 모르는 절망감을 표현하는 동시에, 생명적인 것의 은유를 통해 사랑의 감동과 알 수 없는 바깥(실재계)에 대한 향수를 암시한다.

또 다른 은유들도 마찬가지이다. 강가의 바람이 깊은 한숨으로 느껴진 것은 주인공 빛나가 죽은 애인을 생각할 때이다. 또한 세상이 슬프고도 슬프다고 느낀 것은 안나가 핑크의 죽음의 터널에 대해 말하는 순간이다. 죽음이란 다시 돌이킬 수 없는 딱딱하고 무서운 고체이다. 그러나 죽음의 이미지를 강가의 바람과 깊은 강물에 은유함으로써 굳어진 절망과 함께 생명적 존재에 대한 향수를 드러낸다.

배수아 소설의 은유 역시 실제로 우울한 일상을 구원하는 것은 아니다.

유동적인 은유가 쉽게 죽음충동으로 이어지는 것은 그 때문이다. 그러나 은유는 죽음충동과 만나면서 그것의 되돌아올 수 없는 딱딱함을 부드럽게 만들어준다. 그 같은 배수아 소설의 은유는 심연의 서랍 속에 갇혀 있는 순수기억과 사랑에 대한 그리움이기도 하다.

유동성에 대한 열망과 은유는 소설뿐 아니라 철학과 정치학에서도 나타난다. 철학에서도 유동성에 대한 열망은 실재계의 영역과 연관이 있다. 예컨대 베르그송과 마르크스, 원효의 철학은 말할 수 없는 실재계를 은유로 표현하려는 시도였다. 그들이 은유를 사용하는 순간은 철학과 미학이 실재계의 영역에서 포용하는 순간이었다고 할 수 있다. 그들의 은유는 딱딱해진 삶이 실재계와 접촉하는 지점에서 어떻게 부드러운 유동성[63]을 얻는지 보여준다.

실재계란 칸트가 알 수 없다고 말한 **물자체**이다. 실제로 알 수 없는 **물자체**에 대해 말하려는 도전적인 철학들은 자신도 모르게 은유를 많이 사용한다. 그 이유는 말할 수 없는 것을 말하려고 하기 때문일 것이다.[64]

그런 의미의 은유는 단지 미학적인 표현에 국한된 것이 아니다. **은유**란 우주 같은 실재를 표현하기 위해 **순수기억**이 내면의 소우주로부터 길어 올린 '언어(개념)를 넘어선 이미지들'이다.[65] 즉 은유 이미지 자체가 순수기억이라는 가공되지 않은 실재의 영역에서 온 요소들인 것이다. 베르그송 역시 생명과 존재의 영역인 유동적인 실재에 대해 말하기 위해 수많은 은유들을 사용하고 있다.

---

63 이 부드러운 유동성은 호미 바바가 말한 문화의 미결정성의 영역과도 연관이 있다.

64 이는 비트겐슈타인의 입장과는 대조적인 것이다. 황수영, 〈역자 해제〉, 베르그송, 황수영 역, 《창조적 진화》, 아카넷, 2005, 548쪽.

65 지금 눈앞에 있지 않은 것은 실재가 아니라고 생각하면 은유는 언어적 비유에 불과하다. 그러나 뇌에 각인된 이미지인 순수기억을 실재적 요소로 인정하면 은유란 보이지 않는 실재의 표현에 다름이 아니다.

베르그송은 알 수 없는 실재를 표현하기 위해 익숙한 개념과 대비시키는 은유를 많이 사용한다. 그는 그것을 통해 실재가 친근하게 다가오게 하면서 개념을 생경한 것으로 역전시킨다. 예컨대 그는 우리가 사용하는 개념은 고체의 형상을 따라 만들어졌으며 그런 고체의 논리로는 유동체인 실재를 표상할 수 없다고 말한다.[66] 우리는 일상에서 논리적 개념으로 생각하는 데 보다 익숙하다. 그러나 그처럼 논리적 개념으로 사유하는 것은 부드러운 사면밖에 없는 곳(실재)에서 계단 위를 걷는 것을 생각하는 것과도 같다.[67]

또한 베르그송은 기억을 과거에 위치시키는 데 반대하며 이렇게 말한다. 실재와 접촉하는 순수기억이란 자기 자신을 가지고 눈사람을 굴리면서 끊임없이 부풀어가는 것이다.[68] 베르그송은 어떻게 과거의 기억이 현재와 미래를 잠식하는지, 그 **존재론적 지속**의 신비에 대해 말하기 위해 눈사람의 은유를 사용하고 있다. 순수기억이란 그처럼 끝없이 팽창해가는 존재 그 자체이다. 그런데 우리는 기억을 장부에 기입하고 서랍 속에 분류할 수 있는 것으로 착각하고 있다.[69] 만일 기억을 서랍에 비유한다면 그것은 닫아야 할 것이 아니라 끝없이 열어야 할 서랍일 것이다.

베르그송은 유동체와 고체의 은유를 지속적으로 변주시킨다. 실재와 접촉하고 그것을 사는 것은 생명의 대양에 잠겨서 그로부터 끊임없이 무언가를 열망하는 것과도 같다. 그에 비해 지성은 그것을 안내하기 위해 거기서 일정의 국부적 응고에 의해 형성된 것이다. 철학이란 전체 속에 다시 한 번 용해되기 위한 노력일 수밖에 없다.[70]

이처럼 베르그송이 끝없이 은유를 사용하는 것은 우연이 아니다. 은유란

---

66 베르그송, 황수영 역,《창조적 진화》, 앞의 책, 8쪽.

67 베르그송, 위의 책, 22쪽.

68 베르그송, 위의 책, 21쪽.

69 베르그송, 위의 책, 25쪽.

70 베르그송, 위의 책, 289쪽.

말할 수 없는 것을 표현하려 할 때, 개념 언어의 닫힌 서랍(코드)을 대신해 끝없이 열리는 순수기억의 서랍(탈코드)에서 꺼내온 것이기 때문이다. 우리는 흥미롭게도 마르크스 역시 베르그송과 비슷한 은유를 끊임없이 사용하고 있음을 발견한다. 마르크스는 실재에 대해 사유한 또 다른 사상가였다.

베르그송은 생명체 같은 실재에 대해 사유하기 위해 존재론의 영역에서 은유를 사용하고 있다. 반면에 마르크스는 인식론과 존재론의 접합지점에서 자본이라는 시스템에 대해 말하기 위해 은유를 사용한다. 말할 것도 없이 자본은 생명체가 아니다. 베르그송이 생명체로서의 존재에 대해 사유했다면 마르크스는 생명이 없는 자본이 어떻게 생명체의 흉내를 내는지 말하고 있다. 마르크스의 탁월한 통찰은 자본이 그처럼 생명이 있는 존재인 척하며 운동함으로써만 비로소 자기 자신을 유지할 수 있음을 밝힌 점이다. 마르크스는 끝없이 자본의 존재론적 신비에 대해 말하고 있다.

마르크스에 의하면, 자본주의에서는 **견고한** 모든 것은 대기 속에 **녹아버린다**.[71] 놀랍게도 마르크스의 은유에는 실재를 표현하기 위한 유동체와 고체의 대비가 숨겨져 있다. 이는 마르크스가 자본주의를 인식하기 위해 존재론적 사유를 끌어오고 있음을 뜻한다. 시간을 앞질러 베르그송을 닮은 마르크스의 은유는 계속된다.

마르크스는 모든 상품은 일정한 크기의 **응고된** 노동시간에 불과하다고 말한다.[72] 노동은 결코 딱딱하게 응고될 수 없는 존재의 한 부분이다. 그런데 자본주의적 상품화에 의해 유동적인 실재의 한 요소인 노동은 딱딱한 고체가 된다. 이는 자본주의가 생명체인 체하면서 실제로는 응고된 고체의 논리로 작용함을 암시한다.

마르크스는 교환가치의 세 형태인 화폐, 상품, 자본의 신비에 대해 말하

---

71 마르크스·엥겔스, 이진우 역,《공산당선언》, 책세상, 2002, 20쪽.

72 마르크스, 김수행 역,《자본론》 I (상), 비봉출판사, 2001, 49쪽

기 위해 은유의 형식을 끌어온다. 자본주의에서 화폐는 실재에 대한 궁극적 진리가 사라진 시대에 텅 빈 궁극성의 위치를 대신한다. 동양사상에서는 실재를 무로 보는 것이 진리이다. 그와 비슷하게 화폐의 가격은 무이다. 자본주의란 모든 것이 가격으로 계산되는 세계라고도 말할 수 있다. 그런데 유일하게도 화폐에는 가격이 없다. 마르크스는 이 신비로운 사실을 이렇게 설명한다.

화폐에는 가격이 없지만 가격표를 거꾸로 읽으면 화폐의 가치를 표시하는 은유들이 나타난다. 예컨대 설렁탕은 칠천 원이다. 냉면은 육천 원이다. 짜장면은 오천 원이다 등등.

화폐의 가치는 은유를 통해서만 표현할 수 있다. 마치 무(無)인 실재가 그렇듯이 가격이 없는 화폐는 수많은 은유들로만 표현된다. 신비롭게도 화폐는 아무것도 아니지만 또한 모든 것이기도 하다. 이는 자본주의에서 화폐가 과거의 실재의 진리를 흉내 내는 듯한 위치에 있음을 암시한다.

그러나 화폐의 은유는 은유가 아니기도 하다. 은유란 고체화할 수 없는 유동적인 실재를 표현하기 위한 이미지이다. 그런데 화폐의 가치를 표시하는 은유들은 너무나도 철저하고 계산적으로 시스템을 구성한다. 여기에는 유동적인 것은 어디에도 없다. 화폐는 실재를 대신하는 척하면서도 사실은 견고한 고체로 된 시스템을 구성하고 있는 것이다.

마르크스는 또한 화폐에는 냄새가 나지 않는다고 말한다.[73] 화폐는 어디서 왔는지 무엇이 그것으로 전환되었는지 아무 말도 하지 않는다. 화폐의 **가치란 말로 나타낼 수 없는** 어떤 것이다. 모든 것이 화폐로 전환될 수 있으므로 화폐의 흐름은 무엇이든 녹였다가 다시 나오게 할 수 있는 거대한 **사회적 도가니**이다.[74] 말로 표시할 수 없는 가치를 지니면서 모든 것을 용해시킬

73 마르크스, 위의 책, 141쪽.

74 마르크스, 위의 책, 168쪽.

수 있는 화폐는 마치 존재의 연금술을 나타내는 듯하다.

화폐의 연금술에는 성자조차도 견딜 수 없거니와 그보다 연약한 인간은 말할 것도 없다.[75] 그러나 화폐의 가치는 성스러운 것과는 정반대인 세속화된 사회적 권력이다. 더구나 화폐는 누구의 사유물도 될 수 있는 일종의 상품이다. 모든 특별한 것들을 녹이는 듯한 화폐는 사회권력을 개인의 손안에 쥐어주는 특권을 만드는 놀라운 역설을 갖고 있다.

존재론적 신비는 화폐뿐 아니라 상품에도 나타난다. 상품은 물건들 사이의 관계라는 환상적 형태로 나타나지만 사실은 인간들 사이의 특정한 사회적 관계에 지나지 않는다. 즉 상품은 노동생산물의 상품형태와 가치관계라는 **인간의 손들을 거친** 관계인 것이다. 그런데도 상품은 마치 스스로 자신의 **발로 선 생명**을 가진 물건인 것처럼 여겨지고 있다.[76] 이는 마치 종교에서 **인간두뇌의 산물**이 스스로 생명을 가진 자립적인 인물처럼 등장해 관계를 맺는 것과 비슷하다. 마르크스는 상품생산물에 부착되는 이 종교적 환상과도 같은 것을 상품의 **물신숭배**라고 부른다. 상품은 생명이 있는 것 같지만 사실은 인간관계가 숨어 있는 물건에 지나지 않는다.

마르크스는 또한 상품은 화폐를 사랑하며 끝없이 사랑의 눈짓을 보낸다고 말한다.[77] 이는 왕이 없는 시대에 화폐가 마치 제왕의 지위를 지닌 듯한 환상 때문일 수 있다. 그러나 숨겨진 실상은 그와 정반대이다. 즉 상품이란 인간노동이 **응고된** 가치형태이며 자본주의에서는 모든 물건들이 그런 상품이므로 화폐가 가치의 척도로 왕좌에 군림하는 것이다. 화폐라는 왕이 있기 때문에 상품이 복종하는 것이 아니라 상품이라는 가치의 충신들이 화폐를 사랑할 수밖에 없기에 화폐가 왕으로 군림하는 것이다.[78] 따라서 화폐물신

75 마르크스, 위의 책, 168쪽.
76 마르크스, 위의 책, 91~93쪽.
77 마르크스, 위의 책, 138쪽.
78 마르크스, 위의 책, 73~74쪽.

의 수수께끼는 상품물신의 수수께끼가 우리의 눈을 현혹시키는 것에 불과하다.[79]

마르크스는 상품과 화폐가 마치 스스로 생명을 지닌 양 자립을 하면서, 서로 연애를 하고 왕처럼 군림하기도 하며, 모든 것을 용해시키는 도가니로 작용하기도 함을 말한다. 그러나 그와 함께 이 생명체 같은 **유동적인** 현상은 결국 **딱딱한** 물건과 권력의 논리임을 폭로하고 있다. 마르크스가 일관되게 말하고 있는 것은 상품과 화폐가 생명체인 척하면서 실제로는 응고된 논리로 작용한다는 것이다. 흥미롭게도 여기서는 베르그송의 유동체와 고체의 대비가 끊임없이 나타나고 있다. 그런데 마르크스의 놀라운 통찰은 우리를 현혹시키는 그런 상품과 화폐의 변신술이 스스로 생존하기 위한 필연적인 운명임을 간파한 점이다. 그 점은 자본에 대한 논의에서 가장 생생하게 증언된다.

마르크스는 자본의 특성을 설명하기 위해 부자관계와 성부/성자의 은유를 사용한다.[80] 아들을 낳아야 아버지가 될 수 있듯이 화폐/자본은 잉여가치를 낳아야 자본이 될 수 있다. 그리고 성부와 성자가 일체이듯이 아들 잉여가치와 아버지 자본은 하나가 되어 다시 가치를 낳는 운동을 계속한다. 이 자본의 운동은 원리상 무한히 계속되어야 한다. 만일 잉여가치를 생성하는 운동이 멈춘다면 그것은 더 이상 자본이 아니며 자본주의는 종료되기 때문이다.

자본의 끝없는 운동은 모든 것을 교환가치로 녹여버리면서 마치 생명체처럼 약동한다. 매번의 운동은 변화와 도약이어야 한다. 그래야만 **잉여**향락과 **잉여**가치가 창출되기 때문이다. 자기 자신을 뛰어넘는 그 끝없는 **잉여**의 운동이 자본의 속성인 것이다.

---

79 마르크스, 위의 책, 119쪽.

80 마르크스, 위의 책, 199~200쪽.

그러나 이 자본의 운동은 살아 있는 피를 흡수해서 그것을 응결시킨 상품을 만드는 과정이기도 하다. 그처럼 산 노동의 피를 응결시키는 점에서 상품을 만드는 자본는 **죽은 노동**이다. 이 죽은 노동은 흡혈귀처럼 오직 산 노동을 흡수함으로써만 활기를 띠며, 그것을 흡수하면 할수록 점점 더 활력을 갖는다.[81]

유동적인 피는 자본에 수혈되자마자 굳어지며 또 다른 피의 흡혈이 끝없이 요구된다. 이것이 자본이 생명적 유동체의 생리는 유지하는 방식이다. 또한 영원히 죽지 않고 계속 살 수 있게 되는 비밀이다. 한 번의 피로 충분했다면 자본도 한 번으로 끝날 것이다. 그러나 산 피는 흡입되자마자 곧 응고되기 때문에 끝없는 흡혈이 요구되고 자본 또한 영원히 생명을 유지하는 것이다.

마르크스의 자본에 대한 흡혈귀의 비유는 매우 의미심장하다. 아이러니하게 자본은 살아 있는 것을 자기 자신 속에서 죽은 것으로 만듦으로써 자신을 생존시킨다. 또한 자본은 그렇게 매번 살아 있는 피를 흡수함으로써 흡혈귀처럼 영원히 죽지 않고 끝없이 계속되는 것처럼 보인다.

이 두 가지는 자본이 과거의 절대 권력과 구분되는 중요한 특징이다. 자본은 과거의 왕처럼 자신 앞에 바쳐진 죽은 것을 먹고 살지 않는다. 자본의 고유한 특징, 즉 **살아 있는** 피를 계속 흡입한다는 것은 모든 산 존재를 교환가치화하는 운동임을 뜻한다. 따라서 자본이 점점 더 생명체처럼 활력을 얻을수록 자본주의 사회의 존재들은 생명력을 잃고 사물화된다.

또한 자본은 왕처럼 단번에 절대 권력을 입증하지 않는다. 자본은 매번 산 것의 피를 흡수함으로써 그런 반복을 통해 자신의 생명을 끝없이 연장시킨다. 따라서 만일 산 노동이 죽은 노동으로 되는 과정이 중단된다면 자본은 더 이상 생존할 수 없다. 그렇다면 자본은 어떤 방식으로 그런 과정을 무한히 계속할 수 있는가.

---

81 마르크스, 위의 책, 307쪽.

자본주의에서 사람들은 끝없는 사물화를 경험하지만 자본은 생명체처럼 약동하는 듯한 환상 속에 사람들을 끌어들이며 생존을 유지한다. 마르크스는 그 같은 약동을 자본과 노동이 서로를 생산하고 재생산하는 과정으로 설명한다. 자본은 노동 생산물을 상품으로 전환시킬 뿐 아니라 교환가치로서의 자본 자신으로 전환시킨다. 노동자 자신은 객체적인 부로서 자본을 생산하며 자본은 자신의 가치의 원천으로 노동을 끊임없이 생산한다.[82] 여기서 자본은 노동 생산물을 끊임없이 노동 쪽에서 자본 쪽으로 옮겨 놓으면서[83] 그 과정을 활력이 넘치는 환상으로 만드는 것이다. 만일 이 과정이 한시라도 멈춘다면 활력이 없어진 자본 쪽에서 반대쪽으로 밀리면서 환상은 깨지게 된다. 따라서 자본이 살아 있는 생명체처럼 끝없이 운동하는 것은 자신이 생존하기 위한 필연적인 운명이다. 자본이 노동을 영구적으로 재생산하는 과정에는 사람들이 사물화를 끝없이 잊게 만드는 과정이 함께 진행되는 것이다. 자본주의가 진행될수록 사람들은 활기찬 세상에서 살아간다는 환상과 수면 밑에서의 사물화 현상이라는 양가성을 경험한다.

그런 이중성은 **유혹의 권력** 속에 **죽음정치**를 숨기고 있는 오늘날 그 극한을 보여주고 있는 셈이다. 신자유주의란 가장 순수해진 자본 자신의 운동인 것이다. 다만 은밀한 죽음정치는 마르크스가 간과한 **인종**과 **성**의 영역에서 한층 더 극단화된다.

환상과 사물화의 양가성으로 인해 마르크스의 자본에 대한 은유는 **아이러니**로 전환된다. 마르크스는 가치(교환가치)는 스스로가 가치이기 때문에 가치를 낳는다는 신비스러운 성질을 지닌다고 말한다.[84] 이 말은 자본이 잉여가치를 낳는 운동을 멈춘다면 그 스스로 가치이기를 그치게 된다는 뜻이

---

82 마르크스, 김수행 역, 《자본론》 I (하), 비봉출판사, 2001, 776쪽.

83 마르크스, 위의 책, 777쪽.

84 마르크스, 《자본론》 I (상), 앞의 책, 199쪽.

다. 그처럼 자본주의 사회에서의 가치, 즉 교환가치는 마치 **생식을 하듯이** 잉여가치를 낳는 끝없는 운동 속에서만 가치로 인정받게 된다. 만일 그 운동이 중단된다면 사람들은 '가치'의 가치를 의심하게 되고 운동의 축은 자본 쪽에서 반대쪽으로 밀리게 된다. 그러는 동안 자본이 인간을 사물화한다는 수면 밑의 불만이 한순간에 폭발하게 될 것이다.

또한 마르크스는 자본의 한계는 자본 자신이라고 말한다. 자본은 끊임없이 자기 자신을 넘어서는 과정 속에서만 스스로를 유지한다. 이처럼 자본은 근대의 자기갱신의 원리를 운명처럼 가장 충실하게 실현하는 운동이다. 자본의 자기갱신이란 자본이 매번 자신을 넘어 실재계 영역에 접촉하는 운동임을 뜻한다. 자본은 단번에 동일성을 얻지 못하고 잔여물을 남기게 되며 그 실재계적 잔여물에 접촉하는 운동이 계속되는 것이다. 이것이 자본의 활력이기도 하지만 그 활력은 사물화를 지속하는 자본 쪽에서만 일어난다. 즉 실재계와의 교섭은 산 실재들을 죽은 노동과 자본 쪽으로 옮기는 과정으로만 진행된다. 그런 끝없는 과정만이 죽은 자본을 살아 있는 유동체로 보이게 만드는 것이다. 그렇기에 자본이 잠시라도 **활력**을 잃으면 실재 쪽에서 잠재적인 다른 힘들이 나타날 것이다. 따라서 수면 밑에서 불만을 갖고 있는 미결정적인 존재들, 즉 노동자나 오늘날의 수많은 타자들 역시 자본의 잠재적인 한계라고 할 수 있다. 자본은 그들에 의존하는 동시에 그들의 잠재적 불만을 잠재워야 한다.

오늘날 **네그리**가 주장하는 **노동거부**는 그런 자본의 의존적 측면을 거부한 자율주의의 주장으로 볼 수 있다. 자본은 자기 자신이라는 한계와 보이지 않는 또 다른 한계를 갖고 있다. 자본의 한계가 자본 자신이라는 말은, 단번에 완결되지 못하는 미끄러짐을 뜻하며, 그로 인한 끝없는 도약의 과정에서 미결정적인 타자들이 잠재적 위협(한계)으로 작용함을 반증한다.

마르크스는 자본의 도약의 위험을 유통 쪽에서도 지적한다. 화폐의 자본으로의 전환에서 잉여가치의 발생은 유통 자체에서는 발생할 수 없다. 잉여가치는 유통의 외부, 즉 상품의 생산과정에서만 발생한다. 그러나 상품생산자가 얻게 되는 것은 잠재적 가치이며 그것이 유통 과정에서 화폐로 교환되지 않는다면 잉여가치는 현실화되지 않는다. 여기에 잉여가치를 만드는 자본의 모순이 있다. 자본은 유통의 내부에서 발생할 수 없지만 그 외부에서 발생한다고 볼 수도 없다. 즉 자본은 유통에서 발생해야 하는 동시에 유통의 외부에서 발생해야 하는 것이다.

상품생산자는 이중적 모순에 직면한다. 자본의 노동의 생산과 노동의 자본의 생산은 영구적으로 계속된다. 그러나 상품생산자가 자본가가 되기 위해서는 유통 과정에서 상품을 화폐로 전환시키는 **목숨을 건 도약**[85]이 필요하다. 자본의 운동이란 운동의 축을 끝없이 자본가 쪽으로 유지하는 움직임이지만 유통 과정에서 매번 잠정적으로 위기에 처하게 되는 것이다.

이런 자기모순에 의해 자본가는 상품의 판매과정에서 잠정적으로 약자의 위치에 있게 된다. 자본가는 유통의 외부에 있지만 유통의 내부를 통해서만 자본가가 될 수 있다. 아무리 **딱딱한** 자본가라도 상품의 판매의 시점에서는 가장 **유연한** 척해야 한다. 이 점에 주목한 **가라타니 고진**은 **소비자 운동**이 자본에 대항하는 중요한 방법이 될 수 있음을 주장한다.[86]

자본의 모순은 공황의 시기에 가장 분명하게 드러난다. 자본의 운동이 계속되는 동안 화폐는 마치 혈액과도 같이 순환하게 된다. 이때 자본가는 실제로 화폐를 갖고 있지 않아도 지불을 상쇄시키는 계산화폐의 관념적 기능으로 대신할 수 있다. 그러나 화폐공황[87]이 발생하면 아무리 상품이 쌓여 있어도 쓸모없는 것이 되며 화폐만이 상품이라고 외치는 소리가 들리게 된다. 상품의 가치는 그 자신의 가치형태(화폐) 앞에서 사라지고 만다.[88]

---

85 마르크스, 위의 책, 136쪽.
86 가라타니 고진, 조영일 역,《근대문학의 종언》, 도서출판b, 2006, 235쪽.
87 IMF 사태 같은 금융위기도 일종의 화폐공황이라고 할 수 있다.
88 마르크스,《자본론》 I (상), 앞의 책, 176쪽.

공황을 통해 상품과 화폐는 **유동체**인 동시에 **딱딱한** 파편임이 드러난다. 그것은 유동적인 실재(물자체)에 발을 담그는 척하지만 실상은 고체의 논리로 작용하여 존재의 영역과 부합하지 않는다. 사람들이 상품과 화폐를 혈액같이 느끼는 것은 자본이 생명체처럼 운동하고 있을 때이다. 그러나 공황이 발생하면 자본의 축이 미끄러지면서 상품은 쓸모없는 파편이 되고 사람들은 자본과는 다른 힘들의 존재를 감지하게 된다.

그런 맥락에서 자본의 모순은 그 타자의 위치에서 아주 중요한 암시를 지닌다. 자본의 타자란 노동자를 말한다. 화폐를 자본으로 전환시키기 위해 화폐 소유자는 상품시장에서 자유로운 노동자를 발견해야 한다. 그런데 여기서 자유롭다는 것은 이중적인 의미를 지닌다.[89] 노동자는 **자유인**으로서 자신의 노동력을 마음대로 처분할 수 있는 존재이다. 그러나 그는 자신의 노동력을 실현할 수 있는 어떤 것도 없는 생산수단이 **해제된**(free of) 존재이기도 하다. 자유로운 노동자는 자유로운 동시에 자유롭지 않은 존재이기도 하다. 노동자는 유동적인 듯하지만 실상은 유동성을 빼앗긴 존재이다. 자본의 운동이 정신없이 계속되는 동안 그는 자유롭게 노동력을 제공하는 듯 보이지만 자본의 환상에 현혹되어 있는 사람 중에서 노동자야말로 가장 유동성을 제한받는 존재임이 틀림없다. 이 말은 노동자가 자본의 운동과는 다른 힘을 잠재적으로 가장 많이 지니고 있다는 뜻이다. 자본주의가 전사회로 확산된 오늘날에는 노동자뿐 아니라 모든 영역의 타자들이 그런 위치에 있을 것이다.

마르크스의 수많은 아이러니는 모두 자본의 자기모순에 근거한 것이다. 그 때문에 아이러니는 자본의 시스템과 그 외부 사이에서 나타난다. 아이러니는 시스템의 모순에 대한 인식 및 그 틈새로 도약하려는 존재의 잠재적인 힘과 관련이 있다. 따라서 마르크스가 아이러니를 말하는 순간은 인식론과

---

89 마르크스, 위의 책, 221쪽.

존재론이 결합하는 순간이기도 하다. 또한 그처럼 딱딱한 모순과 유동적인 힘이 교차되기 때문에 아이러니에서는 유동체와 고체의 은유가 끊임없이 계속된다. 가령 자본이 끝없이 유동체가 되는 과정은 끊임없이 고체적인 것을 만들어내는 과정이기도 하다. 마르크스의 아이러니는 유동적인 것이 고체적인 것이 되면서 그 모순의 틈새에서 진정한 유동적인 것이 생성될 것임을 암시한다.

고체적인 것에서 벗어나려는 존재의 지향점을 유동체에 비유하는 일은 역사가 깊다. 예컨대 원효는 존재의 근원인 일심을 바다에 비유했다.[90] 《대승기신론》을 쓴 마명 역시 깨달음을 얻은 마음을 바람이 불어도 움직이지 않는 바다에 비유하고 있다.[91] 또한 베르그송도 유동적인 실재를 생명의 대양이라는 열망의 은유로 표현하고 있다.[92]

베르그송과 원효는 비슷하게 고체적인 것과 이분법적인 것에서 벗어나 유동체로 나아가는 것이 진리라고 생각했다.[93] 현대철학 중에서 들뢰즈 역시 딱딱한 사회체에서 벗어나 알과도 같은 유동체로 회귀하는 과정을 주목하고 있다. 들뢰즈는 생명적 유동성을 회복한 존재를 기관 없는 신체라고 부르고 있다.

그러나 원효는 오염된 세계에서 벗어난 존재를 들뢰즈의 기관 없는 신체와는 조금 다르게 사유했다. 원효는 유와 무, 속과 진, 사와 리로 나뉜 세계에서 벗어나 일심으로 돌아갈 것을 주장했다.[94] 오염된 삶에서 벗어나 원래의 상태로 돌아가는 것은 신체만 귀환하는 것이 아니라 세계 자체가 회귀하

90 이도흠, 《화쟁기호학, 이론과 실제》, 한양대출판부, 2001, 114쪽.

91 마명, 지안 역, 《대승기신론》, 지식을만드는지식, 2011, 38쪽.

92 베르그송, 《창조적 진화》, 앞의 책, 289쪽.

93 원효는 둘로 나뉜 세계에서 벗어나 일심의 바다로 나아갈 것을 주장했으며 베르그송 역시 물질과 정신의 이분법에서 벗어나 유동적인 생명적 존재를 탐구하려 했다.

94 이도흠, 《화쟁기호학, 이론과 실제》, 앞의 책, 108~110쪽.

는 것이다. 원효는 그 과정을 **귀명**(歸命)이라고 불렀다. 귀명이란 신체를 비우는 것일 뿐 아니라 뇌의 소우주와 순수기억을 자연상태로 되돌리는 내적 혁명이다. 그렇기 때문에 나만 달라지는 것이 아니라 세계 자체가 다르게 다가오는 것이다. 들뢰즈의 기관 없는 신체 역시 나만 탈주하는 것이 아니라 세상으로 하여금 탈주케 하는 것이며[95] 그 점에서는 원효와 비슷하다.

그러나 원효는 생명적 존재의 회귀점을 알과 같은 (유동적) 신체가 아니라 일심의 바다에 비유하고 있다. 양자의 은유적 차이는 철학적 관점의 차이이다. 원효는 들뢰즈와는 달리 생명적 존재로 회귀하는 일이 혼자만의 일이 아님을 암시하고 있다. 귀명이란 분열된 세계에서 화해된 세계로 나아가는 것이며 혼자인 삶에서 일심이 된 삶으로 회귀하는 것이다. 여기서는 기관 없는 신체의 탈주와는 달리 생명으로의 회귀와 바다에 이르는 과정이 분리되지 않는다. 일심의 바다란 내가 깨달음에 이른 곳이지만 이미 다른 사람들(만물)과의 사이를 채우고 있는 유동체이기도 할 것이다.[96]

또 하나 중요한 것은 원효가 불각(不覺)과 본각(本覺)의 동거를 강조했다는 점이다. 들뢰즈의 기관 없는 신체는 불각에서 벗어나 본각에 이른 상태를 말한다. 그러나 원효의 일심이란 둘의 융합이면서도 **하나가 아닌** 세계, 진리와 허위, 깨달음과 미망, 부처와 중생을 모두 포괄하는 세계이다.[97] 원효는 깨달음이 진리라고 생각했지만 그의 관심사는 아직 깨달음을 얻지 못한 인간의 실존적 상황에 있었다.[98] 이는 그가 사상을 교의적 차원이 아니라 수

---

95 이진경, 《노마디즘》 1, 휴머니스트, 2002, 425~426쪽.

96 바다는 바닥(절대자로 실체화된 존재자적 근거)이 없는 심연이자 관계의 그물망을 표현한다. 김종욱, 《원효와 하이데거의 대화》, 동국대출판부, 2013, 370쪽. 또한 파도가 번뇌라면 바다는 일심이라고 할 수 있다. 일심의 바다에 이르렀다고 파도가 사라지는 것은 아니며 파도(번뇌)는 자신(그리고 다른 파도들)이 바다와 다르면서도 분리된 것이 아님을 깨닫고 바다로 귀환해야 한다. 박찬국, 《원효와 하이데거의 비교 연구》, 서강대출판부, 2010, 277~278쪽.

97 이도흠, 《화쟁기호학, 이론과 실제》, 앞의 책, 113쪽.

98 박태원, 《원효》, 한길사, 2012, 96~97쪽.

행적 차원[99]에서 이해하고 있었음을 뜻한다. 깨달음이란 단순히 불각에서 본각으로 이동하는 것이 아니라 현실에서 인간이 처해 있는 매 상황마다 던 져야 하는 질문이며 그 때문에 그 과정은 양가적으로 끝없이 계속되어야 하 는 것이다.

불각과 본각의 동거라는 끝없는 과정은 마르크스나 베르그송과도 구분 된다. 마르크스는 생명이 없는 자본이 끊임없이 생명적인 것에 의존하며 생 존해감을 논의했다. 베르그송은 반대로 생명의 대양을 향한 존재의 도약과 약동에 대해 설명했다. 그 둘과 달리 원효는 오염된 절망과 정화의 소망의 틈새에서 생명을 향한 양가적인 수행적 길에 대해 말하고 있다. 원효는 오 염된 절망을 단순히 부정하는 것이 아니라 매 순간 그 상황을 **껴안고 넘어서 며** 일심의 바다로 향할 것을 주장한 것이다. 원효는 번뇌의 파도가 바다와 **다르면서도 분리된 것**이 아님을 말하고 있는데 우리는 이를 파도를 껴안음 으로써 바다에 이르는 것으로 해석할 수 있다.[100] 본각은 단지 불각을 떨쳐 내는 것이 아니거니와 그 번뇌의 영토를 끌어안을 때 **길 없는 곳**(파도)에서 **길**(바다)이 나타나는 것이다.

이런 원효의 사상은 오늘날의 시대에 대단히 많은 것을 생각하게 한다. 왜냐하면 지금의 세상은 생명 정화의 삶으로 나아가는 길이 보이지 않는 절 망의 시대이기 때문이다. 우리에게는 탈주와 각성을 통해 생명적 존재에 이 르는 일 만큼이나 우울한 절망을 외면하지 않는 일이 중요하다. 절망의 상 황을 외면하지 않고 그것을 껴안고 넘어설 때만 생명적 존재를 회복할 수

---

99 교의적 차원이 각본이라면 수행적 차원은 실제 현실에서 실행(연출)되는 것이라고 할 수
    있다.
100 박태원, 《원효》, 앞의 책, 97쪽. 만일 번뇌와 진리가 서로 무관한 것이라면 우리는 번뇌에 시
    달리거나 깨달음에 이른 상태 둘 중의 하나일 것이다. 그렇다면 번뇌에 시달리는 중생이 깨
    달음에 이르는 길은 결코 나타나지 않게 된다. 반면에 번뇌(파도)를 껴안고 극복하는 것은
    파도가 원래 바다임을 알고 그곳으로 귀환하는 것과도 같을 것이다. 박찬국, 《원효와 하이
    데거의 비교 연구》, 앞의 책, 274쪽, 277~278쪽.

있기 때문이다.

더욱이 오늘날은 절망의 시대인 동시에 비굴의 시대이기도 하다. 비굴의 시대란 절망에 처해 있으면서도 그 어둠에 대해 말하지 않는 사회를 뜻한다. 이는 유혹의 권력에 의해 절망적 상황과 고통받는 타자가 잘 보이지 않게 되었기 때문이다. 이런 시대에 원효의 파도와 바다의 은유는 파도를 끌어안는 용기를 지닌 자만이 바다에 이를 수 있음을 암시한다.

물론 그런 용기를 내는 것은 쉬운 일은 아니다. 우리 시대에는 타자를 상실하게 한 유혹의 권력이 우리의 존재의 부피를 얇아지게 만들기 때문이다. 우리 시대의 나르시시즘적 주체를 섬에 비유한다면 문제는 섬과 섬 사이를 일심의 바다로 채울 내면의 소우주가 빈약해졌다는 것이다. 단지 〈엘리베이터〉에서처럼 자본의 엘리베이터가 운행할 때만 섬 같은 존재들이 살아 움직인다.

그러나 배수아 소설에서 보듯이 내면의 소우주에서 울리는 사랑의 열정은 사라졌다기보다는 서랍 속의 순수기억으로 갇혀 있다. 이것을 우리는 순수기억의 기억상실증에 비유할 수 있을 것이다. 끝없는 자본의 운동은 새로운 유혹을 만들어내면서 순수기억을 풍성하게 했던 시간들이 지속되지 못하게 만든다. 지금 성행하는 담론과 이미지들은 매혹으로 가득 차 있지만 시간이 갈수록 버려야 할 폐기물이 될 뿐이다. 지속의 시간을 잃은 담론과 이미지들은 과거를 폐기하고 현재의 존재를 빈약하게 만들면서 미래가 열리지 못하게 하고 있다. 이런 상황에서 존재의 지속을 되찾을 순수기억의 서랍을 다시 열기 위해서는 인문학과 미학의 부활을 통해 우리 시대가 잃어버린 존재의 비밀의 이야기를 들려줘야 할 것이다. 그렇기에 오늘날 유혹의 권력과 인문학은 은유로서의 전쟁의 상태에 있는 셈이다. 그것은 담론과 이미지로 된 감성의 전쟁이다. 유혹의 권력이 우리의 순수기억을 메마르게 하고 있다면 인문학과 미학은 그로 인해 빈곤해진 존재의 심연을 파도를 끌어안는 일심의 바닷물로 넘쳐흐르게 해야 한다.

8. 유동체의 회복―춤과 참선

은유는 표상체계에 속한 언어를 사용해 표상할 수 없는 실재계와 생명적 유동성을 표현한다. 그와 유사하게 춤은 사회체에 속한 신체를 이용해 체계 바깥의 영역과 생명적 유연성을 연출한다. 은유가 문법체계의 구심력에서 벗어난 동요의 이미지라면 춤은 삶권력의 중력에 저항하는 능동적인 몸짓이다. 은유의 반대쪽에 개념화된 언어가 있듯이 춤의 반대편에는 규율화된 몸이 있다.

그렇다면 은유란 언어로 된 춤이며 춤은 몸으로 표현된 은유이다. 둘 다 유동체가 아닌 것에 발을 딛고 있는 상태에서 유동체가 되기를 꿈꾼다.[101] 즉 은유와 춤은 비슷하게 고체적인 사회체에서 벗어나 유동적인 대안적 공간을 암시하려 한다.

은유가 미학에서 사용되는 것처럼 춤은 예술로서 연출된다. 물론 모든 은유와 춤이 예술에 속하는 것은 아니다. 일상 언어에서도 은유가 쓰이듯이 일상적 동작들에도 춤이 있다. 더 나아가 은유는 사회체의 작동을 위해 이용되기도 하는데 마찬가지로 춤도 자본주의적 욕망의 장치를 표현하기도 한다. 예컨대 화폐의 은유는 결국 상품체계의 작동을 나타낸다. 또한 상품화된 성적 표현의 춤은 섹슈얼리티 장치의 작동이다.

그러나 은유와 춤의 본질은 장식과 잉여를 사용해 표상할 수 없는 것을 표상세계에서 연출하는 데 있다. 그것의 핵심은 체계의 안팎을 교섭시키는 양가성에 있다고 할 수 있다. 그에 반해 참선은 그런 양가성에서 한발 더 나아간다. 은유와 춤이 보이지 않는 것을 보이게 만든다면 참선은 저편의 보이지 않는 세계로 직접 가버린다. 참선은 표상세계로부터의 완전한 탈주이며

---

101 니체는 이를 대지와 대기가 서로 자리를 바꾸는 것이라고 표현하고 있다. 바디우,《비미학》, 장태순 역, 이학사, 2010, 113쪽.

내면 속의 고체적 요소를 덜어내 자유로운 존재의 유동성에 이른 상태이다.

하지만 그런 탈주를 대가로 참선은 우리의 일상세계로부터 완전히 분리된다. 춤은 몸의 해방인 동시에 표상할 수 없는 것의 해방이다. 표상할 수 없는 것의 해방은 표상세계에서만 가능하다. 반면에 참선은 신체와 자아 전체의 해방이며 자아 전체의 해방은 표상세계와 분리되었을 때만 가능하다. 춤은 이쪽저쪽을 왔다 갔다 해야 해방이 가능하지만 참선은 저쪽으로 모두 가버려야만 진리에 이를 수 있다. 이것이 양가적인 춤과 자아 전체의 해방 참선의 차이이다.

오늘날 참선이 주목받는 것은 점점 은유와 춤 같은 양가적인 표현이 약화되고 있기 때문이다. 댄스뮤직과 걸 그룹 등의 대중문화에서 보듯이 일상에서의 은유와 춤은 한층 더 많아졌다. 그러나 미학적인 은유나 춤은 오히려 적어졌다. 미학의 약화와 문화산업의 성행은 우리의 감성의 분할을 정치권력의 손안에 맡겨 놓게 한다. 유혹의 권력이란 우리의 감성을 상품과 소비의 욕망에 길들임으로써 미학의 양가성을 무력화하고 대안적 꿈을 꾸지 못하게 하는 방식이다. 유혹의 권력의 시대에는 양가적인 미학이 한쪽 발을 현실에 내딛을 틈이 별로 없는 것이다. 반면에 참선은 양가적인 춤과는 달리 일시에 내면의 짐을 덜어냄으로써 불가능한 탈주를 가능하게 한다.

그러나 참선은 현실에 한 발을 딛은 양가적인 미학과는 달리 체계 바깥으로 나와 버림으로써 사회 자체를 구원하진 못한다. 그렇기에 오늘날 참선을 주제로 한 선시는 가능한 것인 동시에 불가능한 것이기도 하다. 선시는 우리 시대의 새로운 관심사이지만 현실의 문제에 연관되는 계기를 마련하는 한에서만 진정으로 새로운 화두가 될 수 있다. 그런 방법 중의 하나는 송경동의 시에서처럼 참선과 리얼리즘의 결합을 시도하는 것이다.

그렇다면 그런 결합은 어떻게 가능한가. 유혹의 권력이 현실의 틈새를 잘 보이지 않게 만드는 시대에 참선은 과연 리얼리즘과 결합할 수 있을까. 이 문제에 답변하기 위해 먼저 유혹의 시대와 참선과의 관계를 살펴보자.

송경동은 《꿈꾸는 자 잡혀간다》에서 장자의 나비의 꿈이 오히려 현실에 가까울 수도 있다고 말한다.[102] 그가 말하는 것은 답답한 현실과 나비의 꿈이 위치를 뒤바꾸는 존재론적 유희이다. 희망버스를 기획하고 감옥에 간 그는 감옥에서도 나비의 꿈을 꿀 수 있는 사람이다. 희망버스 자체가 많은 사람들이 나비처럼 훨훨 날아오르게 하려는 현실의 꿈일 것이다.

그러나 송경동은 현실의 틈새에서 나비의 꿈을 꾸는 동시에 그처럼 꿈을 꾸는 것이 어렵다는 것을 보여주기도 한다. 과거에는 꿈을 실현하려고 행동하는 사람들이 붙잡혀 갔지만 지금은 꿈을 꾸는 사람들이 잡혀가기 때문이다.[103] 이런 사회에서는 현실이 환상이 되고 꿈이 현실이 되는 존재론적 전위[104]가 매우 어렵다. 은유와 양가성의 방식을 사용하는 미학이 위축된 것은 그 때문이다.

유혹사회란 감성을 체계 쪽으로만 길들여서 대안적인 영역을 보지 못하게 만든 사회이다. 다른 것이 안 보이기 때문에 우리는 체계를 전부로 여기게 되며, 모든 것이 가능하다는 자유 속에서 체계에 맞는 성과에만 매진한다. 이런 유혹사회는 한병철이 말한 성과사회와도 유사하다. 유혹사회에서는 장자가 암시한 존재론적 전위가 불가능하며 그런 전위에 근거한 미학도 어렵다.

성과사회란 존재론적 비밀을 꿈꿀 수 있는 잠재성, 그 체계 바깥에 접촉

---

102 송경동, 《꿈꾸는 자 잡혀간다》, 앞의 책, 4~9쪽.

103 송경동, 위의 책, 125쪽.

104 장자는 자신이 나비가 된 꿈을 꾸고 이 세상이 현실인지 꿈인지 알 수 없다고 생각했다. 장자의 나비의 꿈은 프로이트의 꿈과는 매우 다른 욕망의 표현이다. 프로이트의 꿈이 세속적 욕망과 연관된다면 나비의 꿈은 존재의 비밀의 은유이다. 우리가 나비처럼 가벼워진 순간은 세속적 욕망의 짐에서 풀려난 순간이며, 나비란 존재의 비밀이자 나카자와 신이치가 인간의 비밀이라고 부른 것의 정수이다. 즉 나비가 되는 순간은 세속에서 잃어버린 인간의 비밀을 꿈꾸는 순간이다. 인간의 비밀을 상실한 세속적 현실이 덧없는 꿈인 반면 나비가 오히려 현실이라고 생각되는 것은 그 때문이다.

할 내부가 없는 시대이다. 현실이나 문학에서 나비의 꿈이 어려운 것은 그 때문이다. 바깥에 접촉할 내부의 자리가 없을 뿐 아니라 그런 접촉을 꿈꾸는 사람은 잡혀가는 것이다. 이처럼 체계에 예속된 삶밖에 보이지 않는 사회에서는, 체계 외의 모든 것을 볼 수 있게 하는 참선의 사유가 미학을 대신할 수 있을지 모른다. 오늘날에는 잡혀가지 않고 꿈꿀 수 있는 방법이 바로 선시인 것이다. 그러나 선시는 절반의 가능성이다. 즉 선시는 잡혀가지 않고 꿈을 꾸게 허용하는 동시에 현실로 다시 돌아오는 것을 불가능하게 하기도 한다.

노를 젓다가
노를 놓쳐버렸다

비로소 넓은 물을 돌아다보았다[105]

제목을 붙일 수 없는 고은의 시들은 한결같이 이름을 붙일 수 없는 '넓은 세상'에 관한 시들이다. 노 젓기에 여념이 없는 사람들은 망망대해 같은 넓은 세상을 보지 못한다. 노를 놓쳐버렸을 때 비로소 보이는 그 바다 같은 넓은 영역이 바로 실재계이다. 실재계에 접촉할 때 우리는 잃어버렸던 표상할 수 없는 것의 귀환을 경험한다.

그런데 성과사회란 한시도 노에서 손을 놓을 수 없는 세계이다. 성과사회의 권력은 '넓은 물'을 감시하는 파수꾼들이다. 그들은 우리가 꿈을 잃게 하는 것은 물론이거니와 잃어버린 꿈을 다시 꾸려는 사람들을 잡아간다. 오늘날은 꿈꾸는 자유를 감시당하는 사회이다.

문제는 그뿐만이 아니다. 고은 시가 암시하듯 근대사회에서는 표류를 경

---

105 고은의 제목 없는 시 중의 하나임. 고은,《순간의 꽃》, 문학동네, 2001, 13쪽.

험하는 사람들만이 넓은 세상을 볼 수 있다. 그러나 성과사회에서는 노를 놓쳤을 때의 표류와 방황이 엄청나게 심각해진다. 게다가 유혹의 권력에 이끌린 사람들은 방황하는 사람의 고통에 눈길을 주지 않는다. 사람들은 표류하는 삶을 나와 상관없는 우연한 불행으로 여기며 그런 사건이 일어나도 **타자의 고통**에 눈을 감는다.

물론 표류와 방황의 순간은 상실된 꿈을 되찾는 순간이기도 하다. 거기에는 고통을 상쇄시키는 열락이 잠재한다. 하지만 성과사회는 유혹의 사회인 동시에 죽음정치의 사회이기도 하다. 죽음정치에 의한 배제의 고통은 말할 수 없이 큰 반면 잠재적 열락은 실제로 경험하기 어렵다. 고통받는 타자는 무관심의 벽에 매몰될 뿐이다.

선시는 그 모든 문제들을 일시에 해결하는 듯한 사유로 우리를 이끈다. 참선의 방법은 우리의 내면에 응고된 성과에 대한 집착을 한순간에 덜어내는 것이다. 그처럼 화석화된 성과주체 자신을 유연하게 되돌림으로써 노를 놓쳤을 때 상실한 성과의 무게에 연연하지 않게 만드는 것이다. 우리는 고통을 잊고 일시에 자유를 얻는다.

위에서 노와 넓은 물의 관계를 주목해보자. 흥미로운 것은 손에 쥔 노와 넓은 물의 대비이다. 노는 아무리 부드럽게 만든다 해도 얼마간 딱딱해야만 배를 앞으로 나아가게 할 수 있다. 그러나 딱딱한 노에 집착하는 한 유연하게 유동하는 넓은 물을 볼 수 없다. 역설적으로 노를 놓쳐 앞으로 나아갈 수 없게 되었을 때 비로소 깊고 넓은 유동체를 발견한다. 이것이 선시가 우리에게 주는 유동체에 대한 깨달음이다.

그러나 선시는 유동체에 대한 열망을 일깨우지만 우리를 앞으로 나아가게 하는 것은 아니다. 설령 마음을 비우고 넓은 물의 열락을 알았다고 해도 미래로 나아가는 새로운 차원의 노 젓기를 알게 되진 않는다. 넓은 물의 발견이 우리의 미래는 아닌 것이다. 그렇다면 우리는 어떻게 생명의 유동체를 미래로 이끌 수 있을까.

노를 저을 때 전진하는 것은 내가 아니라 내가 탄 배이다. 배가 아닌 내가 앞으로 나아가기 위해서는 딱딱한 노의 감촉과 함께 유동체의 물결을 몸으로 느껴야 한다. 우리의 미래를 위해서는 그 둘 다가 필요하며 노는 물론 유동체의 물결만으로도 부족한 것이다.

반대로 말하면 우리는 일심의 바다와 함께 그에 저항하는 딱딱한 노의 세상도 감지해야 한다. 원효의 말을 빌리면 불각과 본각의 동거가 필요한 것이다. 선시에 부족한 것은 바로 그런 양가성과 수행성이다. 여기서 필요한 수행성은 참선의 수행이 아니라 현실에서의 수행이다.

그처럼 성과에 집착하지 않고 유동체를 느끼며 노를 젓는 일은 하루아침에 되지는 않는다. 따라서 새로운 노 젓기가 무엇인지는 여전히 알 수 없다. 새로운 노 젓기란 마치 **길 없는 길**과도 같다. 그것은 있다고도 할 수 없고 없다고도 할 수 없다.[106] 노를 잃은 사람들이 어떻게든 부서진 노로 고통스럽게 앞으로 나아갈 때만 새로운 뱃길이 생성될 것이다.

물론 우리 시대는 성과의 중독이 심각한 만큼 노를 놓친 절망이 엄청난 시대이다. 그러나 우리는 놓친 노와 부서진 노를 절망을 껴안듯 껴안아야 한다. 그 엄청난 절망과 고통을 끌어안을 때에만 우리는 앞으로 나아갈 수 있다. 그것은 과연 가능할까.

원효의 파도와 바다의 은유가 암시하는 것은 파도치는 엄청난 고통과 바다의 열락이 별개의 것이 아니라는 것이다. 우리가 고통을 극복하지 못하는 것은 그것이 너무나 압도적이어서라기보다는 자신과 타자에 대한 사랑을 잃어버렸기 때문이다. 원효는 사랑이 고통과 다른 것이지만 또한 다르지 않은 것임을 말하고 있다. 바다가 파도를 포용하듯이 사랑은 절망과 고통을 껴안아주기 때문이다. 반면에 우리가 노를 놓친 사람들의 절망이나 그것이 우리에게 닥칠 것을 두려워하는 것은 그들 타자에 대한 사랑을 잃어버렸기

---

106 루쉰, 정석원 역, 〈고향〉, 《아Q정전·광인일기》, 문예출판사, 2006, 188쪽.

때문이다. 타자에 대한 사랑을 회복할 때 그들의 엄청난 고통은 우리를 압도하지 못한다. 설령 고통이 우리에게 닥친다 해도 우리는 자신의 절망을 끌어안을 수 있다. 그렇기에 우리 시대에 절망과 고통을 껴안는다는 것은 타자에 대한 사랑을 회복하는 일을 뜻한다.[107] 그런 새로운 방식으로 우리 시대에도 여전히 불각과 본각의 동거, 세속과 일심의 교섭, 그 양가성과 수행성이 필요한 것이다. 그 같은 새로운 수행성을 암시하는 것이 바로 송경동의 선시와 리얼리즘의 결합이다.

9. 선시와 리얼리즘의 결합—송경동의 시

참선은 넓은 물과 자연으로 되돌아가는 비법을 암시한다. 유동체인 넓은 물이나 자연의 반대쪽에 위치한 것은 딱딱하고 위계적인 조직 같은 것이다. 그런데 조직은 사회체계뿐만 아니라 과거의 사회운동에도 존재했다. 참선의 사유는 조직에 의한 운동이 힘들어진 시대에 또 다른 존재론적 대응을 시사한다.

조직적인 운동은 유동체의 감각을 모르는 노 젓기가 되기 쉽다. 1990년대 이후에 우리가 새롭게 깨달은 것은 독재적인 지배 권력과 그에 대항한 조직적 운동이 '노 젓기' 형식을 공유하고 있었다는 점이다. 이제 조직적인 사회운동은 새로운 변신을 하지 않는 한 우리에게 예전 같은 호소력을 지닐 수 없게 되었다.

더욱이 오늘날 성과사회의 새로운 점은 노 젓기를 강요하는 것이 아니라 그것에 중독되게 만든다는 것이다. 중독된 사람은 스스로 그렇게 하기 때문에 자신이 자유롭다고 느낀다. 실제로는 더 악화된 맹목적 노동이지만 강요

---

107 그것은 나르시시즘에서 벗어나 자신에 대한 진정한 사랑을 회복하는 일이기도 하다.

가 없다고 느끼므로 스스로는 부드러운 유동체에 있다는 환상을 갖게 된다. 그 때문에 여전히 예전과 비슷한 조직적인 사회운동은 상대적으로 더 딱딱하게 느껴지게 되었다.

또한 노 젓기에 중독된 사회에서는 바닷물의 유동체가 더욱 잘 감지되지 않는다. 게다가 성과사회의 유혹의 권력은 스스로가 부드러운 유동체인 것처럼 연출하기 때문에, 진정한 생명적 유동체인 꽃과 강물, 그리고 사랑은 관심에서 멀어진다. 사랑의 감동을 잘 모르는 사람은 사랑 없는 사회에 저항하기가 매우 어렵다. 또한 절망과 고통에 처한 사람에 대한 공감력도 약화된다.

리얼리즘이란 사회의 모순에 대한 비판과 저항을 형상화하는 문학이다. 예전에는 강력한 부정과 변혁을 위해 목적의식과 조직적 운동의 표현이 중요하다고 여겼다. 그러나 사랑의 감성이 무뎌진 오늘날에는 목표를 잘 아는 사람보다는 사랑과 생명적 유동체의 감촉을 느낄 줄 아는 사람이 필요해졌다. 생명적 자연으로의 회귀를 가능하게 하는 참선의 존재론이 리얼리즘과 결합할 수 있는 것은 그 때문이다.

성과사회의 권력은 억압과 탄압보다는 자본주의적 욕망에 길들이는 방식으로 꿈꾸는 것을 차단하는 데 전력한다. 그런 사회에서는 성과에 도취되어 그와 무관한 꽃과 사랑이 보이지 않는다. 이 성과사회의 유혹의 권력과 죽음정치에 대항하기 위해서는 조직의 결성에 앞서서 보이지 않는 꽃과 사랑을 다시 보게 하는 방식의 연대가 중요하다. 그 점에서 송경동의 〈사소한 물음들에 답함〉은 매우 암시적이다.

어느날
한 자칭 맑스주의자가
새로운 조직 결성체에 함께하지 않겠느냐고 찾아왔다
얘기 끝에 그가 물었다

그런데 송동지는 어느 대학 출신이요? 웃으며
나는 고졸이며, 소년원 출신에
노동자 출신이라고 이야기해주었다
순간 열정적이던 그의 두 눈동자 위로
싸늘하고 비릿한 막 하나가 쳐지는 것을 보았다

(…중략…)

십수년이 지난 요즈음
다시 또 한 부류의 사람들이 자꾸
어느 조직에 가입되어 있느냐고 묻는다
나는 다시 숨김없이 대답한다
나는 저 들에 가입되어 있다고
저 바닷물결에 밀리고 있고
저 꽃잎 앞에서 날마다 흔들리고
이 푸르른 나무에 물들어 있으며
저 바람에 선동당하고 있다고
가진 것 없는 이들의 무너진 담벼락
걷어차인 좌판과 목잘린 구두,
아직 태어나지 못해 아메바처럼 기고 있는
비천한 모든 이들의 말 속에 소속되어 있다고
대답한다 수많은 파문을 자신 안에 새기고도
말없는 저 강물에게 지도받고 있다고[108]

사소한 물음들에 대한 이 시의 답변은 아주 급진적이다. 여기서 급진적이

___

108 송경동, 〈사소한 물음들에 답함〉, 《사소한 물음들에 답함》, 창비, 2009, 16~17쪽.

라는 것은 과거처럼 목적의식이 뚜렷하다는 것이 아니라 성과사회에 맞서는 방식에서 급진적이라는 뜻이다. 성과사회가 생명적 존재를 거세시킨다면 이 시는 생명적 유동체를 느끼게 하는 방식의 연대를 말하고 있다. 이제 과거의 조직 결성체는 바다와 꽃잎, 나무, 바람, 강물, 그리고 아메바의 유동체가 대신한다.

그러나 이 생명적 유동체의 발견은 선시에서의 넓은 물의 발견과도 구분된다. 이 시가 고은의 선시의 다른 점은 발견된 유동체가 자신 안에 상처와 고통을 새기고 있는 것으로 지각되는 점이다. 특히 이 시에서의 "파문"과 "강물"의 은유는 원효의 **파도**와 **바다**의 은유가 변주된 것으로 볼 수 있다. 무너진 담벼락의 파문과 말 없는 강물은 서로 다른 동시에 다르지 않다. 담벼락의 파문은 고통과 상처이며 말 없는 강물은 생명적 유동체이다. 그러나 강물은 그저 도도한 것이 아니라 무너진 담벼락과 걷어차인 좌판의 파문이 끝없이 일고 있기에 그 고통을 끌어안고 세상에 대응할 수 있는 것이다.

성과사회는 과거의 조직과 목적에 얽매인 운동으로는 대응할 수 없다. 유혹의 사회이기도 한 성과사회는 예전과 비슷한 조직적인 운동과 비교할 때 훨씬 더 부드러워졌다. 아이러니하게도 이제 권력이 저항보다도 오히려 부드러워진 것이다. 오늘날 기존의 사회운동에 대한 외면은 바로 여기에서 기인된 셈이다. 딱딱한 운동은 부드러운 권력에 결코 이길 수 없거니와 아무리 사회비판을 외쳐도 사람들은 관심을 갖지 않는다.

성과사회는 유혹사회인 동시에 죽음사회이며 유동체인 동시에 딱딱한 고체이다. 그런 유사 유동체에 대항하기 위해서는 진정한 생명적 유동체에 접속하는 것이 필요하다. 그러면서도 선시에서처럼 목적론적 세계에서 생명적 유동체로 단번에 탈주하는 것이 아니라, 세상이 주는 고통과 상처를 끌어안는 방식으로 유동적 세계에 접속해야 한다. 파도와 바다가 다르면서도 같은 것이듯이 현실의 상처에서 벗어나기 위해서 그 상처를 끌어안고 같이 가야 하는 것이다.

우리 시대의 선시와 리얼리즘의 연애관계는 우연이 아니다. 혁명을 잃어버린 사회는 꽃과 강물을 잃어버린 사회이다. 꽃과 강물, 그리고 사랑은 여전히 아름답지만 그것은 각종 연출된 이미지와 상품의 포장지로 덮여 있다. 오늘날 사회운동의 침체는 결코 조직과 목적의식의 결여로 인한 결과가 아니다. 혁명의 종언은 오히려 연출된 것만 보게 하는 유혹사회의 프로젝트가 성공하고 있다는 반증이다. 그것에서 벗어나는 길은 목적론을 덜어내고 선시에서처럼 보지 못하던 것을 보면서 자연의 흐름과도 같은 연대를 다시 이루어내는 것이다.

그와 함께 우리는 참선과 포옹하는 과정 속에 절망을 껴안는 과정을 포함해야 한다. 선시에서처럼 성과사회에서 단번에 꽃과 강물로 와버린다면 우리가 현실에 발 디딜 곳은 없어진다. 원효가 암시했듯이 우리는 꽃과 강물을 보되 또한 절망에 발들 딛고 있을 때만 새로운 세상으로 나아갈 수 있다. 오늘날은 꽃과 강물은 물론 절망마저도 보이지 않는 시대가 되었다. 이제 과거와 달리 보이는 것뿐만 아니라 보이지 않는 것을 보아야 한다.

그처럼 과거와 다른 식으로 말하기 위해 송경동의 새로운 리얼리즘은 혁명의 상실을 감지하는 것에서 시작한다. 송경동의 리얼리즘은 혁명을 잃어버린 시대의 변혁의 열망이자 리얼리즘의 귀환이다. 그러나 송경동은 탈혁명과 탈정치의 원인을 혁명의 상실 자체보다는 한층 더 근원적인 다른 것에서 찾는다. 혁명의 상실은 사람들이 잃어버린 것이 무엇인지를 모르는 데 그 원인이 있다. 배수아의 소설에서처럼 비극적인 사건이 일어나도 아무 일도 없는 듯이 느껴지게 하는 사회에서는 혁명과 리얼리즘이 종언된다.

나는 자꾸 뭔가를 잃어버렸다는 생각이 든다
오래 묵은 전화번호를 뒤적거려봐도
진보단체 싸이트를 이리저리 뒤져봐도
나는 왠지 무언가 크게 잃어버린 느낌이다

그것이 무엇일까 공단거리를 걸어봐도

촛불을 켜봐도, 전경들 방패 앞에 다시 서 봐도

며칠째 배탈 설사인 아이의 뜨거운 머리를 만져봐도

밤새 토론을 하고 논쟁을 해봐도

나는 왜 자꾸 뭔가를 잃어버렸다는 생각이 들까[109]

혁명과 정치의 종언보다 더 문제인 것은 그 사실에 대한 무감각이다. 송경동은 '혁명의 상실'을 망각한 사회의 이상한 고요함에 대해 말하고 있다. 오래된 친구들은 물론 진보단체와 거리의 시위, 노동자들의 토론과 논쟁조차도 여전히 그대로 있다. 그러나 우리는 잘 생각나지 않는 무언가를 잃어버린 시대에 살고 있다.

우리가 잃어버린 것은 혁명이기보다는 꽃과 강물 같은 사랑, 그리고 사랑이 없는 시대의 절망적 타자에 대한 공감일 것이다. 그 둘 다 유혹의 권력 속에서 상실되었으며 이제 그것을 꿈꾸거나 말하는 사람은 죽음정치에 의해 배제된다. 그러나 상실된 것은 무의식 속에 '뭔지 모르는 것'으로 어렴풋이 남아 있다. 유혹사회가 무의식마저 회유하는 시대라면 그에 대한 대응 역시 심연 속에 간신히 잔존하는 것에서 시작될 수밖에 없다.

송경동의 리얼리즘은 잃어버린 그 무언가를 무의식적으로 감지하는 데서 시작된다. 잃어버린 것은 실상 심연의 서랍에 갇혀 있는 것이며 은연중에 자신도 모르게 무의식 속을 떠돌고 있다. 그 무언가 중에서 앞의 시가 생명적 유동체에 대해 말했다면 다음 시에서는 타자의 절망과 연관해서 노래한다. 그 둘 다 조직이 아니라 무의식에 접속할 때 발견이 가능해진다. 무의식이란 자신도 모르게 자꾸 뇌리에 떠오르는 연쇄적 사유의 근원이다. 상실된 것에 대한 무의식적 아픔은 정치의 종언을 망각하게 하는 시대에 정치적 무

---

109 송경동, 〈혁명〉, 위의 책, 132쪽.

의식의 귀환을 암시한다. 그런 도전적인 무의식의 귀환에 대한 호소는 용산 참사를 다룬 시에서도 발견된다.

그렇게 여섯 명이 죽고도
이 사회는 아무런 일도 일어나지 않았다
(…중략…)

그런데 민주주의 사회라고 한다
민주주의가 용산에서 아직도 까맣게 타들어가고 있는데
열린 사회라고 한다 억울한 죽음들이
다섯 달째 차가운 냉동고에 감금당해 있는데
살만한 사회라고 한다

(…중략…)
이 냉동고를 열어라
이 냉동고에 우리의 용기가 갇혀 있다
이 냉동고를 열어라
이 냉동고에 우리의 권리가 묶여 있다
이 냉동고를 열어라
이 냉동고에 우리의 미래가 갇혀 있다
이 냉동고를 열어라
이 냉동고에 우리 모두의 소망인
평등과 평화와 사랑의 염원이 주리 틀려 있다

거기 너와 내가 갇혀 있다
너와 나의 사랑이 갇혀 있다

제발 이 냉동고를 열어라
우리의 참다만 오늘을
우리의 꽉 막힌 내일을
얼어붙은 이 시대를
열어라 이 냉동고를[110]

우리 시대의 비극은 용산참사 같은 사건이 일어나도 아무도 동요하지 않는 데에 있다. 사람들이 억울하게 죽었어도 일상에서는 아무 일도 일어나지 않는다. 심지어 "이 사회는 민주주의 사회"이고 "열린사회"이고 "살만한 세상"이라고 말해진다. 그런 일상의 침묵 속에서 용산참사의 피해자들이 냉동고에 갇히는 순간 사건 또한 시신처럼 냉동된 것이다.

바디우는 사건이란 일상의 구멍이며 사건이 일어나면 구멍을 메우려는 사람들과 세계의 동요가 일어난다고 말했다. 그리고 사건이 일어날 때마다 그런 동요가 일어나는 원리를 윤리라고 지칭했다. 여기서의 윤리는 딱딱한 도덕이 아니라 라캉의 순수욕망과도 같은 유동적인 사랑의 욕망의 흐름이다. 반면에 냉동고는 냉장고와는 달리 생명적인 것을 딱딱하게 얼어붙게 하는 고체적 장치이다. 그런 냉동고가 열려야만 사건이 살아나고 유동적인 사랑의 욕망을 통해 죽은 사람들이 생명적인 존재의 품으로 돌아온다.

그러나 어떤 동요도 없이 침묵 속에서 냉동고가 **닫혔어도** 이 사회는 여전히 **열린 사회**이고 살만한 세상이다. 그런 이상한 평온함 속에서 죽은 자와 함께 사건은 다섯 달 동안 냉동고 속에 갇혀 있다. 시신과 더불어 사건이 침묵 속에서 냉동고에 갇혀 있는 것은 절망마저도 외면당한 수동적인 상태일 것이다. 반면에 냉동고를 여는 순간은 살만한 세상이 실상은 절망의 상황임을 알게 되는 순간이다. 냉동고를 어서 열어달라는 호소는 그처럼 절망을

---

110 송경동, 〈이 냉동고를 열어라〉, 위의 책, 97~99쪽.

외면하지 않음으로써 능동적으로 (진심어린 애도와) 사건의 직시를 요구하는 것이다.

냉동고를 열라는 외침은 사건을 사건으로 보게 하라는 호소이다. 그처럼 절망을 절망으로 보고 사건을 사건으로 볼 때 비로소 우리의 얼어붙은 사랑이 해빙되기 시작한다. 또한 그런 따뜻한 윤리와 사랑을 통해서만 죽은 사람이 우리의 품에 안길 수 있게 된다. 그때 우리는 죽은 사람으로 인해 고통받는 타자와 교섭하며 사건의 구멍을 메우려는 동요를 통해 미래로 나아갈 수 있다. 그처럼 우리에게 필요한 것은 사건에 대한 유동적인 대응과 비극적 사건으로 고통받는 타자에 대한 교섭과 사랑이다.

반면에 냉동고가 닫혀 사건이 살만한 세상 속에서 잊혀져 갈 때, 고통받는 타자와 교섭하며 미래로 나아가는 시간은 열리지 않는다. 또한 사람들 사이의 얼어붙은 사랑 역시 해빙되지 않는다. 따라서 냉동고에 갇혀 있는 것은 주검이지만 실제로는 나와 타자(너)이기도 하며, 사람들 간의 사랑이기도 하다. 또한 타자와 교섭하며 미래로 나아가는 시간이 갇혀 있다.

송경동은 혁명을 말하기에 앞서 그 길을 막는 사랑과 시간의 닫힘에 대해 말하고 있다. 또한 그에 앞서 절망을 절망으로, 사건을 사건으로 보지 못하게 하는 이상한 침묵의 닫힘을 얘기한다. 냉동고가 열리고 이상한 평온함에서 벗어날 때, 사건에 대응하는 동요를 통해 사랑과 미래가 열릴 것이다. 목적의식을 강조했던 과거와 달리 송경동은 절망을 외면하지 않고 마음의 문을 여는 것이 새로운 혁명으로 가는 길임을 말하고 있다. 마음의 문을 열어 윤리와 사랑을 회복하는 길은 참선의 방식과 다르지 않다. 그러나 송경동은 그에 앞서 살만한 세상이 실상은 죽음 같은 상황임을 직시할 것을 주장하고 있다. 그처럼 절망을 직시하는 일과 마음의 문을 여는 일은 분리되어 있지 않다. 사랑은 절망을 극복한 것이지만(不一) 그 둘은 파도와 바다처럼 분리된 것이 아닌 것이다(不二). 송경동은 선시보다는 원효의 불일불이(不一不二) 사상을 통해 오늘날 고통받는 타자가 외면 받는 상황을 극복하고 자 하고 있는 것이다.

송경동의 리얼리즘이 원효적인 선사상을 껴안고 있음은 언어에 대한 사유에서도 나타난다. 사람들의 마음의 냉동고가 열리고 사랑과 미래가 열리는 일은 일심(一心)의 바다로 나아가는 흐름의 시작과도 같다. 그런 흐름에 몸을 맡기는 사람들은 체계(상징계)에 등록된 표상을 넘어선 사람들이다. 또한 그들의 대화와 담론은 말로 나타낼 수 없는 것들을 표현하는 일일 것이다. 따라서 그들처럼 마음의 바다를 향해 "흐르는 것들"은 표상적인 말을 하지 않는다. 또한 그처럼 여울지는 것들은 무엇이라 말하지 않기에 "흐르는 것들은 제 이름을 모른다."[111] 이처럼 송경동의 미래의 언어학은 참선과도 비슷하지만 그는 거기서 그치지 않는다. 송경동은 그 '말 없는 흐르는 것'이 이따금 타자들의 '서투른 말들'[112]로 표현되기도 함을 암시한다. '말 없는 흐르는 것'은 '서투른 말들'을 넘어선 것이지만(不一) 서투름과 유동성은 서로 분리된 것으로 볼 수 없다(不二).[113]

혁명은 무질서한 "탁류"도 "한때의 격랑"도 아니다. 또한 "회오의 눈물"도 "굴절과 비통의 소용돌이"도 아니다.[114] 그것은 자신이 무어라 말하지 않으며 아무리 넓고 깊어도 바다를 향해 머무르지 않는 흐름이다. 이름을 붙일 수 없는 흐름에 몸을 맡기는 것을 참선이라 할 때 송경동의 시들은 그와 비슷한 마음의 경지를 통해 새 세상으로 나아간다. 그러나 송경동의 경우에는 참선과는 달리 '말 없는 흐름'은 말이라고도 부를 수도 없는 미결정성인 말이기도 하다. 즉 '이름을 붙일 수 없는 흐름'은 음역을 잘 알 수 없는 타자의 '서투른 말'로 나타나기도 하는 것이다. 음역을 알 수 없는 말들은 아직 오지

111　송경동, 〈흐르는 것들은 말하지 않는다〉, 《꿀잠》, 삶이보이는창, 2011, 126쪽.

112　송경동, 〈그 서투른 말들을 믿기로 했다〉, 위의 책, 102쪽.

113　원효는 '진리란 말을 끊은 것이 아니며 끊지 않은 것도 아니다'(理非絶言, 非不節言)라고 말하고 있다. 이도흠, 《화쟁기호학, 이론과 실제》, 한양대출판부, 2001, 122쪽.

114　송경동, 〈흐르는 것들은 말하지 않는다〉, 《꿀잠》, 앞의 책, 126쪽.

않은 '없는 말'이라고도 할 수 있지만, 어딘가에 '있을 것 같기 때문에' 끝없이 찾아 헤매는 말이기도 하다.[115] 아직 오지 않은 말은 없는 동시에 있는 말인 것이다.

그처럼 송경동의 "제 이름을 모르는 흐름"은 참선과 비슷하면서도 상이하다. 송경동은 말할 수 없는 유동성을 향해 가지만 그 과정에서는 '미래의 말'이 '없으면서 있는 말'로 암시되기도 한다. 근대 이후의 세계는 권력에 예속된 언어를 넘어서면서 새로운 언어를 기다리는 삶이다. 그런데 송경동이 생각하는 혁명이란 새로운 언어와 함께 단숨에 해방된 세상이 오게 하는 것이 아니다. 혁명이 아직 오지 않은 세상과 끝없이 관계하는 것이듯이, 새로운 언어 역시 항상 미처 표상할 수 없는 말들로 우리에게 다가온다. 따라서 그 언어들은 아직 태어나지 않은 말들인 동시에 '서투른 언어'로 태어난 말이기도 하다.

오늘 처음 사람들이 얘기했다
나는 그 서투른 말들을 믿기로 했다

세계는 학살을 하며
그게 평화라 하고
기생을 자유라 하고
굴종을 안녕이라 가르치기에
오늘부터는 없는 말
태어나지 않은 말들만
믿기로 했다[116]

---

115 송경동, 〈아직 오지 않은 말들〉, 《사소한 물음들에 답함》, 앞의 책, 124쪽.
116 송경동, 〈그 서투른 말들을 믿기로 했다〉, 《꿀잠》, 앞의 책, 102쪽.

오늘날은 학살과 평화가 대립하는 세계라기보다는 유혹권력이 죽음정치를, 평화의 환상이 학살의 현실을 은폐하는 시대이다.[117] 그렇기에 세상에는 학살을 평화라고 말하는 오염된 말들밖에 없다. 더욱이 성과사회에서는 기생을 자유라 하고 굴종을 안녕이라 가르친다. 앞서 살폈듯이 세상의 말들을 지우는 참선의 사유가 필요해진 것은 그 때문이다. 즉 새 세상의 언어는 "없는 말", "태어나지 않은 말들"로 다가올 것이다. 그런데 송경동은 참선의 "없는 말"로 가버리는 것이 아니라 "없는 말"이 미결정적인 타자의 말이기도 함을 암시한다. 우리에게 다가오는 태어나지 않은 말들은 가끔 타자들의 "서투른 말들"로 태어나기도 한다.

송경동이 이르고자 하는 생명적 유동체의 흐름은 끝없이 말을 연기하는 상태일 것이다. 다만 고통받는 타자들의 '서투른 언어'로 그것이 미리 암시될 뿐이다. 서투른 말과 말 없는 흐름은 원효의 파도와 바다처럼 다른 동시에 다르지 않다. 바다의 유동체는 말이 필요 없는 흐름이지만 그곳은 파도를 견디는 서투른 말을 모두 버리고 이르게 되는 곳이 아니다. 원효의 바다에는 끝없이 파도가 치고 있으며 그와 똑같이 우리는 서투른 말들을 하면서 말없는 유동체의 세계로 다가가야 하는 것이다. 위 시에서처럼 서투른 말은 사람들이 입에 담은 미결정적인 언어이지만 그것은 아직 태어나지 않은 언어와도 비슷한 지위에 있다.

혁명 역시 그와 마찬가지일 것이다. 혁명이란 시스템에 동화되지 않은 외부를 향한 움직임이며, 미처 음역이 명확하지 않은 세상에 끝없이 다가가는 운동이다. 그 운동은 단번에 훤히 뚫릴 수 없는 **길 없는 길**로 나아가는 과정

---

117 그 때문에 오늘날은 단순히 대립된 말들을 화해로 이끌기에 앞서 오염된 말들을 지우는 일이 선행되어야 한다. 원효의 화쟁사상은 논쟁하는 담론들이 적어도 일리를 갖고 있을 때 적용되며 그것은 권력에 동화된 말들을 지우는 것을 전제로 한다. 비판담론이 약화된 오늘날에는 원효의 화쟁사상이 먼저 '오염된 말'과 '없는 비판 담론'의 대립을 해소하는 것으로 진행되어야 하며, 이어서 언어를 넘어선 것과 서투른 타자의 말을 화해시키는 것으로 나아가야 한다.

이기도 할 것이다. 아직 없는 것이기도 한 그 길 위에서, 미처 오지 않은 세상의 언어는 "없는 말들"이기에, 우리는 명확히 표상할 수 없는 흐름에 몸을 맡긴다. 그 순간 없는 말들은 **미결정적인** 상태로 우리에게 다가와 자신의 서투른 존재를 암시한다.

화려하지만 오염된 이름들에 파묻힌 시대가 바로 성과사회이다. 성과사회란 자본주의적 시스템에 물든 언어들에 동조해야만 살아갈 수 있는 시대인 것이다. 그런 사회에서는 이름을 버리고 언어를 지우는 흐름에 참여할 때 새 세상이 시작되거니와, 그 같은 수행적 실천을 통해 우리는 아직 오지 않은 세상으로 다가선다. 송경동의 시들은 시스템에 동화된 언어들을 지우면서 이 세상에는 "없는 말들"을 통해 미래의 시간에 발을 들여 놓고 있다. 그런데 그 말들은 무엇과도 닮지 않은 말들이기에 "벙어리처럼 침묵"해야 하는 말들이지만, 어딘가에서 서투르게 들려올 것 같기에 "찾아 헤매게" 되는 말들이기도 하다. 송경동은 존재하는 동시에 존재하지 않는 언어들을 통해 닫혀진 미래를 열려 시도하고 있다.

10. 부서진 디세미네이션과《성실한 나라의 엘리스》

배수아 소설은 포스트모더니즘이고 송경동의 시는 리얼리즘이지만 그 둘은 비슷하게 오늘날의 '이상한 침묵'에 대해 말하고 있다. 친구가 죽고 용산참사가 일어나도 세상은 소름이 끼치도록 잔잔하다. 진보단체와 노동운동과 밤샘 토론은 없어지지 않았다. 그럼에도 우리는 신기할 정도로 아무 일도 일어나지 않는 세상에서 살고 있다.

용산참사를 다룬《두개의 문》(김일란 감독)은 망각의 문과 진실의 문이라는 두 개의 문에 대해 말하고 있다. 타자의 고통을 망각하는 것이 우리 사회의 병리현상이지만 아직 진실의 문이 열릴 가능성은 남아 있다는 것이다.

그와 비슷하게 쌍용차 사태를 다룬 《의자놀이》(공지영)에서도 유사한 문제 의식이 발견된다. 빙글빙글 돌며 한 사람씩 밀어내는 의자놀이의 핵심은 산 자와 죽은 자의 분열에 있다.[118] 죽은 자란 벌거벗은 타자이며 산 자란 간신히 의자에 앉은 사람들이다. 겨우 살아남은 사람들은 사건이 일어나도 공포에 압도되어 죽어가는 타자의 신음소리를 듣지 못한다. 그 같은 이상할 정도로 고요한 '일상의 예외상태'[119] 속에서 불행한 타자는 벌거벗은 생명으로 죽어가는 것이다.

배수아 소설과 송경동의 시, 《두개의 문》과 《의자놀이》가 말하고 있는 것은 오늘날의 타자의 상실에 대한 것이다. 아감벤은 《호모 사케르》에서 비식별성의 영역에 있는 죽여도 좋은 벌거벗은 생명에 대해 논의했다. 생명권력이자 죽음정치의 대상인 벌거벗은 생명이 죽음을 맞아도 사람들은 크게 동요하지 않는다. 그렇다면 오늘날 일상에서의 타자의 죽음에 대한 무감각은 아감벤의 죽음정치가 일상 전체로 확대되었음을 암시한다. 아감벤의 비식별성의 영역이란 법의 외부인 동시에 내부인 실제적·은유적 수용소 공간을 말한다. 그처럼 비식별성의 영역은 법의 정지에 연관된 것이지만 오늘날의 비식별성의 영역은 사랑의 부재에 핵심적인 원인이 있다. 법의 안인 동시에 밖인 공간도 잘 식별되지 않지만 인간성의 안인 동시에 밖인 공간, 즉 사랑이 부재한 공간도 타자의 존재를 잘 식별되지 않게 만든다.

아감벤의 비식별성의 영역에서 사람들은 타자를 죽음에 이르게 하는 권력에 대해 분노를 갖지 않는다. 그와 마찬가지로 오늘날 우리는 타자의 죽음에 따른 분노와 비판정신을 잃어가고 있다. 그 무감각과 비식별성의 요인은 사랑의 상실이다. 타자에 대한 사랑의 상실과 권력에 대한 분노의 상실은 동전의 앞뒷면을 이루고 있는 것이다.

---

118 공지영, 《의자놀이》, 휴머니스트, 2012, 97~99쪽.
119 공지영, 위의 책, 41쪽.

오늘날의 분노와 사랑의 상실은 유혹의 권력 장치와 연관이 있다. 일상 전체가 죽음정치적인 비식별성의 공간이 되었음에도 불구하고 세상이 이상할 정도로 고요한 것은 똑같은 공간에서 유혹사회의 권력 장치들이 작동되고 있기 때문이다. 오늘날의 은유로서의 수용소는 더 없이 화려한 공연의 무대이기도 하다. 타자의 죽음을 유기하는 죽음정치는 유혹의 권력의 환상 스크린에 의해 은폐되고 있다. 현실이기도 한 환상 속에서 잉여향락에 도취될 때 우리 곁에서는 조용히 한 사람씩 타자들이 죽어 간다. 배수아가 말한 환상과 환멸의 동거는 잉여향락과 죽음의 동거이기도 하다. 그처럼 유혹의 권력은 죽음정치를 동반하고 있다.

생명권력과 죽음정치는 자본주의가 시작될 때부터 작동되었다. 우리는 앞에서 식민지 시대와 신식민지 시대의 죽음정치가 낯선 두려움에 시달리는 유민들과 난민들을 만들어냈음을 논의했다. 그 시대의 피지배자들은 흩어진 타자와의 교섭 속에서 디세미**네이션**의 연대를 이루어 권력에 대응했다. 우리의 사회적 변혁은 조직적 사회운동 이전에 그런 물밑의 디세미**네이션**의 연대에 의해 가능해진 것이라고 할 수 있다. 조직적 사회운동은 디세미**네이션**의 흐름의 환유로서 비로소 의미를 지닐 수 있었다.

오늘날에도 우리는 국민이 디세미**네이션**으로 미끄러지는 양가성을 경험하고 있다. 그런데 과거와 지금에는 차이점이 있다. 디세미**네이션**이 국민의 산종이라면 세계화 시대에 디세미**네이션**은 더욱 작은 파편들로 흩어지게 되었다고 할 수 있다. 즉 노동자와 농민, 소시민뿐만 아니라 비정규직, 실직자, 파산자, 이주 노동자들이 국민의 산종들이다. 또한 과거에는 공간적인 유민과 난민들이 문제적인 존재들이었지만 오늘날에는 **시간적인 난민들**이 문제이다. 공간적인 난민이 고향을 잃고 낯설고 두려운 곳을 떠도는 사람들이라면 시간적인 난민은 미래를 잃고 **낯선 두려움**에 시달리는 존재들이다.

오늘날은 타자들은 물론 일상의 사람들도 시간의 난민들이다. 시간의 난민들의 문제점은 공간의 난민들과는 달리 디세미**네이션**의 연대를 이루지 못한다는 점이다. 지금의 시간의 난민들은 과거의 흩어진 사람들과는 달리 오히려 모여 있는 듯 보이며 친밀한 동류의식을 지닌 듯이 여겨진다. 그러나 흩어진 사람들이 디세미**네이션**의 연대를 이룬 것과는 달리 친밀한 동류의식의 사람들은 부서진 디세미**네이션**의 파편에서 벗어나지 못한다. 역설적으로 이질적인 조각들은 연대를 이룰 수 있지만 동일성의 조각들은 그렇게 할 수 없는 것이다.

호미 바바는 디세미**네이션**을 부서진 그릇의 파편들에 비유한다.[120] 근대사회에서 우리는 텅 빈 그릇에 해당되는 국민이라는 이데올로기 속에서 자신의 정체성을 인식한다. 그런 이데올로기적 국민은 실상은 성, 계급, 문화, 인종 등의 다양한 범주들로 이루어져 있다. 국민 이데올로기는 이 다양한 범주들에서 지배적인 동일성들(자본, 남성 등)에 의해 형성된 각종 이데올로기들과 중첩되어 있다. 그러나 국민의 서사는 수행적 과정에서 다양한 타자들에 의해 양가적으로 미끄러지며 미결정적인 영역을 생성한다. 미결정적인 영역이란 국민이 디세미**네이션**으로 산종되는 공간이자 그 흩어진 파편들이 서로 달라붙게 하는 지점들을 말한다.

그릇의 파편들은 동일한 형태에 의해 하나가 되는 것이 아니라 각각 이질적이면서 미세한 부분에서 서로 달라붙어야 한다. 파편들의 동일한 형태는 결코 조각들을 접합시키지 못한다. 그와 달리 파편들은 이질적이고 미결정적인 상태에서 다른 파편들과 밀접하고 미세하게 접합되어야 한다.[121]

이질적인 파편들의 미결정성이란 체계 안팎의 비식별성의 영역에 놓인 국민 서사의 타자들의 상태를 말한다. 체계에 동일화되지 않은 그런 미결정적인 파편들만이 서로 서로 달라붙어 디세미**네이션**의 연대를 이룰 수 있는

---

120   호미 바바, 나병철 역, 《문화의 위치》, 소명출판, 2012, 365~366쪽.

121   이는 원래 벤야민이 〈번역가의 작업〉에서 사용한 비유이다. 벤야민, 이태동 역, 〈번역가의 작업〉, 《문예비평과 이론》, 문예출판사, 1987. 95쪽. 다른 코드(언어)의 파편들은 그 이질성들이 실재계에 던져졌다가 다시 돌아오며 접합되는 방식을 취한다.

것이다. 반면에 체계에 예속된 동일한 형태의 파편들은 오히려 서로 접합될 수 없다.

오늘날은 실제로는 삶이 파편화되었으면서도 국가와 자본의 **삶권력**에 의해 개인들이 동일화되는 시대이다. 과거에도 사람들은 국민 이데올로기와 함께 '부유한 삶'이라는 삶권력에 의해 동일화되었다. 그러나 오늘날에는 국민 이데올로기가 상대적으로 약화된 반면 보다 부드러워진 **미시적인** 유혹의 권력과 삶권력에 의해 동일화가 진행된다. 한병철의 성과주체들이란 그런 변화된 상황에서 파편화된 동시에 동일화된 나르시시스트들이다. 그런데 그런 동일한 형태의 파편들은 서로 달라붙을 수 없으며 삶권력에 의해 동일성의 환상들이 끝없이 연출되는 동안에만 연결이 유지된다.

미결정적 영역의 이질성을 잃어버리고 동일화된 사람들은 순수기억의 서랍이 닫히고 존재의 부피감이 옅어진 개체들이다. 이질성이 실상 풍부한 존재의 표현이라면 동일성의 개체는 그런 풍부함과 특이성이 제거된 빈약한 존재일 뿐이다. 후자의 개체들은 서로 친밀성의 소통이 증폭된 것 같지만 실제로는 근원적인 소통불가능성의 상태에 있다. 이것이 유혹의 권력과 삶권력에 동화된 오늘날의 개인들의 모습이다. 지금은 중간층뿐만 아니라 하위계층들까지도 그런 체계에 동조된 동일성의 개체들이다. 파편들이면서도 파편적인 이질성을 상실한 이런 개체들은 흩어진 채 서로 미세하게 달라붙는 디세미**네이션**의 연대를 결코 이루지 못한다.

디세미**네이션**의 연대가 해체된 사회는 실로 끔찍한 사회이다. 삶권력에 동화된 개인들은 체계에 동조된 상태에서 자본과 국가에 대한 분노와 비판의식을 상실한다. 그 대신 그들의 분노는 자신들보다 더 불행한 사람들, 즉 자본과 국가가 배제하려는 사람들 쪽으로 향한다. 불행한 타자는 실상 그들과 비슷한 사람들이지만 동일성의 체계에 대해서는 이질적이기 때문이다. 이처럼 동일성 지향의 사회에서는 그에 동조된 구성원 스스로 타자의 배제에 앞장선다. 그로 인해 동일한 친밀성 지향의 사회는 진정으로 친밀해야 할 사람들을 배제하는 끔찍한 낯선 두려움의 사회가 된다.

《의자놀이》에는 쌍용차 사태에서 살아남은 자들이 죽은 자(해고자)들에게 구호를 외치며 시위하는 장면이 소개된다. 시위자들은 "이러다 다 죽는다. 너희는 물러가라!"고 소리치고 있었다.[122] 회사와 국가를 위해 배제해야 할 사람은 배제해야 하며 죽을 사람은 죽어야 한다는 것이다. 이들은 자본과 국가의 죽음정치가 침묵으로 말하고 있는 것을 권력 대신 자신들이 직접 구호로 외치고 있다. 이처럼 유혹의 권력과 삶권력에 동화된 사람들은 죽음정치에 동화된 사람들이기도 한 셈이다. 그들은 **친밀한 사람들**을 죽음으로 내모는 권력의 로봇이 되어 간다.[123] 이것이 유혹의 권력(산 자)인 동시에 죽음정치(죽은 자)이기도 한 **의자놀이** 장치가 만들어낸 현실이다. 게임의 외부가 없는 의자놀이는 피지배자들이 서로가 서로를 적대시하게 만드는 권력 장치이다.

오늘날의 죽음정치는 강경대와 박종철을 죽음에 이르게 한 물리적 폭력 대신 비가시적인 구조적 폭력을 행사한다. 즉 진압과정에서의 심리적 트라우마, 피를 말리는 생계의 고통, 블랙리스트처럼 따라다니며 취업을 방해하는 낙인, 정부와 회사의 압박과 무대응이 만들어내는 좌절 등이다.[124] 쌍용차 사태에서의 수많은 사람들의 자살은 실상 그런 죽음정치에 의한 구조적 타살로 볼 수 있다. 그것은 심리적 압박과 감시와 방관을 통한 죽음에의 유기라고 할 수 있다. 이 구조적 죽음정치는 비가시적이기 때문에 무심코 지나가며 사람들은 구조요청의 신호에 전혀 응답하지 않는다.[125]

죽음정치의 본질은 그런 죽음으로의 유기이지만 거기서 그치지 않는다. 쌍용차 사태의 '의자놀이'에서처럼 사람들은 타자에게 침묵할 뿐만 아니라

---

122 공지영,《의자놀이》, 앞의 책, 152~153쪽.

123 공지영, 위의 책, 153쪽.

124 조희연,《한겨레신문》, 2012. 4. 16. 공지영, 위의 책, 151쪽.

125 조희연, 위의 글.

자신과 비슷한 처지의 사람들을 공격하는 데까지 나아간다. 즉 그들은 은연중에 비가시적인 죽음정치적 권력의 대리자가 된다. 유혹의 권력과 삶권력에 회유된 하위계층들은 예전처럼 자본과 국가에 대해 분노하는 대신 자신과 같은 계급의 사람들에게 증오심을 드러내는 것이다.

의자놀이는 쌍용차 사태에 국한되지 않고 점점 우리의 일상의 현실이 되어 가고 있다. 이 미시적 권력장치에 포획된 사람들은 역설적으로 성실해지면 질수록 같은 처지의 사람들에게 서로가 늑대가 되어 간다. 예컨대《성실한 나라의 엘리스》(안국진 감독)에서 주인공 수남(이정현 분) 같은 경우이다. 수남은 자기계발서의 주인공처럼 열심히 살려고 애쓰면서 어떻게든 사회에서 배제되지 않기 위해 안간힘을 쓴다. 그러나 그처럼 행복해지려는 **희망**을 갖고 **성실하게** 일하지만 원래부터 지녔던 한계로 인해 꿈이 좌절되면서 점점 광기에 사로잡힌 인물로 변화되어 간다. 수남은 세탁소 주인과 여자 상담사를 살해한 후 자신이 희생자가 되지 않으려 그렇게 애썼던 죽음권력을 스스로 실행하게 된다. 그녀는 재개발에 의한 수익만 생각할 뿐 자신의 집에 세들어 사는 세입자의 비극을 보지 못한다. 그리고 오직 남편의 병원비를 해결하기 위해 무슨 일이든지 다하는 맹목적인 존재가 되어 간다. 한병철은 성과사회가 자유로운 자기 착취의 사회라고 말했는데, 그와 비슷하게 '성실한 나라'는 피지배층이 죽음정치를 스스로 이행하는 사회라고 할 수 있다.

《성실한 나라의 엘리스》는 **한국형 성과사회**에서 섣부른 희망과 성실이 어떤 비극을 낳는지 보여준다. 한국형 성과사회란 계급적 불평등이 구조화된 사회를 말한다. 성과사회란 사람들이 자기계발서에서처럼 희망을 갖고 세상을 긍정적으로 보면서 성실히 일하는 사회라고 할 수 있다. 한병철은 그런 사회가 결국 시스템의 논리를 스스로 실현하는 자기착취의 사회라고 논의했다. 한국형 성과사회의 사람들은 단지 자기착취의 병리적 행위에 그치지 않는다. 자기착취에 이르도록 성과를 위해 아무리 애써도 불평등에서 벗어나지 못하는 환경에서, 사람들은 그로 인한 분노를 모순이 은폐된 사회가 아니라 비슷한 처지의 타인에게 돌리게 된다. 한국형 성과사회에서는 구조화된 불평등성으로 인해 하위계층들이 의자에 앉으려 애를 쓰면서도 실제로는 잘 앉지 못한다. 그처럼 자기 자신도 의자에 앉지 못하면서도 덧없는 희망을 버리는 대신 의자들 주변의 타자에게 분노를 표현하는 것이다. 《성실한 나라의 엘리스》는 우리 사회에서 공허한 의자놀이가 일상화되어 가고 있음을 암시한다.

그 같은 전도된 과정은 자본주의를 매혹적인 환경으로 보이게 만드는 권력장치와 연관이 있다. 긍정적 희망, 성실한 노동, 숙련에 이르는 노력 등 자기계발서의 미덕들은 오늘날 자본주의를 자유로운 기회의 무대로 미화하는 보형물로 작용하고 있다. 즉 자기계발서사는 자본주의를 인간적인 모습으로 성형하는 역할을 하며, 이제 그것에 의해 의자놀이 같은 사회의 흉악한 모순은 잘 보이지 않는다.[126] 다만 성형된 자본주의에 동화된 사람들의 눈에는 성과사회에서 지친 자들이 흉측한 모습으로 보일 뿐이다. 희망과 성실이라는 긍정성의 최면에서 벗어날 수 없는 성과주체는 자신의 분노를 사회가 아니라 그 흉물스러워진 타자 쪽으로 쏟아내게 된다.

성과주체의 전도된 삶의 또 다른 원인은 자아가 피폐해져도 성과의 맹목성을 그치지 않게 하는 '희망'이라는 내면의 보형물이다. 《성실한 나라의 엘리스》의 수남은 자신의 계급적 한계를 깨닫지 못하고 행복해지려는 희망을 갖지만 그녀는 성실하게 일할수록 스스로 자아가 피폐해져 가는 과정을 겪는다. 남편과 사랑을 할 때까지 수남은 어려움 속에서도 인간다움을 잃지 않았다. 그러나 남편이 식물인간이 된 후 그녀는 병원비 마련을 위해서라면 살인도 마다하지 않는 광기 어린 성격으로 변해간다. 그럼에도 '성실한 나

---

126 박일권, 〈성형대국의 의미〉, 《한겨레신문》, 2015. 4. 28. 박일권은 자기계발서를 약한 자아에 보형물을 넣어주는 것에 비유한다. 그런데 그처럼 자아의 내면을 성형하는 방식은 자본주의 사회를 성실한 사람이 성공할 수 있는 인간적인 공간으로 성형하는 역할도 한다.

라'라는 권력장치는 수남을 희망이라는 환상에서 깨어나지 못하게 한다. 물론 이때의 그녀의 희망의 의미는 이미 돌이킬 수 없게 맹목적인 돈벌이로 변질된 것이다. 여기서의 비극은 희망이 맹목적인 돈벌이라면 그것은 불평등이 구조화된 사회에서는 영원히 실현될 수 없다는 점이다. 하지만 희망이라는 내면의 보형물은 한번 삽입되면 쉽게 떨어지지 않는다. 그것은 더 이상 내적인 긍정성의 품성이 아니라 일종의 권력장치이기 때문이다. 희망과 성실이라는 자기계발서사의 삶권력 장치에 얽매인 사람들은 불행에 빠져서도 성과에 대한 집착을 버리는 대신 분노를 타자 쪽으로 돌리게 된다. 그들은 유혹사회에서 죽음정치의 피해자인 동시에 가해자인 것이다.

여기서 우리는 절망이 아니라 희망이 사람들을 죽음정치적 질병에 이르게 하는 전도된 과정을 보게 된다. 자기계발서사에서의 희망이란 유혹의 방식인 동시에 숨겨진 죽음정치의 권력장치이기도 하다. 불평등이 구조화된 사회에서 희망은 오히려 피지배층을 권력의 노예에서 영원히 벗어나지 못하게 만든다. 구조화된 불평등성이란 하위계급의 노예화 과정을 생산하는 사회이다. 이런 사회에서 자신이 계급적 노예임을 깨닫지 못하고 더 행복해지려는 희망을 갖는 순간 그의 노예의 운명은 영구화된다.[127] 그는 유혹의 권력에 이끌려 희망을 가질수록 점점 더 죽음정치의 공간으로 밀려난다. 그 순간 그에 대한 분노로 자기와 비슷한 불행한 사람들을 공격하면서 자기 자신 역시 저도 모르게 피폐해져 가는 것이다. 이제 절망이 아니라 희망이 죽음정치의 공간에 이르는 질병이 되었다. 그 질병에서 벗어나는 것은 오히려 덧없는 희망과 성실에서 벗어나 인간적인 절망을 외면하지 않는 데 있을 것이다. 반면에 절망을 외면하는 '일사회'(성과사회)의 '희망에의 의지'가 사람들을 괴물로 만들고 있는 것이다.

127　竹內好, 〈近代とは何か〉,《竹內好全集》第4卷, 筑摩書房, 1980, pp. 156~157. 김철, 위의 책, 42쪽. 김철, 〈'결여'로서의 국(문)학〉,《식민지를 안고서》, 역락, 2009, 42~43쪽.

《성실한 나라의 엘리스》의 수남의 경우도 이와 다르지 않다. 다만 수남은 아직 자아가 완전히 피폐화된 것은 아닌데 그 점은 식물인간이 된 남편을 지금도 사랑하는 점에서 알 수 있다. 그러나 수남의 사랑의 소망은 식물인간처럼 순수기억의 서랍에 갇혀 있다. 그처럼 사랑의 서랍을 닫은 것은 그녀 자신이기보다는 행복을 돈벌이와 등가화하는 성과사회의 구조일 것이다. 그렇기 때문에 수남은 환상에서 깨어나 사랑의 실현을 영원히 불가능하게 만든 절망의 사회를 자각할 잠재성이 남아 있는 셈이다. 하지만 수남은 마지막까지 절망 같은 희망의 환상에서 벗어나지 못한다. 《성실한 나라의 엘리스》는 그런 수남을 통해 너무도 현실적인 동시에 비현실적인 환상을 연출해 보여준다. 그 풍경은 미래와 전망을 상실한 리얼리즘이면서 깨어날 수 없는 공포스러운 판타지이다. 거기서 벗어나 있는 유일한 장면은 서랍 속에 갇혀 있는 남편과의 사랑의 기억일 것이다. 이 영화는 오늘날의 냉혹한 현실을 보여주는 장면들이 마치 환상인 듯 느껴지게 하면서, 환상 같았던 수남의 지난날의 사랑이 유일하게 현실적으로 여겨지게 하고 있다. 사랑의 꿈을 꾸는 사람만이 **절망**의 현실을 볼 수 있거니와, 사랑 없는 현실의 행복을 소망하는 사람은 덧없는 **희망**의 환상에서 벗어나지 못하는 것이다.

11. 구조화된 불평등성과 감성의 분할, 그리고 혐오발화

오늘날의 사회는 타자와 연관된 비식별성의 영역이 확대된 동시에 적어진 시대이다. 즉 수동적인 비식별성의 영역은 확장된 반면 능동적인 미결정성의 영역은 축소된 상태에 있다. 수동적인 비식별성의 영역이란 우리가 고통받는 타자를 잘 보지 못하는 상태를 말한다. 또한 능동적인 미결정성의 영역이란 권력에 대한 타자의 감성적 대응이나 타자에 대한 우리의 공감이 생겨나는 곳이다.

오늘날은 고통받는 타자는 많아진 반면 그에 대한 감성적 대응은 약화된 시대이다. 고통으로 신음하는 사람은 많은데 그 소리는 잘 들리지 않는 것이다. 배수아 소설과 송경동의 시, 《두 개의 문》과 《의자놀이》가 모두 이상한 고요함을 호소하고 있는 것은 그 때문이다. 《성실한 나라의 엘리스》에서 역시 그런 비현실적인 낯선 고요함 속에서 자신의 목표를 위해 잇따라 비현실적인 행동을 하는 일들이 발생한다. 그 고요함과 폭력의 중첩은 우리의 냉혹한 현실인 동시에 비현실적인 환상이기도 하다.

아감벤은 권력이 벌거벗은 생명을 죽음에 이르게 하는 일이 **비식별성의 영역**에서 일어난다고 말했다. 그러나 실상 비식별성의 영역에서는 잘 보이지 않는 타자의 감성적 대응이 발생하기도 한다. 벌거벗은 생명이란 존재의 신음을 내는 벌거벗은 타자이기도 한 것이다.

그 때문에 정치권력은 늘상 **감성의 분할**을 통해 타자의 신음이 들리지 않도록 경계를 치안하게 된다. 정치권력은 비식별성의 영역을 침묵의 지대로 만듦으로써 타자의 신음소리에 의한 사람들의 동요를 차단한다. 오늘날 타자의 불행에 눈감는 '이상한 고요함'은 지배권력의 감성의 분할이 어느 시대보다도 성공적으로 이루어지고 있음을 암시한다.

일반적으로 감성의 경계를 지키는 치안이 이루어지는 곳에서는 권력의 치안에 대립하며 경계를 불안하게 만드는 일이 일어나기도 한다. 그처럼 감성의 경계를 훼방하는 핵심적 활동이 바로 미학이다. 미학은 권력에 의해 보이지 않게 된 타자의 존재론적 대응을 은유와 가상공간을 통해 보이게 만들어준다. 그런 방식으로 미학은 침묵의 경계선이 된 비식별성의 영역을 능동적인 미결정성의 영역으로 되돌린다. 일상이나 문학에서 미학이 활성화된 사회는 침묵하는 동시에 물밑에서 동요하는 역동적인 양가성의 사회이다. 그런 사회에서는 감성의 분할은 이루어지는 동시에 방해를 받는다. 아감벤이 말한 비식별성의 영역은 감성의 치안이 이루어지는 질서화의 영역이면서 그에 대한 방해가 일어나는 무질서화의 영역이기도 한 것이다.

그런데 오늘날은 감성의 경계가 굳어진 반면 그에 대한 대응은 약화된 시대이다. 즉 고통받는 타자의 존재가 잘 보이지 않으며 사건이 일어나도 사람들은 동요하지 않는다. 이런 상황은 존재의 신음을 '이상한 고요함'으로 만드는 감성의 치안이 강화된 반면, 타자의 존재론적 대응을 은유로 보여주는 미학이 약화되었음을 암시한다. 이제 비식별성의 영역의 타자는 냉혹하게 배제되는 동시에 감성의 경계를 만드는 침묵으로 포섭된다. '이상한 고요함'이란 감성의 분할과 방해가 동시에 일어나야 할 영역이 침묵의 영역으로 포섭되었음을 뜻한다.

그런데 한국형 성과사회에서는 이상한 고요함에서 한발 더 나아가 밀려난 사람이 비슷한 계층을 공격하는 일이 일어난다. 《성실한 나라의 엘리스》의 병리적인 행동들이 대표적인 예이며, 그런 공격성의 감성적 형식이 바로 **혐오발화**이다. 혐오발화는 '낯선 고요함'보다 더 진전된 병리적 사회현상이다. 이상한 고요함이 공감력을 상실한 존재의 빈곤화에서 기인되었다면 혐오발화는 존재의 전도된 왜곡과 연관이 있다.

'이상한 고요함'과 타자에 대한 공격, 혐오발화 등이 생겨난 배경에는 신자유주의의 확산이 놓여 있다. 이상한 고요함은 신자유주의에 확대에 의해 자본주의의 외부를 보지 못하게 된 데 그 일차적인 원인이 있다. 또한 유혹의 권력에 의해 신음하는 타자가 잘 보이지 않도록 비식별성의 영역에 환상 스크린이 설치된 때문이기도 하다. 유혹의 권력인 동시에 죽음정치인 의자놀이 장치는 더 나아가 살아남은 자가 배제된 자를 외면하고 공격하는 현상까지 연출한다. 그밖에 앞서 살폈듯이 자기계발서 등을 통해 자본주의의 흉물스러운 모습이 모든 것이 가능한 공간으로 성형되고 있는 점도 존재의 무력화와 전도된 왜곡의 원인이다. 이것들은 푸코가 말한 삶권력이 고도의 유혹의 권력으로 진화한 모습들일 것이다.

그런데 우리 사회의 이런 요인들에는 한병철의 성과사회와 비슷하면서도 구분되는 점이 있다. 먼저 트랜스내셔널한 맥락에서의 복합적 모순과 불균등 발전에 의한 중층 구조를 갖고 있는 우리의 경우, 성과사회와는 달리 유혹의 권력에 의해 모든 균열이 **은폐되기가 힘든** 상황이다. 감성의 분할은 성공한 동시에 잠재적 위기에 처해 있다. 이상한 고요함은 들리지 않는 무력화된 분노의 함성이기도 한 것이다. 더 큰 문제는 사라질 수 없는 그 무력화된 분노가 이상한 고요함의 벽에 부딪혀 왜곡되고 전도되는 현상이다.

한국형 성과사회의 **은폐하기 어려운** 가장 중요한 문제점은 이미 언급했듯이 구조화된 불평등성이다. 우리 사회에서 가장 핵심적인 사회적 균열은 양극화에 의한 극심한 불평등성일 것이다. 한국은 OECD회원국 중에서 불평등성 나타내는 지니계수에서 5위 정도에 위치해 있다. 또한 소득수준 상위 30개국 중 불안정 노동자 비중은 27위이고, 성별 임금 격차는 30위, 기업의 윤리의식은 27위에 머물러 있다. 이는 한국의 국가와 정부가 사회적 불평등을 개선하려는 노력을 별로 기울이지 않았음을 의미한다. 더욱이 사회역동성은 29위인데 이는 사실상 계층이동의 사다리가 끊어졌다는 것을 뜻한다.[128]

불평등성이 심화된 사회에서는 밀려난 자들의 불만이 생기고 그들의 고통에 공감하는 사람들의 연대에 의해 사회적 저항이 나타난다. 1970년대에는 그런 방식으로 디세미**네이션**의 연대가 이루어졌으며 당대의 소설들은 그 물밑의 연대를 은유와 가상공간을 통해 표현했다. 그러나 오늘날은 불평등성이 더 심화되었는데도 연대는 물론 타자에 대한 공감도 형성되지 않는다.

그 대신 불평등에 의한 불만은 환상적 방식으로 상류사회로 진입하는 판타지에 의해 다소 해소된다. 트렌디한 TV 드라마에서 가난한 여자가 왕자 같은 재벌 2세와 결혼하는 신데렐라 서사가 바로 그 은유적 표현이다. 물론

---

128 세계 경제포럼(WEF)이 2015년 〈포용적 성장과 발전 보고서〉에서 발표한 결과이다. 《한겨레신문》, 2015. 9. 11.

이는 환상적인 해소방식에 불과하지만 분명한 것은 우리의 욕망의 흐름이 달라졌다는 점이다. 즉 1970년대에는 '**다 함께** 잘 사는 사회'의 소망이 있었지만 이제는 '**나**의 상류층으로의 진입'이라는 불가능한 꿈에 매달린다. 전자의 은유적 표현이 1970년대의 소설들이라면 후자의 은유적·담론적 표현은 신데렐라 드라마와 자기계발서이다.

흔히 우리는 오늘날의 상황을 '각자도생(各自圖生)'의 사회라고 말한다. 경제성장으로 잘 살게 되었는데도 우리는 함께 잘 살기 어려운 균열된 세상을 경험하고 있다. '다 함께 잘 사는 사회'는 사회가 역동적일 때 꿀 수 있는 꿈이다. 반면에 '나의 상류층으로의 진입'은 오히려 상류층으로의 진입이 힘들어진 사회에서 갖는 환상이다. 사회가 역동적이면 하층민에서 벗어나는 것이 상대적으로 수월하므로 '다 같이 잘 사는 사회'의 꿈을 꾸게 된다. 그러나 계급적 경계가 경직되면 사회적 욕망은 개인의 욕망으로 축소되며 가능성이 적어진 나의 성공신화에 매달리게 된다. 이제 계급적 차별이 없는 사회를 꿈꾸기보다는 나만이라도 더 행복한 삶으로 편입되려는 소망을 갖는 것이다. 그 과정에서 자기계발서사는 나의 빈곤해진 내면을 보충해주는 동시에 경직된 사회를 인간적인 공간으로 성형해 주는 역할을 한다.

《성실한 나라의 엘리스》에서 보듯이 자기계발서사에 따르는 섣부른 희망과 성실은 불가피한 실패에 직면한다. 그로 인해 불안과 좌절이 계속되지만 경직된 동시에 인간적으로 성형된 사회에서는 개인의 실패에 대한 분노를 사회 쪽으로 돌리기 어렵다. 경직된 사회는 모순이 증폭된 사회이지만, 비판담론의 약화로 균열을 직시하기 어려운 사회이기도 하며, 유혹의 권력의 기제는 사회비판을 더욱 무뎌지게 만든다. 균열을 감지하는 동시에 감지하지 못하는 고통스러운 사회, 이것이 성과사회의 한국적 판본 '성실한 나라'의 상황일 것이다.

성과사회에서는 자기착취와 자기 한탄(우울증)이 성행한다. 반면에 한국형 성과사회에서는 거기서 한 단계 더 나아간다. 즉 여기서는 어렴풋이 바깥세상의 균열이 감지되기 때문에 불안과 좌절로 인한 분노가 성과사회처럼 자기 자신에게로만 향하지 않는다. 그런데 그 바깥으로의 분노는 균열과 모순을 은폐하고 있는 보이지 않는 권력의 쪽으로 향하기가 매우 어렵다. 자기계발서사에 의해 학습된 성과주체는 체계의 게임의 규칙에 도전하는 일은 상상도 하지 못한다. 그 대신 존재감이 약화된 타인을 짓밟고서라도 올라서려는 불가능한 희망의 환상이 계속되는 것이다.《성실한 나라의 엘리스》는 눈물겨운 환상인 동시에 냉혹한 현실이다. 의자놀이 역시 비슷한 사회의 은유로 볼 수 있다. 여기서는 균열의 원인이 보이지 않기 때문에 그 결과로 나타난 균열된 삶의 타자에게 불안에 대한 분노를 표현한다. 그리고 그들을 딛고 일어서서 상승하려는 환상이 이어진다. 이 같은 '성실한 나라'와 '의자놀이'의 배경에는 불명료한 균열에 시달리는 세상, 즉 사회 역동성이 29위인 구조화된 불평등성의 사회가 놓여 있다. 역설적으로 상승이 불가능한 사회에서 상승에 대한 환상과 그 환상을 깨뜨리는 타자에 대한 분노가 나타나는 것이다.

성과사회처럼 균열이 잘 은폐되어 있으면 분노는 우울하게 자기 자신에게로 향한다. 반면에 균열이 명백한 동시에 명료하지 않은 사회에서는 분노가 바깥으로 표출되는 동시에 잘못 표출된다. 비슷한 타인에 대한 공격적인 심리는 그처럼 고착된 사회에서 유혹장치가 그 모순을 **환상적으로** 은폐하는 동시에 **현실적으로** 완전히 은폐하지 못할 때 생겨난다. 사람들은 환상공간에 머물면서 불안한 균열의 요인을 동화되지 않은 타자 쪽으로 돌리는 것이다.

마찬가지로 오늘날의 혐오발화 역시 경직된 사회에서 나타나는 감성적인 공격의 심리로 생각된다. 경직된 사회에서 행복한 삶에 대한 꿈은 환상에 가까운 것이며 거기에는 자신도 모르는 잠재적 불안이 내포되어 있다. 그런 불안을 잠재우고 환상을 현실처럼 여기고 살아가게 만드는 것이 바로 다양한 유혹의 권력장치이다. 그 같은 권력장치에 포획된 사람들은 현실의 불행

470

만큼이나 환상이 깨지는 것을 매우 두려워하게 된다. 그래서 사회를 탓하는 대신 잠재적 불안을 실제 현실의 불행으로 나타난 비슷한 하층민에 대한 거부감으로 전이시킨다. 비천한 하층민은 나의 환상을 깨뜨리고 잠재적 불안을 현실화할 위험이 있는 지저분한 삶의 오염원으로 생각되는 것이다.

이처럼 불가능한 행복의 좌절에 대한 전도된 분노의 표현이 바로 타자에 대한 혐오이다. 분노는 자신에게 위해를 가한 대상에 대한 현실적인 감정이다. 반면에 혐오는 환상적인 공간에서 그 환상을 깨뜨리는 현실적인 타자에 대한 상상적인 공격성의 감정이다. 구조화된 불평등성의 사회에서는 그 고통을 완화시키기 위해 환상공간으로 피신하려 하는데, 이때의 불안을 떨치기 위해 환상을 깨뜨리는 현실의 불행한 사람들을 불행의 오염원으로 공격하는 것이다.

혐오가 분노와 다른 점은 타인의 문제점이 내게 오염될 수 있기 때문에 그것을 떨쳐내려는 강박감이 극도로 고조된다는 점이다. 이런 혐오의 심리에는 나의 잠재적 취약점을 초월한 **거대한 동일성**에 대한 **환상**이 전제되어 있다. 부에 대한 동경이나 행복한 삶에 대한 환상을 깨뜨릴 수 있는 불안요소가 타자의 불행으로 가시화되었을 때, 나는 환상적 동일시가 깨질 것에 대한 두려움으로 그 타자를 공격하는 것이다.

그처럼 혐오는 나를 오염시키는 것에 대한 반감인 동시에 내가 의존하는 상상적인 동일성이 훼손될 것에 대한 강박적인 거부감이다. **자기계발서사**는 우리에게 그런 **상상적 동일성**(상류사회, 민족, 국가)에 대한 욕망을 조장하는 것으로 볼 수 있다. 그 같은 상상적인 동일성에 대한 집착은 실상 불평등성이 고착화된 경직된 사회에서 나타난다. 경직된 사회에서는 불가피한 실패와 좌절로 인한 불안이 지속되지만, 유혹의 권력의 장치는 그 불안을 돌릴 곳을 찾지 못하게 한다. 이때 사람들은 사회를 탓하기보다는 오히려 개인적으로 감당하기 어려운 계속되는 불안을 어떤 거대한 것에 동일시됨으로써 완화시키려 하게 된다. 그리고 그런 상상적 동일성에의 집착과 버리지 못한

'자기계발'의 희망은, 그것을 방해하는 타자를 공격하려는 행동으로 이어지며, 그것이 흔히 혐오발화로 표현되는 것이다.[129]

사회가 역동적이면 사람들은 **현실적으로** 행복한 삶을 모색한다. 반면에 구조화된 불평등성의 사회에서는 자조적으로 좌절하거나 불가능한 **상상적** 동일성에 스스로 회유된다. 상상적 동일성에 회유된 상태에는 불안이 잠재하지만, 그 때문에 상상적 기제에 더욱 의존하며 그에 동화되지 않은 타자를 혐오하게 되는 것이다. 혐오란 분노와는 달리 상상적 동일성이 무너질 듯한 오염의 불안에 대한 두려움에서 생겨난 것이다. 그처럼 혐오의 감성을 만드는 **상상적** 동일성의 기제의 배경에는 **현실적인** 구조화된 불평등성이 놓여 있다. 그렇다면 오늘날의 혐오발화는 고착된 불평등성의 지표일 수 있을 것이다. 이점을 확인하기 위해 '혐오'에 대해 좀 더 자세히 살펴보자.

12. 혐오발화와 '계급적 인종'

혐오는 분노의 심화이기보다는 그와 다른 기제를 지닌 감정으로 볼 수 있다. 분노는 상식적인 부당함에 대해 감성적인 몸이 느끼는 현실적인 반응이다. 반면에 혐오는 실제적 위험보다는 자신이 오염될 수 있다는 무의식적이고 신비적인 사고에 근거한다.[130]

예컨대 한밤중에 바퀴벌레를 보았을 때 우리는 분노하기보다는 혐오감을 느낀다. 즉 실제적인 위협보다는 내 깨끗한 신체를 침범당할 심리적 오염의 두려움으로 혐오감에 휩싸이는 것이다. 그것은 '감성적 몸'의 분노와는

129   정정훈, 〈혐오발화는 무엇의 지표인가?〉, 이나코스 포럼《혐오발화의 정치학》, 2015. 2. 13, 19쪽.

130   마사 너스바움, 조계원 역,《혐오와 수치심》, 민음사, 2015, 191쪽.

달리 '상상적 신체'에 밀려드는 불순물의 위험에 대한 강박적 거부감이다.[131]

마사 너스바움은 혐오의 핵심이 나를 **오염**시킬 수 있는 요소에 대한 거부의 표현임을 강조한다.[132] 분노는 상대방의 부당함과 반대되는 나의 정당한 입장을 전제로 하며 여기에는 오염의 불안 심리는 없다. 오염의 불안은 내 안에 인정하기 싫은 전염의 위험요소가 있을 때 가능한 심리이다.

혐오가 오염의 사고와 연관이 있다는 것은 똥이나 오줌 같은 배제해야 할 부산물이나 벌레 같은 저열한 동물성에서 혐오감을 느끼는 점에서 알 수 있다. 흥미롭게도 식물적인 것이나 광물적인 것은 좀처럼 혐오감을 주지 않는다. 더러운 부산물이나 벌레는 우리 안의 동물적 취약점을 오염시킬 위협을 주지만 식물이나 광물은 그렇지 않은 것이다.

오염의 불안이 혐오감으로 발전하는 것은 나의 취약점을 넘어선 상상적 동일성에 의탁하는 심리적 과정과 연관이 있다. 즉 혐오란 나의 취약점을 감추는 상상적 동일성에 예속된 상태에서 그에 동화되지 않은 타자를 더러운 오염원으로 거부하는 것이다. 오염원인 타자는 나와 상상적 동일성을 일치시키는 환상을 깨뜨리기 때문에 혐오의 대상이 되는 것이다. 이처럼 혐오란 상상적 동일성의 기제와 밀접한 연관이 있으며 그 때문에 흔히 인종과 성의 영역[133]에서 나타나는 **고착된 심리**의 이면이기도 하다.

너스바움에 의하면, 서구에서 특정 집단에 혐오감은 인간 자신이 지닌 동물성을 차단하려는 욕구와 연관이 있다. 인간의 신체적 정화의 욕망은 먼저 배변이나 바퀴벌레, 점성을 지닌 동물을 혐오하게 만들지만 사람들은 거기

---

131 혐오가 이와 다른 방식으로 나타나는 경우는 《에일리언》에서처럼 생명체에 앱젝트가 기생하며 역류하는 경우인데, 이는 일종의 실재계적 침범으로서 표상체계의 환부를 암시한다. 이에 대해서는 지젝, 이수련 역, 《이데올로기라는 숭고한 대상》, 인간사랑, 2002, 139~143쪽과 이 책의 제4장 2절 참조.

132 마사 너스바움, 《혐오와 수치심》, 앞의 책, 186쪽.

133 성의 영역에서의 혐오발화와 문화산업의 연관성에 대해서는 권명아, 〈혐오와 자유〉, 《혐오발화와 정치학》, 앞의 발표집, 2~9쪽 참조.

서 그치지 않는다. 사람들은 자신 안의 동물성과 멀어지기 위해 고상한 인간과 저열한 동물의 경계에 놓인 집단을 만들어낸다. 예컨대 유대인, 여성, 동성연애자, 천민 등은 육신의 오물로 더럽혀진 존재로 상상된다. 그런 인간과 동물 사이의 집단의 존재는 보다 상위집단의 사람들을 한층 더 동물성에서 멀어진 고결한 인간으로 상상하게 만들어주는 것이다.[134]

이런 설명은 왜 특정 집단에 대한 혐오발화가 인간 자신의 저급한 동물성이나 다른 저열한 동물들의 은유로 나타나는지 알게 해준다.[135] 또한 혐오발화란 인종이나 성에 연관된 극단적인 불평등성을 전제로 만들어지는 것임을 설명해준다. 그런 **고착된 불평등성**을 전제로 취약한 집단의 사람들을 저급한 동물 쪽으로 이동시킴으로써 자신의 집단의 고결한 상상적 동일성을 구축하는 것이다. 혐오감이 말해지는 순간은 자신이 고상한 상상적 동일성의 집단에 소속되는 순간이기도 하다. 반대로 그런 상상적 동일성에 귀속되어 있기 때문에 그와 일체화된 고결한 신체에 밀려드는 더러운 존재에 대해 혐오감을 느끼는 것이다.

여기서 상상적 동일성이란 자신 안의 취약성을 넘어선 일종의 환상적인 심급이다. 대체 불가능한 불평등성[136]이 상존하는 **인종**이나 **성**의 영역에서는 그런 환상적인 심급의 동일성에 대한 집착이 흔히 나타난다. 일반적으로 인종주의나 남성중심주의에서 혐오발화가 빈번한 것은 그런 환상적 동일화 과정 때문이다. 즉 백인종이나 남성 같은 환상적 동일성에 고착된 주체는 하위집단의 사람들에게 혐오감을 표현함으로써, 그들과 공유하는 인간이 지닌 취약성을 지우고 저열한 존재에 의해 오염될 위험을 차단하려 하게 된

---

134 너스바움,《혐오와 수치심》, 앞의 책, 201쪽.

135 예컨대 배변은 자신 안의 감추고 싶은 동물성이며 바퀴벌레는 저열한 곤충이고 점성을 지닌 동물은 그 끈적끈적함이 오염의 위험을 높여준다.

136 대체 불가능한 불평등성이란 성과 인종의 영역에서처럼 피부색이나 젠더를 교환하는 것이 불가능한 경우의 불평등성을 말한다.

다. 그 같은 혐오감은 저열한 존재로부터 자신 안의 전염요인을 차단하려는 욕구인 동시에 그를 통해 상상적 동일성과의 일체감을 확인하려는 욕망이기도 하다.

그처럼 실제적 위치보다는 상상적 동일성에 근거하기 때문에 혐오는 상류집단의 발화에서뿐 아니라 비슷하게 하위집단의 요소를 지닌 사람에게서도 나타난다. 예컨대 김사량의 〈빛 속으로〉에서 혼혈인 한베에는 조선인 아내를 학대하고 구타한다. 한베에의 폭력은 실상 자신 안의 조선 피를 지우기 위한 것이며[137] 그것을 통해 인종적 오염의 불안에서 벗어나 일본 피와의 상상적 동일성을 확인하려는 것이다. 여기서도 인종적 혐오는 고착된 주체의 환상적 과정의 일부이다.

오늘날의 '일베(일간베스트)' 등에 의한 비슷한 계층의 사람들에 대한 혐오발화 역시 그와 마찬가지이다. 일베의 혐오발화는 국가나 상류층의 상상적 동일성에 고착된 주체의 행위이며 심리적으로 일종의 환상적 과정에 속해 있다. 그들은 취약한 계층에 대해 혐오발화를 쏟아냄으로써 실상은 자신 안의 불안요인을 지우고 강력한 상상적 동일성과의 일체감을 확인하려 하는 것이다.

일베의 예가 한베에의 경우와 다른 점은 인종이 아니라 계급의 영역에서 일어나고 있는 점이다. 인종이나 성 같은 대체 불가능한 불평등성의 관계에서는 경계가 고착되어 있기 때문에 강한 집단이 상상적 동일성을 구축해 약한 집단을 죽음정치적으로 배제하게 된다. 약한 집단에서는 한베에처럼 일본 피에 동화된 경우만 살아남지만 그 역시 무너지지 않는 인종의 경계 때문에 분열에 시달리게 된다. 인종의 영역에서 비식별성의 공간의 벌거벗은 생명은 유대인처럼 죽음정치적으로 배제되면서 그런 배제를 통해 경계 내

---

137 윤대석, 〈변경에서 바라본 문학과 역사〉, 김사량 외, 《20세기 한국소설》 12, 창비, 2005, 283쪽.

부(수용소)에 포섭된다. 그렇기 때문에 비식별성의 영역은 인종적 타자를 보이지 않는 존재로 만드는 감성적 경계선이기도 하다. 인종적 타자는 잘 보이지 않거나 외면하고 싶은 혐오스러운 존재로 보이게 된다. 이 경우 상상적 동일성이 강력해질수록 저열한 인종은 벌거벗은 생명으로 죽어갈 뿐 존재론적·감성적 대응을 잘하지 못한다. 타자의 감성적 대응이 미약하거나 그의 신음을 사람들이 잘 듣지 못할 때 경계를 혼란시키는 비식별성의 영역의 동요는 생성되지 않는다. 그 때문에 인종적 경계가 고착화되면 감성의 분할 역시 고착화된다. 이 경우 감성의 분할을 방해하는 미학이 위축되는 대신 혐오발화는 일상에 만연된다. 저열한 인종의 오염을 차단하는 혐오발화는 고착화된 상상적 동일성과 그 경계를 지키려는 환상적인 감성적 폭력이기 때문이다. 따라서 **혐오발화**는 앞서 살핀 '**이상한 고요함**'보다 더 적극적으로 **감성의 분할**을 고착화시키는 기제를 갖고 있다.

인종과 성의 영역과는 달리 계급의 영역은 경계의 고착화가 절대적이지 않다. 상대적으로 이동의 가능성이 있는 계급의 영역에서 혐오발화가 덜 심각한 것은 그 때문이다. 그러나 오늘날에는 《성실한 나라의 엘리스》처럼 비슷한 계층의 사람들에게 폭력을 행사하거나 일베처럼 혐오발화를 일삼는 일이 일어나고 있다.

이들의 혐오발화는 실상 상상적 동일성에 근거해 저열한 계층으로부터 오염을 차단하고 자신 안의 불안요인을 지우려는 시도이다. 그런 혐오발화의 감성적 폭력은 타자의 존재론적 대응을 막으면서 감성의 분할을 고착화하려는 시도이기도 하다. 그렇게 함으로써 상상적 동일성을 위협하는 미결정성의 영역이 형성되지 못하게 하려는 것이다. 미결정성의 영역이 형성되면 자신 안의 불안요인이 커지면서, 비천한 계층으로부터 오염될 위험이 많아지고 상상적 동일화가 어려워진다. 실업과 생활고로 인한 잠재적 불안 심리에서 환상으로 도피하고 있는 그들에게 상상적 동일시의 환상이 깨지는 것은 매우 두려운 일이다.

이처럼 현실적인 대응 대신 상상적 동일시의 기제가 계급의 영역에서도 작동되고 있다는 것은 계급 층위에서도 인종이나 성에서처럼 **경계의 고착화**가 이루어지고 있음을 뜻한다. 즉 구조화된 불평등성이 하층민들을 마치 다른 인종처럼 혐오발화의 대상으로 만들고 있는 것이다. 한국의 경우 하위계층은 점점 한국인의 고상함을 해치는 오염원으로서 은유적인 이질적 인종이 되어가고 있다.

혐오발화는 구조화된 불평등성이 보다 악화되었다는 지표이다. 그것은 '이상한 고요함'에서 한발 더 나아간 상황을 암시한다. 사회적 역동성은 타자의 동요에 의한 미결정성의 영역을 확장시키면서 감성의 분할을 방해하게 만든다. 그런 감성의 분할의 방해는 보이지 않는 타자를 보이게 만들어 준다. 반면에 혐오발화는 타자를 감성적으로 접근할 수 없는 존재로 은유함으로써 감성의 분할을 고착화한다. 그런 방식으로 혐오발화는 하층계급이 감성적으로 다른 인종이 되어 가고 있음을 은유하고 있다. '홍어말리기'로 은유되는 타자들은 고상한 인간과 저열한 동물 사이에 위치해 있다. 혐오발화는 자신과 비슷한 사람들을 동물 쪽으로 이동시킴으로써 자신이 강박적으로 집착하는 상상적인 동일성을 보다 고결하게 만들어 흠집이 가지 않도록 애쓴다. 그렇게 하면서 현실공간에서 사회에 대해 분노하는 대신 환상공간에서 자본과 국가의 영토를 오염시키는 '계급적 인종'에 대해 공격하는 것이다.

13. 혐오의 은유와 미학의 은유

혐오발화는 타자를 저급한 오염물질로 은유함으로써 사람들의 무의식이 상상적 동일성의 공간으로 움직이게 만든다. 상상적 동일성의 공간이란 인종주의, 남성중심주의, 국가주의, 경제지상주의 등을 말한다. 그런 중첩된 이데올로기들을 양가적으로 해체하는 것이 미학이라면 혐오발화는 미학과 반대되는 일을 하는 셈이다.

혐오발화와 미학의 공통점은 은유를 사용한다는 점이다. 은유는 표상체계로 흘러넘친 무의식의 잉여를 표현하는 이미지이다. 그 점에서 은유를 사용하는 혐오발화와 미학은 둘 다 우리의 무의식에 작용하는 기제인 셈이다. 혐오발화는 우리가 더러운 오염물질로 은유된 타자로부터 무의식적으로 멀어지게 만든다. 예컨대 타자의 미결정성을 동물적 유동체나 점액질로 이미지화해 우리 스스로 그와 차단되게 만듦으로써 감성의 분할을 고착화시킨다. 반면에 미학은 타자의 동요에 의한 감성적 미결정성을 은유를 통해 보이게 만듦으로써 감성의 분할을 방해한다.

따라서 혐오발화와 미학이 은유를 사용하는 방식은 정반대이다. 혐오발화는 견고한 상상적 동일성에 집착함으로써 타자의 미결정성을 저열한 유동성으로 이미지화한다. 반면에 미학은 저열해 보이는 타자의 미결정적 동요를 생명적 유동성의 이미지에 연결시킨다.

양자 중에서 먼저 혐오발화의 은유를 살펴보자. 너스바움에 의하면, 두 차례의 세계대전 동안 독일 남성은 강철과 기계의 이미지로 미화된 반면, 유대인과 여성은 "시체 속의 구더기"나 "너저분하고 끈적이는 육체"로 은유되었다.[138] 또한 유대인을 유약한 여성과 연결시킴으로써 유대인의 불쾌한 체취는 생리 중인 여성의 냄새와 유사하다고 여겨졌다.

독일 남성이 견고한 **동일성**이라면 유대인과 여성은 유약하고 유동적인 **타자**이다. 견고한 동일성이 강철과 기계 같은 고체적인 이미지로 표현된 반면, 미결정적인 타자는 구더기나 끈적이는 육체 같은 저열한 유동성으로 은유되었음을 알 수 있다. 독일 남성을 표현한 강철의 은유는 인간성을 넘어선 상상적인 동일성의 이미지이다. 반면에 유대인과 여성에 대한 끈적이는

---

138 마사 너스바움, 《혐오와 수치심》, 앞의 책, 203~206쪽.

더러운 동물적 이미지는 독일 남성에게도 잠재한 동물성을 오염시킬 수 있는 위험스러운 인자이다. 여기서 독일 남성이 자기안의 동물성을 넘어서서 강철과 기계로 상상되는 과정은, 유대인과 여성의 저급한 동물적 유동성을 차단하려는 혐오의 과정과 일치한다.

이처럼 견고한 이미지가 상상적 동일성을 은유한다면 저급한 동물적 유동성은 혐오의 대상을 표현한다. 앞서 살폈듯이 이런 은유의 기제는 혐오가 오염의 위험과 연관이 있음을 암시하는 것이다. 즉 타자가 저열한 동물적 유동체로 은유되는 것은 그것이 비슷한 동물적 생명체인 혐오 주체를 오염시킬 수 있는 위험요소임을 암시하려는 무의식의 작용이다. 유대인을 은유한 구더기, 암세포, 세균, 생리의 피 등의 이미지가 그 점을 알려준다. 또한 "끈적이는" 같은 점액질의 표현 역시 혐오발화가 전염의 위험과 연관이 있음을 나타낸다. "생리 중인 여성의 냄새" 같은 비유도 후각이 가장 동물적인 감각인 점에서 독일 남성이 그 냄새에 오염되어 동물로 강등될 위협을 암시한다.

이런 하등한 동물적 유동체나 점액질, 후각적 이미지의 은유는 오늘날의 혐오발화에도 적용된다. 예컨대 일본의 재특회[139]는 반한시위에서 소녀시대를 바퀴벌레로 부르고 태극기의 건곤감리에도 바퀴벌레를 그려 넣었다. 바퀴벌레는 하등적 곤충의 이미지로서 재특회는 저급한 한국인이 일본을 오염시킬 수 있다는 혐오감을 표현한 것이다. 또한 바퀴벌레는 사람의 음식을 몰래 먹는 곤충이므로 경제적 경쟁관계에 있는 한국을 비하한 표현으로 볼 수 있다. 혐오발화는 이처럼 자신이나 자신의 동일성 체계의 취약점을 타자의 탓으로 돌림으로써 다시 견고한 상상적 동일성을 성취하려는 숨겨진 무의식을 포함한다.

최근에 일베가 민주화 운동의 희생자를 "홍어"로 표현한 것 역시 비슷한

---

139 '재일 특권을 용납하지 않는 시민 모임'의 약자임.

경우이다. 타자를 저열한 어류나 후각적 이미지로 표현한 것은, 자신이 집착하고 있는 상상적 동일성의 취약점을 하등한 오염원의 탓으로 돌리려는 심리가 숨겨져 있다. 그런 방식으로 부유한 사회나 신성한 국가 같은 동일성의 환상에서 깨어나지 않으려는 무의식을 감성적으로 유출하는 것이다. 또한 이른바 여혐(여성혐오)에서의 "김치녀"라는 은유도 한국인 냄새가 나는 여자에 대한 혐오를 통해 자신이 그런 저열한 여성성에 전염되지 않으려는 무의식의 표현이다. 그것은 남성중심적인 강한 한국인의 동일성의 위기를 저급한 여성의 탓으로 돌리려는 심리이기도 하다.

이처럼 혐오발화에는 국가주의나 남성중심주의 같은 고착된 동일성에 대한 집착이 배경으로 깔려 있다. 또한 최근에는 역동성을 상실한 사회에서 자본이 제공하는 유혹의 환상에서 깨어나지 않으려는 태도가 숨어 있다. 그러나 다른 한편 혐오발화는, 인정하기 싫지만 숨길 수 없는 자기 안의 취약점에 대한 방어적 표현이기도 하다. 일본의 경제적 저성장이나 한국의 구조화된 불평등성이 바로 그것이다.

경제위기나 불평등성으로 인한 불안은 단순히 혐오발화를 통해서 해소될 수 있는 문제가 아니다. 혐오발화는 오히려 사회적 균열이 잘 감춰지고 있다는 신호일 수 있다. 사회적 균열을 강력한 상상적 동일성으로 봉합하는 기제들, 즉 유혹의 권력과 죽음정치가 잘 작동되고 있기 때문에, 그 상상적 맹목의 공간에서 혐오발화가 나타나는 것이다. 혐오발화는 사회비판적 감각을 상실한 상상적 공간에서 맹목의 분노를 처리하는 방식이다.

하지만 혐오발화는 상상적 권력의 기제(유혹의 권력과 죽음정치)가 잘 작동된다는 신호인 동시에 그것이 완전하진 않다는 암시이기도 하다. 혐오발화의 주체들은 분노의 잔여물을 완전히 감추지는 못하는데, 어쨌든 해소되지 않은 분노와 취약성이 남아 있기 때문에[140] 추가적으로 상상의 기제(혐오

140 후지이 타케시, 〈증오와 혐오 사이〉, 《한겨레신문》, 2015. 8. 31.

발화)를 작동시키는 것이다. 혐오발화는 끝없이 미결정성의 영역을 저열한 유동성으로 치환하는 공격성을 통해 간신히 환상의 공간에 머문다.

앞서 살폈듯이 혐오발화는 타자를 투명인간으로 보는 '이상한 고요함'보다 더 적극적인 타자의 배제 방식이다. 그러나 혐오발화가 감성의 분할을 고착화하는 강력한 방식이지만, 침묵을 깨고 혐오를 표현하는 순간은 자신 안의 취약점을 지우려는 행위인 동시에, 그 지움을 통해 취약점이 암시되는 때이기도 하다.[141] 조용히 있지 않고 공격한다는 것은 불안정성의 무의식적 표현이다. 예컨대 〈빛 속으로〉에서 혼혈인 한베에의 조선인 아내에 대한 폭력은 자신 안의 조선피를 지우는 동시에 보여주는 행위이다. 혐오적인 공격은 폭력적인 환상이면서 그 환상이 지우려는 것(조선피)의 암시이기도 하다. 한베에의 폭력이 일종의 환상이라면 그의 신체를 흐르는 조선피는 환상이 깨져야 지각될 현실이다.

그 때문에 혐오발화를 통해 오염을 차단하고 감성의 분할을 고착화하는 지점은 오염의 위험이 상존하는 곳이 되기도 한다. 그것을 가장 잘 보여주는 것이 일베의 '홍어말리기'이다. '홍어말리기'가 연출된 공간은 그 반대의 행위인 세월호 유가족의 단식투쟁의 공간이기도 하다. 혐오발화자(일베)는 자신의 분노의 잔여물을 타자(세월호 유가족) 쪽으로 돌려 그들을 악취의 오염원으로 공격하며 자신안의 취약점을 지우려 한다. 그러나 혐오발화의 환상적 성격으로 인해 환상이 깨질 반대의 가능성 또한 잠재하는 것이다. '홍어말리기'는 그 혐오의 은유를 표현하는 순간 자신이 지우려는 생명의 투쟁의 잔여적 존재를 스스로 암시한다. 그렇기에 '홍어'는 잠재적으로 '생명의 저항(단식투쟁)'의 역류에 노출되어 있다.

혐오발화를 쏟아낸다는 것은 환상 속의 표현인 '홍어'를 통해 절실한 현실인 '단식투쟁'과 감성적 전쟁을 하고 있는 것이다. 혐오발화의 환상의 방

---

141 특히 우리가 혐오발화에 동의하지 못함을 느낄 때 더 그렇다고 할 수 있다.

식은 지배 권력의 배제의 기제를 감성적으로 대리한다. 하지만 양자 사이의 전쟁이란 언제나 일방적일 수는 없는 것이다. 즉 혐오발화와 타자, 그 환상과 현실의 틈새에서, 환상을 깨뜨리며 오염의 유동체(홍어)를 타자의 미결정성(세월호)으로 되돌리는 것이 아주 불가능하진 않은 것이다. 그 틈새에서 생성되는 반대의 과정이 바로 미학적 은유라고 할 수 있다.

미학의 은유는 혐오발화의 은유를 반대로 되돌리는 과정이라고 할 수 있다. 혐오발화가 견고한 동일성에 근거해 생명적 유동성을 **앱젝트**[142](홍어) 같은 비천한 오염원으로 본다면, 미학은 비천한 유동성/앱젝트를 **생명적 흐름**(세월호의 소망)으로 회복시킨다. 혐오발화는 견고한 동일성에 예속된 신체가 느끼는 동화되지 않은 유동성에 대한 불쾌감이다. 반면에 미학은 혐오의 대상인 비천한 신체가 긴박한 실존의 장에서 생명적 유동성을 소망하는 양가적 반전이다. 이 두 가지 과정은 분노의 잔여물이 어느 쪽으로 흐르는가의 문제이기도 하다. 혐오발화가 비천한 타자를 공격하며 상상적 동일성에 고착된다면, 미학은 비천한 타자의 고통스런 감성에서 생명적 유동체의 소망을 표현한다. 미학적 반전이란 후자의 과정을 통해 비천한 신체가 견고하고 고상한 동일성에 상처를 내는 과정이다.

오늘날 그런 미학적 반전이 사회적 차원에서 표현된 문학은 아직 나타나지 않았다. 그러나 그에 대한 작은 암시를 주는 작품이 있다. 예컨대《환영》(김이설)에서 생활고에 시달리는 주인공 '나'(윤영)의 분노가 혐오감으로 바뀌다가 다시 생명적 유동성의 이미지로 반전되는 과정이 그것이다. 여기에는 상품의 세계라는 동일성의 세계와 여성의 비천한 신체 사이에서 연출되는 복잡한 감성의 전쟁이 있다.

'나'는 무능한 남편과 장애를 지닌 아이, 집문서를 훔쳐간 남동생 등 불행

---

142 앱젝트는 크리스테바가《공포의 권력》에서 논의한 개념으로 동일성의 질서를 어지럽히는 오물이나 배설물을 말한다. 혐오발화의 대상을 앱젝트와 연관시킨 논의로는 김철, 〈우리를 지키는 더러운 것들〉,《문학과 사회》 2015 가을, 329~330쪽 참조.

한 가족에 둘러싸여 매음으로 생계를 꾸려간다. '나'의 가족들은 특별한 악인이라기보다는 구조화된 불평등성이 심화된 사회의 평범한 하층민들의 모습이라고 할 수 있다. 타자의 고통에 아무도 공감하지 않는 사회에서 불행을 견디는 방법은 어떻게든 돈을 버는 것밖에 없다. 그중에서도 성 노동은 일단 한번 시작하면 **멈출 수 없는데**, 빈곤이 구조화된 사회에서 성 상품이란 상류층으로부터 돈을 얻을 수 있는 가장 직접적인 방법이기 때문이다. 타자가 상실된 사회란 윤리적으로 무감각해진 사회이며 이제 돈벌이는 윤리적인 부채를 넘어선 유일한 생존의 방법이 되었다. '나'의 계속되는 매음은 윤리적 비판을 넘어선 차원에 있으며[143] 오히려 윤리를 상실한 사회에서 살아남는 처절한 생존의 문제로 비쳐진다. '나'는 임신을 한 상태에서도 매음을 계속해야 했다. 이 순간의 '나'의 혐오감은 상품세계에 동일화될 수밖에 없는 자신의 신체의 위치와 연관이 있다.

남자의 신음소리가 시작되자, 나방이 저 혼자 형광등에 부딪히며 파닥거렸다. 어느 인간이 뿌린 지도 모르는 것이 배 속에 있다. 그런데도 나는 두 눈을 똑바로 뜬 채 낯선 남자에게 또 그 구멍을 열었다. 멀리 물소리가 들렸다. 미적지근한 물이 느리게 흐르고 있을 터였다.

아영이를 낳을 때가 떠올랐다. 진통이 시작되어 찾아간 병원에서는 일단 기다리라고 했다. 오 분 간격인데요. 떨리는 목소리로 말을 해도, 접수부터 하라는 것이었다. 진통 시작됐다고 당장 나오는 거 아니거든요. 간호사가 무심하게 말하고 다른 환자를 호명했다. 아, 아! 온몸을 집어삼킬 것 같은 통증이 배 속에서 회오리처럼 솟구쳤다가 멀어졌다. 주르르, 미지근한 물이 다리를 타고 내렸다. 여, 여보. 남편은 덜덜 떨었다. 내복이 금세 양수와 피로 흥건하게 젖었다. 다리를 적

---

143 매음이 윤리적 관점을 넘어선 차원에 있는 것은 극단적으로 가난한 상황이나 극도로 비윤리화된 사회에서 일 것이다.

시는 그 미지근한 물의 느낌이, 소름 끼치도록 기분 나빴다.[144]

　'나'의 왠지 모를 분노는 남자의 신음소리에 형광등에서 파닥이는 나방의 혐오스런 이미지로 표현된다. 이처럼 분노는 올바른 방향으로 배출될 수 없을 때 타인에 대한 혐오로 변질되어 나타난다. 그러나 '나'의 혐오감은 곧이어 아이를 낳을 때의 기억이 회상되며 기분 나쁜 미지근한 물의 감촉으로 이어진다. 그것은 혐오스러운 일을 스스로 할 수밖에 없는 상황에서 감정의 흐름이 자기 자신에게로 향한 것으로 볼 수 있다. '나'의 미적지근한 유동체의 소름끼치는 느낌은 자기 자신에 대한 혐오의 이미지이다.

　여기서 여성의 신체가 혐오스럽게 표현되고 있는 것은 모든 것이 상품화된 동일성의 세계에서 비천한 삶을 살아야 하는 '나'의 역경과 연관이 있다. 그러나 이는 혐오발화라기보다는 자신에 대한 혐오를 통해 삶에 대한 생명적 열정의 상실을 암시하는 것이다. 자신의 신체를 혐오스럽게 느낀다는 것은 삶에 대한 환멸을 의미한다.

　반면에 아래의 예문에서처럼 어떤 사람의 시선에서 앱젝트로 비쳐지는 것은 그의 타자에 대한 혐오를 뜻한다. 즉 이는 상품세계에 동화될 수 없는 앱젝트에 대한 혐오발화이다. 이 혐오발화는 상품세계의 환상의 공간에서 표현된 것이다.

　그런데 성적 상품에서의 앱젝트의 위치는, 그 상품화될 수 없는 비천함에 잠재한 여성적 타자성을 매개로, 상품화된 성의 세계에 상처를 낼 수 있는 위치이기도 하다. 즉 '나'처럼 임신부나 생리를 하는 여자는 엄연한 여성적 본성의 신체이면서도 상품세계에서는 앱젝트로 버려진다. 여성이 자신의 신체적 본성에 의해 상품화 과정에서 앱젝트가 된다는 모순은 성적 상품의 세계에 상처를 낸다. '나'는 매음을 하며 손님에게 자신이 혐오스런 앱젝트

144　김이설,《환영》, 자음과모음, 2011, 150~151쪽.

로 비쳐지는 순간, 상품화될 수 없는 자신의 존재에서 오히려 생명적 유동성을 느끼며 환멸에서 벗어난다.

> 어, 뭐야! 남자가 물러나면서 소리를 쳤다. 남자의 성기에 피가 묻어 있었다.
> "야! 닦아. 아, 재수 없어. 넌 생리하면서도 손님 받냐?"
> "할 날짜가 아니거든요."
> "그럼 네가 처녀란 말이야? 어, 너 병 있어?"
> 아니라고 했지만 생리가 맞았다. 아이를 떼고 나서 생리 날짜가 바뀐 걸 잊어버렸던 것이었다. 몸은 물과 같아 고이면 흐르고, 마르면 채웠다. 없앤 아이의 흔적은 사라지고 다시 아이를 가질 수 있는 몸으로 회생되었다. 팬티에 묻은 검붉은 피를 보며 나는 진저리를 쳤다. 몸의 본능이, 새끼를 향한 본능이 끔찍했다.[145]

손님이 화를 낸 것은 생리하는 여자에게 혐오감을 느꼈기 때문이다. 남자의 성기에 묻은 피는 오염의 위협을 나타낸다. 생리하는 피의 끈적한 유동성은 저열한 오염원이며 그것은 상품화된 성의 세계에서는 혐오의 대상인 것이다. 상품화된 성의 세계가 매끄럽고 탄탄한 신체의 세계라면 끈적한 피가 흐르는 유동성의 신체는 혐오스런 앱젝트로 버려져야 한다.

그러나 '나'는 앱젝트로 배제되는 순간 상품화될 수 없는 비천한 신체에서 상품세계에서 잃어버렸던 것의 회복을 감지한다. 남자를 오염시키는 생리하는 신체는 상품세계에서 배제되는 비천한 존재이지만, 그 더러운 피는 훼손되었던 여성 신체의 생명적 회복의 표현이기도 하다. 더러운 비천한 신체가 생명적 회복의 표현이라는 모순은 생리하는 신체를 앱젝트로 배제하는 상품세계의 상상적 동일성에 상처를 낸다. 상품의 고객인 남자는 생리하는 신체를 병자처럼 혐오하지만 앱젝트인 여성 자신은 스스로의 신체를 물

---

145 김이설, 위의 책, 189쪽.

과도 같은 생명적 유동성으로 생각한다.

　여기서 '남자의 성기를 오염시키는 피'의 은유가 혐오의 이미지라면, '몸을 흐르는 물'의 은유는 그런 혐오감을 반전시키는 미학적 은유이다. 생리하는 신체는 더러운 피의 신체인 동시에 물과도 같은 생명성이 흐르는 신체이기도 하다. '나'는 생리하는 신체가 더러운 몸으로 여겨지는 세계에 살고 있으나 그 세계에서 버려지는 순간 자신의 비천한 신체가 생명적 존재이기도 함을 지각하는 것이다. '나'는 다시 상품세계로 돌아가야 하지만, 그 곳에서 버려진 짧은 틈새의 순간에 상실했던 생명성을 확인하면서, 생명성을 비천함으로 배제하는 모순된 상품세계의 균열을 암시한다.

　"팬티에 묻은 검붉은 피" 역시 상품으로서는 혐오의 대상이지만 여자로서는 본능적인 생명성의 회복을 의미한다. 똑같은 유동성의 대상이 상품세계에서는 저열하고 끈적한 혐오의 이미지로, 여성세계에서는 생명적 유동성의 이미지로 은유되고 있는 것이다. 전자에서 후자로의 반전은 아주 짧은 틈새의 순간에 감지될 뿐이다. 즉 이 소설에서 그처럼 혐오의 은유가 미학의 은유로 반전되는 것은, 상품세계에서 버려진 순간 아무도 그 존재를 감지하지 못하는 비천한 여성 타자의 위치에서이다.

　《환영》은 성을 포함한 모든 것이 상품화된 세계를 그리고 있다. 그 때문에 상품화될 수 없는 타자가 존재할 수 있는 공간은 어디에도 없다. 그러나 어디에도 없고 아무도 보지 않는 여성/타자 자신만의 공간에서, '나'는 비천한 생리하는 신체로서 생명성의 회복을 확인하고 있다. 이 소설은 당당한 여성성보다는 버려진 비천한 여성 신체 자체로서 생명의 존재를 확인함으로써, 삶의 모든 곳을 점령한 듯한 상품물신의 세계에 상처를 내고 있다. '돈벌이'와 소비만 있는 상품세계에선 고통을 느낄 수 있을 뿐이지만, 그곳에서 버려진 타자의 공간에서 아주 잠시 생명성의 기쁨을 맛보고 있는 것이다.

　이런 타자의 위치에서의 반전은 분노의 흐름의 반전이기도 하다. 예문에서 남자의 분노는 섹슈얼리티화된 상품세계를 더럽히는 오염원에 대한 혐

나 그것은 우리의 이성에 호소하는 사건들이었다. 이성과 계몽의 방식은 교묘하게 보이지 않게 된 오늘날의 유혹의 권력과 죽음정치의 실상을 드러내는 데는 한계를 지닌다. 이제까지의 '이상한 고요함'은 이성에 호소하는 두 사건들이 유혹의 권력에 의해 무뎌진 우리의 감성을 동요시킬 수 없었음을 의미한다. 우리가 유념해야 할 것은 오늘날의 권력은 감성의 분할을 치안하며 우리의 동요를 차단하는 데 보다 더 전력한다는 점이다. 우리는 이성적으로 생각할 수 있지만 감성적으로 동요하고 연대하며 움직이지는 못한다. 인식과 실천의 괴리는 오래된 딜레마였으나 유혹의 권력이란 그 아포리아를 절대적으로 증폭시키는 장치이다.

우리는 이성에 의해 모순을 인식하고 저항적 조직을 만들면 운동과 변화가 가능하다고 생각한다. 그러나 그런 이성적 인식이나 조직은 물밑의 감성적 동요와 연대가 선행되지 않는다면 아무런 힘도 발휘하지 못한다.[147] 사회적 변화는 조직에 참여하지 않은 수많은 사람들의 동요를 전제로 하며 그 같은 동요는 물밑의 미결정성의 영역에서 일어난다. 그 때문에 오늘날의 유혹의 권력과 죽음정치는 바로 그 미결정성의 영역을 치안하는 데 주력하는 것이다.

세월호 사건이 은유였다는 점은 그런 보이지 않는 미결정성의 영역을 보이게 만들어 주었다는 뜻이다. 세월호가 물밑으로 가라앉을 때 우리는 비로소 물 밖보다 **물밑**에 관심을 갖게 되었다. 용산참사가 권력의 죽음정치를 폭력적으로 보여준 반면 세월호는 학생들을 죽음으로 유기한 국가의 무능을 드러냈다고 생각할 수 있다. 그러나 우리는 폭력적 죽음보다 유기된 죽음에 더 크게 반응했다. 그것은 죽음정치의 본질이 가시적인 폭력보다는 '타자의 죽음으로의 유기'에 있음을 암시한다. 죽음으로의 유기는 잘 보이지 않지만

---

147 이성과 감성은 이분법적으로 분리된 것은 아니다. 감성적 동요에는 이미 이성적 인식의 단초가 포함되어 있다. 그러나 감성을 열등한 것으로 배제하는 이성중심주의는 사회적 변화를 위한 동요를 일으키는 데 한계를 지닌다.

일상에서 나날이 일어나며 세월호는 그 보이지 않는 비식별성의 영역을 **은유**를 통해 보이게 만들어 주었다.[148]

또한 쌍용차 사태가 노동자의 자살을 가져왔다면 세월호는 청소년들을 죽음 속에 유기했다. 그런데 우리는 노동자들보다 청소년들의 죽음에 더 분노했다. 그것은 청소년이란 아직 오늘날의 지옥 같은 불평등성을 잘 모르는 나이이기 때문일 것이다. 어쩌면 청소년은 유일하게 남은 **미결정성의 영역**일 것이다. 그들은 우리가 잃어버린 물밑의 미결정성에 대한 은유이다. 우리는 그들을 죽음정치의 희생자로 만드는 대가로 일시적으로라도 물밑에 접속하며 기적 같은 공감의 네트워크를 이루었던 것이다. 타자에 대한 공감의 희생은 그들마저 벌거벗은 생명으로 만들지 않으려는 거의 무의식적인 필사적 대응의 결과였다.

벌거벗은 생명이란 '이상한 고요함'에 묻힌 죽음에 다름이 아니다. 희생자를 벌거벗은 생명에서 구출하는 길은 그들의 보이지 않는 응수에 공감하며 미결정성의 영역을 동요시키는 일일 것이다. 우리는 청소년들을 죽음으로부터 구출하는 데는 실패했지만 벌거벗은 생명에서 구원하는 일에는 실패할 수 없었던 것이다. 침몰 직전의 학생들의 모습에 관심을 가지며 사랑을 쏟은 것은 그들의 마지막 대응에 공감하려는 마음에서였을 것이다. 한 포스터에서처럼, 아직도 학생들은 왜 구하러 오지 않았냐고 묻고 있다. 그 물음에 응답하지 않는다면 우리는 다시금 낯선 고요함 속으로 빠져들 것이다. 학생들을 구원하는 일에 또 한번 실패하지 않으려면 우리는 물밑의 목소리에 응답해야 한다.

세월호 사건은 우리 사회를 변화시킬 수 있을까. 시간이 지날수록 우리는 또다시 '망각의 문'으로 들어서고 있는 것일지도 모른다. 우리가 망각의 문

---

148 오늘날은 수동적인 비식별성의 영역은 확장된 반면 능동적인 미결정성의 영역은 축소된 시대이다.

을 서성이는 동안 죽음정치는 이상하게 조용한 세상에서 잊혀지면서 반복된다. 가끔씩 일어나는 동요는 혐오발화와 종북 이데올로기가 그 불순한 오염의 위험을 차단해 준다. 우리는 사물 인터넷과 스마트해진 매체들, 그리고 경제 문제로 관심을 돌린다. 세월호 사건은 과거이며 테크놀로지의 발전과 경제성장은 미래이기 때문이다.

그러나 미래에 나타날 새로운 것을 만드는 것만이 우리를 미래로 나아가게 하는 것은 아니다. 미래의 물건들을 생산하지 못한다면 우리는 뒤처져서 행복하지 않을 것이다. 하지만 반대로 아무리 미래의 물건들로 둘러싸여도 우리의 존재의 부피가 빈약해지면 우리는 '창조적 진화'[149]의 미래로 나아가지 못한다. 창조적 진화란 나이테 같은 순수기억들이 약동하며 유동적인 생명적 존재로 성숙해가는 것을 뜻한다. 물건들은 진화했지만 그 대가로 인간은 오히려 존재의 부피감을 상실한 채 물건처럼 딱딱해진다면 우리의 미래는 어디에도 없을 것이다.

물론 그런 자아의 빈곤화는 개인의 의지의 문제가 아니라 지배 권력에 회유된 결과이다. 무의식에 작용하는 유혹의 권력이란 체계의 모순을 은폐할 뿐 아니라 우리의 존재 자체를 바꾸는 기능을 한다. 즉 단순히 우리를 규율에 길들이는 데서 더 나아가 우리의 존재의 부피가 엷어지게 만든다. 존재가 빈곤해진 개인들은 사건이 일어나도 이성적 판단이나 비판적 분노가 이상한 고요함에 묻힘을 느낄 수 있을 뿐이다.

세월호 사건이 우리를 그런 낯선 고요함에서 벗어나게 한 것은 앞서 말했듯이 은유의 힘을 보여준 것이었다. 우리의 순수기억은 완전히 상실된 것이 아니라 권력에 회유되어 서랍 속에 갇혀 있다. 은유란 딱딱해진 감성의 분활을 방해하면서 닫힌 순수기억의 서랍을 여는 행위를 말한다. 은유적 경험의 순간은 체계에 얽매인 개념을 넘어서서 순수기억의 이미지를 직접 보

---

149 베르그송, 황수영 역,《창조적 진화》, 아카넷, 2005.

는 순간이다. 우리는 세월호의 은유를 통해 우리 자신을 둘러싸고 있는 죽음정치의 실상을 보는 동시에, 그 순간 유혹의 권력에 의해 닫힌 순수기억의 서랍이 열리면서, 생명적 유동성을 되찾은 상태에서 타자에 대한 공감력을 회복할 수 있게 된 것이다.

지금은 다시 계속되는 유혹의 권력에 의해 우리는 재차 망각의 문으로 들어서는 듯한 느낌을 갖는다. 그러나 세월호의 반격은 여기서 끝난 것이 아닐 것이다. 세월호 사건은 그 자체가 은유적이었을 뿐 아니라 말할 수 없는 것을 표현하기 위한 수많은 은유들을 만들어 냈다.

노란 리본, 진실을 인양하라, 가만히 있지 마라, 침몰하는 대한민국의 민주주의, 사람의 시간—4.16, 금요일엔 돌아오렴[150] 등등. 이 은유들은 상처의 기억을 망각으로 굳어지게 하려는 감성의 회유 및 치안을 방해하는 점에서 정치적이다. 학생들은 돌아오지 않았지만 그들은 은유로서의 정치로서 돌아온 것이다. 은유로서의 정치가 계속되어야만 우리는 망각의 문에서 다시 닫히려는 순수기억의 서랍을 열 수 있을 것이다.

은유가 중요한 것은 그처럼 순수기억의 서랍을 엶으로써 물밑에서 타자에게 공감하는 것을 가능하게 하기 때문이다. 은유로서의 정치는 타자가 심연의 물밑에 있음을 알려준다. 그래서 지상에서는 이상한 고요함이 계속되더라도 물밑의 동요와 연대에서 저항이 시작될 수 있음을 암시해준다.[151] 또한 혐오발화가 공격하더라도 순수기억의 힘으로 딱딱한 혐오를 유동적 분노로 되돌려[152] 양가적인 사랑과 분노로써 존재론적 저항을 시작할 수 있게 해준다. 사랑으로 물러서는 것도 분노로 파괴하는 것도 아닌 분노와 사랑의

---

150   416 세월호 참사 시민기록위원회 작가기록단, 《금요일엔 돌아오렴》, 창비, 2015.

151   세월호 사건을 잊지 않는다는 것은 모든 순간에 그 사건에 집중한다는 것이 아니라 우리가 일상으로 돌아가더라도 물밑에서는 끝없이 타자와 만나고 있음을 뜻한다. 은유는 그런 물밑의 교섭을 가능하게 해준다.

152   후지이 다케시, 〈증오와 혐오 사이〉, 《한겨레신문》, 앞의 글.

양가성은 원효가 말한 파도와 바다의 이미지로 은유할 수 있을 것이다.

　물론 은유로서의 정치가 한순간에 우리에게 큰 희망을 가져다주지는 않는다. 우리는 결코 절망과 우울에서 벗어나서 희망 쪽으로 나아간 게 아니었다. 우리가 경험한 것은 일종의 트라우마였으며 그것은 우울감이기도 했다. 그러나 타자와의 공감의 회복은 바로 그 우울한 절망과의 대면에서 비로소 가능했던 셈이다. 만일 섣부른 희망에 기대었다면 우리는 고통받는 타자에게 진정으로 공감할 수 없었을 것이다. 반면에 전과는 달리 우리의 절망이 된 그들의 절망을 껴안음으로써 '길 없는 길'을 소망하게 되었던 것이다. 은유로서의 정치는 수동적인 절망과 우울에서 벗어나 순수기억의 힘으로 절망을 포용할 수 있게 해준다.

　절망과 소망의 양가성은 원효의 파도와 바다의 은유와도 같다. 즉 우리가 절망에서 벗어나는 것은 희망으로 가버리는 것이 아니라 절망을 껴안고 넘어서는 것임을 암시한다. 학생들은 결국 물밑에서 돌아오지 않았다. 그러나 우리는 절망을 껴안듯이 물밑의 타자를 껴안은 것이다. 우리를 망각의 문에서 진실의 문으로 돌아서게 하는 것은 결코 우상 같은 희망이 아니다. 끝없이 절망을 껴안고 물밑의 타자와 교감할 때만 또 다시 우리 앞에 서 있는 망각의 문에서 벗어날 수 있을 것이다.

15. 길 없는 길과 미학적 은유

　우리는 '길 없는 길'이라는 화두에서 시작해서 미학적 은유의 문제에 이르렀다. 이제까지 우리가 줄곧 강조해 온 것은 오늘날의 탈정치화를 극복하려면 정치에 대한 새로운 가정이 필요하다는 것이었다. 우리가 새롭게 주장하는 '길 없는 길'의 정치학은 한마디로 미학적 영역과 중첩되는 존재론 정치학이라고 말할 수 있다.

오래된 인식과 실천의 괴리가 던져준 문제점은 실천의 주체가 이데올로기의 하수인에서 벗어날 수 없다는 점이었다. 역사의 주체에 대한 가정, 즉 억압적 사회에서 주변화되었던 계급이 실천의 중심에 선다는 주장은 이제 이데올로기적 서사로 전락되었다. 더욱이 20세기 후반 이후, 계급에 덧붙여 인종, 성, 자연 등 다양한 영역의 주체 위치들 간의 진폭이 넓어지면서 역사적 필연의 서사는 파열되었다.

라클라우의 헤게모니론은 다중적인 주체 위치들 간의 중층결정적 게임을 통해 불가능한 총체성의 지평을 재도입한다.[153] 라클라우의 경우 정치적 헤게모니와 다양한 영역의 주체들을 연결하는 것은 환유적 관계이다. 그러나 오늘날의 탈정치화는 라클라우가 간극을 메우려 전력했던 주체 위치들 간의 파편화에서만 기인된 것이 결코 아니다.

사회를 동요시키는 정치적 움직임은 다양한 영역의 주체의 운동에 의해서만 시작되지는 않는다. 어느 영역에서 균열이 생겨났든 그 문제가 사회적 동요를 일으키려면 각 영역을 횡단하는 수많은 사람들의 **물밑의 움직임**이 전제되어야 한다. 사회운동이란 그런 물밑의 동요가 고조된 시점을 전제로 비로소 표면화될 수 있다. 이 때 표면화된 특정 사회운동은 사회 전체의 물밑의 동요와 환유적 관계에 있다. 환유란 사람의 생명과 숨(호흡)처럼 총체와 부분의 관계이다. 불가능한 총체성에 접근하는 사회운동의 환유적 관계는 헤게모니에 의해 나타나는 것이 아니다. 표면화된 사회운동이 한껏 고조된 수많은 사람들의 물밑의 동요를 환유할 때 비로소 우리는 사회적 변화의 소망에 접근한다. 마찬가지로 변화의 **주체** 역시 각 운동들이 환유하는 자신들보다 더 큰 물밑의 동요에 공명될 때, 즉 숨이 사람의 생명을 의미화할 때 형성된다.[154] 그 때문에 모든 것의 시작은 동요하는 생명의 약동이다. 숨(사

---

153 에네스토 라클라우·샹탈 무페, 김성기 외 역, 《사회변혁과 헤게모니》, 터, 1990, 151쪽.

154 타자의 주체로의 전이는 그들이 수많은 사람들의 공감에 의해 떠받혀질 때만 비로소 가능하다.

회운동)이 사람의 생명(물밑의 동요)을 생성하는 것이 아니라 사람의 생명이 약동할 때 숨이 생명을 의미화하기 시작하는 것이다.

물밑의 동요는 고통받는 타자에 대한 공감을 전제로 생성된다. 타자에 공감하는 사람들의 물밑의 움직임은 계급, 인종, 성, 자연의 영역을 횡단해서 일어난다. 따라서 다중적인 물질적 영역을 관통하며 사회를 동요시킬 수 있는 것은 대항 헤게모니가 아니다. 그보다는 각 영역을 가로지르는 수많은 사람들의 물밑의 동요와 그것을 가능하게 하는 **타자에 대한 공감**이다. 우리는 이제까지 오늘날의 정치의 실종의 원인이 바로 그 타자에 대한 공감의 상실에 있음을 살펴보았다.

주변화된 사람을 중심에 놓으려는 인식론적 정치학이나 라클라우의 민중 헤게모니론은 우상 같은 희망의 길을 찾는 정치학으로 표현할 수 있다. 라클라우는 특정 영역을 우상화하지는 않지만 중심 없는 중심(헤게모니)을 우상화하는 셈이다. 이런 논의들의 정치학적 근거는 이론적으로 가정된 희망을 보다 잘 보이게 만드는 데 있다. 예컨대 프롤레타리아의 서사, 주변화된 사람들의 중심성, 민중 헤게모니 등이다. 반면에 우리는 아무것도 없는 절망을 껴안는 데서 출발했다. 절망을 껴안는다는 것은 능동적인 상태에서 절망 속에 있는 타자와 교섭한다는 뜻이다. 절망과의 포옹을 강조하는 것은 고통받는 타자에 대한 공감이 물밑의 동요의 출발점이며 어떤 경우이든 그것이 정치학의 단초이기 때문이다. 기존의 논의와는 달리 우리는 고통받는 타자가 조직의 중심이 되어 변화를 이끌어 간다고 생각하지 않는다. 그와 달리 그들에 공감하는 수많은 사람들이 생겨나야만 사회가 동요하고 변화의 소망이 생겨난다. 사회운동은 그런 물밑의 동요의 환유로서만 중요한 의미를 지닌다.

기존의 논의들은 희망을 찾는 것에, 즉 어딘가에 있는 길을 찾는 데에 열정을 기울였다. 그러나 우리는 절망을 끌어 안음으로써 길이 없는 곳에서 시작해 길을 찾으려 했다. 숲을 걷는 사람이 많아지면 길 없는 길이 생겨나듯이 물밑의 동요가 많아지면 절망에서 소망이 생겨나는 것이다. **길 없는 길**의 정치학은 역사적 필연의 경직된 서사를 미결정적인 유동성으로 바꾸어 놓는다. 미결정적 운동의 핵심은 미리 예정하는 교의적 방식에서 가변적인 구체적 현실에 발 딛는 수행성으로 전환한다는 점이다. 이처럼 사회적 변화의 출발점을 미결정적 동요와 수행성에서 찾는 것은 정치학에서의 코페르니쿠스적 전회라고 할 수 있다.

우리와 비슷한 정치학은 바디우의 사건에 대한 논의에서도 찾아 볼 수 있다. 바디우는 일상으로 환원될 수 없는 무엇인가가 일어난 것을 사건이라고 부른다. 사건은 잉여적 부과물이자 지식과 인식체계에 생겨난 구멍으로서 실재(계)의 상징계(체계)로의 흘러넘침이다. 사건의 순간 우리는 새로운 존재방식과 행동방식을 결정하도록 강요받는다.[155] 사회체계에 무언가가 잉여적으로 부과되며 실재계와의 접촉이 발생할 때 우리 자신과 상징계의 재조정이 요구되는 것이다.

바디우는 사건의 상황 속에서 움직이면서 사건에 따라 상황을 사고하는 과정을 진리라고 부른다.[156] 또한 그런 사건에 대한 충실성의 과정(진리)을 지속시키는 (충실성의) 원리를 윤리라고 명명한다.[157] 그렇다면 그런 진리와 윤리에 충실한 과정은 어디에서 시작되는 것일까.

사건이 일어나도 이상한 고요함에 잠겨 있는 것이 오늘날의 현실일 것이다. 사건이 새로운 존재방식을 결정하도록 강요해도 우리는 낯선 침묵에 빠져들며 망각의 문으로 들어선다. 이 충실성의 빈약함의 원인을 우리는 존재의 빈곤화에서 찾았다. 존재의 빈곤화는 타자에 대한 공감의 약화를 가져온다. 우리는 **은유**가 순수기억의 서랍을 열며 존재의 부피감을 회복시키고 타

155 바디우, 이종영 역, 《윤리학》, 동문선, 2001, 54쪽.

156 바디우, 위의 책, 55쪽.

157 바디우, 위의 책, 58~61쪽.

자에 대한 공감력을 복구시킴을 논의했다. 그런 생명적 존재의 약동(물밑의 동요)의 순간에 우리는 비로소 진리의 충실성의 과정에 복귀하며 숨을 쉬는 것(운동)을 느낀다.

바디우는 프랑스 혁명이나 중국의 문화대혁명 등을 사건의 예로 거론한다. 그러나 우리는 사후적으로 명명된 그런 거시적 사건들 이전에 이름 붙일 수 없는 단초적 사건들을 주목해야 한다. 그런 사건들은 흔히 고통받는 타자를 발생시킨다. 사건의 구멍은 실재계를 흘러넘치게 하는데 그 실재계와 접촉한 상태에 있는 것이 바로 고통받는 타자이다. 바디우가 말한 충실성(진리)에 대한 충실성(윤리)은 결코 혼자 실재계의 잉여를 감당하는 상황이 아니다. 그와 달리 진리에 대한 지속성과 충실성으로서의 윤리는 고통받는 타자에 대한 공감에서 비로소 시작될 수 있다.

그런 공감의 순간은 타자가 경험하는 실재계와의 대면을 우리 것으로 느끼는 순간이다. 실재계와의 대면은 결코 새로운 희망의 순간이 아니다. 희망의 생성은커녕 우상 같은 희망을 무너뜨리며 우리를 절박함으로 몰아넣고 혼돈에 빠지게 만든다. 고통받는 타자가 새로운 존재방식과 행동방식의 발명의 중심에 서기 어려운 것은 그 때문이다. 일상의 사람들이 절망적인 타자에 공감할 때만 우리는 비로소 그 절망을 껴안을 수 있게 된다. 절망과의 포옹은 구멍과 균열에서의 고통을 견디게 만들면서 그 고통을 사회를 변화시키려는 에너지로 전이시킨다. 사건의 상황 속에서 그 상황을 사고하고 움직이는 충실성은 바로 그 순간에 생성된다.

따라서 바디우가 말한 충실성은 **절망과 저항의 양가성**으로 미시화될 수 있다. 우리는 실재계와 대면하며 이대로는 불가능하다는 절망을 껴안을 때만 새로운 존재방식과 행동방식을 발명해 낼 수 있다. 또한 그 과정은 결코 혼자서 진리와 윤리에 충실해지는 전개가 아니다. 그와 달리 타자와의 공감을 통해 물밑의 동요를 일으키며 많은 사람들이 연대하는 과정에서 변화에 대한 소망이 생성된다. 그렇기 때문에 새로운 존재와 행동 방식의 발명이란 수많은 사람들의 발걸음이 필요한 **길 없는 길**인 것이다.

　바디우의 충실성의 윤리는 존재 빈곤화를 겪는 사회에 대한 해법을 제시하지 못한다. 반면에 절망과 소망의 양가성은 우리를 우울증(자아의 빈곤화)에 빠지게 하는 '이상한 고요함'에서 벗어나는 길을 암시한다. 우리는 절망을 끌어안을 때만 타자의 고통을 내 것으로 전이시키면서 존재의 빈곤화에서 벗어날 수 있다. 절망을 끌어안는 중요한 방법의 하나는 바로 **은유**이다. 세월호는 생명의 유기로 인한 타자의 고통이 일상에서 우리의 존재를 빈약하게 만드는 죽음정치와 같은 것임을 은유를 통해 암시해 주었다. 그 같은 은유는 **타자와의 공감력**을 회복시키면서 자아의 빈곤화에서 벗어나 물밑의 동요를 생성하게 했다. 우리는 타자의 절망을 우리 것으로 느낄 때만 잃어버린 생명적 존재를 되찾으면서 새로운 삶을 소망하는 숨결을 확인한다. 숨결은 생명적 존재의 환유이다. 절망과 소망의 양가성은 죽음정치 하에서는 단숨에 희망을 숨 쉬는 '충실한' 존재를 만날 수 없음을 말해 준다. 그와 달리 '살아 있는 죽음'[158]으로서의 타자를 끌어안을 때만 생명적 존재의 회복을 통해 간신히 다시 숨을 쉬게 된다. 송경동은 이런 절망과 소망의 양가성을 '수많은 파문을 자신 안에 새기고 있는 강물'로 은유했다. 또한 원효는 둘도 아니고 하나도 아닌 '파도와 바다'로 표현했다.

　이상한 고요함을 넘어서는 것이 절망과 소망의 양가성이라면 혐오발화를 극복할 수 있는 것은 분노와 사랑의 양가성이다. 이상한 고요함과 혐오발화는 우리 시대의 절망의 두 얼굴이다. 양자에는 모두 희망과 연결된 끈이 끊어져 있다. 그러나 희망에 기대는 대신 절망에서 틈새를 찾는다면 절망과 소망, 분노와 사랑의 양가성이 불가능한 것은 아니다.

　이상한 고요함은 우울을 낳는데 우울이란 좌절인 동시에 틈새이기도 하다. 즉 우울의 유일한 긍정적인 면은 유혹권력의 환상장치가 잘 기능하지

158　'살아 있는 죽음'이란 죽음정치에 의해 일상적으로 죽음의 위협 아래 놓인 타자를 말한다.

않는다는 점이다. 우울이란 슬플 때 더 슬픈 것이 아니라 화려해질 때도 기쁨을 모르는 감정이다.[159] 그처럼 화려한 유혹장치가 잘 기능하지 못하는 상태에서, **은유**를 통해 보이지 않는 죽음정치의 기제를 보이게 만든다면, 타자와의 절망의 공감을 통해 우울에서 저항으로 나아갈 틈새가 생기는 것이다.

혐오발화 역시 절망인 동시에 보이지 않는 틈새이기도 하다. 혐오발화는 한발 더 나아간 절망이면서 또한 상상적 동일화의 불안의 표시이기도 하다. 혐오발화는 상상적 동일화에 의해 은폐될 수 없을 만큼 분노의 수위가 한계에 이르렀음을 암시한다. 혐오발화는 자기 안의 취약점인 변질된 분노를 감추기 위해 정당한 분노를 표현하는 사람들을 오염원으로 공격하는 담론이다. 만일 그런 위기감이 없다면 홍어말리기를 통해 세월호 유가족들을 공격할 필요도 없었을 것이다.

분명히 혐오발화자는 무관심과 이상한 고요함을 넘어선 감정을 갖고 있다. 그것은 우리를 더 절망하게 하지만 그 절망의 풍경은 고요함에서 벗어난 불안의 흔적을 내비치고 있다. 혐오발화자는 자신 역시 방향을 잃은 분노를 정체 모를 감정으로 안고 있다.[160] 혐오발화란 그런 분노가 누군가에 대한 증오로, 또 막연한 증오로부터 오염원에 대한 혐오로 변질되어가는 과정이다. 이 감정의 변질 과정은 혐오발화자가 현실의 감성적 신체에서 신성화된 상상적 동일성의 신체 쪽으로 옮겨가는 과정에 상응한다. 이것이 출구를 잃은 분노가 혐오로 변질되는 우리 사회의 절망의 풍경이다. 우리는 그 절망을 외면하지 말고 잠재된 울분을 끌어안으며 혐오를 양가적인 분노와 사랑으로 되돌려야 할 감성의 과제를 안고 있다.

---

159   최현석, 《인간의 모든 감정》, 서해문집, 2011, 158쪽.

160   후지이 다케시, 〈증오와 혐오 사이〉, 《한겨레신문》, 앞의 글.

16. 분노의 계보학

분노는 유동적인 감정이며 우리는 사회와의 연관 속에서 분노의 계보학을 추적할 수 있다. 분노가 방향을 잃거나 혐오감으로 나타나는 것은 우리 시대의 혐오발화에서만은 아니다. 예컨대 〈운수 좋은 날〉에서 김첨지는 아내의 죽음에 울분을 터뜨리며 "이 눈깔! 왜 나를 바라보지 못하느냐"고 외친다. 또한 〈만세전〉에서 이인화는 식민지 현실에 환멸을 느끼며 울분 속에서 "구더기가 끓는 무덤"이라고 부르짖는다. 이 두 경우에 '주검의 눈깔'과 '구더기'는 일종의 앱젝트에 해당한다. 그러나 두 소설에서 비천한 신체인 앱젝트는 오염원이기보다는 숨겨진 애정의 대상이다.[161] 〈만세전〉에는 그런 은밀한 애정의 표현이 부족하지만, 〈운수 좋은 날〉은 혐오를 **애정과 분노의 양가성**으로 되돌리고 있다.

〈운수 좋은 날〉의 경우 김첨지는 앱젝트가 된 아내의 주검에 얼굴을 비비며 울분을 표현한다. 이 눈깔! 하는 김첨지의 거친 말과는 별도로 주검에 얼굴을 대는 그에게서 우리는 아내에 대한 애정을 감지한다. 또한 그의 죽은 아내의 모습에 대한 혐오감은 아내에 대한 것이 아니라 아내를 그렇게 만든 어떤 요인에 연관된 것임을 느끼게 된다. 김첨지는 아내에게 애정을 가지고 있으며 그의 그런 **애정**이 앱젝트를 혐오의 대상에서 희생자의 위치로 바꾸고 있는 것이다. 이때 혐오는 분노로 되돌아오고 그 **분노**는 사랑하는 사람을 앱젝트로 만든 그 무엇을 향해 표현된다. 그 때문에 역설적으로 앱젝트에 대한 혐오감(이 눈깔!)[162]이 표현될수록 희생자인 아내에 대한 애정과 함

---

161 〈만세전〉은 그 점이 충분히 표현되지 못한 문제점을 지니고 있다. 이는 민중과 여성을 폄하하는 엘리트 지식인 이인화의 한계라고 할 수 있다. 김철은 〈만세전〉에서 앱젝트(구더기)를 부정하는 것은 실상은 체제의 배제의 방향과 같은 것임을 지적하고 있다. 김철, 〈비천한 육체들은 어떻게 응수하는가〉, 《사이》 제14호, 2013. 5, 395쪽.

162 이 혐오감은 아내에 대한 김첨지의 감정이 아니라 김첨지가 몸담고 있는 동일성 세계에서 아내의 위치에 대한 감각의 표현이다.

께 그 무언가를 향한 분노도 더 커진다.

그와 비슷한 풍경은 1950년대의 손창섭의 소설에서도 발견된다. 〈생활적〉에서 동주는 병든 순이의 사타구니에서 구더기가 꼬물대는 장면을 목격한다. 이 장면에서의 혐오감은 순이의 신체에 대한 것이 아니라 그녀를 침범하고 있는 그 무엇에 연관된 것이다. 동주는 순이가 죽자 그녀의 주검에 눈물을 떨어뜨리며 키스를 한다. 여기서도 동주의 순이에 대한 애정이 혐오스러운 장면 속의 순이를 희생되고 있는 생명의 신체로 되돌리고 있음을 알수 있다. 동주의 그런 애정은 순이가 신음을 낼 때부터 시작되었으며 그녀가 주검이 된 후에도 지속되고 있다.

그러나 〈생활적〉에는 그 무언가를 향한 분노가 없다. 손창섭의 초기 소설에서는 사람들이 병들어 신음하며 죽어가도 이상한 고요함이 계속된다. 은밀한 죽음정치 하에서도 사람들이 동요하지 않는 것, 이것이 타자성을 상실한 우울의 시대의 비극이다. 식민지 시대가 분열의 시대였다면 일제 말과 1950년대는 이상한 정적이 흐르는 우울의 시대였음을 알 수 있다. 침묵하는 우울의 시대는 숭고한 상상적 동일성(국가주의)에 예속되어 적대적 타자(귀축영미와 공산주의자)에게 저주와 혐오를 쏟아내는 증오의 시대이기도 하다. 문학은 양가적인 방식으로 그런 침묵과 혐오의 시대에 응수한다. 손창섭 소설에서도 여전히 이상한 정적이 흐르지만, 순이에 대한 동주의 애정은 비천한 신체를 희생자로 바꾸며 숭고한 상상적 동일성에 균열을 낸다.

1970년대에 개발에 의한 생겨난 계급적 갈등은 다시 사람들의 분노에 불을 붙였다. 그러나 하층민들은 처음에 그 분노가 향해야 할 곳을 알지 못해 분열과 혼돈을 경험해야 했다. 황석영의 〈이웃사람〉(1972)에서 베트남전 제대병('나')은 서울에서 노동판을 전전하다 마침내 매혈을 하기 시작한다. 베트남전에서 제국을 위해 살인을 하고 피를 흘렸던 '나'는 이제 부유층을 위해 젊은 피를 파는 상황에 놓이게 된 것이다. 이처럼 또 다시 '피를 판 돈'으로 생활을 하게 된 '나'는 누군가에게 왠지 모를 분노를 느끼지만 그 분노가

향해야 할 곳을 알지 못한다.[163]

'나'는 사창가의 포주와 언쟁을 하던 중 품고 다니던 칼로 싸움을 저지하는 방범대원을 찌르게 된다. 방범대원은 "얼굴이 샛노랗게 핏기가 없는" '나'와 비슷한 계층의 인물이었다. 이처럼 같은 계층의 사람을 공격한 점에서 '나'의 행동은 오늘날의 혐오발화의 공격성과도 비슷해 보인다. 그러나 '나'의 분노는《성실한 나라의 엘리스》의 살인이나 일베의 혐오발화와 유사하면서도 근본적인 상이점을 갖고 있다.

수남의 살인은 자신의 범법을 은폐하기 위한 것이었고 일베의 혐오발화는 법의 테두리 내부에 위치해 있다. 둘 다 법질서 내부의 **상상적 동일성**에 예속되어 타자를 배제하고 자신의 예속된 위치를 지키려는 욕망에 의한 것이다. 반면에 〈이웃사람〉에서 '나'의 분노는 오히려 **법질서**를 **파괴**하려는 욕망과 연관이 있다. 그 점은 '내'가 방범대원 자신에게는 아무런 증오심도 없으며 오히려 애정조차 느끼는 점에서 알 수 있다. 수남과 일베의 공격성은 상상적 동일성 안에서의 자신의 위치를 지키려는 강박감에서 기인되고 있다. 반면에 '나'의 분노는 법적 질서의 세계가 자신을 피폐한 삶으로 밀어내는 데서 온 것으로, 그의 칼날은 그 세계 쪽에 예속된 누군가를 향한 것이었다.

비슷한 계층의 사람들끼리 싸우는 점에서는 유사하지만 그 분노와 혐오의 성격은 정반대인 셈이다. 일베는 상상적 동일성의 권력을 대리해서 세월호 유가족을 공격하고 있다. 그러나 '나'는 막연한 파괴의 욕망에 의해 상상적 동일성의 질서(법)를 대리하는 방범대원을 찌른 것이다.

일베는 세월호 유가족에 대한 공격을 오염원을 차단하는 것으로 생각한다. 그 때문에 그들은 상상적 동일성의 질서가 같은 계층들끼리 싸우게 만드는 모순을 인식하지 못한다. 반면에 '나'는 파괴의 욕망에 이끌릴 뿐 그 대

---

163 서울 거리에서 소외감을 느끼던 '나'는 품에 칼을 품고 다니면서 비로소 사람들 속에 끼어든 듯한 느낌을 얻는다. 이는 '나'의 분노가 개인적인 것이 아니라 그를 밀어내는 사회상황에 의해 유발된 것임을 암시한다.

상들에게는 증오심이 없다. 그렇기에 '나'는 "언제까지 우리끼리 이래야 하는지"라는 답답한 마음을 토로하게 된다. 베트남전이 제국을 위해 유사한 처지의 청년들이 서로 간에 피를 흘리게 했듯이, 국가와 자본의 동일성 내에서 지금 비슷한 계층들이 서로 이유 없이 싸우고 있는 것이다.[164]

　견고한 질서 쪽에 있지만 같은 처지인 방범대원에 대한 '나'의 분노에는 일말의 애정이 포함되어 있다. 그러나 그 애정은 매우 미약하다. 타자에 대한 애정의 부족은 '나' 자신에 대한 애정의 결핍이기도 하다. '나'는 방범대원을 찌를 때 어쩌면 자기 자신을 찌르고 있었던 것일지도 모른다. 그런 자기 파괴적 충동에서 벗어나게 해주는 것은 타자와 자신에 대한 사랑이다. '나'의 내면에 타자가 들어오면 내면이 확장되면서 자신에 대한 애정도 풍부해진다. 만일 그런 성숙한 타자성의 애정을 지녔더라면 어떤 과정을 거쳐 방범대원과의 연대감 속에서 분노는 '내'가 파괴하고 싶은 견고한 질서 쪽으로 향할 수도 있었을 것이다. 그럴 경우 증오의 대상이었던 방범대원은 같은 희생자라는 애정의 대상으로 되돌아오고 분노는 비슷한 계층들끼리 싸우게 만든 그 무엇을 향하게 된다. 그처럼 정당한 분노는 분노와 사랑의 양가성 속에서만 생성될 수 있다.

　〈이웃사람〉에서 '나'의 분노에는 법적 질서의 파괴 욕망이 숨겨져 있으며 그 점에서 실재계에 대한 열망이 잠재해 있다. 실재계에 대한 열망에는 파괴적인 **죽음충동**과 에로스적 **사랑의 충동**이 공존한다. 그 둘 중 사랑의 열망의 결핍으로 인해 '나'는 파괴의 욕망에 사로잡혀 자신과 비슷한 방범대원을 찌르게 된 것이다.

　〈이웃사람〉 이후의 황석영과 다른 작가의 소설들은 사랑과 분노의 양가성을 통해 사회비판의 방향을 찾아가는 과정을 보여준 것으로 볼 수 있다. 예컨대 〈영자의 전성시대〉(1973), 〈몰개월의 새〉(1976), 〈아홉켤레의 구두로

──────────

164　이진경, 나병철 역,《서비스 이코노미》, 소명출판, 2015, 135~136쪽.

남은 사내〉(1977),《난장이가 쏘아올린 작은 공》연작(1975~78) 등에는 하나같이 사랑과 분노의 양가성이 표현된다. 이 소설들은 타자에 대한 사랑과 견고한 동일성의 세계에 대한 분노를 담고 있다.

〈이웃사람〉에 암시된 분노와 사랑의 양가성은 오늘날의 현실에서 많은 것을 시사한다. 당시에 냉전 이데올로기에서 벗어날 수 없었던 많은 사람들은 베트콩을 증오와 혐오의 대상으로 여기고 있었다. 그러나 '나'는 살인의 자기파괴적 과정을 자각하면서 자신이 베트남전에서 상상적 동일성(제국)을 대리하면서 비슷한 처지의 청년들을 살해했음을 깨닫는다. 오늘날의 일베 역시 마찬가지이다. 그들 또한 베트남전의 병사처럼 상상적 동일성의 권력을 대리해 같은 계층의 사람들에게 혐오를 표현하고 있는 것이다.

유혹의 권력에 회유되어 상상적 동일성을 떠날 수 없을 때 동화되지 않은 타자들은 혐오의 대상이 된다. 그러나 그들처럼 자신들 역시 동일성의 세계의 주변에 위치한 사람들이다. 일베는 자신들이 상상적 동일성을 대리하는 위치임을 깨달을 때, 그리고 공격대상이 실상은 희생자들임을 알 때, 비로소 혐오발화에서 벗어날 수 있다. 그것을 위해 필요한 것은 상상적 동일성으로 도피하지 말고 절망을 껴안는 것이다. 일베는 좌절의 고통에 대한 두려움으로 상상적 동일성으로 피신해 남아 있는 사람들을 혐오하는 것이다. 반면에 절망과의 포옹은 혐오의 대상을 희생자의 위치로 되돌린다. 이때 혐오가 희생자에 대한 분노로 되돌아와 올바른 방향을 찾으려면 자기파괴적 기제에서 탈피해 사랑과 분노의 양가성을 회복해야 한다. 따라서 일베에게 가장 먼저 필요한 것은 절망을 껴안을 용기와 사랑이다. 절망과 소망의 양가성, 그리고 사랑만이 상상적 동일성에 대한 '맹목적 신앙'을 대체한다.

〈이웃사람〉의 '나'는 그처럼 사랑과 분노의 양가성으로 나아가는 도정을 보여준다. '나'는 상상적 동일성의 질서에 지배되는 상황에서 분노를 통해 그 질서를 파괴하고 싶은 무의식을 암시한다. 물론 '나'는 여전히 사랑이 부족한 상태에 있다. 그러나 '나'의 파괴의 욕망에는 동일성의 체계를 넘어서

504

려는 실재계에 대한 열망이 잠재해 있다.

실재계에 대한 열망은 죽음정치 시대와 연관이 있다. 동일성 질서를 넘어서려는 실재계에 대한 열망은 1990년대 소설에서 보다 진전된 형태로 표현된다. 배수아의 소설들에는 유혹권력의 환상장치에 숨겨진 죽음정치에 의해 환멸을 경험하는 인물들이 등장한다. 그들은 죽음정치의 희생자라는 점에서 어떤 면에서 〈이웃사람〉의 '나'와 비슷한 위치에 놓여 있다.

그러나 그들에게는 '나'와 달리 분노가 없다. 배수아의 인물들은 황폐하고 쓸쓸한 삶을 살면서도 '이상한 조용함'에 지배되어 숨겨진 분노를 표현하지 못한다. 〈갤러리 환타의 마지막 여름〉의 남편은 방사능 오염과 실직으로 인한 패배감 속에서 새벽에 술을 마시고 잠든 '나'를 칼로 찌른다. 그러나 그것은 우발적인 사고일 뿐 '나'는 사람들에게 아무도 자신을 해치지 않았다고 대답한다. 이제 분노는 세상을 동요시킬 수 있는 아무런 힘도 갖지 못한 **우발적인 사고**가 되었다. 1970년대가 잠재된 분노의 사회(〈이웃사람〉)였다면 1990년대의 후기자본주의는 분노를 상실한 사회가 되었다고 할 수 있다. 분노를 상실한 사회는 사랑을 상실한 사회이기도 하며 이상한 고요함 속에서 자아의 빈곤화에 의해 우울함을 경험하는 시대이다.

그러나 우울의 시대는 유혹의 권력의 환상장치가 한계에 이르렀음을 암시하는 시대이기도 하다. 〈프린세스 안나〉에서 안나가 환상과 환멸의 동거 속에서 전쟁에 대한 그리움을 표현하는 것은 그 때문이다. 전쟁은 〈이웃사람〉에서 식칼로 은유되는 분노의 대체물이다. 분노는 '나'의 내부에서 일어나는 것이지만 전쟁은 바깥에서부터 발생한다. 자아의 빈곤화로 인해 분노가 상실된 우울한 사회에서는 동일성의 질서에 대한 파괴 욕망이 분노 대신 전쟁에 대한 그리움으로 암시되는 것이다.

〈이웃사람〉의 '분노'처럼 〈프린세스 안나〉의 '전쟁'은 실재계에 대한 열망이다. 양자의 공통점은 파괴적인 죽음충동만 있을 뿐 에로스적인 사랑의 열망이 부족하다는 점이다. 안나와 펑크의 연대는 결코 사랑의 연대가 아니다. 안나와 핑크는 파라다이스로 질주하면서 "지금 이 순간 그대로 전쟁이 나버렸으면" 하고 소망한다. 전쟁의 그리움, 그 실재계적 열망은 우울에서 벗어나려는 소망이지만 파괴적인 죽음충동에 이를 뿐 상실된 사랑은 돌아오지 않는다.

〈이웃사람〉의 '나'는 분노의 대상에서 일말의 애정을 감지하지만 배수아 소설의 인물들은 사랑의 꿈을 꾸는 경우에도 결국 사랑의 상실을 느낄 뿐이다. 안나와 핑크의 결합은 사랑과 연대에 대한 향수인 동시에 사랑의 불가능성에 대한 암시이기도 한다. 〈이웃사람〉 이후의 1970년대의 소설들이 분노와 사랑의 양가성으로 나아간 반면, 배수아 소설 이후에 사랑의 부활을 그린 소설을 찾아보기 힘든 것은 그 때문이다. 1990년대 이후의 소설 중에서 분노와 사랑의 양가성을 암시한 소설에는 IMF 사태 이후의 박민규의 소설이 있을 뿐이다.

신자유주의 시대의 이상한 고요함의 다음 장면은 혐오발화의 출현이다. 혐오발화는 이른바 '종북' 같은 잔여적인 냉전 이데올로기[165]의 대상에게 뿐 아니라 세월호 유가족 등의 비슷한 계층을 대상으로 하는 점이 문제적이다. '종북'은 끝나지 않는 전쟁과 오지 않은 '전후'[166]를 상징하는 점에서 우리를 우울의 늪에 빠뜨린다. 민주화 세력에 대한 혐오발화 역시 아직 오지 않은 '민주화'를 암시하는 점에서 우리는 어두운 좌절감에 침몰된다. 인종, 성, 계급, 이데올로기의 영역에서의 혐오발화의 성행은 사회가 더욱 상상적 동일성(국가와 자본) 쪽으로 이동하고 있다는 지표이다. 그러나 혐오발화는 '이상한 고요함'이 잘 유지되지 않는다는 일말의 불안의 표시이기도 하다.

혐오는 상상적 동일성을 지키려는 무의식인 동시에 바로 그 위치에서 얼마간 **동요**가 발생했다는 표지이기도 하다. 물론 일베의 혐오발화는 그런 동

165　'종북'에 대한 혐오발화에 대해서는 김철, 〈우리를 지키는 더러운 것들〉, 《문학과 사회》, 앞의 글, 326~332쪽 참조.

166　김철, 위의 글, 327, 344쪽.

요가 전혀 없는 듯이 뻔뻔스럽게 표현된다. 그러나 혐오에도 잠재적인 동요가 있는데 그 점을 잘 드러낸 소설이 바로 황석영의 〈낙타누깔〉(1974)이다. 이제 마지막으로 〈낙타누깔〉을 살펴보면서 오늘날의 혐오발화를 분노와 사랑의 양가성으로 되돌릴 수 있게 할 방법을 암시해보자.

'낙타누깔'은 남성의 성기능을 증진시키는 성 보조기구로서 일종의 인공신체이다. 베트남전 당시 그 기구를 파는 베트남 아이들은 미군과 한국군에게 제 팔과 코, 귀를 떼어내어 먹는 시늉을 해 보이고 있었다. 이 조롱어린 몸짓은 미국과 한국이 베트남을 낙타누깔 같은 인공신체로 삼아 남성적 섹슈얼리티를 증진시키는 전쟁을 하고 있다는 풍자였다.[167] 그런 식인적인 권력에 대한 풍자는 '나'의 무의식에 보이지 않는 상처를 남긴다. "나는 그 무렵 이미 환자"가 되어 있었던 것이다.[168]

귀국 후 '나'는 부산의 사창가에서 친구(상사)가 입에 낙타누깔을 밀어 넣자 토악질이 일며 그것을 소변기에 토해낸다. '나'는 더 이상 낙타누깔을 남성을 증진시키는 '보조기구'로 사용할 수 없게 된 것이다. 기능을 상실한 성적 도구는 이제 혐오스럽게 보일 뿐이다. '내'가 연거푸 헛구역질을 할 때 변기에 얹힌 낙타누깔이 썩어문드러진 죽음의 눈이 되어 바닥없는 어둠으로 '나'를 응시하고 있었다.

'나'의 구역질은 입안에 넣어진 낙타누깔에서 비롯되었다 할 수 있다. 그러나 그 혐오감은 기능을 상실하고 썩어문드러진 눈이 된 낙타누깔에 대한 오염의 불안에서 기인된 것이 결코 아니다. 낙타누깔의 응시는 아이들의 식인(食人)에 대한 조롱과 풍자의 연장선상에 있으며, '나'는 마치 식인이나 된 듯이 낙타누깔이 넣어진 입을 우물거리고 있었다. 여기서는 입안의 낙타누깔이 '나'에게 상처를 내며 식인의 위치를 연상시키는 과정, 그리고 그것을

167   이진경, 《서비스 이코노미》, 앞의 책, 142~143쪽.
168   황석영, 〈낙타누깔〉, 《황석영 중단편전집》 2, 창비, 2000, 120쪽.

뱉은 후 (그에 대응하는 듯한) 바닥 모를 어둠으로부터의 죽은 눈의 응시가 혐오감의 근원이다. 이처럼 '나'의 혐오감은 더러운 낙타누깔이 아니라 내 시선에 대한 낙타누깔의 응시에서 기인된 것이다.

물론 이 혐오감 역시 제국의 상상적 대리인이라는 '나'의 위치와 연관이 있다. 그러나 '나'는 타자를 배제하는 수단인 혐오발화에서와는 달리, '나'의 시선에 동화될 수 없는 낙타누깔을 배제할 수 없다는 생각에서 혐오감이 생겨나고 있다. 혐오발화는 타자를 오염물로 배제하면서 상상적 동일성으로 이동하는 과정이다. 반면에 '나'의 구역질은 상상적 동일성(제국적 폭력의 대리인)에서 식인의 위치로 미끄러지며 동요하는 상태에서 생긴 것이며, '나'의 미끄러짐과 감정적 동요는 배제할 수 없는 **타자의 응시**에 의한 것이다.

앞서 살폈듯이 일베의 혐오발화는 감정적인 동요의 원인(세월호 유가족)을 혐오로 표현해 그것을 차단하기 위한 것이다. 혐오발화를 통해 상상적 동일성에 일체가 된 일베는 감정적 동요에서 면제되는데, 그것은 세월호(유기족)라는 타자의 응시에 무감각하기 때문이다. 그들은 타자에 의한 동요를 느끼는 동시에 느끼지 못한다. 분명히 혐오는 이질적 타자의 동요에 의한 것인데 일베는 그것을 냄새나는 더러운 것으로 일방적으로 배제해 버리기 때문이다.

반면에 〈낙타누깔〉의 '나'는 더러운 타자가 변기에 버려진 상태에서 '나'를 응시하고 있음을 자각한다. '나'의 절망적인 고통은 혐오스러운 '낙타누깔'을 지워버려야 하는데 그렇게 할 수 없다는 데 있다. 〈낙타누깔〉과 일베에서는 비슷하게 이질적 타자에 의한 동요가 혐오의 원인이다. 또한 양자에서는 비슷하게 '나'에게 동요를 일으키는 이질적 타자는 더러운 존재이다. 그러나 전자에서는 더러운 '낙타누깔'의 응시를 피할 수 없으며 그에 의해 '나'에게 **존재론적 동요**가 **전염**된다. 존재론적 동요의 전염이란 '내'가 상상적 동일성에서 식인의 위치로 미끄러지는 과정이다. 그러나 일베에게는 그런 동요의 감각과 미끄러짐이 없다. 일베는 타자에 대한 무감각으로 인해 더러운 전염원을 무심코 배제하면서 동요에서 벗어난다.

〈낙타누깔〉의 '나'는 더러운 타자를 통해 존재론적 동요가 전염되면서 자기성의 자아에서 타자성의 자아로 옮겨가는 과정에 있다. 반면에 일베는 혐오스런 오염물을 차단하며 잠시의 동요에서 벗어나 자기성의 자아 쪽으로 재진입한다. 양자의 차이는 **타자의 응시**에 대한 자각과 미자각에 있다. 전자에서는 더럽고 혐오스러운 것이 자기성의 자아를 해체하는 요인이지만 후자에서는 그 더러운 것을 공격함으로써 동일성이 더욱 강화된다. 일베의 경우 응시를 차단당한 타자는 더러운 대상일 뿐이며, 그 더러운 것에 대한 혐오감에 의해 신자유주의의 동일성의 질서가 지켜진다. 역설적으로 신자유주의는 그런 더러운 것에 의해 지켜지는 셈이다.[169]

일베에게 이질적 타자의 응시가 보이지 않는 것은 상상적 동일성의 환상에서 깨어나지 못하기 때문이다. 따라서 그들에게 필요한 것은 바로 '올바로 **절망**하기'이다. 일베는 절망에서 상상적 동일성으로 도피한다. 반면에 올바로 절망하기란 환상에서 깨어나 자신의 위치를 정확하게 파악하는 것을 말한다. 아무리 발버둥 쳐도 대기업 정규직도, 피자집 주인도, 전문직 직장인도 될 수 없음을 깨달을 때,[170] 그리고 그 고통을 회피하지 말고 힘겹게 끌어안을 때, 그들은 비로소 절망 속에서 또 다른 절망적 타자의 응시를 어렴풋이 느끼게 될 것이다.

〈낙타누깔〉의 '나' 역시 절망적 상태에서 타자의 응시를 느끼고 동요하면서, 제국과 국가의 명령에 동일화되었던 자신의 정체성이 흔들림을 느낀다. 여기서도 절망은 자신의 위치를 파악해가는 과정이다. 〈낙타누깔〉에서 한 발 더 나아가 타자에 대한 연민과 사랑이 생겨날 때 혐오는 분노로 감성적

---

169 김철, 〈우리를 지키는 더러운 것들〉, 《문학과 사회》, 앞의 글, 333쪽. 여기서는 삼팔선은 빨갱이가 지키고 동해는 친일파가 지킨다고 말하고 있는데, 우리는 오늘날의 신자유의를 지키는 혐오발화에 대해서도 비슷하게 논의할 수 있을 것이다.

170 박노자, 《비굴의 시대》, 한겨레출판, 2014, 358쪽.

특성과 방향을 바꾼다.

우리 시대가 혐오의 시대라면 혐오의 시대는 분노를 상실한 시대인 동시에 타자를 상실한 시대이다. 그러나 〈낙타누깔〉에서처럼 타자의 응시를 자각할 때 더러운 타자로부터일망정 존재론적 동요가 전염된다. 여기서 더 나아가 타자에 대한 공감을 회복할 때 **분노와 사랑의 양가성**을 복구할 수 있을 것이다. 분노와 사랑의 양가성이란 견고한 동일성 세계에 대한 분노와 인간에 대한 사랑을 말한다. 타자와 생명적 유동성에 대한 사랑을 소망하는 사람만이 굳어진 동일성에 대한 잃어버린 정당한 분노를 회복할 수 있는 것이다.

이제 우리는 분노의 계보학으로부터 정당한 분노의 방법을 암시받는다. 분노의 상실이 타자의 상실과 연관이 있다는 점에서 오늘날은 정당한 분노에 대한 새로운 관심이 요구되는 시대이다. 정당한 분노는 분명히 타자에 대한 사랑과 긴밀한 연관이 있다. 그처럼 사랑의 동반을 요구하는 정당한 분노란 과연 무엇인가.

이제까지 분노는 주로 적당히 조절되어야 하는 것으로 말해져 왔다. 예컨대 정신의학의 용어인 분노조절장애라는 말의 존재는 그 점을 암시한다. 더욱이 종교적 관점에서는 정당한 분노조차 가라앉혀야 하며 참선 역시 화를 잠재우는 것을 목적으로 한다.

그러나 정당한 분노는 결코 참선의 진리와 배치되지 않는다. 앞서 살폈듯이 참선은 내면화된 동일성의 규범을 털어내고 체계를 넘어서는 수행이다. 분노 역시 동일성 체계의 법을 넘어서는 충동적 감정의 차원을 갖고 있다. 참선이 내면화된 규범의 짐을 덜어내는 방식이라면 분노는 동일성의 질서에 저항하는 방식이다. 분노의 저항은 파괴적인 죽음의 충동에 이끌릴 수 있지만 정당한 분노는 에로스적 사랑의 충동에 근거해 그런 파괴의 행위를 막아준다. 이 같은 사랑과 분노의 양가성은 참선과 리얼리즘의 결합을 가능하게 해준다. 만일 우리가 참선 쪽으로만 가버린다면 체계에 대한 저항은 생겨나지 않는다. 반대로 분노에만 이끌려 사랑과 용서를 저버린다면 우리는 파괴적인 충동에서 벗어날 수 없게 된다.

정당한 분노가 사랑의 이면이라는 점은 인(仁)과 의(義)의 관계에서도 알수 있다. 인이란 사람들 사이의 공감과 사랑을 말하며 의란 인을 저버렸을 때의 자신의 수치심과 남에 대한 분노이다. 그렇기에 사랑의 마음인 인을 지닌 사람만이 의분(義憤)을 느낄 수 있는 것이다. 의와 연과된 의리(義理)라는 말도 마찬가지이다. 의리란 **이익**에 따르지 않고 **사랑**과 인을 지키기 위해 실천하는 도리를 말한다. 세월호 사건 이후 의리담론이 성행한 것은 우연이 아니다. 의리란 이익과 대립되는 개념으로 인을 저버리는 일이 일어났을 때 '가만히 있지 않는 것'을 뜻한다.

인의 개념을 더 확장하면[171] 사랑은 동일성의 체계를 넘어선 에로스적 열망이 되며, 그에 근거할 때만 체계에 저항하는 정당한 분노가 생성될 수 있다. 파괴적이 될 수도 있는 분노를 사랑으로 껴안을 때만 올바른 체계에 대한 저항이 될 수 있는 것이다. 사랑과 분노는 서로 다르면서도 다르지 않은 감정들이다. 원효의 파도와 바다의 은유에서처럼 그것은 둘도 아니고 하나도 아니다. 만일 분노를 가라앉히고 사랑의 바다로 가버린다면 저항은 없으며 세상은 변화되지 않는다. 반대로 사랑의 바다에 대한 열망이 없이 분노의 파도만 일어난다면 세상은 파괴적인 것으로 가득찰 것이다. **사랑과 분노의 양가성**만이 파도와 바다의 끝없는 수행을 통해 새로운 세상으로 이끌어 줄 것이다.

분노와 사랑의 양가성만큼 중요한 것은 절망과 분노의 관계이다. 오늘날 분노가 상실된 세상이 된 것은 탈정치화와 정치적 무관심 때문이다.《분노하라》라는 책을 쓴 스테판 에셀(Stéphane Hessel)은 무관심이란 최악의 태도이며 정당한 주제를 지닌 분노를 일으키라고 주장한다.[172] 그러나 한병철이

---

171 인(仁)의 한계는 인간중심적이라는 것이다.

172 스테판 에셀, 임희근 역,《분노하라》, 돌베개, 2011, 21~26쪽.

말한 성과사회라는 긍정성 과잉의 세계에서는 저항과 분노 같은 부정성의 행위가 불가능해졌다고도 할 수 있다.[173] 긍정성 과잉이란 일종의 유혹의 환상이며 상상적 동일성에 일체가 되는 현상을 뜻한다. 따라서 지금 우리에게 필요한 것은 섣부른 희망보다는 올바른 절망일지도 모른다. 절망이란 유혹의 권력에서 벗어나 노예와도 같은 상황에 놓인 자신의 위치를 정확히 파악하는 것을 말한다. 비정규직, 실직자, 파산자 등 현대의 노예가 사다리를 오르려는 불가능한 희망을 버리고 자신이 노예임을 깨달을 때 비로소 저항이 시작될 수 있는 것이다.

이런 절망과 저항의 양가성은 분노와 사랑의 양가성으로 이어진다. 절망 속에서 자신의 위치를 정확히 파악한 사람은 주류에 편입되려는 희망 대신 아무리 노력해도 행복해질 수 없는 세상에 대한 분노를 갖게 된다. 오늘날 유행어 중의 하나인 '노오오오오력'은 그런 끝 모르는 절망 속의 분노를 암시한다. 이 절망 속의 분노가 자조나 파괴로 흐르지 않고 저항이 되려면 자신과 타자에 대한 사랑이 전제되어야 한다. 사랑은 인간성을 상실한 것에서 분노의 동기를 발견하게 하면서, 그와 함께 고통받는 타자와 연대하게 해준다. 그 같은 분노와 사랑의 양가성 속에서만 정당한 저항이 생성될 것이다.

절망과 저항의 양가성과 분노와 사랑의 양가성은 파도와 바다의 관계로 은유할 수 있다. 바다가 파도를 품어안듯이 우리는 절망을 껴안을 때만 좌절하지 않고 저항의 길을 생성시킬 수 있다. 마찬가지로 분노를 사랑으로 끌어안을 때만 정당한 분노를 통해 길 없는 길로 나아간다. 절망과 저항의 양가성이 길 없는 길을 찾는 수행적 자각이라면, 분노와 사랑의 양가성은 그렇게 생성된 저항의 길의 실행적 과정일 것이다. 혐오의 시대를 넘어서는 분노와 사랑의 양가성은, 절망과 타자를 껴안고 흩어진 발걸음들을 모으면

---

173 한병철, 김태환 역,《피로사회》, 문학과지성사, 2012, 24쪽.

서, 부재하는 동시에 존재하는 길을 여는 저항의 행위력을 실행한다.

17. 길 없는 길과 미래 이후의 미학

오늘날 청년들의 은어 중에 가장 뼈아픈 것은 '헬조선'이다. 우리는 일베충, 맘충, 급식충 같은 혐오발화가 유행하는 '헬조선'에서 살고 있다.[174] 헬조선이란 친밀한 장소(조선)가 낯설게 변해버린 낯선 두려움의 공간에 다름이 아니다. 21세기에 '조선'이 은어의 일부로 등장한 것은 오래된 곳이 낯설게 변해버린 충격이 더 크기 때문이다.

주지하다시피 1세기 전 근대 초기에도 그런 낯선 두려움에 대한 자각이 '묘지'로 표현되고 있었다. 오늘날의 벌레가 들끓는 헬조선이란 그때의 "구더기가 끓는 무덤"[175]과도 유사하다. 화려한 스펙터클의 시대가 1세기 전의 어둠의 시대와 비슷한 은유로 표현되고 있는 것은 대단한 아이러니이다.

〈만세전〉의 이인화는 조선을 무덤이라고 외치면서 구더기 냄새에서 벗어나기 위해 일본으로 가버린다. 오늘날에도 '헬조선'을 떠나려는 사람들이 '이민계'를 들고 '이민 스터디'까지 하고 있다. 이인화가 조선을 떠난 것은 진화론과 생존경쟁만 있고 미래가 없는 묘지에서 벗어나기 위해서였다. 오늘날의 사람들 역시 아무리 '노오오오오력'해도 미래가 보이지 않는 한국을 떠나려 하고 있다.

물론 묘지를 외치는 이인화나 헬조선을 말하는 청년들은 혐오발화를 일삼는 극우파들과는 구분된다. 이인화나 오늘날의 청년들 역시 '조선'에 대해 혐오감을 표현하고 있지만, 그들의 공격은 '제국의 식민지'나 '국가'라는 상

---

174 권태현, 〈혐오의 시대를 넘어〉,《한겨레신문》, 2015. 9. 15.
175 염상섭, 〈만세전〉, 창작과비평사, 1987, 132쪽.

상적 동일성에 대한 거부감이라고 할 수 있다. 그 점에서 주로 비슷한 계층이나 주변화된 타자를 공격하는 일베와는 분명히 다르다. 일베가 혐오발화를 하는 것은 오염물을 제거하려는 것이며, 그렇게 하는 것은 오히려 조선을 떠나지 않기 위해서이다. 반면에 이인화나 오늘날의 청년들은 조선에 혐오감을 느끼며 이 땅을 떠나려 하고 있다. 전자가 체제의 대리인이라면 후자는 체제 비판적이다.

그러나 조선을 떠나려는 청년들의 문제점은 미래라는 시간의 상실을 공간의 이동으로 대체하려 한다는 점이다. 미래는 무덤 같은 공간에서 벗어나 다른 곳으로 가버린다고 생겨나는 것이 아니다. 미래 상실의 요인은 타자의 상실에 있다. 타자의 상실을 회복하려면 섣부른 희망을 버리고 절망을 응시하는 데서 시작해야 한다. 국가주의, 성장 이데올로기, 자기계발서사는 물론 이민조차도 섣부른 희망이라고 할 수 있다.[176]

이민을 계획하거나 '헬조선'에서 자조하는 사람들은 충분히 절망을 응시하지 못한 사람들이다. 그들은 아직 어설픈 환상을 갖고 있기 때문에 자조적으로 한국을 경멸하는 것이다. 그와 달리 절망을 외면하지 않는다는 것은 구조화된 불평등성 속에 놓인 자기 자신의 위치를 냉정히 파악하는 것을 말한다. 즉 실직자가 실직자임을, 비정규직이 비정규직임을 절감하는 것이다.[177] 그런 절망의 순간에 우리는 고통을 대가로 환상공간에서 벗어나 현실공간으로 이동한다. 또한 수동적인 좌절에서 탈피해 능동적으로 절망을 끌어안을 수 있게 된다.

절망을 끌어안는다는 것은 바다가 파도를 품어 안는 것과도 유사하다. 바다가 파도를 끌어안는다고 해도 바람이 그치지 않는 한 파도 역시 가라앉지 않는다. 즉 바다가 파도를 품어 안아도 끝없이 파도가 계속되며 평온한

---

176 섣부른 희망은 자기성의 서사를 강화할 뿐 결코 타자와의 관계에 도움을 주지 않는다.

177 이 순간은 신자유주의가 만든 환상세계에서의 성실한 노동자라는 위치에 대해 **감각적으로** 호응할 수 없음을 무의식적으로 느끼는 순간이기도 하다.

세상은 단숨에 오지 않는다. 그러나 우리를 안아주는 바다가 있는 한, 우리는 그 사랑의 힘으로 바람에 대응하며 성난 파도만 계속되는 '헬조선'에서 벗어난다. 바다에 안긴다는 것은 **타자와의 공감**이 생성됨을 뜻하며, 그때 파도와 바다, 절망과 소망(저항)의 끝없는 양가적 과정 속에서 비로소 미래로의 시간이 생겨난다.

이 과정을 잘 보여준 것은 바로 희망버스 프로젝트였다. 희망버스에는 결코 희망을 가진 사람들이 타고 있었던 것이 아니다. 버스에 오른 사람들은 사회의 다양한 영역에서 가장 아픔을 크게 느끼고 희망을 빼앗긴 삶을 살아가는 사람들이었다. 희망버스는 절망을 아는 사람들의 버스였다.[178]

그러나 그들이 사회가 스스로 문제를 해결하리라는 희망을 버리고 버스에 오르는 순간 절망은 수동성에서 능동성으로 전위되기 시작했다. 희망버스라는 은유의 틈새 공간[179]에 오르는 순간 사람들은 닫아두었던 순수기억의 서랍을 열기 시작한 것이다. 능동적 절망이란 실재계와의 접촉이며 그 순간 무의식으로서의 순수기억이 소생한 셈이다. 이때 빛의 삼원색처럼 다양한 절망들이 겹쳐지고 몸을 포개면서 저항이 빛이 생성된 것이다. 서로가 절망을 끌어안는 순간은 각기 다른 사람들의 물밑의 연대가 이루어진 순간이었으며 절망과 저항의 양가성의 시간이었다.

희망버스에 탄 사람들은 시민, 학생, 종교인, 장애인, 성적 소수자, 철거민, 이주 노동자, 청소년 등이다. 이 다양한 사람들은 사회의 일상 공간에서는 서로 잘 연대할 수 없었을 것이다. 일상의 공간에서는 으레 자기 앞의 길만을 보게 되기 때문이다. 이 흩어진 사람들을 서로 연대하게 만든 것은 공동의 목표도 헤게모니도 아니었다. 그보다는 자기 앞의 길이 보이지 않는다

---

178 희망버스 탑승자였던 영화감독 이수정은 처음 탑승한 느낌을 "무서웠다, 하지만 깔깔깔 고깔모자(참가자에게 준 모자)는 날 안심시켰다"라고 말하고 있다. 다큐멘터리《깔깔깔 희망버스》(이수정 감독), 2012.

179 은유의 공간은 미결정적인 공간이며 상징계와 실재계 사이의 틈새공간이다.

는 절망감과 그 절망을 끌어안은 채 길을 가려는 사랑에 의한 것이었다. 이들은 역설적으로 자기 앞의 길이 보이지 않기(절망) 때문에 아무것도 없는 곳(실재계)[180]에서 같은 길을 갈 수 있게 된 것이다. 희망버스는 아직 아무도 가보지 않은 두려운 길이 잠재된 공간이다. 가야 할 길은 아직 없으며 버스에 오르는 순간 만들어지기 시작하는 '길 없는 길'이 있을 뿐이다. 이런 여정에서 서로 연대하기 힘든 다양한 사람들이 손을 잡게 만든 것은 바로 '절망과 저항'의 양가성이다.[181]

희망버스를 기획한 송경동은 참가자가 순식간에 늘어난 이유로 불안한 사회에서 잠재된 분노를 표현할 수 없었던 점을 들었다.[182] 정당한 분노를 상실한 사회는 사랑을 상실한 사회이며 사람들은 빈약한 자아로 우울하게 살아간다. 그런 수동적인 좌절은 유혹의 권력의 환상장치와 그 이면에 포함된 죽음정치에 의한 것이다. 희망버스는 유혹의 권력과 죽음정치에서 벗어난 은유의 공간을 열어놓음으로써 수동적인 좌절에 빠진 우울한 사람들이 능동적으로 절망을 끌어안을 수 있게 만들어 주었다. 절망과 우울이란 나의 희망이 없는 상태이지만 또한 타자와의 소통이 어려워진 심리이기도 하다. 절망을 외면하지 않고 품에 안고 가는 사람에게만 희망이 생겨나듯이 타자와의 공감이 소생할 때 우리는 우울에서 벗어난다. 그처럼 절망과 우울을 넘어서는 과정에서 희망버스는 미결정성의 공간이었다. 희망버스 안에는 희망이 있다고도 볼 수 없고 없다고도 볼 수 없었다. 이 절망과 소망의 양가성의 순간은 사람들이 은유의 힘으로 닫혔던 사랑과 순수기억의 서랍을 열고 타자에 공감하기 시작한 시간이기도 했다. 타자는 절망에 위치한 존재인데 사람들은 절망 속의 타자와 교섭함으로써 희망을 향한 길을 생성시키기

---

180 실재계는 능동적으로 절망을 끌어안는 사람들이 경험할 수 있는 어둠의 영역이다.

181 물론 희망버스는 한진중공업 사태에서 시작되었다. 그러나 희망버스의 감동은 비단 노동운동에 그치는 것이 아니다.

182 〈희망버스는 불안한 현실 '저항 아이콘'〉, 《한겨레신문》, 2011. 7. 11.

시작한 것이다.

희망버스는 한진중공업 노동자 정리해고 사태에서 고공투쟁에 나선 김진숙을 응원하기 위한 것이었다. 한진중공업 사태는 일상에서는 집중적인 관심을 받지 못했다. 1980년대와는 달리 노동자의 문제는 더 이상 모든 사람이 공감하는 사안이 아니었던 것이다. 희망버스는 사람들이 노동자에게 공감하게 만든 것이 아니라 **고통받는 타자**에게 눈을 돌리게 해준 셈이었다. 1990년대 이후의 현실은 신자유주의의 확산과 더불어 경제성장과 자본주의적 발전에 걸림돌이 되는 타자들을 외면하게 만들었다. 그런 사회에서 고통받는 타자에 대한 공감의 상실은 절망과 우울의 상황을 만들었다. 희망버스는 사람들이 그 같은 상황에 지지 않고 절망을 품에 끌어안게 함으로써 보다 더 절망적인 타자에 대한 공감을 부활시키려는 프로젝트였다.

희망버스의 의미는 노동운동의 부활에 있는 것이 아니다. 우리가 감동한 것은 서로 다른 사람들이 절망을 통해 희망을 찾기 위해 길이 없는 곳에서 길을 가기 시작한 데에 있었다. 즉 각자의 길에서 어려움을 겪은 사람들이 길 없는 길을 가기 위해 불확실한 은유적 공간(희망버스)에서 닫힌 순수기억과 사랑의 서랍을 열기 시작한 것이다. 그 순간 서로 다른 수많은 발자국들이 모여 신자유주의와는 다른 길을 가는 여행이 시작된 것이다. 그런 탈중심화된 연대를 가능하게 한 것은 타자에 대한 공감의 회복이다.

희망버스 참가자들이 모인 '희망과 연대의 콘서트'에서는 "당신들이 우리다. 한진중공업이 우리다"라는 구호가 터져 나왔다.[183] 같은 시기에 서울광장에 모인 시민들은 김진숙의 가면을 쓰고 "우리가 김진숙이다"라고 외쳤다. 이런 은유적인 구호들은 노동자와 시민의 단결을 표현하는 데 그치는 것이 아니다. 즉 노동자의 중심에 사람들이 결집한 것이 아니라 다양한 각자의 내면에 고통받는 타자가 들어왔음을 표현한 것이다. 김진숙의 가면은

---

183 위의 기사, 2011. 7. 11.

사람들의 내면에 각인된 타자의 이미지이다. 그처럼 내면에서 일어난 타자와의 교섭을 당당히 밖으로 표현하는 순간은 이상한 고요함을 낳았던 자아의 빈곤화에서 벗어났음을 드러낸 순간이기도 했다.

이처럼 '이상한 고요함'에 대응하는 최대의 무기는 노동운동이 아니라 타자와의 교감이었다.[184] 그리고 그 불가능한 것을 가능하게 한 것은 현실에서 연출된 미학, 즉 희망버스라는 미결정적 공간을 여는 미학적 은유의 기획이었다. 절망인 동시에 희망인 길 없는 길의 생성, 이질적인 다양한 사람들의 연대 불가능한 연대, "우리가 김진숙이다"라는 구호와 김진숙의 가면을 쓴 사람들, 그리고 시위현장에서 기타를 치며 노래하고 풍등을 올리는 행위들, 이 모든 것들은 미학적 은유의 프로젝트가 텍스트를 넘어 현실로 흘러넘친 산물이었다. 미학적 은유는 경직된 현실에서는 보이지 않는 틈새의 공간을 열어준다. 그 틈새에서 소생한 것은 김진숙을 홀로 외롭게 놔둬서는 안 된다는 위기에 처한 타자에 대한 사랑의 표현이었다.

우리 시대는 미학이 점점 약화되는 시대이지만 또한 단지 미학만이 사람들을 감동시키고 연대하게 만든다. 그리고 상실된 타자와의 공감을 부활시켜주면서 빈곤한 자아에서 벗어나게 해준다. 미래가 없는 시대에 타자의 귀환을 통해 미래를 다시 열어주는 이런 미학을 우리는 **미래 이후의 미학**이라고 부를 수 있을 것이다. 미래 이후의 미학은 텍스트에서뿐만 아니라 현실 자체에서도 공연된다. 그것은 은유의 형식을 빌리지만 일종의 환상공간인 우리 시대의 '이상한 고요함'의 상황보다 훨씬 더 현실적이다.

오늘날의 '헬조선'은 '이상한 고요함'보다 한층 더 악화된 상황이다. 양자의 차이는 **더**에 있다. 길이 **더** 안 보이고 공감하기도 **더** 어려워진 사람들이 순수기억의 서랍을 닫고 빈약한 자아로 살아가는 곳이 바로 '헬조선'이다.

---

184   타자와의 교감을 전제로 했을 때만 노동운동 역시 보다 확산된 의미작용을 하기 시작할 것이다.

'이상한 고요함'이 우울의 상황이라면 '헬조선'은 경멸의 공간이다. 경멸은 더 이상 조용히 있기 힘들다는 고통스러운 표현이기도 하다. 그러나 '헬조선'의 악몽은 환상에서 벗어나려 발버둥치면서도 아직 벗어나지 못한 사람들이 겪는 무의식의 형벌이다. 감성의 동요를 동반하긴 하지만 '헬조선' 역시 '이상한 고요함'처럼 미래를 상실한 공간인 것이다. 그런 악몽의 공간에서 벗어나는 방법 또한 희망버스 같은 타자와의 공감의 회복과 '미래 이후의 미학/정치학'의 발명에 있을 것이다. '이상한 고요함'과 '헬조선'이 유혹의 권력과 죽음정치에 예속된 환상공간이라면, 미래 이후의 미학은 은유를 통해 실재(계)에 접촉한 현실을 열어준다.

타자와의 공감을 회복시켜준 또 다른 미래 이후의 미학은 팟캐스트이다. 전자매체를 통해 전달되는 방송 프로그램인 팟캐스트는 〈나는 꼼수다〉를 통해 우리에게 알려졌다. 〈나는 가수다〉의 패러디인 〈나는 꼼수다〉는 진짜를 잃어버린 시대에 가짜를 풍자함으로써 진정정을 얻으려는 시도로 볼 수 있다. 진실과 허위가 구분되지 않는 사회에서 〈나는 가수다〉가 진짜를 보여준다면 〈나는 꼼수다〉는 가짜의 판도라의 상자를 열어준다.

'희망버스'와 〈나는 꼼수다〉는 정반대의 대상(노동자, 권력)을 향하고 있지만 비슷한 공통점을 갖고 있다. 그 둘은 유사하게 기존의 사회에서 '절망한 사람들'을 위한 공간을 열어주고 있다. 희망버스가 사회에서 길이 보이지 않는 사람들이 길을 찾으려는 시도라면 나는 꼼수다는 기존의 언론에 절망한 사람들이 접속하는 대안매체이다. 조중동 등의 언론에 절망하지 않았다면 600만 이상의 사람들이 나꼼수를 통해 소통하지는 않았을 것이다. 희망버스와 나꼼수는 절망을 껴안음으로써 어디서도 불가능한 저항을 대안공간에서 가능하게 해주었다. 희망버스가 은유의 방식이라면 나꼼수는 풍자의 방법을 사용했다.

나꼼수는 전통적인 구어체 서사가 인터넷과 스마트폰의 신매체를 통해 부활한 것으로 볼 수 있다. 식민지 시대에 채만식이 문자매체를 통해 구어체를 되살리는 모험에 성공했듯이 나꼼수는 전자매체를 통해 구어체를 재연하는 미학적 실험을 시도했다. 판소리 등의 구어체가 실제 청중과 교감하는 가상공간이었다면 채만식의《태평천하》는 가상적 청중과 호흡하는 또다른 문자적 가상공간이었다. 판소리에서는 눈앞의 청중이 네트워크를 이루었지만《태평천하》는 보이지 않는 물밑의 네트워크와 교감했다. 그에 반해 나꼼수는 신매체의 가상공간을 통해 보이지 않는 동시에 보이는 수많은 청중들과 소통했다.

나꼼수는 청자들과 동시성의 감각을 유지하는 점에서 문자매체《태평천하》와 구분되며 판소리의 구어체와 유사하다. 그러나 규범화된 공공성에 저항하며 실제 청자 이상의 수많은 물밑의 네트워크를 전제로 하는 점에서는《태평천하》와 비슷하다.《태평천하》가 사람들이 가슴에 담고 있지만 말할 수 없는 것을 말해주었듯이, 나꼼수는 수면 밑에서 사람들이 보고 있고 궁금해하는 것들을 들려주었다.

《태평천하》는 지상의 독자에게 말하는 동시에 물밑에 남아 있는 공동체 의식에 접속한 셈이었다. 마찬가지로 나꼼수 역시 지상의 신매체에 연결하면서 수면 밑의 공동체적 네트워크에 접촉하고 있었다. 우리 시대는 어떤 사건이 일어나도 '이상한 고요함'이 계속되는 타자성을 상실한 시대이다. 유혹의 권력과 죽음정치 아래서 자아의 빈곤화를 겪는 사람들은 자기 앞의 삶밖에 보지 못한다. 인터넷과 스마트폰을 통한 비슷한 감성의 소통은 많아졌지만 고통받는 타자와의 교감은 불가능해졌다. 더욱이 언론 매체들은 상상적 동일성(국가, 자본)의 금기의 규율에서 벗어나는 것들은 알려주지 않는다.

나꼼수는 금기를 넘어서서 모두가 궁금해하지만 말하지 못하는 것을 대신 말해줌으로써 물밑의 네트워크를 부활시켰다. 즉 무의식 속에 억압된 말들을 구어체의 활력을 빌려 꺼내놓음으로써 잠들어 있던 구어적 공동체 의식을 귀환시킨 것이다. 희망버스가 은유를 통해 순수기억의 닫힌 사랑의 감성을 열어 주었다면, 나꼼수는 현실과 유희를 넘나드는 구어적 가상공간을 통해 또 다른 닫힌 서랍을 연 것이다. 나꼼수의 구어체는 판소리, 《태평천하》, 김유정, 이문구 소설이 깨워주었으나 오늘날 심연에 잠들어 버린 공동체 의식을 다시 동요시켰다. 그렇게 함으로써 상상적 동일성에 의해 굳어진 감성의 분할을 방해하고 자아의 빈곤화를 겪는 사람들의 존재 부피감을 확장시켜 준 것이다. 나꼼수의 위력은 금기시된 말을 들려주는 충격에 제한된 것이 아니다. 나꼼수에 접속하는 동안 사람들은 '이상한 고요함'과 우울한 자아에서 벗어나서 일시적으로라도 공동체 의식의 공간에서 소통하고 싶은 욕망을 갖는다.

나꼼수는 팟캐스트라는 대안매체를 사용함으로써 구어체 서사가 직접 현실공간에서 연출되는 점이 특징적이다. 즉 가상공간의 미학이 현실로 흘러넘친 것이다. 사람들이 열광한 것은 그처럼 미학이 현실의 일부로서 작동되고 있다는 신기함과 놀라움 때문이다. 그러나 바로 그 때문에 현실에서 대안매체의 신뢰성이 문제가 될 수도 있다. 나꼼수에 대한 비판과 논란은 이 점과 연관이 있다.

그럼에도 불구하고 나꼼수의 의의는 발화가 잡음이 되고 잡음이 발화가 되는 감성의 분할의 유희를 보여준 데 있다. 나꼼수는 "~라는 설이 있습니다, ~에게 소설을 씁니다"라는 말을 자주 반복한다. 이는 유언비어를 통해 진실의 소통을 방해하는 것만은 아니다. 그보다는 기존의 공공담론의 신뢰성이 매우 실추된 상태에서, 끝없는 의심을 통해 경직된 감성의 분할을 흔들며 경계 부근에 타자의 공간을 열어주려는 것이다. 동일성의 권력에 의해 경직된 감성의 분할은 타자를 배제하고 사건을 은폐한다. 타자는 불온한 존재가 되고 사건에 대한 말은 소음이 된다. 이에 대해 나꼼수는 잡음으로 배제될 위험을 감수하면서까지 '설'과 '소설'의 발화를 틈입시키면서, 타자와 사건을 미리 배제하는 감성의 경계에 대응했다. 사람들은 권력에 의해 잡음으로 배제될 수 있는 말들이 오히려 정당한 발화의 가능성이 있음을 확인하며, **미결정적 상태**에서 상실된 소통의 욕망을 회복하게 된 것이다. '잡음의 자유'는 공공담론이 신뢰성을 거의 상실한 상태에서 법을 넘어선 차원의 의미를 갖는다.

그 같은 '잡음의 자유'는 '이상한 고요함'이라는 감성의 분할을 동요시킨다. 우리가 그처럼 또 다른 방식으로 '잡음의 자유'와 '은유의 틈새'를 계속 열어주지 않는다면 감성의 경계 부근에는 상상적 동일성을 지키려는 위험 인자들이 생겨난다. 이질적 타자를 더러운 오염원으로 보는 혐오발화가 바로 그것이다. 혐오발화는 '미래 이후의 미학'의 발명을 등한시했을 때 그 그늘에 생긴 직무유기에 대한 감성적 형벌이다. 미학이 없어지면 세상이 쓸쓸해지는 데 그치지 않고 반미학이 생겨난다. 이 반미학의 형벌은 타자를 혐오스러운 언어와 이미지로 치환함으로써 잡음을 추방하고 틈새를 메운다. 혐오발화는 타자의 말을 오염원으로 공격함으로써 발화와 잡음의 유희를 중단시킨다. 그로 인해 생긴 경직된 동일성을 동요시키면서 감성적 유희를 다시 소생시키는 것이 미학적 은유일 것이다.

혁명이 종료되고 정치가 실종된 사회에서도 감성의 분할을 둘러싼 싸움은 계속된다. 혐오발화와 미학적 은유가 바로 그것이다. 이제 미학과 감성은 얼마간이라도 혁명의 시도가 가능한 거의 유일한 영역이 되었다. 물론 미래 이후의 미학적 혁명은 단숨에 세상을 뒤집는 것이 아니다. 우리는 세상을 아주 조금씩 좋아지게 만들기 위해 매일 일상에서 전력을 다해 끝없이 감성의 혁명을 시도해야 한다. 그렇지 않으면 혐오와 경멸, 자조의 감성들이 우리의 주위에서 서서히 번져갈 것이다. '헬조선'은 대체 불가능한 불평등성의 사회일 뿐 아니라 타자들 및 비슷한 계층의 사람들이 감성적으로 멸시받는 사회이다. 그처럼 권력이 만든 감성의 분할의 경계에 혐오발화들이 만연될 때 타자에 대한 공감력의 상실과 함께 동일성의 권력은 더욱 견고해진다. 혐오발화는 타자를 더러운 것으로 치환해 배제하는데 이때 혐오발화자는 사람들이 그 오염물의 대상으로부터 물러서서 상상적 동일성 쪽으로 이동하게 한다. 물론 모든 사람이 혐오발화에 침윤되는 것은 아니다. 그러나 설령 혐오발화에 동의하지 않더라도 혐오의 감성이 성행하는 동안 사람들은 그런 사회의 공간에 대해 환멸감을 느끼게 된다. 그렇게 되면 국가와 사회의 모순에 대한 사람들의 불만은 정당한 분노로 결집되지 못하고 개인적인 자조감 속에서 무력하게 흩어지게 된다. 따라서 제국과 국가, 자본을 지키는 것은 실상 그 더럽고 혐오스러운 감성들일 것이다.[185] 그같이 혐오의 기제들이 권력을 대리해서 경계를 지키는 사회, 그로 인해 타자로부터 영원히 멀어지면서 미래가 오지 않는 사회가 바로 '헬조선'이다.

하지만 미학적 혁명은 혐오발화로 더럽혀진 것들을 신성하게 정화시키는 것이 결코 아니다. 미학과 은유는 비천한 신체를 장식으로 덧씌워 치장하지 않는다. 그보다는 비천한 신체들이 그 자체로서 생명적 유동성의 존재를 회복하도록 감성의 분할을 방해하면서 타자에 대한 공감을 회복시켜야 한다. 그런 시도는 문학과 예술에서뿐만 아니라 그것이 일상으로 흘러넘친 현실에서도 계속되어야 한다.

앞서 살펴본《환영》(김이설)은 우리에게 어떤 미학이 필요한지 암시해준다.《환영》에서 윤영은 매끈한 상품이 될 수 없는 비천한 신체에서 물소리의 흐름을 느끼며 혐오와 환멸에서 벗어난다. 그러나 그녀는 '계급이 신분이 된' 불평등한 사회에서 자신을 다시 상품으로 파는 일을 멈출 수가 없다. 물소리의 구원을 갈망하면서도 그처럼 상품세계에서 머뭇거리는 것이 우리 자신의 모습일 것이다. 비천한 신체를 타자라고 부르지만 상품화된 동일성의 세계 쪽에서 보면 우리는 얼마간이든 저마다 다양한 비천한 신체들일 것이다.[186] 그런 비천한 신체에 상품의 포장을 씌우며 간신히 환상세계에 머물고 있는 것이다.

그렇기에 그녀와 우리에게 필요한 것은 희망이 아니라 절망이다. 절망이

---

185 김철, 〈우리를 지키는 더러운 것들〉,《문학과 사회》, 앞의 글 참조.

186 오늘날 매끈하고 완벽한 것은 대개 상품화된 것이거나 상상된 것이며 그에 비하면 일상의 생명체들은 얼마간이든 흠이 있거나 비천한 존재들이다.

란 우리가 상품세계의 요구에 어울리지 않는 비천한 신체일 수밖에 없음을 정확히 아는 것을 말한다. 그것은 상품세계가 우리 몸에 부여한 상품으로서의 위치에 대해 감각이 호응하지 않는다는 무의식적 신호이기도 하다. 그처럼 상품의 환상세계에서 절망한 사람만이 비천한 **그대로의** 신체를 통해 그 세계에 균열을 내며 물소리가 들리는 생명적 유동성을 소망할 수 있다. 우리는 그런 절망이기도 한 소망을 통해 감성의 경계에 있는 고통받는 타자와 연대하며 미래로 나아갈 수 있다. 이때 나타나는 것은 비천함과 생명성, 견고함(상품)과 유동성(생명), 그리고 절망과 소망의 유희이다. 미래 이후의 미학은 절망과 소망의 양가성을 통해 비천한 신체가 닫힌 서랍을 열고 사랑을 되찾도록 도와주어야 한다.

또 다른 작품《레가토》(권여선) 역시 절망을 아는 사람만이 미래를 꿈꿀 수 있음을 암시한다. 이 소설에는 무의식과 기억의 서랍에 연관된 두 종류의 기억상실증이 제시되고 있다. 하나는 사랑을 소망하는 무의식의 서랍이 열린 사람의 기억상실증이며, 다른 하나는 순수기억이 서랍 속에 갇힌 사람들의 또 다른 기억상실증이다.

주인공 오정연은 광주항쟁 때 심한 부상을 당한 후 기억상실증에 걸린다. 그러나 그녀는 과거를 잃어버린 후 존재의 빈곤화를 가져오는 후기자본주의에서 격리되었기 때문에 누구보다도 순수기억을 갈망한다. 그녀의 순수기억은 존재하는 동시에 존재하지 않는다.[187] 그녀는 낱낱의 기억의 인지기능을 상실했지만 존재의 핵심인 순수기억이 열망으로 남아 있는 것이다. 그렇기에 그녀의 기억상실은 절망이면서 소망의 근거이기도 하다. 그녀는 타자의 상실과 기억상실의 **절망을 알기** 때문에 이야기를 듣고 싶어 하고 그것을 통해 자신의 존재를 증명하고 싶어 한다. 순수기억이란 수많은 타자들의

---

187 이 소설에서 오정연은 잃어버린 자신의 얘기를 전생이나 전설처럼 여기는데, 이는 그 얘기들이 단지 과거에 일어난 일이 아니라 그녀의 존재 자체를 이루는 순수기억임을 뜻한다.

이야기가 교차되며 만들어지는 내면의 소우주이며 그것을 통해 존재가 입증되므로 그녀는 끝없이 이야기를 갈망하는 것이다. 자신의 존재의 이유를 증명하는 일은 끊임없이 연기되어온 불가능한 꿈의 가치를 입증하는 일이기도 할 것이다.

또 다른 기억상실증은 유혹의 권력의 사회에서 살아오면서 순수기억이 서랍 속에 갇혀버린 일상의 사람들이다. 모든 것이 상품화된 후기자본주의에서 이제 아무도 과거의 진실을 말하는 사람은 없다. 놀라운 변신을 한 오정연의 동료들은 가끔씩 향수어린 지난 일들을 되돌아보곤 한다. 하지만 시간의 진실이란 추억의 섬들이 아니라 끊임없이 지속하며 약동하는 순수기억의 바다일 것이다. 약동하는 순수기억의 진실의 상실, 이것이 기억과 존재의 부피감을 잃어버린 우리 시대의 비극이다. 살아야 할 존재의 이유를 모르는 그들에게 지금 알려줘야 할 것은 순수기억의 기억상실증을 앓고 있다는 절망일 것이다. 순수기억의 망각의 절망을 모르는 일상의 사람들은 미래의 꿈의 가치 역시 알지 못한다.

이제 오정연처럼 절망을 아는 사람만이 꿈을 꿀 수 있는 시대가 된 것이다. 꿈을 상실한 표상세계를 동요시키는 공간을 만들기 위해서는 미학적 은유가 필요하다. 은유란 순수기억의 이미지를 직접 보도록 무의식을 뒤흔드는 방식이다. 미래 이후의 미학은 은유의 공간을 여는 이야기를 들려줌으로써 일상의 사람들이 순수기억의 서랍을 열고 **타자와 공감**하게 만들어야 한다.

그러나 문학마저도 상품화된 시대에 어떻게 그것이 가능할까. 이 소설이 암시하는 두 개의 기억상실증은 대칭인 동시에 비대칭인 거울의 안과 밖과도 같다. 우리의 '외로 된 거울'[188] 속에는 기억상실증에 걸린 오정현이 있다.

---

188 이상의 '외로 된 거울'에는 분열된 자아가 있지만 우리 시대의 '외로 된 거울'에는 기억상실증에 걸린 자아가 있다. 이상은 거울 안에 '외로된 사업'에 골몰하는 나가 있다고 노래한 바 있다. 이상, 〈거울〉, 《이상시전집》, 문학사상사, 1989, 187쪽.

그리고 거울의 밖에는 순수기억의 기억상실증을 '모르는' 우리들이 있다.

오정연은 우리가 망각하고 있는 심연 속의 우리 자신이다. 그녀와 우리는 똑같은 동시에 정반대이다. 양자의 차이는 절망이 무엇인지 아는 사람과 모르는 사람의 차이일 것이다. 그것은 타자를 갈망하는 사람과 망각한 사람의 차이이기도 하다. 절망 속에서 타자를 갈망하는 오정연이 길 없는 암흑에서 길을 찾는 것이라면, 우리는 환상과도 같은 공허한 길 위에 있는 셈이다. 후자처럼 미래가 없는 시대에 타자와 절망을 모른다는 것은 나르시시즘의 환영 속에 있는 것이나 다름이 없다. 그 때문에 어쩌면 기억이 없는 저쪽의 오정연이 현실에 있으며 기억이 있는 이쪽의 우리가 환상에 있는 것일지도 모른다. 우리가 환상 같은 현실에서 벗어날 수 없는 것은 실재(the Real)에 접촉한 현실이 우리의 손이 닿지 않는 저쪽에 있기 때문이다. 그렇기에 우리가 극복해야 할 것은 그 양쪽 사이의 간극이다. **미래 이후의 미학**은 이쪽과 저쪽, 환상과 현실, 망각과 기억의 유희 속에서, 거울의 간극을 넘어 우리의 존재의 부피감이 회복되도록 끊임없이 이야기를 들려줘야 한다.

여기서의 존재론적 유희는 단지 이쪽과 저쪽의 반복을 뜻하는 것이 아니다. 존재론적 전위는 감성의 분할을 동요시키면서 절망의 현실(오정연)과 희망의 환상(우리)을 둘 다 넘어선다. 모든 것이 상품화된 시대는 절망과 타자를 망각한 환상공간에서 소진된 미래를 향해 있는 것과도 같다. 그런 현실에 좌절한 사람들은 헬조선을 외치지만 그들은 또 다른 환상 속에 있는 것이나 다름없다. 그와 달리 오정연은 절망에 발을 딛고 이쪽의 우리에게 손을 내밂으로써 닫힌 공간을 열고 미래 이후의 시간으로 탈출하는 길을 암시한다.

물론 그녀와 우리 사이에는 벌어진 틈새가 있다. 그러나 그 거울의 틈새 발견이야말로 나르시시즘이 망각한 절망과 실재의 발견이다. 그 순간 그런 절망을 껴안으며 틈새에서 울려야 할 것이 바로 미래 이후의 미학의 서사일 것이다. 어두운 실재 쪽에 있는 그녀가 절망을 넘어서 사랑의 열망을 갖는 것은 우리의 이야기를 기다리고 있기 때문이다.[189] 이제 틈새에서 공명하며 오정연의 열망에 응답해야 할 그 이야기가 바로 미래 이후의 미학이다.

그 이야기는 틈새에서 메아리치므로 오정연과 함께 우리 자신이 듣는 이야기이기도 할 것이다. 그것은 환상공간에 갇힌 우리와 망각된 심연 속의 또 다른 우리가 같이 듣는 이야기이리라. 저쪽과 이쪽을 횡단하는 존재론적 유희 속에서 이야기를 시작할 때 우리는 심연의 닫힌 서랍을 열고 잃어버린 사랑을 되찾을 수 있을 것이다. 우리는 사랑의 이야기와 상처의 이야기들을 들려줌으로써 후기자본주의와 유혹의 권력의 사회에서 존재의 빈곤화로부터 벗어나도록 해야 한다. 그런 이야기와 은유, 미학은 텍스트의 밖으로까지 흘러넘칠 것이다. 환각과도 같은 이상한 고요함과 혐오발화, '헬조선'에서 해방되게 하는 것은 바로 그 미래 이후의 미학이다. 현실과 환상, 심연과 표면, 거울의 안과 밖의 사람들 모두에게 이야기를 들려줌으로써, 살아야 할 존재의 이유를 증명하며 고통받는 타자와 교감하게 할 때, 길 없는 길을 통해 미래 이후의 미래가 다시 열릴 것이다.

---

189 그것은 우리가 망각하고 있는 심연 속의 우리 자신이 이야기를 기다리고 있는 것이라고도 할 수 있다.

찾아보기

536

지은이 **나병철**

연세대학교 국문과를 졸업하고 동 대학원에서 문학박사 학위를 받았다.
수원대학교 국문과 교수를 거쳐 현재 한국교원대학교 국어교육과 교수로 있다.
지은 책으로《소설이란 무엇인가》,《문학의 이해》,《전환기의 근대문학》,
《근대성과 근대문학》,《한국문학의 근대성과 탈근대성》,《소설의 이해》,
《모더니즘과 포스트모더니즘을 넘어서》,《근대서사와 탈식민주의》,
《탈식민주의와 근대문학》,《소설과 서사문화》,《가족 로망스와 성장소설》,
《소설의 귀환과 도전적 서사》,《환상과 리얼리티》,
《은유로서의 네이션과 트랜스내셔널 연대》등이 있다.
옮긴 책으로는《문학교육론》(제임스 그리블),《냉전시대 한국의 문학과 영화》(테드 휴즈),
《문화의 위치》(호미 바바),《포스트모더니즘 이후의 정치와 문화》(마이클 라이언),
《해체론과 변증법》(마이클 라이언),《중국문화 중국정신》(C. A. S. 윌리엄스),
《서비스 이코노미》(이진경) 등이 있다.
주요논문으로는〈탈식민주의와 정전의 재구성〉,〈탈식민 소설과 트랜스내셔널의 전망〉,
〈한국문학연구와 문화의 미결정성의 공간〉,
〈청소년 환상소설의 통과제의 형식과 문학교육〉 등이 있다.

미래 이후의 미학

유혹사회에서의 보이지 않는 정치와 문학

지은이   나병철
펴낸이   전준배
펴낸곳   (주)문예출판사
신고일   2004. 2. 12. 제 2013-000360호
        (1966. 12. 2. 제 1-134호)
주 소   서울특별시 마포구 월드컵북로 6길 30
전 화   393-5681   팩 스 393-5685
이메일   info@moonye.com
블로그   blog.naver.com/imoonye

제1판 1쇄 펴낸날 2016년 2월 25일

ISBN 978-89-310-0990-3 93800

이 도서의 국립중앙도서관 출판예정도서목록(CIP)은 서지정보유통지원시스템 홈페이지
(http://seoji.nl.go.kr)와 국가자료공동목록시스템(http://www.nl.go.kr/kolisnet)에서
이용하실 수 있습니다.(CIP제어번호: CIP2016004636)